Trudi Canavan

Die Magie der tausend Welten 1

Trudi Canavan

Die BEGABTE

DIE MAGIE DER TAUSEND WELTEN 1

Roman

Deutsch von Michaela Link

blanvalet

Die Originalausgabe erschien unter dem Titel
»Millenium's Rule 01. Thief's Magic«
bei Orbit, an imprint of Little, Brown Book Group,
an Hachette Livre UK company, London.

FSC www.fsc.org MIX Papier aus verantwortungsvollen Quellen FSC® C014496

Verlagsgruppe Random House FSC® N001967

1. Auflage
Taschenbuchausgabe September 2016
bei Blanvalet, einem Unternehmen der
Verlagsgruppe Random House GmbH,
Neumarkter Str. 28, 81673 München

Umschlaggestaltung: Isabelle Hirtz, Inkcraft
Umschlagillustration: © Melanie Miklitza, Inkcraft
Redaktion: Alexander Groß
HK · Herstellung: wag
Satz: Uhl + Massopust, Aalen
Druck und Einband: GGP Media GmbH, Pößneck
Printed in Germany
ISBN 978-3-7341-6073-8

www.blanvalet.de

ERSTER TEIL

1 Tyen

Die starren, verwelkten Finger des Leichnams gaben sein Eigentum nur widerstrebend her. Es kam Tyen respektlos vor, es dem Griff des Toten zu entwinden, daher arbeitete er langsam, hob sanft die Hand, wo ein geschwärzter Fingernagel sich an dem Gegenstand verfangen hatte. Er hatte die alten Leichen so oft berührt, dass er sie nicht länger als Übelkeit erregend oder angsteinflößend empfand. Ihr völlig ausgetrocknetes Fleisch hatte schon vor langer Zeit aufgehört, eine Quelle übertragbarer Krankheiten zu sein, und an Geister glaubte er nicht.

Als sich die geheimnisvolle Beute löste, richtete Tyen sich auf und lächelte triumphierend. Er war bei der Sammlung alter Artefakte nicht so skrupellos wie seine Mitstudenten und sein Lehrer, aber wenn er grundsätzlich davor zurückschreckte, die Toten zu stören, würde er niemals seinen Abschluss als Zauberer-Archäologe machen können. Er zwang seine winzige, von Magie genährte Flamme dichter heran.

Noch wusste er nicht, was er gefunden hatte; das Material, in das der geheimnisvolle Gegenstand eingewickelt war, schien ebenso trocken und spröde zu sein wie der Bewohner des Grabes, der ihn nun nach schätzungsweise sechshundert Jahren unberührter Ruhe hatte hergeben müssen. Dickes, vom Alter dunkel gewordenes Leder ohne Markierungen –

kein Schmuck, keine kostbaren Steine oder Metalle. Es zerfiel, als er es zu öffnen versuchte, und sein Inhalt rutschte heraus. Tyans Puls beschleunigte sich, als er den Gegenstand auffing …

… und seine Schultern sackten ein wenig herunter. Kein Schatz lag in seinen Händen. Nur ein Buch. Nicht einmal ein juwelenbesetztes und mit Gold verziertes Buch.

Nicht dass ein Buch keinen potenziellen historischen Wert hätte, aber verglichen mit den glitzernden Schätzen, die die beiden anderen Studenten Professor Hofkrazners für die Akademie ausgegraben hatten, war es ein enttäuschender Fund. Nach all den Monaten des Reisens, des Forschens, des Beobachtens und des Grabens hatte er wenig vorzuweisen, was als seine eigene Arbeit gelten konnte. Er hatte endlich ein Grab ausgehoben, das nicht bereits von Grabräubern geplündert worden war, und was enthielt es? Einen schlichten steinernen Sarg, einen schmucklosen Leichnam und ein altes Buch. Trotzdem, die alten Fossilien in der Akademie würden es nicht bereuen, seine Reise finanziert zu haben, wenn das Buch sich als etwas Bedeutsames erwies. Er untersuchte es eingehend. Im Gegensatz zu dem Leder, in das es eingeschlagen war, fühlte sich der ebenfalls lederne Einband biegsam an. Die Bindung war in gutem Zustand. Wenn er das Buch nicht gerade in den Händen der Leiche gefunden hätte, würde er das Alter des Buches auf nicht mehr als vielleicht hundert Jahre geschätzt haben. Der Buchrücken war unbeschriftet. Oder vielleicht war ein ehemaliger Titel auch durch Abnutzung verschwunden. Er öffnete das Buch. Die erste Seite war leer, daher blätterte er weiter. Die nächste war ebenfalls leer, und während er den Rest der Seiten durchging, sah er, dass sie genauso leer waren wie die beiden ersten.

Er starrte das Buch ungläubig an. Warum sollte jemand einem Toten ein leeres, sorgfältig eingewickeltes Buch mit ins

Grab geben? Er betrachtete den Leichnam, aber dieser bot auch keine Antwort. Dann lenkte etwas seine Aufmerksamkeit zurück auf das Buch, das immer noch auf einer der letzten Seiten aufgeschlagen war. Er schaute genauer hin.

Ein Mal war auf der leeren Seite erschienen.

Daneben bildete sich ein dunkler Fleck, dann Dutzende weitere. Sie verteilten sich und taten sich zusammen.

Hallo, sagten sie. **Mein Name ist Pergama.**

Tyen stieß ein Wort hervor, das zu hören seine Mutter schockiert gewesen wäre. Erleichterung und Staunen verdrängten die Enttäuschung. Das Buch war magisch. Obwohl die meisten Zauberbücher auf geringfügige und frivole Art Magie benutzten, waren sie doch so selten, dass die Akademie sie immer in ihre Sammlung aufnahm. Seine Reise war keine Zeitverschwendung gewesen.

Also, was tat dieses Buch? Warum erschien nur dann Text, wenn man es aufschlug? Warum hatte es keinen Titel und keinen Namen? Auf der Seite formten sich weitere Worte.

Ich habe immer einen Namen gehabt. Ich war früher eine Person. Eine lebende, atmende Frau.

Tyen starrte auf die Worte. Ein Frösteln überlief ihn, doch gleichzeitig verspürte er einen vertrauten Kitzel. Magie konnte bisweilen verstörend sein. Sie war oft unerklärlich. Es gefiel ihm, dass nicht alles an ihr verstanden wurde. Das ließ Raum für neue Entdeckungen. Genau deshalb hatte er sich dafür entschieden, neben Geschichte auch Zauberei zu studieren. Auf beiden Gebieten gab es Gelegenheit, sich einen Namen zu machen.

Er hatte noch nie zuvor von einer Person gehört, die sich in ein Buch verwandelt hatte. *Wie ist das möglich?*, fragte er sich.

Ich wurde von einem mächtigen Zauberer gemacht, erwiderte der Text. **Er hat mein Wissen und mein Fleisch genommen und mich verwandelt.**

Seine Haut kribbelte. Das Buch hatte auf die Frage reagiert, die er im Geiste geformt hatte. *Soll das heißen, dass diese Seiten aus deinem Fleisch gemacht sind?*, fragte er.

Ja. Mein Einband und meine Seiten sind meine Haut. Meine Bindung ist mein Haar, zusammengedreht und mit Nadeln aus meinen Knochen und Leim von meinen Sehnen genäht.

Er schauderte. *Bist du bei Bewusstsein?*

Ja.

Du kannst meine Gedanken hören?

Ja, aber nur wenn du mich berührst. Ohne die Berührung eines lebenden Menschen bin ich blind und taub, gefangen in der Dunkelheit ohne jedes Zeitgefühl. Ich schlafe nicht einmal. Bin nicht ganz tot. Die Jahre meines Lebens gleiten vorbei – vergeudet.

Tyen blickte auf das Buch hinab. Die Worte blieben, füllten jetzt fast eine Seite, dunkel gegen das cremefarbene Pergament. Das ihre Haut war …

Es war grotesk und doch … jedes Pergament war aus Haut gemacht. Obwohl diese Seiten aus menschlicher Haut waren, fühlten sie sich nicht anders an als die, die aus Tierhaut bestanden. Sie waren weich und angenehm anzufassen. Das Buch war nicht so abstoßend wie eine alte, vertrocknete Leiche.

Und es war um so vieles interessanter. Das Gespräch mit ihm war wie ein Gespräch mit dem Toten. Wenn das Buch so alt war wie das Grabmal, wusste es Dinge über die Zeit, bevor es dort hingelegt worden war. Tyen lächelte. Er mochte kein Gold und keine Juwelen gefunden haben, um die Kosten seiner Teilnahme an der Expedition zu rechtfertigen, aber dieses Buch … es konnte das mit historischen Informationen wettmachen.

Weiterer Text formte sich.

Entgegen meinem äußeren Anschein bin ich kein »Es«.

Vielleicht war es die Wirkung des Lichts auf der Seite, aber die neuen Worte schienen ein wenig größer und dunkler zu sein als die vorangegangenen. Tyens Gesicht wurde warm.

Es tut mir leid, Pergama. Ich habe mich schlecht benommen. Ich versichere dir, ich habe es nicht böse gemeint. Es kommt nicht jeden Tag vor, dass ein Mann das Wort an ein redendes Buch richtet. Ich brauche einen Moment, um mir über die Gebote der Höflichkeit in einem solchen Fall klar zu werden.

Sie war eine Frau, machte er sich bewusst. Er sollte die Etikette befolgen, mit der er großgezogen worden war. Obwohl es höllisch heikel sein konnte, mit Frauen zu reden, selbst wenn man alle Regeln des guten Benehmens befolgte. Es wäre unhöflich, ihre Bekanntschaft zu beginnen, indem er ihr Fragen nach ihrer Vergangenheit stellte. Die Regeln der Konversation verfügten, dass er sich nach ihrem Wohlergehen erkundigen sollte.

Also … ist es schön, ein Buch zu sein?

Wenn ich von einer freundlichen Person gehalten und gelesen werde, ist es das, erwiderte sie.

Und wenn dich niemand hält? Ich kann sehen, dass das in deinem Zustand ein Nachteil sein könnte, wenn auch einer, den du erwartet haben musst, bevor du ein Buch geworden bist.

Ich hätte es vorhergesehen, wenn ich vorher von meinem Schicksal erfahren hätte.

Also hast du dich nicht freiwillig entschieden, ein Buch zu werden? Warum hat dein Schöpfer das getan? War es eine Strafe?

Nein, aber vielleicht natürliche Gerechtigkeit, weil ich zu ehrgeizig und zu eitel war. Ich habe seine Aufmerksamkeit gesucht und mehr davon empfangen, als es meine Absicht war.

Warum hast du seine Aufmerksamkeit gesucht?

Er war berühmt. Ich wollte ihn beeindrucken. Ich dachte, meine Freunde würden neidisch sein.

Und dafür hat er dich in ein Buch verwandelt. Was für ein Mann könnte so grausam sein?

Er war der mächtigste Zauberer seiner Zeit, Roporien der Schlaue.

Tyen schnappte nach Luft, und ein Schauer lief ihm über den Rücken. *Roporien! Aber er ist vor über tausend Jahren gestorben!*

In der Tat.

Dann bist du …

Mindestens so alt, ja. Obwohl es zu meiner Zeit nicht höflich war, eine Bemerkung über das Alter einer Frau zu machen.

Er lächelte. *Das ist es nach wie vor nicht – und ich denke nicht, dass es das jemals sein wird. Ich entschuldige mich noch einmal.*

Du bist ein höflicher junger Mann. Es wird mir gefallen, in deinem Besitz zu sein.

Du willst, dass ich dich besitze? Tyen fühlte sich plötzlich unbehaglich. Er betrachtete das Buch jetzt als eine Person, und der Besitz einer Person war Sklaverei – eine unmoralische und unzivilisierte Praxis, die seit über hundert Jahren illegal war.

Besser das, als meine Existenz im Nichts zu verbringen. Bücher halten sich nicht ewig, nicht einmal magische. Behalte mich. Benutze mich. Ich kann dir einen großen Schatz an Wissen geben. Alles, was ich erbitte, ist dies: Nimm mich so oft wie möglich in die Hand, damit ich meine Lebensspanne wach und bewusst verbringen kann.

Ich weiß nicht … der Mann, der dich geschaffen hat, hat viele schreckliche Dinge getan – wie du selbst erlebt hast. Ich will nicht in seine Fußstapfen treten. Dann kam ihm ein Gedanke, bei dem ihn eine Gänsehaut überlief. *Verzeih mir meine Offenheit, aber sein Buch oder irgendwelche seiner Werkzeuge könnten zum Bösen geschaffen worden sein. Bist du ein solches Werkzeug?*

Ich wurde nicht so geschaffen, aber das bedeutet nicht, dass

ich nicht dafür benutzt werden könnte. Ein Werkzeug ist nur so böse wie die Hand, die sich seiner bedient.

Die Vertrautheit des Sprichworts war verblüffend und unerwartet beruhigend. Es war ein Sprichwort, das Professor Schmelzer gern mochte. Der alte Historiker begegnete allem Magischen mit Argwohn.

Woher weiß ich, dass du nicht lügst, wenn du behauptest, du seist nicht böse?

Ich kann nicht lügen.

Wirklich? Aber was ist, wenn du darin lügst, nicht lügen zu können?

Das wirst du wohl selbst herausfinden müssen.

Mit gerunzelter Stirn dachte Tyen darüber nach, welche Art von Prüfung ihm Gewissheit in dieser Sache verschaffen könnte, als direkt neben seinem Ohr ein Summen ertönte. Er zuckte erschrocken zusammen, aber es war nur Käfer, seine kleine mechanische Schöpfung. Es war mehr als ein Spielzeug, aber auch nicht ganz das, was er als ein Schoßtier beschreiben würde, und hatte sich auf der Expedition als ein nützlicher Gefährte erwiesen.

Das handtellergroße Insektoid landete auf seiner Schulter, legte seine blau schillernden Flügel zusammen und pfiff dann dreimal. Das sollte ihn warnen, dass …

»Tyen!«

… Miko, sein Freund und Kommilitone im Fach Archäologie, nahte.

Die Stimme hallte in dem kurzen Gang wider, der von der Außenwelt ins Grab führte. Tyen murmelte einen Fluch. Er blickte auf die Seite hinab. *Tut mir leid, Pergama. Ich muss Schluss machen.* Schritte näherten sich der Tür des Grabes. Da er keine Zeit hatte, sie in seine Tasche zu stecken, stopfte er sie sich unters Hemd, wo sie auf dem Taillenbund seiner Hose zu liegen kam. Sie war warm – was ein wenig beunruhigend war, jetzt, da er wusste, dass es sich um ein bewusstes Ding handelte, das aus menschlichem Fleisch geschaffen worden war – aber er hatte keine Zeit, darüber nachzugrübeln. Er drehte sich zur Tür um, und im nächsten Moment kam Miko hereingestolpert.

»Hast du keine Lampe dabei?«, fragte Tyen.

»Dazu war keine Zeit«, stieß der andere Student hervor. »Hofkrazner hat mich geschickt, dich zu holen. Die anderen sind ins Lager zurückgekehrt, um zu packen. Wir reisen ab.«

»Jetzt?«

»Ja. *Jetzt sofort*«, erwiderte Miko.

Tyen blickte sich in der kleinen Grabkammer um. Obwohl Professor Hofkrazner diese Auslandsexkursionen gern als Schatzsuche bezeichnete, erwarteten seine Kollegen von den Studenten Belege dafür, dass die Reisen auch deren Bildung zugutekamen. Wenn er die bereits sehr verblassten Dekorationen auf den Wänden der Grabkammer kopieren könnte, hätten sie etwas gehabt, das sie zensieren konnten. Sehnsüchtig dachte er an die neuen Sofortritzer, die einige der reicheren Professoren und der gewerblichen Abenteurer für ihre Aufzeichnungen benutzten. Sie überstiegen sein mageres Taschengeld bei weitem. Und selbst wenn dem nicht so wäre, hätte Hofkrazner sie nicht auf ihre Expeditionen mitgenommen, weil sie ebenso schwer wie empfindlich waren.

Tyen griff nach seiner Tasche und zog die Lasche auf. »Käfer. Rein mit dir.« Das Insektoid huschte über seinen Arm und hinein. Tyen schlang sich den Gurt über Kopf und Schulter und sandte seine Flamme in den Gang.

»Wir müssen uns beeilen«, sagte Miko und ging voran. »Die Einheimischen haben erfahren, wo du gräbst. Es muss ihnen wohl einer der Jungen gesteckt haben, die Hofkrazner eingestellt hat, um uns Proviant zu bringen. Sie kommen mit einer ganzen Horde das Tal herauf und blasen ihre Schlachtenhörner.«

»Sie wollten nicht, dass wir hier graben? Das hat mir niemand gesagt.«

»Hofkrazner wollte nicht, dass wir es dir erzählen. Er meinte, du würdest nach all den Forschungen, die du angestellt hast, bestimmt etwas Beeindruckendes finden.«

Er erreichte das Loch, durch das Tyen in den Gang zur Grabkammer eingedrungen war. Tyen folgte ihm und ließ die Flamme ersterben, während er in das helle Nachmittagslicht hinauskletterte. Trockene Hitze umfing ihn. Miko hatte bereits den oberen Rand des trichterförmigen Lochs erreicht. Tyen, der ihm folgte, schaute zurück und begutachtete sein Werk. Es war nichts mehr in dem Grab, das einen Räuber interessieren würde, aber er wollte es nicht so offen zurücklassen – erst recht nicht, da er jetzt wusste, dass den Einheimischen die Unversehrtheit dieses Grabes so wichtig war. Er sandte seinen Geist aus, zog Magie in sich hinein und ließ dann Erdreich und Steine, die er ringsum aufgeworfen hatte, wieder zurück in den Trichter rutschen.

»Was *tust* du da?« Miko klang verärgert.

»Ich fülle es auf.«

»Dafür haben wir keine Zeit!« Miko griff nach seinem Arm und riss ihn herum, sodass sie beide in das Tal hinabschauten. Er streckte die Hand aus. »Siehst du?«

Die Talwände waren fast senkrechter Fels, und wo das Gestein im Laufe der Zeit verwittert und in die Tiefe gestürzt war, hatten sich hohe, steile Schuttkegel an der Felswand gebildet. Tyen und Miko standen auf einem dieser Kegel.

Eine lange Reihe von Menschen kam den Talgrund herauf, die Blicke nach oben gerichtet, um das Geröll abzusuchen. Jemand hob den Arm und deutete auf Tyen und Miko. Die Übrigen blieben stehen, dann schüttelten sie die Fäuste.

Ein Schauer durchlief Tyen – teils war es Furcht, teils schlechtes Gewissen. Obwohl die Menschen, die jetzt die entlegenen Täler des Maienlands bewohnten, nichts mit der alten Rasse zu tun hatten, wegen deren Gräbern die Archäologen gekommen waren, hatten sie das Gefühl, dass solche Orte des Todes nicht angerührt werden sollten, damit keine Geister geweckt wurden. Sie hatten das klargestellt, als Hofkrazner eingetroffen war, genau wie sie es früheren Expeditionen gesagt hatten. Aber ihre Proteste hatten sich stets in Worten erschöpft. Sie mussten wirklich außer sich sein, wenn Hofkrazner die Expedition abgekürzt hatte. Warum hatte Hofkrazner ihm nicht gesagt, dass sie in diesem Gebiet keine Grabungen dulden würden?

Tyen öffnete den Mund, um zu fragen, als ein Stück weit neben ihm der Boden explodierte. Sie rissen beide die Arme hoch, um das Gesicht gegen den Staub und die Steine zu beschirmen.

»Kannst du uns beschützen?«, fragte Miko.

»Ja. Gib mir einen Moment…« Tyen sammelte weitere Magie. Diesmal ließ er die Luft um sie herum still werden. Darum ging es bei einem Zauber zumeist: etwas zur Ruhe kommen zu lassen oder etwas zu bewegen. Das Erhitzen und Abkühlen war nichts als eine weitere Form von Bewegen und Beruhigen, nur intensiver und konzentrierter. Als der Staub sich jenseits seines Schildes legte, sah er, dass die Einheimischen sich hinter einer leuchtend bunt gekleideten Frau gesammelt hatten, ihrer Priesterin und Zauberin. Er schickte sich an, zu ihnen hinabzusteigen.

»Bist du verrückt geworden?«, fragte Miko.

»Was können wir sonst tun? Wir sitzen hier oben fest. Wir sollten einfach zu ihnen gehen und mit ihnen reden. Erklären, dass ich nicht…«

Wieder explodierte der Boden, diesmal viel näher.

»Sie scheinen nicht in der Stimmung zu sein zu reden.«

»Sie werden zwei Söhnen des Leratischen Reichs nichts antun«, versuchte Tyen es mit Logik. »Das Maienland profitiert stark davon, dass es eine der sichereren Kolonien ist.«

Miko schnaubte. »Glaubst du, das interessiert die Dorfbewohner? Sie sind an den Gewinnen nicht beteiligt.«

»Nun … die Gouverneure werden sie bestrafen.«

»Das scheint im Moment ihre geringste Sorge zu sein.« Miko drehte sich um, um die Felswand hinter ihnen hinaufzublicken. »Ich werde nicht abwarten, um festzustellen, ob sie bluffen.« Er lief am oberen Rand ihres Schuttkegels entlang und suchte nach Aufstiegsmöglichkeiten im Fels.

Tyen folgte ihm und blieb so nah wie möglich bei Miko, sodass er seinen Schild nicht überdehnen musste, um sie beide damit zu beschirmen. Die Dörfler hatten inzwischen den Schuttkegel erreicht, aber dessen loses Geröll verlangsamte sie. Die Zauberin ging am Fuß des Kegels entlang und versuchte, direkt unter ihnen zu bleiben. Vielleicht – hoffentlich – bedeutete das, dass sie mit ihren Angriffen die Magie in ihrer unmittelbaren Umgebung erschöpft hatte und erst in einiger Entfernung davon wieder Zugang zu mehr Magie finden würde. Wenn dem so war, konnte sie zur Sammlung von Magie nicht so weit ausgreifen wie er selbst.

Sie blieb stehen, und die Luft kräuselte sich vor ihr, ein Puls, der auf ihn zurauschte. Als ihm klar wurde, dass Miko vorausgegangen war, zog Tyen weitere Magie in sich hinein und breitete den Schild aus, um ihn zu beschützen.

Kurz vor ihren Füßen explodierte das Geröll. Tyen ignorierte die Steine und den Staub, die von seinem Schild abprallten, und beeilte sich, Miko einzuholen. Sein Freund hatte einen Spalt in der Felswand erreicht. Nachdem er die Füße auf die rauen Flächen des schmalen Spalts gestellt und dessen Kanten umfasst hatte, begann er zu klettern. Tyen legte den Kopf in den Nacken. Zwar reichte der Riss im Fels ein Stück nach oben, aber bei weitem nicht bis zum oberen Ende der Wand. Stattdessen verbreiterte er sich etwa drei Manneshöhen über ihnen und bildete eine schmale Höhle.

»Das ist keine gute Idee«, murrte er. Selbst wenn sie nicht abrutschten und sich etwas brachen, würden sie festsitzen, sobald sie die Höhle erreicht hatten.

»Wir haben keine Wahl. Wenn wir nach unten gehen, werden sie uns fangen«, sagte Miko mit gepresster Stimme und ohne seine Aufmerksamkeit vom Klettern abzuwenden. »Schau nicht nach oben. Schau auch nicht nach unten. Klettere einfach.«

Obwohl die Felsspalte fast senkrecht war, bot sie mit ihren zerklüfteten Kanten genug Halt für Hände und Füße. Tyen schluckte hörbar und schwang sich seine Tasche auf den Rücken, damit er Käfer nicht zwischen sich selbst und der Wand zerquetschte. Dann schob er Finger und Zehen in die raue Oberfläche und hievte sich empor.

Zuerst war es leichter, als er erwartet hatte, aber schon bald wurden seine Finger, Arme und Beine müde und schmerzten vor Anstrengung. *Ich hätte mehr Sport treiben sollen. Ich hätte einem Club beitreten sollen.* Dann schüttelte er den Kopf. *Nein, es gibt keinen Sport, den ich hätte machen können und der* diese *Muskeln trainiert hätte, es sei denn, ich wäre Felswände hinaufgeklettert, und ich habe von keinem Club gehört, der* das *als Freizeitbeschäftigung einstufen würde.*

Der Schild hinter ihm erbebte unter einem plötzlichen Aufprall. Tyen ließ mehr Magie hineinfließen und versuchte, sich nicht vorzustellen, wie er einer Wanze gleich auf der Klippenwand zerquetscht würde. Hatte Miko recht, was die Einheimischen betraf? Würden sie es wagen, ihn zu töten? Oder setzte die Priesterin einfach darauf, dass er als Zauberer gut genug war, um ihre Angriffe abzuwehren?

»Wir sind fast da«, rief Miko.

Tyen ignorierte das Feuer in seinen Fingern und Waden und blickte auf, um zu sehen, wie Miko in der Höhle verschwand. *Nicht mehr weit jetzt,* sagte er sich. Er zwang seine schmerzenden Glieder zu ziehen, zu schieben und ihn hinaufzutragen, auf den dunklen Schatten der Sicherheit zu. Während er wieder und wieder emporblickte, sah er, dass er eine Körperlänge entfernt war, dann nah genug, um die Öffnung mit einem ausgestreckten Arm zu erreichen. Eine Vibration ging durch den Stein unter seiner Hand, und Splitter lösten sich aus dem Fels. Er fand abermals Tritt, stieß sich hoch, hielt sich fest, zog, spürte den kühlen Schatten der Höhle auf dem Gesicht …

Dann packten ihn Hände unter den Achseln und zerrten ihn nach oben.

Miko hörte nicht auf zu ziehen, bis Tyen ganz in der Höhle lag. Sie war so schmal, dass seine Schultern beide Seiten zugleich berührten. Es gab auch keinen durchgehenden Boden; unter ihnen verlief der Spalt in der Felswand, aber er war hier so schmal, dass sie nicht hineinrutschen konnten.

Und der Grund, den dieser Spalt bildete, senkte sich, je tiefer man in die Höhle vordrang, sodass Tyen jetzt mit dem Kopf tiefer lag als mit den Beinen. Er spürte, wie ihm das Buch aus dem Hemd rutschte, und versuchte es festzuhalten, aber Miko kam ihm mit den Armen in die Quere. Das Buch fiel unter ihm in den Spalt. Er fluchte und schuf schnell eine Flamme. Das Buch war auf einer Kante liegen geblieben, aber er hätte es mit der Hand nicht erreicht – selbst wenn sein Arm mager genug gewesen wäre, um in den Spalt zu passen.

Miko ließ ihn los und drehte sich zaghaft um, um die Höhle zu untersuchen. Tyen ignorierte ihn und ging in die Hocke, zog seine Tasche nach vorn und öffnete sie. »Käfer«, zischte er. Der kleine Apparat regte sich, dann huschte er heraus und Tyens Arm hinauf. Tyen zeigte auf den Spalt. »Hol das Buch.«

Käfers Flügel summten zur Bestätigung, dass er verstanden hatte, dann sirrte sein Körper, als er Tyens Arm hinunter und in den Spalt huschte. Das Insektoid musste die Beine weit spreizen, um in dem Spalt Halt zu finden, wo das Buch lag. Tyen stieß einen Seufzer der Erleichterung aus, als seine winzigen Zangen den Buchrücken packten. Sobald Käfer an dem Spalt auftauchte, steckte Tyen ihn zusammen mit Pergama in seine Tasche.

»Beeil dich! Der Professor ist hier!«

Tyen stand auf. Miko schaute nach oben und drückte einen Finger an die Lippen. Ein schwaches, rhythmisches Geräusch hallte in dem Raum wider.

»Im Luftwagen?« Tyen schüttelte den Kopf. »Ich hoffe, ihm ist klar, dass die Priesterin uns mit Steinen bombardiert. Sonst könnte es ein sehr langer Heimweg werden.«

»Ich bin mir sicher, dass er auf einen Kampf vorbereitet ist.« Miko wandte sich ab und ging an dem Spalt entlang weiter. »Ich denke, wir können hier hinaufklettern. Komm her und bring dein Licht mit.«

Tyen stand auf und folgte Miko. Hinter seinem Kameraden wurde der Spalt wieder schmaler, aber Schutt hatte den Raum gefüllt und bot ihnen eine steile, unebene, natürliche Treppe. Über sich sahen sie einen Fleck blauen Himmels. Miko begann zu klettern, aber das Geröll löste sich unter seinem Gewicht, sodass er nicht weiterkam.

»So dicht am Ziel.« Er blickte hoch. »Kannst du mich dort hinaufheben?«

»Vielleicht…« Tyen konzentrierte sich auf die magische Atmosphäre. In der Höhle war seit langer Zeit keine Magie mehr benutzt worden. Die Magie war so glatt verteilt und so reglos wie ein Teich an einem windstillen Tag. Und sie war in Fülle vorhanden. Er hatte sich immer noch nicht daran gewöhnt, wie viel stärker und *verfügbarer* Magie außerhalb der Städte war. Anders als in der Metropole, wo Magie ständig zu wichtigerer Verwendung wogte, sammelte sich hier die Macht wie ein sanfter Nebel um ihn herum. Den in der Stadt allgegenwärtigen *Ruß*, das Überbleibsel verbrauchter Magie, hatte er hier bisher nur in kleinen, sich schnell auflösenden Flecken bemerkt. »Sieht so aus, als wäre es möglich«, sagte Tyen. »Bist du bereit?«

Miko nickte.

Tyen holte tief Luft. Er sammelte Magie und benutzte sie, um vor Miko ein kleines flaches Rechteck aus Luft ganz still werden zu lassen.

»Tritt vor«, wies er seinen Freund an.

Miko gehorchte. Tyen stärkte das Rechteck, um das Gewicht des jungen Mannes zu halten, dann bewegte er es langsam nach oben. Miko streckte die Arme aus, um das Gleichgewicht zu wahren, und lachte nervös.

»Lass mich eben überprüfen, ob uns auch niemand dort oben erwartet, bevor du mich aus der Höhle hebst«, rief er zu Tyen herab. Nachdem er durch die Öffnung gespäht hatte, grinste er. »Die Luft ist rein.«

Als Miko von dem Rechteck heruntertrat, ertönte ein Ruf vom Eingang der Höhle. Tyen drehte sich um und sah einen der Einheimischen hereinklettern. Er nahm Magie in sich auf, um den Mann wieder hinauszustoßen, besann sich dann jedoch eines Besseren. Wenn der Mann die Felswand hinabstürzte, könnte er dabei umkommen. Stattdessen schuf Tyen einen weiteren Schild innerhalb des Eingangs.

Als er sich umschaute, spürte er, wo die magische Atmosphäre erschöpft war, aber es strömte bereits weitere Magie ein, um die verbrauchte zu ersetzen. Er nahm noch ein wenig mehr, um ein weiteres Rechteck zu formen, dann trat er, in der Hoffnung, dass die Einheimischen nichts tun würden, um seine Konzentration zu stören, auf das Rechteck und ließ es emporsteigen.

Er hatte es nie gemocht, sich selbst oder jemand anderen auf diese Weise aufsteigen zu lassen. Wenn er jemals in seiner Konzentration nachließ oder ihm die Magie ausging, blieb keine Zeit, um eine neue Plattform zu schaffen. Zwar war es möglich, die Person selbst zu bewegen, statt die unter ihr zum Stillstand gebrachte Luft, aber dabei konnte ein Mangel an Konzentration oder ein kleiner Fehler – wenn man nicht alle Teile eines Körpers mit gleicher Geschwindigkeit bewegte – zu Verletzungen oder sogar zum Tod führen.

Als Tyen den oberen Rand des Spalts erreichte, trat er ins Sonnenlicht hinaus. Über dem Tal vor der Felswand schwebte eine große, rhombenförmige, mit heißer Luft gefüllte Kapsel – der Luftwagen. Er trat von seinem Rechteck auf den Boden und eilte zu Miko, der bereits am Rand der Felswand stand.

Der Luftwagen senkte sich ins Tal hinab, sodass die Kapsel den Blick auf die darunter hängende Gondel und ihre Insassen versperrte. Die Dorfbewohner hatten sich am unteren Ende des Spalts gesammelt; einige von ihnen waren auch in die Felswand gestiegen. Die Priesterin hatte den Schuttkegel noch nicht ganz bezwungen und richtete ihre Aufmerksamkeit jetzt auf den Luftwagen.

»Professor!«, rief Tyen, obwohl er wusste, dass es unwahrscheinlich war, dass man ihn über den Lärm der Propeller hören konnte. »Hier drüben!«

Der Luftwagen entfernte sich weiter von der Felswand. Unter ihm machte die Priesterin eine dramatische Gebärde, die nur darauf bedacht war zu beeindrucken – die Magie selbst erforderte keinerlei fantastische körperliche Bewegungen. Tyen hielt den Atem an, als ein Flimmern der Luft nach oben schoss, und stieß ihn wieder aus, als die Wucht des Angriffs mit einem dumpfen Schlag, der durch das Tal hallte, unter dem Luftwagen abgefangen und neutralisiert wurde.

Der Luftwagen ging in den Steigflug über, und gleich darauf gab die Kapsel den Blick auf die lange, schmale Gondel frei; sie hatte die Form eines Kanus, mit zu beiden Seiten herausragenden Propellerarmen und einem fächerähnlichen Ruder am Heck. Professor Hofkrazner saß vorn auf dem Fahrersitz, Drem, sein Diener, der bereits in den mittleren Jahren war, und der dritte Student, Neel, standen an der Seilreling und hielten sich an den Tragseilen fest, die die Kapsel mit der Gondel verbanden. Das Trio würde ihn und Miko sehen, wenn sie sich nur umdrehten und in ihre Richtung schauten. Er rief und ruderte mit den Armen, aber die Besatzung des Luftwagens starrte wie gebannt nach unten.

»Mach ein Licht oder irgendetwas«, sagte Miko.

»Sie werden es nicht sehen«, erwiderte Tyen, aber er zog trotzdem noch mehr Magie in sich hinein und formte eine neue Flamme, machte sie größer und heller als die früheren in der Hoffnung, dass sie in dem strahlenden Sonnenlicht deutlicher zu sehen sein würde. Zu seiner Überraschung blickte der Professor herüber und entdeckte sie.

»Ja! Hierher!«, rief Miko.

Hofkrazner wendete den Luftwagen und hielt mit brummenden Propellern auf den oberen Absatz der Felswand zu. An beide Seiten der Gondel waren Taschen und Kisten mit ihrer Expeditionsausrüstung geschnallt. Schließlich kam der Wagen mit einem Schwall vertrauter Gerüche über den Rand des Felsens. Tyen atmete den Duft von harzbestrichenem Tuch, poliertem Holz und Pfeifenrauch ein und musste unwillkürlich lächeln. Miko griff nach der Reling aus Tauwerk, die rund um die Gondel verlief, duckte sich darunter hinweg und stieg an Bord.

»Tut mir leid, Jungs«, sagte Hofkrazner. »Die Expedition ist vorbei. Es hat keinen Sinn mehr zu bleiben, wenn die Einheimischen erst einmal diesen Zustand erreicht haben. Macht euch auf das Knacken in den Ohren gefasst. Wir steigen auf.«

Als Tyen sich sein Bündel auf den Rücken schwang, um an Bord zu gehen, dachte er an das, was darin war. Er hatte keinen Schatz, mit dem er angeben konnte, aber zumindest hatte er etwas Interessantes gefunden. Nachdem er sich unter dem Seil der Reling hindurchgeduckt hatte, setzte er sich auf das schmale Deck und ließ die Beine über den Rand baumeln. Miko nahm neben ihm Platz. Der Luftwagen stieg rasch auf, und seine Nase drehte sich langsam in Richtung Heimat.

2 Tyen

Es war ein erhebendes Gefühl, mit einem steten Rückenwind durch die klare, schöne Nacht zu fliegen. Die leuchtenden Rot- und Orangetöne des Sonnenuntergangs hatten dem Geplänkel zwischen Miko und Neel ein Ende gemacht, und seither war jeder an Bord mit seinen eigenen Gedanken beschäftigt.

Tyen hatte das Gefühl, dass der Luftwagen eine Bugwelle vor sich her schob. Aber im Gegensatz zu einem Boot im Wasser wurde die Welle nicht durch Verdrängung, sondern durch Verbrauch verursacht – durch Verbrauch von Magie. An ihrer Stelle blieb der dunkle Schatten von *Ruß* zurück, der hinter ihnen her wehte wie eine Rauchfahne. *Ruß* war schwer zu beschreiben für jemanden, der ihn nicht spüren konnte. Eigentlich war er lediglich die Abwesenheit von Magie, aber wenn er frisch war, hatte er Textur, als sei irgendetwas an der Stelle der Magie verblieben. Er veränderte sich auch – er schrumpfte, während Magie langsam zurückströmte, um die Leere auszufüllen.

Während Tyen mehr Magie in sich hineinzog, um die Propeller anzutreiben und die Luft in der Kapsel zu erwärmen, kostete er die Möglichkeit aus, Magie ganz hemmungslos und ohne jede Zurückhaltung benutzen zu können. Ihre Benutzung war wohltuend, überlegte er, aber es war kein körperliches Vergnügen. *Eher wie das Glücksgefühl, das man empfand, wenn etwas, das man machte, genau so gelang, wie man es geplant hatte.* Wie die Befriedigung, die er verspürt hatte, als er Käfer geschaffen hatte und die anderen kleinen mechanischen Erfindungen, die er verkaufte, um seine Ausbildung zu finanzieren.

Obwohl es nicht schwierig war, den Luftwagen zu steuern, verlangte es doch Konzentration. Tyen wusste, dass seine magischen Fähigkeiten ihm einen Platz bei der Expedition gesichert hatten. Ohne ihn hätte Professor Hofkrazner den Luftwagen die ganze Strecke allein lenken müssen.

»Es wird langsam kühl«, bemerkte Drem zu niemand Bestimmtem. Hofkrazners Kammerdiener hatte eine Weile zuvor im Gepäck herumgestöbert und ihre Fliegerjacken, ihre Hauben, Schals und Handschuhe herausgeholt. Tyen war froh gewesen, auf diese Weise zu erfahren, dass seine Tasche mit an Bord sein musste und bei ihrer überstürzten Abreise aus Maienland nicht zurückgeblieben war.

Jemand berührte ihn an der Schulter, und als er aufschaute, sah er den Professor, der ihm zunickte.

»Ruht Euch aus, Tyen. Bis Palga werde ich übernehmen.«

Tyen ließ den Sog abflauen, den er auf die Magie ausübte, stand auf, hielt sich an der Reling fest und zwängte sich an Hofkrazner vorbei, damit der Mann sich auf den Fahrersitz setzen konnte. Dann hielt er inne; er erwog zu fragen, warum Hofkrazner ihn an einer Stelle hatte graben lassen, an der die Maienländer sie nicht hatten haben wollen, aber er sagte nichts. Er kannte die Antwort. Hofkrazner scherte sich nicht um die Gefühle oder Traditionen der Maienländer. Die Akademie erwartete von ihm und seinen Studenten, dass sie Schätze heimbrachten, und das war ihm wichtiger. In jeder anderen Hinsicht bewunderte Tyen den Mann und wollte ihm ähnlicher sein, aber auf dieser Reise hatte er erkannt, dass der Professor seine Fehler hatte. Er nahm an, die hatte jeder. Wahrscheinlich hatte er selbst einige. Miko sagte ihm immer, er benehme sich so gut, dass es schon langweilig sei. Das bedeutete nicht, dass er oder Hofkrazner nicht liebenswert gewesen wären. Oder zumindest hoffte er das.

Miko und Neel saßen im mittleren Teil der Gondel, wo sie am breitesten war, an der Reling und ließen die Beine über Bord baumeln, während Drem im Schneidersitz auf der gegenüberliegenden Seite hockte, damit das Gleichgewicht gewahrt blieb. Für einen Mann seines Alters war er überraschend beweglich. Tyen ließ sich auf der gleichen Seite wie der Diener nieder, aber mit etwas Abstand zu ihm. Dann zog er sich die Handschuhe aus, steckte sie sich in die Jackentasche und holte das Buch unter seinem Hemd hervor. Es war immer noch warm. Vielleicht hatte er es sich früher nur eingebildet, und jetzt verströmte es lediglich die Wärme seines Körpers, die es von Tyen selbst gesammelt hatte. In den vergangenen Stunden hatte er sich beinahe selbst davon überzeugt, dass er sich das Gespräch mit dem Buch nur eingebildet hatte. Obwohl er natürlich hoffte, dass dem nicht so war.

Er sollte es jetzt Hofkrazner übergeben, aber der Mann war beschäftigt, und Tyen wollte zuerst herausfinden, was genau er entdeckt hatte.

»Also, Tyen«, sagte Neel. »Miko meint, du hättest in dem Grab einen Sarkophag gefunden. Waren irgendwelche Schätze darin?«

Tyen blickte auf das Buch hinab. »Keine Schätze«, antwortete er unwillkürlich.

»Kein Schmuck? Nichts von dem Tand, den wir in den anderen Höhlen gefunden haben?«

»Nichts in der Art. Der Mann, der dort begraben lag, muss arm gewesen sein, als er starb. Der Deckel des Sarges hatte nicht einmal Verzierungen.«

»Niemand begräbt arme Männer in Steinsärgen. Vermutlich sind Räuber dort hineingelangt. Das muss ärgerlich sein, nachdem man all die Zeit verschwendet hat herauszufinden, wo ein Grab sein könnte.«

»Dann waren es sehr rücksichtsvolle Räuber«, erwiderte Tyen, und jetzt ließ er ein wenig von seinem Ärger in seiner Stimme durchschimmern. »Sie haben den Deckel wieder auf den Sarg gelegt.«

Miko lachte. »Wahrscheinlicher ist, dass sie Sinn für Humor hatten. Oder befürchteten, die Leiche würde hinter ihnen herkommen, wenn sie es nicht taten.«

Tyen schüttelte den Kopf. »An den Wänden waren einige interessante Gemälde. Falls wir je dorthin zurückkehren …«

»Ich weiß nicht, ob in absehbarer Zeit irgendjemand dorthin zurückkehren wird. Die Maienländer haben versucht, uns zu töten.«

Tyen schüttelte erneut den Kopf. »Die Akademie wird es regeln. Außerdem werden die Dorfbewohner vielleicht nichts dagegen einzuwenden haben, wenn ich nur die Bilder an den Wänden abmale und nichts wegnehme.«

»Nichts wegnehme? Vielleicht wenn du einmal reich bist und deine eigenen Expeditionen bezahlen kannst.« Nach Neels Ton zu urteilen erwartete er nicht, dass Tyen jemals Reichtum erlangen würde.

Er hat gut reden. Dumm wie Bohnenstroh, aber eine Familie so wohlhabend und wichtig, dass er bestehen wird, ganz gleich, wie seine Zensuren ausfallen oder wie wenig Arbeit er auf sein Studium verwendet. Trotzdem, Neel war ehrlich an Geschichte interessiert und lernte angestrengt. Er idealisierte die berühmten Entdecker und war entschlossen, eines Tages, falls sich die Gelegenheit bot, ein Gespräch mit einem von ihnen zu führen.

Seufzend schlug Tyen das Buch auf. Es war zu dunkel,

um die Seite sehen zu können, daher schuf er eine winzige Flamme und ließ sie über seinen Händen schweben. Eine Flamme zu machen bedeutete, dass er ein winziges bisschen Luft so schnell bewegen musste, dass es heiß wurde und zu glühen anfing. Es kostete Konzentration, die Magie auf einen so kleinen Effekt zu beschränken, aber wie bei einem monotonen Tanzschritt konnte er sich, sobald das Licht brannte, auf etwas anderes konzentrieren. Als er die Seiten durchblätterte, sah er zu seiner Enttäuschung, dass der Text, der zuvor erschienen war, sich aufgelöst hatte. Er schüttelte den Kopf und wollte das Buch gerade wieder schließen, als eine Zeile erschien, sich in die Länge zog und über eine Seite schlängelte. Er öffnete das Buch, um den neuen Text zu lesen.

Du hast gelogen und nicht erzählt, dass du mich gefunden hast.

Er blinzelte, aber die Worte blieben.

Du bist nicht das, was sie als »Schatz« ansehen würden. Moment mal … woher hast du das gewusst? Ich hatte dich noch gar nicht geöffnet.

Ich brauche nur jemanden, der mich berührt. Wenn er das tut, kann ich eine Verbindung zu seinem Geist finden.

Du kannst meine Gedanken lesen?

Ja. Wie sonst könnte ich Worte in deiner Sprache formen?

Kannst du dort irgendetwas ändern?

Nein.

Ich hoffe, du lügst nicht darüber, dass du außerstande bist zu lügen.

Das tue ich nicht. Ich bin außerdem ebenso offen für dich, wie du es für mich bist. Was immer du an Informationen von mir erbittest, muss ich dir geben. Aber du musst natürlich zuerst wissen, dass eine Information existiert und dass ich sie besitze.

Tyen runzelte die Stirn. *Ich nehme an, dass es einen Preis hat, dich benutzen zu dürfen, wie es bei allen magischen Gegenständen der Fall ist.*

Der Preis ist das Wissen, das ich schnell und ehrlich sammle.

Dann habe ich die bessere Seite des Handels erwischt. Du kannst viel mehr Wissen ansammeln als ich, obwohl es natürlich davon abhängen wird, was die Menschen, die dich gehalten haben, wussten. Also, was kannst du mir erzählen?

Du studierst Geschichte und Magie. Offensichtlich kann ich dir nichts über die letzten sechshundert Jahre erzählen, weil ich die in dem Grab verbracht habe, aber ich habe davor schon viele Jahrhunderte existiert. Mich haben große Zauberer und Historiker in der Hand gehalten, außerdem Philosophen, Astronomen, Wissenschaftler, Heiler und Strategen.

Tyens Herzschlag beschleunigte sich. Wie viel einfacher würde es sein, zu lernen und seine Lehrer zu beeindrucken, wenn er ein Buch wie dieses zu seiner Verfügung hatte? Kein Suchen mehr in der Bibliothek, kein Lernen mehr bis spät in die Nacht.

Nun, jedenfalls nicht viel. Ihr Wissen war mindestens sechshundert Jahre alt, und vieles hatte sich in dieser Zeit verändert. Es hatte eine große Revolution in Vernunft und wissenschaftlicher Praxis gegeben. Sie konnte voller Irrtümer sein. Schließlich hatte sie Wissen von Menschen angesammelt, und selbst berühmte, geniale Menschen machten Fehler und hatten Irrtümer begangen.

Auf der anderen Seite, wenn die Akademie sich in irgendetwas irrte, konnte er sie nicht allein mit Pergama eines Besseren belehren. Die Professoren würden niemals eine einzelne Quelle akzeptieren, wie bemerkenswert diese auch sein mochte. Sie würden sie nicht als Beweis für irgendetwas akzeptieren, bis sie genau ermittelt hatten, wie akkurat sie war. Und dann würden sie zu dem Schluss kommen, dass sie wichtigere Verwendungszwecke für das Buch hätten, als einem Studenten zu erlauben, seine Neugier zu befriedigen oder Abkürzungen in seiner Ausbildung zu nehmen.

Deine Freunde und dein Lehrer behalten ebenfalls einige Entdeckungen für sich. Warum solltest du mich nicht behalten?

Tyen schaute zu dem Professor hinüber. Hochgewachsen und hager, mit kurzgeschnittenem Haar und einem Schnurrbart, den er nach der aktuellen Mode trug, wurde Hofkrazner von Studenten und Kollegen gleichermaßen bewundert. Seine Abenteuer hatten ihm akademischen Respekt eingetragen und ihn mit vielen Geschichten ausgestattet, mit denen er andere verzaubern und beeindrucken konnte. Frauen bewunderten ihn, Männer beneideten ihn. Nicht wenige Studenten hatten von seinem Vorbild beeindruckt ihr Studium an der Akademie aufgenommen.

Doch Tyen wusste, dass Hofkrazner seinem Ruf nicht ganz gerecht wurde. Er war zynisch, was seine Profession und ihren Nutzen für die Welt betraf, als hätte er die Neugier und das Staunen verloren, die ihn überhaupt zur Archäologie hingezogen hatten. Jetzt schien er sich nur noch dafür zu interessieren, Dinge zu finden, die er verkaufen oder mit denen er andere beeindrucken konnte.

Ich will nicht so werden wie er, sagte er zu Pergama. *Und wenn ich dich behalte, könnte das bedeuten, dass ich die Akademie einer einzigartigen und möglicherweise wichtigen Entdeckung beraube.*

Du musst tun, was du für richtig hältst.

Es war jetzt vollends dunkel geworden. Sterne sprenkelten den Himmel, so viel leuchtender und zahlreicher hier, abseits jeder großen Stadt mit ihren Lichtern und ihrem Smog. Erst in einiger Zeit war mit einer größeren Anzahl von Lichtern unter ihnen zu rechnen: wenn sie die Stadt Palga erreichten. Er schätzte, dass sie in etwa einer Stunde dort ankommen würden.

Das Buch – Pergama – hatte sich bereits zweimal mit seinem Geist in Verbindung gesetzt. Wusste sie bereits alles über ihn? Wenn ja, konnte jeder, der das Buch in Zukunft in der Hand hielt, alles über ihn erfahren. Sie brauchten Pergama nur zu fragen. Sie hatte zugegeben, dass sie jedwede Information preisgeben musste, die sie enthielt, und zwar jeder Person, die danach fragte.

Aber was hatte er zu verbergen? Nichts, was wichtig genug war, um ihn dazu zu bewegen, bei ihrer Benutzung vorsichtig zu sein. Nichts, was es nicht wert war zu riskieren, dass andere peinliche Dinge herausfinden und ihn damit aufziehen könnten. Nichts, was er nicht gegen das Wissen eintauschen würde, das sie in Jahrhunderten angesammelt hatte, Jahrhunderten, in denen große Männer das Buch in Händen gehalten hatten.

Wie die »großen Zauberer«, die sie erwähnt hatte. Und Roporien selbst. Tyen blickte wieder auf die Seite hinab. Er würde die Akademie erst in einigen Tagen erreichen. Möglicherweise würde man ihm verzeihen, wenn er sie bis dahin behielt. Schließlich hatte Hofkrazner vielleicht gar keine Zeit, sie während der Reise zurück nach Hause richtig zu untersuchen. Tyen würde bis dahin so viel wie möglich von ihr lernen.

Weißt du alles, was Roporien wusste?

Nicht alles. Roporien wusste, dass ich, damit ich ein wirkungsvoller Hort des Wissens sein konnte, Zugang zum Verstand jener haben musste, die mich hielten, aber er hatte Geheimnisse, die zu offenbaren er nicht riskieren wollte. Also hat er mich nach meiner Erschaffung niemals berührt. Er hat mich von anderen befragen lassen, aber das war für ihn nur selten notwendig.

Weil er bereits alles wusste, was es zu wissen gab?

Nein. Da ein stärkerer Zauberer die Gedanken eines schwächeren lesen kann und Roporien stärker war als alle anderen

Zauberer, brauchte er mich nicht, um den Geist eines anderen auszuspionieren. Die meisten von jenen, von denen er Informationen wollte, haben gar nicht erst versucht, sie ihm vorzuenthalten. Sie haben sie aus Ehrfurcht oder Angst preisgegeben.

Tyens Gedanken überschlugen sich, während er über Zauberer nachsann, die die Fähigkeit hatten, Gedanken zu lesen. Sie mussten in der Tat mächtig gewesen sein. *Aber warum sollte Roporien ein Buch erschaffen, das er nicht benutzen konnte?*

Nun, er brauchte mich nicht zu berühren, um mich zu benutzen. Indem er mich von anderen berühren ließ, konnte er sie lehren und Wissen verbreiten.

Das ist eine unerwartet noble Tat für einen Mann wie Roporien.

Er hat es zu seinem eigenen Nutzen getan. Ich war ein Werkzeug, um seine Kämpfer Kriegslektionen zu lehren, um seinen Dienern zu zeigen, wie sie ihm am besten von Nutzen sein konnten, und um die größten Erfinder und Künstler aller Welten zu inspirieren, damit er die Magie verwenden konnte, die durch ihr Schaffen entstand.

Magie, die durch ihr Schaffen entstand? Moment mal. Willst du damit sagen … Du willst doch nicht etwa sagen …?

Dass ihre Kreativität Magie erzeugt hat? Doch, genau das will ich sagen.

Tyen starrte entsetzt auf die Seite. *Das ist abergläubischer Unsinn.*

Nein, ist es nicht.

Das ist es ganz gewiss. Es ist ein Mythos, den die größten Geister dieses Zeitalters zurückweisen.

Wie haben sie ihn widerlegt?

Er verspürte ein Aufblitzen von Ärger, als ihm klar wurde, dass er es nicht wusste. *Ich werde es herausfinden müssen. Es wird Unterlagen geben. Obwohl … vielleicht ist es auch nicht regelrecht widerlegt worden, sondern lediglich nicht gelungen, es zu beweisen.*

Also müsstest du es glauben, wenn jemand bewiese, dass es wahr ist?

Natürlich. Aber ich bezweifle, dass das irgendjemandem gelingen wird. Die Zurückweisung primitiver Glaubensvorstellungen und Ängste und die Akzeptanz nur dessen, was sich beweisen lässt, ist es, was uns in eine moderne, erleuchtete Zeit geführt hat. Die Sammlung und Untersuchung von Beweisen und die Anwendung von Logik führte zu vielen großen Entdeckungen und Erfindungen, die das Los des Menschen verbessert haben.

Wie dieser Luftwagen, in dem ihr reist.

Ja! Luftwagen und Luftkutschen. Eisenbahnschlitten und Dampfschiffe. Maschinen, die Waren rascher als je zuvor produzieren – wie Webstühle, die Stoff schneller herstellen, als zwanzig Weber gleichzeitig es könnten, und Maschinen, die Kopien eines Buches machen können, alle gleich und zu Tausenden, binnen weniger Tage.

Tyen lächelte bei dem Gedanken an all das, was sich auf der Welt verändert hatte, seit sie das letzte Mal »gelebt« hatte. Was würde sie von den Fortschritten halten, die die Menschen gemacht hatten, vor allem im letzten Jahrhundert? Sie würde beeindruckt sein, davon war er überzeugt. Eine Art Stolz erfüllte ihn, und plötzlich hatte er einen weiteren Grund, ihre Aushändigung an Hofkrazner und die Akademie zu verzögern.

Sie musste wissen, wie die Welt sich verändert hatte. Jemand musste ihren Vorrat an Wissen auf den neuesten Stand bringen. Er würde sie unterrichten, bevor er sie abgab. Schließlich würden sie sie, wenn sie immer noch abergläubischen Vorstellungen anhing, vielleicht nicht zu einer akkuraten Quelle erklären, sondern zu einer gefährlichen.

Ein vertrautes, beunruhigendes Gefühl im Magen sagte ihm, dass der Luftwagen seinen Sinkflug begann, und er blickte auf. Palga war inzwischen in Sicht gekommen und schon recht nahe. Er schloss das Buch, schob es in seine Tasche, die er seit ihrer Flucht vor den Maienländern an einem über dem Rücken gekreuzten Gurt quer vor der Brust trug, und ließ seine Flamme verlöschen. Pergama beherrschte seine Gedanken, während sie sich auf die kleine Stadt herabsenkten.

Sie kann vermutlich gar keine akkurate Quelle des Wissens sein, da sie die Fortschritte der letzten sechshundert Jahre versäumt hat und nicht mehr weiß als das, was die Leute wussten, die sie in Händen gehalten haben. Doch das macht sie zu einem faszinierenden Einblick in die Vergangenheit. Als Gegenleistung für das, was sie mich lehrt, scheint es nur gerecht zu sein, dass ich ihr das Wissen gebe, das aufzunehmen ihr verwehrt war. Die Akademie wird sich lediglich für das interessieren, was sie von ihr nehmen können, daher muss ich es tun, bevor ich sie aushändige.

Palgas Landebahn lag wie die der meisten Städte außerhalb auf einem Feld an der Hauptstraße. Zwei weitere Luftwagen standen im Gras, ihre abkühlenden Kapseln sorgfältig neben den Gondeln vertäut. Während Hofkrazner den Wagen weiter hinabsinken ließ, ging Tyen nach vorn, um die mit einem festen Auge versehene Vorleine zu übernehmen. Drem duckte sich unter die Reling, damit er bereits zu Boden springen konnte, bevor der Wagen aufgesetzt hatte. Neel war an die Achterleine getreten, und Miko stand hinten.

»Das ist doch Gowels Wagen, oder?«, fragte Miko, als sie an den am Boden festgemachten Wagen vorbeischwebten.

»Auf jeden Fall.« Hofkrazner lachte leise. »Hoffen wir, dass er noch nicht lange hier ist, sonst wird im Gasthaus Zum Anker kein guter Staubi mehr zu haben sein. Alles klar zur Landung?«

Drem und Miko bestätigten in zackigem Ton.

»Absprung!«, befahl der Professor.

Als die beiden sprangen und damit die Gondel um ihr Gewicht erleichterten, wurde aus dem Sinkflug des Luftwagens abrupt ein neuer Aufstieg. Hofkrazner schaute zu der Kapsel empor. Laschen hoben sich und ließen heiße Luft hinausquellen. Der Aufstieg verlangsamte sich, dann begann der Wagen wieder zu sinken.

»Festmachen!«

Tyen warf Drem die Vorleine zu. Der Diener fing sie auf und zog sie sofort straff. Sie waren inzwischen gut aufeinander abgestimmt, nachdem sie den Wagen bei dieser Expedition mehrmals gelandet hatten. Als sich die Gondel auf den Boden senkte, warf Tyen einen langen Erdanker mit einem Ring hinunter und benutzte Magie, um ihn in die Erde zu rammen. Drem zog die Leine durch den Ring, während Tyen nach hinten eilte, um dort ebenfalls den Erdanker auszubringen.

Nachdem der Wagen gesichert war, gingen auch Hofkrazner, Neel und Tyen von Bord. Der Professor schritt davon, um ihren Transport zum Akademiehotel zu arrangieren, während Drem sich daranmachte, ihr Gepäck loszubinden.

»Stellt das, was in der Gondel eingeschlossen werden soll, nach rechts und das, was ihr ins Hotel mitnehmt, nach links«, wies er sie an, während er ihnen die erste Tasche reichte.

»Nach links«, erklärte Miko. Dann fügte er hinzu, während der Diener das Gepäck sortierte: »Beeil dich, Drem. Gowel war ein Jahr unterwegs. Er wird uns einiges zu erzählen haben.«

»Ich mache so schnell ich kann, Miko«, entgegnete Drem. »Gowel wird uns noch stundenlang und bis tief in die Nacht mit seinen Geschichten in Atem halten.«

»Ich bin mir sicher, dass der Professor dir schon lange vorher erlauben wird, zu Bett zu gehen«, sagte Tyen. »Einer von uns muss morgen früh klar genug im Kopf sein, um dieses Ding vom Boden zu bekommen.«

»Eher morgen Nachmittag«, brummte Drem.

Als sie das Deck klar hatten, war die Kapsel genügend abgekühlt, um sie neben der Gondel vertauen zu können. Ein Mietwagen war aufgetaucht, und Hofkrazner hatte den Fahrer auf einen vernünftigen Betrag heruntergehandelt. Tyen half Drem, das nicht benötigte Gepäck in die Gondel des Luftwagens zu schaffen und unter Deck zu verstauen. Dann schloss der Diener die Luke, und sie alle nahmen sich ihre Taschen und eilten zu dem Mietwagen hinüber.

Hofkrazner lächelte, während sie einstiegen. *Er freut sich darauf, mit seinem Freund und Rivalen über die Ereignisse der letzten Zeit zu sprechen,* dachte Tyen. *Ich frage mich …* vielleicht sollte er Pergama wieder unter sein Hemd schieben. Sie würde möglicherweise etwas aus den Geschichten lernen, die die beiden Archäologen und Abenteurer sich an diesem Abend erzählen würden.

3 Tyen

Die Akademie unterhielt ein Hotel in jeder Stadt im Reich, die es wert war, besucht zu werden. Obwohl Palga keine große Stadt war, überraschte es Tyen nicht, dass es auch hier ein Hotel der Akademie gab. Günstige Winde machten es zu einem beliebten Zwischenhalt für Luft- und Seereisende, von denen viele Absolventen der Akademie waren.

Die Größe des Hotels erstaunte ihn jedoch. Es schien so unverhältnismäßig riesig für die Stadt zu sein, dass die meisten Einheimischen in seinem Dienst standen oder es belieferten. Doch obwohl alles im Hotel von ausgesuchter Qualität war, war laut Hofkrazner das Gasthaus Zum Anker auf der anderen Straßenseite der angesagte Treffpunkt der jüngeren Absolventen. Dort nahmen sie ihren Staubi und prahlten mit ihren Reisen in die fernen Winkel des Reiches und darüber hinaus. Abenteurer – manche sogar weiblichen Geschlechts aus der nichtakademischen Welt und dem Ausland – besuchten das Gasthaus ebenfalls und waren oft bereit, ihre Erlebnisse zum Besten zu geben.

Als Tyen Hofkrazner und den anderen Studenten in die Schankstube des Gasthauses folgte, umfingen ihn sofort Lärm und Wärme. Gleichzeitig war er sich des Buches bewusst, das verborgen von seiner Weste in seinem Hemd steckte. Drem hatte darauf bestanden, dass sie alle ihre gewohnte Stadtkleidung anzogen – Hemd, Weste, Hose, Jacke und Kappe –, die sie nicht mehr getragen hatten, seit sie auf dem Weg nach Maienland durch Palga gekommen waren. Danach waren praktische, khakifarbene, abgetragene Hosen und Hemden, warme Fliegerjacken, Hauben, Schals und Handschuhe ihre Kleider gewesen.

Als er den Schankraum betrat, hängte Hofkrazner seinen Hut auf den obersten einer Reihe von Nägeln an der nächsten Wand. Die Studenten hängten ihre Kappen an die Nägel darunter und folgten dem Professor zu einem Tisch, an dem bereits vier Männer saßen. Einer der vier blickte auf, und ein breites Grinsen ließ die Zähne in seinem stark gebräunten Gesicht aufblitzen, als er Hofkrazner erkannte.

»Vals!«, brüllte er. »Ich dachte, Ihr würdet erst in ein oder zwei Wochen zurückerwartet.«

»Das ist auch richtig«, antwortete der Professor und ging um den Tisch herum, damit er dem anderen Mann zur Begrüßung auf die Schultern schlagen konnte. »Wir hatten ein kleines Problem mit den Einheimischen. Nichts, womit ich nicht fertiggeworden wäre, aber ich wollte nicht riskieren, dass den Jungen etwas passiert.« Er drehte sich zu Tyen, Miko und Neel um. »Ich denke, Ihr kennt Tyen Eisenschmelzer und Neel Lang bereits, aber Miko Grünriegel noch nicht. Jungs, das ist Tangor Gowel, der berühmte Abenteurer.«

»Berühmt?« Gowel wedelte abschätzend mit der Hand. »Nur unter unseresgleichen, wo Ruhm weniger Wert hat als Freundschaft.« Er deutete auf die anderen Männer. »Kargen Wachalt, Mins Speer und Dayn Zo, meine Reisegefährten. Freunde, das ist Vals Hofkrazner, Professor für Geschichte und Archäologie an der Akademie. Jetzt setzt Euch und erzählt mir, wo Ihr gewesen seid.« Er winkte einer Kellnerin zu. »Noch vier Gläser hierher!«

»Sagt mir zuerst, wo *Ihr* gewesen seid«, erwiderte Hofkrazner. »Ich habe gehört, dass Ihr das Äquatorialgebirge überquert und den Fernen Süden erreicht habt.«

Gowel grinste jetzt so, dass seine Schnurrbartspitzen fast die Ohren erreichten. »Ihr habt richtig gehört.«

»In diesem kleinen Luftwagen, neben dem wir auf dem Landefeld festgemacht haben?«

»Genau.«

»Ist die Luft während der Überquerung ziemlich dünn geworden?«

Alle vier Männer nickten. »Aber wir haben eine Art Pass gefunden. Eine Passage durch die Gipfel.«

»Und was lag auf der anderen Seite?«

Die Kellnerin erschien mit den Gläsern, und Gowel schenkte jedem am Tisch eine großzügige Menge von dem kräftigen, dunklen Staubi ein. »Der Ferne Süden ist so, wie der Entdecker Holzner ihn beschrieben hat«, antwortete er, während er jedem sein Glas hinschob. »Seltsame Tiere und noch seltsamere Menschen. Die Atmosphäre ist erfüllt von starker Magie, und was sie damit machen …« Seine Augen leuchteten bei der Erinnerung. »Wir haben das legendäre Tyeszal gesehen – das Holzner als Helmburg übersetzt hat. Eine Stadt, die in eine riesige Felszinne gehauen wurde, eine Zinne, die so hoch ist wie ein Berg. In ihrem Zentrum befördern schwebende Plattformen Menschen und Waren hinauf und hinunter; außen um die Stadt fliegen Kinder umher und überbringen sowohl Nachrichten als auch kleine Sendungen.«

Hofkrazner nahm einen ordentlichen Schluck von seinem Staubi, ohne den Blick auch nur für einen Moment von Gowel abzuwenden. »Also doch keine Übertreibung.« Es schien Tyen, dass im Gesicht des Professors ein Muskel zuckte oder sich anspannte, was einen flüchtigen Eindruck von Neid erweckte. »Und wie sind die Eingeborenen?«

»Zivilisiert. Ihr König ist Fremden gegenüber freundlich gesinnt und offen für Handel. Ihre Zauberer sind gebildet, und sie haben eine kleine Schule. Obwohl sie uns in technischen Belangen weit hinterherhinken, haben sie einige Methoden und Geräte entwickelt, die mir noch unbekannt waren.« Er zuckte die Achseln. »Obwohl ich mich irren könnte. Magie ist, wie du weißt, nicht mein Spezialgebiet. Ich war nicht im Auftrag der Akademie unterwegs, sondern für Tor Braun und Co. Ich sollte nach Bodenschätzen suchen und nach neuen Möglichkeiten, Handel zu treiben – und außerdem eine Luftwagenroute durch die Berge finden.«

Hofkrazner leerte seinen Becher. »Habt Ihr irgendwelche natürlichen Schätze und neue Handelswaren gefunden?«

Gowel nickte und zog ein großes, in Leder gebundenes Buch aus der Jacke. Er blätterte darin; die Seiten waren gefüllt mit einer sauberen Schrift und gelungenen Skizzen. Der Abenteurer hielt bei einer Seite inne, um die Pflanzen und Tiere zu beschreiben, sowohl domestizierte als auch wilde, die er gefunden hatte. Dann schlug er eine skizzierte Landkarte auf, die das Gebiet verschiedener Völker zeigte, die er und seine Gefährten kennengelernt hatten. Tyen bemerkte eine Linie, die sich durch eine Bergkette am Rand der Karte schlängelte. War dies die Route, die die Abenteurer genommen hatten?

Als Gowel fertig war, schaute Hofkrazner von dem Buch zu seinem Freund und lächelte. »Gewiss ist das nicht *alles*, was Ihr mitgebracht habt?«

»Nun, die üblichen Proben von Flora und Fauna, Mineralien und Textilien.«

»Keine Schätze, die Ihr der Akademie verkaufen könnt?«

Gowel schüttelte den Kopf. »Nichts, was die Luftwagen beschwert hätte.«

Der Professor brummte eine widerstrebende Zustimmung. »Gold und Silber sind verflucht schwer.«

»Wissen ist von größerem Wert als Gold und Silber«, entgegnete Gowel. »Ich verdiene mit meinen Büchern und Vorträgen inzwischen mehr Geld als mit Schatzfunden, selbst wenn die Akademie mich einen Lügner nennt. Vielleicht gerade, weil sie es tut.« Sein Blick wanderte von Miko zu Neel und dann weiter zu Tyen. »Lasst nicht zu, dass die ehrwürdige Institution euren Geist einengt, Jungs. Geht hinaus in die Welt und entscheidet selbst, was Folklore ist und was Wahrheit.«

»Für wohlhabende Männer wie Euch ist das ja alles gut und schön, Gowel«, sagte Hofkrazner. »Aber die meisten von uns können es sich nicht leisten, mit leeren Händen heimzukehren. Wir müssen der Akademie gegenüber die Finanzierung unserer Expeditionen rechtfertigen, indem wir die Weisheit oder den Wohlstand der ehrwürdigen Institution mehren. Vorzugsweise den Wohlstand.«

»Und wir wollen nicht, dass wir aus der Akademie geworfen werden, so wie es Euch ergangen ist«, fügte Neel hinzu und bedachte den älteren Mann mit der Art von herausforderndem Blick, den nur Studenten aus seinem Kurs wagen würden. Hofkrazner lachte leise.

Gowel sah den Jungen an. »Entgegen dem, was die Zeitungen behaupten, bin ich nicht hinausgeworfen worden: Ich habe meine Stelle aufgegeben.«

Neel runzelte die Stirn. »Warum habt Ihr das getan?«

Das Lächeln des Abenteurers war grimmig. »Ich habe einst ein Wunder entdeckt – einen Gegenstand von geringem Geldwert, aber von großem magischem Potenzial, das vielleicht Tausenden hätte zugutekommen können –, und sie haben ihn weggesperrt, sodass niemand außer ihnen ihn sehen und benutzen konnte.«

Tyens Herz setzte einen Schlag aus. *Ist es das, was sie mit Pergama machen werden? Sie wegsperren, sodass niemand sie berühren kann? Sie würde das hassen.* Aber gewiss würde sie, sobald die Akademie begriff, wie nützlich sie sein konnte, die ganze Zeit gehalten und gelesen werden. Von Männern mit größerem Wissen und größerer Intelligenz, als er sie besaß. Wie konnte er ihr das verwehren, wenn sie doch dafür geschaffen worden war?

»Ich hätte diesen Gegenstand behalten sollen.« Gowel runzelte die Stirn, und Tyen war überrascht, Hofkrazner nicken zu sehen. »Nach dem, was Vals mir erzählt, liegt er unbenutzt und vergessen im Tresor. Die Akademie ist gierig und selbstsüchtig. Das Wissen und die Wunder der Welt sollten allen zur Verfügung stehen, damit jeder Mensch sich weiterbilden kann, falls es sein Wunsch ist«, fuhr Gowel fort. »Mein Traum ist es, eine große Bibliothek in Belton aufzubauen, in der die Menschen kostenlos von der Welt und ihren Wundern erfahren können.«

Es war ein anerkennenswerter Traum, und Tyen verspürte einen Stich schlechten Gewissens angesichts seines Wunsches, Pergama zu behalten. Es wäre selbstsüchtig, das zu tun. Andere sollten ebenfalls von ihr profitieren. Aber wenn die Akademie sie genauso behandelte wie den Gegenstand, den Gowel gefunden hatte, würde dann irgendjemand von ihr profitieren? Und während Hofkrazners Worte über die Rechtfertigung ihrer Expedition ihn an den anderen Grund erinnerten, warum er sie der Akademie aushändigen sollte – wäre es nicht genauso selbstsüchtig, das zu tun, nur um bessere Zensuren zu bekommen?

Was immer er tat, er sollte zuerst die Informationen, die sie enthielt, auf den neuesten Stand bringen. Und herausfinden, ob sie wirklich immer die Wahrheit sagte. Es würde die Wahrscheinlichkeit vergrößern, dass die Akademie sie als einen wertvollen Gegenstand ansah, den zu benutzen sich lohnte, und es war das, was sie wollen würde, da es ihr

Zweck war, Wissen zu sammeln. Es würde ihm außerdem Zeit geben zu entscheiden, was er tun sollte.

Je länger er sie behielt, desto schlimmer würde es aussehen, wenn er sie schließlich hergab, daher würde er sich beeilen und jede Gelegenheit nutzen müssen, sie zu unterweisen. Es war klar, dass die einfache Mitteilung an sie, dass sie sich in irgendeinem Punkt irre, nicht genug war, um die Informationen zu verändern, die sie enthielt. Sie hatte sich widersetzt, als er versucht hatte, sie hinsichtlich der Beziehung zwischen Kreativität und Magie zu korrigieren. Er brauchte Beweise, um sie von ihrem Irrtum zu überzeugen. Und wenn er sie der Akademie aushändigte, musste er in der Lage sein zu demonstrieren, dass ihr Wissen korrigiert werden konnte.

Er schaute sich um und wünschte, er könnte sofort anfangen. Es würde vorzeitige Aufmerksamkeit auf Pergama lenken, wenn er sie im Gasthaus herausnahm und in ihr zu lesen begann, aber wenn er ins Hotel ging, würden Stunden verstreichen, bevor die anderen zurückkamen. Miko und Neel würden erstaunt darüber sein, dass er bereit war, sich Gowels Geschichten entgehen zu lassen – ganz zu schweigen von freiem Staubi –, aber es war ein langer, aufregender Tag gewesen, und er hatte einen großen Teil damit verbracht, den Luftwagen zu fahren, daher würden sie ihm glauben, wenn er Müdigkeit vorschützte. Er leerte sein Glas, stellte es auf den Tisch und gähnte.

»Verzeiht mir«, sagte er. »Aber ich werde für die Nacht Schluss machen.«

Die anderen Studenten sahen ihn überrascht an, doch Hofkrazner nickte mitfühlend. »Es war ein langer Tag. Vielleicht solltet Ihr alle …«

»Mir geht es gut«, erklärte Neel. »Ich bin überhaupt nicht müde.« Miko straffte sich und nickte zustimmend. Die beiden warfen ihm einen Seitenblick zu.

Tyen zögerte, als würde ihr Spott ihn beinahe zum Bleiben bewegen, doch dann schüttelte er den Kopf. »Ich soll morgen die erste Teilstrecke übernehmen«, erklärte er leise. Er stand auf, nickte Gowel, seinen Gefährten und dann Hofkrazner höflich zu, holte sich seine Kappe und trat hinaus auf die Straße.

Das Akademiehotel auf der anderen Straßenseite war still. In der Eingangshalle lasen zwei ältere Männer Zeitung, und es schien nur noch wenig Personal im Dienst zu sein. Tyen eilte die Treppe zum Schlafsaal der Studenten hinauf. Wenn auch einfacher möbliert als Hofkrazners Suite, war der Raum viel schöner als der, den er sich in der Akademie mit Miko teilte.

Er hievte seine Taschen von dem Bett herunter, das er bei ihrer Ankunft für sich beansprucht hatte, und zog seine Stiefel aus. Dann lehnte er sich gegen das Kopfteil und holte Pergama unter seinem Hemd hervor. Er schlug die erste Seite auf und wartete darauf, dass die Buchstaben sich formten.

Hallo, Tyen.

Ich habe einige Stunden Zeit, bevor die anderen zurückkommen. Darf ich dir ein paar Fragen stellen?

Natürlich. Das Beantworten von Fragen ist das, wozu ich geschaffen wurde.

Wo soll ich anfangen? Ich habe so viele. Woher kommst du? Was warst du, bevor du zu einem Buch wurdest? Warum hat Roporien dich ausgesucht? Wie hat er dich erschaffen?

Immer eine Frage nach der anderen. Jede neue Frage löscht die vorangegangene aus.

Ich bitte um Verzeihung. Also … woher kommst du?

Ich wurde in der Stadt Ambarlin im Land Amma in der Welt Ktayl geboren.

Die Welt *Ktayl? Willt du damit sagen, es gibt noch andere Welten?*

Ja.

Wie viele andere Welten gibt es?

Das weiß niemand. Nicht einmal der große Roporien hat es gewusst.

Also viele.

Ja.

Tyen verspürte einen Kitzel der Erregung. Die Theorie von der Existenz anderer Welten wurde in der Akademie oft debattiert. Viele historische Quellen sprachen von solchen Welten, doch niemand hatte es geschafft, das zu beweisen. Einige hochangesehene Akademiker hielten es für wahr. Sie hatten die Gesellschaft der Anderweltler gegründet, eine Gruppe, die vielfach verspottet wurde, aber nicht so laut und so höhnisch wie andere, gleichermaßen seltsame Gesellschaften.

Kannst du beweisen, dass es andere Welten gibt?

Ich kann dich lehren, wie du zwischen ihnen hin und her reisen kannst, falls du die Stärke besitzt – oder, wie du es nennst, einen ausreichenden Zugriff.

Sein Herz begann zu rasen. Andere Welten zu erkunden … Er würde berühmter werden als Gowel.

Wie stark muss mein Zugriff sein?

Das hängt von der Menge an Magie ab, die diese Welt enthält. Nach dem, was ich bisher in deinem Geist von ihr gesehen habe, bezweifle ich, dass es außer den mächtigsten Zauberern jemand schaffen kann.

Tyen war enttäuscht. Er wusste, dass sein Zugriff stark war, aber es gab jede Menge Zauberer, die größere Fähigkeiten besaßen als er.

Könntest du immer noch beweisen, dass es andere Welten gibt, selbst wenn ich nicht genug Kraft hätte, um sie zu bereisen?

Wenn ich bedenke, wie wenig du geneigt warst, mir zu glauben, als ich dir sagte, dass Kreativität Magie erzeugt, bezweifle ich es.

Darüber lachte er leise.

Erzähl mir mehr von dir. Wie hast du Roporien kennengelernt?

Als ich noch nicht lange erwachsen war, bin ich nach Uff gereist, eine große Stadt, die Künstler und Schriftsteller aus ganz Ktayl angelockt hat. Ich habe mich als magische Buchbinderin niedergelassen, und meine Waren waren bald so gefragt, dass ich berühmt und wohlhabend wurde.

Mit der Herstellung von Büchern?

Ja. Meine Bücher waren nicht nur schön, sie benutzten auch Magie auf neue Weise, um ihren Inhalt zur Schau zu stellen, zu bewahren und zu verbergen. Sie konnten leuchten, damit man sie im Dunkeln lesen konnte. Sie konnten Magie benutzen, um sich selbst zu bewahren, sodass sie länger hielten. Sie konnten ein magisches Schloss in sich tragen oder in Flammen aufgehen, wenn man sie zu weit von ihrem Besitzer entfernte. Meine Kunden waren wohlhabend und mächtig: Zauberer, erfolgreiche Künstler, Intellektuelle, die Reichen und Mächtigen und sogar Personen von Adel. So hat Roporien von mir erfahren. Er hat eins meiner vielen Bücher gesehen und begriffen, dass ich etwas wusste, das er nicht wusste, daher ist er zu mir gekommen, um meine Geheimnisse zu erforschen.

Und du hast dich geweigert, sie ihm zu geben?

Natürlich nicht! Ich wusste von Roporien, so wie jeder, der sich unter den Mächtigen bewegte. Nur ein Narr hätte ihm verwehrt, wonach er suchte. Da er es ohnehin alles aus meinem Geist erfahren konnte, hatte es keinen Sinn zu versuchen, irgendetwas zu verbergen. Mein Fehler war Stolz. Er hat sich mir genähert, als ich eines Nachts mit meinen Freunden trank. Sie waren alle Künstler der einen oder anderen Art, und ich konnte sehen, dass sie beeindruckt waren und auch Angst hatten. Ich wollte angeben und beweisen, dass ich nicht furchtsam war, daher habe ich Roporien in mein Haus eingeladen. Er hat die Einladung angenommen.

Aber du hattest Angst?, vermutete Tyen.

Ein wenig. Aber er war auch ein sehr gutaussehender Mann. Zumindest dachte ich das damals. Später habe ich erfahren, dass er sein Aussehen verändern konnte, um zu betonen, was eine Frau an ihm attraktiv fand. Es hieß, er habe Künstler immer geschätzt – aus dem Grund, den du für abergläubischen Unsinn hältst.

Tyen las noch einmal die beiden letzten Absätze.

Willst du damit sagen …?

Dass ich ihn zum Geliebten genommen habe. Ja.

Er starrte auf das Buch, um sich ins Gedächtnis zu rufen, dass es ein Band von Seiten war, zusammengehalten von Garn, Leim und Leder, mit dem er sich unterhielt, keine leibhaftige Frau aus Fleisch und Blut. Machte es das irgendwie einfacher zu akzeptieren, was sie ihm erzählt hatte, ohne geringer von ihr zu denken? Er war sich nicht sicher. *Sie hat in einer anderen Zeit und an einem anderen Ort gelebt – einer vollkommen anderen Welt, falls das der Wahrheit entspricht. Vielleicht war dies an jenem Ort und zu jener Zeit ein akzeptables Verhalten für eine angesehene Frau gewesen.*

Es war nicht der Skandal, der es jetzt und hier sein würde, aber dumm war es trotzdem.

Weil es ihn dazu brachte, dich zu einem Buch zu machen?

Nicht direkt. Aber es ist gefährlich, sich in der Nähe einer Person aufzuhalten, die so lange gelebt hat, dass das Leben und die Gefühle anderer für sie ohne Belang sind.

Er war … du hast einen alten Mann *in dein Bett eingeladen?*

Ja, aber nicht so, wie du es dir vorstellst. Roporien war viele, viele Jahrhunderte alt, doch wie die meisten der Nichtalternden hatte er den Körper eines Mannes in der Blüte seiner Jahre.

Nichtalternd? Aber er wird in der Geschichte nur über eine Spanne von fünfzig Jahren erwähnt.

Er fand diese Welt in den letzten fünfzig Jahren seines Le-

bens. Wie ich dir erzählt habe, gibt es viele, viele Welten. Selbst ein Mann, der so alt war wie Roporien, konnte immer noch neue entdecken.

Tyen wollte weitere Fragen über Roporien stellen, aber er wollte sich auch nicht von Pergamas Geschichte ablenken lassen.

Also, was hat ihn dazu gebracht, dich zu einem Buch zu machen?

Ich habe ihm die Bücher gezeigt, die ich gemacht hatte, einschließlich einer neuen Art, die zu erschaffen mir kurz zuvor gelungen war und die es der Person, die es in der Hand hielt, erlaubte, allein mit der Kraft ihrer Gedanken auf die Seite zu schreiben. Dabei hatte ich eine weitere Entdeckung gemacht: die Möglichkeit, diese Schrift unsichtbar bleiben zu lassen, bis der Leser wollte, dass sie erscheint. Roporien war beeindruckt. Als ich am Morgen aufstand, untersuchte er das Buch eingehend. Er hob mich hoch und legte mich auf den Tisch, aber ich habe zu spät begriffen, dass seine Absicht nicht Verführung war. Stattdessen begann er sein eigenes Buch zu machen, und er benutzte meinen Körper als die einzige materielle Quelle dafür.

Tyen schauderte. *Er hat dich getötet.*

Ich bin nicht tot.

Aber du gehst und atmest auch nicht. Gewiss kannst du nicht glücklich über das sein, was er dir angetan hat?

Ich bin nicht glücklich, aber ebenso wenig bin ich unglücklich.

Du warst reich und jung, und ich stelle mir vor, du warst auch schön. Er hat dir das alles genommen. Ich wäre außer mir vor Zorn!

Ich empfinde nicht so, wie ich es tun würde, wenn ich einen ganzen Körper hätte, mit dem ich meine Gefühle ausdrücken könnte. Ich *weiß*, dass das, was er getan hat, grausam und ungerecht war. Mir ist die Abwesenheit eines Körpers ungefähr auf die gleiche Art bewusst, wie ein Amputierter die Abwesen-

heit eines Gliedes wahrnimmt. Aber ohne einen Körper kann ich nicht zürnen oder trauern.

Kannst du Schmerz empfinden?

Nein. Nicht mehr, seit die Verwandlung begann.

Seit sie begann. *Also hat das meiste davon nicht wehgetan?*

Nun, seine Arbeit war leichter, sobald er den Schmerz ausgeblendet hatte.

Wie hat er … nein, ich will es gar nicht wissen.

Doch, willst du wohl, aber du befürchtest, dass ich von deinem Abscheu gekränkt oder über die Erinnerung bekümmert sein werde. Es macht mir nichts aus. Denk daran, ich habe solche Gefühle nicht mehr.

Tyen betrachtete das Buch, das offen in seinen Händen lag, und bemerkte zum ersten Mal die Eleganz der Schrift. Es machte ihn irgendwie traurig. Sie hatte nicht darum gebeten, zu einem Buch gemacht zu werden. Wenn sie Gefühle nicht empfinden konnte, dann hatte sie nicht nur die Fähigkeit verloren, Furcht oder Abscheu zu fühlen, sondern auch Liebe und Hoffnung. Sie mochte tausend Jahre gelebt haben, aber nicht als eine ganze Person.

Er hörte vertrautes Gelächter von irgendwo hinter der Tür und seufzte. Er schloss das Buch und steckte es in sein Bündel.

Die Akademie sollte besser gut auf dich aufpassen, Pergama, dachte er. *Du hast zu viel durchgemacht, um dein Leben ohne Bewusstsein zu verbringen und langsam in einer verlorenen Ecke der Schatzkammer zu zerfallen.*

4 Tyen

Irgendwann während ihrer Nacht in Palga verwandelte sich die hilfreiche Brise, die sie aus dem Maienland fortgetragen hatte, in einen tyrannischen Sturm. Er jagte den Luftwagen mit beunruhigenden Stößen vor sich her, sodass sie sich rittlings aufs Deck gesetzt hatten und sich festklammerten, als sei die Gondel eine Art ungezähmter Bestie. Sie flogen so tief wie möglich, für den Fall, dass sie überstürzt landen mussten, aber das bedeutete, dass sie ständig hohen Hindernissen ausweichen mussten.

Zumindest wehte der Wind aus der richtigen Richtung. Mehrmals hatte Hofkrazner erwogen zu landen und abzuwarten, bis das Wetter sich beruhigte, aber es hatte einen Vorteil, einen so starken Wind auf ihrer Seite zu haben: Auf diese Weise wurde ihre Reise von mehreren Wochen auf weniger als eine einzige verkürzt. Und diese Stürme konnten etliche Tage andauern.

Sie wagten es jedoch nicht, bei solchem Wetter die Nordkanäle zu überfliegen. Als sie daher Widport erreichten, die der Insel Leratia nächstliegende Stadt auf dem westlichen Festland, suchten sie dort Schutz, bis ein Dampfschiff ankam. Sobald sie an Bord waren, bewachten Tyen, Miko und Neel abwechselnd den im Frachtraum verstauten Luftwagen. Die Überfahrt nach Leratia dauerte drei Tage.

Sobald sie Leratia erreicht hatten, setzten sie ihre Heimreise mit dem Eisenbahnschlitten fort. Die erst jüngst weiter ausgebaute Ost-West-Bahn machte ihre letzte Etappe zu der angenehmsten ihrer Fahrt.

Wenn auch nicht so erregend wie die Luftreise, war der Eisenbahnschlitten doch die schnellste und komfortabelste Form des Transports, die im letzten Jahrhundert entwickelt worden war. Und es war auch die verlässlichste, da die Stürme, die für Luftwagen und Schiffe so gefährlich waren, einen Eisenbahnschlitten nicht aufhielten.

Sie fuhren am nächsten Nachmittag in die leratianische Ost-West-Station ein. Während Hofkrazner überwachte, wie ein Kran den Luftwagen vom Frachtschlitten auf einen wartenden Langwagen hob, lauschte Tyen dem Regen, der auf das glasvertäfelte Dach hoch über ihm hämmerte, und konnte nicht entscheiden, ob er erleichtert oder enttäuscht darüber sein sollte, wieder zurück zu sein. Er sehnte sich zwar nach dem simplen Komfort des Schlafsaals in der Akademie, aber sobald er ankam, sollte er Pergama aushändigen.

Konnte er damit durchkommen, diesen Moment hinauszuzögern? Seit Palga hatte er kaum Gelegenheit gehabt, sich mit dem Buch zu unterhalten, und es gab immer noch so viel, was er Pergama beibringen musste, bevor er sie hergab.

Falls er das überhaupt tat.

Er zuckte zusammen, als ihm jemand auf die Schulter schlug.

»Nicht so bequem wie eine Landung des Luftwagens auf dem Rasen der Akademie, aber zumindest sind wir alle wieder heil angekommen«, sagte Hofkrazner lächelnd. »Ihr habt in der Luft gute Arbeit geleistet, Eisenschmelzer. Ihr habt Euch gewiss Euren Platz auf dieser Expedition verdient. Ich würde Euch jederzeit als Copiloten bei mir haben wollen. Ihr habt ein echtes Talent zur Luftfahrt.«

Tyens Gesicht wurde warm angesichts des Komplimentes. »Vielen Dank, Professor.«

»Also, ich werde mit dem Luftwagen zurückfahren, aber für Euch drei ist kein Platz im Langwagen. Nehmt einen Dreisitzer zur Akademie. Ich werde Eure Taschen in Eure Zimmer schicken lassen.« Sein Lächeln wurde breiter und verwandelte sich in ein Grinsen. »Ich sehe Euch dann im Unterricht, mein Mitabenteurer.«

Er tippte sich zum Abschied an den Hut, schritt hinüber zu dem Langwagen und schwang sich neben den Fahrer. Als das Vehikel sich entfernte, drehte Miko sich zu Tyen und Neel um und legte beiden eine Hand auf die Schulter.

»Kann ich euch für die Fahrt anpumpen, meine Mitabenteurer? Ich bin pleite.«

Tyen zuckte die Achseln und nickte. Er konnte sich die Hälfte des Fahrpreises leisten. Dann wurde ihm flau, als Neel den Kopf schüttelte.

»Mutter besteht immer darauf, dass ich sie besuche, sobald ich von irgendeiner Reise zurück bin. Ich werde euch später in der Akademie sehen.« Neel tippte sich an die Kappe und ging auf den Bahnhofseingang zu.

Miko bedachte Tyen mit einem ungläubigen Blick, sagte jedoch nichts, als sie sich umdrehten, um ihm zu folgen. Neel hätte ohne Weiteres zu Hause wohnen und jeden Tag mit einem Einsitzer zur Akademie fahren können – genauer gesagt wäre er in der Kutsche der Familie gefahren worden –, aber er hatte die Chance genutzt, seinen Eltern zu entkommen, indem er um ein Zimmer im Studentenheim gebeten hatte. *Zumindest behauptet er das. Vielleicht zwingen seine Eltern ihn, dort zu wohnen, weil sie wissen, dass er niemals den Unterricht besuchen würde, wenn er nicht in Sichtweite der Professoren lebte.*

Sie traten aus dem Bahnhof und wurden vom normalen

Lärm der Stadt empfangen, der jetzt noch durch den strömenden Regen und das Rauschen des Wassers in den Abflussrohren verstärkt wurde. Der sonst übliche Gestank der Stadt war glücklicherweise durch den Regenguss verringert worden. Dungsammler beeilten sich, den Kot der Morni aufzulesen, der dünnbeinigen Tiere, die die Kutschen der Stadt zogen, bevor der Regen ihn wegwusch.

Obwohl die meisten Mietwagen bereits von anderen Passagieren des Eisenbahnenschlittens in Beschlag genommen worden waren, warteten noch jede Menge Einsitzer; die Fahrer hockten auf der kleineren Mornirasse, die für die leichten Wagen geeignet war. Neel hastete durch den Regen auf einen dieser Wagen zu und wurde bald davongetragen. Tyen und Miko stellten sich unter die Bahnhofsmarkise in die Schlange für Zweisitzer. Vier Zweisitzer kamen an, bevor sie an der Reihe waren. Wie das Glück es wollte, hatte der nächste, der erschien, ein leckes Verdeck und wurde von einem räudigen Morni gezogen, das aussah, als würde es gleich den Geist aufgeben – darauf machte Miko aufmerksam, nachdem es ihm misslungen war, den Fahrpreis herunterzuhandeln. Der Fahrer weigerte sich rundheraus, einen Nachlass zu gewähren. Warum sollte er auch, wenn in dem elenden Wetter jede Menge Passagiere darauf warteten, einen Wagen zu ergattern?

Der Verkehr in der Stadt war stark. Überquellende Gullys zwangen Wagen näher zur Straßenmitte, wo sie so dicht aneinander vorbeifuhren, dass kaum ein Finger dazwischenpasste. Tyen zog sein Bündel in seinen Mantel und zuckte zusammen, als die Räder eines entgegenkommenden Wagens Sprühwasser über seine Beine verteilten. Von den Seiten der Kutschen und den Markisen der Läden klatschte das Regenwasser mit unfehlbarer Genauigkeit in ihren Schoß. Er hätte Magie benutzen können, um sie beide zu beschützen, aber wenn er das getan hätte, hätte er eine Geldstrafe riskiert. Nur auf dem Gelände der Akademie war es ihm erlaubt, für irgendeinen anderen Zweck als den der Verteidigung seiner Person oder seines Landes Magie zu benutzen. Überall sonst wurde sie benötigt, um Eisenbahnenschlitten und die zahlreichen anderen Industriemaschinen anzutreiben. *Und auf keinen Fall will ich verschulden, dass ein Luftwagen oder eine Luftkutsche vom Himmel fällt,* dachte er.

Überall um sich herum spürte er Magie, die sich bewegte, die hier und dort benutzt wurde, um die Bedürfnisse der Stadt zu erfüllen. Es hatte etwas Berauschendes, wie die Magie ständig durch die Stadt floss, sich von oben herab ergoss und sich dann in alle Richtungen verteilte. Im Gegensatz dazu hatte sich die magische Atmosphäre außerhalb der Stadt kaum geregt. Sie war still gewesen wie ein ruhiger See, und nichts hatte an den reißenden Strom der Magie in der Stadt erinnert.

Als eine große Kutsche vorbeifuhr, ergoss sich eine Wasserkaskade von ihrem Dach direkt über Miko. Der Student stieß ein überraschtes und verärgertes Heulen aus. Als er den Kragen seines Mantels packte und ihn hochhob, damit ihm das Wasser nicht den Nacken hinunterlief, rutschte ihm seine Tasche vom Schoß. Tyen beugte sich vor, um sie aufzufangen, schaffte es aber nur, einen Riemen zu erwischen. Die Tasche landete auf der Seite und sprang auf.

Etwas Rundes, Poliertes und Glänzendes rollte heraus; es glitzerte wie eine eingewickelte Süßigkeit. Tyen griff danach, bevor es aus dem Zweisitzer rollen konnte. Es war eine goldene Kugel, in die ein Muster eingraviert war.

Miko riss sie ihm aus der Hand. Er hob seine Tasche auf, steckte die Kugel hinein und ließ sie zuschnappen.

»War das ein …?«, begann Tyen.

»Ja«, antwortete Miko und drückte sich die Tasche an die

Brust. Er sah Tyen finster an. »Für dich ist das ja alles gut und schön. Du hast deine Magie, die dir die Teilnahme an diesen Expeditionen sichert. Ich muss sie mir anders finanzieren.«

Tyen öffnete den Mund, um zu erwidern, dass seine Fähigkeit es nicht so leicht mache, wie Miko behauptete, dann stutzte er. *Wenn ich Mikos Entscheidung unterstütze, etwas vor der Akademie verborgen zu halten, wird er die Gefälligkeit vielleicht erwidern, wenn er von Pergama erfährt, bevor ich bereit bin, sie auszuhändigen.* Es wäre jedoch untypisch für ihn, wenn er nicht ansatzweise Einwände erheben würde.

»Zumindest hast du *irgendetwas* gefunden.«

Miko kniff die Augen zusammen, weil er keine Missbilligung sah, dann richtete er sich auf und grinste. »Ja, du hattest wirklich Pech mit diesem Grab.«

Tyen seufzte und wandte den Blick ab. »Ich habe nichts als all die Berechnungen, die ich angestellt habe, um es zu finden.«

»Falls es irgendein Trost ist, der Professor wird wahrscheinlich ohnehin das ganze Lob einheimsen. Ich erwarte, dass er bei seinen Freunden von der Akademie bereits mit allem angibt, was wir gefunden haben.«

»Er wird ihnen nicht erlauben, irgendetwas anzurühren, bis alles angemessen etikettiert und verzeichnet ist«, versicherte Tyen seinem Freund. »Was wir wahrscheinlich nach dem Unterricht werden tun müssen.«

Miko stöhnte. »Nun, solange wir wenigstens die Marktabende freibekommen und in die Nektargasse können.«

Tyen kniff die Augen zusammen. »Ich dachte, du wärst pleite?«

»Nicht mehr lange.« Miko klopfte auf seine Tasche und grinste.

»Dann solltest du mir vorher besser das Geld für diese Fahrt zurückzahlen.«

»Natürlich!«

Der Zweisitzer ließ einen Bereich mit zähfließendem Verkehr hinter sich und zog das Tempo etwas an. Sie hielten sich an den Griffen fest und johlten, während das Morni zwischen langsameren Wagen hindurchflitzte und die Zeit wieder wettmachte, die sie in den überfüllten Straßen rund um den Bahnhof verloren hatten. Schon bald verfiel das Tier in einen steten Trab und wurde nur in Kurven und an gelegentlichen Hindernissen etwas langsamer, bis sie die steinernen Säulen und den gusseisernen Zaun rund um die Akademie erreichten. Der Fahrer zügelte das Tier zu einer langsamen Gangart und ließ den Zweisitzer durch die offenen Tore in den Innenhof rollen.

Einige Studenten hatten sich in den Schutz von Erkerfenstern und Türbögen zurückgezogen, aber sonst war niemand zu sehen. Auch keine Spur von dem Langwagen, den Hofkrazner gemietet hatte. Tyen nahm an, dass er durch eins der Lieferantentore auf das Gelände gefahren war. Er bezahlte den Fahrer, und sie stiegen aus. Miko trat dicht neben Tyen, dann blickte er auf und verzog den Mund, als ihm Regen ins Gesicht klatschte.

»Hast du keinen Schild hochgezogen?«

»Nein«, erwiderte Tyen. Obwohl es legal war, in der Akademie Magie einzusetzen, wurde es missbilligt, wenn man sie für belanglose Dinge benutzte.

»Musst du dich immer so gut benehmen?« Miko stieß ein kleines, verärgertes Schnauben aus, wandte sich von Tyen ab und lief auf den Eingang zu. Tyen kicherte und folgte in einem schnellen Tempo, nass genug von der Fahrt, dass es sich nicht lohnte zu versuchen, ein klein wenig mehr Regen auszuweichen. Während sie durch das Gebäude eilten, stellte er zu seiner Überraschung fest, dass er sich langsam entspannte.

Vielleicht bin ich eher erleichtert als enttäuscht darüber, wieder zu Hause zu sein. Es war beruhigend, sich in einer vertrauten, sicheren Umgebung aufzuhalten. Als sie an der Bibliothek vorbeigingen, atmete er tief ein. Wie war es möglich, dass er bis jetzt nicht bemerkt hatte, wie wunderbar der Geruch von Büchern war? Sie kamen an den Hörsälen vorbei, aus denen ihm ein Duft von Holzpolitur und Staub entgegenschlug. Statt einen weiteren verregneten Innenhof zu durchqueren, machten sie einen Umweg vorbei an den Laboratorien, aus denen alle möglichen Gerüche und Geräusche drangen, die im gleichen Maße angenehm und abstoßend waren. Ihre Sinne hatten sich noch nicht erholt, als sie das Studentenheim erreichten, sonst hätte der leckere Duft der Abendmahlzeit sie vielleicht aufgehalten. Andere Studenten begrüßten sie auf dem Weg hinauf zu ihrem Zimmer. Tyen hatte im Vorbeigehen zu der großen runden Uhr im Speisesaal gespäht, um festzustellen, wie spät es war. Eine Stunde noch bis zum Abendessen. Genug Zeit, um sich umzuziehen und auszupacken.

Die oberen Stockwerke waren der Ort, an dem die ärmeren Studenten residierten, während die reichen es vorzogen, den täglichen Klettermarsch zu vermeiden. Tyens und Mikos Zimmer lag im vierten Stock, dem vorletzten. Als sie ihre Tür endlich erreichten, waren sie beide ein wenig außer Atem. Sie warfen ihre Taschen auf den Boden, schlüpften aus ihren Jacken und ließen sich auf die Betten fallen.

»Zu Hause«, sagte Miko.

»Ja«, stimmte Tyen zu.

»Ich habe Hunger.«

»Essen gibt es erst in einer Stunde.«

Miko legte die Fingerspitzen aneinander. »Dann werde ich meine Sachen ins Waschhaus bringen. Soll ich deine auch mitnehmen?«

»Danke.«

Sie machten sich ans Auspacken, und schon bald war Miko mit einem Bündel Schmutzwäsche unter dem Arm davongegangen. Allein betrachtete Tyen den Rest seiner Reiseausrüstung, der jetzt auf seinem Bett verstreut lag, und begann alles wegzuräumen. Miko hatte den Inhalt seiner Taschen auf seinem Schreibtisch ausgeleert, aber Tyens Tisch war bedeckt mit Werkzeugen und Teilen für die Herstellung von Insektoiden. Einige halbfertige Käfer, Schwebfliegen und Spinnentiere lagen in Ringen aus Komponenten, die er brauchte, um sie fertigzustellen. Die Putzfrauen hatten schon vor langer Zeit gelernt, dass sie nichts anfassen durften, daher war alles mit einer feinen Schicht Staub bedeckt, in der Fingerabdrücke zu sehen waren. Tyen las und schrieb seine Aufsätze größtenteils auf dem Bett.

Ich frage mich, ob Hofkrazner mich dafür einsetzen wird, dabei zu helfen, Neels und Mikos Funde zu katalogisieren, dachte er. *Vielleicht wird er Mitleid mit mir haben, da ich nichts gefunden habe. Dann kann ich die hier fertig machen.* Die Insektoide fanden immer eifrige Käufer, vor allem diejenigen, die er auf Wunsch mit speziellen Fähigkeiten wie etwa dem Abspielen von Melodien ausstattete.

»Käfer«, rief Tyen. Ein Sirren drang aus seiner Tasche, als das Insektoid zum Leben erwachte. »Komm.« Eine Lasche der Tasche wurde angehoben, und der kleine Apparat erschien und huschte an den Rand des Bettes. Seine Horchantennen zuckten. »Halte vor der Tür Wache«, befahl Tyen.

Schillernde Flügel klappten auf und verschwammen dann, als sie das Insektoid zur Tür hinübertrugen. Es landete und huschte durch den Spalt darunter. Tyen lächelte. Mikos Angewohnheit hereinzustürmen, ohne anzuklopfen, war einer der Gründe gewesen, warum er das Insektoid überhaupt geschaffen hatte.

Da der größte Teil seiner Ausrüstung verstaut war, legte er sich der Länge nach aufs Bett und zog seine Tasche näher heran. Er nahm Pergama heraus und überlegte, wo er sie aufbewahren sollte.

Sie verstecken? Wie Tyen sein Glück kannte, würde Miko genau in dem Moment hereinplatzen, wenn er sie in dem Versteck verstaute, das er sich auch erst noch einfallen lassen musste. *Miko von ihr erzählen?* Er schüttelte den Kopf. Er misstraute Miko zwar nicht, wusste aber, dass bei seinem Kommilitonen kein Geheimnis sicher war, wenn er nur genug getrunken hatte. Obwohl er auch dann noch gut darin war, seine eigenen Geheimnisse zu bewahren, daher würde er vielleicht den Mund halten, weil Tyen von der Kugel wusste, die er behalten hatte.

Und das war ein weiterer Punkt. *Wenn Miko etwas behalten kann, warum sollte ich das dann nicht tun?*

Weil Pergama kein bloßer Tand ist. Er seufzte, als ihm die gleichen vertrauten Argumente aufs Neue durch den Sinn gingen. Es bereitete ihm Unbehagen, den Anweisungen der Akademie zuwiderzuhandeln, aber Gowels Geschichte darüber, dass die Akademie Entdeckungen vergeudete, machte ihm Sorgen. Er brauchte Zeit, darüber nachzudenken, und unterdessen … wenn Miko in der Nähe war, würde er einfach so tun, als sei Pergama ein gewöhnliches Buch. Er würde vielleicht sogar in der Lage sein, sie zu lesen, während Miko da war, obwohl er dann immer noch dafür würde sorgen müssen, dass er das Buch so hielt, dass sein Freund den Text nicht sehen konnte, der auf dem Papier erschien. Vielleicht würde er Miko erzählen, sie sei ein langweiliges Lehrbuch. *Nein, das wird er nicht glauben, wenn er mich ständig darin lesen sieht.* Vielleicht ein Buch über Magie – etwas, das schwierig und kompliziert klang. Und wenn Mikos Neugier trotzdem groß genug war, um der Sache auf den Grund zu gehen? *Viel-*

leicht kann Pergama dafür sorgen, dass sie wie ein gewöhnliches, langweiliges Lehrbuch wirkt.

Tyen öffnete den Buchdeckel, dann schaute er auf die erste, leere Seite.

Das kann ich nicht. Es wäre eine Lüge, und ich kann nicht lügen.

Kannst du dann einfach gar nichts sagen?

Nein. Du weißt, ich muss auf Fragen antworten, wenn ich die Antwort kenne. Menschen denken oft in Fragen. Er braucht sich nur zu überlegen: »Was ist das?« oder »Warum liest Tyen ein Buch, in dem kein Text steht?«, und ich werde antworten müssen.

Ich verstehe. Obwohl es wahrscheinlicher ist, dass Miko fragt: »Wann gibt es Abendessen?« oder »Kann ich dir das Geld dafür schuldig bleiben?«

Auf beide Fragen kennt er die Antwort, daher kenne ich die Antwort ebenfalls und muss sie aufschreiben.

Tyen kicherte, als er sich *dieses* Gespräch ausmalte. Würde Miko genau wie Tyen Pergamas Ehrlichkeit erfrischend finden oder sich davon vor den Kopf gestoßen fühlen?

Nach dem, was ich in deinem Geist von ihm sehe, neigt sein Geschmack bei Frauen eher jenen zu, die körperliche statt intellektuelle Vergnügungen bieten.

Du hast wahrscheinlich recht. Zumindest wusste Miko auf seine Weise, wie man mit Frauen umging. *Anders als ich … Könnte Pergama mir dabei helfen?*

Wahrscheinlich. Größtenteils, weil du dich irrst, wenn du denkst, dass du Frauen nicht verstehst. Du verstehst mehr, als du glaubst. Der Geist von Männern und Frauen ist nicht so verschieden, wie man es dich gelehrt hat.

Die Welt war anders, als du ganz warst. Frauen waren anders.

Menschen bleiben, wie sie sind. Nur die Kultur verändert sich: Traditionen, Vorstellungen über Recht und Unrecht, was

Zivilisation ist und was sie bedroht. Deine Gesellschaft hat starre Vorstellungen über die Rolle von Männern und Frauen, Klassen, Manieren und Moral, während sie gleichzeitig ihren Geist für technische Neuerungen geöffnet hat, für das Verständnis von Natur und Universum.

Tyen nickte. Vielleicht boten diese gesellschaftlichen Regeln ein sicheres Gefühl von Stabilität, wenn alles andere sich veränderte. Was ihn an seine Verpflichtung Pergama gegenüber erinnerte. *Ich habe dir so viel zu zeigen. Aber es wird einige Tage dauern, bevor ich frei bin, die Akademie zu verlassen.*

Nimm mich trotzdem mit. Zeig mir die Akademie.

Aber ich kann kein Buch mitnehmen und mitten im Unterricht lesen.

Das brauchst du auch nicht. Halte mich auf deiner Haut, und ich werde alles sehen, was du siehst, und alles hören, was du …

Ein schrilles Geräusch riss ihn aus seiner Lektüre, und als er hinabschaute, sah er Käfer unter der Tür wieder ins Zimmer huschen. Sein Herz setzte einen Schlag aus, als ihm klar wurde, dass Miko zurückkam, aber er zwang sich zu bleiben, wo er war. Die Tür wurde geöffnet, und sein Freund hielt sich mit der anderen Hand am Rahmen fest, um den Schwung seiner Bewegung abzubremsen.

»Abendessen – du liest?«

Tyen klappte das Buch zu und warf es aufs Bett. »Zauberei. Statistik. Wir werden morgen wieder Unterricht haben. Da kann ich mich auch jetzt schon wieder dran gewöhnen.«

Miko verzog das Gesicht, dann nickte er mit dem Kopf in Richtung Treppe. »Komm. Neel ist zurück und gibt bereits eine Audienz. Er erfindet wahrscheinlich Geschichten über uns.«

»Das können wir nicht zulassen.« Tyen erhob sich, legte Pergama in sein Bündel und hielt die Tasche dann auf. »Käfer. Hinein mit dir.« Das Insektoid erhob sich sirrend in die Luft und hüpfte in die Tasche. Tyen hängte sie am Griff über die Rücklehne seines Stuhls, dann folgte er Miko aus dem Raum.

Das Geräusch von Gelächter trieb das Treppenhaus herauf, und als sie im Erdgeschoss ankamen, fanden sie Neel an einem Tisch vor; er fuchtelte mit den Armen in der Luft, während er das Wort an einen Kreis von Studenten richtete. Obwohl sie sie tagelang nicht gebraucht hatten, trug Neel seine Luftwagenjacke über gewöhnlichen Kleidern, und er hatte sich einen Schal dicht unters Kinn gebunden. Seine Brille hatte er sich auf die Stirn geschoben.

Tyen hielt inne. »Was … warum trägt er diese Sachen?«

»Anscheinend ist es der letzte Schrei, so auszusehen, als habe man gerade einen Luftwagen gelandet. Frauen lieben es.«

»Er wirkt lächerlich.«

»Ein richtiger Angeber.«

Tyen gluckste. »Müssen wir uns zu ihm setzen?«

»Ich fürchte, ja.«

Kopfschüttelnd betraten Tyen und Miko den Speisesaal. *Vielleicht sind es nicht die Frauen, die ich nicht verstehe,* dachte Tyen, *sondern die Frage, warum Männer sich ihretwegen zu solchen Narren machen.* Obwohl es wahrscheinlicher war, dass Neel heute Abend seine Kommilitonen beeindrucken wollte, da abgesehen vom Personal keine Frauen den Speisesaal betreten durften. Die wenigen weiblichen Studenten der Akademie waren am anderen Ende der Gebäude untergebracht, und stets wachsame Matronen behielten sie im Auge.

5 Tyen

Mit Pergama in seinem Hemd trat Tyen durch die Tore der Akademie hinaus in die Stadt. Er hatte das Gelände fünf Tage nicht verlassen, aber es fühlte sich erheblich länger an, und die Expedition kam ihm bereits wie eine ferne Erinnerung vor, die Monate zurücklag. Wie er vorhergesehen hatte, hatte Professor Hofkrazner ihn, Miko und Neel nach dem Unterricht dazu rekrutiert, die Artefakte zu katalogisieren, die sie aus dem Maienland mitgebracht hatten. Hofkrazner ließ sie bis weit in den Abend hinein arbeiten und gab Tyen auf diese Weise keine Chance, Pergama weiterzubilden. Schließlich hatte Hofkrazner Mikos unablässigen Bitten nachgegeben, dass sie ihren ersten Markttag freibekamen, um sich um familiäre und andere Pflichten zu kümmern.

Tyen bezweifelte, dass Miko und Neel irgendetwas hatten, das familiären oder anderen Pflichten glich. Da er nicht seine erste Chance vertun wollte, Pergama die großen Fortschritte der modernen Ära zu zeigen, war Tyen früh davongeschlüpft. Er hatte beschlossen, mit einem Besuch an einem Ort zu beginnen, den sie gleichzeitig vertraut und zutiefst verändert finden würde.

Hinter ihm erklang eine ferne Stimme.

»Tyen! Warte!«

Er hielt inne, dann verfluchte er sich dafür, verraten zu haben, dass er Mikos Ruf gehört hatte. Als er die schnellen Schritte zweier Läufer hinter sich hörte, wusste er, dass es ohnehin nutzlos gewesen wäre, sich zu verstellen. Es war kleinlich, sich darüber zu ärgern, dass sie seine Gesellschaft suchten. Er blieb stehen und drehte sich um, um zu warten.

»Wo gehst du hin?«, fragte Miko, während er vor Tyen stehen blieb. Neel machte ebenfalls Halt.

»In die Druckerei.«

Miko runzelte die Stirn. »Warum das?«

»Ich will ein Pamphlet drucken lassen, das die Akademie als Grabräuber denunziert.«

Neels Lächeln verschwand, doch Miko lachte. »Was hast du *wirklich* vor? Willst du dich mit irgendeinem Mädchen treffen, von dem du uns nichts erzählt hast?«

Tyen zuckte die Achseln. »Nein. Ich werde tatsächlich in die Druckerei gehen, um zu sehen, wie das alles funktioniert.«

Miko zog die Augenbrauen hoch. »Du *weißt*, wie es funktioniert.«

»In der Theorie. Ich habe es nie selbst gesehen. Du vielleicht?«

Zu Tyens Überraschung nickte Neel. »Wie die Reise nach Maienland. Du kannst alles darüber lesen, aber du weißt es nicht wirklich, bis du es gesehen hast.« Dann trat er zu Tyens Entsetzen neben ihn. »Ich bin dabei. Lass uns gehen.«

»Also schön«, sagte Miko und grinste. »Solange wir uns anschließend etwas anschauen, das *ich* sehen will.«

»Klingt fair«, entgegnete Neel und sah Tyen erwartungsvoll an.

Tyen unterdrückte einen Seufzer und nickte. »Und danach du, Neel?«

Neel zuckte die Achseln. »Wenn mir etwas einfällt und noch Zeit ist.«

Die Druckereien lagen nicht mehr als einen halbstündigen Fußmarsch von der Akademie entfernt. Näher als die meisten Fabriken, weil die Akademie ein guter Kunde war, aber nicht so nah, dass die Akademiker von dem Lärm und den Gerüchen belästigt wurden. Tyen suchte sich einen Firmennamen aus, den er kannte, Blattschläger & Söhne, ging an die

Rezeption und erkundigte sich, ob er und seine Kommilitonen sehen dürften, wie alles funktionierte.

Erpicht, potenziellen künftigen Kunden zu gefallen, führte Herr Blattschläger sie persönlich durch seine Druckerei und zeigte ihnen zuerst einige Papierproben.

»Wir werden von den besten Papiermühlen in West-Leratia beliefert«, versicherte ihnen der Mann.

»Und Pergament?«, fragte Tyen.

Blattschläger nickte. »Wir *können* es beschaffen. Es wird wegen der hohen Kosten selten verlangt, und wir haben sehr zufriedenstellende Alternativen.« Er ging zu einer Truhe mit breiten, flachen Schubladen und zog einen kleinen, cremefarbenen Bogen hervor, dann nahm er etwas, das ein Buch zu sein schien, aus einer Vitrine, aber tatsächlich waren es gebundene Papierproben. Er legte es auf einen Tisch und schlug das Musterbuch auf einer Seite relativ weit hinten auf. »Seht Euch das hier an und schaut, ob Ihr den Unterschied erkennen könnt.«

Tyen befingerte den Bogen und die Seite des Buches; ihm fiel die Textur der Oberfläche und die Elastizität auf, wenn er die Seite einrollte, dann reichte er das Buch an seine Freunde weiter. »Ich kann nicht erkennen, was was ist.«

Herr Blattschläger lächelte und deutete auf das Musterbuch. »Man kann Papier herstellen, das wie Pergament ist, aber das erfordert zusätzliche Arbeitsgänge und somit zusätzliche Kosten. Für die meisten Zwecke wird gewöhnliches Papier genügen – und ich denke, die Menschen erwarten von unserem Papier inzwischen die Weiße und den Griff, den die moderne Fertigung bietet, wenn sie die Seite eines Buches umblättern. Möchtet Ihr die Druckmaschinen sehen?«

»Ja, bitte.« Er führte sie zu einer schweren Tür. Als sie sich öffnete, wurden ihre Sinne überschwemmt von einer Kakophonie aus Lärm und einer Mischung von Gerüchen, die gleichzeitig unangenehm und vertraut waren. Sie folgten Blattschläger in einen langgestreckten Raum voller Maschinen und Arbeiter. Tyen bemerkte sofort die Wellen, die aus jeder Maschine ragten und mit einer viel größeren, sich drehenden Welle verbunden waren, die durch ein Loch am anderen Ende des Baus hinausführte. Nicht alle Maschinen waren in Betrieb, daher waren nicht alle mit der großen Welle verbunden, aber die, die es waren, bewegten sich ohne Unterlass. Der Druckereibesitzer folgte Tyens Blick.

»Wir sind an dieselbe Maschine angeschlossen wie vier weitere Druckereien«, erklärte ihm Blattschläger. Der Mann musste die Stimme heben, um sich über den Lärm hinweg Gehör zu verschaffen. Er deutete auf die gegenüberliegende Wand. »Dahinter.«

Tyen brauchte man das nicht zu sagen. Die Druckerei war dunkel von *Ruß*. Selbst wenn er jetzt Magie hätte benutzen müssen, wäre es sehr schwierig gewesen, in seiner Reichweite welche aufzutreiben. *Obwohl, wenn ich …* er dehnte seine Sinne über die hohe Decke hin aus und spürte Magie, die zu einem Punkt nicht weit hinter der Stirnmauer floss. Was bedeutete, dass dort ebenfalls ein Zauberer sein musste, der den Fluss leitete und die Maschine am Laufen hielt.

So etwas könnte eines Tages meine Arbeit sein.

Wie immer hatte er gemischte Gefühle bei dieser Aussicht. Sein Vater war den größten Teil seines Lebens als Maschinenfahrer angestellt gewesen. Es war eine niedere Arbeit, aber gut bezahlt. Genug, dass er in der Lage gewesen war, Tyen an die Akademie zu schicken, in der Hoffnung, dass sein Sohn etwas Interessanteres mit seiner Gabe anfing. *Nur – interessante und zugleich gut bezahlte magische Tätigkeiten konnte man mit der Lupe suchen.* Deshalb hatte er sich dafür entschieden, zusätzlich Geschichte zu studieren. Wenn er sich nicht als Archäologe und Schatzsucher etablieren konnte oder sonst etwas Interessantes mit seiner Magie zu tun fand, konnte er immer noch an der Akademie bleiben und lehren.

Herr Blattschläger war an einem zweistöckigen Tisch stehen geblieben. Ein Mann mit geschwärzten Fingerspitzen zog Drucktypen von Tabletts, die auf dem Tisch ausgebreitet waren, und steckte sie in eine Vorrichtung, die wie eine kurze Kehrschaufel aussah. Während der Druckereibesitzer ihnen erklärte, was alles beim Satz der Schrift zu beachten war, und sie dann zu den Druckmaschinen führte, um dort zu zeigen, wie Druckerschwärze auf den Satz aufgetragen und schließlich das Papier darauf gepresst wurde, konzentrierte sich Tyen auf das Buch, das in seinem Hemd steckte. Er fragte sich, was Pergama von alledem hielt. *Geht die Demonstration zu schnell? Versteht sie alles, was man ihr zeigt? Ich wünschte, ich könnte sie herausnehmen und feststellen, ob sie irgendwelche Fragen hat.*

Sie gingen weiter zu den Schneide- und Falzmaschinen, wo das bedruckte Papier in Bögen geschnitten, gefalzt und fürs Binden zusammengelegt wurde. Das Binden selbst besorgten dann etliche Männer, die in einer Reihe nebeneinandersaßen. Ihr Führer nahm sie in einer Ecke der Druckerei beiseite, die stark nach Leim roch. Ein grauhaariger Mann in einer Lederschürze musterte sie durch eine einzelne Augenlinse, die an seiner Kappe befestigt war.

»Herr Balmer macht die Einbände«, erklärte Blattschläger. »Könntet Ihr diesen jungen Gelehrten erklären, wie ein Einband aufgebaut ist?«

Der Mann zog die Augenbrauen hoch, aber er nickte und führte sie an einen Tisch. Er schob einige Stapel von rechteckigen Stücken aus steifem Stoff beiseite, wandte sich etwas zu, das eine Abfalltonne für Stoffreste zu sein schien, zog ein Stück dunkelgrünen Stoff daraus hervor und breitete es vor sich auf dem Tisch aus.

»Der Leineneinband dient nicht nur dekorativen Zwecken«, erläuterte er. »Er hält das Buch zusammen. Wir benutzen Pappkarton von zwei Stärken. Diese sind für die Buchdeckel« – er nahm zwei rechteckige Stücke Pappe von einem Regal –, »und der Rücken wird aus dünneren, biegsameren Pappstreifen gemacht.« Mit diesen Worten schnitt er einen Streifen von einer großen Rolle ab. »Dann leimt man alles zusammen.« Mit der Übung vieler Jahre nahm er einen Pinsel aus einem großen Leimtopf und strich eine Seite der Pappdeckel mit der klebrigen Substanz ein. Dann legte er den dünneren Streifen mit der einbestrichenen Seite mitten auf das dunkelgrüne Stoffstück, die zwei Stücke dickeren Kartons links und rechts daneben und drückte alles gut an.

»Jetzt schneiden wir.« Er griff nach einem Messer und schnitt ringsum so viel Stoff ab, dass an allen Seiten etwa gleich viel über die Pappe stand. Außerdem schnitt er an den vier Ecken schmale Keile aus dem Stoff. Dann nahm er die Stofffetzen weg und lächelte. »Jetzt leimen und einschlagen.« Er bestrich den Überhang an Stoff mit Leim, nahm ein aus Knochen gemachtes Werkzeug zur Hand und strich damit den Stoff über den Pappkanten glatt.

»Es muss in einer Presse getrocknet werden, damit es sich nicht verzieht. Das war jetzt die schlichteste Form. Wir können beispielsweise Schrift oder eine Zeichnung in den Deckel einprägen. Dazu muss die Aufschrift oder Zeichnung aus dünnerem Pappkarton ausgeschnitten werden, und diesen Karton kleben wir dann auf den Buchdeckel, bevor das Leinen darübergeklebt wird. Oder wir unterlegen den Rücken quer mit Schnüren, um eine ältere Technik der Buchbindung zu imitieren. Irgendwelche Fragen?«

Tyen öffnete den Mund, aber Miko kam ihm zuvor. »Wie bekommt Ihr die Seiten hinein?«

Der alte Mann deutete auf einen langen Tisch in der Mitte

der Binderei, wo Männer kleinere Maschinen bedienten. »Im Wesentlichen kleben wir sie hinein, wobei wir einen Bogen schweren Papiers vorn und hinten benutzen.«

»Benutzt Ihr auch Leder für Einbände?«, erkundigte sich Tyen.

Der Buchbinder nickte, und die Haut runzelte sich um seine Augen. »Ja, bei wertvolleren Büchern. Es ist eine Freude, damit zu arbeiten.«

»Bereitet Ihr das Leder selbst vor?«

»Nein.« Er rümpfte die Nase. »Das Gerben ist eine unangenehme Prozedur, die man am besten abseits von Städten erledigt. Die Häute müssen in Kalk eingeweicht und die Haare abgekratzt werden, bevor man sie dehnt und weiter bearbeitet, damit sie geschmeidig werden. Nach dem, was ich gehört habe, stinkt es ganz fürchterlich.«

»Wie dieser Leim?«, fragte Miko.

Der Mann lachte. »Der ist ein duftendes Parfum im Vergleich zur Gerberei.«

Tyen schnitt eine Grimasse. *Ich nehme an, er ist nach all diesen Jahren die Gerüche der Druckerei gewohnt.*

»Gibt es noch weitere Fragen?«, erkundigte sich Balmer.

Tyen zögerte, als ihm eine einfiel. Seine Freunde würden ihn für verrückt halten. Aber er konnte die Gelegenheit nicht ungenutzt verstreichen lassen. Er wappnete sich gegen Spott.

»Wir sind Geschichtsstudenten. Ich interessiere mich für seltsame alte Bücher. Habt Ihr jemals von einem Buch gehört, das aus Knochen, Haut und Haar gemacht war?«

Der Buchbinder zog die Augenbrauen hoch. »Nein.« Er wirkte nachdenklich. »Aber ich vermute, es wäre nicht unmöglich. Pergament ist Haut. Aus Haar kann man Fäden spinnen. Die Knochen … vielleicht, wenn es ein Stück gäbe, das flach genug ist, könnte man es benutzen statt des Einbindekartons. Aber ob es einen so flachen Knochen gibt oder nicht, danach müsstet Ihr einen Fleischer fragen.« Dann lächelte er. »Schreibt Ihr ein Buch darüber? Ein Buch über Bücher?«

Tyen hob die Schultern. »Vielleicht. Wenn ich genug Interessantes darüber herausfinde.«

Der Mann lachte. »Dann wünsche ich Euch viel Glück.«

Herr Blattschläger kam zurück und führte sie an den Maschinen vorbei, die Einband und Buchblock zusammenfügten, zu Regalen, wo er die fertigen Bücher bis zu ihrer Auslieferung lagerte. Tyen bedankte sich bei dem Mann, dass er seine Zeit geopfert hatte, um ihnen die Prozedur zu zeigen, und sagte, er habe eine Menge nützlicher Informationen erhalten. Der Mann verabschiedete sie in einen sonnigen Spätnachmittag.

Auf dem Rückweg zur Akademie spürte Tyen Pergama auf seiner Haut. Es juckte ihn in allen Fingern, sie herauszuholen und zu erfahren, was sie von der Druckerei hielt. Es war eine gute Vorführung von magiegetriebener, industrieller Produktion gewesen. Hatte sie irgendwelche Fragen? Was würde sie gerne als Nächstes lernen?

Rückblickend hoffte er, dass es ihr nichts ausmachte, dass er gefragt hatte, ob der Buchbinder einmal von einem Buch aus Knochen, Haut und Haar gehört habe. *War diese Frage zu persönlich gewesen? Wäre es ihr lieber, wenn ich keine Einzelheiten erführe?*

Jemand legte ihm die Hand auf die Armbeuge.

»Das war interessanter, als ich erwartet hatte«, bemerkte Miko und zog Tyen zu einer Nebenstraße. »Aber diese Dämpfe! Ich denke, wir müssen haltmachen und etwas trinken, um den Kopf freizubekommen.«

Neel lachte. »Seit wann dient Alkohol dazu, einem den Kopf frei zu machen?«

»Du warst einverstanden, dass wir als Nächstes ein Ziel ansteuern, das ich vorgebe«, fügte Miko hinzu.

Die Nebenstraße war eher eine Gasse, und ein Frösteln überlief Tyen, als sie in ihren kühleren Schatten traten. Männer und Frauen in Arbeitskleidung eilten durch die Straße, gebeugt und mit ernsten Gesichtern. »Wohin gehen wir?«

Miko ließ seinen Arm los und setzte sich an die Spitze der kleinen Gruppe. »Eine Abkürzung. Keine Sorge. Ich weiß, wo wir sind. Ich war schon mal hier.«

Die Gasse wand und bog sich und war niemals gerade genug, um ihr Ende zu sehen. Einmal mussten sie sich in einen Torbogen drücken, um eine Frau mit einem riesigen Bündel passieren zu lassen. Zwei Kinder folgten ihr, unter gleichermaßen großen Lasten schwankend. Nach einigen hundert Schritten bog Miko in eine andere Gasse ein, ebenso belebt wie die vorangegangene, und ein vertrauter Geruch kitzelte Tyen in der Nase – nach übertrieben süßem Parfum, billigem Alkohol und verstopften Abflüssen. *Wie in der …*

»Nektargasse?«, fragte Neel.

»Nein«, sagte Miko. Er schaute über die Schulter und grinste. »Ihr respektablerer Cousin, der Blumenhof.«

»Respektabler?«, murmelte Tyen. »Nicht soweit ich es gehört habe.«

Neel warf ihm einen neugierigen Blick zu, aber Miko grinste.

»Ich habe es schon früher gesagt, und ich werde es wieder sagen, du bist einfach zu brav, Tyen.«

Tyen schnaubte. »Wie oft muss ich denn noch an diese Orte mitkommen, um dich vom Gegenteil zu überzeugen?«

Miko lachte. Tyen war nicht wohl in seiner Haut. Er war zwar schon früher an Orten wie dem Blumenhof gewesen, seinen Freunden zuliebe, aber nie, wenn sie eine Frau dabeihatten – selbst wenn sie ein Buch war.

»Es ist immer noch hell«, bemerkte er. »Sie werden noch nicht geöffnet haben.«

Miko tätschelte die Tasche seines Mantels. »Sie werden nichts gegen einige frühe Gäste einzuwenden haben.«

»Wie wirst du es dir leisten können ...?« Tyen brach ab, als ihm aufging, dass Miko die Kugel verkauft haben musste. »He! Du hast mir noch nicht das Geld für die Fahrt vom Bahnhof zurückgezahlt.«

Miko wandte sich ab. »Ich werde dir ein Gläschen spendieren«, rief er über die Schulter.

Die Gasse war abschüssig und mit inzwischen an den Seiten abbröckelnden Stufen versehen. Der feuchte Geruch wurde stärker und das Parfum kräftiger, je tiefer sie hinabstiegen. Mit jedem Schritt wurde das zuerst noch ferne Gewirr vieler Stimmen lauter. Schließlich wand sich die Stiege nach rechts, und sie tauchten ein in den Lärm und das Gedränge eines überfüllten Innenhofs.

Miko blickte kurz zurück, um sich zu überzeugen, dass seine Kameraden ihm folgten, und bahnte sich einen Weg durch die Menge. An den Rändern des Innenhofs standen Männer und Frauen, redeten und tranken; einige saßen auch auf alten Fässern oder Kisten. Soweit Tyen erkennen konnte, befanden sich in allen Häusern am Platz Tavernen. Pflanzenkästen unter den Fenstern der höheren Stockwerke waren mit Blumen gefüllt, aber nach den fröhlichen Farben und steifen Formen zu urteilen schätzte Tyen, dass sie nicht echt waren.

Er und Neel folgten ihrem Freund in eins der Lokale. Es war möbliert mit stabilen Stühlen und Tischen und einer hohen Theke mit Hockern. Im Schankraum hatten sich noch nicht so viele Gäste eingestellt wie draußen, aber ein Gefühl von entspannter Erwartung legte die Vermutung nahe, dass die Ruhe der frühen Stunde zuzuschreiben war und dass es bald hoch hergehen würde. Miko schwang sich auf einen Hocker und winkte dem Wirt, der mit einer dünnen jungen Frau mit großen, verblüffend blauen Augen sprach.

»Eine Runde von deinem besten Staubi«, rief er.

Tyen seufzte. Er bezweifelte, dass er sein Geld jemals zurückbekommen würde. Er wollte so früh am Tag nicht unbedingt etwas zu trinken, aber es hatte keinen Sinn abzulehnen. Miko würde darauf bestehen und Tyen zusätzlich als Spielverderber verspotten.

Der Wirt nickte und wandte sich wieder der Frau zu, während er ihre Gläser füllte. Sie hatte ihren Blick jetzt Miko zugewandt, der ihm grinsend standhielt. Sie erwiderte sein Lächeln. Tyen stöhnte im Stillen.

Wenn das in die Richtung geht, die ich vermute … Er war sich Pergamas, die an seiner Haut ruhte, nur allzu bewusst. *Wäre Miko nicht, hätte ich niemals einen Fuß an einen Ort wie diesen gesetzt,* sagte er sich. Aber ein Teil von ihm hatte nichts dagegen – nein, war froh darüber –, dass Miko es getan hatte. Er hätte nie den Mut besessen, allein herzukommen. *Weil mein Pa mich davor gewarnt hat.* Doch es wurde beinahe erwartet, dass die aufgeweckten Studenten der Akademie alles genossen, was die Stadt zu bieten hatte. *Nur … ich wünschte, Miko hätte nicht gerade jetzt darauf bestanden,* dachte er.

Miko wandte sich vollends der Frau zu, als sie zu ihnen trat.

»Ich bin Gija. Ihr seht so aus, als würdet ihr feiern«, sagte sie, als der Wirt ihnen ihre Getränke hinstellte.

Miko griff nach seinem Glas und reichte es ihr. »Hallo, Gija. Wir sind vor kurzem von einer erfolgreichen Reise ins Maienland zurückgekehrt.«

»Tatsächlich? Was hat euch dorthin geführt?«

»Eine Schatzsuche.«

»Irgendwas gefunden?«

»Nichts im Vergleich zu dem, was jetzt vor mir steht.«

Gija lächelte und senkte den Blick. Tyen stieß einen langen Seufzer aus, dann griff er nach seinem Glas. Was immer sie als Süßungsmittel hineingegeben hatte, konnte nicht ganz die Bitterkeit von billigem Alkohol verbergen. Bester Staubi, wahrhaftig. Neel nahm einen Schluck, verzog das Gesicht und kippte den Rest herunter.

»Was führt euch hierher?«, fragte sie, hob das Glas anmutig an die Lippen und nahm einen winzigen Schluck. Sie fuhr sich mit der Zunge über die Lippen, beugte sich dicht zu Miko vor und flüsterte ihm ins Ohr.

»Nur du?«, fragte Miko.

Ihr Blick wanderte zu Tyen und Neel. »Ich erwarte einige Freundinnen. Sie werden bald hier sein.«

Tyen stieß Miko in die Rippen. »Mach dir um mich keine Gedanken. Ich kann es mir nicht leisten.«

Sein Freund wandte sich zu ihm um. »Wie du schon sagtest, ich schulde dir noch etwas für die Fahrt vom Bahnhof zur Akademie.«

»Nicht *so* viel.«

Miko zuckte die Achseln. »Ich werde einem Freund doch ein Geschenk machen dürfen, oder?«

Eher eine Gefälligkeit erweisen, die er würde erwidern müssen, korrigierte Tyen ihn im Stillen. Trotzdem, als zwei viel hübschere Frauen die Treppe herunterkamen, Gija sahen und sich zu ihnen gesellten, musste er zugeben, dass er kaum so unwillig gewesen wäre, hätte er Pergama nicht bei sich gehabt. Vielleicht ... wenn er sie in seine Manteltasche steckte ...

Man machte sich bekannt, und Miko spendierte eine weitere Runde Staubi. Tyen hatte sein erstes Glas noch fast voll vor sich stehen und trank es jetzt in einem Zug leer. Der Staubi brannte ihm in der Kehle. Wärme füllte seinen Bauch und begann in seine Glieder zu sickern. Der Staubi mochte nicht von hoher Qualität sein, aber er war gewiss nicht schwach.

Miko begann ein lockeres Gespräch mit einer der anderen Frauen, einer rundgesichtigen Brünetten. Gija richtete ihre

Aufmerksamkeit derweil auf Neel, der sie offenbar faszinierender fand, als gerechtfertigt zu sein schien. *Er war schon immer schnell betrunken,* dachte Tyen. Er betrachtete sein zweites Glas und dachte darüber nach, ob er es trinken sollte oder nicht. Schlanke Finger zupften es aus seinem Griff, und als er sich umdrehte, sah er, dass die kleinste der drei Frauen sich ihm mit einem Lächeln zugewandt hatte.

»Ich habe in meinem Zimmer etwas Besseres«, erklärte sie ihm.

Sie machten sich gemeinsam auf den Weg zur Treppe. Tyen war ein wenig schwindlig. Er wusste nicht mehr, warum er nicht hatte mitmachen wollen. Sie taumelten die Treppe hinauf in den ersten Stock, wo die Mädchen sie in verschiedene Richtungen zogen. Neel kicherte. Tyen sah noch, dass Miko ihm grinsend zuwinkte, als die Brünette ihn durch eine Tür führte, bevor er sich abrupt in einen kleinen dunklen Raum gestoßen fand, in dem es süßlich roch. Hände packten seine Jacke und zogen sie ihm aus. Die Bewegung brachte ihn aus dem Gleichgewicht, und er stolperte und fiel halb aufs Bett.

Er unterdrückte ein Lachen. Nachdem er sich umgedreht hatte, stemmte er sich hoch, sodass er auf dem Bett saß, dann schloss er die Augen und hielt sich den Kopf, bis er aufhörte, sich zu drehen. Als er die Augen wieder öffnete, stand das Mädchen einen Schritt entfernt. Sie hielt ihm ein neues Glas hin und lächelte.

»Das ist besser als das, was sie unten servieren.«

Er streckte die Hand aus, um das Glas entgegenzunehmen. »Danke. Ehm. Wer …?«

»Mia.«

Sie ließ sich auf die Knie fallen und drängte sich mit raschelnden Röcken zwischen seine Beine, um an sein Hemd zu kommen.

»Und du?«

»Oh. Tyen.«

»Trink«, befahl sie sanft, während sie sein Hemd aufknöpfte. »Verschwende ihn nicht.«

Er führte das Glas an die Lippen und erstarrte, als ihm kalte Finger über die Brust glitten und innehielten, als sie Pergama erreichten.

Pergama. Hitze schoss ihm ins Gesicht, als er sich daran erinnerte, warum es ihm so sehr widerstrebt hatte, Mikos Großzügigkeit anzunehmen. Der Schreck machte ihm den Kopf frei, während das Mädchen das Buch aus dem Bund zog. Sie musterte es für einen Moment, dann zuckte sie die Achseln und legte es auf einen niedrigen Tisch, der größtenteils von Kleidung bedeckt war.

»Warte.« Tyen beugte sich vor und griff nach dem Buch. Obwohl er wusste, dass es in dieser Situation seltsam erscheinen musste, schlug er es auf und starrte auf die Seiten. Er versuchte seine vom Staubi benebelten Gedanken so weit zu klären, dass er hoffen konnte, irgendeine Art von Entschuldigung zustande zu bringen.

Der Staubi enthält eine Droge. Die Huren haben vor, dich und deine Freunde auszurauben.

Tyen starrte auf die Worte und las sie wieder und wieder. Dann klappte er das Buch zu und schob es zurück in sein Hemd. Er stellte den Staubi weg, stieß das Mädchen sanft, aber entschieden von sich, stand auf, fand seine Jacke und die Tür und stolperte hinaus.

Sobald er im Flur war, hielt er inne, nur um genügend Knöpfe zu schließen, um sicher zu sein, dass Pergama nicht hinausgleiten würde, wenn er seine Freunde mit Gewalt aus ihren Zimmern holen musste. Oder den Frauen das Eigentum seiner Freunde abringen. In den nächsten zehn Minuten gab es eine Menge Flüche und nicht alle von den Frauen. Am

Ende gingen er und seine Freunde, Neel gestützt zwischen Tyen und Miko, die Gasse hinunter, die sie in den Blumenhof geführt hatte – zumindest hoffte Tyen das.

»Woher hast du gewusst, dass sie uns ausrauben wollten?«, fragte Miko zum dritten Mal.

»Ich habe mich schlafend gestellt, und sie hat angefangen meine Jacke zu durchsuchen«, log Tyen.

»Aber … wie hast du …? Warum solltest du dich schlafend stellen?«

»Ich … ich hatte das Gefühl, dass sie irgendetwas im Schilde führten.«

»Ein Gefühl?« Mikos Ton war ungläubig.

»Eine Ahnung.«

»Du hast niemals Ahnungen.«

»Doch, habe ich wohl.«

»Es ist der Grund, warum du im Maienland nichts gefunden hast. Du hast deine Zeit mit Messungen verschwendet und mit dem Versuch, eine logische Methode zu finden, um zu ermitteln, wo die Höhlen ausgehoben worden waren. Du hättest einfach graben sollen, wie wir es getan haben – stimmt's nicht, Neel?«

Neel schüttelte den Kopf. Sein Gesicht war fleckig und bleich, als er zu Tyen aufschaute, seine Augen geweitet.

»Danke, dass du uns gerettet hast«, war alles, was er sagte.

Dann blieb er stehen, krümmte sich und übergab sich auf Mikos Schuhe.

6 Tyen

Also ... was der Buchbinder gesagt hat ... bist du so gemacht worden?

Mehr oder weniger. Die Schrift auf der Seite war wie immer anmutig und selbstbewusst. **Haut statt Leinen und Papier. Haar statt Garn. Knochen statt Pappkarton. Leim aus Sehnen.**

Hat der Mensch Knochen, die groß und flach sind?

Knochen können mit Magie erweicht und neu geformt werden, genau wie sich das Aussehen einer Person verändern lässt – sofern der Zauberer das Wissen, die Fähigkeit und genug Fleisch und Knochen hat, um es anzuwenden. Roporien konnte sein Aussehen verändern, um reizvoller oder furchteinflößender zu wirken, wenn es ihm die Mühe wert war.

Ich habe noch nie von irgendjemandem gelesen, der dazu in der Lage gewesen wäre. Aber in dieser Welt würde er es auch nicht nötig haben, sich oft zu verändern, da ohnehin alle von ihm beeindruckt wären. Doch deine Knochen zu formen, Leim zu machen, Haut zu gerben ... hat das nicht viel Zeit in Anspruch genommen?

Die Prozedur wurde mit Magie beschleunigt.

Trotzdem, du musst doch ... nun ...

Bei Bewusstsein gewesen sein? Ja und nein. Der Teil von mir, aus dem das Buch wurde, behielt eine Art Bewusstsein. Der Rest starb mit dem, was von meinem Körper übrig blieb.

Was gewiss das meiste war.

Ja. Und möglicherweise der größte Teil meines Geistes.

Möglicherweise? Du weißt es nicht mit Bestimmtheit?

Ich kann nicht lügen. Ich kann mich nicht daran hindern, Informationen zu lagern und Fragen zu beantworten. Ich empfinde keine Gefühle. Es muss also etwas verloren gegangen sein – zusammen mit den Teilen des Geistes, die die Kontrolle über die Teile des Körpers haben, die ich nicht länger besitze.

Könnte man diese Teile ersetzen? Könntest du wieder eine Frau werden?

Ich weiß nicht, wie ich das beantworten soll.

Hat nicht irgendjemand es mal versucht?

Einmal hat ein junger Zauberer es versucht.

Und ist offensichtlich gescheitert. Möchtest du wieder eine Frau sein?

Ich weiß, dass ich nicht ganz bin, aber ich vermisse nicht, was fort ist. Ich leide keine großen Qualen, wie du es befürchtest.

Vielleicht weil du es nicht empfinden kannst. Ich frage mich, ob wir jetzt, in diesem Zeitalter von Erfindungen und Entdeckungen, eine Möglichkeit finden könnten, dich wiederherzustellen. Natürlich nur, falls du es wünschen solltest. Es ist wahrscheinlich, dass du dann altern und sterben würdest, daher würde ich so etwas nicht versuchen, wenn du es nicht wolltest. Obwohl … Verzeih mir, dass ich darauf hinweise, du hast verdammt viel länger gelebt, als du es getan hättest, wärst du nicht zu einem Buch gemacht worden.

Ja, obwohl ich, wenn du nur die Zeit zählst, die ich bei Bewusstsein gewesen bin, noch nicht so lange gelebt habe, wie ich es als Mensch vielleicht getan hätte.

Vielleicht wirst du, wenn du noch viele Jahrhunderte länger existierst, eine normale Lebensspanne übertreffen. Schließlich bist du für ein tausend Jahre altes Buch in sehr guter Verfassung. Was ich eigentlich fragen wollte: Wenn du wieder ein lebendiger Mensch werden könntest, würdest du das wollen?

Ja, denn in dieser Form bin ich bestenfalls eine Dienerin, schlimmstenfalls eine Sklavin. Ich würde gerne wieder fühlen können. Ich würde gerne wieder alles erfahren, was das Menschsein beinhaltet.

Ich würde dich gern kennenlernen, in deiner ganzen Gestalt.

Ich würde dich auch gerne kennenlernen. Würdest du mich lehren, wie man in dieser neuen Ära lebt, mit ihren fabelhaften Maschinen und seltsamen Regeln?

Ja, es wäre mir eine Ehre. Ich …

Das Buch sprang in seinen Händen und begann dann zu summen. Tyen blickte mit rasendem Herzen auf und begriff, dass es nicht Pergama war, die das Geräusch machte, sondern Käfer, der neben ihr schwebte. Das Insektoid gab ein heiseres Pfeifen von sich, als stimme etwas nicht mit der Pfeife, die es benutzte, um Alarm zu schlagen …

Die Tür wurde aufgerissen. Miko kam hereinstolziert und trat die Tür hinter sich zu. Erschrocken klappte Tyen das Buch zu.

»Wie waren die Zaubererkurse?«, fragte Miko, hielt aber nicht inne, um auf eine Antwort zu warten. »Neel ist heute nicht aufgetaucht, also bin ich an seinem Zimmer vorbeigegangen. Immer noch krank, sagt er. Was?«

Tyen wurde bewusst, dass er Miko mit großen Augen angeschaut hatte, immer noch erstarrt vor Überraschung. Er schüttelte sich. »Nichts. Du hast mich erschreckt.«

Käfer flog zum Schreibtisch hinüber und setzte sich dort zu den Geräten, wie er es tun sollte, wenn er repariert werden musste. Mikos Blick sank auf Pergama hinab, dann schaute er zur Decke empor. »Liest du wieder in diesem Buch? Ehrlich, du bist so ein Langweiler.« Er kam näher und musterte es mit schmalen Augen.

Tyen widerstand dem Drang, Pergama aus Mikos Reichweite zu bringen, wohl wissend, dass es den anderen Studenten davon überzeugen würde, dass er etwas zu verbergen hatte …

Miko beugte sich vor und riss Tyen das Buch aus der Hand. »Ich dachte, du hättest gesagt, es gehe um Statistik oder Zahlen oder so etwas. Auf dem Einband steht ja gar nichts geschrieben.«

Tyen zuckte die Achseln, obwohl sein Herz jetzt raste. »Es ist alt. Der Titel hat sich abgenutzt.« Er beugte sich vor, um das Buch zurückzunehmen, aber Miko wich ihm aus. Ihm wurde flau im Magen, als sein Freund mit dem Daumen über den Schnitt der Seiten strich. Miko runzelte die Stirn, dann öffnete er das Buch. Tyen hatte das Gefühl, als würde sein Innerstes nach außen gekehrt.

»Da steht ja gar nichts drin.« Miko schüttelte den Kopf. »Warum liest du …? Oh.«

Tyen schluckte einen Fluch herunter. Er beobachtete, wie Mikos Augen von links nach rechts wanderten und sich dann weiteten, bis er den Blick hob.

»Ein magisches Buch!«

»Ich *habe* gesagt, es sei ein Buch über Zauberei.«

»*Über* Zauberei. Nicht *selbst* Zauberei.«

»Ich bin nicht in die Einzelheiten gegangen.« Er streckte die Hand aus. »Gib es zurück.«

Mikos Blick war wieder über die Seite gewandert. Als Tyen aufstand und nach dem Buch griff, wich sein Freund aus. »Hier steht, dass du es in dem Grab gefunden hast. Dass du es nicht der Akademie übergeben hast, obwohl du wusstest, dass man das von dir erwartete.« Er schaute zu Tyen auf und grinste. »Du kannst offenbar auch anders als immer brav sein, wenn dir danach ist.«

Diesmal fluchte Tyen laut.

»Aber du hast vor, es irgendwann nachzuholen«, fuhr Miko fort. »Nachdem du das Wissen des Buches um die Geschichte und die Erfindungen der letzten sechshundert Jahre ergänzt hast. Wozu willst du das tun? Ich täte es nicht.«

»Sie der Akademie geben oder ihr Wissen vervollständigen?«

Miko schürzte nachdenklich die Lippen und hielt Tyen das Buch hin. »Beides, nehme ich an. Ich würde mir alles sagen lassen, was es weiß, und es dann verkaufen. Ich habe noch nie von einem solchen Buch gehört. Es ist wahrscheinlich sehr selten.«

Tyen nahm Pergama wieder an sich und schob sie in seine innere Jackentasche. »Das ist sie. Deshalb muss ich sie der Akademie übergeben.« Als Tyen die Worte aussprach, sackten seine Schultern herunter. »Aber nicht, bis sie dazu bereit ist.«

»Das ist auf jeden Fall besser, als sie zu behalten. Es zu behalten.«

Tyen runzelte die Stirn. »Warum das?«

»Magische Artefakte können gefährlich sein. Sie sollten Experten anvertraut werden.«

»Sie ist nicht gefährlich.« Tyen schüttelte den Kopf. Er hätte Miko niemals für einen abergläubischen Menschen gehalten. »All ihre Magie liegt in der Lagerung von Wissen. Sie ist nicht gefährlicher als jedes Buch in der Bibliothek der Akademie.«

»Wissen kann gefährlich sein.« Mikos Gesichtsausdruck war ernst. »Wenn die falsche Person zur falschen Zeit die falsche Information bekommt. Und warum nennst du es eine ›Sie‹?«

Tyen lächelte. »Sie war einmal ein Mensch. Eine Frau.« *Aber ich sollte besser nicht erwähnen, dass sie von Roporien zu einem Buch gemacht wurde. Das würde ihn restlos von ihrer Gefährlichkeit überzeugen.*

Miko hatte die Augenbrauen hochgezogen. »Wirklich? Hat sie dir ein Bild von sich selbst gezeigt?«

»Nein.«

»Du hast sie nicht darum gebeten?«

»Hm, nein.«

»Bist du nicht neugierig?«

»Nein. Nun, ich nehme an, jetzt bin ich es.«

»Sie sah vielleicht gut aus.« Miko ging zu seinem Schreibtisch hinüber und setzte sich. »Es wäre das Erste gewesen, wonach ich gefragt hätte.«

Tyen schnaubte. »Natürlich. Und als Nächstes würdest du sie ohne Kleider sehen wollen.« Er zog sich zu seinem eigenen Schreibtisch zurück.

»Aha! Das ist also der wahre Grund, warum du die ganze Zeit in das Buch starrst. Jetzt ergibt alles einen Sinn.« Miko grinste.

»Das ist nicht der Grund«, erwiderte Tyen. Er seufzte, nahm Käfer hoch und besah ihn sich. *Ich sollte eigentlich lernen, aber seine Reparatur dürfte nicht viel Zeit kosten.* Bald würde es Abendessen geben; danach würden er und Miko sich mit Professor Hofkrazner treffen und weiter an der Etikettierung und Katalogisierung der Funde aus Maienland arbeiten müssen.

»Du wirst doch niemandem von Pe… von dem Buch erzählen, oder, Miko? Jedenfalls jetzt noch nicht.«

»Ich weiß nicht. Was bekomme ich, wenn ich es nicht tue?«

»Ich werde niemandem von der Goldkugel erzählen, die du verkauft hast.«

Zu Tyens Erleichterung lachte Miko. »In Ordnung. Dein Geheimnis ist bei mir sicher.«

Während der nächsten Stunde arbeiteten sie in einträchtigem Schweigen an ihren Schreibtischen. Bei Käfer waren nur einige Schrauben nachzuziehen. Tyen ölte ihn auch gleich und hatte dann noch etwas Zeit, sich um seine anderen mechanischen Projekte zu kümmern: Spinnentiere, die bei seinen Kommilitonen sehr beliebt waren, weil man damit so gut die Damen erschrecken konnte, und eine musikalische Schwebfliege, die die Tochter eines Professors in Auftrag gegeben hatte.

Er hatte die Schwebfliege halb fertig, als ein schwaches Läuten die Essenszeit signalisierte. Mit Käfer in der Tasche und Pergama in seiner Jacke folgte Tyen Miko nach unten, wo Neel bereits eine einfache Suppe löffelte und ein Stück Brot knabberte. Die Droge der Hure hatte Neels empfindliche Verdauung durcheinandergebracht. Er beteuerte zwar, dass er sich besser fühle, aber Tyen nahm ihm das nicht ganz ab.

»Also, Neel«, sagte Miko, als er und Tyen die Mahlzeit beendet hatten. »Wenn du fit genug fürs Abendessen warst, bist du auch fit für die Arbeit.«

Neel zuckte zusammen. »Ich …«

»Ich denke, wir können ihm noch einen Abend freigeben«, meinte Tyen entschieden und stieß seinen Freund unter dem Tisch an.

Miko machte ein Gesicht, als wolle er Einwände erheben, dann seufzte er und stand auf. »In Ordnung. Aber nur einen Abend«, sagte er zu Neel, dann zeigte er mit dem Daumen auf Tyen und grinste. »Wird mehr daraus, stehst du in meiner Schuld, weil du mich mit ihm allein gelassen hast.«

»He!«, protestierte Tyen, während er sich erhob.

Neel brachte ein Lächeln zustande und machte eine Bewegung, als scheuche er sie weg. »Fort mit euch. Je eher ihr anfangt, umso weniger Arbeit wird für mich übrig bleiben.«

Tyen führte Miko am Ellbogen aus dem Speisesaal, bevor dieser sich die Sache mit Neel noch anders überlegen würde. Sie machten sich auf den Weg zu dem Flügel, in dem die Sammlungen gelagert wurden. Dort erwartete Professor Hofkrazner sie in einem Lagerraum, den man ihm nach seiner Rückkehr zur Verfügung gestellt hatte.

»Ist Neel immer noch krank?«, fragte Hofkrazner und senkte besorgt seine dünnen Augenbrauen.

»Er findet, dass er es ist«, erwiderte Miko.

»Ja«, ergänzte Tyen. »Nicht mehr so krank wie gestern, aber seine Verdauung hat sich immer noch nicht wieder ganz beruhigt.«

Hofkrazner zuckte die Achseln und deutete auf zwei Kartons, die auf einem Tisch standen. »Nun, es ist nicht mehr viel zu dokumentieren übrig. Das meiste davon schafft ihr zwei sicher noch heute Abend.« Er öffnete den ersten Karton, und sie machten sich daran, ihn auszupacken. Er enthielt ausschließlich Kugeln, die mit altertümlicher Schrift und Bildern bedeckt waren. Es waren andere Versionen der gleichen Art von Artefakt, das Miko behalten und verkauft hatte. Einige waren aus Holz, andere aus Ton oder Stein, und einige wenige waren auch aus kostbaren Metallen gemacht.

»Eigenartig«, sagte Hofkrazner, während er das verbliebene Verpackungsmaterial in der Schachtel durchsuchte. »Ich bin mir sicher, dass noch eine goldene da war.«

»Diese hier?«, fragte Miko und griff nach einer goldenen Kugel, die wesentlich schlichter war als die von ihm unterschlagene.

Hofkrazner schüttelte den Kopf. »Es war eine elegantere. Ich hoffe, sie wurde nicht verlegt oder ist während unseres überstürzten Aufbruchs herausgefallen.«

»Hat Drem nicht irgendwann einen Karton fallen lassen? Neel hat etwas darüber gesagt.«

Hofkrazner sah Miko mit schmalen Augen an. »Nein.«

Miko zog den Kopf ein und senkte den Blick. »Ich wollte nicht andeuten, dass Drem ungeschickt ist. Er ist nichts Geringeres als der tüchtigste Diener.«

Die Schärfe im Blick des Professors verschwand. »Ich werde ihn fragen, ob er sich an eine weitere goldene Kugel erinnert. Möglicherweise hat er …« Ein Klopfen unterbrach ihn. Er schaute zur Tür des Lagerraums hinüber, deutete auf die Kugeln, Kartons, Etiketten, Maßbänder, den Katalog und den Stift auf dem Tisch und stand auf. »Fangt an.«

Tyen zog den Katalog und den Stift zu sich heran, während Miko die bescheidenste der Kugeln in die Hand nahm. Sie bestand aus zerbröselndem, ungebranntem Ton. Die Tür des Lagerraums öffnete sich mit einem Klicken. Als Tyen eine vertraute Stimme hörte, blickte er über die Schulter. Professor Delly, das Oberhaupt der Abteilung für Zauberei, trat ein.

»Nummer zwei null neun«, sagte Miko. »Tonkugel.« Tyen vermerkte die Einzelheiten im Katalog.

Miko stellte mit Hilfe eines Zirkels den Durchmesser der Kugel fest, und Tyen schnappte einen Fetzen aus dem Gespräch der Professoren auf.

»… könnte ein Beweis für unsere Theorie sein«, sagte Hofkrazner gerade.

»Könnte sein. Könnte sein«, stimmte Delly zu.

»Wir sollten das für den Moment für uns behalten. Andere könnten danach trachten, die Beweise zu vernichten.«

»Ihr meint … die Radikalen?«

Tyen verstand Hofkrazners Antwort nicht, weil Miko inzwischen die Maße der Kugel diktierte. Tyen schrieb die Maße auf und versuchte, dem Gespräch der Professoren zu folgen, so gut es ging.

»… was sie glauben.«

Delly wirkte verwirrt. »Aber warum sollten sie …?« Miko hantierte an der Waage und übertönte damit die nächsten Worte Professor Dellys.

Hofkrazners Stimme wurde lauter. »Wenn wir die Magie dieser anderen Welten anzapfen könnten, wird man den Hass der Rebellen auf die Maschinen als das sehen, was er ist: Furcht vor Modernität und Neid auf den Wohlstand, der durch Innovation verdient wurde.«

»Sie wiegt neun und drei Viertel Unzen«, sagte Miko. Er hielt Tyen die Kugel hin. »Am besten zeichnest du ab, was auf die Kugel geritzt ist. Das kannst du viel besser als ich.«

Tyen nahm das Tonartefakt entgegen und zeichnete die Oberflächenritzungen ab – eine Arbeit, die einige Konzentration erforderte.

Miko beugte sich dichter zu ihm herüber. »In der Nacht im Gasthaus Zum Anker haben Hofkrazner und Gowel über die Ideen gestritten, über die die Professoren gerade reden«, murmelte er. »Gowel meinte, wir sollten einige Maschinen abschalten und sehen, was mit der magischen Atmosphäre in der Stadt geschieht, und ich schwöre, aus Hofkrazners Ohren ist Dampf aufgestiegen. Ich schätze, Gowel ist zum Radikalen geworden.«

Tyen sah seinen Freund an. Mikos Miene war ernst – ein durchaus ungewöhnliches Vorkommnis, sodass er seltsam fremd wirkte. Von der anderen Seite des Raums hörten sie, wie Hofkrazner einen angewiderten Laut von sich gab.

»Ich würde es eher eigenhändig zerstören, als es ihnen in die Hände fallen lassen.«

»Nun, ich versichere Euch, es wird nicht notwendig sein, zu solch extremen Maßnahmen zu greifen«, erwiderte Delly.

Schweigen trat ein, und als es sich in die Länge zog, stellte Tyen sich unwillkürlich vor, dass die beiden Professoren ihn und seinen Freund beobachteten und sich fragten, wie viel die Studenten von ihrem Gespräch mitbekommen hatten. Währenddessen fuhr er unbeirrt mit seiner Arbeit fort und vervollständigte die Abbildung der Tonkugel. Dann blies er die Tinte trocken und blätterte die Seite um.

»Nummer zwei eins null«, sagte Miko und griff nach der nächsten Kugel.

Die Tür wurde leise geschlossen, dann trat Hofkrazner mit gerunzelter Stirn an den Tisch. Er sah Tyen in die Augen, und seine Miene wurde weicher.

»Der Krieg der Ideen ist genauso gefährlich wie die Kriege, die mit Waffen und Magie geführt werden«, erklärte er ihnen und setzte sich. »Ebenso viele, wenn nicht mehr Leben stehen auf dem Spiel. Wir müssen wachsam sein und Lügen wie Aberglauben widerstehen.« Er zog den anderen Karton näher heran und begann ihn auszupacken.

7 Tyen

Als Tyen und Miko am folgenden Markttag erwachten, lag Belton unter einer undurchdringlichen Nebeldecke. Dafür war die Stadt geradezu berüchtigt.

Ich entschuldige mich, Pergama, dachte Tyen und griff nach dem Buch. *Selbst wenn ich mich zwingen würde, bei diesem Wetter hinauszugehen, würdest du draußen nichts sehen, und da auch die Fähren nicht fahren, werden die meisten Fabriken unterbesetzt und nicht bereit sein, einem Studenten eine Führung anzubieten.*

»Was machen wir heute?«, überlegte Miko laut und spähte zu dem kleinen Fenster ihres Zimmers hinüber. Er lehnte an Tyens Schreibtisch, die Hand gefährlich nahe an einer Reihe zerbrechlicher, bereits lackierter Papierflügel.

»Ich habe vor, einige weitere Insektoide herzustellen, falls du die Einzelteile nicht vorher zerbrichst, und dann will ich lernen.«

Miko schaute herab und zog die Hand zurück. Sein Blick wanderte zu Pergama hinüber. »Lernen, hm? Ich weiß, was du lernen wirst. Du tust kaum etwas anderes.«

»Das ist nicht wahr.«

»Du lernst jetzt nicht mehr so viel – ich meine richtiges Lernen und nicht die Lektüre dieses Buches.« Miko runzelte die Stirn. »Das sieht dir gar nicht ähnlich.«

Tyen blickte seinen Freund mit hochgezogenen Augenbrauen an. »Dir sieht es gar nicht ähnlich, dir solche Sorgen darüber zu machen, was ich tue.«

Die Falte zwischen Mikos Brauen verschwand. »Nein.« Dann verschränkte er die Arme vor der Brust. »Sie verschafft dir einen unfairen Vorteil.«

Tyen schüttelte den Kopf. »Nicht so sehr, wie du denkst. Die Informationen, die sie hat, sind so alt, dass ich alles überprüfen muss, bevor ich einen Aufsatz einreiche oder ein Experiment mache.« War Miko eifersüchtig? Er lächelte seinen Freund an. »Gibt es irgendetwas, was ich für dich fragen kann?«

Aber Miko schien Tyens Antwort nicht gehört zu haben. Er runzelte erneut die Stirn. »Ich kann nicht glauben, dass ich es eine ›Sie‹ genannt habe«, bemerkte er kopfschüttelnd. »Und du. Es ist, als sei sie dein Mädchen. Als seist du in sie verliebt. In ein Buch. Verrückt.« Er schüttelte den Kopf und wandte sich der Tür zu. »Nun, ich gehe in die Bibliothek. Die Häubchen haben endlich die Erlaubnis erhalten, sie zu benutzen, wann immer sie wollen.«

Tyen lächelte. Die entschlosseneren weiblichen Studenten wurden nach ihren altmodischen Kopfbedeckungen genannt, die sie aufsetzten, um die Hausmütter zu beruhigen, dass ihr Verlangen, die Bibliothek zu besuchen, allein akademischem Interesse entsprang und nicht dem Wunsch, männliche Studenten zu treffen.

»Gib der Akademie keinen Grund, ihre Meinung zu ändern. Die Mädchen werden dir das niemals verzeihen.«

»Das werde ich nicht«, versicherte ihm Miko.

Das schelmische Glitzern in seinen Augen inspirierte nicht gerade zu Zuversicht. Tyen seufzte, als sich die Tür hinter seinem Freund schloss. Wie er sein Glück kannte, würde Miko bald zurück sein, ausgeschlossen aus der Bibliothek, weil er den anderen lästig geworden war.

Vielleicht sollte ich zuerst mit Pergama reden.

Er ging zum Bett, setzte sich und zog das Kissen zwischen seinen Rücken und das Kopfteil. Dann öffnete er den Einband, hielt den Atem an und wartete darauf, dass Worte auftauchten.

Hallo, Tyen. Sei nicht enttäuscht. Gegen das Wetter kann man nichts machen, und du hast mich während der letzten Wochen eine Menge Dinge gelehrt. Vielleicht kann heute ich dich stattdessen etwas lehren.

Du hast mir bereits so viel beigebracht, und ich habe diese Woche genug von Zauberei und Geschichtslektionen. Heute ist Markttag. Wir sollten über etwas anderes sprechen.

Gibt es noch irgendetwas anderes, das du gern wissen würdest?

Tyens Gedanken kehrten sofort zu dem Gespräch zwischen den Professoren Hofkrazner und Delly zurück, das er belauscht hatte.

Du hast früher gesagt, dass es andere Welten gebe. Wie viele hast du besucht?

Eintausendsechshundertneunundvierzig.

Du weißt genau, *wie viele?*

Ja. Mein Zweck ist es, Informationen aufzuzeichnen, also ist es nicht so schwer für mich, den Überblick zu behalten.

War Roporien der Einzige, der dich in andere Welten gebracht hat?

Nein. Gelegentlich hat er mich einem vertrauten Zauberer geliehen, und einmal wurde ich gestohlen. Nach Roporiens Tod blieb ich jedoch in dieser Welt. Keiner meiner Besitzer war in der Lage, zwischen den Welten zu reisen.

Hast du viel Zeit in jeder Welt verbracht?

Manchmal Wochen, manchmal bloße Momente. Im Gegensatz zu den meisten anderen Zauberern konnte sich Roporien so mühelos zwischen Welten bewegen, wie andere zwischen Räumen umhergehen.

Gibt es irgendwelche Welten, die wichtiger sind als andere?

Das hängt davon ab, was du für wichtig hältst. Die Geburtswelt einer jeden Person oder die Welt ihrer Kindheit hat eine emotionale Wichtigkeit für sie, selbst wenn die Gründe unerfreulich sind. Die wichtigsten Welten für die Zauberer, die sich zwischen ihnen bewegt haben, waren jene, die die stärkste Magie bargen. Sie haben diese Welten zu ihrem Zuhause gemacht und von ihnen aus Reiche regiert. Ob diese Welten heute noch wichtig sind, hängt davon ab, ob diese Zauberer noch leben oder ob sie immer noch dort leben wollen.

Immer noch leben? Tyens Herz setzte einen Schlag aus. Pergama war mehr als sechshundert Jahre alt. *Meinst du, es gibt mehr Zauberer wie Roporien, die nicht gealtert sind?*

Ja.

Wie viele?

Ich weiß es nicht. Einige tausend vielleicht.

So viele.

Und doch nur sehr wenige, wenn du bedenkst, wie viele Menschen es in allen Welten geben muss. Jede Welt könnte viele, viele Millionen von Menschen beherbergen. Von ihnen ist vielleicht eine Person in jedem Jahrhundert in der Lage, ihren Körper zu erhalten, aber nur wenige überleben lange genug, um das Geheimnis der Alterslosigkeit zu entschlüsseln. Das Leben eines Zauberers ist oft ein gefährliches, und Methoden, um den Alterungsprozess aufzuhalten, werden nicht immer ohne Weiteres mit anderen geteilt.

Gewiss könnte nichts einem Zauberer etwas anhaben, der so stark wäre.

Sie mögen alterslos sein, aber nichts und niemand ist unverletzbar, und wenn jemand mächtig ist, neigt er dazu, sich mit Menschen zusammenzutun, die andere beherrschen, oder er wird selbst zu einer solchen Person. Die Wahrscheinlichkeit, dass jemand ihm schaden möchte, ist sehr viel höher.

Tyen schauderte. Dann hatte er Glück, dass er in dieser Welt lebte und nicht so stark war wie die Zauberer, von denen Pergama gesprochen hatte. Die größte Gefahr, vor der er stand, war die, in einer langweiligen Anstellung als Bediener von Maschinen zu enden. Vielleicht war das der Grund, warum so wenige mächtige Zauberer jemals in seine Welt gekommen waren. Andere Welten mochten gefährlicher sein, aber sie wären auch aufregender.

Also, warum könnte ein Zauberer nicht länger in den Welten leben wollen, die er für wichtig erachtet?

Welten können sich verändern. Reiche fallen irgendwann, ganz gleich, wie mächtig ihre Herrscher sind. Land kann unfruchtbar werden oder sich durch zu viele Ernten oder klimatische Veränderungen in Wüsten verwandeln. Manche Welten haben Jahreszeiten, die Jahrhunderte währen – daher erleben die Menschen dort in diesem Rhythmus abwechselnd Überfluss und Hunger. Einige Welten werden langsam kälter, wärmer, trockener, feuchter. Seuchen, Tiere und Pflanzen könnten eingeführt werden, die eine Welt weniger bewohnbar machen. Ressourcen, die eine Welt wohlhabend machen, können zur Neige gehen. Kriege können sie zerstören oder sie ihrer Magie berauben. Ich weiß von drei Welten, die von riesigen Felsen zerstört wurden, die vom Himmel fielen, und von einer weiteren Welt, die erbebte, bis die Erde zerriss und geschmolzenen Stein blutete. Es gibt Legenden über Welten, die verschwanden und am Ende ihres Weges nur ein luftleeres Vakuum oder ein sengendes Licht hinterließen.

Weges? Tyens Fantasie malte ein glänzendes Band mit Reisenden, die hin und her gingen. Konnte eine solche Route groß genug für eine Kutsche sein? *Machen Menschen Straßen zwischen den Welten?*

Nicht so, wie du es dir vorstellst. Man wandelt zwischen den Welten nicht auf körperlichen Pfaden, aber der Übertritt von

einer Welt in eine andere hinterlässt doch eine Spur – wie auf einer Wiese ein Wildwechsel entsteht. Wenn man sie regelmäßig bis in jüngere Zeit benutzt hat, bleiben diese Pfade frei. Ungenutzt verblassen sie langsam, wie eine Straße, die verschwindet, wenn sich die Vegetation von beiden Seiten ihr Reich zurückerobert.

Oder wie Magie nachfließt, um Ruß zu ersetzen?

Ja, diese Pfade sind der Abwesenheit von Magie ganz ähnlich. Einige glauben, es sei der gleiche Effekt.

Es mochte also Wege geben, die zu dieser Welt führten oder von ihr weg, begriff Tyen. Aber nur, falls Zauberer oft genug hierherreisten. Gewiss wäre es, wenn tatsächlich einige es getan hatten, so unglaublich gewesen, dass alle davon wissen müssten. Oder zumindest würde die Akademie davon wissen.

Es ist wahrscheinlicher, dass diese Zauberer ihre Fähigkeiten vor anderen verbergen. Oder nur jene davon wissen lassen, die sich bereit erklären, ihre Gegenwart geheim zu halten.

Warum sollten sie das tun?

Um in Frieden gelassen zu werden – um in dieser Welt zu leben, ohne dass alle Übrigen sie anders behandeln. Ruhm kann sehr unbequem, sogar gefährlich sein.

Er überdachte seine früheren Zweifel, dass diese Welt für solche Zauberer ein reizvoller Ort wäre. *Ich nehme an, sie könnten hierherkommen, um sich vor jemandem zu verstecken, der ihnen Böses will.*

Vielleicht. Aber nicht die Alterslosen. Es erfordert jede Menge Magie, nicht zu altern. Dies ist keine mächtige Welt – noch weniger jetzt als zu der Zeit, als ich sie das letzte Mal gesehen habe.

Diese Welt wird schwächer?

Ja.

Bist du dir sicher?

Ja.

Welchen Beweis hast du dafür?

***Ruß* hat früher niemals so wie jetzt verweilt.**

Tyen schauderte. *Könnte dieser Welt die Magie ausgehen? Ist es möglich, dass eine Welt ohne jede Magie darin existiert?*

Ich weiß es nicht. Ich war noch nie in einer Welt, die ohne Magie war. Ich gehe davon aus, dass ich dort nicht existieren könnte, da ich selbst etwas Magie brauche.

Tyen schnappte nach Luft. Die Aussicht auf eine Welt ohne Magie war schon unangenehm, wenn man an eine maschinenlose Zukunft von Leratia dachte, aber was sie für Pergama bedeutete, war ihm noch gar nicht in den Sinn gekommen.

Würdest du wieder zum Leben erwachen, sobald du erneut in eine magische Welt kämest?

Das hängt davon ab, wie lange ich in einer Welt ohne Magie verbliebe. Ich lagere ein wenig Magie, um zu überleben, wenn die Magie um mich herum dünner wird. Sonst könnte ich es ja nicht einmal überstehen, ein Gebiet von *Ruß* zu durchqueren. Aber wenn dieser Welt die Magie ausginge, würde ich umkommen, da keine Magie mehr zur Verfügung stünde, um mich in eine andere Welt zu transportieren.

Tyen starrte auf die Seite. *Was denkst du, wie lange es dauern wird, bis dieser Welt die Magie vollends ausgeht?*

Ich weiß nicht genug, um eine Schätzung abzugeben. Wenn alle Maschinen Magie in dieser Menge benutzen, wie ich es bisher gesehen habe, dann verringert sich die Magie in einem viel schnelleren Tempo als in jeder anderen Welt, die ich kennengelernt habe – außer denen, die große magische Konflikte gesehen haben.

Tyen kaute auf der Unterlippe. Die Worte von Professor Hofkrazner kamen ihm in den Sinn: *Wenn wir die Magie dieser anderen Welten anzapfen könnten ...* Die Professoren hätten diesen Punkt nicht angesprochen, wenn sie nicht bereits wüssten, dass die Magie in dieser Welt sich erschöpfte. War das, was Hofkrazner gesagt hatte, möglich?

Ich weiß, dass dies bei anderen Welten versucht wurde, doch ohne Erfolg.

Er schüttelte den Kopf. Gewiss gab es eine Möglichkeit, die Magie dieser Welt wieder aufzufüllen. Ihm wurde flau im Magen, als er sich an eine Möglichkeit erinnerte, die sie in der Vergangenheit erwähnt hatte. *Ich nehme an, du denkst, die Lösung sei, dass alle kreativ werden und mehr Magie erzeugen.*

Ja, aber es wäre keine leichte oder schnelle Lösung. Selbst wenn ich dich davon überzeugen könnte, dass es funktionieren würde, hättest du es schwer, andere zu überreden. Die Menschen werden ihre wunderbaren Maschinen nicht freiwillig aufgeben.

Tyen seufzte. Zumindest in diesem Punkt hatte sie recht. Er war jedoch nicht bereit aufzugeben. *Wir leben in einem Zeitalter von Erfindung und Entdeckung. Gewiss können wir einen Weg finden. Erzähl mir von diesen Versuchen, Magie aus anderen Welten zu beschaffen. Vielleicht werden wir Erfolg haben, wo andere …*

Ein Pfiff unterbrach ihn. Er schluckte einen Fluch herunter und blickte auf in der Erwartung, dass Miko hereinkam. Aber stattdessen trat sein Professor ein.

»Professor Hofkrazner!« Tyen klappte das Buch zu und sprang auf. Als ein weiterer Mann ins Zimmer drängte, trat er einen Schritt beiseite, um Platz zu machen. »Professor Delly.«

»Eisenschmelzer.« Hofkrazners Ton war streng. Sein Blick fiel auf Tyens Hände. »Ist das das Buch, das Ihr im Maienland gefunden habt?« Er streckte die Hand danach aus.

Tyens Herz erstarrte, dann begann es zu rasen. Er schaute auf Pergama hinab. Was sollte er tun? Lügen? *Nein, das hat keinen Sinn. Nichts wird die Professoren davon abbringen, sie zu betrachten, und sobald sie das tun, werden sie wissen, was sie ist.* Tyen holte tief Luft. *Tut mir leid, Pergama. Du wirst einen neuen Besitzer bekommen. Danke für alles, was du mich gelehrt hast, und ich hoffe, ich habe dich meinerseits ebenfalls genug gelehrt.*

Hofkrazner trat vor und zupfte Pergama aus Tyens Hand. »Ist es das?«, wiederholte er.

»Ja«, gestand Tyen. »Hat Miko Euch davon erzählt?«

Der Professor untersuchte den Einband mit zusammengekniffenen Augenbrauen. »Ja. Er hat sich Sorgen gemacht, dass Ihr von dem Buch irgendwie besessen sein könntet. Warum habt Ihr mir nichts davon erzählt?«

Tyen zuckte die Achseln. »Wie Ihr seht, ist es nichts Beeindruckendes. Ich dachte nicht, dass ich irgendjemanden davon überzeugen könnte, dass es wertvoll ist.«

»Ein magisches Buch?« Professor Delly klang nicht überzeugt. »Natürlich ist es wertvoll! Warum würden ...«

»Das kommt darauf an«, unterbrach ihn Hofkrazner. »Was tut es?« Er schaute zu Tyen hinüber, und seine Finger bewegten sich über den Einband, als jucke es ihn, ihn zu öffnen. Aber er war sich offensichtlich nicht sicher, ob man das gefahrlos tun konnte.

Tyen breitete die Hände aus. »Es nimmt Wissen von seinem Besitzer auf und lagert es, und es beantwortet Fragen entsprechend den Informationen, die es von vorangegangenen Besitzern angesammelt hat.«

Delly betrachtete das Buch jetzt wie einen Leckerbissen. »Ein Wissenshort!«

»Aber diese Informationen sind seit Jahrhunderten überholt«, fügte Tyen hinzu. »Sie sind nur so verlässlich, wie seine früheren Besitzer es waren.« Er zuckte die Achseln. »Ich habe natürlich das, was ich daraus erfuhr, mit den Unterlagen der Akademie verglichen.«

»Wenn es eine so unverlässliche Quelle ist, warum habt Ihr dann weiter darin gelesen?«, fragte Hofkrazner.

»Es ist auch aus anderen Gründen interessant.« Tyen hielt inne und versuchte, eine Möglichkeit zu finden, es zu erklären. »Es – sie – war früher einmal eine Person. Mit ihr zu reden ist wie eine Reise zurück durch die Zeit und die Begegnung mit jemandem aus der Vergangenheit.« Er schüttelte den Kopf. »Ich hatte immer vor, sie der Akademie zu übergeben. Ich wollte einfach verstehen, wer und was sie ist.«

Während Tyen sprach, hatte Hofkrazner langsam die Augenbrauen hochgezogen. Jetzt rieb er sich mit dem Daumen den Schnurrbart und warf Delly einen nachdenklichen Blick zu. »Ich finde, wir sollten dieses Buch besser geschlossen lassen, bis man eine Untersuchung in die Wege leiten kann«, sagte er und legte eine Hand auf den Einband. Hofkrazner wandte sich wieder an Tyen. »Eure Beteiligung wird erforderlich sein.«

Tyen nickte. »Natürlich.«

Professor Delly gab einen leisen Laut des Protestes von sich. Hofkrazner drehte sich zu ihm um. »Wir werden ihn nach seiner Benutzung des Buches fragen müssen, bevor jemand anders riskiert, es zu lesen.«

Delly zog geschlagen die Mundwinkel herunter. »Ja, ich nehme an, das ist richtig. Ich werde die notwendigen Vorkehrungen treffen.« Er nickte Tyen zu. »Ich werde Euch über den Zeitpunkt und den Ort des Treffens informieren.«

»Vielen Dank, Professor Delly«, antwortete Tyen.

Mit ihrer Beute verließen die Professoren das Zimmer, und Hofkrazner zog die Tür hinter ihnen zu. Tyen starrte auf die Tür und dann auf seine Hände. Während sein Herz sich langsam wieder beruhigte, blieb ihm ein Gefühl von Verlust. *Dass Ihr besessen sein könntet.* Von einem Buch. Das er ohnehin der Akademie übergeben wollte.

Aber Pergama war mehr als nur ein Buch. Sie war eine Person. Eine Frau, die niemals darum gebeten hatte, zu einem Werkzeug gemacht zu werden, die niemals darum gebeten hatte, nur noch als nützliches Objekt behandelt zu werden. Sie mochte keine ganze, normale Frau sein, aber er hatte ihre Gespräche und ihre Gesellschaft genossen. *Dies ist mehr wie der Verlust eines Freundes,* begriff er. *Als würde Miko plötzlich …*

Miko. Tyen runzelte die Stirn. Wo war der Verräter? Wie lange würde es dauern, bevor er in ihr Zimmer zurückgeschlichen kam, ganz: »Ich hatte Sorge um dich – so ist es am besten«? Oder würde er voller Selbstgerechtigkeit sein und Tyen sagen, er solle es überwinden? Miko war nicht der Typ für Entschuldigungen.

Aber er musste wirklich geglaubt haben, dass Pergama eine Gefahr war, um zu riskieren, dass Tyen seinen Diebstahl der goldenen Kugel offenbarte.

Entweder das, oder er war eifersüchtig. Er hat schließlich gesagt, dass sie mir einen unfairen Vorteil verschaffe. Tyen blickte zum Fenster hinüber und ballte die Fäuste. Er war im Raum auf und ab gegangen und hatte es nicht einmal bemerkt. Schließlich schaute er hinaus und begriff, dass er jetzt Details erkennen konnte. Der Nebel hob sich. *Ich will nicht hier sein, wenn Miko zurückkommt. Ich würde ihn vielleicht erwürgen.*

Er drehte sich auf dem Absatz um, stolzierte zu seinem Schrank und griff sich Mantel, Schal und Mütze.

»Käfer«, sagte er. »Tasche.«

Ein leises Sirren erfüllte den Raum, als das Insektoid gehorchte und auf Tyens Schulter landete. Er wartete nicht, bis es in seinen Mantel gehuscht war, bevor er die Tür öffnete und hinausschritt.

Kurz hielt er an den Toren der Akademie inne. Er hatte nur bis dorthin gehen wollen, aber es war nicht genug. Während er sich in die Wärme seines Mantels kauerte und den Weg in die Stadt einschlug, rief er sich ins Gedächtnis, dass er genug über Zauberei wusste, um die meisten Angreifer abzuwehren. Er wünschte beinahe, jemand würde es versuchen, damit er eine legale Entschuldigung hatte, Magie zu benutzen. Käfer wurde natürlich von Magie betrieben, aber das erforderte kaum ein Rinnsal, und solange das Insektoid versteckt blieb, würde es eines besonders wachsamen Zauberers bedürfen, um zu bemerken, dass Magie benutzt wurde.

Nach mehreren hundert Schritten fühlte sich Tyen ein wenig besser. *Vielleicht musste ich nur aus der Akademie raus. Manchmal ist es zu einfach, sich von ihren kleinen Dramen gefangen nehmen zu lassen.* Nur dass Pergama für ihn kein kleines Drama war.

Sie werden begreifen, dass sie mehr ist als ein Buch, sobald sie mit ihr geredet haben, sagte er sich. Was würden sie tun, sobald sie erfuhren, dass sie eine Person war? Es war falsch, dass eine Person von einer anderen besessen werden durfte. Das war Sklaverei. Er blieb stehen, als er begriff, was das bedeutete. *Dann ist es falsch, vielleicht sogar illegal, dass die Akademie Pergama besitzt!*

Er bezweifelte, dass sie es so sehen würden oder dass ein solches Argument vor einem Gericht Bestand haben würde. Sie glaubte selbst nicht, dass sie eine ganze Person war. Und wenn ein Richter entschied, dass sie genug Person war, dass ihr Besitz Sklaverei bedeutete, würde das heißen, dass Tyen sie auch nicht besitzen konnte. Niemand konnte es. Sie würde irgendwo gelagert werden, bewusstlos und vergessen.

Tyen seufzte und setzte sich wieder in Bewegung. *Vielleicht ist es besser, dass die Akademie sie hat. Sie wird viele Menschen kennenlernen. Klügere, kenntnisreichere Menschen als mich. Sie wird sicher sein. Schließlich wäre Pergama, wenn es dieser Hure gelungen wäre, mich unter Drogen zu setzen und auszurauben, vielleicht an jemanden verkauft worden, der sie nicht zu schätzen gewusst hätte, oder vielleicht hätte man sie sogar in den Müll geworfen oder in ein Feuer.*

In der bleichen Dämmerung hörte Tyen ein Lachen, und als er aufblickte, sah er, dass er gerade an einem der vielen D-Clubs – kurz für Debattierclub – in dem Gebiet rund um die Akademie vorbeilief. Die kleinen Lokale wurden von Intellektuellen frequentiert, die außerhalb der stickigen Atmosphäre der Akademie Austausch suchten.

Bei dem Gedanken an ein heißes Getränk wurde Tyen sich plötzlich der kalten, feuchten Luft deutlicher bewusst. Er mochte den Rauch in diesen Lokalen nicht besonders, aber er würde seiner Lunge kaum mehr schaden als der Nebel. Wahrscheinlich würde niemand in dem D-Club sein, den er kannte, aber es machte ihm nichts aus, allein vor einem heißen Getränk zu sitzen. Und danach war er vielleicht bereit, in die Akademie zurückzukehren.

Er trat ein und sah, dass der Schankraum nur wenig stärker vernebelt war als die Straße draußen. Der meiste Rauch kam von einer großen Gruppe von Männern, die im hinteren Teil des Raums saßen und die Aufmerksamkeit der beiden Kellnerinnen beanspruchten. Tyen schaute sich um und hoffte, einen Platz in einer weniger verqualmten Ecke zu finden. Ein Mann saß in einer Nische in der Nähe, und Tyen erkannte ihn. Im gleichen Moment blickte der Mann auf und blinzelte in überraschtem Wiedererkennen.

»Gowel«, sagte Tyen und tippte zur Begrüßung an die Krempe seines Hutes. *Ist dieser Mann wirklich ein Radikaler?*, fragte er sich. Er erinnerte sich an Mikos Geschichte über den Abenteurer und an Hofkrazners Widerspruch.

Der Abenteurer blickte Tyen gelassen an. »Einer von Hofkrazners Jungs, richtig?«

»Ja. Tyen Eisenschmelzer. Wir haben uns vor einigen Wochen in Palga kennengelernt, im Gasthaus Zum Anker.«

Gowel nickte, bevor Tyen ausgesprochen hatte. »Der Student, der früh zu Bett gegangen ist. Vals hat Eure Fähigkeiten bei der Steuerung des Luftwagens gerühmt und gesagt, Ihr seid vielleicht sein bester Student. Was führt Euch an einem so trostlosen Tag heraus?«

Tyen zuckte die Achseln und beschloss, dass das als Antwort würde genügen müssen.

Der Abenteurer lachte leise. »Ihr seht aus wie jemand, der ein wenig frische Luft braucht.«

»Ja. Nun. Habe mir einen schlechten Tag dafür ausgesucht.«

Gowel lachte. »Das habt Ihr gewiss. Aah, ich kenne dieses Gefühl gut. Ich habe es viele Male erlebt, bevor ich der Akademie den Rücken kehrte.« Eine der Kellnerinnen erschien neben Tyen. »Warum setzt Ihr Euch nicht zu mir?«, lud Gowel ihn ein und deutete auf einen der drei freien Stühle an seinem Tisch.

»Vielen Dank.« Tyen wählte einen Platz, der es ihm ermöglichte, aus dem Fenster zu schauen, dann beschloss er, sich eine Kanne Lall zu gönnen – ein Getränk, das aus den gemahlenen, bitteren Samen eines Baums gewonnen wurde, der am anderen Ende der Welt wuchs. Er kam schnell und war dampfend heiß, mit einer Schale verfestigten Sirups daneben. Es waren mehrere Klumpen von dem Süßmittel notwendig, bevor die Bitterkeit des Getränks für Tyens Geschmack genügend abgemildert war.

Die ganze Zeit über schaute Gowel schweigend in den Nebel hinaus. Die Linien auf dem gebräunten Gesicht des Abenteurers schienen tiefer zu sein, und diesmal wirkte er eher traurig als abenteuergehärtet. Tyen begriff, dass der Mann zur Akademie hinüberschaute.

»Vermisst Ihr sie?«, fragte er.

Gowel wandte den Blick vom Fenster ab und lächelte schwach. »Manchmal.«

»Werdet Ihr hingehen, um Professor Hofkrazner zu treffen?«

Der Mann presste die Lippen aufeinander und schaute weg. »Nein. Neuerdings scheinen er und ich unterschiedliche Augen zu haben.«

Es war ein altes Sprichwort, das die Menschen aus dem Norden häufig benutzten. Soweit Tyen sich erinnerte, kam es von einer Geschichte, in der zwei Fremde, die eine Landschaft betrachteten, vollkommen unterschiedliche Eigenarten bemerkten und schlussfolgerten, dass ihre Augen fehlerhaft sein müssten.

War dieser andere Standpunkt ein radikaler, wie Miko vermutete? *Sollte ich mit ihm reden? Und wenn Hofkrazner davon erfuhr?* Er konnte jetzt nicht gehen, ohne unhöflich zu einem Mann zu sein, der, wenn er kein Radikaler war, in der Zukunft ein nützlicher Fürsprecher sein könnte. Wenn er blieb, würde er vielleicht herausfinden, wie radikal Gowels Ansichten waren, und er würde wissen, dass er ihm in Zukunft aus dem Weg gehen musste.

Tyen stellte seinen Becher beiseite. »Sind unterschiedliche Ansichten nicht gut für die Akademie? Unterschiedliche Ideen führen zu Ermittlungen, die zur Wahrheit führen?«

Gowel lächelte. »Ja. Aber die jetzt dort sind … sie haben zu große Angst vor einigen möglichen Wahrheiten, um die Beweise zu erforschen, die sie direkt vor Augen haben.«

»Was könnte so beängstigend sein?«

Der Abenteurer zog die Augenbrauen hoch. »Wenn ich es Euch sage, werdet Ihr mich für einen Radikalen halten.«

Tyen wandte den Blick ab. Bei einem solchen Eingeständnis war er außerstande, sich zu überlegen, was er als Nächstes sagen sollte. Zumindest irgendein Vorwand, um sich zu verabschieden …

Gowel seufzte. »Eurem Gesichtsausdruck nach zu urteilen bin ich bereits gezeichnet. Sagt mir, Eisenschmelzer, was glaubt Ihr, woher die Magie kommt?«

Tyen blickte auf. »Aus der Atmosphäre.«

»Wie ist sie dort hineingelangt?«

»Von der Sonne, oder sie wurde von Blitzen erzeugt.«

»Theorien, die nie bewiesen worden sind.« Gowel beugte sich vor. »Bei Eurer Expedition ins Maienland müsst Ihr bemerkt haben, dass umso mehr Magie in der Atmosphäre liegt, je weiter man sich von den Städten entfernt – insbesondere von Belton. Oder vielleicht ist es besser, es so auszudrücken: Je näher man den Städten kommt, umso weniger Magie findet man in der Atmosphäre. Was immer die Quelle für Magie ist, Städte benutzen sie zu schnell, als dass sie sich selbst regenerieren könnte. Stimmt Ihr mir darin zu?«

Tyen zuckte die Achseln. »Ich nehme es an.«

»Also, was sollten wir in dieser Sache unternehmen?«

»Weniger benutzen?«

Gowel nickte. »Und mehr erschaffen.«

Als Tyen versuchte, sein Entsetzen zu verbergen, kicherte der Abenteurer abermals.

»Ah, ich sehe Eure Furcht. Ich sage nicht, was Ihr denkt, dass ich sage. Die Vorstellung, dass Kreativität Magie erzeugt, ist zu töricht, um wahr zu sein. Dann könnte Eure Großmutter, wenn sie ihre Socken strickt, Magie erzeugen. Doch nur weil eine Idee alt ist, muss sie nicht restlos falsch sein. Magie war in unseren Städten einst so üppig wie außerhalb der Städte. Die Geschichte sagt uns das. Sie ist immer noch üppiger in Städten, in denen es keine Maschinen gibt. Also ist die erste Frage, die Ihr stellen solltet: Warum gibt es in diesen Städten mehr Magie?«

Tyen schüttelte den Kopf, um anzuzeigen, dass er keine Antwort hatte.

»Weil dort mehr *Menschen* sind.« Beim Wort *Menschen*

schlug Gowel sachte mit der Faust auf den Tisch und erschreckte Tyen damit genug, dass er dem Abenteurer in die Augen sah, trotz seiner Bemühungen, Blickkontakt zu vermeiden.

»Es ist leicht zu erkennen, wie der Eindruck entstehen kann, Magie würde davon erzeugt, Dinge herzustellen«, fuhr Gowel fort. »Die Menschen stellen immer Dinge her, warum also nicht behaupten, sie machten auch Magie? Es ist gut fürs Geschäft. Es zieht Aufträge von den Reichen und Mächtigen an.« Er wedelte geringschätzig mit der Hand. »Höchstwahrscheinlich ist Magie eine irdischere Emission. Ein Nebenprodukt menschlicher Existenz, wie Schweiß oder Exkremente oder Körperwärme.«

»Aber in Belton wohnen mehr als eine Million Menschen«, stellte Tyen fest. »Gewiss würde das eine Menge … Nebenprodukte erzeugen.«

Gowel nickte. »Was macht Belton so anders? Maschinen! Sie alle verschlingen Magie schneller, als selbst diese große Stadt sie ersetzen kann.«

Tyen riss den Blick von den eindringlichen Augen des Abenteurers los. Der Vergleich von Magie mit Schweiß oder Exkrementen verlieh seiner Erklärung nicht viel Reiz, doch die Idee, dass Magie ein Nebenprodukt – ein Ausfluss – der Existenz von Menschen war, hatte den Vorteil der Einfachheit. *Und es muss einen Grund geben, warum Menschen glaubten, dass die Schöpfer Magie machten, nehme ich an, selbst wenn sie sich geirrt haben.*

»Also … wir müssen die Maschinen loswerden?«, hakte er nach.

Gowel stieß ein kurzes Lachen aus. »Natürlich nicht. Aber wir sollten vernünftig in ihrer Benutzung sein. Aufhören, Magie auf Luxus zu verschwenden. Die Maschinen wirkungsvoller machen.«

Tyen nickte. Gowels Theorie ergab einen Sinn. Sie gründete sich auf Beweise und Logik. Die Radikalen waren nicht so töricht, wie man es ihn hatte glauben machen wollen. Zumindest war dieser hier es nicht.

»Könnt Ihr das wirklich beweisen?«, fragte er.

Gowel seufzte. »Nicht so ohne Weiteres. Nur wenn ich jemanden weit weg von dem gewaltigen Verbrauch durch die großen Städte bringe, in die Länder, die ich besucht habe und in denen die Städte reich an Magie sind, kann ich ihn von dem überzeugen, was ich gefunden habe.«

»Also, warum tut Ihr es nicht? Findet sich niemand, der mit auf Reisen gehen will?«

»Entweder das, oder die Leute befürchten, nach ihrer Rückkehr dann selbst als Radikale zu gelten.«

»Dann müsst Ihr einen anderen Weg finden, es zu beweisen. Oder genug Menschen überzeugen, damit die allgemeine Meinung in Eure Richtung tendiert.«

Gowel sah Tyen wohlwollend an. Tyens Gesicht wurde warm, als ihm bewusst wurde, dass er einem radikalen Standpunkt zustimmte. *Natürlich könnte Gowel lügen. Ich bin mir jedoch nicht sicher, warum er das tun sollte. Ich wünschte, ich hätte Pergama bei mir. Ich könnte ihn dazu bringen, sie zu berühren, und sie dann fragen, ob er die Wahrheit sagt … Oh!*

Er richtete sich auf. Sobald die Akademie verstand, wie Pergama funktionierte, konnte man mit ihrer Hilfe die Wahrheit von Gowels Worten bestätigen. Wenn Gowel sich einverstanden erklärte, sie zu halten, war das Thema erledigt. Das, vermutete er, würde der einfache Teil sein. Wenn die Akademie solche Angst vor der Wahrheit hatte, wie Gowel behauptete, welche Chance hatte Tyen dann, jemanden dort davon zu überzeugen, es zu versuchen? Er seufzte, und seine Aufregung verblasste.

»Seht Ihr?« Gowel verzog das Gesicht. »Ich habe Euch gesagt, dass ich Euch mit meinen radikalen Ideen erschrecken würde.«

Tyen schüttelte den Kopf. »Das habt Ihr nicht. Ich wusste bereits, dass uns die Magie ausgeht. Ich dachte, ich hätte einen Weg gefunden, um zu beweisen, was Ihr sagt, aber ich bin mir nicht sicher, ob es funktionieren würde.«

»Einen Versuch ist es immer wert«, erwiderte Gowel.

Tyen betrachtete den Mann. Vielleicht hatte er recht. »Ihr müsstet zustimmen, dass man Eure Gedanken liest, genauer gesagt, wäre es … ein Buch, welches das täte.«

Während sich die Linien auf dem Gesicht des Abenteurers zu einem Ausdruck der Verwirrung verzogen, lächelte Tyen. Dann begann er zu erklären.

8 Tyen

Zu Tyens Erleichterung ließ Professor Hofkrazner ihn an diesem Abend nach dem Essen holen. Tyen war erpicht, seine Ideen zu erklären, und hatte gehofft, dass er nicht tage- oder sogar wochenlang würde warten müssen, bis er die Gelegenheit dazu bekam. Seine Erleichterung löste sich jedoch in Luft auf, als der Diener, der ausgesandt worden war, um ihn zu holen, ihn stattdessen in das Büro des Akademiedirektors führte.

Plötzliche Angst schnürte Tyen die Kehle zu, und er krächzte ein Dankeschön, als der Mann ihm die Tür aufhielt. Obwohl der Raum groß war, ließen die Blicke der fünf Männer, die seinen Eintritt beobachteten, die Wärme eines tosenden Feuers und Rauch von ihren Pfeifen ihn stickig und luftleer erscheinen. Hofkrazner nickte ihm zu und lächelte beruhigend, als er näher trat. Ein anderer Geschichtsprofessor, Schneider, stand neben ihm, zusammen mit Delly und einem Professor für Zauberei, Hapen, der Studenten im letzten Jahr unterrichtete. Diese beiden musterten Tyen mit missbilligendem Stirnrunzeln.

»Tyen Eisenschmelzer«, dröhnte Direktor Ophen hinter seinem Schreibtisch. »Kommt her.« Er hörte nicht auf zu winken, bis Tyen wenige Zentimeter vor der Tischkante stand, dann ließ er die Hand sinken und griff nach einem kleinen, vertrauten Gegenstand. »Ist dies das Buch, das Ihr in einem Grab im Maienland gefunden habt?«

»Ich glaube, ja.« Tyen beugte sich vor, um das Buch zu ergreifen, aber der Direktor legte es wieder auf den Schreibtisch und ließ die Fingerspitzen auf dem Einband ruhen.

»Erzählt uns, wie Ihr zu dem Buch gekommen seid.«

»Es war in dem Grab, das ich gefunden habe. Im Sarkophag, in den Händen der Leiche und eingewickelt in Leder.«

»Das Grab, dessen Standort zu ermitteln Ihr Euch große Mühe gegeben habt, höre ich. Habt Ihr das getan, weil Ihr nach etwas Bestimmtem gesucht habt?«

»Nein. Ich hatte keine Ahnung, dass das Grab sich von anderen unterscheiden würde. Ich wollte mir nur überflüssiges Graben ersparen.«

Der Direktor lächelte. »Es ist eine löbliche Herangehensweise, gelehrtes Denken anzuwenden, um eine Aufgabe effizienter zu erledigen. Wann habt Ihr die magische Natur des Buches entdeckt?«

»Nachdem ich es ausgewickelt hatte. Ich war überrascht, die Seiten leer zu finden, aber dann erschienen Worte.«

»Welche Worte?«

»Soweit ich mich erinnere … ›Hallo, mein Name ist Pergama‹.«

»In welcher Sprache?«

»Leratianisch.«

Ophen zog eine Augenbraue hoch, und sein Mund zuckte zu einer Seite. »Wie ist das möglich, wenn dieses Buch seit sechshundert Jahren begraben war? Selbst wenn die Worte leratianisch waren, würden sie in einer frühen, schwer entzifferbaren Schrift erscheinen. Lest Ihr frühes Leratianisch?«

»Nein. Aber Pergama – das Buch – kann die Sprache des Mannes annehmen, der sie hält.«

Der Direktor runzelte die Stirn. »Wie macht sie – es – das?«

»Sie stellt eine Verbindung zum Geist des Mannes her, der sie hält. So sammelt sie Informationen.«

Ophen zog die Hand hastig von Pergama weg. Er starrte sie an und blickte dann zu Hofkrazner auf. »Das habt Ihr mir nicht gesagt.«

»Ich wusste es nicht. Ich habe Euch davor gewarnt, dass …«

»Ja, ja. Ich habe es nicht geöffnet«, sagte der Direktor mit finsterer Miene.

Tyen öffnete den Mund, um ihnen zu erzählen, dass Pergama nicht geöffnet werden musste, um ihre Gedanken zu lesen, dann besann er sich eines Besseren. Sie schienen ihr schon mit zu großem Argwohn zu begegnen, und in jedem Fall war der Schaden – falls überhaupt einer entstanden war – bereits angerichtet. Hofkrazner, Delly und Ophen hatten sie schon berührt.

Der Direktor sah Tyen an. »Ihr habt es, seit Ihr es gefunden haben, mehrmals untersucht. Was habt Ihr erfahren?«

»Sie ist über tausend Jahre alt und stammt aus einer anderen Welt. Sie wurde von einer Person – einer Frau – in ein Buch verwandelt und ist nur bei Bewusstsein, wenn ein lebender Mensch sie berührt. Ihr Zweck war es, Informationen zu sammeln und zu verbreiten. Stellt ihr eine Frage, und sie wird nach bestem Wissen antworten – und sie kann nur die Wahrheit sagen.«

»Sehr einfallsreich«, hauchte Hofkrazner, dann wandte er sich mit schmalen Augen an Tyen. »Und Ihr dachtet nicht, dass sie wertvoll genug sei, um sie der Akademie zu überreichen?«

Tyen zuckte zusammen. »Nicht zu Beginn.«

»Wann habt Ihr begriffen, dass sie wertvoll ist?«

»Als ich … also …« Tyen seufzte. »Als ich ebenfalls begriffen habe, dass sie nicht bereit für die Akademie war.«

Der Direktor lehnte sich zurück und verschränkte die Arme vor der Brust. »Was soll das heißen?«

Tyen hielt dem Blick des Mannes stand. »Sie lag sechshundert Jahre lang in diesem Grab. Daher war ihr Vorrat an Informationen überholt. Einige der Ideen, die sie hatte, mussten zunächst widerlegt werden.«

»Zum Beispiel?«

Tyen holte tief Luft und zwang sich, ihnen zu erzählen, was sie ohnehin bald entdecken würden. »Zum Beispiel die Auffassung, dass Kreativität Magie erzeugt.«

Professor Delly kicherte. »Schwer zu widerlegen, wenn niemand bisher bewiesen hat, woher Magie kommt.«

Hapens Gesichtsausdruck war ernst. »Wenn sie – wenn *es* solch abergläubische Vorstellungen enthält und so überholt ist, warum habt Ihr dann dem Rest der Informationen in dem Buch vertraut?«, fragte er.

»Das habe ich gar nicht. Nicht bis ich es mit anderen Quellen verglichen habe«, erklärte Tyen. »Nicht all ihr Wissen ist falsch. Genau wie sich ein großer Teil unseres Wissens auf die Weisheit der Vergangenheit gründet, tut ihres das auch. Genau wie wir unser Wissen ständig überprüfen, tut sie es auch. Wie die Bibliothek der Akademie ist sie nur so nützlich wie die Information, die in ihr lagert, aber weil sie tragbarer ist, ist es leichter, diesen Wissenshort auszudehnen und … und vielleicht Menschen jenseits der Mauern der Akademie weiterzubilden.«

»Weil es von großem Nutzen für alle wäre, wenn wir unsere Geheimnisse mit dem Rest der Welt teilten«, warf Ophen ein, und sein Stirnrunzeln und sein Tonfall deuteten etwas anderes an.

»Wir brauchen nur darauf zu achten, dass wir es nicht mit *unseren* Geheimnissen füllen«, bemerkte Hofkrazner mit leiser Stimme.

Diesmal zuckte Tyen doch zusammen. Er sollte ihnen sagen, dass Pergama ihre Gedanken bereits gelesen hatte, aber er zögerte immer noch. *Sie werden es erfahren, sobald jemand sie liest. Andererseits, wenn sie nicht wissen, dass sie es kann, dann hat es vielleicht noch niemand versucht. Vielleicht haben sie alle Geheimnisse, von denen sie fürchten, dass sie offenbar werden könnten. Vielleicht, wenn ich anbiete, es für sie zu tun – ja!* Auf diese Weise könnte er fortfahren, mit ihr zu reden, und die Akademie hätte den Vorteil, sie zu ihrem wahren Zweck benutzen zu können.

»Ihr braucht sie nicht selbst zu lesen, um sie zu benutzen«, erklärte er ihnen. »Roporien hatte jemand anderen, der es für ihn tat.«

Fünf Köpfe drehten sich in seine Richtung, und er fluchte stumm, als er seinen Fehler erkannte.

»Roporien«, stieß Delly mit großen Augen hervor.

»Ihr habt nicht gesagt …«, begann Hofkrazner.

»Nun, wer sonst hätte so etwas fertigbringen können«, sagte Hapen. Er gab ein leises Lachen von sich. »Noch dazu bei einer armen, unschuldigen Frau …«

Direktor Ophen stützte die Hände jetzt gegen den Schreibtisch, als wolle er sich mit seinem Stuhl so weit wie möglich von Pergama entfernen. Aber sein Blick war lebhaft, als sei er gleichzeitig angezogen und abgestoßen.

»Woher wisst Ihr, dass sie die Wahrheit sagen muss?«, fragte er und hob den Blick zu Tyen. »Habt Ihr sie geprüft?«

»Nein. Ich hatte noch keine Zeit, mir eine Methode dafür auszudenken, aber bisher habe ich keinen Fall gefunden, in dem sie mich belogen hätte. Selbst wenn es in ihrem besten Interesse gewesen wäre, das zu tun.«

Der Direktor drehte langsam den Kopf von einer Seite zur anderen. »Nein«, sagte er. »Nein, nein und nochmals nein. Es ist zu gefährlich. Wenn es den Radikalen in die Hände fiele…« Er erhob sich, griff nach Pergama und reichte sie Delly. »Sperren Sie es weg.«

Tyen rutschte das Herz in die Hose. »Aber sie ist nur bei Bewusstsein, wenn…«

»Aber Direktor…«, sagte Hofkrazner gleichzeitig.

»Nein.« Ophen sprach mit großer Entschiedenheit und fixierte zuerst den Professor und dann Tyen mit einem direkten Blick. »Niemand wird es ohne meine ausdrückliche Erlaubnis lesen oder auch nur berühren.« Dann richtete er seine Aufmerksamkeit wieder auf Hofkrazner. »Oder die möglichen Verwendungszwecke diskutieren, denen man das Buch zuführen könnte.«

Delly legte das Buch vorsichtig in eine Tasche. »Ich werde es dem Bibliothekar bringen.«

Der Direktor nickte und setzte sich wieder. »Sagt ihm, er soll zu mir kommen, sobald es im Gewölbe ist.« Er wandte sich wieder an Tyen. »Was Euch betrifft, bin ich beruhigt, dass Eure Absichten gut waren. Aber es ist nicht Eure Sache zu entscheiden, wann ein Artefakt, bei dem es sich um das Eigentum der Akademie handelt, bereit ist, der Akademie übergeben zu werden. Ihr hättet das Buch abliefern sollen, sobald Ihr von Eurer Expedition zurück wart. Nein, tatsächlich hättet Ihr es Hofkrazner geben sollen, sobald Ihr es gefunden hattet.«

Tyen neigte den Kopf. »Ihr habt recht. Ich entschuldige mich.«

Der Mann atmete aus, dann wedelte er mit der Hand. »Hofkrazner kann über Eure geziemende Bestrafung entscheiden, da er es war, dem Ihr eigentlich Gehorsam schuldet. Und jetzt, da das geregelt ist, dürft Ihr alle gehen.«

Die vier Professoren zögerten, als seien sie es nicht gewohnt, solchermaßen entlassen zu werden, dann traten sie von dem Tisch weg und gingen zur Tür. Tyen zwang sich, ihnen zu folgen. Wenn Hofkrazner nicht bereit war, mit dem Direktor zu diskutieren, dann würde Tyen gewiss nichts zu gewinnen haben als den Zorn des Mannes, falls er es versuchte.

Ich bin nicht einmal ansatzweise dazu gekommen, Gowels Theorie zu erklären und wie wir Pergama benutzen könnten, um sie zu beweisen, dachte er. *Vielleicht wird er bei nächster Gelegenheit und in besserer Stimmung ein offenes Ohr haben. Vor allem wenn ich auf eine Möglichkeit hinweise, wie man Pergama zum Wohl der Akademie benutzen könnte. Und wenn ich Hofkrazner dazu bringen könnte, mich zu unterstützen …*

Als höre er seinen Namen in Tyens Gedanken, drehte der Professor sich um und lächelte entschuldigend. »Ich fürchte, ich werde dafür sorgen müssen, dass Ihr geziemend bestraft werdet«, erklärte er.

Tyen nickte. »Ich weiß«, erwiderte er. Aber er bezweifelte, dass irgendetwas so schrecklich sein konnte wie das Wissen, dass er Pergama vielleicht für den Rest ihrer Existenz zu einem Zustand der Bewusstlosigkeit verdammt hatte.

9 Tyen

Drei Tage später ging Tyen auf Arbeitssuche.

Es herrschte frisches, sonniges Wetter, wie es einen manchmal für die häufigeren elend grauen Tage des Winters entschädigte, aber der Sonnenschein munterte ihn nicht auf. In einer seiner Manteltaschen steckte die Seite des *Reporters* mit Stellenanzeigen, die für einen Akademiestudenten infrage kamen. In der anderen Tasche hatte er Käfer, für den Fall, dass sich die Gelegenheit bot, einen weiteren Auftrag an Land zu ziehen.

Es gab viel weniger Stellenangebote, als er erwartet hatte. Professor Hofkrazners Strafe bestand darin, Tyen für den Rest des Semesters vom Unterricht auszuschließen. Das bedeutete, dass Tyen dieses Semester würde wiederholen müssen, um auch nur die geringste Chance zu haben, die Prüfungen zu bestehen.

Die anderen Professoren hatten nichts Geringeres akzeptiert, hatte Hofkrazner Tyen erklärt. Vor allem, da Tyen es irgendwie geschafft hatte, einen direkten Tadel durch den Direktor zu vermeiden. Einige waren der Ansicht, man hätte ihn von der Akademie verweisen sollen, weil er Eigentum der Akademie »gestohlen« habe. Offensichtlich wussten diese Leute nicht, wie verbreitet die Unterschlagung von Fundstücken war. Es war eine Verlockung gewesen, eine so große Verlockung, Mikos Diebstahl der Goldkugel ebenfalls zu offenbaren. Schließlich war Miko schlimmer gewesen – er hatte tatsächlich einen Schatz gestohlen *und verkauft.*

Aber es hätte Tyen nicht mehr eingetragen als kleinliche Rache, und es hätte ihn eine Freundschaft gekostet. Obwohl er zugeben musste, dass er Mikos Gesellschaft nicht mehr so angenehm fand wie früher. Jeden Morgen schlüpfte Miko früh aus ihrem Zimmer und wirkte abwechselnd schuldbewusst oder trotzig, wann immer sie beide dort und wach waren. Sosehr Tyen sich auch sagte, dass Miko sein Versprechen gebrochen hatte, weil er sich wegen Pergamas Einfluss auf ihn gesorgt hatte – er konnte seinem Freund jetzt einfach nicht mehr vertrauen.

Er wünschte, er hätte es mit Pergama besprechen können, dann fluchte er leise. Keiner der Professoren wollte auch nur über sie reden, und der Direktor hatte alle Bitten um ein Treffen ignoriert. *Zumindest spielt es keine Rolle, ob ich einige Wochen oder Monate – oder sogar Jahre – brauche, um sie aus dem Gewölbe zu holen. Sie wird sich des Verstreichens der Zeit nicht bewusst sein.*

Tyen konnte noch nicht sehen, wie er sie befreien würde, aber er war entschlossen, es zu tun. Wie sein Vater ihm immer geraten hatte, hatte er auch diese Aufgabe in kleinere Teilaufgaben zerlegt. Er musste die Akademie dazu bringen, ihm zu erlauben, Pergama zu benutzen. Um das zu tun, musste er den Direktor davon überzeugen, dass es sowohl sicher als auch vorteilhaft wäre. Die Chancen, das Ohr des Direktors zu bekommen, würden besser stehen, wenn Tyen Hofkrazners Unterstützung hatte. Zu diesem Zweck würde Tyen bei dem Professor sein Ansehen als erstklassiger Student wiederherstellen müssen.

Da das erforderlich machte, dass er in der Akademie blieb, und sein Vater kaum genug Geld gespart hatte, um seinen einzigen Sohn dorthin zu schicken, war die drängendste Aufgabe für Tyen die, genug Geld zu verdienen, um die Miete und die Lebenshaltungskosten für das zusätzliche halbe Jahr aufzubringen. Außerdem musste er, da seine von der Akademie finanzierte Expedition ins Maienland jetzt nicht mehr zählte, eine weitere Expedition unternehmen.

Und da seine Lektionen ausgesetzt waren, war es nicht so, als hätte er bis zum Ende des Halbjahres viel zu tun gehabt.

Tyen bog um eine Ecke und fand die Straße, nach der er suchte. Er betrachtete die sauberen, in gleichmäßigen Abständen voneinander errichteten Gebäude mit ihren goldbemalten Schildern und zögerte. Nachdem er die Seite mit den Stellenanzeigen aufgeschlagen hatte, fand er die Adresse, die er suchte. Die Versicherungsgesellschaft Grand & Pog war in Nummer sechsunddreißig untergebracht. Er stand vor Nummer zwei, wo Mill & Söhne, Finanz- und Investitionsmakler, residierten. Als er die Straßen entlangging, wurde klar, dass hier Beltons wichtigste Steuerberater, Versicherungen und Kanzleien zu Hause waren. Er bezweifelte, dass irgendeins dieser respektablen Unternehmen einen Studenten der Geschichte und Zauberei würde einstellen wollen, wenn es jede Menge besser geeignete und ausgebildete junge Männer in der Stadt gab.

Eine Stunde später, nachdem sich herausgestellt hatte, dass er mit seiner Einschätzung richtiglag, und er die Akademie beinahe wieder erreicht hatte, trat ihm ein Mann in den Weg, der Pamphlete verteilte, und drückte Tyen eins davon in die Hand.

»Auf der Rückseite«, sagte der Mann zu ihm.

Tyen ging weiter, senkte den Blick und verspürte eine Welle der Übelkeit angesichts der kühnen Worte, die ihm von der Seite entgegenschrien.

»DIE MAGIE GEHT ZUR NEIGE!«

Er ballte die Hand zur Faust und zerknüllte das Papier, und er wollte es gerade wegwerfen, als er sich an die Worte des Verteilers erinnerte. Also glättete er den Bogen und drehte ihn um.

»Treffen Sie mich im D-Club.«

Tyen bekam weiche Knie. Die Nachricht musste von Gowel sein. Der Abenteurer hatte gesagt, Tyen solle eine Nachricht im Club hinterlassen, sobald ein Treffen mit der Akademie vereinbart worden war. Tyen hatte es nicht übers Herz gebracht, dem Mann zu sagen, dass seine Chance, angehört zu werden, geringer geworden war. Als er das Tor der Akademie erreichte, hielt er inne, dann ging er weiter. Wenn es Gowel war, der auf ihn wartete, würde er ihm die schlechten Neuigkeiten überbringen. Tyen wollte seine Zeit nicht verschwenden. Vielleicht würde Gowel in der Lage sein, eine Möglichkeit vorzuschlagen, wie er die Akademie davon überzeugen konnte, Pergama zu benutzen.

Der D-Club war überfüllt und sehr verqualmt, und nachdem er eingetreten war, brauchte er einige Momente, um zu begreifen, dass Gowel nicht da war.

»Seid Ihr Tyen?«, erklang eine Stimme.

Als er sich umdrehte, stand einer der Kellner hinter ihm.

»Ja.«

Der Mann verbeugte sich leicht, dann deutete er auf eine Nische. »Nehmt bitte Platz. Er wird bald hier sein. Darf ich Euch etwas bringen?«

»Lall, bitte.« Tyen ging zu der Nische hinüber und setzte sich. Nach einigen Minuten, in denen er die Menschen im Raum beobachtet hatte, machte er sich daran, die Seite mit Stellenangeboten zu studieren, und strich im Geiste diejenigen durch, von denen ihm jetzt bereits klar war, dass er keine Chance darauf hatte. Außerdem dachte er über einige Angebote nach, die er zuvor für unter seiner Würde gehalten hatte. Er brauchte schließlich nur bis zum Beginn des nächsten Halbjahres zu arbeiten.

Es dauerte nicht lange, da hatte er jedes Wort auf der Seite gelesen, der Lall war gekommen, und er hatte ihn getrunken. Er nahm Käfer aus der Tasche, aber das Insektoid erregte einige erschrockene Blicke von anderen Gästen, daher steckte er es wieder weg. Gelangweilt holte er widerstrebend Gowels Nachricht hervor. Er musste mit dem Pamphlet-Kerl irgendein Arrangement getroffen haben. Der Mann hatte Tyen erkannt. Es sei denn, die Nachricht stand auf der Rückseite aller Pamphlete geschrieben.

Es war eine so vage Nachricht, dass es keine Rolle spielen würde, ob der Mann sie dem falschen Studenten gab. Er fragte sich, wie viele andere Studenten heute in einen D-Club gingen, um zu sehen, ob sie die Person entdecken konnten, die die mysteriöse Nachricht geschickt hatte. Er drehte das Papier um.

»Bürger von Leratia, seid gewarnt«, stand dort. *»DIE MAGIE GEHT ZUR NEIGE! Wir nähern uns rasch einer ZUKUNFT ohne Zauberei. Ohne HEILER. Ohne eine VERTEIDIGUNG GEGEN EINDRINGLINGE. Ohne MASCHINEN. Die Gesellschaft für Magische Erhaltung lädt Euch ein, mehr über diese BEVORSTEHENDE GEFAHR zu erfahren und wie man sie VERMEIDEN kann.«* Auf den unteren Rand des Bogens waren ein Datum und ein Ort gekritzelt worden.

Die Nachricht mochte eine Verschwörung sein, um die Menschen dazu zu bringen, das Pamphlet zu behalten oder es in einem Club liegen zu lassen, wenn niemand auftauchte, um sie zu treffen, und vielleicht andere Gäste zu einem Treffen mit den Radikalen zu verlocken. Er seufzte. Und er war einfach darauf hereingefallen …

»Tyen Eisenschmelzer.«

Tyen zuckte zusammen, und als er aufschaute, stand

Gowel an der Tischkante. »Ah! Gowel!« Er blickte zur Tür des D-Clubs, davon überzeugt, dass er niemanden hatte eintreten hören, dann drehte er das Pamphlet um. »Habt Ihr mir das geschickt?«

»Ja.« Der Mann nahm seinen Hut ab und setzte sich Tyen gegenüber hin. »Geht es Euch gut?«

Tyen zuckte die Achseln. »Gut genug.«

»Für einen Studenten, der vom Unterricht suspendiert wurde?« Gowel zog kurz die Augenbrauen hoch, bevor sein Gesicht sich zu einem grimmigen Lächeln entspannte. »Ich habe es von alten Freunden von der Akademie gehört. Ich schätze, Euer Treffen mit den Professoren ist nicht so gut gelaufen, wie Ihr gehofft hattet.«

Tyen schüttelte den Kopf.

»Es tut mir leid, das zu hören. Eure Strafe scheint mir ein wenig extrem. Zu meiner Zeit war der Versuch, Schätze zu behalten, beinahe ein Hobby unter Akademiestudenten. Aber vielleicht versucht man, das auszumerzen, indem man an Euch ein Exempel statuiert. Ihr habt das Buch behalten?«

»Ja. Der Direktor hat sie – es – in der Bibliothek weggeschlossen, mit dem Befehl, dass niemand es öffnen soll.«

»Nun, das ist ein Jammer.«

»Ja. Ich hoffe immer noch, dass ich sie dazu bringen kann, auf Euch zu hören, aber es hat nicht viel Sinn, Eure Ideen zu erwähnen, bis sie Per… bis sie dem Buch trauen.«

»Gibt es irgendetwas, das ich tun kann?«

Tyen schüttelte den Kopf. »Es sei denn… es sei denn, Ihr wüsstet jemanden, der mir eine Stellung geben kann.«

Der Abenteurer zog die Augenbrauen hoch. »Denkt Ihr daran, die Akademie zu verlassen?«

»Nein. Aber ich muss meine Miete bezahlen und von etwas leben, bis ich wieder mit dem Unterricht anfangen kann.«

Gowel verzog das Gesicht und schüttelte den Kopf. »Es gibt selbst für ehrliche junge Männer wie Euch im Moment nicht viel Arbeit. Zauberei wird Euch nicht helfen, da es Euch nicht gestattet ist, sie auszuüben. Die Einschränkungen zwingen Firmen, ihre Fabriken in andere Städte und andere Länder auszulagern, daher ist die Stadt voller Männer mit allen möglichen Fähigkeiten, die eine neue Anstellung suchen. Habt Ihr Familie?«

»Nur meinen Vater, in Tammen.«

»Könntet Ihr für eine Weile zu ihm ziehen?«

»Wenn ich aus der Akademie ausziehe, verliere ich mein Zimmer dort und muss mir in der Stadt etwas mieten, wenn ich wieder mit dem Unterricht beginne.«

»Und doppelt bezahlen für die Unbequemlichkeit.« Gowel seufzte.

Tyen nickte. »Ich muss hierbleiben. Meine beste Chance, den Respekt und das Vertrauen aller wiederzugewinnen, besteht darin, mir Hofkrazners Anerkennung zu verdienen.«

»Und da er und ich jetzt nicht mehr so gut miteinander auskommen, wird es Euch nicht helfen, wenn man Euch mit mir sieht«, stellte Gowel fest. »Sosehr ich versuche, mich von der Gesellschaft für Magische Erhaltung fernzuhalten, habe ich Freundschaften dort, die ich nicht bereit bin aufzugeben, und so bin ich durch die Verbindung zu der Gesellschaft mit einem Makel behaftet.«

Bei dem Eingeständnis wurde Tyen flau im Magen. Er hatte nicht darüber nachgedacht, dass ein Treffen mit Gowel seine Chancen, Hofkrazners Vertrauen zurückzugewinnen, beeinträchtigen könnte, und das Eingeständnis des Mannes, Verbindungen zu Radikalen zu haben, erfüllte ihn mit Entsetzen.

Gowel zuckte die Achseln. »Ich werde es verstehen, wenn Ihr Euch nicht noch einmal mit mir treffen wollt. Aber…

wenn Ihr es doch wollt, bin ich vielleicht in der Lage, die Hilfe meiner Freunde zu gewinnen, um das Buch wiederzubeschaffen.«

Als Tyen begriff, was Gowel vorschlug, starrte er den Mann an.

»Ich schlage durchaus nicht vor, dass wir diesen Versuch unternehmen – es sei denn, Euch wären alle anderen Möglichkeiten ausgegangen, und Ihr wärt bereit, die Konsequenzen auf Euch zu nehmen«, fügte Gowel hinzu.

Ungläubigkeit wurde ersetzt durch Versuchung, aber diese wurde bald verjagt von dem Gedanken an die Strafe, die ihm für ein solches Verbrechen drohen würde. Bestenfalls würde der Diebstahl zu seinem endgültigen Verweis von der Akademie führen. Schlimmstenfalls würde es ihn in den Kerker bringen.

Dann fiel ihm etwas ein, das ihm klarmachte, dass Gowel ihn aufzog – oder prüfte. »Es ist im Gewölbe der Bibliothek.«

»Das wird kein Hindernis sein.« Gowel lächelte.

Tyen zog die Augenbrauen hoch und machte sich nicht die Mühe, seine Skepsis zu verbergen.

»Ihr glaubt mir nicht.« Der Abenteurer kicherte. »Ich kann Euch natürlich nicht sagen wie, aber seid versichert, es lässt sich arrangieren – und das relativ kurzfristig und ohne Risiko für Euch. Natürlich werden meine Freunde, wenn sie dieses Risiko eingehen, Zugang zu dem Buch haben wollen. Würdet Ihr dem zustimmen?«

Zugang oder Besitz?, fragte sich Tyen. Aber andererseits würde Pergama vielleicht besser von den Radikalen benutzt, als unberührt in der Bibliothek zu liegen.

»Ich … schätze, ja.«

»Nun, meiner Meinung nach wäre es besser, eine Lösung im Einvernehmen mit der Akademie zu finden«, sprach Gowel weiter. »Und Ihr werdet wahrscheinlich eher Erfolg haben, wenn man Euch nicht zusammen mit mir sieht. Ich werde schauen, was ich tun kann, um eine Arbeit für Euch zu finden. Wenn es mir gelingt, werde ich dafür sorgen, dass der Arbeitgeber sich direkt mit Euch in Verbindung setzt. In der Zwischenzeit sucht Ihr weiter nach einer Stelle, damit niemand es merkwürdig findet, wenn Ihr eine bekommt.«

Tyen zwang sich zu nicken und zu lächeln, mit einer Dankbarkeit, die er nicht wirklich verspürte. »Vielen Dank.«

»Ich kann nicht garantieren, dass es bei dieser Anstellung um Magie gehen wird.« Gowel seufzte und stand dann auf. »Ich hoffe, Ihr habt nicht vor, Zauberei zu Eurem Beruf zu machen. Wenn doch nur zuträfe, was die Radikalen glauben. Wir müssten nur anfangen zu malen oder irgendetwas, und wir hätten alle Magie, die wir brauchten. Es war mir eine Freude, mit Euch zu reden, Eisenschmelzer.«

Tyen erhob sich. »Die Freude ist ganz meinerseits, Gowel.«

Tyen beobachtete unbehaglich, wie der Abenteurer seinen Hut vom Ständer nahm und den D-Club durch die Haupttür verließ. Dann ging er ebenfalls, zurück in die Akademie und auf sein Zimmer.

Den ganzen Weg dorthin und während des Nachmittags konnte Tyen das Gefühl der Unruhe nicht abschütteln, die das Gespräch hinterlassen hatte. Er versuchte, sich mit Arbeit abzulenken, stellte drei Insektoide fertig und lieferte sie an ihre Käufer aus. Etwas zusätzliches Geld zu haben hätte ihn aufmuntern sollen, aber stattdessen kehrten seine Gedanken immer wieder zu Gowels Worten zurück. Sobald er vom Abendessen kam und bevor Miko sich ihm anschloss, räumte Tyen einen Platz auf seinem Schreibtisch frei, nahm ein Notizbuch und einen Stift zur Hand und erstellte eine Liste.

1. *Gowel glaubt nicht, dass Kreativität Magie erzeugt.*
2. *Gowel hat Freunde in der Gesellschaft für Magische Erhaltung, die das sehr wohl glauben.*
3. *Gowel sagt, die GME könne etwas aus dem Gewölbe der Bibliothek stehlen, das angeblich der sicherste Ort in der Akademie ist.*

Als Nächstes begann er eine Liste mit Fragen zu schreiben.

– Warum sollte die GME mir helfen wollen, Pergama zu stehlen?

Die offensichtliche Antwort war, dass Pergama gegenwärtig mit dem Glauben der Gesellschaft übereinstimmte, dass Kreativität Magie erzeugte. Aber davon wusste die Gesellschaft nichts. Sie wusste nicht einmal von Pergamas Existenz. Es sei denn, Gowel hatte seinen Freunden davon erzählt.

– Warum sollte Gowel mir helfen wollen, Pergama zu stehlen?

Um die Akademie von seiner Idee bezüglich der Quelle von Magie zu überzeugen. Aber Pergamas Diebstahl würde das nicht zuwege bringen. Damit die Akademie die Idee akzeptierte, musste sie Pergama vertrauen und sie benutzen, was nicht geschehen konnte, wenn sie gestohlen wurde.

Vielleicht war es nicht die Akademie, die Gowel zu überzeugen hoffte. Wenn genug Menschen außerhalb der Institution von seinen Ideen überzeugt wurden, würde die Akademie Nachforschungen anstellen müssen. Gowel würde Menschen mit Macht und Einfluss rekrutieren, die für eine gesetzliche Beschränkung der Magiebenutzung eintreten würden.

Wenn Gowel recht hatte, brauchte er die GME, um Pergama zu stehlen. Die Gesellschaft würde wohl kaum einen solch tollkühnen Diebstahl ohne einen guten Anreiz riskieren. Tyen betrachtete die vorangegangene Frage.

– *Warum sollte die GME mir helfen wollen, Pergama zu stehlen?*

Gowel mochte hoffen, dass Pergama die GME zu seiner Denkungsart bekehren würde, aber das würde er seinen Freunden nicht sagen. Er würde ihnen sagen, dass Pergama ihre Ansichten unterstützte. Sie würden sie nicht stehlen, um Tyen zu helfen, sie würden es zu ihrem eigenen Nutzen tun. Er bezweifelte auch, dass Gowels Motiv darin bestand, einem jungen Studenten zu helfen. Als Gowel Tyen versichert hatte, dass es ohne Risiko für ihn sei, hatte er gemeint, dass er Tyens Beteiligung überhaupt nicht brauchte.

Er schaute zurück über seine Fragen, strich »mir *helfen*« in den letzten beiden Fragen durch und stellte die Sätze um. Er lehnte sich zurück und betrachtete das Ergebnis.

– *Wenn Gowel recht hat und die GME etwas aus dem Gewölbe stehlen kann, dann werde ich Pergama vielleicht für immer verlieren. Das Einzige, was sie daran gehindert hat, sie zu stehlen, war einfach der Umstand, dass sie nicht wussten, dass sie es vielleicht wollen würden.*

Gowel wusste, dass Pergama Gedanken las, aber die Gesellschaft wusste das nicht. Würden ihre Mitglieder bereit sein, Pergama zu benutzen – sie zu stehlen –, wenn sie davon wüssten? Tyen verzog das Gesicht, während ihm ein weiterer Gedanke kam. Er hatte noch niemandem erzählt, dass man sie nur berühren musste, damit sie jemanden lesen konnte, weil er Angst gehabt hatte, dass der Direktor beschließen würde, sie sei zu gefährlich, um sie jemals aus dem Gewölbe herauszuholen.

Vielleicht war sie das tatsächlich. Nach der Art, wie der Direktor und die Professoren gesprochen hatten, und der Vorsicht, die sie hatten walten lassen, um Pergama nur ja nicht zu öffnen, war klar, dass sie *irgendetwas* beschützen wollten. Irgendetwas, das Gowel und die Gesellschaft für Magische Erhaltung entdecken würden, wenn sie Pergama stahlen.

Tyens Herz krampfte sich zusammen. Was war, wenn die Informationen, die Pergama gesammelt hatte, so wichtig waren, dass sie im Falle einer Entdeckung die Akademie gefährden würden? Was, wenn sie Leratia bedrohten? Oder das ganze Leratianische Reich?

Obwohl er es der Akademie verübelte, dass sie Pergama weggeschlossen hatte, würde er der Institution niemals etwas Schlechtes wünschen. Nicht nur, weil er hoffte, dass sie sein zukünftiger Arbeitgeber sein würde, sondern weil er wie viele Leratianer stolz auf die Leistungen und die noblen Ziele der Akademie war. Er hatte hart gearbeitet, um sich einen Platz dort zu verdienen. Es war sein Traum und der Traum seines Vaters gewesen, dass er eines Tages einen Abschluss an der Akademie machte.

In diesem Moment begriff er, dass er es niemals ernsthaft erwogen hatte, Pergama zu stehlen, geradeso wie er niemals beabsichtigt hatte, sie für sich zu behalten. Er war aber entschlossen, sie auch nicht im Stich zu lassen. Sein Kampf zu ihrer Befreiung diente ebenso dazu, ihr zu helfen, wie die Akademie zu unterstützen und zu verbessern, denn sie hatten beide eine Menge voneinander zu profitieren.

Das würde niemals geschehen, wenn jemand sie stahl.

Es würde seinen Chancen, das Vertrauen des Professors zurückzugewinnen, auch nicht schaden, wenn er die Professoren auf die Tatsache aufmerksam machte, dass die Radikalen glaubten, sie könnten etwas aus dem Gewölbe stehlen.

Wie hatte Gowel es noch gleich ausgedrückt? »Relativ kurzfristig …«

Ein Schauer überlief ihn. Als er wieder auf seine erste Liste blickte, überdachte er den dritten Punkt. Bei der Erinnerung daran, was Gowel gesagt hatte, fügte er am Ende hinzu: *»Relativ kurzfristig.«* Er starrte auf die Worte, und sein Herz setzte einen Schlag aus.

Wie kurzfristig würde das sein? *So kurzfristig wie heute Nacht?*

Er musste die Akademie sofort warnen. Also stand er auf, griff nach seinem Mantel, schob das Notizbuch in seine Tasche und eilte aus dem Raum.

10 Tyen

Er lief – zu spät, um innezuhalten – Miko direkt in die Arme.

Sie ächzten beide wegen des Aufpralls, dann stieß Miko ein verlegenes Lachen aus. »Immer mit der Ruhe, Tyen. Weshalb hast du es denn so eilig?«

»Ich muss Hofkrazner finden.«

»Oh, mit dem bin ich gerade zusammengestoßen. Nun, nicht buchstäblich. Er war auf dem Weg in die Bibliothek.«

In das Gewölbe? Hatte er die Bedrohung entdeckt? »In Ordnung. Danke.« Tyen schob sich um Miko herum zur Treppe, nahm auf dem Weg nach unten immer zwei Stufen gleichzeitig und eilte Richtung Bibliothek. Er passierte einige Studenten und einen Professor. Erstere ignorierten ihn, und Letzterer beäugte ihn argwöhnisch. Als er schließlich durch die Türen der Bibliothek stürmte, spähten einige Köpfe um Bücherregale herum, um zu sehen, was es mit dem Lärm auf sich hatte. Von Hofkrazner war keine Spur zu entdecken, aber dies war das unterste von fünf Stockwerken, und nur der breite Mittelgang mit seinen Lesetischen war einsehbar. Tyen ging durch den Raum und schaute zwischen die Reihen von Regalen zu beiden Seiten.

Dann hielt er inne, als direkt über ihm eine Stimme erklang. »Nach wem sucht Ihr, Eisenschmelzer?«

Tyen blickte auf und sah, dass der Bibliothekar sich auf das Geländer des ersten Stockwerks stützte. Niemand hatte Tyen je den Namen des Mannes genannt, und es war schwer, sein Alter zu schätzen. Sein Haar war mit silbernen Fäden durchzogen, sein Rücken ein wenig gebeugt, und er trug eine Brille, aber sein Gesicht war nicht übermäßig faltig, und seine Zähne waren in gutem Zustand.

»Guten Abend, Bibliothekar. Ich suche Professor Hofkrazner.«

»Er war vorhin hier. Ich fürchte, Ihr habt ihn verpasst. Kann ich Euch irgendwie helfen?«

Tyen öffnete den Mund, um »Nein« zu sagen, dann zögerte er. Er konnte Hofkrazner die ganze Nacht durch die Akademie verfolgen, nur um festzustellen, dass Pergama in der Zwischenzeit gestohlen worden war. Der Bibliothekar hatte das Kommando über das Gewölbe, daher sollte er vor einem möglichen Diebstahlsversuch gewarnt werden.

»Ja«, sagte Tyen. Er sah sich um und fragte sich, wie weit seine Stimme tragen würde. »Können wir irgendwo unter vier Augen miteinander sprechen?«

Der Bibliothekar zog die Brauen hoch. »In meinem Büro. Ich werde herunterkommen.«

Als die Schritte des Mannes sich auf die Treppe zubewegten, fragte sich Tyen, wie er ihn – oder irgendeinen der Professoren – von seinen Ängsten überzeugen sollte. Und wie viel er würde zugeben müssen. Eine Warnung der Akademie mochte ihn in ihrem Ansehen steigen lassen, aber eine Verbrüderung mit Gowel könnte jedes gute Ansehen, das er gewann, zunichtemachen.

Der Bibliothekar kam die Treppe herunter und führte Tyen zwischen zwei Bücherregalen zu einem winzigen Büro, das mit einem kleinen Schreibtisch und zwei Stühlen möbliert war. Als er Tyens Gesichtsausdruck bemerkte, lächelte er.

»Ich brauche wenig privaten Arbeitsraum«, erklärte er und deutete dann zur Tür hinaus. »Und wenn Ihr bedenkt, dass die ganze Bibliothek mein Arbeitsplatz ist, dann habe ich das größte Büro in der Akademie.« Er deutete auf einen Stuhl. »Also, was macht Euch zu schaffen?«

»Ich habe keine handfesten Beweise«, begann Tyen, als er sich setzte. »Nur Schlussfolgerungen, die ich aus Hinweisen gezogen habe, die zum Teil zufälliger Natur sein mögen.« Er hielt kurz inne und fuhr dann fort. »Heute hat mich ein Mann angesprochen, der kein Radikaler ist, aber Umgang mit ihnen pflegt, und er hat mir Hilfe angeboten, Per… das Buch zu stehlen, das ich im Maienland gefunden habe.«

Wieder zog der Mann die Augenbrauen hoch. »Ach ja?«

»Er sagte, die Gesellschaft für Magische Erhaltung könne in das Gewölbe gelangen – und das recht kurzfristig.«

»Also habt Ihr ihm erzählt, dass das Buch im Gewölbe ist.«

Tyens Gesicht wurde warm. »Äh… dummerweise, ja.«

Wieder lächelte der Bibliothekar. »Er schien ein Verbündeter zu sein? Ein mitfühlender Zuhörer? Hilfsbereit, und er hat Euch dazu gebracht, dass Ihr ihm Eurerseits helfen wolltet?« Als Tyen nickte, seufzte er. »So verfahren die geschicktesten Betrüger, und klügere Männer als Ihr und ich haben aus geringeren Gründen von viel wichtigeren Informationen ein wenig zu viel verraten.« Er stand auf. »Eure Entdeckung ist sicher.«

»Wirklich?« Tyen biss sich auf die Lippe. »Er schien sich seiner Sache sehr sicher zu sein.«

Der Bibliothekar lachte leise. »Ich kann verstehen, dass ich Euch nicht überzeugen werde, es sei denn, ich zeige es Euch.«

Als der Mann aufstand, stockte Tyen das Herz. Nur wenige Studenten bekamen das Gewölbe je zu sehen, aber nicht weil es verboten war. Sie durften es in Begleitung eines Professors oder des Bibliothekars betreten, für gewöhnlich für Forschungszwecke. Tyen erhob sich und folgte dem Mann aus dem Raum und den Mittelgang hinunter zu der am weitesten entfernten Wand. Der Bibliothekar öffnete eine von fünf Türen, die alle von ähnlicher Größe und ähnlich verziert waren. Eine magische Flamme erschien vor ihm und schwebte heraus, um einen kleinen runden Raum mit einer Kuppeldecke zu enthüllen – und ohne Boden. Wände führten in die Dunkelheit hinab. Der Bibliothekar ging an Tyen vorbei hinaus ins Nichts …

… fiel aber nicht. Stattdessen schwebte er in der Luft, als stehe er auf einem unsichtbaren Boden. Als Tyen genauer hinschaute, sah er das Kräuseln von Luft auf der anderen Seite des Raums und spürte den *Ruß*, der sich um den Bibliothekar herum in einer Aura feiner Linien formte.

Beim Anblick dieser Aura begriff Tyen, dass der Mann ein Zauberer von einigem Geschick war. Magie in einem solch zierlichen Muster zu ziehen bedeutete, dass er nicht alle Magie an einem Ort gleichzeitig erschöpfen würde. Je feiner die Linien, umso früher würde der *Ruß* verblassen und wieder durch Magie ersetzt werden, obwohl sie überall im Raum dünner sein würde, bis die größere magische Atmosphäre wieder für einen Ausgleich gesorgt hatte.

Der Bibliothekar winkte ihn heran. Tyen ignorierte eine kribbelnde Furcht und trat auf den »Boden«. Der Widerstand unter seinen Füßen war leicht schwammartig und vermittelte ihm den unwillkommenen Eindruck, dass er jeden Moment hindurchfallen könnte. Als sie langsam in die Tiefe sanken, dachte er, dass sie tatsächlich abstürzten – und keuchte auf.

»Keine Bange, Eisenschmelzer. Wir werden nicht fallen. Ihr seid ein Student der Zauberei. Habt Ihr schon gelernt, Euch schweben zu lassen?«

»Nicht offiziell.«

»Inoffiziell?«

»Da ich auf unserer jüngsten Expedition Hofkrazners Luftwagen gesteuert habe, schien es mir klug zu sein, es mir selbst beizubringen.«

»Eine reine Vorsichtsmaßnahme.« Der Bibliothekar kicherte. »Berührt die Wand, Eisenschmelzer.«

Tyen gehorchte. Die Oberfläche war ohne Abdrücke und schlüpfrig glatt.

»Schwer zu erklimmen.« Die Flamme war ihnen nach unten gefolgt, sodass die Decke über ihnen nicht länger sichtbar war und Tyen nicht ermitteln konnte, wie weit sie gesunken waren. »Jetzt geht es um eine Kurve.«

Der Schacht, durch den sie glitten, führte im Bogen zur Seite weg, bis er waagrecht verlief und dann langsam wieder anstieg. Kaum verlief er abermals senkrecht, kamen sie in eine neue Krümmung, bis es schließlich erneut senkrecht nach unten ging. Der gesamte Schacht durchlief einen S-förmigen Abschnitt.

»Jemand könnte ein Seil von oben herablassen, aber niemand kann ein Seil von unten herauflassen«, erklärte der Bibliothekar. Er deutete auf die Kehrpunkte des Schachtes. Dort war eine gezackte, scharfe Klinge in den Stein eingelassen worden. »Wenn der Eindringling ein sehr langes Seil benutzte und es schaffte, das andere Ende irgendwo festzumachen, würde die Klinge es durchschneiden. Selbst wenn es ihm gelänge, das Seil zu schützen oder die Klinge zu entfernen, käme er aber nicht weiter.« Die unsichtbare Plattform des Bibliothekars trug sie durch die Biegung und eine weitere hinauf, sodass sie wieder in die Tiefe stiegen. »Die einzige Möglichkeit, wie ein Nicht-Zauberer das Gewölbe ohne magische Hilfe betreten könnte, wäre ein Helfer, der sich bereits im Gewölbe befindet. Was Zauberer betrifft …«

Ein Boden erschien unter ihnen. Als ihre Füße den Grund

berührten, drehte der Bibliothekar sich zum Umriss einer Tür um.

Er holte eine Kette unter seinem Kragen hervor. Daran befand sich ein Rohr mit mehreren Reihen von Löchern über die gesamte Länge. Er schob es in ein Loch in der Tür und drehte mehrmals in die eine Richtung, dann in die andere und dann wieder zurück.

»Die Kombination ändert sich mit jedem Mal, wenn wir das Gewölbe öffnen«, erklärte er Tyen. »Die Formel ist nur einigen wenigen Auserwählten bekannt.«

Mit einem leisen Seufzer schwang die Tür nach außen. Sie war so dick wie ein Männeroberschenkel. Sie traten in einen kurzen Flur, und der Bibliothekar schloss die Tür hinter sich. Mehrere kleine Nischen waren in die gegenüberliegende Wand eingelassen und umrahmten eine weitere Tür. Tyen konnte nicht sehen, was der Mann tat, als er in sie hineingriff.

»Wieder ein Kombinationsschloss, das nur wenige bedienen können und auch nur dann, wenn die erste Tür geschlossen ist«, sagte der Bibliothekar.

Als ein Klirren ertönte, zog der Mann die Hand zurück. Die Tür schwang nach innen, und der Bibliothekar führte Tyen in einen Bereich, der wie eine weitere Bibliothek aussah, wenn auch eine von bescheideneren Dimensionen. Es war ein einzelner langer Raum, der von dicken, quadratischen Säulen unterteilt wurde und gefüllt war mit Schränken statt Regalen und riesigen Truhen statt Lesetischen. Die Truhen waren so groß, dass Tyen nicht erkennen konnte, wie man sie jemals durch die Tür gebracht hatte.

Dies ist also das Gewölbe. Normalerweise wäre Tyen aufgeregt und voller Neugier gewesen. Nur wenige Studenten bekamen das Innere des sichersten Raums der Akademie jemals zu Gesicht, und es war wahrscheinlich, dass auch einige Professoren niemals einen guten Grund gehabt hatten, sich hier herunterzuwagen. Doch es schien ein kalter und einsamer Ort für Pergama zu sein, um dort zu enden. Und obwohl er durch all die Vorsichtsmaßnahmen überzeugt sein sollte, dass sie sicher war, wusste er, dass er es nicht sein würde, bis er sie gesehen hatte.

Die Schränke waren voller Kartons verschiedener Größen, die mit je einer Plakette mit Zahlen darauf versehen waren. Der Bibliothekar öffnete einen Schrank und nahm einen Kasten heraus. Dann lächelte er Tyen an.

»Ihr dürft natürlich nichts anfassen.«

Der Deckel öffnete sich, und Tyens Herz tat einen Satz, als er Pergama darin liegen sah. Sie war von den inneren Wänden des Kastens durch ein Bett aus Tuch getrennt, das sie irgendwie sauberer und wertvoller aussehen ließ. Durch die Tönung der Flamme des Bibliothekars wirkte ihr Ledereinband ein wenig rötlich – oder hatte man sie vielleicht mit einem konservierenden Öl eingerieben?

»Seht Ihr? Immer noch hier«, fügte der Bibliothekar hinzu.

Tyen nickte. Es war frustrierend, ihr so nah zu sein und doch außerstande, ihr ein wenig Erleichterung von dem großen Nichts zu geben, in dem sie gefangen war. Allerdings war es auch eine Erleichterung zu sehen, dass sie dort war, wo sie sein sollte. *Ah, aber ich wünschte, ich könnte ihr sagen, dass sie sicher ist und dass ich sie befreien werde.* Vielleicht konnte sie seine Gedanken spüren, wenn er nahe genug war. Er streckte seine Sinne aus und suchte nach der schwachen Wärme, an die er sich erinnerte, oder nach irgendeiner Regung ihrer Gegenwart, aber er fand nichts.

Seufzend zwang er sich widerstrebend, den Bibliothekar anzusehen und zu nicken. Der Mann schloss den Kasten und stellte ihn zurück in den Schrank.

»Also, findet Ihr unseren Schutz angemessen?«, fragte er und deutete durch den Raum.

Tyen lächelte. »Ja. Ich hätte nicht daran zweifeln sollen, dass das Gewölbe der Akademie sicher ist. Ihr werdet ab und zu nach ihr – ihm schauen, nur um sicher zu sein?«

Die Aufmerksamkeit des Bibliothekars war jedoch abgelenkt. Er starrte auf etwas hinter der nächsten Säule und runzelte die Stirn. »Das ist seltsam …«, murmelte er. »Bleibt hier.«

Angesichts der plötzlichen Sorge des Mannes durchzuckte Tyen ein Stich der Angst. Der Bibliothekar ging an der Säule vorbei zu einer Truhe. Der Deckel stand halb offen, und ein Gegenstand ragte aus dem Innern. Als der Mann den Deckel zur Gänze öffnete, sah Tyen, dass der Gegenstand die Ecke eines Tuchs war. Es sank zurück in die Truhe, und der Bibliothekar seufzte, als er hineingriff und etwas in der Truhe zurechtrückte. Dann schloss er den Deckel und kehrte zu Tyen zurück.

»Kein Grund zur Sorge. Einige Leute sind nicht in der Lage, Dinge so zu belassen, wie sie sie vorfinden.« Er führte Tyen zurück zur Tür. »Wo war ich stehen geblieben? Ah, ja. Ihr habt recht daran getan, es mir zu erzählen. Kein Gewölbe kann jemals unzugänglich für Diebe sein, ohne unzugänglich zu sein für jene, die einen legitimen Grund haben, es zu betreten. Aber ich denke, dass unser Gewölbe sicher genug ist, stimmt Ihr mir da nicht zu?«

Tyen nickte. »Doch. Das tue ich.«

Schweigend traten sie den Rückweg an. Tyen fiel nichts mehr zu sagen ein, jetzt, da seine Befürchtungen sich als unbegründet erwiesen hatten, und der Bibliothekar verströmte eine stille Zufriedenheit. Sobald sie in der Bibliothek waren, bedankte er sich bei dem Mann und ging dann zurück zu seinem Zimmer.

Als er eine Uhr passierte, bemerkte er die Zeit und verspürte eine milde Überraschung. Es war zwei Stunden nach dem Abendessen, aber es fühlte sich viel später an. Es war ein langer Tag gewesen, befand er. Zuerst die Arbeitssuche, dann Gowel … Was hatte Gowel im Schilde geführt, indem er vorschlug, er könne Tyen helfen, Pergama zurückzuholen? Prüfte er Tyen, um zu sehen, ob er bereit war, gegen die Akademie vorzugehen, und daher ein potenzieller Rekrut für die Gesellschaft für Magische Erhaltung wäre? Hatten seine radikalen Freunde ihn belogen, was ihre Fähigkeit betraf, etwas aus der Akademie zu stehlen? Die Worte des Bibliothekars gingen Tyen durch den Sinn: *»Kein Gewölbe kann jemals unzugänglich für Diebe sein, ohne unzugänglich zu sein für jene, die einen legitimen Grund haben, es zu betreten.«*

Das bedeutete, dass die Diebe, wenn es denn welche gab, jene sein mussten, die bereits Zutritt hatten.

Tyen blieb stehen. *Versucht der Bibliothekar, mir zu sagen, dass einer der Professoren versuchen könnte, sie zu stehlen?*

Er schaute über die Schulter, obwohl die Bibliothek weit hinter ihm lag. Gewiss hatte der Mann ihm nur sagen wollen, dass es höchst unwahrscheinlich sei, selbst wenn es nicht vollkommen unmöglich war. Er würde heute Nacht nicht gut schlafen. Jetzt würde zu seiner Einsamkeit, zu seiner Scham und seiner Sorge um Pergama auch noch Angst vor dem Diebstahl treten. Er wünschte, er hätte mit jemandem reden können – jemandem, der ihm sagen würde, dass er sich grundlos sorgte. Miko? Nein, es war zu früh. Neel? Nein, Neel war ihm aus dem Weg gegangen, als befürchte er, der Makel der Missbilligung würde auf ihn abfärben.

Professor Hofkrazner? Er sollte den Mann während seiner privaten Stunden nicht stören. Aber Hofkrazner würde vielleicht wissen wollen, was sein früherer Freund angedeutet hatte. Er würde besser beurteilen können, was Gowel zu tun imstande war. *Besser, das Risiko einzugehen, ihn zu stören, als zu versäumen, es ihm mitzuteilen. Wenn er unbesorgt wirkt, werde ich mich entschuldigen und gehen.* Tyen wechselte die Richtung und machte sich auf den Weg zum Quartier des Professors.

Er war dankbar für seinen Mantel, während er durch den Garten auf das Gebäude zuging, in dem die auf dem Campus lebenden Professoren wohnten. Ein klarer Nachthimmel bedeutete, dass keine isolierenden Wolken da waren, die die Stadt bedeckten, daher war die Luft frostig. Er hatte gehört, dass ein beheizter, unterirdischer Tunnel den Professoren Zugang zu den Hauptgebäuden gab und ihnen zur Rückkehr in ihre privaten Quartiere diente, aber für Studenten war dieser Tunnel verboten. Als er die Hände in den Taschen seines Mantels vergrub, spürte er etwas Glattes und Metallisches darin und fragte sich, was es war, bevor ihm wieder einfiel, dass er Käfer auf seine Stellensuche mitgenommen hatte.

Hofkrazners Räume befanden sich im ersten Stock. Die Treppe und der Flur waren verlassen, aber Tyen konnte aus den Räumen gedämpfte Stimmen, Gelächter und sogar Musik hören. Er erreichte die Tür des Professors und klopfte. Es kam so lange keine Antwort, dass er bereit war anzunehmen, dass der Professor ausgegangen war, aber als er sich abwandte, hörte er ein Geräusch hinter der Tür. Er blieb stehen und drehte sich gerade rechtzeitig wieder um, als sie geöffnet wurde. Hofkrazner musterte Tyen mit einem eigenartigen Gesichtsausdruck.

Tyen trat zurück. »Falls ich ungelegen komme, Professor …?«

»Nein.« Hofkrazner schüttelte den Kopf. »Ich habe gerade an Euch gedacht, und da seid Ihr. Was kann ich zu dieser Zeit des Abends für Euch tun, Eisenschmelzer?«

Tyen widerstand dem Drang, sich umzusehen und die geheime Natur seines Besuchs offensichtlich zu machen. »Können wir unter vier Augen reden?«

Der Professor zögerte, dann öffnete er die Tür weiter.

»Kommt herein.« Er deutete auf einen kleinen Tisch, der von zwei Stühlen flankiert wurde, und setzte sich. Auf einem Tablett standen eine Flasche und Gläser – und in einem davon befand sich ein Fingerbreit dunklen Alkohols. »Staubi?«

Er schenkte bereits ein zweites Glas ein, daher antwortete Tyen mit einem Nicken und einem Achselzucken. Dann setzte er sich auf den anderen Stuhl und schaute sich um. Die Suiten der Professoren waren viermal so groß wie die Räume, die die Studenten sich teilten, mit getrennten Schlaf- und Badezimmern. Ihre Diener lebten zusammen mit dem allgemeinen Hauspersonal in einem anderen Bereich der Akademie. Hofkrazners Wohnzimmer war voller Dinge, die er auf seinen verschiedenen Expeditionen erworben hatte und die für die Akademie nicht von Interesse oder Wert waren. Einige sahen jedoch kostbar aus. Tyen vermutete, dass Hofkrazner diese von seinen eigenen Geldern gekauft hatte. Seine Umgebung lenkte ihn von seiner Mission ab, und wann immer Tyen den Blick von einem faszinierenden Gegenstand abwandte, bemerkte er einen anderen.

»Was ist das für eine Angelegenheit, die Ihr zu besprechen wünscht?«, hakte Hofkrazner nach.

Tyen riss sich von einer grob geformten Tonstatue einer nackten Frau los; die Züge der Figur waren stark übertrieben. »Ich bin heute Gowel über den Weg gelaufen. Ich dachte, Ihr würdet es vielleicht wissen wollen.«

Die Augen des Professors wurden schmal. »Ich hatte gehört, dass er in der Stadt ist. Was hat er gesagt?«

»Er hatte gehört, dass ich vom Unterricht suspendiert worden bin, und war mitfühlend.«

Hofkrazner lehnte sich auf seinem Stuhl zurück. »Und?«

»Er hatte auch von dem Buch gehört«, fuhr Tyen fort. »Er sagte… und ich weiß nicht, ob er mich geprüft hat oder es ernst meinte… dass er mir helfen könne, es zurückzuholen.«

Ein schwaches Lächeln umspielte die Lippen des Professors. »Das hat er gesagt, ja? Das ist mal wieder typisch Gowel. Habt Ihr akzeptiert?«

»Ich habe weder akzeptiert noch abgelehnt. Ich war zu schockiert. Anschließend habe ich mir Sorgen gemacht, dass er seine Fähigkeiten vielleicht nicht übertrieben haben könnte.«

»Also seid Ihr in die Bibliothek gegangen, und der Bibliothekar hat Euch in das Gewölbe mitgenommen, um Euch davon zu überzeugen, wie sicher das Buch ist.«

»Ja.«

»Wart Ihr überzeugt?«

»Größtenteils. Etwas, das er gesagt hat …«

Ein Klopfen unterbrach ihn. Hofkrazners Blick huschte zur Tür, und eine besorgte Falte trat zwischen seine Brauen, bevor er einen ruhigen Gesichtsausdruck aufsetzte und sich erhob, um zu öffnen. Einen Moment später hörte Tyen Drems Stimme.

»Seid Ihr bereit, Professor?«

»Fast. Ich habe Besuch. Kannst du uns ein paar Minuten Zeit geben?«

Der Diener senkte die Stimme. Hofkrazner sah Tyen an. »Einen Moment, Eisenschmelzer«, sagte er, schlüpfte hinaus und schloss die Tür.

Tyen nahm einen Schluck von dem Staubi und stellte das Glas dann beiseite. Hofkrazner wirkte nicht übermäßig besorgt, und es war klar, dass er den Professor jetzt störte. Hatte er noch irgendwelche anderen entscheidenden Informationen zu vermitteln? Er dachte nach. *Nein, ich lasse ihn am besten in Ruhe.* Er stand auf, wollte aber kein privates Gespräch stören, daher nutzte er die Gelegenheit, um sich Hofkrazners Sammlung genauer anzuschauen. Als er sich einem Schrank näherte, sah er zu der offenen Tür zum Schlafzimmer hinüber, und sein Blick wurde von mehreren rechteckigen Formen angezogen.

Kisten. Der Professor ging auf Reisen.

Eine andere Expedition vielleicht? Es war seltsam, dass er seine Studenten nicht informiert hatte, aber andererseits war Tyen vom Unterricht ausgeschlossen, warum also sollte man ihm etwas erzählen? Tyen wandte sich ab, weil er nicht dabei ertappt werden wollte, wie er die persönlichen Besitztümer im Gepäck eines Mannes anstarrte, falls dieser Mann zurückkehrte, und er richtete den Blick auf die Regale. Einige der Gegenstände waren seltsame, hässliche Dinge, und er konnte nicht verstehen, warum irgendjemand den Wunsch haben sollte, sie zu sammeln. Vielleicht war etwas Magisches an ihnen? Er suchte nach dunklen Spuren von *Ruß*, fand aber nur ein winziges Fleckchen. Es ging von etwas aus, das unter einem schwarz angelaufenen Stoßzahn lag.

Er beugte sich näher vor. Er konnte einen Buchrücken sehen. Es war ein Buch von ungefähr der gleichen Größe wie … Ein Frösteln durchlief ihn. Seine Hand handelte aus eigenem Antrieb. Sobald er das Buch berührte, wusste er Bescheid. Es *fühlte* sich vertraut an.

»Nein«, flüsterte er. »Das ist nicht möglich.«

Als die Seiten sich öffneten, formten sich Worte.

Tyen. Hofkrazner will dir die Schuld an meinem Diebstahl in die Schuhe schieben.

Er konnte weder denken noch atmen noch sich auch nur bewegen, also hatte er, als die Tür geöffnet wurde, nur gerade genug Zeit, das Buch zu schließen.

»Ah«, sagte Hofkrazner.

Tyen zwang sich, zu dem Mann aufzublicken, und hoffte, dass er ihm nicht ansah, wie entsetzt und verängstigt er war.

»Warum?«

Der Professor breitete die Hände aus. »Wir wussten, dass

Gowel versuchen würde, sie zu stehlen, daher haben wir eine Fälschung ins Gewölbe gelegt.«

Lügner, dachte Tyen.

Aber dann kam ihm ein noch schockierenderer Gedanke. Was, wenn Pergama log? Was, wenn sie darüber gelogen hatte, dass sie nur die Wahrheit sagen konnte? Was, wenn sie alles sagen würde, um zu vermeiden, wieder weggeschlossen zu werden?

Hofkrazner streckte die Hand nach dem Buch aus.

Wenn ich es ihm gebe und Pergama recht hat, wird er rufen, um Zeugen herbeizuholen, und dann behaupten, ich hätte das Buch gestohlen. Es wird sein Wort gegen meines stehen. Aber wenn er die Wahrheit spricht …

»Nein«, sagte Tyen unwillkürlich. »Ich behalte es. Wir gehen zum Büro des Direktors. Ich werde es ihm geben und niemandem sonst.«

Der Professor starrte ihn wortlos an. Tyen fragte sich, was er dachte. War er verärgert und erstaunt über Tyens Trotz? Oder dachte er über die Tatsache nach, dass seine diebischen Pläne aufgedeckt worden waren? Tyen hoffte sehr, dass es Ersteres war, aber dann begriff er, dass es bedeuten würde, dass Pergama das unverlässliche, gefährliche Objekt war, das die Akademie befürchtet hatte. Die Enttäuschung wäre jedoch besser als die Alternative, nämlich dass Pergama recht hatte. Vor allem wenn der Professor Zuflucht bei Gewalt suchte, um das Buch wieder an sich zu bringen. Tyen glaubte nicht, dass er ihn dann aufhalten konnte.

Hofkrazner lächelte. »Nun, es ist klug von Euch, vorsichtig zu sein. Lasst uns gehen und mit ihm sprechen.«

Erleichterung und Enttäuschung waren die Folge dieser Worte. »Danke«, sagte er. »Ich will Euch ja vertrauen, aber dieser letzte Tag war …« Er schüttelte den Kopf. »Sehr beunruhigend.«

Der Professor öffnete die Tür und hielt sie für Tyen auf. Tyen schob Pergama in sein Hemd, trat über die Schwelle und ging hinaus in den Flur. Drem wartete. Der Diener, der eine Luftwagenjacke trug, musterte ihn wachsam, und auf ein gemurmeltes Wort von Hofkrazner hin trat er in die Suite. Der Professor wirkte entspannt, als er als Erster die Treppe hinunterstieg, aber als er das Erdgeschoss erreichte, drehte er sich um, um in den Keller weiterzugehen.

Tyen blieb stehen. »Wohin wollt Ihr?«

Hofkrazner blickte auf und lächelte. »Ihr habt noch nichts von unserer Abkürzung gehört?«

Der unterirdische Tunnel, erinnerte sich Tyen. Er fühlte sich töricht, als er wieder hinter dem Professor her ging.

Statt in einen Keller gelangte man über die Treppe in einen langen Flur, der genauso geschmackvoll eingerichtet war wie die anderen Gebäude der Akademie. Gemälde hingen an den Wänden, und in Nischen standen Statuen. Lampen brannten in einer Entfernung von etwa zwanzig Schritt zueinander. Hofkrazner wartete, bis Tyen ihn einholte, sodass sie nebeneinander her gingen.

»Wo endet der Tunnel?«, fragte Tyen.

»In der Nähe der Halle.«

Was bequem für Anlässe wäre, die Abendkleidung erforderten. Die Luft war warm und überhaupt nicht abgestanden. Etwa alle hundert Schritte führte eine Öffnung in ein kleines Treppenhaus mit einer Wendeltreppe, die nach oben ging.

»Wohin kommt man über diese Treppen?«, konnte Tyen sich nicht verkneifen zu fragen.

»In die Gärten. Sie sind eine Vorsichtsmaßnahme für den Fall von Flut oder Feuer.«

Tyen konnte in der Ferne das gegenüberliegende Ende des Flurs sehen. Der Flur war verlassen bis auf sie beide und sehr still.

Hofkrazner seufzte. »Es gibt da etwas, das ich Euch sagen sollte, Tyen, obwohl ich nicht weiß, wie, da Ihr nicht in der Stimmung seid, mir Glauben zu schenken. Die Akademie hat vor, Pergama zu vernichten.«

Tyen sackte das Herz in den Magen. »Warum sollte sie das tun? Sie ist ein seltener und wertvoller Gegenstand.«

»Weil sie Geheimnisse der Akademie in sich trägt, was dem Umstand gedankt ist, dass Ihr es versäumt habt, uns zu sagen, dass sie bei einer bloßen Berührung unsere Erinnerungen absorbieren kann.«

Tyens Gesicht wurde heiß. »Oh. Ich wollte es Euch sagen, aber … nun, als ich die Chance dazu hatte, war es bereits zu spät.«

Hofkrazner blieb stehen und sah Tyen an. »Ich bin nicht der Meinung der Akademie«, sagte er mit gesenkter Stimme. »Das ist der Grund, warum ich das Buch gegen ein Faksimile getauscht habe.«

Ein Kitzel des Triumphs durchzuckte Tyen bei dem Eingeständnis des Diebstahls.

»Tyen, werdet Ihr mir helfen, sie zu retten?«, fragte Hofkrazner.

Tyen starrte den Professor an, und Hoffnung kämpfte mit Argwohn.

»Pergama sagt, Ihr würdet versuchen, mir die Schuld an dem Diebstahl in die Schuhe zu schieben.« Er blinzelte, als ihm etwas aufging. »Das ist der Grund, warum etwas im Gewölbe nicht an seinem Platz war, nicht wahr? Damit der Bibliothekar mich lange genug aus den Augen ließ, dass er nicht sagen konnte, ob ich den Tausch vorgenommen hatte oder nicht, während seine Aufmerksamkeit abgelenkt war.«

Hofkrazners Lächeln verblasste. »Ah. Nun, ich musste irgendetwas tun. Wenn er geschworen hätte, dass er Euch nicht aus den Augen gelassen hatte, würden alle ihm glauben und darüber nachdenken, wer sonst noch vor kurzem im Gewölbe war. Natürlich würden sie sie niemals in Eurem Besitz finden, daher könnten sie keine Anklage gegen Euch erheben.«

»Aber ich würde immer unter Verdacht stehen. Niemand würde mir noch vertrauen oder mir die Gelegenheit geben, meinen Ruf wiederherzustellen.«

»Ein kleiner Preis, um sie zu befreien. Wenn Ihr mir helft, werde ich Euch erlauben, mit ihr zu reden.«

Tyen schüttelte den Kopf. »Nein. Wenn sie tatsächlich gefährliche Geheimnisse über die Akademie enthält, müssen wir sie in das Gewölbe zurückbringen und den Direktor dann davon überzeugen, dass sie zu wertvoll ist, um vernichtet zu werden.«

»Wir werden keine Chance dazu bekommen. Sie haben vor, sie morgen zu vernichten.« Hofkrazners Gesichtsausdruck war ernst. »Ihr habt in Pergama eine Quelle der Gelehrsamkeit, die größer ist als die Akademie, und eine Lehrerin, die besser ist als alle Professoren zusammen. Sie ist zu wertvoll, um zu riskieren, dass diese Narren keine Vernunft annehmen.«

Tyen legte eine Hand an die Brust, wo das Buch auf seiner Haut ruhte. *Ich kann ihnen nicht erlauben, sie zu töten.* Pergama hatte recht behalten; Hofkrazner wollte Tyen tatsächlich die Schuld an dem Diebstahl zuschieben. Was sollte er tun? Er öffnete einen Hemdknopf und zog sie heraus. Dann schlug er die Seiten auf und sah, wie sich Worte bildeten.

Vertrau ihm nicht.

Etwas Unsichtbares fing seine Handgelenke ein und umfasste sie mit festem Griff, riss ihm Pergama beinahe aus den Fingern. Als er aufschaute, sah er, dass Hofkrazner Pergama fixierte, die Augenbrauen gesenkt in einem Ausdruck der Konzentration. Er machte einen Schritt nach vorn und streckte die Hand nach ihr aus.

Tyen hielt den Buchdeckel fester umklammert und versuchte zurückzuweichen, aber seine Hand wurde festgehalten. Hofkrazners Finger schlossen sich um die Seiten und begannen zu ziehen. Da er wusste, dass er sie sonst gleich verlieren würde, zog Tyen Magie in sich hinein und brachte die Luft um den Arm des Professors zum Stillstand, um sie abzukühlen.

Die Luft wurde frostig. Tyen spürte, dass Hofkrazners Griff nachließ, während seine Muskeln abkühlten. Die Macht, die seinen Arm festhielt, wurde schwächer, als die Konzentration des Mannes ins Wanken geriet, und Tyen stellte triumphierend fest, dass es ihm gelang, sich von Hofkrazner zu lösen und einige Schritte rückwärtszustolpern. Tyen schaute auf und blickte Hofkrazner fest in die Augen. Das Gesicht des Professors verzerrte sich, und er stürzte sich auf Tyen.

Der Angriff war sowohl magisch als auch körperlich; Tyen wehrte beides mit einem soliden Schild von verfestigter Luft ab. Fluchend, als seine Knöchel dagegenschlugen, trat Hofkrazner wieder zurück.

Dann füllte *Ruß* den Tunnel hinter ihm, und Tyens Schild begann zu zittern und zu vibrieren.

Während er wie angewurzelt dastand, verbreiterte Tyen seine Schutzmauer. Er war so entsetzt darüber, dass sein Lehrer tatsächlich heftig genug angriff, um ihn zu töten, dass ihm nichts anderes einfiel. Er hatte noch nie zuvor in einem realen magischen Kampf gestanden, obwohl er über viele gelesen hatte. Dann formte sich eine Schwärze um ihn herum, wie ein Warnschuss in seine Sinne, der seinen Geist aus seinem Schockzustand herausriss. Die Magie um ihn herum wurde dünner, und wenn er sich nicht bewegte, würde er schon bald außerstande sein, sich zu verteidigen.

Es war eine typische Kampfsituation, erinnerte er sich. Wenn ein Kämpfer den anderen nicht durch Geschick oder Trickserei besiegte, verbrauchten am Ende beide sämtliche Magie, die in ihrer Reichweite war. Sie mussten zu einer frischen Quelle übergehen, bevor sie ganz verbrauchten, was sie schon genommen hatten. Die einzige Richtung, die Tyen im Tunnel offen stand, war nach hinten.

Der Professor könnte allerdings um Tyens Schild herumgreifen, um all die Magie hinter ihm zu nehmen. Tyen hatte dagegen zwei Verteidigungsmöglichkeiten: diese Magie als Erster nehmen oder sich schneller zurückziehen. Oder besser noch, beides tun.

Er wich zurück und nahm alle Magie aus dem Raum, durch den er sich bewegte. Hofkrazner folgte ihm. Zu Tyens Erleichterung hatte der Professor aufgehört anzugreifen. Vielleicht war dem Mann die Magie ausgegangen. Tyen erwog kurz einen Gegenangriff. *Nein,* entschied er. *Das kann ich nicht riskieren. Ich könnte ihn töten, und das will ich nicht. Außerdem liegt es bei der Akademie, die ihren zu bestrafen.*

»Was geht hier vor?«

Tyen ließ seinen Schild nicht fallen, sondern schaute über die Schulter. Drei Männer kamen auf sie zugeeilt. Einer war der Professor für Zauberei von dem Treffen mit dem Direktor, Hapen. Die beiden anderen waren von einer anderen Abteilung.

»Er …«, begann Tyen.

»Halten Sie ihn auf!«, rief Hofkrazner. »Er hat das Artefakt aus dem Gewölbe gestohlen!«

Die drei Männer erblickten Pergama. Der Professor für Zauberei runzelte die Stirn.

»Je eher wir dieses Ding vernichten, desto besser!«

»Ich habe nicht …« Tyens Worte wurden erstickt, als eine Macht sich um seine Brust legte. Er sah feine Linien von Professor Hapen ausgehen. *Ich sitze in der Falle,* dachte er. *Kann nicht einmal mehr sprechen.* Und die Worte des Mannes hatten bestätigt, was Hofkrazner behauptet hatte. Die Akademie beabsichtigte tatsächlich, Pergama zu töten. Ihr jahrhundertealtes Wissen über die Welten sollte vernichtet werden.

Das durfte er nicht zulassen. Aber was konnte er tun? Er saß in der Falle. Dann erinnerte er sich an die Treppen, die an die Oberfläche führten. Fluchtwege, falls er sich freikämpfen konnte.

Und was dann? Weglaufen? Alles verlieren, wofür er gearbeitet hatte?

Ihm wurde flau im Magen, als er begriff, dass er es bereits verloren hatte. Nach der Art zu urteilen, wie die drei Neuankömmlinge ihn musterten, war klar, dass sie ihn für einen Dieb hielten. Welche Chance hatte er, sie vom Gegenteil zu überzeugen, wenn Hofkrazners Wort gegen seines stehen würde?

Er sollte bleiben und kämpfen, um seinen Namen reinzuwaschen und um zu beweisen, dass Hofkrazner der wahre Dieb war, aber er würde das niemals schaffen, bevor Pergama vernichtet wurde. Wenn er fortging, konnte er einen sicheren Ort für sie finden und dann zurückkehren, um die Dinge hier zu regeln.

Falls er von Hapen wegkam.

Er war umringt von *Ruß*, was bedeutete, dass er nur mit der Magie arbeiten konnte, die er genommen, aber noch nicht verbraucht hatte. Es sei denn, es gelang ihm, weiter auszugreifen.

Mit einem tiefen Atemzug dehnte er seinen Griff. Er langte über die Tunnelwände hinaus. Er griff über die vier Männer hinaus, die sich ihm näherten. Er griff unter den Boden und hinauf zum Himmel, von dem er so oft Magie herabkommen gespürt hatte.

Er war ein wenig überrascht zu entdecken, wie weit er ausgreifen konnte, wenn er es wirklich versuchte.

Dann zog er all die Magie in sich hinein. Einen Teil davon kanalisierte er nach außen, um die Kraft zu neutralisieren, die ihn hielt. Einen Teil formte er zu einem Schild. Schläge prasselten darauf ein, als er zum nächsten Treppenhaus rannte. Rufe füllten den Tunnel, und ihre Echos jagten ihn die Treppe hinauf, die zu kurz und eng für eine schnelle Flucht war. Eine runde Rille in der Decke ließ auf irgendeine Art von Luke schließen, aber sie bewegte sich nicht, als er von unten dagegendrückte.

»Wie passend, wenn man Flut oder Feuer entkommen will«, murmelte er, während er weitere Magie formte und die Luke nach oben wegsprengte. Er kletterte hinaus und fand sich in der Mitte eines Blumenbeets wieder, und das Loch, durch das er geklettert war, war eine hässliche Wunde in dem Arrangement. Da er Geräusche von Verfolgern im Tunnel hörte, entschied er sich für irgendeine Richtung und rannte los, stolperte über die Beetabgrenzung auf einen Pfad und wich mit knapper Not zwei Dienern aus, die vorbeieilten.

Ich bin irgendwo in den Gärten zwischen den Professorenquartieren und der Halle. Wohin jetzt? Raus aus der Akademie? In welche Richtung würden sie erwarten, dass ich mich wende? Zum nächsten Ausgang. Also sollte er einen anderen Weg nehmen. Der Pfad, auf dem er war, führte ihn zu den Professorenquartieren. Sie würden nicht von ihm erwarten, dass er dorthin ging. Aber der Weg war gerade, und sobald seine Verfolger aus der Luke kletterten, würden sie ihn sehen. Er rannte den nächsten Nebenpfad entlang. Er war schmaler als der erste und schlängelte sich um die Rückseite des Gebäudes.

An der nächsten Biegung sah er, wo er hinlief. Abrupt blieb er stehen. Hinter den Professorenquartieren begann eine gepflasterte Freifläche ohne jede Deckung.

Dann sah er, was dort mit gefüllter und flugbereiter Kapsel wartete.

Und er musste sich ein Lachen verkneifen, als er weiterrannte, so schnell er konnte.

Zweiter Teil

1 Rielle

Als sich die Tore des Tempels öffneten, tauchte die unbarmherzige Sonne alles in ein grelles, weißes Licht. Rielle folgte ihren Gefährtinnen hinaus. Selbst als ihre Augen sich an das Licht gewöhnt hatten, wirkte der gepflasterte Platz, als sei er aller Farbe beraubt worden, und das Hitzeflimmern der Luft ließ die umstehenden, lehmverputzten Häuser unscharf erscheinen.

»Puh. Es ist *schrecklich* draußen«, murmelte Bayla. »Ich wünschte, wir könnten direkt nach Hause gehen.«

»Auf dem Markt wird es nicht so schlimm sein«, sagte Tareme, ihre Zwillingsschwester. Sie wandte sich zu Rielle um. »Willst du mitkommen?«

Rielle lächelte, dankbar für die Einladung. »Das täte ich gern, aber ich kann nicht. Meine Tante erwartet mich.«

»Aber Ako wird dort sein. Er sagte, dass er dich gern wiedersehen würde. Er fand dich wohl interessant.«

Mit Mühe hielt Rielle ihr Lächeln aufrecht. Sie hatte nicht das geringste Interesse am Bruder der Zwillinge. Jeglicher Respekt, den sie für ihn empfunden hatte, war ihr abhandengekommen, als sie auf ihrem Geburtstagsfest bei einem idiotischen Versteckspiel im Garten seine amourösen Annäherungsversuche hatte abwehren müssen. Doch davon wussten die Zwillingsschwestern nichts. Niemand sonst war zugegen gewesen, um sein Benehmen zu bezeugen, und er würde es sicher leugnen, wenn sie sich bei jemandem beklagte. Da sie ihnen nicht erklären konnte, warum sie ihn jetzt verachtete, konnte sie nur schlichtes Desinteresse mimen. Für die Zwillinge war es in Ordnung, über die Fehler ihres Bruders zu sprechen, aber für jemanden, der nicht zur Familie gehörte, war es unschicklich, ihre Verwandten zu kritisieren. Das galt ganz besonders für Frauen.

»Es überrascht mich, das zu hören«, erwiderte sie. »Obwohl er mich wahrscheinlich mit jemandem verwechselt hat. Er hielt mich offensichtlich für jemanden, der zur Unterhaltung angeheuert war.«

Tareme grinste. »Er hat die Angewohnheit zu handeln, bevor er denkt. Das ist Teil seines Charmes. Er begegnet dem Leben mit großer Begeisterung, findest du nicht auch?«

Sie zuckte die Achseln. *Dem Leben? Nein, seine Begeisterung gilt etwas, das ein wenig spezieller ist. Aber andererseits nehme ich an, er ist nicht festgelegt,* welche *Frau ihn in Begeisterung versetzt.*

»Viel Spaß auf dem Markt«, sagte sie. »Bis zum nächsten Vierteltag.«

Als die beiden Mädchen mit großen Schritten die Treppe hinunter und über den Hof liefen, durchzuckte Rielle ein Stich des Bedauerns. Sie freute sich auf eine Lektion im Malen mit ihrer Tante an diesem Nachmittag, aber eine Einladung, sich den anderen Mädchen nach dem Tempelunterricht anzuschließen, war selten und mehr, als sie sich zu Beginn erhofft hatte. Denn da hatten sich die meisten Gespräche der anderen Mädchen mit ihr um deren Überraschung und Erleichterung darüber gedreht, dass sie nicht schlecht roch.

Sie stammten alle aus den mächtigsten und wohlhabendsten Familien in Fyre. Rielles Familie war ebenso wohlhabend, aber nicht so gut angesehen – dank des Rufes, der allen anhaftete, die im Färbergewerbe tätig waren. Natürlich hatte Rielle selbst niemals eine der schmutzigeren Arbeiten verrichtet. Ihre Eltern stellten andere Familien dafür ein und boten ihnen Unterkunft und Nahrung zusammen mit einem Einkommen. Ihre großzügigen Spenden an die Tempel garantierten, dass niemand sie offen für ihr unsauberes Gewerbe kritisierte, aber Fyres große Familien hatten andere, subtilere Methoden, um Menschen auszuschließen, die sie ablehnten.

Das Problem rührte daher, dass die Substanzen, mit denen man die besten Farben erzielte, häufig abstoßend und übelriechend waren. Urin und Exkremente, Extrakte von Meereskreaturen, faulende Pflanzen und gemahlene Insektenlarven waren die schlimmsten. Selbst die Beizen und Fixierbäder beleidigten die Nase – und einige davon waren zudem giftig. Alles gute Gründe, warum Färber gesetzlich verpflichtet waren, ihr Gewerbe nur an den Rändern einer Siedlung zu betreiben, flussabwärts von den übrigen Einwohnern.

Das bedeutete unglücklicherweise, dass der Heimweg vom Tempel länger war. Rielle zog sich ihr Kopftuch über und warf dessen Quasten über die Schultern. Es war zu heiß, um es sich um den Hals zu binden, und die meisten der Mädchen in der kleinen Stadt betrachteten ein gebundenes Kopftuch als zu matronenhaft. Trotzdem, sie musste es richtig umlegen, bevor sie nach Hause kam, sonst würde ihre Mutter ihr einen Vortrag über Schicklichkeit halten.

Es ist ohnehin niemand da, der es sieht, überlegte sie, während sie überprüfte, dass ihre Börse sicher in ihrem Rock unter ihrer Tunika steckte. Sie überquerte den Platz und machte sich auf den Heimweg. Sie würde den größten Teil des Weges auf der Tempelstraße, einer der Hauptstraßen von Fyre, bleiben. Es war einer der belebtesten Verbindungswege, aber zu dieser Zeit an einem Vierteltag, zwischen den Morgenlektionen und der Anbetung und dem Nachmittagsmarkt, war es selbst auf dieser Durchgangsstraße still. Und als der letzte in der vierten Folge von vier Tagen – das Ende einer Halbmondzeit – wurde dieser Tag von den frömmeren Bewohnern der Stadt zu Hause mit Fasten und Beten zugebracht.

Seltsam, wie dies ihr das Gefühl gab, weniger sicher zu sein, als sei die Gefahr durch Diebe größer, wenn weniger Zeugen in der Nähe waren. Nach allem, was sie gehört hatte, war es wahrscheinlicher, in einer Menschenmenge bestohlen zu werden, wo alle abgelenkt waren.

Vor ihr trat ein Priester auf die Straße, und sie entspannte sich. Es war Sa-Gest, der schlanke junge Priester, den sie häufiger im Tempel gesehen hatte. Die anderen Mädchen machten sich hinter seinem Rücken gern über ihn lustig. Sein graues Priestergewand, mit dunklen Schweißrändern unter den Armen und um den Halsausschnitt, kennzeichnete ihn als ein Ordensmitglied von niedererem Rang. Er bog eilig in die nächste Seitenstraße ein. Beim Vorbeigehen schaute sie neugierig in die Straße und sah ihn mit langen Schritten davonhasten.

Diese Straße war belebter als die Hauptstraße. Vielleicht bot sie mehr Schatten und dadurch mehr Erleichterung vor der Hitze. Sie hatte das Labyrinth dieser Straßen viele Male in der Gesellschaft ihres Cousins Ari erkundet, bevor er fortgegangen war, um sich zusammen mit ihrem Bruder um alles zu kümmern, was für ihre Färberei importiert werden musste. Vor vielen Häusern wurde die Straße wie vor Marktständen von Markisen beschattet. Die Straßenkreuzungen hier waren oft kleine Plätze mit Geschäften, vor denen Menschen auf schlichten Möbeln oder Bänken saßen, die in die Hauswände eingelassen waren, um zu essen, zu trinken und zu schwatzen.

In diesem Teil der Stadt, dem Künstlerviertel, waren die Markisen mit schwarzem Garn gemustert und wurden von den Bewohnern der Häuser selbst gewebt. Sie strichen ihre Häuser in kühnen, leuchtenden Farben; jedes Jahr wurde in Vorbereitung auf das Fest der Engel eine neue Schicht Lehm und Farbe aufgetragen. Das nächste Fest war nur noch eine Halbmondzeit entfernt, und die meisten Häuser waren in der letzten Zeit unter der intensiven Sommersonne stark ausgebleicht.

Trotz ihres gemächlichen Tempos schwitzte sie bereits. Sie sehnte sich nach einer Brise, aber als sie an einer weiteren Seitenstraße vorbeikam und sie ein Lufthauch einhüllte, war er voller Sand und Wärme. Sie fühlte sich versucht, schneller zu gehen, nur um aus der Hitze herauszukommen und eher ein Glas frisches Wasser trinken zu können.

Ein wenig später tauchte einige Straßen vor ihr ein anderer, älterer Priester auf. Er kam ihr entgegen. Sie kannte diesen Mann nicht, aber sein graublaues Gewand sagte ihr, dass er ein ranghöherer Priester war – je näher der Farbe der Engel, umso höher der Rang. Sein graumeliertes Haar war feucht von Schweiß. Ob er sie überhaupt bemerkte, konnte sie nicht sagen. Nach seinem geistesabwesenden Gesichtsausdruck zu urteilen, jedenfalls nicht.

Schließlich erreichte sie die Gerberstraße, eine Durchgangsstraße, die ihren Heimweg verkürzte, weil sie in gerader Linie den großen Bogen schnitt, den die Tempelstraße machte. Sie wusste, dass ihre Mutter es vorziehen würde, wenn sie auf der Hauptstraße blieb, aber ihr Cousin hatte ihr erzählt, dass viele Menschen diese Abkürzung benutzten, also sollte sie in Sicherheit sein, solange sie sich nicht in Nebengassen wagte. Auf dieser Straße waren sogar mehr Menschen als auf der Tempelstraße, fiel ihr auf. Sie hielt sich an den schmalen Streifen Schatten auf der einen Seite und achtete darauf, wachsam und selbstbewusst zu wirken. Wenn man unterwürfig und ängstlich auftrat, reizte das nur jene, die nach einem leichten Opfer suchten, hatte Ari sie gelehrt.

Einige hundert Schritte weiter quoll etwas Schwarzes aus einer Seitengasse und versperrte ihr den Weg.

Sie blieb wie angewurzelt stehen und ließ sich dann schnell auf ein Knie herunter, um sich den Schuh neu zu schnüren. Falls jemand sie beobachtete, würde er denken, sie sei deshalb stehen geblieben.

Schwärze! Sie hatte kaum jemals welche außerhalb des Tempels wahrgenommen und dann immer nur nach einer Tempelprozession. Es war nach einer dieser Prozessionen gewesen, dass Rielle versucht hatte, die Erscheinung, die noch von der Magie des Priesters verblieben war, zu berühren. So hatte ihre Tante entdeckt, dass ihre kleine Nichte *Schwärze* wahrnehmen konnte.

»Du musst immer so tun, als könntest du sie nicht sehen«, hatte Narmah sie gewarnt. *»Und erzähl niemandem, dass du sie sehen kannst, ganz gleich, wie sehr du ihm vertraust. Schreib es nicht auf. Sag es auch dann nicht laut, wenn du glaubst, es kann niemand hören. Wenn die Priester es herausfinden, werden sie dich wegbringen.«* Rielle hatte gefragt, ob das bedeute, sie würde Magie erlernen. *»Frauen werden keine Priester. Nur Männer, die von den Engeln gebilligt werden, können Priester werden«*, hatte ihre Tante ihr erklärt, so ungewohnt ernst, dass Rielle es niemals wagte, irgendetwas von dem zu tun, wovor ihre Tante sie gewarnt hatte.

Alle wussten, wodurch *Schwärze* entstand. Dazu musste ein Priester Magie verwendet haben – und zwar viel Magie. Es musste also irgendwo weiter unten in der Seitenstraße sein, denn auf der Gerberstraße konnte sie keinen Priester entdecken.

Ich kann nicht ewig hierbleiben und meinen Schuh zubinden, wenn ich ihm nicht auffallen will. Ich muss weitergehen. Und das hieß, sie musste durch die *Schwärze* gehen. Sie wusste, es würde ihr nicht schaden, aber der Gedanke stieß sie ab. Es war schließlich der Makel, den die Magie zurückließ. Priester vollführten dagegen geheime Reinigungsrituale. Sie verfügte nicht über dieses Wissen. Wenn sie auf die andere Straßenseite ging, um ihm auszuweichen, würde das jedoch zu offensichtlich sein. Mit einem tiefen Atemzug zwang sie sich, auf die *Schwärze* zuzugehen. Sie widerstand der Versuchung, in die Seitengasse zu schauen, um zu sehen, was der Priester vorhatte.

Dann stieß sie gegen etwas Hartes und Unsichtbares. Unwillkürlich schnappte sie nach Luft.

Etwas packte ihren Arm und riss sie zur Seite. Ihr erster Gedanke war, dass *Schwärze* eigentlich nicht fest sein konnte. Der zweite war, dass sie sich zumindest nicht verraten hatte, als sie gekeucht hatte, da der Priester damit rechnen musste, dass jemand, der gegen eine massive Wand lief, es bemerkte. Und während sie den Mann anstarrte, der ihren Arm festhielt, kam ihr der dritte Gedanke: dass es gar kein Priester war.

Stattdessen handelte es sich um einen schäbigen, schmutzgrauen Kerl mit wilden Augen. Er hielt ein Messer in der Hand, und Rielle zuckte zusammen, als er es ihr jäh vors Gesicht stieß.

»Sei still. Kein Wort. Tu, was ich dir befehle«, blaffte er. »Verstanden?«

Sie blickte mit trockenem Mund und hämmerndem Herzen auf das Messer und nickte.

Er drehte sich um und zerrte sie hinter sich her die Gasse hinunter. Alle Kraft schien aus ihren Gliedern gewichen zu sein, und sie sackte beinahe in die Knie, aber er riss sie hoch und weiter vorwärts. So viel zu Aris Ansicht, was die Sicherheit der Gerberstraße betraf. So viel dazu, wachsam und selbstbewusst zu sein. Was sollte sie jetzt tun? Was würde er tun, wenn er erst stehen blieb? Sie ausrauben?

Die Gasse war menschenleer. Wenn er sich beeilte, konnte er ihr die Börse abnehmen, bevor jemand kam. Aber er blieb nicht stehen. Ihr Magen rebellierte. Er musste mehr von ihr wollen. Sie konnte nicht umhin, sich das Schlimmste vorzustellen. Kalte Angst ließ ihr erneut die Knie weich werden. Sie hatte sich immer gesagt, dass sie lieber sterben würde, als *das* zu erdulden. Dagegen würde sie ankämpfen. Sie hatte sich vorgestellt, Angreifer abzuwehren, sie sogar zur Bestrafung zu den Priestern zu schleppen. Aber sein Griff war eisenhart, und er zerrte sie hinter sich her, als wöge sie nichts. Obwohl er dünn war und nicht viel größer als sie, war er stärker.

Du bist zwar schwächer als er, aber du bist vielleicht klüger, sagte sie sich. *Also, denk nach!*

Irgendwie zwang sie ihren Verstand, sich nicht länger im Kreis zu drehen, sondern zu überlegen, was sie über ihn wusste. Bei der Erinnerung an die *Schwärze* gefror ihr das Blut in den Adern. Es war kein Priester oder sonst irgendjemand in der Nähe gewesen, also konnte nur dieser Mann Magie eingesetzt haben.

Er war ein Befleckter. Das bedeutete, er hatte sich dafür entschieden zu lernen, wie man Magie benutzte. Es bedeutete, dass er bereit war, den Engeln diese Magie zu stehlen. Es bedeutete, es kümmerte ihn nicht, dass sie den Fleck auf seiner Seele sehen würden, wenn er starb, und sie in Stücke reißen. Was konnte jemanden dazu bringen, ein solches Schicksal zu wählen? Wenn er seine Seele aufgegeben hatte, welche anderen schrecklichen Dinge mochte er bereit sein zu tun? Wie viel schrecklicher konnten sie sein, da ihm Magie zu Gebote stand?

Furcht durchzuckte sie, aber sie wurde gemäßigt von einem anderen Gedanken. Wenn die Ungleichmäßigkeit der *Schwärze*, die er hinterlassen hatte, ein Hinweis war, verstand er nicht viel vom Gebrauch der Magie. Die *Schwärze*, die die Priester verursachten, war anders – ein sich ausdehnender Kranz.

Theoretisch konnte sie ebenfalls Magie benutzen. Jeder, der *Schwärze* sehen konnte, war dazu in der Lage, aber sie hatte keine Ahnung, wie sie das tun sollte, und selbst wenn sie Magie einsetzte, würde ihr deswegen das Leben nach dem Tod genommen werden.

Sie würde vor einer Entscheidung zwischen Tod und ewigem Tod stehen.

Bevor sie das auch nur ansatzweise durchdenken konnte, verlangsamte der Mann das Tempo, näherte sich einer Querstraße und spähte um die Ecke, bevor er sie hinter sich herzog. Er hielt nach irgendetwas Ausschau. Oder nach irgendjemandem. Sofort dachte sie an die Priester, die sie zuvor gesehen hatte. Draußen an einem heißen Tag, den sie vermutlich lieber im kühlen Tempel verbringen würden. Sie schöpfte Hoffnung. Suchten sie nach dem Befleckten? Waren sie in der Nähe? War Rettung nur wenige Straßenecken entfernt?

War das der Grund, warum er sie entführt hatte? War sie eine Geisel, eine Unschuldige, die er zu töten androhen würde, wenn sie ihn in die Enge trieben?

Sie kamen zu einer weiteren Kreuzung, und der Mann schaute in die Querstraße und wich zurück. Er machte einen Schritt an ihr vorbei und schleifte sie den Weg zurück, den sie gekommen waren. Rielle holte Luft, um der Person, vor der der Mann weglief, etwas zuzuschreien, doch dann stieß sie den Atem wieder aus. Was war, wenn er nur vermeiden wollte, anderen Menschen zu begegnen? Sie würde vielleicht jemanden in Gefahr bringen.

Er zerrte sie weiter, ohne je seinen Griff zu lockern. Rielle knirschte mit den Zähnen und rief sich all die Flüche ins Gedächtnis, die ihr Cousin sie gelehrt hatte. Der harmloseste davon hatte ihr eine tüchtige Ohrfeige von ihrer Mutter eingetragen, als sie ihn einmal für sich allein ausprobiert hatte, in der fälschlichen Annahme, es sei niemand in der Nähe. Irgendwie machte es sie ruhiger, sie im Geiste auszusprechen; das Entsetzen, das sie gelähmt hatte, verebbte zu einer schwelenden Furcht.

Zu ihrer Überraschung zerrte er sie jetzt über belebtere Straßen. Die Menschen, an denen sie vorbeikamen, waren entweder gleichgültig oder zeigten ein Interesse, das sie an einige der Kunden ihrer Eltern erinnerte – ganz Berechnung und Habgier. Die Mauern waren getüncht, aber die Farbe blätterte ab. Blenden hingen schief von den Fensterrahmen. Ein Gestank, der beinahe so schlimm war wie der aus den Färbergruben, durchdrang alles. Der Duftrauch von Räuchergefäßen konnte ihn nicht überdecken.

Ich bin im Armenviertel, begriff sie und war gleichzeitig erstaunt und entsetzt darüber, dass sie so weit gekommen waren. *Gewiss sind die Priester weit weg.*

Doch der Mann ließ in seiner Anspannung nicht nach. Er hielt sich jetzt wieder an ruhigere Straßen und sah sich immer noch jedes Mal um, bevor er um eine Ecke bog oder in eine Querstraße trat. Sie überlegte gerade, dass sein Verhalten übertrieben zwanghaft wirkte, als er plötzlich vor einer Kreuzung zurückwich und sich suchend umschaute, bevor er in die Nische einer Tür trat. Dann riss er ihr das Kopftuch herunter, drehte sie so, dass sie von ihm wegschaute, und packte sie am Rockbund, um sie an einer Flucht zu hindern.

Etwas Scharfkantiges presste sich in ihre Rippen, und sie erstarrte.

»Bleib still. Kein Wort. Keine Aufmerksamkeit erregen!«

Sie stand so reglos da, wie sie nur konnte. Als sie wieder die Straße hinunterblickte, bemerkte sie, dass die Frauen, an denen sie vorbeigekommen waren und die in jeder dritten oder vierten Tür kauerten, auch keine Kopftücher trugen. Sie waren in so dünnen Stoff gekleidet, dass das Braun ihrer Haut durch das ungefärbte Tuch hindurchschien. Ein Mann lehnte weiter unten in der Straße an einer Mauer und unterhielt sich mit einer der Frauen.

Jemand trat auf die Kreuzung, und ihr Entführer umklammerte sie fester. Es war ein Priester; er wirkte in seinem blauen Gewand fehl am Platz. Sie kannte ihn nicht. Er war größer und älter als Sa-Gest, und die Farbe seines Gewandes ließ auf einen höheren Rang schließen. Als er in die Gasse schaute, glitt sein Blick flackernd über Rielle, ohne auf ihr zu verweilen. Sie erwartete Abscheu, aber sein Gesichtsausdruck übermittelte nur Erheiterung.

Er blickte wieder die Querstraße hinunter und schüttelte den Kopf. Ein neuer Hoffnungsfunken erwachte in Rielle, als der Priester seine Aufmerksamkeit erneut der Gasse zuwandte, in der sie gefangen gehalten wurde, und auf sie zukam.

Hilf mir, sandte sie ihm als stumme Botschaft, als er vorbeiging, aber sie war sich der Klinge bewusst, die sich in ihre Rippen drückte, und bewahrte Stillschweigen. Der Priester musterte sie von Kopf bis Fuß und ging weiter. Die anderen Frauen schien sein Blick nicht im Mindesten zu beschämen; sie lächelten ihm kokett zu. Angewidert schaute Rielle weg. *Als würde sich ein Priester für ihre Dienste interessieren.* Sie hörte, wie er stehen blieb und eine der Frauen fragte, ob sie einen hageren, heruntergekommenen Mann gesehen habe, der sich in der Nähe verstecke. Die Frau sagte, das sei eine Beschreibung, die auf ziemlich viele Menschen in dieser Gegend passte. Er wandte sich um und ging weiter die Gasse hinunter.

Als sie wieder zu der Kreuzung hinüberblickte, dachte sie darüber nach, wie der Priester zu der Querstraße gesehen und dann den Kopf geschüttelt hatte. Hatte die Geste einer Person weiter unten in der Straße gegolten? Einem anderen Priester vielleicht?

Schwache Hoffnung regte sich in ihr. Ein Plan formte sich. Es war riskant, aber sie kam zu dem Schluss, dass es einen Versuch wert war.

»Ist er weg?«, fragte der Entführer.

Sie warf einen Blick zurück. Der Priester war um eine Ecke verschwunden. »Ja.«

Die scharfe Klinge wurde von ihren Rippen weggezogen, und er packte erneut ihren Arm. Er drängte sich an ihr vorbei, ging bis zur Kreuzung vor und spähte um die Ecke.

»Ich glaube, er kommt zurück«, log sie. »Ja, da ist er.« Er schaute zurück, aber sie drehte sich herum, um ihm rasch zu folgen, und versperrte ihm damit die Sicht. »Schnell!«, flüsterte sie und schob ihn sanft vorwärts.

Er trat auf die Kreuzung. Sie folgte ihm, tat dann so, als würde sie stolpern und fallen, und ging mit einem Aufschrei in die Knie. In der Seitenstraße, in die der Priester genickt hatte, war tatsächlich ein weiterer Priester – der ältere, an dem sie zuvor vorbeigekommen war. Er sah sich über die Schulter zu ihr um, und ihre Blicke trafen sich. Ihr Entführer verwünschte sie und versuchte sie hochzuziehen.

Schwärze erblühte um den Priester herum.

Es war der gleiche dunkle Strahlenkranz von *Schwärze*, den sie schon so oft gesehen hatte – die gleichen Strahlen, wie sie die auf die Tempelwände gemalten Engel umgaben, dort allerdings in Weiß. Es war, als hätte sie zu lange auf die heiligen Bildnisse gestarrt und sähe sie jetzt bei geschlossenen Lidern als Negativ.

Die Hand rutschte von ihrem Arm. Sie hörte einen erstickten Aufschrei über sich, der auf der engen Kreuzung widerhallte. Das Messer fiel klirrend aufs Pflaster. Als sie sich umdrehte, sah sie, dass ihr Entführer sich an die Kehle griff. Gefangen durch unsichtbare, heilige Magie.

Da sie vermutete, dass es gefährlich war, zwischen dem Priester und seinem Gefangenen zu stehen, kroch sie zur Mauer hinüber.

Schwärze wogte um ihren Entführer herum wie in Wasser getropfte Tinte.

»Nein«, sagte der Priester. »Das werden wir nicht dulden.«

Der gefangene Mann kreischte und wand sich. Rielle sackte der Magen in die Knie, und sie rappelte sich hoch und schleppte sich wieder zurück in die Gasse, nur um festzustellen, dass sie vor dem blaugewandeten Priester stand.

Seine Augen wurden schmal, als er sie erkannte, dann deutete er mit dem Daumen hinter sich. »Geh aus dem Weg, aber bleib in der Nähe.«

Rielle beeilte sich, an ihm vorbeizukommen, verlangsamte dann ihre Schritte, als sie sich den Frauen näherte. Die Prostituierten beobachteten gefesselt den Mann, der sich am Ende ihrer Straße krümmte. *Er hat gesagt, ich soll in der Nähe bleiben. Wo soll ich warten?* Als das Schreien hinter ihr aufhörte, verspürte sie eine Welle der Erleichterung. Ihr war schwindlig.

Jemand fasste sie an den Schultern und gab ihr Halt. Erschrocken schaute sie auf. Es war der Mann, der zuvor mit einer der Prostituierten geredet hatte. Er lächelte. *Was für ein hübsches Lächeln,* dachte sie unwillkürlich. Er war jung, aber nicht so jung wie sie. Sie betrachtete sein glattes dunkles Haar, die Gleichmäßigkeit der Augenbrauen, der Wangenknochen und des Kiefers, bevor sie den Blick senkte. *Er sieht sehr gut aus.* Oder kam es ihr nur so vor, weil sein Gesicht das erste freundliche war, das sie seit ihrer Entführung sah?

»Das war sehr klug, was Ihr getan habt, Ais«, sagte er.

Sie blinzelte ungläubig. »Ach ja?«

»Allerdings.« Er schaute wieder die Straße hinunter. »Sieht so aus, als würde er aufgeben.«

Rielle folgte seinem Blick. Ihr Entführer lag jetzt mit dem Gesicht nach unten auf dem Boden. Die beiden Priester standen links und rechts von ihm, umgeben von *Schwärze*. Sie widerstand dem Drang, den Blick abzuwenden. Es war, als seien alles Licht und alle Farbe um sie herum ausgebrannt worden.

»Bitte! Ich hatte nicht vor, irgendetwas zu lernen«, jammerte der Mann auf dem Boden. »Ich bin hereingelegt worden!«

»Man hat immer eine Wahl«, erwiderte der ältere Priester.

Der Kopf des Mannes sank zu Boden. »Das war es wert«, sagte er so leise, dass Rielle es gerade noch hören konnte. »Wenn ich jetzt sterbe, war es das immer noch wert.«

»Steh auf«, sagte der Priester.

»Bringt es hinter Euch. Tötet mich.«

»Das ist nicht deine Entscheidung.« Der ältere Priester nickte dem jüngeren zu, der vortrat und ihren Gefangenen auf die Füße zerrte. Dann schaute er die Gasse hinunter. Rielle zuckte zusammen, als er ihr in die Augen sah. Er ließ den jüngeren Priester stehen, kam näher und runzelte die Stirn.

»Ich bin Sa-Elem. Seid Ihr verletzt, Ais?«

Sie schüttelte den Kopf.

»Wie heißt Ihr?«

»Rielle Lazuli.«

Er zog die Augenbrauen hoch. »Die Tochter von Enz Lazuli. Wie seid Ihr in die Gesellschaft des Befleckten geraten?«

»Er hat mich auf dem Weg vom Tempelunterricht nach Hause plötzlich gepackt und gezwungen, mit ihm zu gehen. Er hat ein Messer.«

»Jetzt nicht mehr.« Der Priester schaute sich um. »Wir können Euch nicht hier in unvertrauten Straßen lassen, aber wir müssen uns zuerst um den Befleckten kümmern. Ich fürchte, Ihr werdet uns zum Tempel zurückbegleiten müssen.«

Den ganzen Weg zurück zum Tempel? »Ich … ich bin mir sicher, ich finde nach Hause. Ich will nur noch heim. Meine Familie wird sich Sorgen machen.«

Der Priester runzelte die Stirn. »Aber Ihr wünscht Euch doch bestimmt Begleitung, nach allem, was Ihr durchgemacht habt?«

»Ich …« Rielle hielt inne, unsicher, was sie wollte. Das Verlangen, nicht allein durch die Straßen zu laufen, war genauso stark wie der Wunsch, nach Hause zu gehen.

»Darf ich Ais Lazuli begleiten, Sa-Elem?«, fragte der gutaussehende Mann.

Der Priester sah ihn forschend an. »Und wer seid Ihr?«

»Izare Saffre.«

»Der Maler.« Der Priester nickte und blickte zu Rielle. »Ich nehme an, unter diesen außerordentlichen Umständen wäre es akzeptabel, sofern die junge Frau bereit ist, Euch als Begleitung zu akzeptieren.«

Rielle nickte. »Das bin ich.«

»Dann tragt Sorge, dass Ihr sie direkt nach Hause führt, Aos Saffre. Wir werden sie befragen müssen.«

»Ich verspreche, sie sofort und unversehrt dort hinzubringen.«

Das schien den Priester zufriedenzustellen. »Es ist nicht nötig, Euer sicheres Heim wieder zu verlassen, Ais Lazuli«, sagte er zu ihr. »Wir werden Euch besuchen, sobald der Befleckte hinter Schloss und Riegel ist.«

Rielle nickte abermals. »Ich werde Vater wissen lassen, dass Ihr kommt.« Er machte ein Segenszeichen in die Luft, dann gesellte er sich zu dem anderen Priester, der ihren Entführer genauso fest am Arm hielt, wie der Mann zuvor sie gehalten hatte. Applaus und anerkennende Pfiffe waren um sie herum zu hören, und als sie sich umschaute, sah sie, dass Menschen sich aus den Fenstern beugten und durch Türen spähten.

»Nun, Ihr habt gehört, was er gesagt hat«, bemerkte Izare und schenkte ihr ein Lächeln, das genauso betörend war wie sein vorangegangenes. »Ich soll Euch direkt nach Hause bringen. Folgt mir.«

2 Rielle

Nachdem sie mehrere Minuten lang gegangen waren, drehte Izare sich zu ihr um. »Dank Euch ist die Stadt wieder sicher.«

Rielle wandte den Blick ab. »Ich hatte keine Ahnung, dass ein Befleckter in der Stadt auf freiem Fuß war.«

»Die Priester haben wochenlang Jagd auf ihn gemacht.« Er deutete auf eine Seitenstraße. »Hier entlang.«

Zuvor hatte er sie direkt durch die immer noch sichtbare *Schwärze* geführt, die die Priester hinterlassen hatten. Weil ihr nichts anderes übrig blieb, als ihm zu folgen, war Rielle mit angehaltenem Atem ins Dunkel getreten. Anders als bei ihrer letzten Begegnung hatte sie keinen Widerstand gespürt. Erleichtert war sie hinter Izare hergegangen, ein wenig schüchtern gegenüber diesem gutaussehenden Fremden. Die Straßen waren hier zwar breit genug für zwei, aber sie wollte Entgegenkommenden nicht den Weg versperren. Doch als sie zu breiteren Straßen gelangten, verlangsamte Izare das Tempo, bis sie neben ihm ging.

Er ist sehr attraktiv, überlegte sie. *Und es liegt nicht nur daran, dass er ein freundliches Gesicht am Ende eines Martyriums war.* Sein Haar war glatt und schwarz, seine makellose Haut von der gleichen Farbe wie die Sturmholzspäne, die beim Färben für einen goldbraunen Farbton verwendet wurden.

Als er sie ansah, bemerkte sie, dass seine Augen von einem dunklen Gelbgrün waren. Er bewegte sich mit einer unbewussten Anmut und schwang die Arme. Als er sich wieder abwandte, schaute sie genauer hin und fragte sich, was an der Form seines Gesichts so reizvoll war. Waren es die hohen Wangenknochen? Die Linie seines Kinns?

Wieder sah er ihr in die Augen. »Wie fühlt Ihr Euch? Ihr scheint Euch bemerkenswert gut erholt zu haben.«

»Wirklich?« Rielle zuckte die Achseln. »Ich lebe noch. Das ist Grund zur Freude. Allerdings …«

»Allerdings …?«

Sie schüttelte den Kopf. »Ich bin auch etwas enttäuscht.«

»Enttäuscht?« Er zog die Augenbrauen hoch.

»Von mir selbst. Ich habe mir immer vorgestellt, dass ich meine Sache besser machen würde, wenn mir so etwas zustoßen sollte.«

»Ihr habt ihn dazu gebracht, einem Priester vor Augen zu treten. Das war sehr mutig von Euch.«

»Ja, aber vorher habe ich nicht einmal versucht, gegen ihn zu kämpfen. Sein Griff war so stark.«

»Männer sind im Allgemeinen stärker als Frauen«, konstatierte Izare. »Ihr konntet kaum davon ausgehen, ihn zu überwältigen. Dafür wart Ihr klüger. Ihr hättet in Panik geraten oder gar nichts tun können, um ja nicht seinen Zorn zu erregen, aber Ihr habt gehandelt.«

Sie seufzte. »Ich nehme an, Ihr habt recht. Ich wünschte nur … ich wünschte, ich wäre stärker.«

Er grinste. »Dann würdet Ihr ganz aus massigen Armen und schwellenden Muskeln bestehen. Ich muss sagen, ich bin froh, dass Ihr nicht so seid. Ihr seid …« Er blieb abrupt stehen, trat einen Schritt zurück und musterte sie. »Nicht schön, aber ansprechend. Gut proportioniert. Groß genug, um Euren Gliedern Anmut zu verleihen, aber nicht zu dünn.

Euer Gesicht« – er trat näher und starrte sie eindringlich an – »ist *interessant*. Keine klassische Form, aber … außergewöhnlich. Eine Freude für jeden, der sich die Zeit nimmt, genauer hinzusehen.«

Noch nie hatte es jemand gewagt, so unverblümt zu ihr, der Tochter einer wohlhabenden Familie, zu sprechen. Widerstreitende Gefühle stiegen in ihr auf: Verletztheit und der Anflug von Entrüstung über seine Direktheit und Ehrlichkeit, und Erheiterung darüber, dass er recht darin hatte, dass sie nicht schön war. Ihre Haut war von einem zu hellen Braunton, und ihre Nase war zu gerade. Doch als er ihr Gesicht beschrieben hatte, war seine Stimme weicher geworden, und sein seltsames Kompliment sandte einen Schauer durch sie hindurch, der gleichzeitig beunruhigend und angenehm war.

Er richtete sich auf. »Es tut mir leid. Ich habe Euch in Verlegenheit gebracht. Es ist eine schlechte Angewohnheit und eine Konsequenz meiner Profession. Lasst uns weitergehen.«

»Eurer Profession? Ach ja. Ihr seid Maler«, erinnerte sie sich, als sie sich wieder in Bewegung setzten.

»Ja.«

»Was malt Ihr denn?«

»Wofür auch immer die Menschen mich bezahlen. Meistens Spirituale. Gelegentlich Porträts.«

Spirituale waren Bilder für die kleinen Altäre, die es in jedem Haus in Fyre gab. Selbst Fremdländer, die nicht denselben Traditionen folgten, kauften sie, damit ihre Gäste die Rituale vollziehen konnten. Tante Narmah hatte das Spiritual bei Rielle zu Hause gemalt, und sie hatte eine Nachtszene gewählt, weil es die Zeit war, in der die Engel am stillsten und zugleich am mitteilsamsten waren. Der Himmel war von einem intensiven Dunkelblau, das man nur erzielen konnte, wenn man ein seltenes, teures Pigment aus dem fernen Surlan verwendete, das kostbarer war als Gold und Besuchern gleichermaßen vom Wohlstand wie von der Frömmigkeit der Familie kündete.

Billigere Spirituale, die in weniger kostspieligen Farben gemalt waren, wurden auf dem Markt verkauft. Hatte Izare einige davon gemalt? Aber dem Priester, Sa-Elem, war sein Name bekannt gewesen, was darauf schließen ließ, dass seine Arbeit qualitativ hochwertiger war.

»Malt Ihr manchmal auch zum Vergnügen?«, fragte sie.

»Wenn ich die Zeit dazu habe.«

»Was malt Ihr dann?«

»Meine Freunde und… nun, jeden, den ich überreden kann, für mich Modell zu sitzen. Was ist mit Euch?«

»Meine Tante, die Arbeiter«, antwortete sie. »Dinge aus dem Haus. Der Blick über den Fluss. Natürlich nur zum Vergnügen.«

Er blinzelte überrascht. »Ihr malt?«

»Ja. Meine Tante unterrichtet mich. Sie ist sehr gut.«

Izare nickte, aber er wirkte abgelenkt, weil sie jetzt aus dem Armenviertel auf eine breitere Straße getreten waren. Rielle erkannte sie als die Tempelstraße wieder und blieb stehen.

»Ah. Jetzt weiß ich, wo ich bin. Ich kann allein weitergehen, wenn Ihr zu Eurer Arbeit zurückkehren müsst.«

»Oh, wenn ich etwas verspreche, halte ich es auch«, entgegnete er. Aber er bewegte sich nicht von der Stelle und sah sie nachdenklich an. »Ich würde Euch sehr gern malen, Ais Lazuli.«

Sie blickte ihn erstaunt an, aber als er ihr in die Augen sah und lächelte, musste sie wegschauen. Als sie sich ihr Tuch über den Kopf legen wollte, fand sie keine Spur von dem leichten Stoff und verspürte einen Schreckensstich.

»Oh! Mein Kopftuch! Ich muss es verloren haben.«

»Ihr habt eins getragen, als ich Euch zuerst sah.« Er blickte in die Richtung zurück, aus der sie gekommen waren. »Ich werde nach ihm suchen, nachdem ich Euch nach Hause begleitet habe.«

»Nein, ich muss zurück. Wenn Mutter mich ohne Kopftuch sieht, wird sie über die Maßen ärgerlich sein.«

Sie machte einen Schritt auf das Armenquartier zu, aber er versperrte ihr den Weg. »Ich denke, Ihr habt eine sehr gute Entschuldigung, und außerdem sagte Sa-Elem, dass Ihr direkt nach Hause gehen sollt. Es ist nur ein Kopftuch, und ich bin mir sicher, ein Mädchen wie Ihr hat jede Menge davon.«

Bei seinem beiläufigen Hinweis auf den Wohlstand ihrer Familie stieg ihr das Blut ins Gesicht. Doch er hatte recht. Mit einem tiefen Atemzug drehte sie sich in die Richtung, in der ihr Zuhause lag. Als sie weitergingen, überlegte sie, was Sa-Elem sie vielleicht fragen würde, wenn er kam. Er würde wissen wollen, wie es zu dieser Entführung gekommen war.

Sie konnte ihm nicht von der *Schwärze* erzählen, die sie gesehen hatte, aber sie glaubte auch nicht, dass sie es würde tun müssen. Auch wenn es nicht verboten war, *Schwärze* zu sehen – ihre Tante hatte es mit der Wahrheit nicht besonders genau genommen, als sie Rielle erklärt hatte, dass die Priester sie wegbringen würden –, würden die Priester, wenn sie erfuhren, dass sie es konnte, sie immer im Auge behalten, um festzustellen, ob Rielle gelernt hatte, Magie einzusetzen. Falls es öffentlich bekannt würde, würde möglicherweise das Gewerbe ihrer Familie davon in Mitleidenschaft gezogen. Man mied jene, die *Schwärze* sehen konnten. Einige dachten, die Fähigkeit würde vererbt, und andere glaubten, sie sei die Strafe für eine sündhafte Natur. Auf jeden Fall schränkte es die Heiratsaussichten einer Person ein.

Bei der Erinnerung daran, wie der Befleckte geschrien

hatte, schauderte sie. Warum irgendjemand Magie erlernen wollte, überstieg ihr Vorstellungsvermögen. Wegen der *Schwärze* war es unmöglich, die Verwendung von Magie zu verbergen. Irgendwann würden die Priester einen finden, und niemand wusste wirklich, was dann geschah. Befleckte Menschen wurden aus Fyre fortgeschafft zu einem Ort auf der anderen Seite der Wüste.

Sa-Elem war jedoch nur ein Teil ihrer Sorgen. Ihre Mutter würde entsetzt sein zu hören, wie ihre Tochter durch das Armenviertel geschleift worden war. Sie würde Rielle vielleicht verbieten, noch einmal vom Tempelunterricht allein nach Hause zu gehen, und sie würde einen der Diener schicken, um sie abzuholen. Wahrscheinlich einen der Färber, der alles, was die Mädchen im Tempelunterricht über Arbeiter in der Färberei dachten, bestätigen würde. *Das ist ein wenig unfair. Alle waschen sich, wenn es nötig ist, und sie können nichts dafür, dass manche Gerüche haften bleiben.* Aber ihre Mutter würde daran wahrscheinlich erst im letzten Moment denken, und egal welchen der Männer sie schickte, er würde keine Zeit haben, sich zu waschen. Alle waren damit beschäftigt, sich auf das bevorstehende Fest vorzubereiten, nicht zuletzt ihre Eltern.

»Also«, brach Izare das Schweigen. »Werdet Ihr mir Modell sitzen?«

Rielle sah ihn von der Seite an, amüsiert, dass er noch einmal gefragt hatte. »Ihr sucht nach einer neuen Kundin, nicht wahr?«

»Ich würde euch umsonst malen.«

Sie musterte ihn ungläubig. Er lächelte. *Was will er?*, fragte sie sich. *Will er mich wirklich malen, oder hofft er, irgendetwas Bestimmtes zu erreichen, indem er mir schmeichelt?*

»Ich bezweifle, dass meine Mutter es gutheißen würde«, antwortete sie.

»Ihr *bezweifelt* es. Das ist immerhin ein Anfang. Zweifel löscht die Möglichkeit nicht aus.«

»Vielleicht wäre es korrekter zu sagen: ›Meine Mutter wird das *niemals* gutheißen‹«, korrigierte sie sich. »Deshalb kann ich Euer Angebot nicht annehmen.«

Sie erwartete, dass er sich über die Ablehnung ärgern würde, aber er seufzte nur und nickte. »Gibt es keinen Umstand, unter dem sie Euch erlauben würde, Modell zu sitzen?«

»Mir fällt keiner ein.«

»Nun, Ihr müsst es mich wissen lassen, sobald sie ihre Meinung ändert. Ist das Euer Haus dort drüben?«

Als sie aufblickte, sah sie die vertrauten Mauern der Färberei. Eine Welle der Sehnsucht überspülte sie. »Ja.«

»Sich vorzustellen, dass ich so viele Male hier vorbeigekommen bin, ohne zu wissen, dass hinter diesen Mauern eine so faszinierende Frau existiert.«

Angesichts der Schmeichelei zog sie die Augenbrauen hoch.

Er grinste. »War das zu viel?«

»Ganz eindeutig.«

Er lachte. »Ihr habt Brüder, nicht wahr? Keine Frau ist immun gegenüber Komplimenten, es sei denn, sie hätte Geschwister, die dafür verantwortlich sind.«

»Einen Cousin. Mein Bruder ist viel älter als ich, deshalb haben wir als Kinder nicht zusammen gespielt.«

»Diesen Cousin würde ich zu gerne kennenlernen.«

»Wenn Ihr denkt, er hätte gern ein Porträt, werdet Ihr enttäuscht sein. Er kümmert sich im Geschäft um Bestellungen, sucht Farben und Stoffe für den Import aus und sorgt dafür, dass sie hier ankommen.«

»Also seid Ihr ganz allein?«

»Natürlich nicht. Ich habe meine Familie.«

»Aber es gibt niemanden in Eurem Alter.«

Seine Worte versetzten ihr einen unerwarteten Stich. Sie vermisste Ari wirklich, und alle Kinder der Arbeiter der Färberei in ihrem Alter verbrachten jetzt den größten Teil ihrer Zeit damit, an den Gruben zu arbeiten oder sich um ihre jungen Familien zu kümmern, oder sie waren fortgezogen, um bei ihren neuen Ehemännern zu leben. *Und das werde ich auch bald tun, wenn Mutter ihren Willen bekommt.* Die Suche nach einem Ehemann war der Hauptgrund, warum sie zum Tempelunterricht ging. Indem sie Mädchen ihres Alters und aus der richtigen Gesellschaftsschicht kennenlernte, hofften sie, dass sie vielleicht heiratswillige Männer unter ihren Brüdern und Cousins treffen würde.

Und Izare kommt definitiv nicht aus der richtigen Schicht.

Bei dem Gedanken schüttelte sie den Kopf. *Warum habe ich das überhaupt gedacht? Ich habe ihn gerade erst kennengelernt. Ich weiß nicht einmal, ob ich ihn mag. Liegt es daran, dass er so gut aussieht, oder lasse ich mir von seiner Schmeichelei den Kopf verdrehen?* Sie runzelte die Stirn. *Und hat er nicht mit einer Prostituierten verhandelt, als ich ihn zuerst sah?*

Sie hatten jetzt die Färberei erreicht. Als sie auf die Ladentür zugingen, flog sie auf. Rielle zuckte zusammen, als ihre Mutter herausschoss.

»Rielle! Wo bist du gewesen? Wo ist dein Kopftuch?« Der Blick ihrer Mutter wanderte zu Izare hinüber. »Wer seid Ihr?«, fragte sie in einem etwas gemäßigteren Ton.

Izare verneigte sich. »Mein Name ist Izare Saffre. Ich habe mich bereit erklärt, Eure Tochter nach Hause zu begleiten, nachdem sie von den Priestern gerettet worden war.«

Sie starrte ihn an, dann sah sie zu Rielle. »Gerettet?«

»Ich war … es war … es ist eine lange Geschichte.« Rielle seufzte. »Sa-Elem wird später zu Besuch kommen, um alles zu erklären.«

Ihre Mutter zog die Augenbrauen hoch und sah wieder zu Izare hinüber. »Nun denn. Ich nehme an, Ihr werdet …«

»Ich werde jetzt wieder gehen, nachdem ich Eure Tochter sicher nach Hause begleitet habe. Lebt wohl, Ais Lazuli«, fügte Izare hinzu. Er verbeugte sich vor Rielle, dann drehte er sich um und ging davon.

Ihre Mutter wirkte beunruhigt, als sie ihm nachsah. »Wie war noch mal sein Name?«

»Izare Saffre.«

»Ich nehme an, wenn er dich gerettet hat, sollten wir ihn aufsuchen und belohnen.«

Deshalb ist er so abrupt gegangen. Er will keinen Lohn. Schließlich hat nicht er mich gerettet, sondern die Priester. Einmal mehr hatte ihre Mutter nicht richtig zugehört. Tatsächlich sah sie aus, als wolle sie ihm hinterherlaufen, daher ging Rielle um sie herum. »Ich sollte mich besser frisch machen, bevor die Priester eintreffen.«

Narmah stand mit beunruhigtem Gesichtsausdruck in der Ladentür. »Bist du unversehrt?«, fragte ihre Tante.

»Ja. Es sei denn, du betrachtest Beschämung als eine Verletzung.«

»Habe ich richtig gehört? Dir ist etwas zugestoßen, und jetzt kommen die Priester? Und warum trägst du kein Kopftuch?«

Rielle lächelte. »Ja, du hast richtig gehört, aber es ist kein Grund zur Beunruhigung. Ich werde dir alles erzählen, sobald wir im Haus sind.«

3 Rielle

Die Steine und der Staub, die aus dem Krug in die Mahlschale flossen, waren von einem kräftigen Braun. Narmah ergriff den glatten runden Stein und begann zu reiben.

»Mach dich an die Arbeit«, sagte sie zu Rielle.

Rielle blickte auf den dicken, polierten Steinbrocken, der vor ihr lag, und seufzte. »Du hast gesagt, wir würden malen.«

»Dafür ist jetzt keine Zeit, aber wir können wenigstens die übrige so gut wie möglich nutzen.«

Rielle nahm einen Krug vom Regal, maß etwas Kreide daraus ab und schüttete sie auf die Anrührplatte. Sie fügte das Harz hinzu, dankenswerterweise bereits pulverisiert, und mischte beides mit einem Spatel. Als schließlich alles gut vermengt war, hatte Narmah die Ergebnisse ihrer Mahlarbeit schon durch einen Filter in einen kleineren Krug gefüllt. Rielle nahm diesen, maß etwas von dem Pigment ab, fügte es ihrem Häufchen Pulver hinzu und verrührte dann alles miteinander. Als Nächstes fügte sie Wasser und einen Spritzer Nektar zur Konservierung hinzu und arbeitete mit dem Spatel, bis das ganze Pulver durchfeuchtet war. Die Mischung war jetzt eine körnige, blutrote Paste. Sie griff nach der Pigmentmühle, stellte den großen Mahlstein herunter, nahm die Kurbel in beide Hände und begann zu mahlen.

Obwohl es anstrengende, langweilige Arbeit war, fand Rielle die Tätigkeit heute beruhigend. Sie ließ ihre Gedanken zusammen mit ihren Bewegungen kreisen. Erinnerungen an den Tag blitzten völlig ungeordnet in ihr auf: die ungleichmäßige Blase von *Schwärze*, die über ihren Weg gequollen war, Izares Lächeln, der Priester, der sich im Armenviertel an ihr vorbeigezwängt hatte, der sich windende und schreiende Befleckte.

Sie hielt inne. Die Farbe hatte sich als dünne, rote Paste über die Platte ausgebreitet. Rielle schob sie mit einem Spatel in die Mitte und begann wieder zu mahlen.

Es war schrecklich gewesen, den Mann leiden zu sehen, aber der Priester hatte es getan, um ihn daran zu hindern, weiter Magie einzusetzen, mehr nicht. Er *hatte* sich etwas angeeignet, von dem er wusste, dass es verboten war. Er hatte von den Engeln gestohlen. Er hatte sie durch das Armenviertel gezerrt … obwohl sie keine Ahnung hatte, warum. Hatte er gehofft, sie als Geisel zu benutzen, falls man ihn in die Enge trieb? Das war am wahrscheinlichsten, befand sie. Hätten die Priester ihn laufen lassen, um zu vermeiden, dass ihr etwas zustieß? Hätte er sie mitgenommen, um sicherzustellen, dass sie ihm nicht folgten?

Sie schauderte und hielt inne, um die Farbe wieder in die Mitte zu spachteln.

Trotz allem konnte sie nicht umhin, ein gewisses Mitgefühl für den Mann zu empfinden. Er musste wie sie in dem Wissen aufgewachsen sein, dass er etwas konnte, das verboten war. Aber das war die einzige Gemeinsamkeit zwischen ihnen. Er hatte der Versuchung nachgegeben. Als Kind hatte sie sich gefragt, was sie mit Magie tun könnte, und sie hatte sich gewünscht, die Freiheit zu haben, es herauszufinden, aber wann immer sie die Bilder der Engel im Tempel und auf Spiritualen betrachtet und Geschichten über ihre Güte gehört hatte, hatte sie sich so sehr gewünscht, einem zu begegnen, und sie wusste, dass sie nichts tun würde, um sie zu erzürnen.

Während sie die wachsende Menge pastoser Farbe betrachtete, dachte sie an die *Schwärze*, die ihr Entführer erzeugt hatte. War ihm aufgefallen, dass sie sie bemerkt hatte? Würde er es den Priestern verraten? Würden sie ihm glauben? Mit dem Spatel schob sie die Farbe zusammen, dann senkte sie wieder den schweren Kopf des Läufers auf die Masse. Wenn er es getan hatte und sie ihm glaubten, gab es nichts, was sie dagegen unternehmen konnte.

Die Priester hatten Reinigungsrituale, um die Befleckung ihrer Seelen durch den Einsatz von Magie zu tilgen. Sie hatte sich einst danach gesehnt, Priester zu werden, und es für ungerecht gehalten, dass Frauen diese Rolle verwehrt war, aber der Wunsch hatte sich verflüchtigt. Das Leben hatte andere Reize. Liebe. Kinder. Malerei. Plötzlich stand ihr Izares Gesicht vor Augen, und sie hätte beinahe laut aufgelacht. Er war interessant, aber nicht als zukünftiger Ehemann. Vor allem war sie neugierig darauf, sein Werk zu sehen.

»Worüber lächelst du?«, fragte Narmah.

Rielle schüttelte den Kopf. »Nichts.«

»Nichts, hm? Es ist niemals nichts, wenn jemand so lächelt.« Sie hatte weiteres Pigment gemahlen und siebte es in den Krug. »Es ist dieser junge Mann, der dich nach Hause begleitet hat, nicht wahr?«

»Ja und nein. Ich habe mich gefragt, wie gut er malt.«

»Izare Saffre? Oh, er ist sehr gut.«

Rielle hörte auf zu mahlen, drehte sich um und starrte ihre Tante an. »Du kennst seine Arbeiten?«

Narmah lächelte. »Du auch. Von ihm sind die Bilder in unserem Stadtteiltempel.«

»Die sind von *ihm*?« Ein Schauer überlief Rielle. Der kleinere ihrer Stadtteiltempel war erst vor wenigen Jahren ein paar Straßen von der Färberei entfernt errichtet worden. Seither besuchte Rielles Familie dort regelmäßig die Zeremonien und Opferungen. Rielle hätte es vorgezogen, auch zum Unterricht dorthin zu gehen, aber die Mädchen aus den Familien, mit denen sie auf Wunsch ihrer Mutter Umgang pflegen sollte, besuchten alle den Haupttempel.

Die Bilder in ihrem kleinen Tempel hatten Rielle in Erstaunen versetzt, als sie sie das erste Mal betrachtet hatte. Die Engel sahen so real aus, dass sie manchmal sicher war, sie würden sich gleich bewegen und zu sprechen beginnen. Die Farben der Sonne waren so raffiniert gewählt, dass sie die Augen beschirmen wollte, und die Sturmwolken ragten geradezu spürbar bedrohlich auf.

Ihre Mutter mochte sie nicht, sagte, sie seien zu unkonventionell. Was nur dazu führte, dass Rielle sie umso mehr liebte.

Rielle wandte sich wieder der Glättung der Farbmasse zu und rieb den Läufer in kleinen Kreisen über die Anreibplatte. Es war schwer, den Eindruck, den sie sich von Izare gebildet hatte, mit jemandem in Verbindung zu bringen, der so herrliche Tempelmalereien erschaffen konnte. Er war zu direkt, zu frech. Ein Maler von Spiritualen sollte würdevoll und fromm sein. Vielleicht war es die Erinnerung daran, wie er mit der Prostituierten plauderte, die ihre Meinung von ihm trübte.

Hm, dachte sie. *Was hat er dort gemacht?*

»Er hat angeboten, mich zu malen«, berichtete sie ihrer Tante, um festzustellen, welche Reaktion das hervorrief. »Ich habe ihm gesagt, dass Mutter das niemals gutheißen würde.«

»Nein, das würde sie nicht.« Narmah schaute auf. »Du hast recht daran getan, ihn abzuweisen.«

Rielle zuckte die Achseln. »Aber ich habe dich gemalt und Ari und einige der Arbeiter der Färberei.«

»Familie. Menschen, die du kennst und denen du vertraust. Er ist ein junger Mann, und du bist eine attraktive junge Frau. Die Leute würden annehmen, dass er viel mehr tut, als dich zu malen. Und das könnte er auch tatsächlich beabsichtigen.«

Rielle lachte. »Du hast eine höhere Meinung von meinem Aussehen als alle anderen, Tante.« *Wenn man von ihm absah.* Sie hielt inne, um die Farbe wieder mit dem Spatel zusammenzuschieben. »Was wäre, wenn er mich hier malen würde?«

Narmah richtete sich auf und stemmte ihre farbbefleckten Hände in die Hüften. »Schlag es dir aus dem Kopf. Außerdem bist du hier die Künstlerin.«

»Nicht die einzige. Warum sonst lerne ich von dir?« Rielle machte sich wieder daran, die Farbpaste auf dem Stein zu zerreiben. »Und wenn er so gut ist, könnten wir beide vielleicht vom Zusehen etwas lernen.«

Ihre Tante runzelte die Stirn. »Warum hast du plötzlich so großes Interesse daran, dich malen zu lassen?«

»Habe ich gar nicht. Aber wenn er so gut ist und bereit, es ohne Bezahlung zu tun, warum lassen wir ihn dann nicht …«

»Ohne Bezahlung?« Narmah zog die Augenbrauen hoch. »Also, das ist wirklich verdächtig.« Sie öffnete den Mund, schloss ihn dann wieder und neigte den Kopf zur Seite. »Ich denke, das ist … ja. Der Priester ist hier. Hast du irgendwo Farbe an dir? Nein. Gib mir deine Schürze.«

Rielle band sich die Schürze los und reichte sie ihrer Tante. »Kommst du auch?«

»Ja, aber erst werde ich das hier fertig machen. Geh nur. Fort mit dir. Rede nicht so viel. Sei nicht vorwitzig – das ist vulgär bei einer Frau. Und vergiss dein Kopftuch nicht.«

Rielle nahm ihr Kopftuch von einem Stuhl in der Nähe, verließ das Zimmer ihrer Tante und ging durch den Flur. Gedämpfte Stimmen kamen aus dem Empfangsraum an dessen Ende. Narmah hatte die Tür einen Spaltbreit offen gelassen, damit sie hörten, wenn der Priester kam.

Auf dem Weg dachte Rielle darüber nach, was sie ihm sagen würde. Oder vielmehr, was sie nicht sagen würde. *Nichts darüber, dass ich* Schwärze *sehen kann. Nichts darüber, dass ich die Abkürzung durch die Gerberstraße genommen habe.* Aber noch während sie das dachte, begriff sie, dass sie, was das betraf, nicht lügen konnte. Sie würde zugeben müssen, die Abkürzung genommen zu haben. Niemand würde glauben, dass der Entführer sie sich von der Tempelstraße geschnappt hatte, ohne dass jemand es gesehen hätte. Der Priester würde auf der Tempelstraße nach *Schwärze* suchen oder ihn auf der Gerberstraße finden und wissen, dass sie gelogen hatte, und er würde sich fragen, warum.

Ihre Mutter würde zornig sein.

Doch ihre Mutter hatte selbst ihr fehlendes Kopftuch nicht mehr beanstandet, sobald Rielle erzählt hatte, wie sie mit vorgehaltenem Messer von dem Befleckten verschleppt worden war. Stattdessen war sie erbleicht und hatte Rielle untypisch gefühlvoll kurz umarmt. »Meine Tochter«, hatte sie geflüstert. »Ich hätte dich verlieren können.«

Dann hatte Narmah darauf bestanden, dass Rielle trotzdem ihre Malstunde haben müsse. Sobald sie allein waren, hatte sie Rielle gefragt, ob sie irgendetwas *gesehen* habe, wovon sie nicht sprechen könne.

Rielle hatte sich Zeit genommen, um ihre Worte zu bedenken. »Ja. Ich habe so getan, als würde ich nichts sehen. Ich werde nicht darüber sprechen.«

»Braves Mädchen.«

Als Rielle die Tür erreichte, legte sie sich das Tuch über den Kopf, verknotete die Enden im Genick und holte dann tief Luft, bevor sie in den Raum trat. Drei Personen standen neben dem Spiritual: ihre Mutter, ihr Vater und Sa-Elem. Dunkle Tropfen verblassten gerade langsam auf dem Stein, auf den der Priester Wasser gesprengt hatte. *Schwärze* nicht unähnlich. Sie riss den Blick los und lächelte, als alle sich zu ihr umdrehten.

Sa-Elem lächelte ebenfalls. »Rielle Lazuli. Hast du dich von deinem Martyrium erholt?«

»Ich glaube schon.« Sie zuckte die Achseln. »Mir geht es gut.«

»Komm und setz dich«, lud ihre Mutter sie ein und deutete auf die gemeißelten Steinbänke, die die Familie seit Generationen benutzte.

Der Priester stutzte, als er die Kissen sah. Sie waren blau und mit silbergrauer Stickerei verziert, passend zum Spiritual. »Das ist eine zauberhafte Arbeit.«

»Rielle und meine Schwester haben sie gemacht und bestickt.«

Er lächelte Rielle an. »Du hast Talent.«

Sie neigte den Kopf angesichts des Kompliments. In diesem Raum empfingen ihre Eltern wichtige Kunden, daher gaben sie sich Mühe, ihn mit Gegenständen zu füllen, die ihre Produkte im besten Licht zeigten. Aber sie hatte das Sticken gehasst, denn sie zog Farbe dem Faden vor.

Sa-Elem setzte sich. »Also, Rielle. Erzähl mir von deiner Begegnung mit dem Befleckten.«

»Ich war nach den Tempelstunden auf dem Heimweg. Es war heiß, daher beschloss ich, meinen Weg durch die Gerberstraße abzukürzen. Ich war noch nicht weit gekommen, als ich auf etwas Festes, aber Unsichtbares stieß …« Es kam nicht oft vor, dass die Etikette es zuließ, dass sie frei mit Besuchern sprach. Ihre Eltern erwarteten von ihr, dass sie überwiegend schwieg und nur antwortete, wenn das Wort an sie gerichtet wurde, und auch dann kurz und bündig. Glücklicherweise war im Tempelunterricht die Fähigkeit, eine Geschichte gut zu erzählen, hochgeschätzt und wurde häufig geübt. Sie versuchte, sich an das zu halten, was sie dort gelernt hatte, um ihr Erlebnis zu beschreiben: Vermittle dem Zuhörer eine Vorstellung der Situation, beschreibe klar den Hergang, erzähle fesselnd, komme zum Punkt und ziehe dann die Moral aus der Geschichte. »Wenn ich auf der Tempelstraße geblieben wäre, wäre nichts von alledem geschehen«, schloss sie und ließ den Kopf hängen.

»Oh, die Gerberstraße ist nicht gefährlicher als die Tempelstraße«, erklärte Sa-Elem ihr. »Wir haben auf der einen Straße ebenso viele Verbrechen wie auf der anderen – nicht, dass es viele gäbe«, fügte er hinzu, als Mutter nach Luft schnappte. »Und es bekümmert mich zu sagen, dass es, wärst du auf der Tempelstraße geblieben, die Verbrechen des Befleckten nicht verhindert hätte. Stattdessen hat dein Handeln uns in die Lage versetzt, ihn zu fangen, und dafür sind wir dir dankbar.«

Sie senkte den Blick und bemühte sich um einen schicklichen Gesichtsausdruck, auch wenn sie am liebsten gegrinst hätte. Sie steckte nicht in Schwierigkeiten. Der Priester war zufrieden mit ihr.

Ihre Mutter zuckte die Achseln. »Dann ist zumindest etwas Gutes bei der ganzen Sache herausgekommen.«

»Das ist schon der dritte Befleckte in einem Jahr«, sagte ihr Vater. Rielle schaute ihn überrascht an. Er sah aus, als wolle er fortfahren, aber als er ihre Überraschung bemerkte, schloss er den Mund wieder.

Sa-Elem nickte. »Ihr seid nicht der Einzige, dem das aufgefallen ist.« Er seufzte. »Ich fürchte, wir haben einen Verführer in Fyre.«

»Der Befleckte sagte, er sei hereingelegt worden«, warf Rielle ein, was ihr ein Stirnrunzeln ihrer Mutter eintrug.

Der Gesichtsausdruck des Priesters verhärtete sich, und er nickte. »Er hat sich geweigert, sich dazu zu äußern. Aber wir werden die Wahrheit schon noch aus ihm herausholen, das versichere ich dir.«

Ihre Mutter beugte sich vor und ergriff Rielles Hand. »Ich werde dafür sorgen, dass Rielle von jetzt an nicht mehr allein vom Unterricht nach Hause geht. Dieser Unruhestifter wird keine Chance bekommen, sie in Versuchung zu führen.«

Der Blick, den Sa-Elem ihr zuwarf, ließ Rielle das Blut in den Adern gefrieren. Sie sah ihre Mutter entsetzt an und fragte sich, ob Narmah ihre Meinung geändert und ihrer Mutter von ihrer Fähigkeit erzählt hatte. Der Priester schaute zu Rielle hinüber, dann lächelte er.

»Ich bin mir sicher, dass Rielle für einen Verführer nicht von Interesse wäre.«

Ihre Mutter errötete, als sie begriff, was sie angedeutet hatte. »Ich meinte nicht … Rielle ist nicht …«

»Natürlich nicht«, sagte er. »Was diejenigen betrifft, die *Grund* haben, sich in Versuchung führen zu lassen – sie werden bald davon abkommen.« Er stand auf, und die Schicklichkeit gebot, dass sie sich ebenfalls alle erhoben. »Ich werde Euch nicht mehr von Eurer Zeit rauben – und ich muss außerdem Izare Saffre dafür danken, dass er Rielle sicher nach Hause gebracht hat.«

»Er ist Euch bekannt?«, fragte Vater, als er den Priester zur Haupttür führte.

»Ja.«

Zu Rielles Enttäuschung sagte Sa-Elem weiter nichts, und sie konnte seinem Ton weder etwas Positives noch etwas Negatives entnehmen. Als die Haupttür sich hinter den beiden Männern schloss, öffnete sie den Mund, um ihrer Mutter zu erzählen, dass Izare die Tempelmalereien geschaffen hatte, doch dann erinnerte sie sich wieder daran, wie sehr diese sie verabscheute, und überlegte es sich anders.

Die Zimmertür wurde geöffnet, und Narmah trat ein. Sie sah sich um und runzelte die Stirn. »Habe ich ihn verpasst?«

»Ja«, antwortete Mutter. Ihre Lippen wurden schmal.

»Ist alles gut gegangen?«, fragte Narmah mit Blick auf Rielle.

»Sehr gut«, erwiderte Mutter und wandte sich ab.

Rielle sah ihrer Tante in die Augen und nickte. Erst jetzt entspannte sich Narmah.

»Nun denn, wir müssen noch unsere Malstunde zu Ende bringen, bevor wir zu Abend essen. Komm mit, Rielle. Wir müssen abschließen, was wir angefangen haben.«

Rielle entzog ihrer Mutter die Hand und folgte ihrer Tante gehorsam aus dem Raum. Während sie durch den Flur gingen, dachte sie über die Begegnung mit dem Priester nach. Ihre Mutter war nicht allzu ärgerlich darüber gewesen, dass sie eine Abkürzung genommen hatte. Sa-Elems Einschätzung der Sicherheit der Straße hatte dabei geholfen. Rielle glaubte nicht, dass sie etwas gesagt hatte, was darauf schließen ließ, dass sie *Schwärze* sehen konnte. Doch die unkluge Bemerkung ihrer Mutter könnte seinen Verdacht erregt haben. Bei Gelegenheiten wie dieser wünschte sie, dass ihre Mutter mehr Neigung zeigen würde, der gesellschaftlichen Konvention zu gehorchen, nach der Frauen in Gesellschaft und bei Geschäften stumm bleiben sollten. Allerdings würde dann bei Besuch überhaupt nichts gesprochen werden. Ihr Vater zeigte nur allzu große Neigung zu schweigen.

Sa-Elem hat gesehen, dass ich entsetzt war über das, was Mutter gesagt hat, und als Mutter begriff, was sie da unbeabsichtigt gesagt hatte, war sie zutiefst beschämt. Er muss wissen, dass sie nicht so klug ist, wie sie selbst glaubt. Und wenn dem so war, würde er be-

griffen haben, dass sie ein solches Geheimnis niemals würde verbergen können.

Aber an seiner Stelle hätte Rielle die Möglichkeit in Betracht gezogen, dass es sich nicht um ein Versehen gehandelt hatte, und sich das für die Zukunft gemerkt.

Zusammen mit tausend anderen bedeutungslosen Bemerkungen. Die Priester sind gewiss dazu ausgebildet, den Unterschied zwischen einer dummen Bemerkung und tatsächlichen Hinweisen auf magische Fähigkeit zu erkennen.

Sie musste das glauben. Und es aus dem Kopf bekommen. Als sie ihrer Tante in deren Zimmer folgte, beschloss sie, für den Rest des Abends an nichts anderes zu denken als an die Herstellung von Farbe.

4 Rielle

Vier Tage später saß Rielle mit den Töchtern der reichsten und ältesten Familien Fyres zusammen. Sie zog ihr Kopftuch zurück, sodass sie den Blick langsam über die gewaltige, bemalte Halbkuppel wandern lassen konnte, die den Altar überspannte, wie sie es immer tat, wenn ihr freundlicher alter Lehrer, Sa-Baro, abzuschweifen begann.

Die Kuppel war größer als die in dem Stadtteiltempel ihrer Familie, aber stilistisch eher antiquiert und vergleichsweise steif bemalt. Die Bemalung war rings um die Kuppel in vier Bereiche unterteilt. Links von ihr sah man eine idyllische Landschaft mit makellosen, fruchtbeladenen Bäumen, die schwer über die Ränder von Getreidefeldern und Gartenbeeten voller Kräuter und Blumen hingen. Regen fiel aus Wolken, die so dünn waren, dass sie den blassblauen Himmel kaum zeichneten. Menschen bestellten die Felder, ernteten Früchte und Gemüse und standen in Gespräche vertieft da, dargestellt durch kleine Wellenlinien, die aus ihren offenen Mündern kamen. Diese Zeit hieß *Der Anfang.*

Daran schloss sich nach rechts eine farblich und thematisch verdüsterte Szene an. *Der Kampf.* Unter Gewitterwolken, die den Himmel bedeckten, kämpften erst einzelne Männer, dann kleinere Horden und schließlich ganze Heere gegeneinander. Rote Magie strömte aus den Händen von

Zauberern und umwand ihre Opfer mit lodernden Flammen. Frauen weinten über sterbenden Kindern, während Priester zuschauten, die Hände leer zum Zeichen, dass sie über keine Magie verfügten, mit der sie hätten heilen können.

Dann folgte eine überaus trostlose Szene. Verbrannte Erde, tote Bäume und Skelette beherrschten eine Landschaft mit zerstörten oder baufälligen Häusern, die von hageren, kränklichen Menschen bewohnt wurden. Es war die Zeit der *Verwüstung.* Aber im Hintergrund stand an der Spitze einer leuchtenden Menschenmenge eine strahlende Figur – ein Priester mit seinen Anhängern. Noch immer füllten Gewitterwolken den Himmel, aber im vierten Teil, dem, in dem *Die Erneuerung* begann, brachen sie auseinander und lösten sich auf.

In diesem letzten Teil war der Himmel wieder blau, aber das Land hatte sich verändert. Es wuchsen Getreide und Kräuter, jedoch auf Wüstenland. Priester befanden sich unter den Menschen, und an einer Stelle standen zwei von ihnen von dunklen Strahlenkränzen umgeben zu beiden Seiten eines Mannes, der in Ketten auf dem Boden kniete, umzüngelt von winzigen roten Flammen.

Über dem Himmel und den Gewitterwolken verdunkelte sich das Gemälde zu einem ausgedehnten, dunklen, leuchtenden Blau, mit Sternen, die durch silberne Kreuzchen dargestellt wurden. Zehn Engel schwebten über der Welt, umgeben von weißen Strahlenkränzen aus feinen, silbernen Linien. Ihre Haut hatte die Farbe von Milch, heller noch als der ungewohnte Rosaton der Südländer, die gelegentlich Fyre besuchten. Ihr Haar war so blau wie der Nachthimmel. *Man würde niemals einen von ihnen versehentlich für menschlich halten,* dachte Rielle.

Die Engel, die am weitesten links standen, lächelten heiter auf die Szene der Fülle herab. Jene über den Szenen menschlicher Torheit weinten und runzelten die Stirn. Über dem dritten Bereich blickten sie streng und weise, aber die Engel im letzten Teil waren fröhlich. Jedem Engel war eine der großen Mächte zugewiesen, gleichermaßen nutzbringend wie zerstörerisch: Geburt, Tod, Dürre, Sturm, Wildheit, Zahmheit, Feuer, Schnee, Gerechtigkeit und Liebe.

Unten hoben sich den Engeln die geisterhaften Umrisse von Menschen entgegen und verschwanden in ihren leuchtenden Strahlenkränzen. Aber über dem von Flammen umgebenen Mann wurde die zum Himmel aufsteigende Seele von der Hand des Engels der Gerechtigkeit in Stücke gerissen.

Rielle schauderte und dachte an den Befleckten. Sie wusste, dass sie glauben sollte, er verdiene dieses Schicksal, wenn nicht dafür, dass er Magie zu nutzen gelernt und von den Engeln gestohlen hatte, dann dafür, dass er sie entführt und mit einem Messer bedroht hatte. Aber sie konnte sich nicht helfen, er tat ihr leid. Und sie fragte sich, ob er zu dem, was er getan hatte, gezwungen worden war und warum. *Ich nehme an, ich will, dass es gute Gründe gibt, denn zu glauben, dass er sich bewusst von den Engeln abgewandt hat und mir etwas antun wollte, ist schlimmer.*

Vielleicht hieß das, dass sie naiv war. Vielleicht konnte sie es nicht ertragen zu denken, dass Menschen ohne Grund Böses taten.

Die Mädchen um sie herum seufzten plötzlich alle gleichzeitig auf, dann wandten sie sich einander zu und begannen sich zu unterhalten. Solchermaßen aus ihren Gedanken gerissen, schaute Rielle sich um und begriff, dass die Stunde zu Ende war. Sie hoffte, dass Sa-Baro nicht bemerkt hatte, wie unaufmerksam sie gewesen war. Er hatte sich umgedreht und ging auf die Tür zum inneren Tempel zu, wo der Priester Sa-Gest wartete. Der Blick des jüngeren Priesters wanderte zu ihr herüber, und sein Mund verzog sich zu einem Lächeln.

Sie musste daran denken, wie die anderen Mädchen über ihn tuschelten, brachte ein schwaches Lächeln zustande und schaute schnell weg.

Als die anderen aufstanden, erhob sie sich ebenfalls und folgte Tareme und Bayla zum Hauptgang. Sie eilten auf die Tempeltüren zu. Sobald sie draußen waren, sah sich Rielle von den beiden Mädchen und mehreren anderen umlagert, die große Augen machten und voller Neugier waren.

»Also, wie war das?«

»Hattest du Angst?«

»Hat er dir irgendetwas angetan?«

»Hat er *Magie* benutzt?«

Es gelang Rielle nicht, auch nur die erste, geschweige denn irgendeine der darauf folgenden Fragen zu beantworten, weil ihre Erwiderung sofort von der nächsten Erkundigung übertönt wurde. Sie gab auf, und in diesem Moment überlagerte auch schon eine Stimme alle anderen.

»Dieses Geschnatter stört die Ruhe des Tempels.« Als sie sich umdrehten, sahen sie Sa-Baro mit vor der Brust verschränkten Armen in der Tür stehen. »Fort mit euch allen, bevor die Engel herunterkommen und euch eure Stimmen nehmen.«

Während die Mädchen in alle Richtungen davonstoben, griff Tareme nach Rielles Arm und zog sie die Tempeltreppe hinunter, um die Ecke des Gebäudes herum und außer Sichtweite des Priesters. Ihre Zwillingsschwester folgte ihnen.

»Also? Was ist passiert?«

Rielle erzählte es ihnen und hielt die Geschichte so kurz wie möglich. Sie suchte nach einem vertrauten Gesicht unter den wenigen Menschen auf dem Tempelplatz, sah aber keine Spur von einem Diener der Färberei, der darauf wartete, sie nach Hause zu begleiten.

Tareme und Bayla gaben angemessene Laute des Schocks und der Erleichterung von sich.

»Klingt so, als hättest du Ruhe bewahrt«, meinte Bayla. »Ich hätte es nie gewagt, ihn dazu zu überlisten, direkt in den Priester hineinzulaufen.«

»Ich glaube, zu dem Zeitpunkt war ich zu müde, um Angst zu haben«, sagte Rielle. »Wir waren durch die ganze Stadt gegangen, oder so fühlte es sich jedenfalls an.«

»Nun, du solltest nicht …« Tareme runzelte die Stirn und schaute über Rielles Schulter, dann rückte sie ihr Kopftuch zurecht und grinste Rielle und Bayla an. »Ihr werdet nicht glauben, wer uns beobachtet.« Sie packte Bayla am Arm, damit diese sich nicht umdrehte, um hinter sich zu blicken. »Nein, schau noch nicht hin.« Rielle erstarrte mitten in der Drehung.

»Wer?«, fragte Bayla.

»Rate mal«, entgegnete Tareme. »Dunkel. Gutaussehend. Unverheiratet.«

»Männlich?«, hakte Bayla nach.

»Ja, natürlich.« Tareme kicherte. »Wer ist das? Noch mehr Tipps?«

»Ja«, sagten Bayla und Rielle wie aus einem Mund.

»Talentiert. Berühmt. Hat einige Werke in Tempeln geschaffen.«

Rielles Magen vollführte einen Purzelbaum. »Oh! Nicht etwa Izare Saffre?«

»Doch!« Taremes Augen glühten vor Aufregung.

»Aber … warum beobachtet er uns?«, fragte Bayla.

»Er war in der Nähe, als die Priester den Befleckten gefangen genommen haben«, berichtete Rielle. »Er bot an, mich nach Hause zu begleiten.«

Tareme schlug die Hand vor den Mund. »Oh, Engel! Hast du das Angebot angenommen?«

»Der Priester hat mir nicht davon abgeraten, also … ja.«

Die beiden Mädchen erstickten Ausrufe hinter vorgehaltener Hand. Tareme schaute wieder an Rielle vorbei. »Er ist immer noch da und sieht uns an. Er wartet wahrscheinlich auf dich.« Sie packte Rielle an der Schulter und drehte sie herum. »Ruf ihn her.«

»Nein. Aber …« Als Rielle aufschaute, sah sie, dass Izare tatsächlich nur zwanzig Schritte entfernt stand. Ihre Blicke trafen sich, und er lächelte, dann kam er auf sie zu.

»Ais Lazuli«, begrüßte er sie. »Schon wieder sind wir zufällig zur gleichen Zeit am gleichen Ort.«

Ihr stieg das Blut ins Gesicht. »So ist es, Aos Saffre«, erwiderte sie.

Sein Lächeln wurde breiter, und er blickte an ihr vorbei. »Aber ich sehe, Ihr seid bereits in der Gesellschaft von Freundinnen. Wollt Ihr mich nicht vorstellen?«

Rielle drehte sich wieder um und sah Tareme und Bayla breit lächeln. Sie nahm die geziemenden Vorstellungen vor, aber sie war kaum fertig, als jemand ihren Namen rief. Rielles Magen krampfte sich zusammen, als die Zwillinge auseinandertraten, um ihren Bruder in ihrem Kreis willkommen zu heißen. Er grinste Rielle an, als er sich zu ihnen gesellte.

»Ais Lazuli, ich höre, Ihr seid gerade zur Heldin geworden«, sagte Ako. »Ihr gewinnt langsam den Ruf einer Frau, mit der nicht zu spaßen ist.«

»Es freut mich, dass Ihr das denkt«, erwiderte sie und versuchte, das »Ihr« nicht allzu sehr zu betonen, was ihr jedoch misslang.

Sein Blick wanderte zu Izare. Rielle unterdrückte einen Seufzer und machte die beiden Männer miteinander bekannt.

»Aos Saffre hat Rielle nach ihrem Martyrium nach Hause begleitet«, fügte Bayla hinzu. Sie hakte Ako unter. »Was du, Bruder, jetzt am besten für deine Schwestern tust.«

Tareme sah ihre Schwester böse an, während Ako nickte. »Natürlich«, stimmte er zu. »Gehabt Euch wohl, Ais Lazuli und Aos Saffre.« Er bot Tareme den Arm, die ihn widerstrebend nahm und ihrer Schwester einen düsteren Blick zuwarf, als sie davongeführt wurde.

Rielle schaute ihnen verwirrt nach. Warum hatte Bayla für einen so schnellen Abgang gesorgt? Sie hatte den Eindruck erweckt, als sei sie ebenso erpicht darauf, Izare kennenzulernen, wie Tareme. Vielleicht traute sie ihrem Bruder zu, dass er sie vor Izare beleidigen oder in Verlegenheit bringen würde. Oder vielleicht war sie nicht besonders glücklich darüber gewesen, von einem männlichen Familienmitglied mit einem Mann von niederem gesellschaftlichem Stand gesehen zu werden.

»Also, Ais Lazuli«, sagte Izare. »Ihr geht doch nicht wieder allein nach Hause, oder?«

Rielle drehte sich zu ihm um. »Nein. Meine Mutter schickt einen Diener. Den ich vielleicht verpasse, wenn ich hier weiter herumtrödele. Entschuldigt mich, Aos Saffre, ich sollte besser irgendwo stehen, wo man mich findet.« Sie machte sich auf den Weg in die Mitte des Platzes.

Er folgte ihr. »Ich sehe niemanden hier warten oder die Tempeltore beobachten.«

»Vielleicht ist er erst gekommen, nachdem Tareme und Bayla mich beiseitegezogen hatten, und dachte, ich sei bereits fort. Dabei hätte er warten sollen, für den Fall, dass ich im Tempel aufgehalten worden wäre.« Der Ärger in ihrer Stimme ließ Rielle zusammenzucken. Wahrscheinlicher war es, dass ihre Eltern vergessen hatten, überhaupt jemanden zu schicken. Als sie mitten auf dem Platz angelangt waren, musterte sie alle Umstehenden und auch diejenigen, die sie am Rand des Tempelhofes sah, entdeckte aber niemanden, den sie kannte. Niemanden außer Izare. Für eine Weile standen sie schweigend da. Schließlich gab sie es auf.

»Nun, ich sollte mich besser auf den Heimweg machen.«

»Dann sollte ich Euch besser begleiten.«

Sie sah ihn an und wünschte gleich darauf, sie hätte es nicht getan. Sein Gesichtsausdruck war ernst gewesen, aber als sie ihm in die Augen schaute, schenkte er ihr das für ihn so typische strahlende Lächeln, und ihr Magen vollführte einen kleinen Purzelbaum.

»Ich nehme an«, sagte sie schwach, »dass ich keine andere Wahl habe, als das Angebot zu akzeptieren.«

»Ihr lasst das nach so etwas Verachtungswürdigem klingen.«

Hitze stieg ihr ins Gesicht, und sie senkte den Blick. »Das ist es nicht … Doch wenn ich mit Euch gehe, könnte Mutter denken, ich sei, wen immer sie geschickt hat, absichtlich ausgewichen.«

Er lachte. »Warum solltet Ihr das denn tun?«

Sie sah ihn mit zusammengekniffenen Augen an. Zu ihrer Erheiterung wurde er rot.

»Ich nehme an, das könnte man als Aufforderung zu einem Kompliment betrachten«, gab er zu.

»War es das nicht?«

Er öffnete den Mund zu einer Erwiderung, dann schloss er ihn wieder, schüttelte den Kopf und deutete auf den Anfang der Tempelstraße. »Ich verspreche, ich werde Euch verlassen, wenn Ihr nahe genug an Eurem Haus seid, um sicher zu sein, aber weit genug entfernt, dass niemand daheim sehen wird, wer Euch begleitet hat.«

Sie holte tief Luft und betete zu den Engeln um Kraft – obwohl sie sich nicht ganz sicher war, wofür sie diese Kraft brauchte –, dann atmete sie aus und nickte. »Vielen Dank, Aos Saffre.«

»Nennt mich doch Izare«, sagte er und trat an ihre Seite, als sie sich in Bewegung setzte.

Die Tempelstraße war belebter als am vergangenen Vierteltag, weil es warm war, aber nicht sengend heiß. Rielle ließ den Blick über die Gesichter der Menschen schweifen, die zum Tempel gingen, für den Fall, dass sich darunter der Diener befand, der sie abholen sollte. Izare schwieg und wartete vielleicht darauf, dass sie ein Gespräch begann. Oder langweilte er sich bereits? Gewiss hatte er bessere Dinge zu tun, als sie nach Hause zu begleiten.

»Ich hoffe, dies führt Euch nicht allzu weit von Eurem eigenen Zuhause weg«, bemerkte sie.

»Ganz und gar nicht. Ich lebe nicht weit von Euch entfernt im bescheideneren Teil des Künstlerviertels.«

Mit bescheidener meinte er ärmer. Sie wandte den Blick ab und erinnerte sich daran, dass sie ihn bei ihrer ersten Begegnung im Gespräch mit einer Prostituierten gesehen hatte. Wenn Tareme und Bayla davon wüssten, wären sie entrüstet.

»Warum lebt Ihr dort?«

»Die Miete ist billig, weshalb die meisten meiner Freunde dort wohnen. Das Einkommen eines Künstlers ist wie ein Fluss im Wandel der Jahreszeiten – in der einen Stunde überquellend und in der nächsten trocken –, nur nicht so berechenbar.«

»Ich halte Euch nicht von Eurer Arbeit ab?«, fragte sie.

»Nein. Ich habe zurzeit keinen Auftrag.«

»Was habt Ihr in letzter Zeit fertiggestellt?«

»Mein letztes Werk war ein Spiritual. Ein ziemlich großes. Ich musste dem Kunden ausreden, die gesamte Geschichte der Engel einzuschließen.«

»Das hätte in der Tat ein sehr großes Spiritual ergeben. Obwohl es, wenn Ihr nach Stunden bezahlt werdet, recht lukrativ hätte werden können.«

Er schüttelte den Kopf. »Für Aufträge werden immer feste Summen vereinbart.«

»Ich verstehe. Woran arbeitet Ihr als Nächstes?«

»Ich warte auf die Auftragsbestätigung für ein Porträt.«

»Malt Ihr viele Porträts? Wen habt Ihr schon gemalt? Jemanden, den ich kenne?«

Er lächelte. »Nicht so viele, wie ich es gern hätte. Größtenteils Freunde, obwohl einige wohlhabende Kunden schon Porträts in Auftrag gegeben haben.«

»Und dieses nächste Porträt?«

»Oh, die Person kennt Ihr sehr gut.«

Rielle musterte ihn, und als sie dann seinen seltsamen Gesichtsausdruck sah, schaute sie noch einmal hin und entdeckte ein schelmisches Glitzern in seinen Augen.

»Ihr wartet auf Bestätigung, ja?« Sie schüttelte den Kopf. »Habe ich nicht bereits klargestellt, dass meine Eltern das niemals erlauben würden?«

Er grinste. »Ja, aber würdet *Ihr* es erlauben?«

Sie zog die Augenbrauen hoch. »Meinen Eltern den Gehorsam verweigern?«

»Es ist nur ungehorsam, wenn sie es verbieten, und sie werden es nicht verbieten, wenn sie nichts davon wissen.«

»Ihr wollt von mir, dass ich meine Eltern hintergehe?«

Er streckte die Hände aus. »Nein, aber gewiss fragt Ihr nicht wegen jeder Kleinigkeit, die Ihr im Laufe eines Tages tut, Eure Eltern um Erlaubnis. Zieht Ihr sie darüber zu Rate, was Ihr anziehen sollt oder was Ihr esst – oder was Ihr malt?«

Rielle freute sich wirklich sehr darüber, dass er sich daran erinnerte, dass auch sie malte, und sie musste sich erst ins Gedächtnis rufen, dass er ihr eine Frage gestellt hatte.

»Eltern sind eher Lotsen als Lehrer«, erklärte sie ihm. »Sie lenken ihre Kinder weg von schlechten Entscheidungen.«

»Wäre es denn wirklich eine schlechte Entscheidung, für ein Porträt Modell zu sitzen?«

»Ja.«

»Warum?«

Sie wandte den Blick ab, außerstande, Narmahs Sorge in Worte zu kleiden, dass er vielleicht mehr wollen könnte als ein Porträt. Es wäre zu kühn gewesen, ein solches Thema anzuschneiden, und es würde möglicherweise einen ganz anderen Eindruck übermitteln, als sie beabsichtigte.

»Ihr müsst mir erlauben, Euch zu malen«, sagte er mit seltsam eindringlicher Stimme. »Oder eine schnelle Skizze zu machen.« Er lachte leise. »Außerdem höre ich nie auf zu fragen, bis ein Mädchen mir erlaubt, es zu malen; wenn Ihr also den Wunsch habt, mich nie wiederzusehen, braucht Ihr nur ›Ja‹ zu sagen.«

Wenn ich Euch also wiedersehen will, sollte ich immer »Nein« sagen?, hätte sie gern gefragt. Aber sie vermutete, dass er das als Einladung verstehen würde. »Und was tut Ihr, wenn sie es Euch erlaubt hat?«, erkundigte sie sich stattdessen, woraufhin ihr das Blut ins Gesicht stieg, als sie begriff, wie anspielungsreich ihre Frage war, genauso anspielungsreich wie die, die sie sich verkniffen hatte.

Er zögerte, dann schaute er zu Boden. »Ähm … wir werden normalerweise Freunde.«

Angesichts seiner plötzlichen Unsicherheit hätte sie am liebsten laut gelacht, aber sie besann sich noch rechtzeitig. Vielleicht hatte es seine Vorzüge, kühne Fragen zu stellen. »Dann müsst Ihr ja eine Menge Freundinnen haben.«

»Ja. Na ja, nein, aber …« Er runzelte die Stirn und verlangsamte seine Schritte, um über seine Schulter zu schauen. »Irgendetwas ist …«

Die Straße war lauter und voller geworden, bemerkte Rielle. Um sie herum blieben die Menschen stehen, um sich Richtung Tempel umzublicken, der jetzt aber hinter einer Biegung der Straße lag und nicht mehr zu sehen war. Immer mehr Menschen tauchten aus den Seitenstraßen auf, und die

Fenster der Häuser zu beiden Seiten waren voller Gesichter. Eine ferne Glocke läutete – sie hatte es bereits gehört, als sie noch geredet hatten.

Rielle fiel außerdem auf, dass sie fast schon die Hälfte des Weges nach Hause zurückgelegt hatten. Sie hatte kaum mitbekommen, wie die Zeit vergangen war.

Izare blieb stehen. Widerstrebend folgte Rielle seinem Beispiel und trat wieder an seine Seite. Das Läuten der Glocke wurde lauter, als eine Gestalt schlurfend um die letzte Biegung kam. Rielle stockte der Atem, als sie sah, dass der Gang des Mannes durch Ketten behindert war. Weitere Fesseln hielten ihm die Hände hinter dem Rücken zusammen, und eine Kette reichte von einer Halsfessel zu den drei Männern, die jetzt in Sicht kamen.

Rielle erkannte Sa-Elem und Sa-Gest, aber der dritte Priester, dessen Gesicht vernarbt war, war ihr unbekannt. Der Anblick des Trios ließ sie frösteln, und sie schaute sich den Gefangenen genauer an.

Sie brauchte einen Moment, um ihren Entführer zu erkennen. Er trug eine zerlumpte, schmutzige Hose und Sandalen, und er war von oben bis unten mit Unrat bedeckt.

Sie hatte kaum Zeit, sich zu fragen, wie das kam, als die Menge, die jetzt die Straßen säumte, ihn auch schon mit Wurfgeschossen attackierte. Die meisten fielen beim Aufprall auseinander und hinterließen einen feuchten Fleck, aber sie sah ihn einmal zusammenzucken, als etwas Härteres ihn traf. Einer der Priester rief etwas, aber sie konnte es nicht verstehen. Die Gegenstände, die auf den Befleckten zuflogen, schienen ihn jetzt nicht mehr zu berühren und fielen vor ihm auseinander. Nachdem er mehrere schlurfende Schritte getan hatte, trafen ihn die Geschosse aufs Neue, und die Menge johlte und verstärkte ihre Anstrengungen.

»Geht es Euch gut?«, fragte Izare leise dicht an ihrem Ohr.

Sie zuckte zusammen, aber ihre Anspannung löste sich angesichts seiner besorgten Miene.

»Ja. Ich glaube schon.«

Er zog die Augenbrauen hoch und neigte den Kopf zur Seite. »Hättet Ihr gern etwas zum Werfen?«

Rielle, die der Richtung seiner Geste folgte, sah, dass eine geschäftstüchtige Lebensmittelhändlerin mit einem riesigen Korb vor dem Befleckten herging.

»Überreifes Obst. Tierdung. Eine Kopee die Tüte«, rief die Frau.

Rielle schüttelte den Kopf. Mittlerweile strömten Menschen aus den Seitenstraßen und bildeten eine chaotische Menge, die sich teilte, als der Befleckte etwa zwanzig Schritte von ihnen entfernt war. Jemand drängte sich an Rielle vorbei, und ein anderer rempelte sie von hinten an. Sie hörte Izare die Männer beschimpfen.

»Ich würde gern aus diesem Gewühl herauskommen«, sagte sie laut und ohne zu wissen, ob er es hörte.

Eine Hand packte sie am Arm und zog, und sie erstarrte, weil es sie an den Griff ihres Entführers erinnerte, ein Gefühl, das sie immer noch aus Albträumen aufschrecken ließ. Izare schaute sie an, dann glitt die Hand zu ihren Fingern und schloss sich darum. Sie schauderte abermals, doch diesmal war es ein angenehmer Schock wegen dieser so vertraulichen Berührung, und sie ließ sich aus dem Gedränge wegführen.

Die Seitenstraßen waren genauso überfüllt wie die Hauptstraße – wenn nicht noch voller. Izare führte sie zu einem Hauseingang und sagte etwas zu den beiden jungen Männern, die dort standen, das sie davon überzeugte zu gehen, wenn auch widerstrebend. Rielle begriff, warum sie ihren Standort so geschätzt hatten, als ihre Schuhe an Stufen stießen. Sie stieg sie neben Izare hinauf, und als sie sich umdrehte, stellte sie fest, dass sie jetzt über die Köpfe der Menge hinwegblicken konnte.

Und das gerade rechtzeitig, um den Befleckten vorbeigehen zu sehen. Er trottete dumpf vor sich hin, den Kopf vor dem Hagel von Früchten und Fäkalien gesenkt. *Oder er schämt sich,* dachte sie. *Es ist schwer zu sagen.* Einmal mehr fragte sie sich, warum er getan hatte, was er getan hatte.

Die Priester waren ernst und wachsam und richteten genauso viel Aufmerksamkeit auf die Menge wie auf ihren Gefangenen. Selbst Sa-Gest wirkte einschüchternd. Rielle kam der Gedanke, dass sie die Menge nach Hinweisen auf Mitleid absuchten. Oder Schuld.

Der Befleckte krümmte sich plötzlich, und etwas Hartes schlitterte über den Boden. Sa-Elem rief etwas und gestikulierte. *Wo immer sie ihn hinbringen, sie wollen ihn lebend und unverletzt,* dachte Rielle.

»Warum beschützen sie ihn nicht die ganze Zeit?«, fragte sie.

»Sie müssen die Menge bei Laune halten«, erklärte Izare.

»Führen sie die Befleckten immer so durch die Stadt?«, fragte sie. Sie erinnerte sich an die Bemerkung ihres Vaters, dass dies der dritte Befleckte war, den man in diesem Jahr aufgespürt hatte.

»Nicht immer«, erwiderte Izare. »Manchmal sieht man sie auch nie wieder. Ich nehme an, die bringen sie spätnachts oder in einem geschlossenen Wagen aus der Stadt.«

»Und niemand weiß, wohin sie gebracht werden.«

Er zuckte die Achseln. »Ich vermute, in ein Gefängnis irgendwo.«

Rielle beobachtete, wie der gefesselte Mann vorbeischlurfte. *Wird er eingesperrt, oder soll er irgendwo anders hingerichtet werden?* Mörder wurden öffentlich hingerichtet. Was war, wenn ein Mörder ein Befleckter war? Was, wenn er Magie eingesetzt hatte, um jemanden zu töten? Vielleicht war es keine so einfache oder ungefährliche Angelegenheit, einen Befleckten zu töten. Vielleicht konnte nur ein Priester das tun. *Und es wäre unseren Priestern lieber, wenn wir sie nicht als Mörder sähen.*

Die Priester und ihr Gefangener waren inzwischen weitergezogen, und die Menschen kehrten entweder dorthin zurück, wo sie hergekommen waren, oder schlossen sich den Priestern an. Izare starrte ihnen nach. Er hielt noch immer ihre Hand, stellte Rielle fest. Sie sollte sie ihm besser entziehen, aber sie verspürte ein eigenartiges Widerstreben dagegen. Doch jetzt, da die Menge sich zerstreut hatte, war es offensichtlicher, dass sie es ihm erlaubte. Seufzend zog sie ihre Hand weg. Izare wirkte für einen Moment überrascht, als hätte er vergessen, dass er sie gehalten hatte.

Er trat auf die Straße hinunter. »Nun, das war ein Spektakel. Allerdings ein abscheuliches.«

Rielle folgte ihm. Sie war dankbar für seine Gesellschaft. Es wäre beängstigend gewesen, hätte sie allein in der Menge festgesteckt und den Entführer wiedergesehen. *Und Izare macht es nichts aus, wenn ich etwas Unpassendes sage – und er erwartet auch nicht, dass ich schweige,* durchzuckte es sie. *Tatsächlich scheint es ihm zu gefallen.*

»Man fragt sich doch, warum irgendjemand Magie erlernen sollte, nicht wahr?«, wagte sie zu äußern.

Er verzog das Gesicht und setzte sich langsam genug in Bewegung, um die Menschenmenge nicht wieder einzuholen. »Verzweiflung kann einen dazu bringen, alles zu tun«, antwortete er. »Die Leute sagen …« Er hielt inne, um sie anzusehen. »Das heißt, die Leute auf der Straße. Sie sagen, er habe es getan, um seine todkranke Frau zu heilen.«

Rielle starrte ihn an. »Aber er sagte, man habe ihn überlistet.«

Izare zuckte die Achseln. »Wenn man denkt, es könne einen retten, sagt man alles Mögliche.« Er deutete mit dem Kopf auf die jetzt bereits ferne Menschenmenge.

»Nun, *irgendjemand* muss es ihm beigebracht haben.«

»Jemand, der weiß, wie er es abwenden kann, geschnappt zu werden«, stimmte Izare zu.

»Warum sollte man das tun? Warum jemanden Magie lehren, wenn man weiß, dass es ihn verdammen wird?«

»Geld.« Izares Gesichtsausdruck war grimmig. »Jemand, der bereit ist, von den Engeln zu stehlen, hat keine Skrupel, seine Mitmenschen zu bestehlen. Es kümmert ihn nicht, dass er Leben ruiniert und Seelen besudelt.« Er seufzte. »Und diese Stadt ist voller verzweifelter und anfälliger Menschen, die leichte Beute darstellen. Wenn die Priester ihn nicht finden, werden wir noch mehr öffentliche Vorführungen dieser Schande sehen.«

5 Rielle

Rielle unterdrückte ein Gähnen, dann erinnerte sie sich daran, warum sie so müde war, und ihr Puls beschleunigte sich wieder. Sie war an diesem Morgen viel zu früh aufgewacht, und sobald ihr eingefallen war, dass sie – vielleicht – Izare wiedersehen würde, hatte sich der Schlaf nicht mehr einstellen wollen. Selbst jetzt, trotz der friedlichen und ernsten Umgebung des Tempels, bebte ihr Herz.

Lächerlich, dachte sie. *Er will mich nur malen. Selbst wenn er mehr wollte … selbst wenn* ich *mehr wollte … meine Eltern würden ihn niemals als passenden Ehemann in Betracht ziehen.*

Als der alte Sa-Baro zu sprechen begann, zwang sie sich zur Aufmerksamkeit.

»Ihr wisst wahrscheinlich inzwischen alle, dass der Befleckte, der vor zwei Vierteltagen dank der Tapferkeit einer der Euren« – Sa-Baro hielt inne, um Rielle zuzunicken – »gefangen wurde, nicht der erste war, den man im letzten Jahr in Fyre entdeckt hat. Sa-Elem hat beschlossen, dass Maßnahmen ergriffen werden müssen, um die Bevölkerung an die Strafe zu erinnern, die jenen zuteilwird, die die Gesetze der Engel brechen.« Er hob ein Paket mit Papierstapeln hoch. »Also nehmt ihr heute jeder ein Päckchen und findet euch dann zu Vierergruppen zusammen. Ihr werdet den Morgen damit verbringen, durch die Straßen zu gehen und diese

Flugblätter an die Bürger von Fyre zu verteilen. Irgendwelche Fragen?«

»Werden wir von Priestern begleitet?«, wollte ein Mädchen wissen.

»Nein. Solange ihr zusammenbleibt, seid ihr sicher, allerdings gibt es Orte, die ihr meiden solltet. Ich habe für jede Gruppe Karten zeichnen lassen, auf denen zu sehen ist, wo ihr hingehen könnt und wohin nicht. Jetzt steht auf und wählt eure Gefährtinnen.«

Rielle erhob sich und folgte Tareme und Bayla ans Ende der Sitzreihe. Einige Mädchen stöhnten und protestierten, aber keine von ihnen tat es allzu laut. Draußen war ein schöner Tag, warm, aber mit einer Brise, die die Straßen der Stadt abkühlte. Das Verteilen von Flugblättern war eine willkommene Abwechslung von Lektionen, Lesungen und den Fragen, die der Priester stellte, um zu prüfen, wie viel vom Unterricht bei ihnen hängengeblieben war.

Sobald sich alle zu Gruppen zusammengefunden hatten, kam Sa-Baro direkt auf Rielle zu und reichte ihr ein Päckchen. »Für dich habe ich das Gebiet ausgewählt, das deinem Zuhause am nächsten ist«, erklärte er mit leiser Stimme. »Damit du, wenn du fertig bist, nicht allzu weit allein gehen musst.«

Rielle nickte, und Zuneigung und Dankbarkeit für den alten Mann stiegen in ihr auf. Wusste er, dass ihre Mutter vollkommen vergessen hatte, am vergangenen Vierteltag einen Diener zu schicken, der sie begleitete? Sie hatte schuldbewusst ausgesehen, als Rielle sie gefragt hatte, was passiert sei, und dann hatte sie so getan, als habe sie es nicht vergessen, sondern hatte gesagt, sie habe alle in der Färberei gebraucht und die Stadt sei sicher, jetzt, da der Befleckte weg war.

Oder hatte Sa-Baro sie mit Izare den Tempelplatz verlassen

sehen und beschlossen, dafür zu sorgen, dass es nicht wieder geschah?

Als er weiterging, schaute Rielle auf die Karte und seufzte. *Ob er es bemerkt hat oder nicht, es bedeutet in jedem Fall, dass ich Izare heute nicht sehen werde.* Sie richtete sich auf und bemerkte, dass Tareme und Bayla und ein Mädchen namens Famire, das sich ihnen angeschlossen hatte, Blicke tauschten. Für sie würde es einen längeren Heimweg bedeuten. Und sie würden sich in die Nähe des Armenviertels wagen müssen.

Izare lebte in der Nähe des Armenviertels. Vielleicht würden ihren Wege sich kreuzen.

»Wir gehen ins Künstlerquartier«, eröffnete sie den anderen. »Ich war dort schon mal mit meinem Bruder. Es ist ziemlich sicher und sauber. Dort gibt es kleine, öffentliche Plätze, wo Menschen zusammenkommen. Es wäre ideal, um die Flugblätter zu verteilen.«

Tareme lächelte. »Dann werden wir uns deiner Führung anvertrauen.«

Es dauerte nicht lange, da strömten die Mädchen aus dem Tempel, bunte Flugblätter in den Händen. Rielle führte ihre Freundinnen die Tempelstraße entlang. Famire beklagte sich bald über schmerzende Füße, also verringerte Rielle das Tempo. Als sie schließlich die Gerberstraße erreichten, bog Rielle selbstsicher in die Straße ein, aber sie wählte diesmal die andere Straßenseite und vermied es, zu genau die Stelle zu betrachten, wo die *Schwärze* ihr den Weg versperrt hatte. Trotzdem entging ihr der Schatten nicht, der dort verblieben war, kleiner, aber so dunkel wie zuvor.

Rielle öffnete das Päckchen und teilte die Flugblätter auf. Das Papier war gefärbt, um seine geringe Qualität zu verbergen, und die Warnung darauf war in schwarzer Tinte gedruckt, die Maserung des hölzernen Druckstocks dort sichtbar, wo die Tinte schwächer war. Die Mädchen machten sich an die Verteilung der Zettel – Rielle mit dem Ernst, der ihrer Mission angemessen war, Famire mit mürrischem Widerstreben und Tareme und ihre Schwester kichernd und immer zu einem Flirt aufgelegt.

Der Karte folgend, führte Rielle sie von der Gerberstraße weg, dorthin, wo sie dachte, dass einer der Plätze sein müsse. Sie irrte sich zwar, aber sie erreichten – angelockt durch Musik – bald einen anderen. Der Platz war auf allen Seiten von Läden gesäumt, die Speisen und Getränke feilboten, und zwei Musikanten flöteten und klimperten fröhliche Melodien. Unter den schlichten Markisen standen Tische und Bänke, viele davon besetzt von sowohl einheimischen wie fremdländischen Gästen.

»Hier ist es hübsch«, sagte Tareme. »Lasst uns eine Pause machen und etwas trinken.«

Ohne auf die Zustimmung der anderen zu warten, ging sie zu einem freien Tisch. Bayla setzte sich neben sie, und Famire ließ sich auf eine Bank fallen, als sei sie vollkommen erschöpft. Rielle gesellte sich zu ihnen und zuckte zusammen, als die drei Mädchen ihre Flugblätter einfach auf den von verschütteten Getränken beschmutzten Tisch warfen.

Plötzlich in bester Laune, bestellte Famire Säfte bei einem Kellner, der sichtlich erheitert und erfreut war, vier wohlhabende, unbegleitete junge Frauen zu bedienen. Als die Getränke kamen, stellte Rielle zu ihrem Schrecken fest, dass der Saft Alkohol enthielt. Sie nippte langsam daran, wohl wissend, dass ihre Mutter böse sein würde, wenn sie beschwipst nach Hause käme.

»Also, Rielle«, begann Tareme. »Was hatte dir Izare Saffre am letzten Vierteltag zu sagen?«

Rielle, die bemerkte, dass Famire bei diesen Worten jäh aufsah, zuckte die Achseln. »Er wollte sich nur erkundigen, ob ich mich von meiner Begegnung mit dem Befleckten erholt habe.«

»Ich bezweifle, dass das *alles* war, was er wollte«, sagte Bayla mit einem durchtriebenen Lächeln.

»Er wusste sich sehr gut zu benehmen.«

Tareme zog die Augenbrauen hoch. »Es war offensichtlich, dass er mehr wollte, als sich nach deiner Gesundheit zu erkundigen. Etwas an dir interessiert ihn, glaube ich, oder er hätte nicht auf dich gewartet. Also, was ist es?«

Rielle schüttelte den Kopf. »Nichts.«

»Du bist eine schrecklich schlechte Lügnerin, Rielle. Erzähl es uns, oder wir müssen das Schlimmste annehmen.«

Rielle seufzte. »Es ist nicht das, was ihr denkt. Er hat mich gebeten, für ihn Modell zu sitzen. Was ich abgelehnt habe.«

Sie machten große Augen. »Oh! Warum solltest du das tun?«, fragte Bayla. »Er ist sehr gut, habe ich gehört.«

»Sehr gut«, stimmte Tareme ihrer Schwester zu.

»Meine Eltern würden das niemals erlauben«, erklärte Rielle.

»Warum nicht?«, wollte Tareme wissen. »Was kann es schaden, Modell zu sitzen?«

»Überhaupt nichts, solange du deine Kleider anbehältst«, sagte Bayla und lachte dann.

Die Mädchen kicherten über den Scherz, aber Rielles Versuch, in das Gelächter einzustimmen, klang gezwungen.

Tareme tätschelte ihr den Arm. »Wir sind albern. Möchtest du denn, dass er dich malt?«

Rielle stieg das Blut ins Gesicht, obwohl wirklich kein Grund bestand, verlegen zu sein. »Nun, ja«, gestand sie. »Aber nur damit …«

»Wie kommt es, dass sich Männer, ohne auch nur einen Hauch von Skandal auszulösen, porträtieren lassen, während Frauen das nicht können?«, unterbrach Bayla sie.

»Weil die Maler Männer sind«, erwiderte Famire.

Rielle drehte sich zu ihr um. »Ich male auch. Meine Tante ebenfalls.«

»Ihr malt nicht beruflich«, stellte Tareme fest.

»Was nicht skandalös wäre«, fügte Bayla hinzu.

»Doch, wäre es wohl«, widersprach Tareme.

»Eine Künstlerin ist unkonventionell«, wandte Bayla ein. »Aber ein Modell ist nur einen Schritt von einer Prostituierten entfernt. Beide verkaufen ihre Körper an Männer.«

»Es sei denn, der Künstler ist eine Frau?«, fragte Rielle.

Sie dachten nach. »Das kommt mir nicht ganz so schlimm vor«, antwortete Bayla. Tareme dagegen schüttelte den Kopf.

»Meine Tante und ich haben uns gegenseitig gemalt«, erzählte Rielle ihnen. »Natürlich *mit* Kleidern. Ist das wie Prostitution? Ist es skandalös?«

»Das ist… Familie«, sagte Tareme. »Und ich schätze, ihr habt einander nicht bezahlt.«

Rielle schüttelte den Kopf. »Also, wie wichtig ist das Geld? Wenn eine Frau für einen männlichen Künstler posiert und er sie nicht bezahlt, ist es dann immer noch wie Prostitution? Was, wenn sie *ihn* dafür bezahlt, für *sie* zu posieren?«

Bayla kicherte. »Dann ist er die Prostituierte!«

Sie alle lachten über die Absurdität dieses Gedankens, dann winkte Tareme den Kellner heran.

»Noch eine Runde!«

»Nicht für mich.« Rielle blickte auf die Flugblätter. »Die müssen wir immer noch verteilen.«

»Lass sie einfach hier liegen«, schlug Famire vor. »Wenn die Leute sie wollen, werden sie sie nehmen. Wenn nicht, wird Sa-Baro es nie erfahren.«

»Und wenn du dir darüber Sorgen machst, betrunken nach Hause zu kommen, tu einfach so, als seist du müde, nachdem du einen langen Morgen damit verbracht hast, Flugblätter zu verteilen, und geh in dein Zimmer«, riet ihr Tareme. »Sieh zu, dass du niemandem so nahe kommst, dass er es riechen kann, und ich bin mir sicher, sie werden es nicht merken.«

Bayla kicherte. Ihre Schwester warf ihr einen flüchtigen strengen Blick zu, und Bayla errötete, sah Rielle an und hielt sich eine Hand vor den Mund.

Es war nicht das Kichern, sondern der Blick, der Rielle erstarren ließ, denn dieser Blick bestätigte, dass Bayla über sie gelacht hatte. *Tareme musste die Grobheiten ihrer Schwester schon früher glätten*, vermutete Rielle. *Vielleicht lacht sie insgeheim zusammen mit Bayla.*

Als die zweite Runde alkoholischer Säfte serviert wurde, wollte Rielle plötzlich nicht länger bleiben. Sie griff nach einem Stoß der Flugblätter und erhob sich. »Nun, ich verlasse mich lieber nicht darauf, dass Sa-Baro uns nicht überprüft. Kommt irgendjemand mit?«

Die Mädchen sahen sich an, dann schüttelten sie den Kopf. Ärger loderte in Rielle auf, und sie drehte sich um und ging, bevor sie irgendetwas sagte, das sie später bereuen würde.

Baylas Stimme, zu leise, um an Rielle gerichtet zu sein, drang trotzdem an ihre Ohren.

»Wir sollten doch zusammenbleiben.«

»Lass sie gehen. Sie hat gesagt, sie würde sich hier auskennen«, erwiderte Tareme.

»Das tut sie bestimmt«, fügte Famire hinzu.

Rielle wählte willkürlich eine Straße aus und machte einige Schritte, aber so schnell ihre Entschlossenheit gekommen war, verschwand sie auch wieder. Sa-Baro hatte gesagt, sie sollten zusammenbleiben. Also kehrte sie an die Ecke zurück und sah, dass die Mädchen erneut lachten.

»Oh, jeder weiß, warum sie da ist. Sie hat keine Chance«, sagte Famire.

Tareme nickte. »Sie tut mir leid. Die Einzigen, die sich

wahrscheinlich von ihr angezogen fühlen, sind die, die wir nicht wollen. Die Hässlichen, die Dummen und die Gemeinen.«

»Wie Ako.«

»Nein, da besteht keine Gefahr. Er wird nicht heiraten, bis man ihn dazu zwingt, und Vater würde es niemals gutheißen, dass er die Tochter eines Färbers heiratet. Wenn wir einen jüngeren Bruder hätten, würde er es vielleicht in Erwägung ziehen, falls die Verbindung mit ihrer Familie einträglich genug wäre.«

Rielle wandte sich ab und setzte sich wieder in Bewegung. *Na also. Genau das hatte ich vermutet. Ich bin nicht gut genug für die Familien, es sei denn als Braut für die Männer, die sonst niemand haben will. All diese Tempelstunden und die Versuche, mich mit meinen Mitschülerinnen anzufreunden, waren Zeitverschwendung.* Sie betrachtete die Flugblätter und überlegte, sie wegzuwerfen, aber ihr Blick fiel auf das Wort »Befleckter« und erinnerte sie daran, dass zumindest die Priester versuchten, etwas Gutes zu tun.

Sie begann die Flugblätter allen anzubieten, denen sie begegnete. Nur wenige nahmen eins entgegen. Trotzdem verrauchte ihr Ärger mit jedem Schritt.

Aber er wurde durch eine schleichende Furcht ersetzt.

Erinnerungen kehrten zurück, Erinnerungen an ihren Entführer, der sie durch Straßen wie diese geschleift hatte. Sie dachte an das Messer, das er ihr in den Rücken gedrückt hatte. Wenn die Menschen sie ansahen und ihr Blick auf den teuren Stoff ihres Rocks und ihrer Tunika fiel, fühlte sie sich deplatziert und verletzlich. Obwohl sie zum Tempelunterricht niemals Schmuck trug, konnte sie sich bei den anderen Mädchen nicht in einem Gewand von niederer Qualität zeigen.

Dann, wie eine kühle Brise, die die sommerliche Hitze

vertrieb, fiel ihr Izare ein. Als er sie nach Hause begleitet hatte, nachdem der Befleckte an ihnen vorbeigegangen war, hatte er ihr erzählt, wo er lebte, und beschrieben, wie nah bei ihrem Haus und wie sicher das Viertel war. Er hatte voller Zuneigung über seine Nachbarn gesprochen, die entweder alle brillante Künstler, Schauspieler oder Trinker waren – oder alles drei zusammen –, und er hatte von der Kühnheit erzählt, mit der sie ihre Häuser verziert hatten. Seine Beschreibungen weckten in ihr den Wunsch, sich sein Viertel anzusehen. Dabei hatte er damit natürlich nur versucht, sie dazu zu überreden, für ihn Modell zu sitzen.

Und trotzdem ... sie *wollte* es sich ansehen.

Also ging sie weiter in Richtung des Viertels, in dem er lebte. Obwohl dieser Teil der Stadt belebter war, nahmen nur wenige Menschen die Flugblätter entgegen, doch sie lehnten sie höflich ab, und von den meisten wurde sie angelächelt. Ihre frühere Besorgnis verebbte ein wenig. Die leuchtend bunt bemalten Mauern heiterten sie auf. Sie kam in eine Gegend, in dem die Häuser nicht nur bunt, sondern mit Verzierungen um Fenster und Türen versehen waren. Als sie in eine Gasse schaute, erhaschte sie einen Blick auf den äußeren Teil eines viel größeren Wandgemäldes und konnte der Versuchung nicht widerstehen weiterzugehen, um es sich anzusehen. Auf eine Mauer war die Darstellung eines riesigen Baumes gemalt worden, mit allen möglichen Gegenständen, die an den Ästen hingen.

Vor ihr endete die Gasse in etwas, das wie ein kleiner Innenhof aussah, mit weiteren verzierten Mauern. Rielle folgte zwei Frauen bis an ihr Ende und trat in ein schwindelerregendes Schauspiel. Alle Häuser waren bedeckt mit Bildern von Menschen, Tieren und Pflanzen. Scheintüren und -fenster öffneten sich in unbekannte Landschaften, und selbst einer der Engel schlief hier auf einer Wolke. Rielle drehte sich langsam um sich selbst und versuchte, alles in sich aufzunehmen.

»Habt Ihr Euch verirrt?«, fragte jemand.

Als sie sich umdrehte, bemerkte sie, dass eine der Frauen, denen sie gefolgt war und die gerade einen Krug unter den Wasserstrahl eines Brunnens hielt, sie ansah. Der Brunnen war ebenso atemberaubend wie die Gemälde, geformt als vierköpfige Bestie, aus deren Mäulern Wasser floss.

»Nein«, antwortete Rielle. »Aber … ich suche Izare Saffre.«

Die Frau senkte den Blick auf Rielles Kleider und lächelte. Dann nickte sie nach rechts. »Er wohnt in dieser Straße im dritten Haus.«

»Vielen Dank.« Rielle neigte den Kopf und machte sich dann auf den Weg in die Richtung, in die die Frau gedeutet hatte.

Die Straße war eng, und überall standen Gruppen von abgenutzten, nicht zusammenpassenden alten Sesseln herum. Auf einigen davon saßen junge Männer und Frauen, die lachten und aus billigen, glasierten Bechern tranken. Kinder flitzten zwischen den Sesseln umher – ein kreischender Schwarm unterschiedlicher Altersklassen. Als Rielle sich dem dritten Haus näherte, sah sie, dass über der Tür Bilder von Engeln in einem verblüffend vertrauten Stil gemalt waren, zusammen mit den Worten: *Izare Saffre, Maler.*

Als sie seinen Namen las, blieb sie stehen, plötzlich von Zweifeln gelähmt. War das hier wirklich so eine gute Idee? Was, wenn die anderen Mädchen Sa-Baro erzählten, wohin sie gegangen war? Was, wenn die Warnung ihrer Tante vor Izares wahren Motiven der Wahrheit entsprach? *Was soll ich ihm sagen?*

»Ais Lazuli?«

Sie zuckte erschrocken zusammen, drehte sich um und sah einen der jungen Trinkenden auf sich zukommen. Dann erstarrte sie abermals, als ihr bewusst wurde, dass dieser zerzauste Mann ihr bekannt vorkam.

»Aos Saffre?«, fragte sie skeptisch.

Er verzog das Gesicht. »Ah, ja. Ich entschuldige mich für mein Aussehen. Ich bin noch nicht lange auf.«

»Von wegen noch nicht lange!«, rief eine männliche Stimme. Ein hochgewachsener Mann erhob sich, kam heran und stützte sich auf Izares Schulter. Der Künstler schüttelte ihn sofort ab. »Wir haben ihn vor einer ganzen Weile aus dem Bett gezerrt. Aber um gerecht zu sein, wir haben ihn nicht wieder reingehen lassen, um sich zu waschen. Wir haben Wetten darüber abgeschlossen, wie lange er brauchen würde, wenn er sich schnell fertig machen müsste, um rechtzeitig zu …« Der Mann brach ab, ging an Izare vorbei und musterte sie. »Moment mal …« Er ergriff eine von Rielles Händen. »Wer ist diese vornehme Dame, Izare?«

»Das«, antwortete Izare, während sie ihre Hand wegzog, »ist Rielle Lazuli.«

»Ah.« Der Mann lächelte. »Nun, ich kann verstehen, warum du so erpicht darauf warst, pünktlich zu sein.« Seine Miene wurde ernst und eindringlich, während er seine Augen aufmerksam über ihr Gesicht wandern ließ, dann über ihre Arme, hinunter zu ihren Füßen und wieder hinauf. Sie musterte ihn ihrerseits von Kopf bis Fuß und bemerkte, dass seine Haut dunkler war als die des durchschnittlichen Fyreaners, sein Kinn bedeckt mit Bartstoppeln, und dass seine Kleidung und seine Hände mit Farbe bekleckert waren. Noch ein Künstler? Das würde seine seltsam analytische Musterung erklären. *Zumindest hat Izare mich wie eine Person behandelt, bevor er mich als Objekt betrachtet hat.*

»Das ist Dorr«, erklärte Izare. »Bühnenbildner und Darsteller bei der Himmelstheatertruppe, zu der auch diese drei anderen gehören.« Er blickte zu den Trinkenden hinüber.

»*Künstler* und Schauspieler«, korrigierte Dorr ihn lächelnd. »Kommt, damit ich Euch den anderen vorstellen kann.«

Rielle sah Izare an.

Er zuckte die Achseln. »Ihr werdet ihm nicht entkommen, bis Ihr es tut.«

Rielle folgte ihnen an den Tisch, lächelte und nickte, als die beiden Frauen und ihr männlicher Gefährte vorgestellt wurden. Greya, Jonare und Merem waren allesamt Schauspieler, und sie waren gekommen, um eine einträgliche Abendvorstellung zu feiern. Greya hatte blondes Haar und helle Haut, also war sie wahrscheinlich Halbsüdländerin. Die beiden anderen sahen aus wie Fyreaner. Jonare hielt ein schlafendes Kind auf dem Schoß. Alle drei hatten Spuren von Schminke im Gesicht, und nach seinem Aussehen zu urteilen, hatte Merem eine Frauenrolle gespielt. Sie waren die Art von Menschen, die sie normalerweise nur auf der Bühne sah und mit denen sie sonst nicht redete. Sie war sich nicht ganz sicher, ob ihre Eltern sie als Freunde gutheißen würden, aber sie würden sie auch nicht für gefährlich halten.

»Setzt Euch«, befahl Dorr. »Trinkt etwas Iquo.« Er bot ihr einen Becher an, aber sie lehnte höflich ab.

»Ihr seid also Izares Wüstenmädchen«, bemerkte Greya. »Er hat die ganzen letzten drei Vierteltage von Euch gesprochen.«

Rielle verspürte einen kleinen Freudenkitzel, versuchte aber, sich das Gefühl nicht anmerken zu lassen, und sah Izare mit zusammengekniffenen Augen an. »Welche Geschichten hat er Euch erzählt?«

Sie lachten. »Nichts Schlimmes«, versicherte Greya. »Ich habe ihn nicht mehr so aufgeregt wegen eines Gesichts erlebt, seit …« Sie runzelte die Stirn, dann zuckte sie die Achseln. »Nun, es muss jetzt über ein Jahr her sein.«

»Ihr habt um diese Zeit Tempelstunden, nicht wahr?«, fragte Jonare.

»Für gewöhnlich, ja«, antwortete Rielle. Sie hob den Stoß Flugblätter hoch. »Die Priester haben beschlossen, dass wir den Menschen von Fyre die Gefahren ins Gedächtnis rufen müssen, die mit der Aneignung von Magie einhergehen.«

Dorr griff nach einem Flugblatt, las es und gab es zurück. »Wir brauchen kaum daran erinnert zu werden«, murmelte er, »nach all den Schikanen der letzten …«

»Sie haben Euch allein losgeschickt?«, fragte Izare sie.

»Nein, in Gruppen. Aber meine Freundinnen waren interessierter an …« Rielle sah zu den leeren Flaschen und Bechern auf dem Tisch. »Sie haben beschlossen, die Flugblätter wegzuwerfen und zu tun, wozu auch immer sie Lust hatten.«

Dorr lächelte. »Also habt Ihr allein weitergemacht. Nun, Ihr braucht Euch nicht die Mühe zu machen, es zu Ende zu bringen. Es konnte uns dieser Tage kaum gelingen, die üblen Folgen der Anwendung von Magie zu übersehen.«

»Ich sollte sie trotzdem verteilen«, erwiderte sie, »für den Fall, dass die Priester uns überprüfen.«

»Woher würden sie wissen, ob Ihr sie verteilt habt oder nicht?«, fragte Greya. »Ihr werdet hier in der Gegend sowieso niemanden dazu bringen, sie anzunehmen.«

»Ich muss es wenigstens versuchen.« Rielle machte Anstalten, sich zu erheben.

»Wartet.« Izare legte eine Hand auf ihre. »Ihr geht? Aber ich habe noch nicht mit Eurem Porträt begonnen.«

Rielle hielt die Flugblätter hoch. »Ich habe nie gesagt, dass ich deswegen hergekommen bin.«

»Aber wird es je eine bessere Gelegenheit geben als jetzt?«

Als sie den Mund öffnete, um ihn daran zu erinnern, dass ihre Eltern es nicht billigten, nahm Dorr ihr die Flugblätter aus den Händen. »Wir werden uns darum kümmern. Ihr müsst ihm zumindest erlauben, ein Porträt von Euch zu skizzieren.«

»Aber…«

»Eine kleine Skizze kann nicht schaden. Ihr braucht nur hier zu sitzen. Ihr könnt sogar so tun, als würdet Ihr es gar nicht bemerken.«

Izare sprang von seinem Stuhl auf. »Ich werde Papier und Zeichenkohle holen.«

Als er durch die Tür ins Haus lief, ließ sich Rielle auf ihrem Stuhl zurückfallen. Die anderen beobachteten sie, und sie konnte nicht sagen, ob ihr Lächeln Erheiterung oder Mitgefühl wegen ihres Unbehagens verriet. Würden sie sie aufhalten, wenn sie zu fliehen versuchte?

Sollte ich?

Sie dachte an die Ansichten von Famire, Tareme und Bayla und spürte einen Nachhall ihres früheren Ärgers. Narmah würde ihnen widersprechen, da war sie sich sicher. Das Modellsitzen für ein Porträt war *nicht* das Gleiche wie Prostitution! Und für die Freunde von Izare, die sich die Gesichter schminkten und vor anderen Theater spielten, mussten die Vorstellungen der Tempelmädchen prüde und lächerlich erscheinen.

Die Tür zu Izares Haus öffnete sich wieder, und er kam eilig heraus, in den Händen ein Brett, auf das ein Bogen Papier geheftet war. Er hatte sich das Haar glatt gekämmt, das jetzt feucht glänzte, und zudem ein sauberes Hemd angezogen. Sie musste sich ein Lächeln verkneifen.

Izare umkreiste den Tisch, dann scheuchte er Jonare weg: Sie stand sofort auf und überließ ihm ihren Stuhl. Das Kind in ihren Armen murmelte im Schlaf.

»Also, wir sollten die hier besser im ganzen Armenviertel verteilen«, sagte Dorr und teilte die Flugblätter zwischen

Merem und Greya auf. Sie erhoben sich, verabschiedeten sich von Rielle und versprachen Izare, dass sie später zurückkommen würden, um sich die Zeichnung anzusehen. Dann gingen sie. Jonare folgte ihnen und rief zwei aus der Schar der anderen Kinder zu sich.

Das Kratzen und Schaben der Zeichenkohle auf dem Papier lenkte Rielles Aufmerksamkeit wieder auf Izare. Sie beobachtete ihn bei der Arbeit und versuchte still zu sitzen. Wenn Narmah sie gezeichnet hatte, war sie nie so befangen gewesen. Izares Blick war eindringlich, aber er sah sich eher sie genau an, als dass er ihr in die Augen schaute. Er arbeitete stumm und so auf das Zeichnen konzentriert, dass sie beinahe das Gefühl hatte, allein zu sein.

Irgendwie fühlte sie sich berechtigt, ihn ihrerseits einer genauen Musterung zu unterziehen. Um seine Augen zu malen, würde sie mit Ocker beginnen und es dann fast zur Gänze mit kupfergrünen Tupfern abdecken. Seine Haut würde einen kräftigen Braunton erfordern und die Schatten ein wenig Blau. Der gedecktere Ton des Beristeins wäre dafür adäquat. Das teure Blau-Juwel des Familien-Spirituals war zu kostbar, um es für Schatten zu verschwenden.

Izare lehnte sich auf seinem Stuhl zurück, dann nickte er. »Zumindest ein Anfang.«

Rielle blinzelte überrascht. »Ihr seid schon fertig?«

Er blickte zu Rielle hoch, dann drehte er das Brett um. Sie schnappte nach Luft. Da war sie! Sie sah sich selbst wie in einem Spiegel. Einem Spiegel, der ein Abbild auf das Schwarz von Kohle und das Altweiß billigen Papiers reduzierte, und doch war jede Linie einfach und treffend, gab perfekt die Kontur des Kinns, die Kurve einer Wimper und die Falte ihres Kopftuchs wieder.

»Ihr *seid* gut«, rief sie aus.

Sie erwartete ein Grinsen, aber er schüttelte den Kopf.

»Das ist nicht gerade meine beste Arbeit. Würdet Ihr … würdet Ihr mir erlauben, es noch einmal zu versuchen?«

Es überlief sie heiß. »Das ist nicht Eure beste Arbeit? Dann muss ich Eure besten Bilder unbedingt sehen.«

Er schaute sie an, dann blickte er zum Haus hinüber und lächelte. »Ich habe einige ganz gute Sachen im Haus. Alles, was zwischen Euch und ihnen steht, sind Treppenstufen, ein paar Mauern und Euer Misstrauen mir gegenüber.«

Sie blickte von ihm zum Haus und wieder zurück. »Ihr behauptet, ein Ehrenmann zu sein. Wenn Ihr mir versprecht, dass Ihr mir lediglich die Bilder zeigen werdet …«

Er legte eine Hand aufs Herz. »Ich verspreche, dass ich Euch so sicher in mein Haus hinein- und wieder herausbringen werde, wie ich Euch vor zwei Vierteltagen nach Hause geleitet habe.«

Rielle dachte kurz über sein Versprechen nach, dann nickte sie und stand auf. Izare klemmte sich die Skizze unter den Arm und ging auf die Haustür zu. Trotz seines Versprechens raste Rielles Herz, wenn auch nicht wirklich vor Angst. Es war eher ein Gefühl der Bangigkeit als echte Furcht. Oder nicht einmal das, denn auf eine gewisse Art genoss sie das Gefühl.

Er öffnete ihr die Tür, und sie trat in einen kurzen, engen Flur mit nur einer Tür. An dessen Ende führte eine Treppe nach oben. Es roch hier seltsam, wie nach Holzpolitur, aber schärfer. Sie erinnerte sich daran, dass er Treppenstufen erwähnt hatte, und stieg sie hinauf. Oben angekommen, gelangte sie in einen großen Raum. Licht fiel durch mit dünnem Tuch verhängte Fenster an einer Wand. Die Farbe auf der oberen Hälfte der Wände blätterte ab und war fleckig, aber der untere Teil war nicht zu sehen hinter den vielen Dingen, die davor standen, darunter Regale, an Haken hängende Kleidungsstücke, Stoffbahnen, Bretter in verschiedenen Stadien der Vorbereitung zum Malen und Gemälde, die mit der Vorderseite zur Wand gedreht waren.

Hier war der Geruch stärker. Ihr Blick wurde von einem kleinen Tisch angezogen, der mit halb vertrauten Dingen bedeckt war. Die Flaschen mit Pigment und den Läufer zur Herstellung von Farbe konnte man erwarten. Obwohl sie selbst nicht mit einer Staffelei arbeitete, war die Vorrichtung ihr bekannt. Aber wozu dienten die seltsamen kleinen, spachtelartigen Werkzeuge, die Tuben mit zusammengedrehten Enden und die ölige gelbe Flüssigkeit?

Izare ging zu einer der Wände und drehte eins der Bilder für Rielle um. Als sie es sah, atmete sie tief durch. Verglichen damit war seine Skizze grob und dürftig. Es war, als sei das Bild ein Spiegel, der sein ehemaliges Gegenüber für immer festgehalten hatte.

»Es hat ihr nicht gefallen, und sie wollte nicht zahlen«, sagte er lächelnd. »Es war zu genau.«

Als Rielle näher heranging, konnte sie erkennen, warum. Die Frau war in mittleren Jahren und sah gemein aus.

»Wie habt Ihr … ihre Haut … ich kann keine Pinselstriche erkennen.«

»Mischtechnik«, antwortete er und holte dann ein weiteres Gemälde hervor. »Dieses habe ich zu meinem eigenen Vergnügen gemalt. Sie hat ein interessantes Gesicht.«

Die junge Frau hatte in der Tat ungewöhnliche Augen. Aber es war der Ausdruck in ihren Augen, der Rielles Aufmerksamkeit erregte. Sie konnte nicht sagen, ob in dem Blick Traurigkeit oder Zufriedenheit lag.

»Hier ist noch eins.« Das nächste zeigte einen alten Mann, den er eines Tages schlafend auf seiner Türschwelle gefunden hatte. Sie hatte sich kaum von der schroffen Wirklichkeit des Gemäldes erholt, als Izare ein weiteres brachte und dann noch eins.

Doch während sie sich an die verblüffende Qualität der Gesichter gewöhnte, begann sie Fehler zu entdecken. Ein Kragen, der nicht richtig saß. Ein Kopftuch, das zu steif wirkte. Haar, das nicht überzeugend fiel oder sich lockte. Augen, die zu weiß waren. Ihre Tante liebte es, darauf hinzuweisen, dass das Weiß von Augen nicht wirklich weiß war, sondern eher cremefarben.

Izare konnte Kleidung, Haar und Augen nicht so gut malen wie Haut. Aber was ihm bei Haut gelang … das hatte eine aufregende Mischung aus Neid und Verlangen in ihr geweckt.

Sie blickte wieder zum Tisch. Eine Palette lag auf der Anriebplatte, und darauf flossen Farbreste ineinander und mischten sich. Die Farbe glänzte. Sie berührte ein Rot, und es gab unter dem Druck ihres Fingers nach, immer noch feucht. Ein Fleck blieb auf ihrer Haut zurück, und sie zerrieb ihn zwischen den Fingern. Er war glatt und dickflüssig und breitete sich wie Balsam über ihre Haut aus. Die Farbe leuchtete selbst, als sie dünner verrieben wurde. Sie glänzte. Rielle roch daran und war nicht überrascht, den gleichen Geruch wahrzunehmen, der im Raum lag, nur stärker. Izare beobachtete sie, ging auf die andere Seite des Tisches und lächelte, als sie es schließlich begriff.

»Öl. Ihr mischt Eure Farben mit Öl.« Sie suchte den Tisch ab und bemerkte die fehlende Zutat. »Anstelle von Harz, Wasser und Nektar.«

Er nickte. »Es trocknet langsam und erlaubt mir, die Farben ineinander übergehen zu lassen, und ich brauche nicht ständig neue Farbe zu mischen. Man kann es sowohl dick und opak auftragen als auch dünn und durchscheinend.«

»Werdet Ihr mir zeigen, wie das geht?«

Er zögerte, und seine Miene wurde skeptisch. Dann lächelte er. »Wenn Ihr versprecht, es niemals irgendjemandem sonst zu zeigen, nicht einmal Eurer Familie. Ich muss vorsichtig sein, damit ich den Vorteil gegenüber meinen Konkurrenten nicht verliere. Obwohl viele von ihnen versuchen, mit Öl zu malen, wissen sie nicht, welche Öle sie benutzen müssen und wie man sie mischt und aufträgt.«

»Ich bin auch Malerin«, bemerkte Rielle.

»Ihr seid aber keine Konkurrentin, weil Ihr Eure Bilder nicht verkauft.«

Dagegen konnte sie nichts sagen, also nickte sie.

»Außerdem habe ich keine Zeit, es Euch jetzt zu zeigen. Ihr werdet hierherkommen müssen, um Stunden zu nehmen. Und es hat seinen Preis.«

Rielle nickte abermals. »Das ist nur fair. Wie viel verlangt Ihr?«

»Für Euch kostet es kein Geld. Mein Preis ist, dass Ihr für Euer Porträt Modell sitzt.«

Sie lachte auf. »Natürlich. Was hätte es auch anderes sein sollen?«

Er ging um den Tisch herum. »Nun? Werdet Ihr das tun?«

Sie betrachtete die Gemälde und dann die Farbe, die auf dem Brett glänzte. »Wie? Meine Eltern werden dem niemals zustimmen, und selbst wenn ich es ihnen nicht erzähle … ich bezweifle, dass ich regelmäßig Flugblätter verteilen werde.«

»Ihr geht über die Tempelstraße nach Hause, was nicht die direkte Route ist. Ich kann Euch einen anderen Weg zeigen. Einen schnelleren Weg. Ihr würdet ein wenig später als gewöhnlich nach Hause kommen, aber Ihr könntet es darauf schieben, dass Eure Freundinnen Euch nach dem Unterricht aufgehalten hätten, auf den Straßen so viel los war oder dass Ihr müde wart.« Er hielt inne und runzelte die Stirn. »Aber Eure Familie schickt Euch jemanden, der Euch nach Hause begleitet, nicht wahr?«

»Nein«, antwortete Rielle. »Meine Mutter will auf keinen

der Diener verzichten, und sie meint, die Straßen seien jetzt, da der Befleckte weg ist, wieder sicher.«

Izare runzelte die Stirn. »*Mir* gefällt es nicht, dass Ihr allein geht. Tatsächlich könnte es sicherer für Euch sein, wenn ich Euch in der Nähe des Tempels abholen und dafür sorgen würde, dass Ihr nach dem Modellsitzen unbeschadet nach Hause kommt.«

Rielle lächelte über seine Sorge, erinnerte sich dann jedoch an Narmahs Warnung. »Aber werde ich hier sicher sein?«

Die Falte zwischen seinen Augenbrauen verschwand. »Natürlich. Welche Gefahr sollte ich für Euch darstellen?«

»Nun … meine Tante sagt, Ihr würdet nicht mit einem bloßen Porträt zufrieden sein. Dass Ihr auf mehr aus seid.«

Er zog die Augenbrauen hoch. »Oh. Und das wäre?«

Musste er darauf bestehen, dass sie es aussprach? Nun, sie würde sich auf nichts einlassen, es sei denn, er verstand die Grenzen ihres Arrangements.

»Dass Ihr mich bitten würdet, nackt Modell zu stehen. Werdet Ihr versprechen, niemals etwas Unangemessenes von mir zu fordern?«

Er lachte. »Ich würde nicht mal im Traum daran denken, Euch zu bitten, Eure Kleidung abzulegen, Ais Lazuli.«

»Schwört Ihr es?«

»Ich verspreche, ich werde Euch nicht bitten, etwas zu tun, das Euch widerstrebt.«

»Dann werde ich für Euch Modell sitzen, als Gegenleistung für Lektionen, wie man mit Öl gemischte Farbe benutzt.«

Bei seinem Lächeln setzte ihr Herz mehrere Schläge aus. »Wunderbar! Also, heute ist keine Zeit mehr für eine Lektion, aber genug für eine weitere schnelle Skizze. Würdet Ihr Euch dort drüben ans Fenster setzen?«

Seufzend, aber in Wirklichkeit erfreut, ging Rielle zu dem Stuhl, auf den er gedeutet hatte, und nahm Platz.

6 Rielle

Wie Rielle bereits erwartet hatte, bemerkten ihre Eltern nicht, dass sie an den Vierteltagen ein wenig später nach Hause kam. Aber dass es auch Narmahs Aufmerksamkeit entging, überraschte sie schon. Während die Festtage immer näher rückten, war die ganze Familie damit beschäftigt, Aufträge zu erledigen, von der Vorbereitung von Pigment und Färbemittel bis hin zur Lieferung von Farben und Tuch. Vielleicht war ihre Tante deshalb abgelenkt. Womöglich *hatte* Narmah es auch bemerkt, aber vermutet, dass Rielle trödelte, um ein wenig Zeit für sich zu haben. Ihre Tante lächelte jeden Morgen mitfühlend, wenn Rielle ausgeschickt wurde, um bei der Kundenbetreuung zu helfen, den Laden aufzuräumen oder bei den Festvorbereitungen ihrer Familie mitanzufassen. Auf die eine oder andere Weise verlangte das Fest jetzt alle wachen Stunden Rielles, abgesehen von der Zeit, die sie auf die Mahlzeiten, die Zeremonien und den Unterricht im Tempel und das Modellsitzen für Izare verwandte. Letzteres hätte sie vielleicht irgendwann langweilig gefunden, wäre es nicht eine solche Erleichterung gewesen, für eine Weile still sitzen zu dürfen. Außerdem gab es ihr einen Vorwand, ihn so lange anzusehen, wie sie wollte.

Als sie bemerkte, dass Izare immer wieder auf ihre Hände schaute, senkte sie den Blick. Ihre Mutter hatte Rielle dazu abgestellt, die Qualität und den Farbton jeder Ladung frisch gefärbten Tuchs zu überprüfen, das oft noch nass war. Trotz größter Bemühungen waren ihre Fingerspitzen ständig befleckt.

»Ich nehme an, ich hätte Euch warnen sollen, dass Ihr meine Hände nicht mit aufs Bild nehmt«, sagte sie.

Izare zuckte die Achseln. »Sobald ich ihre Form richtig hinbekommen habe, werde ich Jonare bitten, für die Farbe der Haut zu sitzen.«

Rielle seufzte. »Ich habe versucht, sie zu entfärben.«

»Es stört mich nicht.« Er hob eine farbbeschmierte Hand. »Ich bin fast nie ganz sauber.«

»Malerfarbe ist leichter zu entfernen als Färbemittel. Und Ihr seid nicht der Einzige, für den ich versuche, mich zurechtzumachen.«

»Nicht?« Er zog die Augenbrauen hoch. »Wen versucht Ihr denn zu beeindrucken?«

»Niemanden. Ich versuche, es zu *vermeiden*, einen Eindruck zu hinterlassen.«

»Einen schlechten Eindruck?« Er schüttelte den Kopf. »Ich bezweifle, dass Ihr das könntet, selbst wenn Ihr wolltet.«

Rielle unterdrückte ein Lächeln. »Nicht jeder denkt so, Izare. Einige Menschen schauen auf ein schmutziges Mädchen aus der stinkenden Färberei herab.«

»Dann sind sie Narren«, erklärte er entschieden, und sein Blick huschte von ihren Händen zu dem Porträt.

Rielle dachte an Tareme und Bayla und seufzte erneut. Famire war jetzt immer bei ihnen, wenn Rielle im Tempel war. Hochnäsig, träge und ausgestattet mit einem bösartigen Humor redete das Mädchen immer von oben herab mit Rielle. Es wäre vielleicht erträglich gewesen, hätten die anderen nicht begonnen, ihrem Beispiel zu folgen. Rielle hatte sich an diesem Morgen dabei ertappt, dass sie ziemlich schnippisch ihnen gegenüber gewesen war, und dann hatte sie sich entschuldigen müssen.

Famire fand es besonders amüsant, passende Ehemänner für Rielle vorzuschlagen, unter dem Deckmantel, »helfen« zu wollen. Sie war so freundlich, Rielle darüber zu informieren, welche Männer sie wohl kaum als mögliche Ehefrau in Betracht ziehen würden, dann wog sie die guten und die schlechten Eigenschaften der Übrigen gegeneinander ab und fragte, mit welchen Fehlern Rielle vielleicht bereit wäre, sich abzufinden.

Selbst wenn sie sich nicht auf Izares Gesellschaft hätte freuen können, wäre Rielle an den meisten Vierteltagen erpicht darauf gewesen, den Tempel so früh wie möglich zu verlassen.

Izares Abkürzung führte sie durch Teile des Künstlerviertels, die sie zuvor noch nie gesehen hatte. Weder richtig arm noch wohlhabend, beherbergten die meisten Häuser hier sowohl ein Heim als auch einen Arbeitsplatz und einen Laden. Es war ein Viertel, in dem Rielles Familie vielleicht hätte leben können, wären sie als Färber nicht verpflichtet gewesen, sich am Stadtrand anzusiedeln. Was bedeutete, dass sie nicht *so viel* respektabler waren als die Künstler, die in der Nähe von Izares Zuhause lebten.

Ein Hämmern unten störte Izares Konzentration. Er verdrehte die Augen. »Mögen die Engel sie schlagen. Sie sind früh dran.«

Rielle sank das Herz, als er seinen Pinsel abwischte und ihn in einen Krug mit Lösungsmittel warf. Auch wenn sie Izares Freunde interessant und freundlicher fand als die Mädchen bei den Tempelstunden: Er arbeitete nicht an dem Porträt, wenn sie in der Nähe waren, und ihre Zeit mit ihm war ohnehin so kurz. Bisher hatte er auch nur wenig Zeit erübrigt, sie zu unterrichten – er hatte ihr lediglich gezeigt, wie man Farbe vorbereitete und die Konsistenz richtig hinbekam.

Er ging zur Treppe und brüllte: »Kommt schon rauf!«

Es folgte das Geräusch einer Tür, die geöffnet wurde, dann Schritte und mehrere Stimmen – einige vertraut, andere nicht.

Ein breites Lächeln erschien auf Izares Gesicht. »Errek! Du bist wieder da!«

Ein schlanker Fyreaner erschien auf der Treppe und umarmte Izare. Greya und Jonare tauchten als Nächste auf und küssten Izare auf die Wange. Merem tat das Gleiche. Die Künstler und Schauspieler, die zu Izares Freundeskreis gehörten, zeigten ihre Gefühle auf eine Weise, die Rielle reizvoll fand, die aber viel mehr Körperkontakt erlaubte, als sie gewohnt war. Narmah würde es unpassend und allzu vertraulich finden.

Der Neuankömmling trug eine schwere, bauchige Iquo-Flasche. Rielles Schultern sanken herab. Mit Malen war Schluss, sobald sie anfingen zu trinken. Als der Neuankömmling das Atelier betrat, sah er sie und blieb lächelnd stehen.

»Wer ist das?«

»Izares neuestes Modell«, sagte Jonare, als sie und die anderen an ihm vorbei zu der Gruppe von Holzstühlen gingen, auf denen sie bei Besuchen bei Izare für gewöhnlich Platz nahmen.

»Dies ist Ais Lazuli«, erklärte Izare und deutete mit großartiger Gebärde auf sie.

Erreks Blick wanderte direkt zu dem Porträt, und sein Lächeln verblasste ein wenig, bevor es zurückkehrte, auch wenn es jetzt leicht gezwungen wirkte.

Neid, bemerkte Rielle. *Er beneidet Izare um sein Talent.*

»Rielle.« Izare winkte. »Kommt und lasst mich Euch Errek

vorstellen. Er ist gerade aus Doem zurückgekehrt, wo er das Spiritual des Haupttempels gemalt hat.«

»Restauriert«, korrigierte ihn Errek.

Rielle stand auf und trat neben Izare. Erreks Gesichtsausdruck veränderte sich erneut. Diesmal war es eine Verwandlung, an die sie schon gewöhnt war. Der Übergang zu der eindringlichen, analytischen Betrachtungsweise eines Künstlers.

»Es ist mir eine Ehre, Euch kennenzulernen«, sagte sie.

Er beugte sich vor und ergriff ihre Hand. »Das gilt doppelt für mich.« Er schüttelte den Kopf. »Wo findet Izare nur solche Schönheiten?«

Womit er geschickt uns beiden gleichzeitig schmeichelt, überlegte Rielle. »Ausnahmsweise einmal nicht in der Hurengasse«, entgegnete sie verhalten. Sie hatte auf die harte Weise gelernt, dass die Verachtung, die ihre Familie für Prostitution empfand, Izares Freunde ärgerte, die mit einigen der »arbeitenden« Frauen im Armenviertel befreundet waren. Doch sie wollte nicht, dass dieser Neuankömmling dachte, sie sei eine solche Frau. Errek lachte und nickte, und sein Gesichtsausdruck verriet ihr, dass er verstand.

Izare gab einen schwachen Laut des Protests von sich. »Meine Modelle waren nicht *alle* Huren. Und ich kann nicht immer dieselben fünf Freunde malen – vor allem, wenn einige darauf bestehen, für zwei Jahre nach Doem zu ziehen. Also, Errek, bist du hergekommen, um zu bleiben?«

Errek trat vor das Gemälde. »Fürs Erste.« Er untersuchte das Bild noch intensiver. Rielle schaute genauer hin und verspürte abermals Bewunderung angesichts der subtilen Mischung von Farben bei den Hauttönen und der geschickten Pinselstriche, die aus einer gewissen Entfernung mehr Details suggerierten, als tatsächlich gemalt waren. Ihr war die Tatsache, dass Izare sie ohne Kopftuch malte, etwas unangenehm, aber sie ging davon aus, dass niemand außer ihm und seinen Freunden das Bild sehen würde.

Errek trat zurück. »Wie nah bist du seiner Fertigstellung?«

»Es wird fertig sein, wenn es fertig ist«, lautete Izares Antwort.

»Nicht zu bald, hoffe ich«, fügte Rielle hinzu. »Er hat mir als Gegenleistung Lektionen versprochen, und wir haben kaum damit begonnen.«

Errek richtete sich auf und drehte sich zu ihr um. »Wenn er mit Euch fertig ist, darf ich Euch als Nächstes malen?«

Sie sah ihn überrascht an, dann drehte sie sich zu Izare um, um einen Hinweis darauf zu erhalten, wie sie darauf reagieren sollte. Er wirkte nicht glücklich, aber auf ihren Blick hin zuckte er die Achseln, als wolle er sagen, dass es ihre Entscheidung sei. Konnte es irgendetwas schaden? Sie hatte Izare erlaubt, sie zu malen, warum also nicht auch Errek? Aber je mehr Gemälde es von ihr gab, desto größer war die Chance, dass jemand, der ihre Eltern kannte, eins davon sehen und sie darüber informieren würde. Doch sie wollte Izares Freund nicht kränken, wenn es da noch immer die unerledigte Angelegenheit der Lektionen gab. »Nun … ich denke, *ich* sollte die Chance bekommen, als Nächstes jemanden zu malen«, sagte sie langsam.

Greya grinste. »Oh, absolut! Ich will sie malen sehen.«

Jonare und Merem nickten.

»Aber wen werdet Ihr malen?«, fragte Errek.

Rielle wollte sich zu Izare umdrehen, dann hielt sie inne. *Nein, noch nicht. Er ist schon eitel genug.* Stattdessen sah sie die anderen an. Jonare begegnete ihrem Blick und nickte, daher zeigte Rielle auf sie.

»Jonare.«

Sie drehte sich zu Izare um, dann wurde ihr flau im Magen, als sie sah, wie er die Stirn runzelte. *Oje. Ich hoffe, ich habe seine Eitelkeit nicht so sehr verletzt, dass er sich weigert, mich zu unterrichten. Oder das Porträt fertigzustellen. Oder mich wiederzusehen …*

»Allerdings … vielleicht noch nicht in Ölfarben«, fügte sie hinzu, »damit meine Unbeholfenheit kein schlechtes Bild auf meinen Lehrer wirft.«

Izare kniff die Augen zusammen. »Nein, aber es gibt keinen Grund, warum Ihr jetzt nicht vorbereitende Skizzen machen solltet. Hier …« Er holte ein Brett, Papier und Kreide und reichte sie ihr.

Rielle schaute auf die Utensilien hinab. Ihr Herz schlug plötzlich schnell, obwohl all diese Dinge vertraut und tröstlich waren. Sie war sich bewusst, dass die anderen sie beobachteten, bewusst, dass sie sie nur für Izares neuestes Modell halten würden, bis sie bewies, dass sie mehr war. *Ich kann das,* sagte sie sich. Izare zog einen Stuhl heran und deutete wortlos darauf. Rielle setzte sich, legte sich das Zeichenbrett aufs Knie und begann zu zeichnen.

Das Licht, das durch die Fenster fiel, war dank des bewölkten Himmels draußen gedämpft. Jonare blieb still und entspannt sitzen – offensichtlich war sie an die Rolle eines Malermodells gewöhnt. Rielle begann, indem sie die Abstände zwischen Augen, Mund und Nase mit feinen Strichen markierte, dann machte sie breite, weiche Striche mit der Kante der Kreide, um die Schatten zu ergänzen. Sie fügte Details hinzu, variierte Breite und Intensität der Linien. Weit ausholende Schwünge für das Haar. Vorsichtige Schraffuren, um Jonares Kopftuch anzudeuten, das sie sich um den Hals gelegt hatte. Eine schwache, weiche Linie für die Nase. Ein kleiner schwarzer Schwung für den Nasenflügel. Federartige Striche formten die Augenbrauen. Vorsichtig malte sie die Augen aus und ließ dabei eine kleine Stelle frei, um anzuzeigen, wo sie das Licht reflektierten. Schließlich wischte sie noch einmal zart über das Weiße der Augen, um sie weicher zu machen.

Nach ein paar abschließenden Linien, um die Zeichnung zu verfeinern, holte sie tief Luft und betrachtete das Gesamtergebnis. Nickend schaute sie auf und stellte fest, dass Greya und Merem ihre Plätze verlassen hatten, aber sie hatte sich zu sehr konzentriert, um es zu bemerken.

»Das ist bemerkenswert«, sagte Greya.

Die Stimme ertönte nah bei Rielles Schulter. Als sie sich umdrehte, sah sie Greya, Merem und Errek zusammen mit Izare hinter sich stehen. Merem stieß einen leisen Laut der Anerkennung aus. Aber Izare und Errek blieben stumm.

»Zeigt es mir!«, verlangte Jonare. Rielle drehte das Brett um und sah zu, wie Jonares Augen sich weiteten. »Ihr *seid* eine Künstlerin!«, rief sie aus.

»Ja, das ist sie«, sagte Izare und verschränkte die Arme vor der Brust. »Aber eine, die noch eine Menge zu lernen hat.«

Rielle zuckte die Achseln. »Wenn ich nicht dächte, dass ich etwas zu lernen habe, wäre ich nicht hier«, rief sie ihm ins Gedächtnis. Er sah ihr in die Augen, und seine Miene wurde weicher.

Errek klopfte ihm auf die Schultern. »Ich vermute, *du* könntest etwas von *ihr* zu lernen haben«, stellte er fest.

Izares Augen wurden erneut schmal, aber er sagte nichts, da von unten wieder ein Hämmern zu hören war. Als er zum Treppenhaus ging, hallte unten das Geräusch der sich öffnenden Tür wider, gefolgt von hastigen Schritten. Ein Kopf erschien hinter dem Treppengeländer. Es war Dorr.

»Die Priester führen eine Inspektion durch«, berichtete er ihnen.

Flüche kamen von allen Seiten. Rielle drehte sich um und sah verärgerte Mienen. Izare ging direkt zu ihrem Porträt und nahm es von der Staffelei. Jonare stand auf und berührte Rielle am Arm.

»Ihr solltet besser gehen.«

Rielles Herz setzte einen Schlag aus. Wenn die Priester sie hier fanden, würden sie es Sa-Baro erzählen. Obwohl sie sich sicher war, dass er ihr glauben würde, wenn sie ihm erzählte, dass sie nichts Ungehöriges tat, müsste er ihre Eltern informieren. Sie suchte nach Izare und sah, dass er das Porträt zwischen mehrere halb fertige Gemälde schob, die an der Wand lehnten. Dann griff er nach einem noch nicht fertiggestellten Spiritual und stellte es auf die Staffelei.

»Dann am nächsten Vierteltag.« Sie reichte ihm das Brett und die Kreide.

Seine Miene war jetzt voller Sorge. »Ja.« Er runzelte die Stirn. »Ich sollte Euch nach Hause begleiten, aber wenn sie uns zusammen sehen …«

»Ich werde mit ihr gehen«, erbot sich Jonare. »Kein Befleckter wird es wagen, es mit uns beiden aufzunehmen.«

Rielle sank das Herz noch ein bisschen mehr. »Führen sie deshalb Inspektionen durch? Gibt es schon wieder einen Befleckten in Fyre?«

Izare legte die Zeichnung beiseite und ergriff ihre Hand. »So ist es, aber mit Jonare werdet Ihr sicher sein.« Er machte einen Schritt auf sie zu, und bevor sie begriff, was er tat, küsste er sie auf die Wange. Ein Schauer lief ihr den Rücken hinunter, und plötzlich konnte sie nichts anderes tun als auf den Boden starren, in dem Bewusstsein, dass ihr Gesicht sehr warm geworden war und ihr Herz sehr schnell schlug.

»Kommt«, sagte Jonare und hakte sich bei Rielle ein. »Wir sollten uns besser beeilen.«

Rielle unterwarf sich der Führung der Frau und stolperte beinahe zur Treppe. Noch einmal blickte sie sich um, bevor sie Jonare hinunter folgte. Izare lächelte, konnte aber die Besorgnis in seinen Augen nicht verbergen.

Sie traten auf eine Straße hinaus, die von Dunkelheit erfüllt war. Rielle zog ihr Tuch vom Hals und bedeckte hastig den Kopf. Die Wolken am Himmel zeigten ein Grau, das Regen erwarten ließ, der aber nie fiel. Menschen hasteten mit hochgezogenen Schultern ängstlich vorbei. Rielle hörte beunruhigte Rufe, ohne jedoch die Worte verstehen zu können.

»Der Befleckte wird längst weg sein, wenn die Priester eintreffen«, murmelte sie.

»Oh, ich bezweifle, dass er oder sie aus dem Künstlerviertel kommt.« Jonare zuckte die Achseln. »Niemand will derjenige sein, der beweist, dass das, was sie über uns sagen, die Wahrheit ist.«

»Was sagen sie denn über Euch?«

Jonare sah Rielle ungläubig an. »Dass Künstler eher Befleckte sind als irgendjemand sonst.«

Rielle starrte zurück. »Zu mir hat das noch nie jemand gesagt.«

Die Frau lächelte traurig. »Dann habt Ihr ein sehr behütetes Leben geführt. Oder man zählt die Färber nicht zu den Künstlern.«

Sie gingen schnell, und Jonare lenkte Rielle durch enge Straßen, die ihr zuerst vertraut waren und dann nicht mehr. Priester sah sie nicht.

»Ich bin froh, dass ich die Kinder heute bei meiner Schwester gelassen habe«, murmelte Jonare. »Sie lieben es, mit Izares Nachbarskindern zu spielen, aber die Priester machen ihnen Angst.« Wieder wandte Rielle sich überrascht zu der Frau um, aber Jonare bemerkte es nicht. »Auch Izare genießt ihre Besuche. Er kann gut mit Kindern umgehen. Eines Tages wird er ein guter Vater sein, meint Ihr nicht auch?«

Bei dem schnellen Blick, den Jonare ihr zuwarf, unterdrückte Rielle einen Seufzer. Es war nicht das erste Mal, dass einer von Izares Freunden nach ihrer Meinung über seine Eignung als Ehemann oder Vater fragte. Sie konnte nicht sagen, ob sie sie vor ihm warnten oder sie ermutigten. Leider bedeutete es, dass sich die meisten ihrer Gespräche um Izare drehten, deshalb begnügte sich Rielle damit, das Thema zu wechseln.

»Also kümmert sich Eure Schwester um Eure Kinder, wenn Ihr auf der Bühne steht?«

»Ja, und ich kümmere mich um ihre, wenn sie arbeitet.«

»Was macht sie denn?«

»Oh, Verschiedenes. Wäsche waschen. Kochen.« Sie schaute sich um, und ihr Schritt verlangsamte sich. Rielle folgte ihrem Beispiel und bemerkte, dass die Menschen, an denen sie vorbeikamen, nicht länger angespannt und gehetzt wirkten.

»Also, was haltet Ihr von Errek?«, erkundigte sich Jonare.

Rielle zuckte die Achseln. »Schwer zu sagen nach einer ersten, kurzen Begegnung, aber er scheint nett zu sein. Er und Izare waren … gibt es einen Konflikt zwischen ihnen?«

Jonare lachte. »Nur Rivalität. Beide sind talentierte Künstler. Beide sind gutaussehende junge Männer, meint Ihr nicht auch?«

»Errek? Er sieht nicht annähernd so gut aus wie Izare.«

Die andere Frau zog die Augenbrauen hoch, dann lächelte sie. »Ah. Nun. Freut mich zu hören.«

Rielle stutzte, dann dämmerte es ihr. »Ihr mögt Errek?«

»Ja.« Jonare seufzte. »Aber ich habe den Verdacht, er mag mich nicht so sehr wie ich ihn.«

»Aber was ist mit Eurem Mann?«

Jonares Lächeln wurde breiter. »Mann?«

Rielle errötete, als sie ihren Irrtum erkannte. »Äh … dem Vater Eurer Kinder.«

»Oh, ihre Väter wissen nicht, was die Mutter der Kinder

tut, oder es kümmert sie nicht. Was für einen von ihnen eine gute Sache ist, und der andere …« Sie zuckte die Achseln. »Selbst, als er noch lebte, war er so nutzlos wie eine Fischfalle in der Wüste.«

»Es tut mir leid …«

»Das muss es nicht. Mir tut es auch nicht leid. Er belästigt jetzt nur noch die Engel.« Sie bogen um eine Ecke. »Wir sind jetzt nicht mehr weit von der Tempelstraße entfernt.«

Die Häuser vor ihnen waren ihr vertraut. Sie bogen in eine Straße ein, die direkt zur Tempelstraße führte. »Jetzt weiß ich, wo ich bin.« Rielle drehte sich zu Jonare um. »Von hier aus finde ich den Weg allein, wenn Ihr zurückgehen wollt.«

»Ich sollte tatsächlich umkehren, für den Fall, dass die Priester das Haus meiner Schwester durchsuchen.« Jonare seufzte. »Die Engel mögen sie verfluchen.«

Angesichts der Vehemenz in der Stimme der Frau zuckte Rielle zusammen. Es verursachte ihr Unbehagen, unter Menschen zu sein, die die Priester nicht so respektierten, wie ihre Familie es tat, vielleicht größtenteils deshalb, weil sie fürchtete, dass sie Grund dazu hatten.

»Danke, dass Ihr mich begleitet habt.«

Jonare lächelte. »War mir ein Vergnügen. Darf ich die Skizze haben, die Ihr von mir gemacht habt?«

Rielle nickte. »Natürlich!«

Die andere Frau tätschelte Rielles Arm. »Ich freue mich darauf, ein Gemälde von Euch zu sehen.«

»Ich auch.« Rielle verzog das Gesicht. »Obwohl ich mich frage, ob Izare seine Seite unserer Abmachung einhalten wird.«

Jonare lachte und machte einen Schritt zurück. »Das wird er. Er will nur sichergehen, dass Ihr einen Grund habt, weiter zu Besuch zu kommen, wenn sein Porträt von Euch fertig ist.« Sie zwinkerte ihr zu, dann drehte sie sich um und ging zurück in die Richtung, aus der sie gekommen waren.

Rielle schaute ihr nach und hob eine Hand an die Wange, dahin, wo Izare sie geküsst hatte. Bei der Erinnerung daran durchlief sie erneuert ein Schauer. Es war nicht mehr gewesen als das, was er bei anderen Frauen tat, wenn er sie begrüßte oder sich von ihnen verabschiedete. Aber wenn Jonare nun recht hatte und er tatsächlich wollte, dass sie ihn weiter besuchte?

Sie drehte sich um und machte sich auf den Weg nach Hause. Es spielte keine Rolle, ob sein Interesse über die Chance hinausging, ein Modell zu haben, das er malen konnte. Ihre Eltern würden ihn niemals akzeptieren.

Oder vielleicht doch? Ist so ein großer Unterschied zwischen einem Künstler und einem Färber? Wir arbeiten alle mit Farbe. Tatsächlich könnten Izares Fähigkeiten in einer Färberei nützlich sein. Mutter und Vater respektieren Narmahs Fähigkeiten, und sie haben mich ermutigt zu malen. Vielleicht kann ich sie dazu bringen, einen weiteren Künstler als nützliche Ergänzung der Familie zu sehen – vor allem, weil ich kein Glück habe, einen Ehemann zu finden unter den …

Plötzliche Dunkelheit umgab sie; sie taumelte, konnte sich aber fangen und blieb stehen. Sie hatte eine Kreuzung mehrerer Straßen erreicht, die nicht groß genug war, um als Platz bezeichnet zu werden. Alles war durch schwarze Streifen und Flecken verunreinigt. Sie konnte den Außenrand davon erahnen und taumelte in diese Richtung.

Als sie aus der *Schwärze* heraus war, klärte sich ihre Sicht, und sie fand sich vor einer runzligen alten Frau wieder, die sich auf einen Stock stützte.

Und sie anstarrte.

»Es ist nicht schmutzig«, sagte die Frau. »Es ist lediglich leer.«

Rielles Herz, das gerast hatte, machte einen Sprung. Sie blickte sich um, und Erleichterung durchflutete sie, als sie sah, dass niemand sonst in der Nähe gewesen war, um ihre Reaktion auf die *Schwärze* zu bezeugen. Niemand außer dieser alten Frau.

Die Frau lächelte. »Das macht Euch Angst, nicht wahr? Ihr wollt es nicht sehen, aber Ihr tut es.«

Was bedeutete, dass die Frau es ebenfalls konnte. *Sie wird nichts sagen, denn wenn sie offenbarte, dass ich es sehen kann, würde sie auch offenbaren, dass sie es kann.* Rielle trat zurück – nicht zu weit, damit sie nicht wieder die *Schwärze* berührte. Die Frau lachte und machte einen Schritt vorwärts, und ihr Stock klopfte auf den Boden.

»Dann lauft davon. Lauft vor nichts davon. Wer dies hinterlassen hat, ist lange fort. Nach dem, was ich gehört habe, war es sogar eine gute Sache. Hat jemandem das Leben gerettet. Wer kann sagen, dass das etwas Schlechtes ist, hm?«

Was ist sie …? Wer ist sie …? Könnte sie die Verführerin sein?

Kaltes Entsetzen packte Rielle, und sie drehte sich um und floh.

Die Mauern zu beiden Seiten flogen vorbei, dann verschwanden sie, und schließlich musste Rielle abrupt stehen bleiben, um einem vollbeladenen Karren auszuweichen. Um sie herum wogte der Verkehr auf der Tempelstraße. Sie schaute über die Schulter und sah die menschenleere Straße hinter sich. Die Frau war ihr nicht gefolgt.

Wie hätte sie das auch tun sollen, so alt wie sie ist? Aber wenn sie eine Befleckte war – und keine Geringere als die Verführerin –, dann wussten nur sie und die Engel, was sie mit Magie bewirken konnte. Rielle beeilte sich dort wegzukommen und wechselte die Straßenseite, obwohl es bedeutete, dass sie sich in Gegenrichtung durch den Verkehr kämpfen musste.

Ich sollte es melden. Ich sollte es den Priestern sagen. Aber sie konnte das nicht tun, ohne ihre eigene Fähigkeit zu offenbaren, *Schwärze* zu sehen. Sie atmete tief und langsam durch, um sich zu beruhigen. Dann eilte sie weiter nach Hause.

7 Rielle

Der Himmel hatte sich wieder aufgehellt, als Rielle mit ihrer Familie den Tempelplatz erreichte, aber es roch immer noch nach Regen. Obwohl einige der Teilnehmer des Festumzugs ein wenig klamm aussahen, würden sie sich nicht daran hindern lassen, den Beginn des Engelfestes zu genießen. Rielles Familie war unter einem großen, leuchtend bunten Wachstuchbaldachin trocken geblieben, den die Arbeiter der Färberei auf ihrem Weg ins Stadtzentrum über ihnen aufgespannt hatten.

Der Baldachin wurde jetzt abgebaut und zu Bündeln zusammengerollt. Rielle und ihre Familie würden sich nun in die Menge mischen, sehr zu Rielles Erleichterung. Als Kind hatte sie es geliebt, Teil des Spektakels zu sein, aber jetzt, als junge Frau, war es ihr peinlich. Sie schaute an sich herab und seufzte. Ihre Kleider waren neu und leuchteten in einem kostspieligen Orangerot. Die Tunika war mit Tempelszenen bestickt. Sie musste zugeben, dass Narmahs Arbeit wunderschön war, aber sie war für ihren Geschmack allzu knallig. Doch zumindest hatte sie ihr erspart, auch noch übermäßig mit Schmuck behängt zu werden. Rielle war es gelungen, ihre Tante und ihre Mutter davon zu überzeugen, dass jeder Schmuck nur von Narmahs Werk ablenken würde.

Sie betrachtete ihren Bruder, der ebenso leuchtend wie sie in Himmelblau gekleidet war, und er erwiderte ihr Lächeln. Jedes Jahr zum Fest kehrte Inot zurück, und jedes Mal schockierte es sie zu sehen, wie viel erwachsener er wieder geworden war. Der siebenjährige Altersunterschied zwischen ihnen schien größer zu werden. Zu ihrer Enttäuschung hatte er seine Frau und seine Kinder nicht mitgebracht, da Wadinee hochschwanger mit dem dritten war.

Rielle und Inot folgten ihren Eltern auf dem Weg zum Tempel. Mühsam schlängelten sie sich durch die Menge, und beide hielten sie einen eingerollten Wimpel in den Farben ihrer Familie. Die Menschen ließen sie aus Respekt vor dem Status ihrer Eltern – sie betrieben Fyres beste und größte Färberei – passieren. Vielleicht, dachte Rielle, spielte dabei auch eine Rolle, dass man sich gewöhnlich lieber von ihnen fernhielt. Ihr Vater würde irgendwann stehen bleiben, wenn die vor ihnen Stehenden keinen Platz mehr machten. *Das ist eine Methode, anhand derer die Bewohner von Fyre erkennen können, wo sie in der Hierarchie der Gesellschaft stehen,* überlegte Rielle. *Je näher die Menge dich an den Tempel heranlässt, desto höher ist dein Status.*

Als sie schließlich stehen blieben, war sie überrascht, wie weit ihr Vater gelangt war. In der Nähe stand die Familie von Bayla und Tareme; die beiden Mädchen waren allerdings nicht bei ihnen. Höfliche Grüße wurden ausgetauscht. Rielles Mutter erkundigte sich nach Ako und den Mädchen. Rielle fing die Worte »junge Leute« und »Fest« auf.

»Gehst du nicht zu diesem Fest?«, fragte ihre Mutter sie leise, als das Gespräch beendet war.

»Ich nahm an, du würdest mich hier bei dir haben wollen, wie immer«, erwiderte Rielle. Obwohl es sie nicht kümmerte, dass sie nicht eingeladen worden war, würde ihre Mutter das anders empfinden.

»Oh, du hättest mich fragen sollen. Hm, vielleicht ist es noch nicht zu spät, die Einladung anzunehmen.«

Die Menschenmenge wurde ruhiger. »Weil ich nicht hingehen wollte, habe ich mich nicht erkundigt, wo das Fest stattfindet.«

»Ich werde einfach fragen …«

»Nein!« Rielle ergriff die Hand ihrer Mutter, was ihr ein Stirnrunzeln eintrug. »Nicht jetzt. Ich glaube, die Zeremonie fängt gleich an.«

Sie hatte noch kein Anzeichen dafür gesehen, aber glücklicherweise dauerte es nicht lange, bis die Tempeltüren geöffnet wurden und Priester erschienen. Der oberste Priester, Sa-Koml, richtete das Wort an die Menschen auf dem Platz und begann seine übliche Zusammenfassung der Ereignisse des Jahres.

Beim Anblick der anderen Priester konnte sich Rielle ein Lächeln über Sa-Baro nicht verkneifen, der zum Publikum hinunterstrahlte. *Er liebt Feste so sehr,* dachte sie und erinnerte sich daran, mit welchem Genuss er ihnen von den Feierlichkeiten aus den Geschichten der Vergangenheit vorlas. Sie erkannte auch Sa-Elem. Der Mann stand aufrecht da und schaute ernst auf die Menge herab. Sein Blick glitt langsam über alle Anwesenden, und sie stellte sich unwillkürlich vor, dass er bei denen verweilte, bei denen er im Laufe des vergangenen Jahres überlegt hatte, ob sie vielleicht magische Fähigkeiten besaßen.

Dann begegnete sie seinem Blick, oder zumindest schien es ihr so. Er war etwas zu weit entfernt, als dass sie sich hätte sicher sein können. Er hielt inne, dann senkte er leicht das Kinn, bevor er wegsah. Rielle starrte ihn an und fragte sich, ob sie sich sein Nicken nur eingebildet hatte, und sie widerstand der Versuchung, hinter sich zu schauen, um festzustellen, ob die Geste für jemand anderen bestimmt gewesen war. Hatte er tatsächlich sie gemeint? Und wenn ja, warum?

Jemand anders schaute in ihre Richtung, und Rielles Augen wanderten instinktiv zu dem Mann neben Sa-Elem. Jetzt war es der junge Priester, Sa-Gest, der sie anzusehen schien. Er lächelte, aber vielleicht, weil sie sich bereits unsicher und befangen fühlte, erschien ihr dieses Lächeln nicht freundlich. Sie zog ihr Kopftuch enger ums Gesicht und schaute zur Seite, richtete den Blick auf ihren Vater, in der Hoffnung, dass der Priester – falls er sie überhaupt beobachtete – denken würde, dass sie es tat, weil ihr Vater das Wort an sie gerichtet hatte.

Sa-Koml hatte seinen Jahresrückblick beendet und hob zu einem gemeinsamen Dankgebet an. Rielle flüsterte ein zusätzliches Gebet des Dankes an die Priester und Engel, weil sie sie dem Befleckten hatten entfliehen lassen. *Und weil sie mich mit Izare bekannt gemacht haben,* fügte sie im Stillen hinzu. Der neue Befleckte, auf den die Priester Jagd machten, war nicht erwähnt worden, ebenso wenig wie der Verführer, der sie unterrichtete. Das Fest war dazu da, die guten Dinge des Lebens zu feiern, nicht die schlechten.

Als das Gebet zu Ende war, erhoben sich Hunderte von Wimpeln über der Menge. Rielle brach das Siegel auf, das ihren Wimpel geschlossen hielt, und spürte, wie er sich in ihren Händen lockerte und entrollte. Sie hob ihn hoch und lächelte, als ihr Wimpel und die Wimpel ihrer Eltern einen Regenbogen zu den vielfältigen Familienfarben hinzufügten. Alle begannen zu singen und den Tempel zu umkreisen. Einmal zum Dank und dann noch ein paar Male, um Glück zu erbitten.

Auf dem Weg um den Tempel warfen sie Münzen durch Gitter, die einmal im Jahr für diese Zeremonie aufgedeckt wurden. Die Münzen fielen in die unterirdischen Gänge unter dem Platz, wo Priester sie später einsammeln und für Verbesserungen in der Stadt ausgeben würden. Nicht alle Bürger beteiligten sich an diesem Ritual – sämtliche Einwohner passten gewiss nicht auf den Platz, und es ersparte den ärmeren Fyreanern die Verpflichtung, etwas zu spenden. Um den Platz herum hockten Menschen in Hauseingängen oder drängten sich an Fenstern, um zuzusehen. Eltern hielten ihre Kinder in die Höhe oder ließen sie auf ihren Schultern reiten.

Ein vertrautes Gesicht unter ihnen erregte ihre Aufmerksamkeit, und ihr Pulsschlag verdoppelte sich. Izare lächelte und winkte ihr zu. Sie lächelte zurück. Er bedeutete ihr, näher zu kommen. Sie schüttelte den Kopf.

»Wer war das?«, fragte ihre Mutter.

Rielle drehte sich um und war erleichtert zu sehen, dass ihre Mutter die Gesichter innerhalb der kreisenden Menge inspizierte. Es würde ihr nicht in den Sinn kommen, dass ihre Tochter jemanden außerhalb dieses Kreises kennen könnte.

»Ein Freund«, antwortete Rielle.

»Oh, dann solltest du zu ihm gehen.«

»Aber was ist mit …?«

»Nein, nein. Narmah kann jemand anderen finden, der ihr beim Festmahl hilft. Ich bin mir sicher, das Fest deiner Freunde wird noch prächtiger sein als unseres. Geh nur zu ihnen.« Sie pflückte den Wimpel aus Rielles Hand. »Sei vor Einbruch der Dunkelheit zu Hause.«

Rielle gab der Hand, die gegen ihre Schulter drückte, nach. Sie drehte sich um, und ihr Herz raste, sowohl vor Angst als auch vor Aufregung. Wenn sie sich jetzt Izare anschloss, würden sie *Stunden* zusammen haben. *Kann ich damit durchkommen? Mutter könnte Baylas Eltern später nach dem Fest fragen und erfahren, dass ich dort nicht erschienen bin. Sie wird wissen wollen, wo ich stattdessen war.*

Doch diese Feste konnten sehr groß sein. Rielle konnte behaupten, sie habe das Fest in einer stillen Ecke zugebracht und mit ein oder zwei Leuten geredet, die sie gerade erst kennengelernt habe und an deren Namen sie sich nicht erinnern könne. Wenn sie sagte, dass einer von ihnen gutaussehend oder nett zu ihr gewesen sei, würde ihre Mutter von Spekulationen darüber abgelenkt sein, wer der Mann sein könnte.

Der Rand der Menge bewegte sich schneller als die Mitte, daher ließ Rielle sich weitertragen, bis sie die Ecke erreichte, an der sie Izare hatte stehen sehen. Sie trat heraus und suchte die Gesichter ab. Er war nirgends zu entdecken. Hatte er versucht, der Menge zu folgen, und befand sich jetzt an einem anderen Teil des Platzes?

Plötzlich schob sich eine Hand unter Rielles Arm, und sie zuckte zusammen und drehte sich um. Greya schaute lächelnd auf sie herab.

»Ihr seht wirklich beeindruckend aus!«, sagte sie.

»Danke«, erwiderte Rielle, obwohl in ihren Augen Greya die Beeindruckendere von ihnen war. Hochgewachsen, blass und anmutig stach sie aus der Menge heraus.

»Er ist hier drüben«, sagte Greya und ging voraus.

Während sie sich zwischen den Menschen hindurchschlängelten, bemerkte Rielle, dass die Blicke der Männer mehr zu ihrer Führerin wanderten als zu ihren eigenen bunten Kleidern. Die Reaktionen waren gemischt. Einige starrten sie anerkennend an und sahen die Schönheit in ihren anmutigen, langen Gliedmaßen, aber andere runzelten die Stirn und bemerkten offensichtlich nur das helle Haar und die blasse Haut, die darauf hinwiesen, dass sie fremdländisches Blut in den Adern hatte. Ein Gefühl von Beunruhigung erwachte in Rielle.

»Bino«, sagte jemand, als sie sich durch einen Teil der Menge zwängten. Rielle schnappte nach Luft, entsetzt über die Beleidigung. Es war ein umgangssprachlicher Ausdruck für Albino und ließ durchblicken, dass ihre Haut- und Haarfarbe als Entstellung angesehen wurde.

»Wie rüpelhaft«, sagte Rielle.

Greya zuckte die Achseln. »Es ist nur ein Wort. Dass sie es als Beleidigung meinen, ist für Albinos beleidigender als für mich.«

In einem jähen Aufblitzen von Verstehen begriff Rielle, dass Greya solche Feindseligkeiten ständig ertragen musste. Wie brachte sie den Mut auf, auf die Bühne zu gehen? Oder schlimmer noch, sich allein in die Straßen der Stadt zu wagen? Vielleicht blieb sie nah bei ihren Freunden und verließ sich auf ihren Schutz.

»Wie lange lebt Ihr schon in Fyre?«, fragte Rielle.

»Ich bin hier geboren. Mein Vater war Schauspieler in einer Truppe, die von Stadt zu Stadt reiste. Eine Sängerin aus dem Ort hat ihn verführt. Ich habe ihn jedes Mal gesehen, wenn er in die Stadt zurückkam. Als ich alt genug war, um zu singen und zu schauspielern, bin ich mit ihm gereist, bis ich eine junge Frau war.«

Also hatte sie auch fyreanisches Blut in sich. Rielle schaute bewundernd zu der Frau hoch. Alle, die Izare kannte, hatten so eine interessante, ungewöhnliche Vergangenheit. Die Frauen waren äußerst selbstbewusst und zögerten nicht auszusprechen, was ihnen durch den Kopf ging.

»Warum seid Ihr zurückgekommen, um hier zu leben?«, fragte Rielle weiter.

»Es gab da einen Mann in der Gruppe, der mit mir das Lager teilen wollte. Ich mochte ihn nicht. Ich habe unserem Anführer erklärt, dass ich gehen würde, wenn der Mann die Truppe nicht verließ.« Sie zuckte die Achseln. »Ah, da ist Dorr.«

Der attraktive Schauspieler gesellte sich zu ihnen. In seiner beruhigenden Gegenwart gingen sie weiter, um sich mit Izare, Jonare und Errek zu treffen. Izare grinste, als er sie sah, und seine Begrüßung war ein Kuss auf die Wange, der sie für einige Atemzüge sprachlos vor Glück machte. Die anderen ließen Komplimente zu ihrem »Kostüm« hören.

»Sie werden mindestens noch eine Stunde so weitermachen«, sagte Dorr mit Blick auf die kreisende Menge. »Ich habe Hunger. Und Durst!«

»Zurück zum Brunnen?«, fragte Izare.

»Zurück zum Brunnen!«, stimmten die anderen zu.

Zu sechst gingen sie eine Route, die Rielle inzwischen vertraut war, und endeten auf dem kleinen Platz in der Nähe von Izares Haus. Die Anlieger hatten Tische und Stühle herausgebracht, um den freien Raum zu füllen, und bereiteten ein Festmahl vor, zu dem Izare Schalen mit getrockneten Früchten und Flaschen mit billigem Iquo beisteuerte. Es war ein bescheidenes und rustikales Mahl verglichen mit dem, was Rielle gewohnt war, aber es machte ihr nichts aus. Die Gesellschaft war viel interessanter.

Izare und seine Freunde stellten sie so vielen der Anwohner vor, dass sie nicht glaubte, sich irgendeinen Namen merken zu können. Zwei Frauen stellten sich verwegen als Huren vor, obwohl Rielle den Verdacht hatte, dass sie ihre kostbaren Kleider bemerkt und beschlossen hatten, sie zu schockieren. Ein Trio von Akrobaten traf ein und gab eine Vorstellung mit Kunststücken und Seiltanz für die Kinder. Jemand begann zu singen, und schon bald wurden Instrumente hervorgekramt, und die Leute fingen an zu tanzen.

Stunden vergingen. Als die Schatten länger wurden, brachen die ersten Gäste auf, und die Anwohner ließen sich auf Stühlen nieder, um zu schwatzen und Iquo zu schlürfen.

»Monya, wo ist Dinni?«, fragte Dorr eine der Nachbarinnen.

Die Frau verzog das Gesicht. »Sie ist immer noch ganz aufgebracht. Sie sagt: ›Warum sollte ich den Engeln dafür danken, dass sie uns ruiniert haben?‹«

»Ist es so schlimm?«, fragte Jonare mit leiser, besorgter Stimme.

»Nicht ganz. Nicht, wenn sie sofort mit einer neuen Skulptur anfängt. Sie wird immer noch eine fertig bekommen bis zur Hochzeit des Kunden, wenn sie bald beginnt und wir uns das Geld für den Stein borgen.«

»Hat sie schon mit der Arbeit angefangen?«, fragte Izare.

Die Frau sah ihn an und schüttelte den Kopf. »Sie entwickelt so eine Bindung zu ihnen. Es ist so, als frage man sie, ob sie ein Kind durch ein anderes ersetzen wolle.«

»Soll ich mal mit ihr reden?«

Sie nickte. »Das könnte helfen. Aber nicht heute. Morgen. Oder übermorgen.« Sie blickte zu einem der Häuser hoch. »Ich gehe lieber und sehe nach, wie sie zurechtkommt.«

Nachdem die Frau verschwunden war, verfiel die Gruppe in Schweigen. Rielle biss sich auf die Unterlippe, verblüfft über das Gespräch, aber unsicher, ob es zu neugierig wäre nachzufragen. Als Errek sich mit Merem zu unterhalten begann, beugte sich Greya zu Rielle vor.

»Monyas Frau ist Bildhauerin«, sagte sie leise. »Sie hatte den größten Auftrag, den sie jemals bekommen hat, fast fertig. Es hat sie viele Halbmondzeiten gekostet. Die Skulptur wurde … zertrümmert.«

Rielle schnappte bei dem Gedanken an all die Arbeit, die nun zerstört war, nach Luft. »Von wem? Räubern?«

Greya schüttelte den Kopf. »Von den Priestern, während der letzten Inspektion.«

»Aber … warum? Hat sie sie beleidigt?«

»Nein.«

»Warum dann?«

Greya zuckte die Achseln.

»Es könnte sein, dass sie nicht liebenswürdig genug war«, sagte Dorr. »Oder sie hat ihnen keine hinreichend große Spende angeboten.«

Rielle runzelte die Stirn, denn ihr war klar, dass er keineswegs von Spenden sprach. Aber wofür sollten die Priester Bestechungen fordern? Brauchten die Bildhauer Priester, die bei irgendwas ein Auge zudrückten? *Wie bei einem Befleckten?*

»Es geht nicht um Geld«, fügte Jonare hinzu, an niemanden Bestimmten gewandt. »Es geht darum, dass sie mit Monya zusammenlebt.«

Als Greya also von Dinni als Monyas Frau sprach, hatte sie keinen Fehler gemacht, überlegte Rielle. *Das ist ein wenig ungewöhnlich, aber gewiss nichts, was es rechtfertigt, sie so schwer zu bestrafen.*

»Welche Priester waren das?«, erkundigte sich Rielle.

Keiner der anderen antwortete; stattdessen warfen sie sich Blicke zu und schüttelten den Kopf.

Izare lächelte sie traurig an und schüttelte ebenfalls den Kopf. »Es wird Euch nichts nützen, sie zu melden«, erklärte er ihr. »Nichts wird sich ändern, und Ihr werdet damit nur verraten, dass Ihr mit uns gesprochen habt.«

»Die Priester werden Künstler immer schikanieren«, fügte Dorr achselzuckend hinzu. »Wir sind daran gewöhnt.«

»Weil die Leute denken, es sei wahrscheinlicher, dass wir Befleckte sind?« Rielle schüttelte den Kopf. »Ich hatte das noch nie gehört, bis Jonare es mir erzählt hat. Es ist lächerlich.«

»Ist es das?«, fragte Dorr. »Die meisten von uns werden niemals reich sein. Armut kann Menschen zu Verzweiflungstaten treiben. Wie der große Dichter Bahrla sagte: ›Künstler sind nur einen Hauch entfernt von Huren und Sklaven.‹«

»In Keya kannte ich Huren, die Magie benutzten, um eine

Empfängnis zu verhüten«, sagte Greya. Sie blickte auf und lächelte über all die unbehaglichen Mienen, die diese Offenbarung nach sich zog. »Es ist natürlich auch dort verboten.«

»Wie schaffen sie es, nicht erwischt zu werden?«, fragte Jonare.

Greya zuckte die Achseln. »*Schwärze* haftet an einem Ort, nicht an einer Person. Ich schätze, sie sind dafür irgendwo hingegangen, wo die Priester nicht hingehen.«

»Hast du den Priestern von ihnen erzählt?«, fragte Dorr.

»Nein. Die Menschen dort sehen eher über einen gelegentlichen kleinen Fehltritt hinweg, vor allem wenn er zu einem guten Zweck passiert.«

Rielle spürte, wie ihr von oben bis unten kalt wurde, und sie musste an eine gewisse alte Frau denken. *»Nach dem, was ich gehört habe, war es sogar eine gute Sache. Hat jemandem das Leben gerettet. Wer kann sagen, dass das etwas Schlechtes ist, hm?«* Sie schauderte.

»Nun, heute wird nicht mehr von Magie geredet«, verfügte Izare. »Das Fest soll eine Zeit guter Laune sein.« Er sah Rielle an und neigte den Kopf zur Seite. »Vielleicht sollte ich den Umstand, dass Rielle da ist, ausnutzen, um zu arbeiten.«

Rielles Herz setzte einen Schlag aus. Als er fragend eine Augenbraue hochzog, nickte sie. »Es wäre eine Schande, es nicht zu tun, und sobald das Fest vorüber ist, wird mich meine Tante vielleicht früher zu Hause erwarten.«

»Dann geht«, sagte Dorr und grinste. »Und keine Sorge. Dein Iquo wird nicht schlecht.«

Izare stand auf. »Lasst mir wenigstens eine Flasche übrig.«

»Eine Flasche!«, sagte Jonare. »Du kannst dich glücklich schätzen, wenn wir dir einen Becher voll aufheben.«

Rielle erhob sich und lächelte alle an. »Wenn ihr weg seid, bevor wir fertig sind, wünsche ich euch allen ein gutes Jahr.«

Zu ihrer Überraschung kicherten sie und tauschten wissende Blicke aus. Ihr stieg das Blut ins Gesicht, als sie begriff, wie die anderen ihre Worte interpretiert hatten.

»Fertig mit *Malen*«, erklärte sie energisch, dann schaute sie gen Himmel, als das Grinsen rundherum nur noch breiter wurde. »Engel, rettet meinen Ruf.« Damit drehte sie sich um und folgte Izare zu seiner Tür.

Diesem schien das Ganze nicht das Geringste auszumachen. Er öffnete die Tür zu seinem Haus und trat beiseite, um sie einzulassen. Sie machte einen Schritt auf die Treppe zu, aber eine Hand fing sie ein, sodass sie jäh stehen blieb. Als sie sich umdrehte, hörte sie die Tür hinter ihm zuschlagen und spürte die Wärme seiner Finger um ihre.

Aber diese Dinge waren plötzlich unwichtig im Vergleich zu dem, was ihre Augen ihr sagten.

Sein Blick war eindringlich, doch er starrte sie nicht auf diese analytische Weise an, wie wenn er sie malte. Sie erkannte Unsicherheit und ein Zögern – etwas, was sie noch nie bei ihm gesehen hatte. Und dann loderte ein seltsames, beinahe irres Licht in seinen Augen auf, und er zog sie an sich. Zog stärker, als sie erwartet hatte, sodass sie das Gleichgewicht verlor. Aber statt gegen ihn zu fallen, fing er sie an den Schultern auf … und presste seinen Mund auf ihren.

Ihr ganzer Körper erstarrte, bis auf ihr Herz, das einen verrückten, unmöglichen Purzelbaum schlug. Bevor sie Zeit hatte, sich zu erholen, zog er sich zurück und schaute ihr forschend ins Gesicht.

»Es tut mir leid«, sagte sie, dann kicherte sie, als sie begriff, dass ihre Stimme nicht plötzlich tiefer geworden war – er hatte zur selben Zeit dieselben Worte gesprochen. »Ihr habt mich überrascht«, fügte sie hinzu.

»Eine nette Überraschung?«, fragte er.

Blut und Hitze rauschten durch ihren Körper, und es war kein unangenehmes Gefühl. »Ja«, sagte sie langsam.

Dass sie nun darauf vorbereitet war, machte den nächsten Kuss nicht weniger aufregend, aber gewiss … interessanter. Was er tat, ahmte sie nach, da er es offensichtlich schon früher getan hatte. So ging es eine ganze Weile weiter, und nur die winzigsten Pausen trennten eine Bewegung von der nächsten. Rielle fragte sich, wie so etwas Einfaches derart facettenreich sein und, obwohl sie sich ihm so lange hingaben, die ganze Zeit so aufregend bleiben konnte. Ihre Aufmerksamkeit richtete sich allmählich auf äußere Phänomene, zu der Art, wie seine Wange ihre berührte, zum Gefühl seines Rückens unter ihren Händen, zu der Weise, wie seine Finger nach oben wanderten, um in ihrem Haar zu wühlen (wo war ihr Kopftuch geblieben?), hinter ihrem Ohr entlangzustreicheln, langsam ihren Hals nachzufahren, ihre Schultern zu umschließen, ihre Arme zu umfassen …

… und dann irgendwie geschmeidig von dort aus zu ihren Brüsten zu wandern.

Sie stand plötzlich ganz still, zog sich nicht zurück, küsste ihn aber nicht länger. Warum spürte sie jetzt einen Funken der Entrüstung? Warum war ihr diese Berührung eine Warnung? Sie wusste, dass sie sich abwenden sollte, dass dies zu anderen Dingen führen würde, die sie nicht tun sollte, doch gleichzeitig wollte sie wissen, wie sich diese Dinge anfühlten.

Er strich mit den Daumen über ihre Brustwarzen. Das Gefühl war nicht unvertraut – es war ihr natürlich nicht entgangen, dass dieser Teil ihres Körpers in den letzten paar Jahren empfindlicher geworden war –, aber jetzt floss dieses Gefühl nach innen und durch sie hindurch, wurde immer intensiver, bis ihr ganzer Körper zu beben schien, was andere Gefühle an anderen Stellen weckte, die ebenfalls gerne Aufmerksamkeit erhalten hätten.

Zur gleichen Zeit war sie irgendwie derart mit ihm verschmolzen, dass sie nicht umhinkonnte, eine korrespondierende und viel offensichtlichere physische Veränderung an seinem Körper zu bemerken.

Unwillkürlich und unerwünscht stiegen Worte aus ihrer Erinnerung empor. Worte ihrer Tante. *»Ich denke, er wird viel mehr wollen, als dich zu malen.«*

Sie ergriff sanft seine Handgelenke und trat einen Schritt von ihm weg. Er leistete keinen Widerstand. Sie merkte, wie schnell sie atmete. Wie auch er. Sie musterten einander einen langen Moment, dann lächelte er.

»Wollen wir nach oben gehen?«

Sie nickte. »Zum Malen. Ihr habt ein Porträt fertigzustellen.«

»Und ich schulde Euch einige Lektionen.«

»Ja. Lektionen. Im Malen.«

Er bewegte sich nicht von der Stelle. »Glaubt Ihr, Eure Familie wird es merken, wenn Ihr auch weiterhin ein wenig später von Euren Tempelstunden nach Hause kommt?«

»Vielleicht. Wir werden sehen. Wir müssen das Beste aus der Zeit machen, die uns bleibt.«

Sein Lächeln wurde breiter. »In der Tat, das werden wir.«

8 Rielle

Mutter versucht dich also in eine von Fyres Familien zu verheiraten.« Inot lächelte mitfühlend.

Rielle seufzte, nickte und schaute wieder zur Straße vor ihr. »Ja.«

»Kein Glück gehabt?«

»Natürlich nicht.«

Sie hörte ihn kichern. »Sei nicht so pessimistisch«, sagte er. »Die Liebe ist ein großer Verführer.«

»Für mich oder für den unglücklichen Mann?«

Er lachte. »Für beide.« Dann verstummte er, und sie warf ihm einen verstohlenen Blick zu. Er runzelte die Stirn.

»Was ist los?«

Sein Blick begegnete ihrem. »Narmah hat mir von dem Befleckten erzählt.« Er schüttelte den Kopf. »Das wäre niemals passiert, wenn du mit jemandem zusammen gewesen wärst.«

Rielle wurde unbehaglich zumute. »Es war Pech, das ist alles. Es streifen nicht ständig Befleckte durch die Stadt.«

»Befleckte sind nicht die einzige Gefahr für eine junge Frau.«

»Ist das der Grund, warum du beschlossen hast, mich zu begleiten?«

»Ja. Ich will außerdem einen Freund besuchen, aber ich werde rechtzeitig aufbrechen, um dich danach abzuholen.«

Ihr sank das Herz, und sie drehte sich weg, um ihre Enttäuschung zu verbergen. *Aber er bleibt nicht lange in Fyre. Ich werde Izare in ein paar Vierteltagen wiedersehen. Wir wussten ohnehin, dass ich meine Besuche vielleicht würde abkürzen müssen, sobald die Festvorbereitungen vorüber sind.* Trotzdem, der Gedanke, ihn überhaupt nicht zu sehen, tat weh. Dann bekam sie Gewissensbisse, weil sie sich wünschte, ihr Bruder würde früher abreisen.

»War die Wüstendurchquerung diesmal schwer?«, fragte sie, um das Thema zu wechseln.

Er zuckte die Achseln. »Ein Sandsturm. Keine Banditen.«

»War der Sandsturm so schlimm wie der, von dem du mir erzählt hast … Das muss vor drei Jahren gewesen sein?«

Sie hatte Inot bei jedem seiner Besuche in der Stadt Löcher in den Bauch gefragt über sein Leben in der Ferne, weil sie wusste, wie unwahrscheinlich es war, dass sie selbst Fyre jemals verlassen würde. So gab es etwas, worüber sie reden konnten, denn ihr Altersunterschied bedeutete, dass sie sonst nicht viel gemeinsam hatten. *Dank ihm weiß ich, wie man die Wüste durchquert, ohne sich zu verirren, wie man einen Tibba-Biss behandelt, wie man einen Brunnen findet und Kapo hält.* Was ungefähr so nützlich für sie war, wie wenn er lernte, wie man Farbe machte und Malbretter vorbereitete, aber er ließ sie trotzdem immer munter vor sich hinplappern.

Sie wollte diesmal jedoch nicht übers Malen reden. Sie hatte im letzten Jahr nichts Neues gelernt, abgesehen davon, wie man Izares ölige Farbe herstellte, und wenn Narmah davon hörte, würde sie vielleicht erraten, von wem Rielle es gelernt haben musste. Stattdessen ließ Rielle Inot über seine Reisen sprechen, die Orte, an denen er Tuche und Farben gekauft hatte, und über seine Familie. Als sie den Tempel erreichten, wiederholte er sein Versprechen, sie dort zu erwarten, und ging dann mit langen Schritten davon.

Im Tempel waren die meisten Mädchen bereits eingetroffen. Famire fehlte zu Rielles Erleichterung. Tareme und Bayla diskutierten irgendetwas Skandalöses, das während des Festes passiert war. Sie brachen ihre Unterhaltung nicht ab, entweder weil sie sich nicht darum scherten, dass Rielle nicht eingeladen gewesen war, oder weil sie es gar nicht registriert hatten.

Sa-Baro erschien bald darauf und wies die Mädchen auf ihre Plätze. Als sie sich gesetzt hatten, begann er zu ihnen zu sprechen.

»Das Fest der Engel ist eine Zeit des Danksagens und markiert das Ende eines Jahres und den Beginn eines neuen. Wenn wir das neue Jahr beginnen, bieten wir Priester den Menschen der Stadt Gelegenheit, Dinge zu besprechen, die ihnen auf dem Herzen liegen, und das schließt auch ein, dass die Lehrer mit ihren Schülern über ihre Fortschritte im Unterricht und ihre Zukunft reden.« Der alte Priester lächelte. »Ich hoffe, dass sich die Behauptung meiner Priesterkollegen, ich hätte die leichtere Aufgabe, als richtig erweist. Ich werde nacheinander mit euch allen sprechen. Ihr Übrigen werdet das Kapitel über den Engel der Gerechtigkeit lesen. Bayla, du machst den Anfang. Komm mit mir.«

Bayla erhob sich und folgte Sa-Baro in einen Nebenraum, der dem privaten Gebet diente. Die anderen Mädchen tauschten Blicke. Alle griffen nach dem Buch der Engel und öffneten es. Rielle folgte ihrem Beispiel, aber nach den geflüsterten Gesprächen zu urteilen, die bald einsetzten, vermutete sie, dass nur wenige tatsächlich lasen.

Rielle hatte die Geschichten in dem Buch schon oft gelesen, und obwohl sie ihre Lieblingsgeschichten hatte, stellte sie fest, dass sie sich nicht aufs Lesen konzentrieren konnte. Wann immer Sa-Baro mit einem der Mädchen zurückkehrte und ein anderes auswählte, verspürte sie eine wachsende

Anspannung. Warum machte sie sich Sorgen? Über den Unterricht gab es nicht viel zu sagen. Er war nicht schwierig, und Sa-Baro hatte sich nie unzufrieden mit ihren Fortschritten gezeigt.

Sie hatte keine Angst, begriff sie. Es war mehr Aufregung. Dies fühlte sich an wie eine seltene Gelegenheit, etwas in Ordnung zu bringen, aber sie war sich nicht sicher, was. Vielleicht sollte sie die Grobheit der anderen Mädchen erwähnen? Würde das irgendetwas bewirken? Kein Priester konnte sie dazu bringen, Rielle als Ebenbürtige behandeln zu *wollen.*

Wenn nicht mit ihren Mitschülerinnen, mit wem sonst würde sie dann gern etwas bereinigen? Ihr Familienleben war so gut, wie man es erwarten konnte, und jedwede Klagen sollte sie ohnehin an den Priester ihres Stadtteiltempels richten.

Mit wem sonst verbrachte sie Zeit? Die Antwort sprang ihr ins Bewusstsein.

Mit Izare und seinen Freunden.

Sie konnte dem Priester nicht von ihnen erzählen, doch es gab eine damit zusammenhängende Angelegenheit, die sie durchaus mit ihm besprechen konnte. Sie würde jedoch vorsichtig sein müssen.

Dann zog sich die Zeit dahin. Sie benutzte sie, um zu überlegen, wie sie sich dem Thema nähern könnte und was sie zu erwähnen vermeiden sollte. Als Sa-Baro endlich ihren Namen aufrief, lief ihr ein prickelnder Schauer über den Rücken. Sie stand auf und folgte ihm in den privaten Gebetsraum.

Ein großes Spiritual hing an der Wand, das ziemlich alt aussah. Die Figuren waren alle unproportioniert und so unrealistisch, dass sie beinahe komisch wirkten. Die Farben jedoch leuchteten. Es war zumindest mit Pigmenten von guter Qualität gemalt worden. Sa-Baro deutete auf einen der Stühle und nahm auf dem anderen Platz.

»Also, Rielle. Du kommst jetzt seit einem Jahr zu mir in den Unterricht. Bist du zufrieden mit deiner Ausbildung hier?«

Sie nickte. »Ja.«

»Kommst du gern hierher? Du hast jetzt einen so viel weiteren Weg als früher.«

»Das ist richtig, aber ich finde den Unterricht interessanter.«

Er lächelte, dann wurde er wieder ernst. »Mir ist in letzter Zeit aufgefallen, dass du manchmal richtig erleichtert wirkst, wenn der Unterricht zu Ende ist.«

Rielle blickte auf ihre Hände hinab und seufzte. »Meine Eltern haben mich hierhergeschickt, weil sie hoffen, ich würde unter den Familien der anderen Mädchen einen Ehemann finden«, sagte sie.

»Das ist vermutlich wahr.«

Sie schaute auf und begegnete seinem Blick. »Es *ist* wahr. Meine Mutter hat mir das ganz klargemacht. Sie ist nicht besonders subtil.« Rielle seufzte erneut und senkte den Blick wieder. »Aber es ist auch wahr, dass das reine Zeitverschwendung ist. Ich habe Gespräche mit angehört, und die anderen Mädchen haben durch Hinweise und Andeutungen sowohl höflicher als auch … weniger höflicher Natur klargestellt, dass keine der Familien mich als eine passende Partie für ihre Söhne betrachten würde.«

Der Priester nickte. »Ah. Das ist nicht ganz wahr. Jeder will, dass seine Kinder den Familienstatus verbessern, und die Ehe ist dazu die beste Möglichkeit für junge Frauen – für alle jungen Frauen. Die Frauen sehen dich als Konkurrentin. Die Männer tun das nicht.«

Rielle schüttelte den Kopf. »Wenn irgendeiner von ihnen

eine Frau unterhalb des gesellschaftlichen Standes ihrer Familien in Erwägung zieht, dann können sie erstaunlich gut das Gegenteil vorschützen. Wenn es welche in Erwägung ziehen, verhindern ihre Familien, dass sie mich treffen oder mit mir Umgang pflegen.«

Sa-Baro zog die Schultern hoch. »Vielleicht würden sie es bei einem älteren Sohn, der erben wird, vorziehen, wenn er eine Frau von gleichem Stand heiratet – oder ihnen ist eine Allianz mit einer anderen Familie wichtig.«

Rielle hielt inne, dann senkte sie die Stimme. »Die einzigen freien Männer, denen man mich vorgestellt hat, waren entweder Lüstlinge, Spieler oder Trinker, oder sie hatten körperliche oder geistige Einschränkungen. Ich hätte vielleicht ein paar von den letzteren in Erwägung gezogen, wenn sie sich nicht so benommen hätten, als dächten sie, ich sei unter ihrer Würde.«

Sa-Baro betrachtete sie mit halb geschlossenen Augen, offensichtlich dachte er nach. Dass er den Punkt nicht bestritt, ließ sie etwas sicherer auftreten.

»Meine Eltern sind entschlossen, mich über unserem Stand zu verheiraten. Ich bin es nicht«, fuhr sie fort. »Ich würde jemanden von gleichem oder sogar niederem Stand akzeptieren, wenn er aufrichtig und freundlich wäre.«

Er lächelte. »Deine Bescheidenheit und Nüchternheit gereichen dir zur Ehre.«

Sie seufzte. »Tun sie das? Um die Wahrheit zu sagen, wenn ich dann ständig mit den Grobheiten dieser Mädchen zu tun hätte, würde ich lieber gar nicht in die Familien einheiraten.«

Er legte die Stirn in Falten und sah zur Haupthalle hinüber. »Ich werde ihren Eltern gegenüber ihr Verhalten zur Sprache bringen. Keine Sorge – ich werde nicht erwähnen, dass du zu ihrer Zielscheibe geworden bist, sondern nur andeuten, dass mir ein allgemeiner Mangel an Manieren aufgefallen sei.« Er wandte sich ihr wieder zu. »Also, gibt es einen Mann, den du als möglichen künftigen Ehemann im Sinn hast?«

Bei der Frage stieg ihr das Blut ins Gesicht, und sie schaute weg. *Das kann ich ihm nicht erzählen!* Es war etwas Schreckliches, einen Priester zu belügen. Aber andererseits brauchte ihre Antwort nicht konkret zu sein.

»Vielleicht jemanden aus einem Gewerbe«, antwortete sie. »Vielleicht einem Gewerbe ähnlich dem meiner Eltern. Wenn die Interessen meines Mannes ihnen von Nutzen sein könnten, würde es ihnen vielleicht nichts ausmachen, wenn er nicht von höherem Stand wäre. Ein Weber oder Schneider vielleicht. Oder jemand mit Fähigkeiten, die der Färberei zugutekommen würden, wie die eines Künstlers.«

Sa-Baro nickte. »Wohl eher der Besitzer einer Weberei als der Weber selbst. Ein Künstler? Nicht nötig, so tief zu zielen.« Er runzelte die Stirn. »Warum ein Künstler?«

»Sie verstehen etwas von Farben, wie alle guten Färber es tun müssen.«

Die Falte zwischen seinen Augenbrauen hatte sich vertieft. Er musterte sie still, dann senkte er die Stimme. »Hast du seit dem Tag, an dem der Befleckte gefangen wurde, mit Izare Saffre gesprochen?«

Sie blinzelte ihn überrascht an. Hatte allein das Aussprechen des Wortes »Künstler« in ihm den Verdacht geweckt, dass sie sich mit Izare traf? *Ich kann nicht lügen,* dachte sie. Aber *ich werde nicht die Wahrheit sagen, es sei denn, ich muss.*

»Er hat mich am Vierteltag nach … diesem Tag nach Hause begleitet, als meine Mutter nicht daran gedacht hatte, einen Diener zu schicken.«

»Und in jüngster Zeit?«

Sie schüttelte den Kopf und befand, dass »jüngste Zeit« auch »in den letzten paar Tagen« bedeuten könne.

Er nickte und wandte den Blick ab. »Das ist eine Erleichterung. Ich bin mir sicher, deine Eltern würden Izare nicht billigen.«

Sie verdrehte die Augen. »Mögen mich die Engel erretten! Das ist das Problem, versteht Ihr nicht?« Seine Augen weiteten sich kurz vor Schreck. »Nicht Izare. Ich meine, die Familien, in die ich laut meinen Eltern einheiraten soll, billigen mich nicht, aber meine Eltern werden niemanden billigen, der nicht aus diesen Familien kommt. Ich denke langsam, dass dies alles dazu bestimmt ist, mich zu beschäftigen, bis ich zu alt bin, um zu heiraten, und die einzige Zukunft, die mir offensteht, die einer liebevollen Tante für künftige Neffen und Nichten und die einer Pflegerin für meine Mutter, meinen Vater und meine Tante ist, wenn sie alt sind.«

Jetzt entspannte er sich. »Ich denke nicht, dass das ihr wahres Ziel ist. Aber ich werde mit ihnen darüber reden. Falls du das wünschst.«

Sie holte tief Luft und nickte. Vielleicht würde er sie dazu bewegen, die Möglichkeit zumindest *in Betracht zu ziehen,* dass sie jemanden außerhalb der besagten Familien heiratete. Vielleicht würden sie mit der Zeit noch nachgiebiger werden. Vielleicht sogar so weit, dass sie Izare als passenden Ehemann in Betracht zogen. *Nicht, dass Izare irgendetwas gesagt hätte, das darauf schließen ließe, er wolle mich heiraten. Dafür ist es noch viel zu früh.* Eine weitere Gelegenheit, dass Sa-Baro mit ihren Eltern sprach und sie zu weniger ehrgeizigen Plänen für sie überredete, würde sich allerdings vielleicht nicht bieten, also war es auf jeden Fall gut, auch wenn sich die Sache mit Izare – was immer das war – nicht zu etwas Ernsthaftem entwickelte.

»Ja.« Sie atmete aus und nickte erneut. »Danke.« Dann lächelte sie. »Aber ich würde wirklich gern weiter hier Stunden haben, trotz der anderen Mädchen. Der Unterricht macht mir Spaß.« Es wäre viel schwerer, einen Vorwand zu finden,

Izare zu sehen, wenn sie nicht länger jeden Vierteltag vom Tempel zu Fuß nach Hause gehen musste.

Er strahlte sie an. »Nun, das ist das beste Kompliment, das ein Lehrer sich wünschen kann! Ich muss zuerst ein paar andere Angelegenheiten regeln, deshalb werde ich für die nächsten ein oder zwei Vierteltage keine Zeit haben, aber danach will ich sehen, was ich tun kann.«

9 Rielle

Mach nicht zu viel«, sagte der Schatten neben ihrer Schulter.

Rielle schaute von dem Gemälde auf, an dem sie arbeitete. »Findest du, dass es fertig ist?«

Ein seltsames kleines Lächeln umspielte Izares Lippen. »Ich denke, ja, aber ich habe schließlich auch noch andere Gründe, warum ich nicht will, dass du beschäftigt bist.«

Sie bemühte sich um eine hochmütige Miene, die sich aber schnell in ein Lächeln auflöste. Er lachte leise und beugte sich vor, um sie zu küssen, dann nahm er ihr den Pinsel aus der Hand. Sie hörte ihn klappernd zu Boden fallen, weil Izare die Entfernung zum Tisch falsch eingeschätzt hatte.

»Also … ist es fertig?«, wiederholte sie nach einiger Zeit.

Er drehte sich um, um das Gemälde zu betrachten. Es war ein kleines Bild, das einen Obstkorb zeigte. »Ist ein Gemälde jemals fertig? Ich kann immer etwas finden, das sich verbessern lässt. Für gewöhnlich höre ich auf, wenn mir die Zeit oder das Geld ausgeht. Oder es anfängt, mich zu langweilen. Du hast deine Sache sehr gut gemacht. Du brauchst nur Übung und ein bisschen Anleitung.« Er trat einen Schritt zurück und nickte. »Ich denke, wenn du jetzt weitermachen würdest, würdest du Gefahr laufen, es zu verderben. Was ein weit verbreiteter Anfängerfehler ist.«

Sie rümpfte die Nase. »Ich bin keine Anfängerin.«

»Bei dieser Art von Malerei schon. Sie ist weniger detailliert als das, woran du gewöhnt bist.«

»Und doch vermittelt es die Illusion, *realistischer* zu sein.«

Er seufzte. »Ich liebe es, dass du das verstehst. Dass du … mich verstehst.«

Rielles Herz machte einen Satz und trommelte mehrere schnelle Schläge, bevor es wieder ruhiger wurde. *Reg dich nicht zu sehr auf,* sagte sie sich. *Er hat nicht gesagt, dass er* mich *liebt.*

Aber es war unmöglich, keinen Kitzel zu spüren, als sie sich wieder küssten. Bald waren sie zu der Gruppe alter Stühle hinübergewandert. Jede Bewegung, die die Trennung ihrer Lippen erforderlich machte, traf bei ihnen auf Ablehnung, aber die örtliche Veränderung brachte neue Möglichkeiten mit sich, wie sich ihre Körper auf immer neue Weise aneinanderpressen konnten. Rielle liebte das Gefühl seiner Haut unter ihren Händen, warm und glatt. Sie war die erste gewesen, die unter dem Stoff den Körper erkundet hatte, indem sie ihm die Hände unters Hemd schob. Sie hatte nicht damit gerechnet, dass er das Gleiche tun würde, aber andererseits schien es kaum fair, dagegen Einwände zu erheben – und es erwies sich in der Folge als äußerst angenehm.

Sie zog die Grenze, wenn es darum ging die Kleidung abzulegen. Er seufzte wehmütig angesichts ihrer Schicklichkeit oder Zurückhaltung.

»Du weißt doch, dass ich nicht bei dir liegen kann?«, hatte sie gesagt, als sie am Tag des Festes gegangen war.

Er hatte gelächelt. »Du kannst nicht, oder du wirst nicht?«

»Werde nicht.« Wie gerne hätte sie ein *»noch«* hinzugefügt.

»Ich weiß.« Seine Miene wurde ernst. »Ich will dich, aber ich würde niemals wollen, dass du meinetwegen verletzt oder geringgeschätzt würdest, Rielle. Ich kann nicht beides vermeiden, wenn du zwischen mir und deiner Familie wählen musst.«

Ich glaube, in dem Moment habe ich mich in ihn verliebt, ging es ihr durch den Kopf. *Zumindest bewusst.*

Unten schlug eine Tür zu, und sie zuckten beide zusammen. Bei dem Geräusch eiliger Schritte, das folgte, sprang sie auf und richtete hastig ihre Kleider. Izare erhob sich würdevoll von seinem Stuhl und zog sein Hemd zurecht, bevor er zur Treppe hinüberging und nach unten schaute.

»Was gibt es, Errek?«

Die Schritte hielten inne.

»Es sind Priester in der Nähe. Könnte eine weitere Inspektion sein.« Es entstand eine kurze Pause. »Ist Rielle hier?«

Izare seufzte. »Ja. Danke für die Warnung.«

Rielle trat an das Geländer und lächelte zu Izares Freund hinunter. »Danke, Errek.«

Er zuckte die Achseln. »Ich kümmere mich nur um unsere neue Freundin.« Er drehte sich um, ging zur Tür und winkte ihnen noch einmal kurz zu, bevor er das Haus verließ.

»Nun. Ich würde die Engel bitten, sie zu verfluchen, nur dass sie wohl kaum ihre eigenen Priester verfluchen würden«, murmelte Rielle.

»Bitte sie, den Befleckten zu verfluchen, nach dem die Priester suchen«, erwiderte Izare düster. »Oder die Person, die ihn unterrichtet. Sie ist der Grund, warum unsere Häuser so oft durchsucht werden.« Er drehte sich um und zog sie zu einem innigen, wenn auch kurzen Kuss heran. »Geh. Und sei vorsichtig. Sie könnten auf der Jagd nach diesem neuen Befleckten sein.«

Ihr Magen flatterte. »Kannst du nicht mit mir kommen?«

Er dachte nach und nickte dann. »Ich muss nur erst ein paar Dinge verstecken.«

Sie band sich ihr Kopftuch um und sah zu, wie er einige

Bilder neu arrangierte. Er schob sein Porträt von ihr in die hohle Rückseite eines unvollendeten Spirituals. Als er vor ihrem Gemälde innehielt, schüttelte sie den Kopf.

»Keine Sorge. Das ist nur ein Übungsstück.«

»Sie könnten erraten, dass ich Unterricht gebe«, erwiderte er.

»Na und? Sie können nicht wissen, wen du unterrichtest.«

Er drehte sich um und bedeutete ihr, zur Treppe zu gehen. »Wie dem auch sei, wir sollten nicht trödeln. Zieh dein Kopftuch in die Stirn und halt den Kopf gesenkt. Du solltest zuerst gehen, und ich folge dir dann.«

Sie wäre lieber mit ihm zusammen gegangen, aber seine Gegenwart hinter ihr war beruhigend. Er summte beim Gehen und ließ sie dadurch wissen, dass er immer noch in der Nähe war. Als sie sich dem Ende der Tempelstraße näherten, spürte sie eine Berührung am Ellbogen. Sie drehte sich um und blieb stehen, als sie sah, dass er sie eingeholt hatte.

»Ich sollte jetzt besser zurückgehen.«

Sie nickte. Er lächelte, und sie hoffte, dass er sie küssen würde, aber es waren Leute in der Nähe, daher zwinkerte er ihr zu, bevor er sich umdrehte und schnell davonging. Während sie ihren Heimweg fortsetzte, nagte Enttäuschung an ihr. So wie die Dinge lagen, hatte sie schon wenig genug Zeit mit ihm, auch ohne dass die Priester sie zwangen, vorzeitig zu gehen.

Vorzeitig? Ich kann nicht vorzeitig nach Hause gehen. Sie blieb stehen. *Narmah und meine Eltern würden es bemerken und sich fragen, warum ich es nicht jeden Vierteltag so früh nach Hause schaffe.*

Aber was war, wenn es tatsächlich die Suche nach einem Befleckten gab, die die Priester in diesen Teil der Stadt geführt hatte? Sie dachte an das letzte Mal, als sie *Schwärze* gesehen hatte, und sie erstarrte. Das war nicht weit von hier gewesen. Die Erinnerung an die verrückte alte Frau schoss ihr durch den Kopf, und sie schauderte. Sie mied jetzt stets diese Kreuzung. Wann immer sie nach Hause ging, erinnerte sie sich an die seltsamen Dinge, die die alte Frau gesagt hatte. Es hatte eine große Verlockung in ihren Worten gelegen. Dieses ganze Gerede von »guten Gründen«.

Die Möglichkeit, dass sie der Verführerin begegnet war, war beängstigend. Aber sie verspürte auch Zorn über all den Ärger, den die Frau verursacht, und die Existenzen, die sie zerstört hatte. Doch dem Gefühl folgten Gewissensbisse. *Ich hätte Sa-Baro von ihr erzählen sollen. Ich hätte ihm sagen können, was sie gesagt hat. Es wäre nicht nötig gewesen, ihm zu erzählen, dass ich* Schwärze *gesehen habe.* Doch die kryptischen Dinge, die die Frau gesagt hatte, bewiesen nicht zweifelsfrei, dass sie die Verführerin war. Sie konnte einfach eine verrückte alte Frau sein, die *Schwärze* zu sehen vermochte – die dann den Priestern erzählen würde, dass Rielle es ebenfalls konnte. Und wenn die Priester fanden, es sei ein allzu großer Zufall, dass Rielle sowohl einem Befleckten als auch der Verführerin begegnet war, und anfingen zu argwöhnen, dass sie irgendwie mehr mit den beiden zu tun hatte?

Trotzdem, es war das Risiko vielleicht wert, wenn es dazu führte, dass die Verführerin entdeckt wurde.

Rielle ging weiter. *Ich brauche Beweise, bevor ich dieses Risiko auf mich nehme. Ich muss selbst sehen, wie sie Magie anwendet.* Die Frau würde sie jedoch kaum vor aller Augen einsetzen. Sie würde sie dazu verleiten müssen. Rielle verlangsamte ihre Schritte. *Und wenn ich so täte, als wolle ich Magie erlernen, und dann meine Meinung ändere? Oder so tue, als würde ich scheitern?*

Das wäre gefährlich. Die Verführerin war eine Benutzerin von Magie. Wer konnte wissen, was sie Rielle antun würde, wenn sie begriff, dass sie überlistet worden war? Davon abgesehen würde die alte Frau, wenn sie die Verführerin war, gewiss niemals zweimal am selben Ort erscheinen, aus Furcht vor einer Gefangennahme.

Wenn sie also immer noch dort ist, beweist das, dass sie nicht *die Verführerin ist.*

Rielles Schritte wurden noch langsamer. Was bedeutete, dass es nicht schaden konnte nachzusehen. Zumindest auf diese Frage würde sie eine Antwort bekommen. Wenn die Frau die Verführerin war, würde sie nicht dort sein. Wenn sie es nicht war, war sie eine verrückte, harmlose alte Frau. Rielle brauchte nur achtzugeben, dass sie nicht auf *Schwärze* reagierte, falls sie noch dort in der Luft hing, und jemand anders es bemerkte.

Als träfen sie die Entscheidung für sie, änderten ihre Füße die Richtung. Ihr Herz hämmerte wild, als sie die kleine Kreuzung erreichte. Sie zwang ihre Atmung, ruhiger zu werden, ließ die Schultern fallen und schlenderte über den kleinen Platz.

Ihre Sinne regten sich. Es war tatsächlich noch *Schwärze* zu sehen, aber sie war geschrumpft und fleckig. Noch eine Frau ging gerade mit großen Schritten über den Platz, aber sie war höchstens zehn Jahre älter als Rielle, und sie blickte nicht auf, als sie vorübereilte. Einige Schritte weiter drehte Rielle sich um, als schaue sie der Frau nach, und suchte noch einmal die Einmündung aller Straßen ab. Ohne jemanden sonst zu entdecken. Sie stieß einen Seufzer der Erleichterung aus und wandte sich um …

… um ihren Weg von einer schon bekannten, verhutzelten Kreatur versperrt zu sehen.

»Sucht Ihr nach jemandem?«, zischte die Frau und ignorierte Rielles überraschten Aufschrei.

»Nein!«, erwiderte Rielle und ging um die Frau herum.

Die Frau tat nichts, um ihr den Weg zu versperren, aber

sie folgte jeder Bewegung Rielles mit unverwandtem Blick. Rielle drehte sich um, um schnell wegzugehen.

»Sie kann Euch helfen«, sagte sie leise.

Rielle blieb erstaunt stehen. *»Sie?«*

Die alte Frau war nicht die Verführerin. *Aber sie kennt die Verführerin. Sie ist hier, um potenzielle Befleckte zu finden und ihnen den Weg zu ihr zu weisen,* vermutete sie.

Sie würde Rielle sagen können, wie sie die Verführerin finden konnte. Langsam drehte Rielle sich um. Sie konnte der alten Frau nicht in die Augen sehen, aber das wäre kaum ungewöhnlich für jemanden, der magisches Wissen suchte.

»Wie?«, flüsterte sie.

»Nur sie kann Euch das sagen.«

Die alte Frau kam näher, dann streckte sie eine Hand aus. Widerstrebend hielt Rielle ihr die ihre hin, die Handfläche nach oben gedreht. Ein eingerolltes Stück Papier fiel in ihre Hand. Die Frau beugte sich noch näher zu ihr.

»Kauft ein gelbes Kopftuch und erkundigt Euch nach dem Weg zum Bäcker. Sie wird Euch finden.« Sie wich zurück.

Rielle starrte auf das Papier hinab und schloss dann die Finger darum. Die Frau schlurfte in eine Seitenstraße. Der Platz lag wieder verlassen da.

Was soll ich tun?

Unsicher faltete sie den zusammengerollten Zettel auseinander. Darauf fand sie eine Karte, einen winzigen Ausschnitt vom Stadtplan. Keine Worte. Keine Straßennamen. Keine vertrauten Orientierungspunkte. *Wie soll ich dem hier folgen?*

Dann sah sie den gelben Punkt. War das der Ort, an dem sie das Kopftuch kaufen sollte? Ihr Blick wanderte zu einer schwarzen Markierung, wo mehrere Straßen zusammentrafen. *Ah. Sehr gerissen. Nur jemand, der Schwärze sehen konnte, würde wissen, was* das *bedeutete.*

Der Laden – wenn es denn einer war – war nicht weit entfernt. *Ich muss nicht hineingehen. Ich brauche nichts anderes zu tun, als Informationen zu finden, die den Priestern vielleicht helfen.* Die Karte enthielt keinen Hinweis auf einen bestimmten Weg, den sie nehmen sollte, was drei verschiedene Möglichkeiten eröffnete. Rielle entschied sich für die ruhigeren, schattigeren Straßen, die nicht direkt zu ihrem Ziel führten.

Was ist, wenn das hier eine Falle der Priester ist, um zu sehen, wer der Versuchung vielleicht erliegt? Sie würden ihr möglicherweise nicht glauben, dass sie ihnen nur helfen wollte. *Gewiss werden sie warten, bis die Falle zuschnappt und kein Zweifel mehr besteht, dass die verdächtigte Person tatsächlich Magie erlernt hat?*

Als sie die Stelle erreichte, die auf der Karte gelb markiert war, verlangsamte sie ihre Schritte. Da war tatsächlich ein Laden, der Kopftücher verkaufte. Bunte Markisen beschatteten die Fassade, und die Waren der Besitzerin waren an Streben an der Wand festgebunden und flatterten dort wie vielfarbige Fransen. Der Laden befand sich in der Ecke eines kleinen Platzes mit Geschäften, die Schmuck, Einrichtungsgegenstände und Stoff verkauften. Einige Bewohner der Gegend hielten sich in dem Hof auf: ein Musikant, ein Schuster, der mit einem Kunden beschäftigt war, und zwei Kinder, die Blumen verkauften. Als Rielle vortrat, um die Kopftücher in Augenschein zu nehmen, erschien eine Frau in der Ladentür.

»Gibt es eine Farbe, die Ihr bevorzugt?«, fragte sie.

Rielle mied den Blick der Frau und berührte ein blaues Kopftuch, das, wenn nicht ganz, so doch zumindest fast die leuchtende Farbe hatte, die den Engeln zugeordnet wurde. An den Zipfeln hatte das Kopftuch silberne Glöckchen anstelle von Quasten.

»Mitternacht auf dem Meer, die Wellen singen ein Lied um mich her …«, trällerte eine Stimme. Rielle drehte sich um und sah, dass der Musikant sie beobachtete, während er auf einer besonders bauchigen Baamn spielte.

»Macht Euch seinetwegen keine Gedanken«, sagte die Kopftuchverkäuferin. »Das tut er immer. Zuerst ist es ein wenig seltsam, aber es schadet niemandem, und manchen Kunden gefällt es. Also … das blaue?«

»Nein.« Rielle tat so, als denke sie nach, und ließ die Hand über eines der wenigen gelben Kopftücher gleiten. Ihr Herz begann zu rasen. Würde die Frau aufgrund ihrer Wahl ihre Absicht erkennen? »Blau ist hübsch. Aber es ist … für jemand anderen.«

»Gelb ist eine leuchtende, fröhliche Farbe. Trotzdem steht es nicht vielen. Ich denke, dies wäre ein sichereres Geschenk.«

Als die Frau ein Kopftuch von der Farbe von dunklen Blättern aufknotete, stimmte der Musikant eine Klage über jemanden an, der sich im Wald verirrt hatte. Rielle fiel ein, dass sie noch nie einen Wald gesehen hatte. Oder das Meer. Sie schüttelte den Kopf und deutete auf das gelbe Kopftuch.

»Ich kenne diese Person gut«, erklärte sie. »Sie mag gelb.«

Die Verkäuferin machte ein Gesicht, als wolle sie widersprechen, doch dann zuckte sie zu Rielles Erleichterung die Achseln. »Nun, sollte sie ihre Meinung ändern, könnt Ihr das Kopftuch gegen ein anderes umtauschen, wenn es noch in gutem Zustand ist.«

Rielle nickte. Ihre Haut juckte, während sie ein wenig um den Preis feilschte, weil es seltsam gewesen wäre, das nicht zu tun. Als sie die Münzen abzählte, veränderte sich die Melodie des Musikanten abermals, und es lief ihr kalt den Rücken hinunter.

»Deine Liebe ist wie der Sonnenschein …«, sang er; ihm gefiel das Spiel offensichtlich.

Die Verkäuferin rollte das Kopftuch sorgsam zusammen und wickelte es in ein Stück billigen Stoffs. Rielle schaute zu und bemühte sich, ihre Ungeduld und Furcht im Zaum zu halten. Endlich konnte sie gehen. Sie eilte davon. Erst als sie in die nächstbeste Straße eingebogen war und sah, dass sie sich in einer schmalen Gasse befand, wurde ihr klar, dass sie nicht gefragt hatte, wo der Bäcker war. Sie formte mit den Lippen einen Fluch und blickte sich um.

Einige Schritte hinter ihr ging eine Frau, die nun aufschaute und lächelte. Ihre Kleider hatten die Farbe der Wüste, und ihr Gesicht war ziemlich zerfurcht. Sie war nicht ganz so alt wie Narmah, aber sie hatte tiefere Linien zwischen den Augenbrauen und um den Mund herum. Bei dem direkten, taxierenden Blick der Frau wurden Rielle die Knie weich.

»Das ist ein hübsches Kopftuch, das Ihr da gekauft habt«, sagte sie, ohne Rielle aus den Augen zu lassen. »Meine Lieblingsfarbe.«

Ihr Ton war voller Erwartung. Rielle stand wie vom Donner gerührt da, und ihr Herz raste. *Das ist sie! Sie muss es sein! Was mache ich jetzt? Wegrennen?* Sie stellte sich vor, wie sie von Magie erfasst und in die Höhe gehoben wurde und sich vor Schmerzen wand, gerade so, wie es ihrem Entführer ergangen war. Nachdem sie langsam und zitternd einen Atemzug in die Lunge gesogen hatte, hielt Rielle der Frau das eingewickelte Kopftuch hin.

Die Hand, die die Frau ausstreckte, war bedeckt mit Ringen. Sie nahm das Päckchen, dann deutete sie auf etwas hinter Rielle. Als diese sich umdrehte, sah sie einen Planwagen, der ebenso verwittert war wie die Frau und der den größten Teil des nahen Eingangs zu einer Gasse ausfüllte. Er war überdacht mit einem Stoffbaldachin, von der gleichen Farbe wie die Kleider der Frau.

Eine Hand hakte sich bei Rielle ein. »Kommt mit.«

Mit hämmerndem Herzen ließ Rielle sich von der Frau zur Rückseite des Wagens führen. Die Verführerin zog eine Plane beiseite. Rielle spähte hinein und sah einen überraschend behaglichen Innenraum voller Kissen und kleiner Reisetruhen.

Sie zögerte. Wenn sie zuerst hineinkletterte, würde sie in der Falle sitzen, mit der Frau zwischen sich und dem Ausgang.

Die Frau lächelte kaum merklich, dann kletterte sie die kleine Leiter hinauf und kroch in den Wagen. Sie drehte sich wieder um, um die Plane aufzuhalten.

»Seht Ihr? Vollkommen sicher.«

Rielle holte tief Luft, ließ den Atem langsam wieder heraus und zwang sich dann, der Frau in den Wagen zu folgen. Die Verführerin setzte sich auf die Kissen, nahe genug, um Rielle berühren zu können. Schweigend musterten sie einander für einen langen Moment.

»Hattet Ihr Spaß beim Fest?«, fragte die Frau.

Rielle nickte.

»Habt Ihr mit der Familie oder mit Freunden gefeiert?«

»Mit beiden«, antwortete Rielle.

»Ihr seid eine gebürtige Fyreanerin, stimmt's?«

Rielle nickte wieder.

»Seid Ihr je aus der Stadt herausgekommen?«

Nachdem Rielle den Kopf geschüttelt hatte, betrachtete die Frau sie schweigend.

»Wo habt Ihr die Anweisungen, die man Euch gegeben hat?«

Stumm hielt Rielle ihr den Zettel hin. Die Frau nahm ihn und schob ihn unter ein Kissen.

»Ihr seid nicht besonders redselig«, bemerkte die Frau. »Das ist gut. Also, erzählt mir, wie ich Euch helfen kann.«

Seit sie beschlossen hatte, der Karte zu folgen, hatte Rielle immer wieder darüber nachgedacht, was sie sagen sollte, wenn sie an diesen Punkt kam. Sie brauchte Beweise dafür, dass die Frau Magie lehrte, aber die Frau erwartete, dass jemand, der zu ihr kam, dringend ihre Hilfe benötigte. Wonach immer sie fragte, es musste etwas sein, bei dem es nachvollziehbar war, dass Rielle später ihre Meinung änderte. Oder etwas, das sie nicht sofort brauchte. Greyas Bemerkung darüber, dass die Frauen in ihrem Heimatland Magie benutzten, hatte sie auf eine Idee gebracht. Sie hielt den Blick gesenkt.

»Ich… ich brauche es nicht sofort. Es ist einfach… ich habe gehört, dass es einen Weg gibt zu verhindern, dass eine Frau… schwanger wird.«

Die Frau lächelte. »Es gibt viele Methoden. Habt Ihr irgendwelche davon ausprobiert?«

Rielle schüttelte den Kopf. »Ich habe gehört, dass man von einigen krank wird, dass andere nicht jedes Mal funktionieren und dass manche nicht rückgängig zu machen sind.«

»Und manche sind verboten. Aber Ihr müsst bereit sein, darüber hinwegzusehen, wenn Ihr zu mir gekommen seid.«

Rielle senkte den Kopf und nickte.

»Ist die Vermeidung einer Schwangerschaft dieses Risiko wert?«, fragte die Frau.

Rielle verzog das Gesicht und nickte abermals.

»Seid Ihr Euch sicher? Die Unannehmlichkeiten für Euch selbst oder andere, wenn Ihr ein Kind zur Welt bringt, sind nichts im Vergleich zu dem, was sie mit Euch machen werden, wenn sie entdecken, wie Ihr es verhindert habt.«

»Ich weiß«, sagte Rielle. »Aber sobald ich verheiratet bin, werde ich es nicht länger brauchen. Und… vielleicht werde ich es gar nicht brauchen.«

Die Frau seufzte, dann streckte sie die Hand aus. »Ihr seid doch nicht etwa bereits schwanger?«

Rielle widerstand dem Drang, vor den Händen zurückzuzucken, die sich nach ihr ausstreckten. »N-nein. Ich denke nicht«, murmelte sie, während sich warme Finger auf ihren Bauch legten.

»Gut«, antwortete die Frau, den Blick auf irgendetwas jenseits ihrer Hände geheftet.

Zwei Messer schnitten gleichzeitig in Rielles Fleisch. Sie schrie auf, packte die Handgelenke der Frau und stieß sie weg. Als sie nach unten schaute, rechnete sie damit, Wunden zu sehen, aus denen Blut rann, aber ihre Kleider waren unbeschädigt, und kein roter Fleck sickerte darunter hervor.

»Was habt Ihr getan?«, fragte sie scharf.

Der Gesichtsausdruck der Frau war hart und erheitert. »Worum Ihr gebeten habt.«

»Ich dachte, Ihr würdet mich lehren …«

»Was? Einen Trick, den Ihr jedes Mal benutzt, wenn Ihr Euch mit einem Mann vereinigt? Die schlimmsten Orte, an denen Ihr Magie benutzen könnt, sind jene, die auch andere besuchen, da es wahrscheinlicher ist, dass sie die *Schwärze* entdecken. Es ist sicherer und effizienter, nur einmal Magie zu benutzen. Ihr braucht sie nur zu benutzen, wenn Ihr bereit seid, die Veränderung rückgängig zu machen, die ich vorgenommen habe.«

Rielle starrte die Frau entsetzt an. *Sie hat mich unfruchtbar gemacht!* Und die einzige Möglichkeit, das rückgängig zu machen, bestand darin, Magie einzusetzen. Der Schmerz in ihrem Bauch war jetzt quälend, mehr wie der Schmerz, den sie gelegentlich während der Blutung ihres Zyklus verspürte. *Ich sollte gehen. Fliehen, bevor sie noch mehr Schaden anrichtet.* Aber sie dachte an die kinderlosen Frauen, die sie kennengelernt hatte, und an ihren tiefen Kummer und daran, dass Jonare gesagt hatte, wie sehr Izare Kinder liebte. All das ließ sie reglos verharren.

Ich würde nur ein einziges Mal Magie benutzen müssen. Sie schlang die Arme um den Leib, schloss die Augen und atmete mehrmals tief durch. *Nur ein einziges Mal.*

Dann hob sie den Kopf und sah der Verführerin in die Augen. »Sagt mir, was ich tun muss.«

10 Rielle

Zuerst war Rielle wie betäubt.

Was habe ich getan? Wenn ich sterbe, werden die Engel wissen, dass ich Magie benutzt habe. Sie werden meine Seele in Stücke reißen.

Aber sie hatte nur ein ganz klein wenig Magie benutzt. Genug, um zu demonstrieren, dass sie gelernt hatte, was die Verführerin sie gelehrt hatte. Genug, um einen kleinen, faustgroßen Ball *Schwärze* zu hinterlassen. Würden die Engel eine solch geringfügige Tat verzeihen? Würden sie verstehen, dass sie die Verführerin in der Absicht aufgesucht hatte, die Frau den Priestern auszuliefern?

Oder hatte dieser winzige Einsatz von Magie, ganz gleich zu welchem Zweck, die Tür für jede Möglichkeit auf ein Leben nach dem Tod verschlossen? *Habe ich um anderer willen das höchste Opfer gebracht? Für Menschen, die mich fürchten und ablehnen würden, wenn sie davon wüssten?*

Es war unglaublich, dass es noch immer früh am Nachmittag war und die Sonne ihr das Gesicht wärmte. Es sollte Nacht sein, die Stadt in Dunkelheit gehüllt, verbotenen, heimlichen Taten angemessen. Überall waren Menschen. Jene, die sie ansahen, runzelten die Stirn, als blickten sie durch ihre Haut auf die besudelte Seele darunter. Oder vielleicht war ihr die Schuld allzu leicht vom Gesicht abzulesen.

Sie können es nicht wissen, sagte sie sich. *Nur die Engel wissen es. Sie sind die Einzigen, die es jemals wissen werden. Abgesehen von der Verführerin.* Sie konnte sich nicht einmal vorstellen, den Priestern zu erzählen, was sie getan hatte. Sie brauchten nicht mehr zu wissen, als dass sie die Verführerin gefunden hatte.

Die ihnen sagen würde, dass Rielle Magie eingesetzt hatte, falls sie geschnappt wurde.

Sie werden ihr nicht glauben, redete sie sich ein. Aber sie würden Rielle fragen, ob es wahr sei. Wenn sie leugnete, würde sie lügen. *Wenn ich die Wahrheit sage, werden sie mich wegschicken. Weg von Izare und meiner Familie.* Und welchen Sinn hatte es dann, dass sie gelernt hatte, wieder aufzuheben, was die Frau bei ihr gemacht hatte?

Ärger blitzte in ihr auf und hielt für einen Moment die Furcht im Zaum. *Sie hatte kein Recht, das zu tun!* Aber sie konnte jetzt erkennen, wie klug die Verführerin gewesen war. Ihre Opfer riskierten die Entdeckung ihres eigenen Verbrechens, wenn sie sie verrieten. Nur jemand, der wahrhaft bereit war, alles zu opfern, konnte in einer solchen Falle nicht gefangen werden.

Vielleicht werden die Engel mir verzeihen, dachte sie. Priester benutzten ständig Magie – allerdings reinigten sie sich anschließend immer. Sie wünschte, sie hätte gewusst, was diese Rituale beinhalteten. Ihre Haut juckte, und sie sehnte sich nach einem Bad. Aber es war unwahrscheinlich, dass es sich um eine bloße körperliche Reinigung handelte. Viel eher waren Opfergaben und Gebete vonnöten. Vielleicht eine kraftvollere Version von dem, was die Priester für jene vorschlugen, die Vergebung für andere Missetaten oder Fehler suchten. Sie könnte beides tun – mehr von beidem –, allerdings nicht so viel, dass die Priester Verdacht schöpften, warum sie das tat.

Endlich erreichte sie die Tempelstraße. Die kurze Entfernung, die sie zur Färberei gehen musste, schien größer geworden zu sein. Schließlich drückte sie sich durch die Tür. Einer der Angestellten bediente gerade einen Kunden. Er warf ihr einen seltsamen, argwöhnischen Blick zu. Sie beachtete ihn nicht und musste einmal mehr die Gewissheit beiseiteschieben, dass ihre befleckte Seele für alle sichtbar sei, dann ging sie zu der Tür der privaten Räume ihrer Familie. Eine Glocke ertönte, ein Zeichen dafür, dass eine weitere Person zur Bedienung der Kunden benötigt wurde.

Die Tür zum Empfangsraum wurde geöffnet, und ihre Mutter beugte sich hinaus, aber statt zu den Kunden hinüberzuschauen, galt ihr Blick allein Rielle.

»Endlich bist du da. Komm *sofort* herein.«

Rielle erstarrte und sah ihre Mutter an. Ihr wurde flau im Magen, als sie den Zorn in deren Stimme und Gesicht erkannte. *Woher weiß sie es?*

»Sofort«, wiederholte ihre Mutter.

Sie *kann* es nicht wissen, sagte sich Rielle. Sie zwang sich, sich zu bewegen, und trat ins Zimmer. Ihr Vater stand dort mit verschränkten Armen und finsterem Gesicht. Narmah saß hinter ihm und runzelte die Stirn, wie sie es immer tat, wenn Rielle etwas Falsches oder Dummes getan hatte.

»Warum kommst du so spät?«, fragte ihre Mutter scharf.

Rielle drehte sich zu ihr um. »Ich habe von einem Laden gehört, der wunderschöne Kopftücher verkauft«, sagte sie. »Ich dachte, ich kaufe mir eins.«

Ihre Mutter kniff die Augen zusammen. »Du lügst.«

»Das tue ich nicht!«, protestierte Rielle. »Ich … ich kann dich dorthin führen. Die Ladenbesitzerin wird sich an mich erinnern.«

»Das spielt keine Rolle«, erklärte ihr Vater. »Sa-Baro sagte, er habe sie weggehen sehen. Wohin sie anschließend gegangen ist, ist nicht das Thema.«

Rielle legte die Stirn in Falten und schaute von einem zum anderen. »Sa-Baro war hier?«

»Ja«, antwortete Mutter. »Er hat uns erzählt, wen du auf dem Heimweg besucht hast. Er hat von diesem *Künstler* gesprochen.«

Entsetzen durchzuckte Rielle, gefolgt von einer trügerischen Erleichterung. Sie wussten nichts von der Verführerin. Wie sollten sie auch? Aber sie wussten von Izare. Sie runzelte die Stirn. Woher wussten sie von Izare?

»Rielle, Liebes.« Narmah erhob sich, kam herüber und nahm Rielles Hände. »Ich bezweifle nicht, dass dieser junge Mann sehr charmant ist. Es mag dir gleichgültig sein, dass er, was seinen Stand betrifft, so tief unter dieser Familie steht, aber das Leben eines Künstlers ist hart, selbst für jene, die Erfolg haben. Ihr Einkommen ist unregelmäßig, und große Aufträge sind selten. Du wärst die meiste Zeit arm. Würdest du wirklich unter diesen Bedingungen Kinder großziehen wollen?«

Rielle öffnete den Mund, sagte aber nichts. Sie musste nachdenken, und wenn sie so tat, als sei sie wie vom Donner gerührt, verschaffte ihr das vielleicht ein wenig Zeit. Was hatten sie denn tatsächlich gesagt? Dass Sa-Baro ihnen erzählt habe, sie träfe sich mit Izare? Oder hatte er das vielleicht gar nicht? Bisher hatte noch niemand Izares Namen genannt. Vielleicht hatte Sa-Baro nach ihrem Treffen voreilige Schlussfolgerungen gezogen.

»Ihr habt das vollkommen falsch verstanden.« Sie drehte sich zu ihrer Mutter um. »Ich habe Sa-Baro erzählt, dass ihr wollt, ich solle in eine der wichtigen Familien einheiraten, die aber dafür sorgen, dass ich nur die schlimmsten ihrer heiratswilligen jungen Männer kennenlerne. Er hat mir beigepflichtet, dass es besser sei, wenn ich jemanden von gleichem Stand heirate statt eines Mannes von höherem Stand, der dann vielleicht ein Trinker oder Glücksspieler wäre oder der grausam oder lüst…«

»Oh, jetzt übertreib nicht«, unterbrach ihre Mutter. »So schlimm können sie nicht sein, sonst wären ihre Familien nicht reich. Wir alle müssen uns mit ein paar Fehlern unseres Ehemannes abfinden. Es wird kaum eine Rolle spielen, wenn er einige Laster hat, sofern er sie sich leisten kann.«

Rielle wurde flau. Das war also alles, was ihre Mutter für sie wollte? Dass sie sich mit einem schrecklichen Ehemann abfand, um reich zu sein und das Ansehen ihrer Familie zu mehren, ohne dass es irgendjemanden interessierte, ob sie glücklich war? Hatte es irgendeinen Sinn zu streiten? Sie drehte sich zu ihrem Vater um. »Ich habe vorgeschlagen, dass ein anderer Händler vielleicht geeigneter wäre. Möglicherweise sogar jemand, der hier arbeiten könnte. Und ich gebe zu, ich habe angedeutet, dass jemand wie ein Künstler geeignet sei, aber nur als Beispiel…«

»Du würdest von uns wollen, dass wir diesen Künstler *aufnehmen*?«, fragte Vater.

»Ich habe das nur als Beispiel gemeint. Es hat sich herausgestellt, dass ich *alle* Möglichkeiten in Betracht ziehen muss, wenn man bedenkt, woher ich komme.«

Dass er keine Einwände gegen ihre Bemerkung über den Stand der Familie machte, sagte ihr, dass er nicht zuhörte. »Du willst also sagen, dass dieser Künstler, zu dem die Priester dir gefolgt sind – dieser *Izare* –, niemand ist, den du zu heiraten beabsichtigst?«, fragte er. »Warum warst du heute bei ihm?«

Sie zögerte. Sie wussten also *nicht* mit Bestimmtheit, warum sie Izare besuchte. Aber Sa-Baro… Sa-Baro war ihr gefolgt. Der Schmerz über den Verrat verwandelte sich schnell in Zorn. Sie biss die Zähne zusammen und bemühte sich, ihren Ärger im Zaum zu halten. Sie hatte die ganze Zeit über gewusst, dass es viel zu früh war, um sich mit dem Gedanken zu tragen, Izare zu heiraten.

»Izare bringt mir das Malen bei«, erklärte sie energisch. »Ich habe ihn gebeten, mir ein paar Stunden zu geben, das ist alles.«

»Ohne unsere Erlaubnis.«

Rielle entzog sich Narmahs Griff. »Ja. Izare hat sich erboten, mich nach Hause zu begleiten, als ihr nicht einmal einen Diener erübrigen konntet – nur ein paar Tage, nachdem ich überfallen worden war. Doch ihr zwingt mich unter Menschen, die auf uns herabblicken, und setzt mich der Gesellschaft von Männern aus, die ihren Einfluss benutzt haben, um mich für die Ehe zu *ruinieren*.«

Er runzelte die Stirn. »Haben sie …?«

Mutter rümpfte die Nase. »Sie lügt. Das würden sie nicht wagen.«

Der Blick, mit dem er sie bedachte, war skeptisch, aber nicht skeptisch genug. Er richtete sich auf und drehte sich zu Rielle um. »Du hast recht, dass wir einen Diener hätten schicken sollen, der dich nach Hause begleitet. Ich kann nur sagen, dass du den *Eindruck* gemacht hast, du hättest dich erholt. Ich habe dich als vernünftig und stark eingeschätzt und die Stadt als sicher genug, dass du weiterhin allein nach Hause gehen kannst. Aber ich erkenne jetzt, dass der Zwischenfall mit dem Befleckten dein Urteilsvermögen getrübt hat. Du siehst mittlerweile Bedrohungen und mögliche Gefahren, wo keine sind.«

»Ich habe nicht …«, begann Rielle.

»Doch, Rielle«, pflichtete Narmah ihrem Vater bei. Dann lächelte sie mitfühlend. »Wenn die Mädchen gemein zu dir waren und Izare so freundlich, ist es kein Wunder, dass du begonnen hast an unseren Plänen für dich zu zweifeln. Du darfst nicht alle großen Familien von Fyre nach Taten von

Einzelnen beurteilen. Es kann unmöglich jeder so schlimm sein, wie du sagst. Es wird einen netten Mann dort für dich geben. Du wirst ihn finden – es sei denn, du ruinierst deinen Ruf mit diesem Künstler.«

Rielles Kehle war mit einem Mal wie zugeschnürt. Sie warf die Hände hoch. »Ich wollte doch nur Malstunden!«

»Selbst wenn das wahr wäre, werden andere es nicht so sehen«, bemerkte ihre Mutter. »Sa-Baro hat versprochen, mit niemandem über deine Verbindung zu Izare zu sprechen, und ihm sind keine Gerüchte über dich zu Ohren gekommen. Du hast eine zweite Chance.«

Habe ich die? Wahrscheinlicher ist, dass er die Nachricht verbreiten wird, wenn man bedenkt, wie vertrauenswürdig er bisher gewesen ist. Rielle versuchte vergeblich, den Kloß in ihrem Hals herunterzuschlucken. *Und was dann? Die Familien werden sich weigern, Umgang mit uns zu pflegen, oder sie werden den Skandal als Gelegenheit sehen, einen Sohn zu verheiraten, den niemand freiwillig akzeptieren würde.*

»Du wirst nur noch in Begleitung das Haus verlassen. Wir werden dich von jetzt an zu den Tempelstunden bringen und von dort wieder abholen, um dafür zu sorgen, dass dieser Izare keinen weiteren Schaden anrichten kann«, fügte ihr Vater hinzu. »Selbst wenn wir einen zusätzlichen Mann dafür einstellen müssen.«

Rielles Herz begann zu rasen. *Ich werde Izare nie wiedersehen. Ich werde nicht einmal die Chance bekommen, ihm Lebewohl zu sagen.*

Narmah streichelte Rielles Arm. »Es tut mir leid, Rielle. Du wirst ihn irgendwann vergessen.«

Verärgert trat Rielle aus Narmahs Reichweite. *Nein,* dachte sie, *er wird* mich *vergessen. Er muss gewusst haben, dass dies passieren kann. Er wird sein Herz dagegen gewappnet haben.* Sie dachte an seine Worte am Tag des Festes. Es schien schon so viele Halbmondzeiten her zu sein. »*Ich will dich, aber ich würde niemals wollen, dass du meinetwegen verletzt oder geringgeschätzt würdest, Rielle. Ich kann nicht beides vermeiden, wenn du zwischen mir und deiner Familie wählen musst.*«

Wenn sie ihm nichts bedeutet hätte, hätte er sie in sein Bett locken und sein Vergnügen mit ihr haben können und sie dann verstoßen, in dem Wissen, dass niemand ihn dazu zwingen würde, sie zu heiraten. Aber obwohl ihm klar gewesen war, dass irgendetwas sie am Ende trennen würde, hatte er sich zurückgehalten, weil er nicht wollte, dass das unausweichliche Ende ihr Schaden zufügte.

Aber das hat es. Oder wird es tun. Nicht nur der selbstsüchtige Schmerz des Herzens, sondern das Schicksal, zum erstbesten Mann abgeschoben zu werden, der sich bereitfindet, sich mit mir zu belasten. Mutter wird niemals glauben, dass irgendein schlechter Charakterzug, wie abscheulich er auch sein mag, es nicht wert ist, für Geld und Status in Kauf genommen zu werden. Und Vater wird offensichtlich niemals glauben, dass irgendetwas so schlimm ist, wie ich es sage.

Sie konnte jetzt kaum noch atmen. Sie wusste, dass es Panik war, die ihr das Gefühl zu ersticken gab. Es war die Furcht einer Kreatur, die man in einen Käfig gestoßen hatte, wo sie für den Rest ihres Lebens gefangen sein würde. Sie zappelte im Griff ihres Peinigers, in der Hoffnung, dass er loslassen und sie frei sein würde.

Frei. Sie stellte sich vor, zur Tür hinaus und in die Stadt zu laufen. Zu Izare. Wenn nicht für immer, dann zumindest, um Lebewohl zu sagen.

Warum nicht? Niemand stand zwischen ihr und der Tür. Es war vielleicht die letzte Chance, die sie hatte.

Sie rührten sich nicht, als sie davonstürzte. Sie erhaschte noch einen Blick auf die drei Menschen, die mit großen, überraschten Augen dastanden, bevor sie sich zwischen den beiden Kunden im Laden hindurchzwängte und zur Haupttür hinauslief.

Der Lärm auf der Tempelstraße stürzte auf sie ein. Die Straße war belebter als zur Zeit ihrer Heimkehr. Sie schlängelte sich zwischen Karren und Fußgängern hindurch. Die Freude über ihre erfolgreiche Flucht löste sich schnell in Unsicherheit auf. *Was tue ich? Ich kann nicht vor meiner Familie weglaufen!*, dachte sie. Aber sie blieb nicht stehen. *Ich brauche Zeit zum Nachdenken*, sagte sie sich. *Damit ich weiß, dass es meine Entscheidung war, wenn ich zurückgehe.*

Als sie das andere Ende der Straße erreichte, ging sie auf die nächste Seitenstraße zu. Hinter sich hörte sie einen Ruf. Als sie zurückschaute, erhaschte sie einen Blick auf drei Männer, die in der Tür der Färberei standen: ihr Vater und zwei Diener. Einer der Diener sah sie und deutete auf sie.

Sie rannte in die Seitenstraße und lief immer weiter. Die Straßen gegenüber der Färberei waren offener und übersichtlicher. Auch wenn sie sich hier nicht verirren konnte, ihre Verfolger würden das ebenfalls nicht tun. Es würde leichter sein, jemanden abzuschütteln, sobald sie in die ärmeren Viertel kam.

Bei jedem Schritt erwartete sie, dass jemand sich ihr in den Weg stellte oder hinter ihr auftauchte, aber alle Leute, die sie sah, waren Fremde, und alle betrachteten sie bestenfalls mit milder Neugier. Die Straßen wurden enger und verwandelten sich in ein Labyrinth, aber sie blieben nicht lange unvertraut. Schon bald würde sie Izares Haus erreichen, doch bei diesem Gedanken wurde ihr bewusst, wie offensichtlich es war, dass sie zu ihm laufen würde. Ihr Vater und die Diener würden dort nach ihr suchen.

Sie blieb stehen. Würde sie Izare vor ihnen erreichen? Ihr Vater wusste wahrscheinlich nicht, wo Izares Haus war. Sa-Baro hatte es ihm vielleicht erzählt, aber jeden, der sich in diesem Teil Fyres nicht auskannte, würde es trotzdem Zeit kosten, das Haus zu suchen. Sie müsste eigentlich als Erste dort eintreffen.

Was dann? Sie konnte nicht dort bleiben. Vater würde ankommen und sie von den Dienern nach Hause schleppen lassen. Wo sonst konnte sie hingehen?

Würden Izares Freunde ihr helfen? Soweit sie wusste, hatten sie keinen Grund, es nicht zu tun. Rielle wandte sich in Richtung des alten Hauses, wo Greya und Merem sich Räumlichkeiten teilten. Izare hatte es ihr einmal gezeigt, als er sie durch die Stadt begleitet hatte. Sie ging langsam und zog ihr Kopftuch in die Stirn, um ihr Gesicht zu verdecken, und sie schaute prüfend die Straße vor sich hinunter, bevor sie um eine Ecke bog.

Als sie das Haus erreichte, hielt sie inne, weil sie erst ihre Zweifel überwinden musste. Tiefe Risse ließen darauf schließen, dass Jahre vergangen waren, seit der Lehmputz aufgetragen worden war. Schmutzige Kinder in Lumpen versammelten sich in Türen, und ältere Bewohner beäugten sie verwundert. Sie holte tief Luft und zwang sich einzutreten. Nachdem sie die Treppe hinaufgestiegen war, blieb sie vor der Tür stehen, von der sie dachte, sie sei die richtige, und lauschte auf das gedämpfte Geräusch von Stimmen dahinter. Dann atmete sie tief durch und klopfte an.

Stille folgte, dann Gemurmel und das Geräusch von über den Boden schleifendem Holz. Schritte kamen näher, bevor eine Stimme ertönte und die Tür nach innen aufschwang.

»Er ist nicht hier …« Merem brach ab, und seine Augen weiteten sich, als er sie sah. »Rielle!«, rief er aus.

»Rielle?«, wiederholte eine Frauenstimme. Greya trat in ihr Blickfeld, grinste und winkte Rielle näher. »Komm herein.«

Als Rielle eintrat, schloss Merem die Tür, dann schauten sowohl er als auch Greya zur Decke hinauf. Rielle sah rissigen und abgeblätterten Stuck, als sich vor ihren Augen ein Teil davon herabsenkte und herumschwenkte, um ein vertrautes Gesicht zu enthüllen.

»Rielle«, sagte Izare. Er lächelte nicht. Sein Kopf verschwand wieder nach oben in die Dunkelheit, und stattdessen erschien ein Paar Schuhsohlen. Er ließ sich herunterfallen und hielt sich beim Landen an Merem fest.

Rielle konnte sich ein Lächeln nicht verkneifen. Sein Haar und seine Kleidung waren mit Staub bedeckt. Aber als er sie ansah, spürte sie, wie alle gute Laune verschwand, und an ihre Stelle trat ein beunruhigendes Gefühl aus Entsetzen gemischt mit Glück und Zweifel. Er wirkte … unsicher. Nervös.

»Die Priester wissen, dass du mich besucht hast«, riet er.

Sie nickte. »Sa-Baro hat mich verfolgen lassen. Er hat es meinen Eltern erzählt. Sie haben gesagt, ich dürfe dich nicht mehr sehen.«

Er starrte sie an, dann zuckten seine Mundwinkel nach oben. »Und doch bist du hier.«

»Ja.«

Die Falte zwischen seinen Augenbrauen verschwand. Er fuhr sich mit einer Hand durchs Haar, und als er den Staub darin bemerkte, fing er an, ihn abzuklopfen.

Rielle blickte auf. »Wovor hast du dich versteckt?«

»Vor deiner Familie. Den Priestern.«

»Also weißt du es bereits.«

Er zuckte die Achseln. »Es war keine Inspektion. Es war Sa-Gest, der kam, um mir zu sagen, dass ich nicht wieder in deine Nähe kommen dürfe.«

Ihr wurde bewusst, dass sie gar nicht bedacht hatte, was Izare widerfahren könnte. »Hat er irgendetwas kaputtgemacht?«

Er schüttelte den Kopf. »Er hatte es zu eilig. Oder wollte es den Dienern deiner Familie überlassen.«

»Ich glaube nicht, dass Vater das tun würde.« Oder vielleicht doch? Sie hatte kaum angefangen zu akzeptieren, was die Priester den Künstlern während ihrer »Inspektionen« antaten. Es war plötzlich nicht so schwer, sich vorzustellen, dass ihre Familie an Izare Rache übte. Bei dem Gedanken an die Gemälde in seinem Haus zuckte sie zusammen, und sie hoffte, dass er Zeit gehabt hatte, einige von ihnen zu verstecken, bevor er gegangen war. Vor allem sein Porträt von ihr.

Dann spürte sie Gewissensbisse. Sie hatte ihm solche Scherereien bereitet, auch wenn er diese selbst herausgefordert hatte. Wie konnte sie ihn bitten, mehr oder Schlimmeres zu ertragen? Wie konnte sie seine Freunde darum bitten?

»Werden sie auch hierherkommen?«, fragte sie.

Er sah Greya an, die nickte. »Wahrscheinlich.«

»Ich sollte gehen.« Aber wohin? Sie sah von einem zum anderen. »Wo kann ich hin?«

»Das hängt davon ab, was du vorhast«, antwortete Merem.

»Ich weiß es nicht.« Rielle schüttelte den Kopf. »Ich will niemandem noch mehr Schwierigkeiten machen. Aber … ich will nicht nach Hause gehen. Ich glaube … ich brauche einfach Zeit zum Nachdenken.«

Es wurde still im Raum, dann lächelte Izare.

»Ich kenne einen Ort, der vielleicht geeignet wäre.« Er trat vor und ergriff ihre Hand. »Selbst, wenn du nur nach einer Möglichkeit suchst, Lebewohl zu sagen«, murmelte er.

Sie sah ihn an, und es erweichte ihr das Herz. »Und wenn ich mehr will?«

Er lächelte so, wie er immer lächelte, bevor er sie küsste. »Lass uns die Dinge einen Schritt nach dem anderen angehen.«

Ihr Gesicht brannte. »Ich meinte nicht … zumindest nicht …«

»Ich weiß.« Er legte ihr einen Finger auf die Lippen, dann drehte er sich wieder zu den anderen um. »Wir sehen uns morgen.« Damit ergriff er ihre Hand und zog sie zur Tür hinaus, die Treppe hinunter und in den Sonnenschein. »Wir müssen uns beeilen, ohne Aufmerksamkeit zu erregen«, erklärte er ihr. »Das Geheimnis dabei ist, wie Leute auszusehen, die irgendwo *hin* wollen und nicht von irgendwo *weg*.«

Er wählte eine Route, die sich hin und her schlängelte und manchmal eine Schleife machte. Zuerst hatte sie Angst, Priestern oder ihrem Vater und seinen Arbeitern über den Weg zu laufen, aber als Stunden vergingen und niemand sie ansprach, begann sie zu hoffen, dass sie der Gefangennahme entgehen würden. Mittlerweile war sie weit entfernt von vertrauten Straßen, aber keine der Gassen war so schäbig oder bedrohlich wie die in den übelsten Armenvierteln.

Schließlich blieb er vor einem einfachen, unauffälligen Gasthaus stehen. Alles wirkte farblos und still im gedämpften Licht der Abenddämmerung.

»Das sollte gehen«, sagte er und öffnete dann die Tür für sie.

Sie trat ein und blieb stumm, während er mit der Wirtin sprach. Sie nahmen ein Zimmer in Augenschein, und Izare handelte den Preis herunter. Er erzählte der Frau, dass Rielle zu Besuch in Fyre war und es wegen einer kranken Verwandten nicht riskieren könne, bei ihrer Familie zu wohnen. Sie würde ein paar Tage oder vielleicht länger bleiben. Obwohl die Frau nickte und die geziemenden gemurmelten Worte des Mitleids äußerte, hatte Rielle den Verdacht, dass sie kein einziges Wort davon glaubte. Was sich zu bestätigen schien, als die Frau keinerlei Einwände dagegen erhob, dass Izare im Zimmer blieb, nachdem sie gegangen war.

Rielle war zu müde, um sich darüber Sorgen zu machen, was die Frau von ihr dachte. Das Zimmer war winzig – Platz genug für ein Bett, einen kleinen Tisch und einen Stuhl.

Rielle hatte nichts als die Kleider, die sie am Leib trug, und ihre Börse – die erheblich leichter als gewöhnlich war, seit sie dieses schreckliche gelbe Kopftuch gekauft hatte, das die Verführerin als Bezahlung behalten hatte.

Die Verführerin. Magie. Rielles Knie fühlten sich schwach an, und sie sank aufs Bett.

»Das war ein unglaublich schrecklicher Tag«, stieß sie hervor.

Izare zog sich den Stuhl ans Bett und setzte sich.

»Nicht alles war schrecklich. Die Art, wie er angefangen hat, schien dir nichts ausgemacht zu haben.«

Die Malstunde. Sie schien jetzt Tage zurückzuliegen. Rielle schaute auf, und er zeigte ihr ein schiefes Lächeln. *Natürlich, er weiß nicht, was passiert ist, nachdem ich sein Haus verlassen habe. Und er wird es auch nicht erfahren. Niemals.* Sie zwang sich zu einem fröhlicheren Gesichtsausdruck.

»Nein. Du warst das einzig Gute daran.« Dann schaute sie weg – auf den Boden –, bevor ihre Augen verraten konnten, was sie getan hatte.

Er beugte sich vor, legte ihr zwei mit Farbe bekleckste Finger unters Kinn und hob ihren Kopf, sodass sie ihm in die Augen sehen musste.

»Wenn du es versuchst, wirst du feststellen, dass selbst aus den dunkelsten Zeiten etwas Gutes erwächst.« Dann beugte er sich zu ihr herunter und küsste sie.

Vielleicht hatte er recht, dachte sie, während der Raum heller zu werden schien und das Gewicht der Geschehnisse sich zu lichten begann. Während der Kuss andauerte und Izare näher rückte, ging ihr ein Gedanke durch den Kopf.

Zumindest besteht jetzt keine Gefahr, dass ich schwanger werde.

Es hätte Entsetzen in ihr wachrufen sollen. Stattdessen verspürte sie eine erschöpfte Erleichterung darüber, dass sie eine Sorge weniger hatte. Doch wenn sie taten, was sie in Erwägung zog, würde sie nicht länger eine tugendhafte Braut für den Mann sein, den sie irgendwann heiratete, wer immer er sein mochte.

Das hieß, falls sie es wagte …

Aber warum nicht? Wenn ihre Eltern sie nach Hause schleppten und dazu zwangen, in eine der großen Familien einzuheiraten, würde ihr Ehemann ein Narr oder Monster sein, den niemand sonst nehmen würde. Er konnte sich kaum beklagen, wenn auch sie einen Makel aufwies.

Und sie war es ohnehin herzlich leid, sich selbst als sorgfältig konservierte Ware betrachten zu müssen. Sie wollte so sein wie Izares Freundinnen – kühn und frei von den Verpflichtungen ihrer Klasse.

Izare zog sich zurück und runzelte die Stirn, als sie sich erhob. Sie ging zu dem winzigen Fenster hinüber. Der Blick hindurch offenbarte eine Mauer, so nah, dass sie sie hätte berühren können. Trotzdem zog sie den Vorhang davor. Izare lachte leise, als sie sich umdrehte, um ihn anzusehen.

»Schließ die Tür ab«, sagte sie zu ihm.

Er zog die Augenbrauen hoch. Als er sich abwandte, um zu tun, worum sie gebeten hatte, nahm sie ihr Kopftuch ab und legte es auf den Tisch. Dann zog sie ihre Tunika aus. Die Luft auf ihrer nackten Haut war berauschend.

Er drehte sich wieder um und erstarrte.

»So, so«, sagte er mit leiser Stimme. »Du hast dich also entschieden.«

Sie nickte. »Ja. Falls du …? Ich meine, ich kann es verstehen, wenn du nicht willst, dass ich bleibe. Ich mache dir eine Menge Ärger.«

Er blickte ihr ins Gesicht. Er ging rasch zu ihr, schaute ihr fest in die Augen und nickte. »Natürlich will ich, dass du bleibst. Ich liebe dich.«

Ihr stockte der Atem. »Ich liebe dich auch«, flüsterte sie.

Seine Augen glänzten, aber sein Gesichtsausdruck war ernst. »Bist du dir da sicher?«

»Ja.«

Er seufzte und streckte die Hand aus, um mit den Fingern über ihren nackten Arm zu fahren. »Ich kann an nichts anderes denken als an dich. Ich will nichts anderes als dich.« Dann grinste er. »Und jede Menge Aufträge von wohlhabenden Kunden, damit wir reich werden und eine große, glückliche Familie haben können.«

Rielle zuckte zusammen und versuchte dann zu spät, die Regung zu verbergen.

Izare runzelte die Stirn und schüttelte einen Moment darauf den Kopf. »Entschuldige. Ich meinte nicht … warum rede ich eigentlich noch?«

»Ja, warum?«, fragte sie.

Dann küsste er sie, zog sie zum Bett hinüber, und sie sagten für eine lange Zeit nichts mehr.

Dritter Teil

11 Tyen

Als Tyen aufblickte, fragte er sich, ob wohl Luftwagen über dem Nebel kreisten. Den Anbruch der Morgendämmerung erkannte man nur daran, dass das verschwommene Licht um die Lampen des Schienenschlittenbahnhofs sich in der allgemeinen Fahlheit verlor. Der Nebel war ihm gerade recht, da der Bahnhof winzig war und nicht einmal einen Warteraum hatte, in dem er sich vor einer Suche aus der Luft hätte verstecken können.

Aber das würde schon bald keine Rolle mehr spielen. Während des langen Fluges hatte er nachgedacht und beschlossen, in die Akademie zurückzukehren und seine Unschuld zu beweisen. Aber nicht, bevor Pergama in Sicherheit war.

Es war jetzt fast hell genug, um zu lesen. Darauf brannte er, seit er aus der Akademie geflohen war. Während der Nacht hatte er jedoch genug damit zu tun gehabt, Hofkrazners Luftwagen zu fahren und gleichzeitig nach Verfolgern Ausschau zu halten. Es war eine klare Nacht mit viel Luftverkehr gewesen, sodass er nicht besonders aufgefallen war. Einige Male hatte er sich verfolgt geglaubt, doch jedes Mal war der verdächtige Luftwagen irgendwann in den Sinkflug gegangen oder seitlich von seiner Route abgebogen.

Er öffnete Hofkrazners Bordtasche. Es war die kleinste von den Taschen und Kisten, die Drem an der Gondel des

Luftwagens befestigt hatte. Mit Magie war es Tyen ein Leichtes gewesen, den Diener von dem Gefährt wegzuzwingen, ohne ihn zu verletzen oder das Luftschiff vorschnell aus dessen Verankerung zu lösen. Er hatte jedoch keine Zeit gehabt, Hofkrazners Gepäck loszubinden. Obwohl er versucht gewesen war, es im Flug abzuwerfen, hatte er beschlossen, alles auf Beweise dafür zu durchsuchen, dass Hofkrazner ihn hereingelegt hatte. Er war auf einem Luftwagenfeld am äußeren Rand von Belton gelandet und hatte eine schnelle, aber gründliche Inspektion vorgenommen, jedoch nichts gefunden als Kleidung, Gegenstände für die persönliche Körperpflege und Korrespondenz sowie eine beträchtliche Menge Geldes.

Er hatte alles, was er für wertvoll hielt, in die Bordtasche gesteckt und mit etwas von dem Geld dafür bezahlt, den Rest des Gepäcks ins nächstgelegene Gasthaus der Akademie bringen zu lassen. Er war in Versuchung gewesen, alles auf dem Flugfeld zurückzulassen, für Diebe eine leichte Beute, aber da er sich bereits entschieden hatte, zur Akademie zurückzukehren, schien es ihm besser, überlegt und rücksichtsvoll zu handeln als gehässig. Das würde einen besseren Eindruck machen, wenn er den Professoren wieder gegenüberstand.

Wenn er das tat, würde er mit so viel Wissen über Hofkrazners Pläne bewaffnet sein müssen, wie er es nur sein konnte. Pergama mochte im Geist des Professors etwas gelesen haben, das Tyen benutzen konnte, um seine Unschuld zu beweisen. In der Hoffnung, dass die feuchte Luft ihr nichts ausmachen würde, zog er sie hervor. Er dachte an seine Pläne, dann öffnete er die erste Seite. Ihm wurde leichter ums Herz, als die vertrauten Striche sich zu Buchstaben formten.

Du wirst ein großes Risiko eingehen, Tyen.

Er schüttelte den Kopf. *Ich muss es tun,* entgegnete er. *Ich muss ihnen die Wahrheit über Hofkrazner sagen und meinen Namen reinwaschen. Welche andere Wahl habe ich? Weiter zu fliehen?*

Es ist eine Wahl.

Es scheint mir falsch zu sein, das zu tun. Wenn auch nur die winzigste Chance besteht, sie von meiner Unschuld zu überzeugen, sollte ich es versuchen. Aber keine Sorge, ich werde nicht zulassen, dass sie dich in die Hände bekommen. Ich werde einen Platz finden, an dem ich dich verstecken kann.

Vielen Dank.

Bevor ich das tue, muss ich alles wissen, was du über Hofkrazners Plan weißt, dich zu stehlen. Erzähl mir, was du aus seinem Geist gelesen hast.

Als er kam, um mich dir wegzunehmen, dachte er – ausgehend von dem, was Miko ihm erzählt hatte –, dass ich die Chance auf Wohlstand und Ruhm bieten könnte, die er und Tangor Gowel suchten. Aber da Professor Delly mich gesehen hatte, hatte Hofkrazner nur begrenzte Zeit, bevor er mich an den Direktor übergeben musste. Er ist in sein Zimmer gegangen und hat mich nach vielen Dingen gefragt. Im Wesentlichen suchte er Hinweise darauf, wo die großen Schätze der Vergangenheit versteckt sein könnten. Aber er wollte auch wissen, ob es irgendwelches magisches Wissen gebe, das in der Geschichte verloren gegangen war und das für ihn einträglich sein könnte. Dann hat er beschlossen, mich aus dem Gewölbe zu stehlen, und ihm kam sofort der Gedanke, dass du die offensichtliche Person wärst, der man die Schuld daran geben würde. Anschließend hat er dafür gesorgt, dass so viele andere Professoren wie möglich mich in Händen hielten, sodass er später all ihre Geheimnisse erfahren könnte, bevor er mich an Direktor Ophen weitergab.

Als ich das nächste Mal seine Gedanken las, hatte er mich

bereits aus dem Gewölbe geholt. Er hatte Gowel rekrutiert, und sein Plan, dir die Schuld zuzuschieben, wurde bereits ins Werk gesetzt. Er hat mich noch ein wenig mehr befragt, diesmal über den Schwund von Magie in der Welt, seine Ursachen und mögliche Gegenmaßnahmen. Die Idee, dass er derjenige sein könnte, der das Problem löst, gefiel ihm gut, da es ihn noch reicher und berühmter machen würde. Er hatte es nicht sehr eilig, und er wurde unterbrochen, vielleicht von dir.

Als keine weiteren Worte mehr erschienen, dachte Tyen über das nach, was er erfahren hatte. Dass Hofkrazner die Akademie hatte verlassen wollen, um sein Glück zu suchen, überraschte ihn. Ein Knoten des Zorns formte sich in seinen Eingeweiden, als ihm klar wurde, wie schnell und mühelos Hofkrazner auf die Idee gekommen war, ihn als den Schurken hinzustellen.

Gab es irgendetwas, das er benutzen konnte, um seine Unschuld und Hofkrazners Schuld zu beweisen? Die Tatsache, dass Hofkrazner und Gowel Freunde waren, dies aber geheim hielten, mochte nahelegen, wie verräterisch sie waren, aber es bewies nichts. Und etwas ergab keinen Sinn …

Hofkrazner und Gowel haben schon so getan, als seien sie Feinde, bevor sie von deiner Existenz erfahren haben. Miko sagte, sie hätten sich in jener Nacht in Palga gestritten, nachdem ich fort war. Warum sollten sie das tun?

Sie haben nicht nur so getan, als seien sie Feinde. Ihre Meinungsverschiedenheit war real, aber es gab kein Zerwürfnis. Gowel fand, Hofkrazner solle die Akademie einfach hinter sich lassen und sich ihm anschließen, aber Hofkrazner wollte seine Verbindung mit der Akademie nicht verlieren, wenn es nicht unbedingt sein musste. Er wollte eine Garantie auf sein Glück, bevor er auf die Sicherheit der Akademie verzichtete.

Wie lange hat er schon gewartet und seinen Abgang geplant?

Fünf Jahre.

Hat er diese Pläne irgendwo niedergeschrieben?

Er hat Notizen über mögliche Verstecke von Schätzen in ein Notizbuch geschrieben.

Was jeder Archäologe tun würde. Nein, ich brauche etwas Belastenderes. Hat er seine Pläne niedergeschrieben, mich hereinzulegen?

Nein. Er hat ein Tagebuch geführt, aber genau darauf geachtet, niemals etwas zu erwähnen, das ihn belasten würde.

Gibt es irgendetwas, das du ihm erzählt hast und das vielleicht beweisen würde, dass er dich in seinem Besitz hatte, nachdem du gestohlen wurdest? Etwas, das er über andere Professoren erfahren hat?

Nein, er hat nicht nach ihnen gefragt. Er hatte keine Zeit dafür, bevor er gestört wurde.

Tyen seufzte und wandte den Blick ab. Hofkrazner hätte in der Zwischenzeit etwas Belastendes niederschreiben können, aber Tyen würde die Akademie dazu bewegen müssen, sich Hofkrazners Tagebuch zu verschaffen, ohne dass Hofkrazner es herausfand und es vorher zerstörte.

Gibt es sonst noch etwas, das Hofkrazner getan hat und das die Akademie missbilligen würde, irgendetwas, das seine Kollegen davon überzeugen könnte, dass er nicht vertrauenswürdig ist?

Er hat einige wertvolle Gegenstände behalten, die er und seine Studenten gefunden haben. Gelegentlich hat er seinen Studenten Ideen und Forschungsergebnisse gestohlen und als seine eigenen ausgegeben; einmal auch einem anderen Studenten, als er selbst noch einer war.

Da wäre er nicht der Einzige. Er hat Regeln gebrochen, aber nicht solche, die den Rest der Professoren gegen ihn einnehmen würden. Tyen seufzte abermals. Was er brauchte, war ein Beweis dafür, dass Hofkrazner das Gewölbe betreten oder den Diebstahl geplant hatte. Die Art von Beweis, die er in der Akademie und nirgendwo sonst finden würde. Aber zuerst musste er sich ein sicheres Versteck für Pergama überlegen. Seine Gedanken wanderten zu seinem Vater. Er würde zuerst quer durch Belton müssen, zum Bahnhof einer anderen Schienenschlittenbahn, um nach Hause zu gelangen.

Bei deinem Vater werden Professoren auf dich warten, erklärte ihm Pergama. **Sie werden dich entweder dort gefangen nehmen oder damit warten, bis du wieder aufbrichst, sodass sie herausfinden können, was du deinem Vater erzählt und ob du etwas bei ihm zurückgelassen hast. Und wenn du ihm irgendetwas per Post schickst, werden sie es abfangen.**

Tyen verzog das Gesicht. Sie hatte recht. Gab es sonst noch jemanden, dem er vertrauen konnte? Jemanden, der weniger offensichtlich war?

Sie werden alle Mitglieder deiner Familie besuchen, alle Freunde, die du jemals hattest. Jeden, von dem sie wissen, dass du ihm vielleicht vertraust.

Ich könnte dich der Zeitung übergeben – oder der Polizei.

Du willst die Geheimnisse der Akademie nicht an die Zeitungen verraten, und die Polizei gehorcht der Akademie, wenn es um Belange der Magie geht.

Ein reicher Sammler? Er schüttelte den Kopf. *Nein, ich kenne niemanden gut genug. Ich würde dich nicht in den Händen von möglicherweise skrupellosen Menschen wissen wollen.*

Und jemand mit Skrupeln würde mich der Akademie zurückgeben, sobald er begreift, dass ich gestohlen wurde.

Tyen murmelte einen Fluch. Pergama sagte ihm, was er bereits wusste, aber vor sich nicht zugeben wollte. Er erwog die einzige andere Idee, die er hatte.

Ich könnte dich irgendwo vergraben.

Wenn du das für eine gute Idee hieltest, hättest du es bereits getan. Aber du weißt, dass man dich wahrscheinlich einfach als Dieb einsperren wird, wenn du in die Akademie zurückkehrst.

Und du wirst festsitzen, wo immer ich dich vergrabe, fügte

Tyen hinzu. *Für die Ewigkeit, falls mir etwas zustößt. Also, was mache ich jetzt, Pergama? Welche Chance auf Erfolg habe ich?*

Nur eine sehr geringe Chance. Du hast keine Beweise dafür, dass Hofkrazner mich gestohlen oder es auch nur geplant hat, während er Zeugen hat, die sagen werden, dass du mich ihm in dem Tunnel weggenommen hast. Du hast seinen Luftwagen gestohlen und bist geflohen, was dich zu einem doppelten Dieb macht.

Tyen seufzte abermals. *Wenn sie dir nur trauten, dass du ihnen die Wahrheit sagst. Aber sie werden nicht einmal versuchen herauszufinden, ob man dir vertrauen kann. Sie denken, du seist eine Gefahr für mich, aber jetzt bin ich eine Gefahr für dich. Du wärst sicherer bei einem neuen Besitzer.*

Ich bedaure, das zu sagen, aber du hast recht. Und wenn du einen finden willst, bleibt dafür nur wenig Zeit.

Er rieb sich die Augen; der Schlafmangel machte sich bemerkbar.

Ich brauche mehr Zeit. Ich schätze, ich muss die Rückkehr in die Akademie hinauszögern. Irgendwo hingehen, wo die Professoren mich nicht finden werden. Ich muss … ich werde …

Ein fernes Heulen durchschnitt den Nebel. Es musste das Horn eines herannahenden Schienenschlittens sein. Aber dafür war es noch zu früh, und das Geräusch kam aus der falschen Richtung.

Aber tut es das wirklich? Wenn ich eine Gefangennahme vermeiden will, muss ich meine Flucht fortsetzen. Und das bedeutet, fort von Belton.

Ein weiteres, lauteres Heulen ließ die Luft vibrieren, und aus dem Nebel erschien ein riesiger Schatten. Er verströmte Hitze. Zischend entwich Dampf aus der Maschine. Als sie vorbeiglitt, waberte *Ruß* über ihr, wo die Magie hineingezogen wurde, um das Wasser in dem großen Kessel zu erhitzen. Dann wurde die gewaltige Maschine langsamer und hielt an.

Tyen schaute nach links und rechts und sah, dass sich eine kleine Menschenmenge eingefunden hatte. Der größte Teil davon war aber nur als Schemen erkennbar. Er hatte sich bewusst dafür entschieden, am Ende des Bahnhofs zu sitzen, fernab der anderen Reisenden. Aber auch diejenigen, die ihm jetzt nahe genug waren, um ihn zu sehen, blickten alle zu der großen Maschine hinüber.

Er stand auf, ging an den Wartenden vorbei zum Ende des Schienenschlittens und stieg in den hintersten Wagen. Er war leer, da kaum jemand schon so früh abreiste. Tyen nahm Platz.

Eine Pfeife ertönte, und der Zug setzte sich ruckelnd in Bewegung. Tyen schob sich Pergama in die Manteltasche und überlegte, was er dem Schaffner erzählen sollte. Am besten, er habe sich, verunsichert von dem Nebel und nicht daran gewöhnt, so früh aufzustehen, eine Fahrkarte in die falsche Richtung gekauft.

12 Tyen

Tyen versank bald in Kummer darüber, was er alles aufgab und hinter sich ließ. Sein Vater würde sich Sorgen machen. Und er würde sich auch schämen, wenn er der Anklage der Akademie glaubte, dass sein Sohn ein Dieb sei. *Ich werde ihm einen Brief schreiben, wenn ich weit genug weg bin. Obwohl ich darauf achten muss, dass man nicht herausfinden kann, woher der Brief kommt.*

Er dachte an seine Freunde, aber der Stich des Bedauerns war nicht so stark, wie er es erwartet hatte. Miko hatte ihn verraten. Neels Loyalität galt sich selbst und seiner Familie. Tyen hatte seine alten Freunde von vor seiner Zeit in der Akademie seit Jahren nicht gesehen.

Was würde aus seinen Besitztümern in der Akademie werden? Er nahm an, dass man sie seinem Vater schicken würde. Während er im Geiste eine Inventur seiner Habseligkeiten machte, dachte er an seinen Schreibtisch mit den halb fertigen Insektoiden, und sein Herz tat einen Satz.

Der Gedanke daran, Käfer zurückzulassen, war unerwartet schmerzhaft. Es war töricht, an einem mechanischen Gerät zu hängen. Töricht, sich elender zu fühlen, weil er es zurückgelassen hatte, als bei allem oder jedem anderen. Seinen Vater würde er eines Tages vielleicht wiedersehen, wenn auch nur als Besucher in seiner Zelle. Wer wusste, was mit dem kleinen Insektoid geschehen würde? Er bezweifelte, dass die Person, die es in Besitz nahm, die Arbeit zu schätzen wissen würde, die er auf seine Erschaffung verwendet hatte. Die Akademie würde Käfer vielleicht sogar wegwerfen.

Die Akademie. Tyens Brust war mit einem Mal wie zugeschnürt. Seine Träume, Professor zu werden, hatten sich praktisch in Luft aufgelöst. Er hatte einen Teil des achtjährigen Studiums zum Zauberer und Historiker absolviert, aber nicht genug, um irgendwo als etwas Besseres als ein bloßer Maschinenbediener angestellt zu werden. Obwohl die Wahrscheinlichkeit, gelangweilt und vergessen in einem niederen Job zu enden, jetzt nicht so groß schien wie die, seine Tage gelangweilt und vergessen in einem Gefängnis zu verbringen.

Die Tür zwischen den Wagen wurde geöffnet. Ein älterer Mann in Uniform und mit Fahrkartenzange und Umhängetasche trat ein. Er erblickte Tyen und kam mit der geübten Mühelosigkeit eines Menschen auf ihn zu, der an das Schwanken des Waggons gewohnt war.

Tyen holte seinen Fahrschein hervor und heuchelte Überraschung, dass darauf ein falsches Reiseziel stand.

Der Schaffner kniff die Augen zusammen. »Was habt Ihr dem Verkäufer gesagt, wo Ihr hinwollt?«

Tyen suchte nach einer glaubwürdigen Antwort. Gab es eine Stadt auf dieser Linie, die Belton ähnlich genug klang, dass dem Fahrkartenverkäufer ein Irrtum unterlaufen sein könnte? Der Schaffner brummte, als Tyen zögerte.

»Ihr habt ihm gesagt, dass Ihr in die Stadt wollt, richtig?«

Tyen verzog das Gesicht. »Ich denke, ja. Ich weiß es nicht mehr genau.«

»Nun, entweder reist Ihr nicht sehr oft, oder Ihr müsst gedacht haben, dass Fahrkarten nach Barral billiger geworden sind. *Erheblich* billiger.« Der Mann öffnete seine Tasche und begann darin zu suchen. »Das kostet Euch weitere zwei Unzen und vier.«

Tyen nahm seine Brieftasche aus seinem Mantel und bezahlte den Mann. »Wann kommen wir an?«

»Wenn alles gut geht, um Viertel nach zwei. Wir haben einen längeren Aufenthalt in Millwend gegen zwölf für diejenigen, die sich die Beine vertreten wollen.« Er reichte Tyen einen neuen Fahrschein.

»Danke«, sagte Tyen. Er verstaute seine Brieftasche wieder und beobachtete, wie der Mann zurück zur Tür ging und im nächsten Waggon verschwand. Dann griff er in seine andere Tasche, um Pergama herauszuholen, und überlegte sich, dass er dem Schaffner, wenn er zurückkam, so viele Karten und Fahrpläne der verschiedenen Bahnlinien abkaufen würde, wie er konnte. Die würde er dann lesen, während er Pergama in der Hand hielt. Etwas kitzelte an seinen Fingerspitzen, und er spürte eine Vibration durch das Futter seines Mantels.

»Käfer! Komm heraus!« Eine Woge glücklicher Erleichterung schlug über ihm zusammen, als das Insektoid seinen Arm hinaufkroch. Er blinzelte gegen Tränen an. »Lächerlich«, murmelte er bei sich. Aber etwas Vertrautes zu haben – nicht *alles* verloren zu haben, was ihm teuer war – bedeutete plötzlich sehr viel.

Nun, nicht alles, korrigierte er sich. Er befahl Käfer für den Fall, dass der Schaffner zurückkehrte, zurück in die Tasche und holte Pergama hervor.

Also, sandte er ihr seinen Gedanken, *wohin soll ich gehen?*

Irgendwohin außer Reichweite der Akademie.

Er lachte leise. *Das bedeutet irgendwohin außer Reichweite des Reiches. Es gibt nicht viele Orte, die das Reich nicht kontrolliert oder mit denen es nicht zumindest einen Vertrag hat, der vorsieht, dass Verbrecher ausgeliefert werden.*

Aber einige Orte gibt es.

Ja. Orte, die weit, weit fort sind und schwer zu erreichen. Wie die Länder des Fernen Südens, jenseits des Äquatorialgebirges, die Gowel kürzlich erkundet hat. Oder die Wüsten der Großen Insel im Westen, obwohl sie von gefährlichen Sandpiraten heimgesucht werden. Und dann wäre da noch der Peora-Archipel, auch bekannt als die Kannibaleninseln.

Der Ferne Süden klingt sicherer. Gowel zufolge waren die Bewohner der Helmburg Fremdländern gegenüber freundlich gesinnt.

Tyen nickte. Er wünschte, er wäre an diesem Abend in Palga länger aufgeblieben, um mehr von den Geschichten des Entdeckers zu hören. Rückblickend erinnerte sich Tyen daran, dass Gowel gesagt hatte, dass es dort viel Magie gebe, und er hatte die Stadt beschrieben: in einen großen Felsturm gehauen, in dem die Menschen in Käfigen auf und ab fuhren oder flogen. Wie viel davon der Wahrheit entsprach, konnte Tyen nicht sagen. Es hatte jede Menge Staubi gegeben, und Abenteurer neigten dazu, zu prahlen und zu übertreiben.

Bist du schon einmal dort gewesen?

Ja, aber das ist sehr lange her. Das Land war erheblich weniger weit entwickelt als das, was Gowel beschrieben hat, und ich habe nichts über dieses Tyeszal – die Helmburg – erfahren. Ein Land mit vielen kleinen Königreichen, die alle in Fehde miteinander liegen. Trotzdem ist es besser als Piraten und Kannibalen.

Ich wünschte, ich hätte eine Kopie von Gowels Karte.

Du warst mit mir in Verbindung, als du sie gesehen hast, rief Pergama ihm ins Gedächtnis. Linien begannen auf der Seite zu erscheinen und formten eine Karte, an die Tyen sich nur halb erinnern konnte.

Er lächelte. *Also,* das *ist eine nützliche Fähigkeit. Ich werde einen Luftwagen brauchen, um dorthin zu kommen. Ich schätze, ich kann einen bauen, wenn ich Zeit und die Materialien habe.*

Dann lautet mein Rat: Geh in den Fernen Süden.

Tyen schaute auf und blickte aus dem Fenster. Er war in der letzten Nacht nach Nordosten gereist. Nach der Tageszeit und der Richtung der Schatten zu urteilen, fuhren sie gegenwärtig nach Osten. Er würde die Züge wechseln müssen. Und dann? Vielleicht an Bord eines Schiffes gehen, das nach Süden segelte, nach Wendland.

Sein Wendisch war passabel, aber er sprach keine anderen Sprachen. Glücklicherweise verstand man in vielen Ländern innerhalb und außerhalb des Reiches Leratianisch. Wenn er in den Fernen Süden kam, würde Kommunikation zu einem Problem werden, aber dieses Problem hatte Gowel auch irgendwie bewältigt.

Der Zug verlangsamte sein Tempo. Als ihm klar wurde, dass sie sich einem weiteren Bahnhof näherten, nahm er schnell – solange niemand in der Nähe war – etwas von Hofkrazners Geld aus der Bordtasche und steckte es sich in die Brieftasche. Einige Passagiere stiegen während des Halts zu, und als der Schaffner wieder durch den Wagen kam, bat Tyen ihn um Karten und Fahrpläne. Der Mann konnte ihm jedoch nur eine Karte der Bahnlinie geben, auf der sie sich befanden. Während er Pergama in einer Hand hielt, schaute sich Tyen sowohl die schematische Karte mit den Bahnhöfen der Strecke als auch den Fahrplan genau an.

Er fragte Pergama, ob sie die Informationen gespeichert hatte, dann steckte er sie wieder in die Tasche. Für den Moment konnte er nichts anderes tun, also beobachtete er, wie die Außenwelt vorbeizog. Die Häuser und Fabriken am Stadtrand hatten sie hinter sich gelassen, und sie fuhren nun durch Ödland mit vereinzelten einsamen Gebäuden. Schon bald erreichten sie die ersten Felder, die gelegentlich von kleinen Siedlungen unterbrochen wurden. Das Horn des Zuges erklang nicht mehr so oft, um die Wärter an Bahnübergängen auf den nahenden Schlitten aufmerksam zu machen. Erschöpft von der Nacht, die er damit verbracht hatte, den Luftwagen zu steuern, wurde Tyen klar, dass er eingeschlafen war, als der Schaffner ihn wachrüttelte, um ihm mitzuteilen, dass sie in Millwend angelangt seien und er sich am besten beeilen solle, wenn er sich etwas »die Beine vertreten« wolle.

Glücklicherweise war die Herrentoilette in der Nähe, und bevor er wieder einstieg, kaufte er zwei der Bäckerjungen auf dem Bahnsteig ihre letzten beiden Pasteten ab. Er gab ihnen ein großzügiges Trinkgeld und genoss mit rachsüchtiger Befriedigung, Hofkrazners Geld auszugeben.

Die nächsten beiden Stunden vergingen langsam. Der Schienenschlitten hielt nicht mehr so oft und fuhr zwischen den Bahnhöfen schneller. Das Land wurde hügeliger, und die Bahn wand sich in vielen Kurven und Kehren durch die Täler. Wenn er in den Kurven zurückschaute, konnte er den *Ruß* sehen, der über sie hinwegwehte. Sie überquerten ein steiles Tal auf einer beeindruckenden Stahlbrücke, dann fuhren sie in einen Tunnel, und es war eine Weile dunkel. Auf der anderen Seite tauchten sie zwischen Häusern auf, die bald größeren Gebäuden Platz machten – Fabriken und Lagerhäusern. Tyen konsultierte seine Karte und stellte fest, dass sie Barral erreicht hatten, eine Stadt, die der nicht enden wollenden Kulisse von Fabriken und Maschinen nach zu urteilen größtenteils von industrieller Produktion lebte. Überall hingen *Ruß*wolken, deren obere Ränder sich langsam aufzulösen schienen, während die Magie von oben herabsank.

Die Bahnschlittenschienen führten in einer weiten Kurve auf zwei rhombenförmige Gebilde in der Ferne zu. Schon auf der Karte hatte es so ausgesehen, als läge ein Lufthafen ganz in der Nähe des Hauptbahnhofs von Barral. Es ergab Sinn, die beiden Transportmittel zu kombinieren, sodass Passagiere von einem zum anderen wechseln konnten, obwohl sie durch ihre große Nähe um die verfügbare Magie konkurrieren würden. Nach der Größe der fernen Kapseln zu urteilen, waren es riesige Luftkutschen, die benutzt wurden, um mehrere Personen über große Entfernungen zu transportieren, die nicht selbst einen der kleinen Luftwagen lenken wollten. Als der Schienenschlitten näher kam, geriet eine der Kapseln hinter den Dächern außer Sicht.

Da der Zug jetzt wieder öfter anhielt, kam auch der Schaffner häufiger vorbei. Tyen nutzte die Gelegenheit, ihn zu fragen, ob es eine Bahnschlittenlinie von Barral nach Süden zur Küste gebe. Der Mann nickte.

»Die Goldmannlinie. Kürzer als unsere. Von Herrn Goldmann für private Zwecke angelegt und später dem Reich für öffentliche Benutzung gespendet. Daraufhin hat man sie im Norden bis nach Barral und im Süden bis in die Sacal-Bucht verlängert. Genauer gesagt, haben sie die Strecke hier bis zur Talstraße ausgebaut. Um sie bis zum Bahnhof unserer Linie zu verlängern, hätten sie einige Häuser sehr reicher Leute abreißen und den Besitz der Freifrau von Siepenwetter in Anspruch nehmen müssen, und nicht einmal der Kaiser persönlich hätte auch nur von einem der Betroffenen das Einverständnis dazu erlangt.« Er kicherte. »Sie werden einen Einsitzer zum Goldmannbahnhof nehmen müssen.«

Die Sacal-Bucht war nur ein kleinerer Hafen, das wusste Tyen. Er bedankte sich bei dem Schaffner, und kurz darauf hielt der Schienenschlitten unter dem gewölbten Glasdach des Hauptbahnhofs von Barral. Tyen stieg aus und folgte den Schildern zum Droschkenstand. Dort reihte er sich in die Schlange der Wartenden ein.

Der Mann vor ihm las eine Zeitung. Unter den Textspalten war ziemlich groß ein Gesicht abgebildet. Etwas daran kam ihm bekannt vor, daher schaute er genauer hin. Als er die fettgedruckte Unterschrift las, gefror ihm beinahe das Blut in den Adern.

GEFÄHRLICHER ZAUBERER AUS AKADEMIE GEFLOHEN! Die Polizei von Leratia hat den Leratianischen Tagesanzeiger heute darüber in Kenntnis gesetzt, dass sie nach einem ehemaligen Studenten der Akademie fahndet. Tyen Eisenschmelzer, oben abgebildet, gilt als ein gefährlicher Zauberer, dem man sich nicht nähern sollte. Wenn Sie diesen Mann sehen, melden Sie …

Der Mann vor ihm blätterte um, und Tyen starrte auf eine Werbeanzeige für Damenhüte. Er sah sich nach einem Zeitungsverkäufer um, konnte aber keinen entdecken. Er widerstand dem Drang wegzulaufen und nach einem zu suchen, damit er herausfinden konnte, was der Artikel sonst noch über ihn sagte. Aber es war besser, seinen Platz in der Schlange nicht zu verlieren.

Je eher ich von hier wegkomme, desto besser, sagte er sich.

Wie weit hatte sich der Artikel verbreitet? Der *Leratianische Tagesanzeiger* wurde über Nacht gedruckt und früh am Morgen im ganzen Land verteilt. Der schnellste Transport war der mit den Zügen. Die Zeitung war vielleicht im selben Zug gekommen wie er selbst, und dieser Mann hatte sie gerade erst gekauft. Sie konnte aber auch schon früher eingetroffen sein – das hieße dann, dass sein Bild und die Nachricht von seinem Verbrechen ihn nun überall erwarten würden.

Das waren neue, schreckliche Aussichten. Ein Zug, der von Belton direkt zur Sacal-Bucht fuhr, würde Stunden vor ihm dort eintreffen. Er wusste nicht einmal, ob es auf der Goldmannlinie Nachtzüge gab; falls nicht, würde er sich ein Quartier suchen müssen und erst morgen weiterreisen können.

Und wenn er in der Sacal-Bucht ankam, würde dort nicht nur die Polizei auf ihn warten. Die Zeitung hatte ihn als einen gefährlichen Zauberer bezeichnet. Es waren gewiss Bitten an Zauberer herausgegangen, der Polizei zu helfen, kurz nachdem Tyen in Hofkrazners Luftwagen geflohen war. Sie würden überall nach ihm Ausschau halten, wo er versuchen könnte, Leratia zu verlassen. Wie in der Sacal-Bucht.

Seine Haut kribbelte. Vielleicht wartete hier schon jemand, um festzustellen, wer aus den Zügen von Leratia ausstieg. Beobachtete jemand gerade jetzt den Bahnhof? Er schaute sich um und erwartete, uniformierte Männer zu sehen, die auf ihn zumarschierten, aber niemand beachtete ihn. Dass er es bis zum Droschkenplatz geschafft hatte, war … seltsam. Gewiss hatte die Akademie Hofkrazners Luftwagen inzwischen gefunden und sich ausgerechnet, mit welchem Schienenschlitten er Belton verlassen hatte.

Aber niemand hier konnte das bisher wissen. Der Schienenschlitten war das schnellste Transportmittel, und nur einer, der dem *folgte*, den Tyen genommen hatte, konnte die Neuigkeit übermitteln, dass er einen Zug dieser Linie genommen hatte. Er hatte im schlechtesten Fall eine Stunde, bevor das geschah.

Wenn jemand den Bahnhof beobachtete, würde er ihn erkennen? Er schaute an seinen Kleidern hinab. Sie waren sauber und modisch, aber nicht teuer. Er sah aus wie jeder andere Student der Akademie, aber da die Akademie in Belton war und nicht in Barral, bezweifelte er, dass man hier viele Studenten sah. Er musste sein Äußeres verändern, und zwar schnell.

Er sollte sich gewöhnlich und unauffällig kleiden. Alltäglich. Wie ein Fabrikarbeiter vielleicht. Er sah sich in der vergeblichen Hoffnung um, in der Nähe einen passenden Laden für Bekleidung zu finden. Er würde den Fahrer des Einsitzers fragen müssen.

»Können wir Euch helfen?«, erklang eine Stimme hinter ihm.

Als er sich umdrehte, standen zwei Frauen im Alter seines Vaters hinter ihm. Ihren Kleidern nach zu urteilen schätzte er, dass sie nicht steinreich, aber doch einigermaßen gutbetucht waren. Sie sahen ihn mit der Art von nachsichtigem Lächeln an, das Mütter jenen schenkten, die sie an ihre eigenen Kinder erinnerten. Da er seine eigene Mutter noch als Kind verloren hatte, war er sich nie ganz sicher, wie er mit dieser Art von Aufmerksamkeit umgehen sollte.

»Ihr seid neu in der Stadt, vermute ich«, sagte die größere der beiden Frauen. »Vielleicht ein Besucher. Wohin wollt Ihr denn? Diesen Droschkenkutschern kann man nicht trauen, müsst Ihr wissen. Sie werden lange Umwege mit Euch fahren und das Fünffache berechnen.«

Tyen hatte eine Inspiration. Vielleicht waren diese übermäßig hilfsbereiten Frauen genau das, was er brauchte.

»Nun ja«, sagte er. »Ich kenne mich hier nicht aus, und ich habe in einer Stunde ein Vorstellungsgespräch für eine Arbeitsstelle. Könnt Ihr mir raten, wo ich ein anständiges Paar Arbeitsschuhe kaufen könnte?«

Die kleinere Frau schüttelte den Kopf. »Am besten kauft man drüben auf der Parade, aber das nächste …« Sie hielt inne, um einen Blick mit ihrer Gefährtin zu tauschen, die auf die andere Straßenseite zeigte.

»Drüben beim Lufthafen sind Geschäfte.«

»Wir werden Euch dorthin bringen. Wir haben Zeit.«

Sie ignorierten seinen schwachen Protest und führten ihn über die Straße und hinein in ein prächtiges neues Gebäude, das an eine Seite des Lufthafens grenzte. Er erkannte seinen Fehler, sobald sie eintraten. Die angebotene Kleidung war für Luftkutschenpassagiere gedacht, die ein oder zwei Stunden Zeit hatten, bevor ihr Flug nach Leratia weiterging. Es waren natürlich Kleider von der Stange, aber Luftreisende galten als wohlhabend, und die Preise und der Stil der Kleider in dem Laden waren dem angemessen. Arbeiterkleidung gab es hier nicht. Und für die meisten Akademiestudenten waren die Angebote auch viel zu teuer.

Dieser Gedanke brachte ihn auf eine Idee. Eine Möglichkeit, die vielleicht all seine gegenwärtigen Probleme lösen würde.

Keine halbe Stunde später trug er einen schönen neuen Wollanzug, neue Schuhe und einen Hut. Seine alten Kleider verstaute er in der Bordtasche, und während die Aufmerksamkeit des Verkäufers für einen Moment nicht ihm galt, steckte er Hofkrazners Geld, Pergama und Käfer schnell in eine ebenfalls neue Ledertasche. Nachdem er den beiden hilfsbereiten Frauen gedankt hatte, wandte er sich dem Lufthafen zu, um einen Fahrschein zu kaufen. Da er noch etwas Zeit hatte, bis er an Bord der Luftkutsche gehen musste, nutzte er die Dienste eines Friseurs, der seinen Laden neben dem Fahrscheinschalter hatte.

Tyens Puls raste sowohl vor Angst wie auch vor Erwartung, als er schließlich an Bord ging. Er war noch nie zuvor mit einer Luftkutsche gereist, und es bescherte ihm ein Gefühl der Befriedigung, dies auf Hofkrazners Kosten zu tun. Im Gegensatz zu den leichten Luftwagen war die Gondel der Luftkutsche groß genug für mehrere Passagiere, die vor der kalten Luft geschützt sein würden. Einzelne Sitze zogen sich an beiden Seiten entlang, mit einem Gang zwischen ihnen. Tyen versuchte, seine Aufregung zu verbergen, als er von einem Platzanweiser zu seinem Sitz nicht weit vom hinteren Ende der Gondel geführt wurde.

Schon bald stellte sich das vertraute leichte Ziehen im Magen ein, als die Leinen gelöst wurden und die Luftkutsche sich sanft in den Himmel erhob. Als er aus dem Fenster und durch das Glasdach des Bahnhofes schaute, sah Tyen, dass ein weiterer Schienenschlitten angekommen war und Passagiere aus dem Bahnhof strömten. Eine der fernen Gestalten blieb stehen, um sich umzuschauen. Es war unmöglich, jemanden aus dieser Entfernung zu erkennen, aber Tyen konnte nicht umhin, sich vorzustellen, dass es Hofkrazner war. Eine weitere Gestalt ging auf die erste zu, und dann drehten sich beide um, um die Einsitzer zu betrachten, die jetzt eintrafen, um Passagiere abzuholen.

Vielleicht beobachten sie auch den Lufthafen, dachte Tyen. Das Sirren der Propeller wurde lauter, als der Pilot sie schneller drehen ließ. Als die Luftkutsche nach Süden umschwenkte, geriet der Bahnhof außer Sicht. Tyen wandte sich vom Fenster ab und lehnte sich in seinem Sitz zurück in der Hoffnung, dass er entspannter aussah, als er sich fühlte.

13 Tyen

Ich habe mir nur darüber Gedanken gemacht, wohin wir gehen sollten. Mir ist gar nicht in den Sinn gekommen, dass wir Schwierigkeiten haben könnten, Leratia zu verlassen, gestand Tyen.

Zumindest ist das jetzt kein Problem mehr.

Wir werden Wendland gegen Mitternacht erreichen.

Wird die Akademie dort Leute haben, die auf dich warten?

Wahrscheinlich. Sie haben Kontakte dorthin, und der Bündnisvertrag zwischen unseren Ländern erklärt, dass sie alle gesuchten Verbrecher verhaften und ausliefern müssen.

Aber du denkst, dass sie nicht erwarten, dass du in einer Luftkutsche ankommst.

Keine Nachricht der Akademie über mich kann vor uns eintreffen, da sie entweder mit dem Schiff oder einer späteren Luftkutsche gebracht werden müsste. Es ist eine gute Sache, dass Leratia eine Insel ist. Wenn wir durch eine Bahnlinie miteinander verbunden wären, hätte ich keine Hoffnung, einer Nachricht oder dem Leratianischen Tagesanzeiger *mit meinem Bild zuvorzukommen.*

Du denkst außerdem, dass das Bild im *Leratianischen Tagesanzeiger* keine große Ähnlichkeit mit dir hat.

Ein wenig Ähnlichkeit hat das Bild schon, aber ich sehe aus wie die meisten anderen jungen Leratianer meines Alters. Ausnahmsweise einmal ist es ein Vorteil, ein durchschnittliches, unauffälli-

ges Gesicht zu haben. Ich frage mich, wie viele junge Männer jetzt als Zauberer verdächtigt werden. Ich hoffe, dass niemand deswegen schlecht behandelt wird.

Er seufzte. Wie groß würden die Anstrengungen sein, die die Akademie auf sich nehmen würde, um ihn zu finden? Würde es einen Punkt geben, an dem es die Zeit und die Kosten nicht länger wert war zu versuchen, einen bloßen Exstudenten und ein Buch zu finden, das sie ohnehin niemals behalten wollten?

Sie wird beinahe jede Anstrengung unternehmen, wenn man die Geheimnisse bedenkt, die ich über sie in mir trage.

Ein kalter Schauer überlief Tyen.

Sind sie so schlimm?

Die Professoren dachten es. Zu anderen Zeiten und an anderen Orten hätten diese Dinge als kleinlich und unwichtig gegolten, aber hier und jetzt nehmen die Menschen sie sehr ernst.

Erzähl mir nichts.

Ich werde nicht in der Lage sein, mich davon abzuhalten, wenn du eine Frage stellst, auf die die Antwort ihre Geheimnisse offenbaren würde.

Dann … warne mich, bevor du antwortest, damit ich wegschauen kann.

Du willst diese Geheimnisse nicht erfahren, weil du glaubst, dann würde man dir gewiss nicht gestatten, dein altes Leben wiederaufzunehmen, selbst wenn du deine Unschuld beweist?

Ja.

Aber du weißt wohl, dass sie dir nicht glauben werden, wenn du ihnen sagst, dass du ihre Geheimnisse von mir niemals erfahren hast.

Tyen schluckte einen Fluch herunter. Sie hatte recht. Aber das bedeutete … seine Haut kribbelte. Er war schlimmer dran, als ihm bewusst gewesen war. Sie waren bereit, Pergama zu zerstören, um ihre Geheimnisse zu verbergen, selbst wenn es bedeutete, ein wertvolles magisches Artefakt zu verlieren. Er war nicht wertvoll.

Aber Diebstahl war keine ausreichend schwere Anklage, um eine Hinrichtung zu rechtfertigen. Es sei denn, Hofkrazner schob ihm die Schuld am Tod einer anderen Person in die Schuhe. Oder die Akademie überzeugte den Kaiser davon, Tyen wegen Hochverrats anzuklagen.

Nein, so weit würden sie gewiss nicht gehen. Aber was immer sie taten, sie würden wollen, dass er außerstande war, ihre Geheimnisse mit irgendjemandem zu teilen, und das bedeutete zumindest Gefängnis.

Ich kann niemals zurückkehren, dachte er.

Nicht, wenn du dieses Schicksal vermeiden willst, stimmte Pergama ihm zu.

Tyens Brust schnürte sich schmerzhaft zusammen, und für einen Moment konnte er nicht atmen. Er war sich plötzlich der anderen Passagiere bewusst. Nachdem er sich gezwungen hatte, sich zu entspannen und langsam einzuatmen, betrachtete er die übrigen Passagiere aus den Augenwinkeln. Das Blut gefror ihm in den Adern, als er bemerkte, dass der Mann auf der anderen Seite des Ganges zu ihm herzublicken schien. Hatte seine Erregung die Aufmerksamkeit des Mannes auf sich gezogen?

Da er sich nicht umdrehen und dem Fremden in die Augen blicken wollte, schaute er stattdessen zum Fenster hinauf, in der Hoffnung, ein Bild des Mannes im Glas zu sehen. Und tatsächlich, er konnte den Mann auf der anderen Seite des Ganges erkennen. Und sofort trafen sich ihre Blicke.

Der Mann schaute auf die gefaltete Zeitung auf seinem Schoß hinab.

Tyen blieb fast das Herz stehen, aber als er genauer hinsah, stellte er fest, dass es sich bei der Zeitung nicht um den *Leratianischen Tagesanzeiger* handelte. Nach den Bildern und

Überschriften über Luftwagenrennen sah es so aus, als handelte es sich um eine Sportzeitung.

Wenn ich seine Lektüre sehen kann, kann er dann auch meine sehen?

Er hatte es für sicher gehalten, sie hier zu lesen, weil niemand hinter ihm saß, der ihm über die Schulter blicken konnte, und er hatte keine Sekunde an die Spiegelung in den Scheiben gedacht.

Tut mir leid, Pergama. Er klappte sie zu, ließ sie in die Tasche seiner Jacke gleiten und tat so, als sehe er aus dem Fenster. Der andere Mann blickte noch einige Male in seine Richtung, aber im Wesentlichen war er in seine Zeitung vertieft.

Die nächsten Stunden vergingen langsam. Tyen beobachtete die Schatten tief unter ihnen, die langsam länger wurden, während die Sonne dem Horizont entgegensank. Dunkelheit hüllte schließlich alles ein, und er sah nur noch hier und da einen Lichtpunkt, das einsame Fenster eines Bauernhauses vielleicht, und manchmal eine kleine Schar solcher Punkte dicht beieinander, wo sich ein Dorf befinden musste. Da so viele Menschen die schmale Gondel der Luftkutsche füllten, blieb die Luft warm, obwohl ein leichter Zug andeutete, dass ein Ventilationssystem dafür sorgte, dass beständig Frischluft zugeführt wurde. Ein Gespräch zwischen zwei Passagieren auf den Sitzen vor ihm klang seltsam gedämpft, aber er vermutete, dass das daran lag, dass er sich an den Lärm der Propeller gewöhnt hatte.

Schließlich erschien unten auf dem Kurs der Luftkutsche ein größeres Feld von Lichtern. Dahinter erstreckte sich eine dunkle Fläche, die fast völlig frei von Lichtern war. Das, vermutete er, musste das Meer sein. Er beobachtete, wie sie sich ihm langsam näherten, und erwartete den Moment, an dem sie die Küste und sein Heimatland hinter sich ließen.

Als das Surren der Propeller abrupt nachließ, sahen er und

die anderen Passagiere sich erstaunt um. Der Platzanweiser kam von vorn den Gang herunter.

»Wir werden in der Sacal-Bucht eine unplanmäßige Zwischenlandung machen«, erklärte er ihnen.

Tyen rutschte das Herz in die Hose.

»Warum?«, fragte einer der Passagiere.

»Das wissen wir noch nicht.« Der Platzanweiser zuckte die Achseln. »Die Signallichter übermitteln uns nur, dass wir dort landen sollen.«

»Wird man uns lange aufhalten?«

»Das wissen wir nicht, bis wir den Grund für unsere Landung erfahren.«

»Können wir aussteigen?«

»Ja, aber bleibt in der Nähe der Luftkutsche. Wir wollen nicht länger als notwendig aufgehalten werden.«

Tyen holte tief Luft und stieß den Atem wieder aus, während er versuchte, seine Nerven zu beruhigen, damit er klar denken konnte. Das Gefühl, dass sein Herz zu schnell schlug, wurde viel zu vertraut. Er wünschte, er hätte sich mit Pergama beraten können, aber er wagte es nicht, dieses Risiko einzugehen.

Der Platzanweiser sagt vermutlich die Wahrheit und kennt den Grund für die Landung tatsächlich nicht, dachte er. *Wenn er wüsste, dass jemand unter den Passagieren ist, nach dem gefahndet wird, würde er gewiss darauf bestehen, dass wir alle an Bord bleiben.*

Aber das würde keinen Unterschied machen, wenn die Polizei die Luftkutsche bei ihrer Landung bereits erwartete. Tyen würde in der Falle sitzen. Es sei denn … hatte er nicht, als er an Bord gegangen war, eine Tür weiter hinten bemerkt?

»Seid Ihr wohlauf?«

Tyen zuckte zusammen, als ihm klar wurde, dass der Platzanweiser sich über ihn beugte. Er sah dem Mann in die Augen, dann wandte er den Blick schnell wieder ab.

»Ähm …«

»Vielleicht eine kleine Luftkrankheit? Keine Sorge, das passiert vielen Menschen.« Der junge Mann griff in seine Tasche und förderte ein zusammengefaltetes Stück braunen Papiers zutage. »Hier. Nur für den Fall des Falles.«

Als der Platzanweiser weiterging, untersuchte Tyen das Geschenk. Er faltete es auseinander und stellte voller Erheiterung fest, dass es eine Tüte war, deren Innenseite mit einem glänzenden Lack bedeckt war. Vermutlich um eine Schweinerei zu vermeiden, falls er sich übergeben musste.

Er schaute den Gang hinunter an dem Platzanweiser vorbei, der am Ende der Gondel irgendetwas tat. Da *war* eine weitere Tür, mit einem großen Schild mit der Aufschrift »Nur für Personal«. Tyen wandte sich ab, blickte auf die Tüte hinab und begriff, dass er den Ansatz eines Fluchtplans hatte. Es war ein verzweifelter Plan, aber besser als gar keiner.

Die Luftkutsche senkte sich so allmählich auf die Sacal-Bucht hinab, dass Tyen sich fragte, ob der Pilot ihn absichtlich quälte. Er wollte unbedingt den Platzanweiser sagen hören, dass das Signal sich verändert habe oder falsch gedeutet worden sei und sie doch direkt nach Wendland fliegen würden, aber wenn sie landeten, wollte er es hinter sich bringen. Als sie über der Stadt schwebten, versuchte er, sich den groben Plan der Stadt einzuprägen. Der Lufthafen war hell erleuchtet, lenkte die Aufmerksamkeit auf sich und machte die Umgebung noch dunkler. Das Muster der Straßenlampen und Hauslichter ließ einen mondsichelartigen Grundriss der Stadt erkennen, der sich um die Bucht schmiegte. Die Straßen folgten dem gleichen Bogen. Selbst aus der Luft konnte er sehen, dass das Land zum Wasser hin steil abfiel, außer im Stadtzentrum, wo der knappe ebene Grund für den Lufthafen und einen kleinen öffentlichen Platz reserviert war. Die Verbindungsstraßen verliefen nicht quer, sondern in stumpfem Winkel zu den Hauptstraßen; vermutlich wären sie sonst steil gewesen. Außerdem gab es schmale direkte Verbindungen, bei denen es sich vermutlich um Treppen handelte. Die Häuser bildeten selbst fast etwas wie eine Treppe, ein jedes ragte über seine tiefer liegenden Nachbarn auf. Vom Meer aus würde es hübsch aussehen, vermutete Tyen.

Schließlich schwebte die Luftkutsche über einer Landebucht des Lufthafens. Der Platzanweiser eilte wieder nach hinten, und Tyen hörte das Geräusch von Luken, die geöffnet, und von Kabeln, die ausgerollt wurden. Ein Beben durchlief die Gondel, als die Kabel am Boden verankert wurden. Als das Dach der Ladebucht an Tyens Fenster vorbeiglitt, erhaschte er einen Blick auf eine kleine Gruppe wartender Menschen. Die meisten waren Angestellte der Luftkutschengesellschaft, aber die restlichen trugen Polizeiuniform.

Tyen sackte nach vorn, umklammerte den Papierbeutel und hielt sich außer Sichtweite des Fensters. Als die Luftkutsche schließlich stehen blieb und die übrigen Passagiere sich erhoben, wandte er sich vom Fenster ab. Er griff nach seiner neuen Ledertasche und der Bordtasche, lehnte sich mit der Schulter in den Sitz und presste sich eine Hand auf die Stirn.

Der Platzanweiser kam prompt zu ihm. »Fühlt Ihr Euch unwohl?«

Tyen nickte. »Ich brauche etwas frische Luft«, sagte er.

Der junge Mann verzog mitfühlend das Gesicht. »Haltet durch. Ihr werdet bald draußen sein.«

Tyen schaute an ihm vorbei. »Lässt sich die da öffnen?«

Der Platzanweiser blickte zur Tür hinüber und schürzte die Lippen.

Tyen blies die Wangen auf und sah sich um, seine Tasche und die Papiertüte in einer Hand und die Bordtasche in der anderen. Er ließ die Papiertüte fallen.

»Ja, ja, kommt mit«, sagte der Platzanweiser. Er drehte sich zu der Diensttür um. »Geht die Treppe hinunter. Wenn Euch jemand fragt, warum Ihr dort seid, sagt ihnen, Dila Nagler habe Euch geschickt. Die Herrentoilette ist auf der rechten Seite, den Flur hinunter.«

»Danke«, keuchte Tyen, dann schloss er den Mund und schluckte. Hinter der Tür begann ein Metallgerüst, das den Wartungskräften Zugang zu allen wichtigen Teilen der Luftkutsche gab. Er trat auf eine Plattform. Eine schmale Wendeltreppe führte hinab und brachte ihn unter die Ladebucht und außer Sicht der über ihm wartenden Polizei. Und des Platzanweisers. Schnell verschaffte er sich einen Überblick über die Umgebung. Er befand sich in dem Bereich für die Arbeiter, die die Luftkutschen warteten, festmachten und für den Abflug wieder lösten. An einer nahen Wand lehnten fünf Männer; sonst war niemand zu sehen. Die Männer beobachteten, wie er die Treppe hinuntereilte, wirkten aber nicht besorgt.

»Zur Herrentoilette geht es hier lang«, rief einer und zeigte auf eine Lücke zwischen dem Hauptgebäude des Flughafens und einem kleineren Gebäude. »Die zweite Tür. Geht nicht zu weit, sonst landet Ihr in den Quartieren der Dockarbeiter.«

Tyen tippte sich dankbar an den Hut und eilte in die ihm gewiesene Richtung. Sobald er in dem Gang zwischen den Gebäuden war, blickte er zurück, um sich davon zu überzeugen, dass niemand ihm gefolgt war und die Arbeiter ihn nicht länger beobachteten. Dann ging er weiter auf das Rechteck aus Licht zu, wo das kleinere Gebäude endete.

Dort blieb er stehen und betrachtete das Gebiet dahinter. Eine schmale Straße querte seinen Weg. Auf der linken Seite traf sie auf eine breitere Straße, die, so vermutete er, die Straße war, die an dem öffentlichen Eingang zum Lufthafen entlangführte. Auf der rechten Seite führte sie nur noch ein kurzes Stück weiter, bevor sie endete. Geradeaus ging es in eine schmale, unbeleuchtete Gasse. Er lief über die Straße und schlüpfte in die Dunkelheit der Gasse hinein.

Eine kleine Last fiel von ihm ab. Er hatte die Begegnung mit der Polizei vermieden, aber wie lange würde es dauern, bis die Polizisten von dem luftkranken Passagier erfuhren, der die Luftkutsche am hinteren Ende verlassen hatte, um die Herrentoilette unten zu benutzen, und nicht zurückgekehrt war? Sobald sie das hörten, würden sie erraten, dass er hier irgendwo steckte. Sie würden ihm folgen.

Und vermutlich kam er jetzt in ein Viertel, in dem er mit seiner feinen Kleidung auffiel.

Wenn die Einheimischen ihn sahen, würden sie sofort wissen, dass er nicht hierhergehörte. Er konnte zwar Magie benutzen, um sich gegen Räuber zu verteidigen, aber das würde ihn noch auffälliger machen. Und der *Leratianische Tagesanzeiger* würde vor Stunden eingetroffen sein, daher würde niemand große Mühe haben, einen Zauberer, der am falschen Ort war, mit dem Flüchtling in Verbindung zu bringen, nach dem die Akademie suchte.

Ich muss mein Aussehen abermals verändern, dachte er. Er brauchte Kleidung und ein Versteck, bis er ausgeknobelt hatte, wie er von hier aus weiterkommen sollte.

Immer eins nach dem anderen, sagte er sich. Er hielt sich in den Schatten und versuchte, dafür zu sorgen, dass seine Schritte leise waren. Gelegentlich hörte er Stimmen aus den Häusern links und rechts, aber die Straßen waren still. Vermutlich mussten die Arbeiter früh aus den Federn, und vielleicht waren sie klug genug, nicht nachts durch das Viertel zu streifen. Zwischen zwei Häusern erschien eine menschenleere Treppe, die nach unten führte. Es wurde Zeit, weiter von der Straße wegzukommen, die direkt vom Lufthafen kam – also nahm er die Treppe. Langsam, da sie sich in einem schlechten Zustand befand und die losen Stufen in der Dunkelheit schlecht zu erkennen waren. Die Treppe führte auf eine weitere schmale Straße, die ebenfalls verlassen war und in die Tyen einbog.

Mehrere Schritte später bemerkte er einen Mann, der in der Tür eines Hauses stand. Es wäre verdächtig gewesen, stehen zu bleiben und zurückzugehen, daher setzte Tyen seinen Weg fort und tat so, als bemerke er nichts. Er spürte den Blick des Mannes auf sich, als er vorbeiging. Nach etwa zwanzig weiteren Schritten hörte er, dass der Mann ihm folgte. Er nahm die nächste Treppe.

Noch bevor er die nächste Straße erreichte, konnte er Geräusche hören. Er verlangsamte seine Schritte und begriff, dass er sich einer belebten Durchgangsstraße näherte. Seine Schultern sackten herunter, als er sah, dass die Treppe danach nicht weiterging. Er würde auf die belebte Straße einbiegen müssen oder umkehren. Als er über seine Schulter schaute, sah er jemanden zu ihm herunterkommen.

Der Mann aus der Tür? Ein kalter Schauer überlief ihn.

Vielleicht war es besser, in einer Menschenmenge zu verschwinden, selbst wenn er in seinen eleganten Kleidern auffallen würde. Tyen wandte sich ab und ging weiter die Treppe hinunter. Für einen Moment erwog er, stehen zu bleiben, um seinen alten Mantel aus der Bordtasche zu holen und überzuziehen, aber als er sich die Menschen auf der Straße am Fuß der Treppe genauer ansah, begriff er, dass es keinen Unterschied machen würde. Er würde immer noch viel besser gekleidet sein als sie.

Als er die Straße erreichte, blieb er stehen, um sich umzusehen. Die Passanten machten größtenteils einen erschöpften Eindruck. Vermutlich waren es Arbeiter, die nach einem langen Tag nach Hause gingen. Ein paar Schritte weiter hatte sich vor einer Taverne eine kleine Menschentraube gebildet. Entlang der Straße gab es weitere dieser Lokale.

Tyen hörte hinter sich Schritte näher kommen, holte tief Luft und ging weiter. Er versuchte, entspannt und entschlossen zu wirken und unbesorgt, als der Tavernenwirt ihn bemerkte und die Augenbrauen hochzog. Weitere Gesichter wandten sich ihm zu, als er vorbeiging, aber er ignorierte sie.

Nach der Taverne kam er an Geschäften vorbei, deren Fenster vergittert waren. In einiger Entfernung vor ihm schien die geschlossene Häuserfront eine Lücke aufzuweisen. Er hoffte, dass dort eine Treppe war, die wieder hügelaufwärts führte. Zuvor musste er noch an einer weiteren, kleineren Taverne vorbeigehen. Als er näher kam, wurde ihm klar, dass es ein billiges Hotel mit einer Schankstube war. Der Gedanke an ein Bett, in dem er schlafen konnte, führte ihn in Versuchung, aber er wagte es nicht hineinzugehen. Die Geschichte von dem reichen Reisenden, der in diesem billigen Hotel abgestiegen war, würde die Polizei gewiss erreichen, bevor die Nacht vorüber war.

Die Gäste hier waren ruhiger, bemerkte er im Vorbeigehen. Eine kleine Gruppe vor dem Haus schien sich gerade voneinander zu verabschieden, und sie sahen ihn kaum an. Er lenkte jedoch neugierige Blicke von den Arbeitern auf sich, an denen er vorbeikam. Je eher er diese Straße hinter sich ließ, desto besser. Er nahm Kurs auf die Treppe vor ihm und beschleunigte seine Schritte.

»Ren!«, rief eine Frau irgendwo hinter ihm. Er hörte, dass jemand hinter ihm hergelaufen kam und sich schnell näherte. »Bleib stehen, Ren! Ich bin es, deine kleine Halbschwester! Sezee!«

Jemand hielt ihn am Arm fest. Sein Herz machte einen Satz. Er erwog, Widerstand zu leisten – sich loszureißen und davonzurennen –, aber das gute Benehmen, das sein Vater ihm eingebläut hatte, und die Furcht davor, noch mehr Aufmerksamkeit zu erregen, indem er sie abschüttelte, veranlassten ihn, sich umzudrehen.

Sofort sah er drei Dinge: Die Frau war ihm unbekannt, sie war Ausländerin, und sie war ziemlich schön.

»Es tut mir leid, junge Dame, Ihr verwechs…«, begann er.

»Oh, Ren. Ich würde dich überall erkennen. Aber du hast mich nicht gesehen, seit ich ein Kind war, und das Licht ist hinter mir.« Sie lächelte und hakte ihn unter. »Komm mit rüber zu der Straßenlaterne.«

Verstört über ihre übertriebene Freundlichkeit und Gewissheit, wusste er nicht, was er tun sollte. Auf der anderen Straßenseite hatte die kleine Gruppe sich getrennt, und eine Hälfte betrat das Hotel, während die andere wegging. Keiner von ihnen beachtete das scheinbare Wiedersehen. Aber keine hundert Schritt hinter ihm näherten sich einige Männer, und sie beachteten ihn ganz eindeutig.

Sie beugte sich dichter vor und murmelte: »Kommt mit mir. Sie werden es nicht wagen, Euch in das Hotel zu folgen.«

Er gehorchte. Es war keine Zeit, über sein Unbehagen nachzugrübeln. Entweder lockte sie ihn in eine Falle, oder sie rettete ihn vor einem Überfall. Er bemerkte, dass ihre Kleider weder schäbig noch allzu verführerisch waren – falls sie also eine Hure war, war sie keine gewöhnliche. Ihre Haut war im Lampenlicht von einem warmen, hellen Braun, und ihr Haar glänzte schwarz. Sie führte ihn über die Straße und zu der Hoteltür, die er für sie öffnete. Als sie eintraten, blickten die anderen Gäste auf und schauten dann noch einmal hin, als sie seine feine Gewandung bemerkten. Sezee – falls das ihr Name war – ließ seinen Arm sofort los und schlängelte sich zwischen den Tischen hindurch, als stünde außer Frage, dass er ihr folgen würde.

Er konnte nicht wieder nach draußen gehen, daher zockelte er hinter ihr her zu einem kleinen Tisch am vorderen Fenster, wo bereits eine ältere Frau saß. Diese schien derselben Rasse anzugehören – vielleicht von den Westinseln. Bei dem Geruch von Speisen knurrte ihm der Magen, und er war dankbar, dass das Geräusch nicht laut genug war, dass sie es hörten. Seine Retterin, Sezee, setzte sich hin und schob einen leeren Teller und ein Glas in die Mitte des Tisches.

»Du erinnerst dich an Tante Veroo, Ren?«, fragte sie.

Vielleicht hatte sie, wenn sie den Schein weiterhin wahrte, einen Grund dafür. Er verneigte sich. »Ich … es ist lange her.«

»Das ist es«, erwiderte die Frau, und Lachfältchen erschienen um ihre Augen. »Holen wir dir einen Stuhl.«

»Mach dir keine Mühe«, erwiderte er. Er blickte aus dem Fenster. Die Räuber waren verschwunden. Keine Polizei. Noch nicht. »Ich kann nicht lange bleiben.«

Sezee ignorierte ihn, stand auf und ging zu einem nahen Tisch, um zu fragen, ob sie einen der freien Stühle haben könne. Das Paar, das dort saß, beäugte sie argwöhnisch, aber als ihre Geste ihre Aufmerksamkeit auf Tyen lenkte, verschwand die Abneigung aus ihren Gesichtern, und sie nickten.

»Danke«, sagte Tyen, als er den Stuhl entgegennahm und Sezee sich wieder hinsetzte.

Sezee beugte sich zu ihm vor und senkte die Stimme. »Verzeiht mir meine Frage, aber was tut Ihr in diesem Teil der Stadt?«

»Ich gestehe, dass ich mich verirrt habe«, erklärte er ihr.

»Ihr seid also gerade erst angekommen?«, vermutete sie. »Und habt nach Eurem Hotel gesucht?«

»Ja.«

»In welches Hotel wolltet Ihr denn?«

Er zuckte die Achseln. »In irgendeins, das ein Zimmer frei hat. Ich hatte nichts reserviert.«

Sie lächelte wieder. »Ihr habt den Geist eines Abenteurers.

Das gefällt mir. Vielleicht ein wenig zu abenteuerlustig, wenn Ihr dachtet, Ihr könntet in Eurer Aufmachung in diesen Teil der Stadt gehen.« Sie beugte sich noch näher zu ihm. »Was werdet Ihr jetzt tun?«

»Ich weiß es nicht«, gab er zu. »Ich fürchte, ich muss es riskieren, ins Stadtzentrum zurückzugehen, oder alle Zimmer werden belegt sein, bevor ich ankomme.«

»Ihr könntet hierbleiben. Es ist nichts Besonderes, aber es hat einen untadeligen Ruf.« Ihr Blick wanderte über seine Schulter und dann wieder zurück. »Ich frage mich … wärt Ihr bereit, weiter so zu tun, als ob Ihr mein wohlhabender leratianischer Halbbruder Ren seid?«

Er blickte von ihr zu der älteren Frau. Sezee wirkte hoffnungsvoll und vielleicht ein wenig verlegen, aber Veroo runzelte die Stirn. War dies irgendeine Art von Trick? Hatten sie ausgeknobelt, wer er war, und versuchten, ihn aufzuhalten?

Andererseits … wenn sie bereit waren, so zu tun, als seien sie Verwandte, war das vielleicht die Tarnung, die er brauchte.

»Warum wollt Ihr, dass ich Ren bin?«, fragte er.

Sezee blickte erneut über seine Schulter. »Wir versuchen, seit unserer Ankunft hier heute Morgen ein anständiges Quartier zu finden, aber für uns waren alle Hotels in der Sacal-Bucht voll, selbst wenn sie draußen Schilder hatten, die etwas anderes sagten.« Veroos finstere Miene machte ihm klar, wie wahrscheinlich sie das fand. »So sind wir immer wieder abgewiesen worden. Ich weiß nicht, ob es daran liegt, dass wir Ausländerinnen sind oder zwei Frauen, die ohne männlichen Begleiter reisen, oder an beidem.«

Tyen blinzelte, als er begriff, was das bedeutete. »Ihr habt kein Zimmer hier?«

»Nein. Glücklicherweise haben sie uns nur allzu gern eine Mahlzeit und ein Getränk verkauft. Wir wollten gerade gehen, als ich diese Männer gesehen habe, die Euch gefolgt sind.«

»Ihr wollt, dass ich mit Euch komme, um es mit einem anderen Hotel zu versuchen?«

Sie zuckte die Achseln. »Bei allen anderen waren wir schon. Also werden wir uns wohl, wenn Ihr uns nicht helft, ein stilles Plätzchen suchen müssen, wo wir die Nacht verbringen können.«

Was genau das war, was Tyen geplant hatte. Aber sie waren keine Flüchtlinge, nicht wie er. Sie waren zwei unschuldige, schutzlose Frauen.

Er sollte sie ihren eigenen Sorgen überlassen. Er sollte sich ein Versteck und eine neue Verkleidung suchen. Als er aus dem Fenster schaute, sah er keine Polizei. Keine Verfolger. Hatten sie nicht herausbekommen, wohin er gegangen war? Fürchteten sie sich davor, bei Nacht dieses Viertel zu betreten? Um es gründlich zu durchsuchen, würden sie von Haus zu Haus gehen müssen, und verstimmte Bewohner würden sie behindern. Vielleicht wäre es einfacher und sicherer, das bei Tageslicht zu tun.

»Der Wirt war nicht da, als Ihr hereingekommen seid«, berichtete Sezee. »Wenn Ihr nach Zimmern für Euch selbst und zwei Frauen fragt …«

»Ihr denkt, er wird sie mir geben«, vermutete er.

Sezee nickte. »Einen Versuch ist es wert. Ihr seht nicht wie jemand aus, bei dem er es wagen würde, eine Bitte abzuschlagen.«

Das tat er nicht. Aber aus demselben Grund konnte er nicht hierbleiben. Trotzdem, es war das Mindeste, was er tun konnte: dafür zu sorgen, dass sie ein Zimmer bekamen. Vielleicht gab es einen Hintereingang, durch den er das Hotel verlassen konnte. Und wenn er irgendwie Kleider zum Wechseln finden könnte …

»Wie viele Nächte wollt Ihr denn bleiben?«, fragte er.

»Nur die eine. Wir brechen morgen früh auf.«

»Wie sieht der Wirt aus? Hinter der Theke sehe ich nur eine Frau.«

»Groß. Kahl. Riecht nach Pfeifengras.«

Tyen entdeckte ihn im rückwärtigen Teil des Raums, wo er mit zwei ebenso massigen und kahlköpfigen Männern rauchte. Als der Wirt ihn kommen sah, zog er erheitert die Augenbrauen hoch.

»Habt Ihr zwei Zimmer frei?«, fragte Tyen.

Der Mann blinzelte überrascht, dann stand er auf. »Wir haben eins. Es ist ein normales Doppelzimmer. Nichts Elegantes.«

Tyen schüttelte den Kopf. »Wir sind zu dritt, und die Damen brauchen ein eigenes Zimmer.« Er begann sich abzuwenden.

»Nun, wenn Ihr nichts dagegen hättet, Euch ein Zimmer mit jemand anderem zu teilen, ich habe noch ein freies Bett in einem anderen Doppelzimmer.«

Tyen drehte sich wieder um und tat so, als erwäge er das Angebot. »Sehr schön«, sagte er und seufzte. »Es wird genügen müssen.«

Der Mann verlangte die Bezahlung im Voraus und weigerte sich zu feilschen. Tyen bestand darauf, das Zimmer der Frauen in Augenschein zu nehmen, bevor er irgendetwas bezahlte. Sobald er außer Sicht war, erkundete er schnell die nahen Flure und fand eine Tür, die, wenn auch verschlossen, ein Weg nach draußen zu sein schien. Dann kehrte er in den Schankraum zurück. Der Wirt schien eher erheitert als verärgert, als die Frauen sich als Sezee und Veroo entpuppten.

»Auf welche Weise seid Ihr miteinander verwandt?«, fragte er, als sie auf Tyen zukamen.

»Mein Vater ist in jungen Jahren viel gereist«, antwortete Tyen trocken.

Der Wirt kicherte, dann zählte er noch einmal die Münzen ab, die Tyen ihm gegeben hatte, bevor er zwei Schlüssel überreichte. »Euer Zimmer ist neben ihrem. Nummer fünf.«

Sezee folgte Veroo in ihr Zimmer, dann drehte sie sich um und erschreckte ihn mit einem Kuss auf jede Wange. »Vielen Dank. Ich hoffe, Ihr könnt schlafen.«

Sie schaute zu der Tür des Zimmers Nummer fünf und verzog das Gesicht. Selbst durch die geschlossene Tür konnten sie den anderen Bewohner laut schnarchen hören.

Tyen fand seine Stimme wieder. »Ich wünsche Euch eine gute Reise … wo immer Ihr hingeht.«

»Ich fürchte, nach unserem Empfang hier in Leratia würde alles im Vergleich dazu gut erscheinen. Aber Ihr habt zumindest bewiesen, dass einige Leratianer anständige Menschen sind. Möget Ihr Euer Hotel morgen ohne Missgeschick finden.« Sie lächelte und schloss dann die Tür.

Das Schnarchen wurde leiser, als Tyen die Tür zu Nummer fünf aufsperrte, setzte aber nach einem Moment mit Macht wieder ein. Der andere Bewohner schien einige Jahre jünger zu sein als Tyen. Ein vertrauter Geruch erfüllte die Luft, aber Tyen konnte ihn nicht einordnen. Als seine Augen sich an das schwache Licht gewöhnt hatten, das durch ein kleines Fenster fiel, erkannte er weitere Einzelheiten. Etwas lag auf dem leeren Bett. Er trat leise vor.

Ein Hemd. Hosen. Alles bereitgelegt für den nächsten Tag. Auf dem Boden darunter stand ein Paar Schuhe. Arbeitsstiefel. Der Geruch war plötzlich sehr vertraut. Schuhpolitur. Tyen schüttelte den Kopf angesichts des glücklichen Fundes und kämpfte gegen einen plötzlichen Drang zu kichern. Langsam und so leise wie möglich zog er seine elegante Kleidung aus und schlüpfte in die Sachen des Fremden, dann schob er Pergama in eine Tasche. Anschließend legte er seine teure Wollhose und Jacke auf das Bett und darüber das feine

Hemd. Der Fremde würde in der Tat überrascht sein, dass sich seine Kleider über Nacht derart verwandelt hatten.

Die Stiefel des Mannes waren eine Nummer zu groß. Er entschuldigte sich stumm für die Blasen, die dem Fremden seine Schuhe verursachen würden, und der Gedanke, dass er den Mann bestahl, ernüchterte ihn. Das machte es leichter, die Bordtasche und seine alte Studentenkleidung zurückzulassen. Aber die Ledertasche behielt er. Sie sah zwar jetzt zu neu aus, aber er konnte sie ja ein wenig verschrammen.

An einem Haken hinter der Tür hingen eine Jacke und die Art Hut, die Droschkenkutscher und Pferdeknechte bevorzugten. Tyen nahm beides, dann öffnete er die Tür und schlüpfte in den Flur hinaus. Da er das Risiko nicht eingehen wollte, mehr Lärm als notwendig zu machen, ließ er die Tür einen Spaltbreit offen stehen.

Er begegnete einem Betrunkenen, der von der Herrentoilette zurückgetorkelt kam und Tyens Anwesenheit kaum registrierte. Als Tyen die Hintertür erreichte, legte er eine Hand auf die Wand daneben und zog ein wenig Magie daraus, wo der *Ruß*, der zurückblieb, nicht bemerkbar sein würde, es sei denn, ein anderer Zauberer suchte danach. Er benutzte sie, um den Riegel zu durchtrennen und dann den Schaden zu verbergen. Nachdem er die Tür geöffnet hatte, schaute er hinaus.

Und fluchte leise. Vor ihm befanden sich zwei steile Treppen und ein kurzer, hölzerner Pier, der sich in die Bucht streckte. Die Rückseite des Hotels war Teil einer durchgehenden Front von Häusern, die sich mit vielen kleinen und großen Anlegestegen in die ganze Bucht zu ziehen schienen.

Ihm war nicht klar gewesen, dass sie sich so nah am Wasser befanden.

Stimmen von hinten erregten seine Aufmerksamkeit. Erhobene Stimmen, aber nicht in trunkener Missachtung der anderen Hotelgäste. Er drehte sich um, um zu lauschen, und erkannte die Stimme des Wirts.

»... wenn Ihr Euch irrt, wird er nicht sehr erfreut sein. Wollt Ihr mit den beiden Frauen sprechen, mit denen er zusammen war? Er hat gesagt, sie seien Verwandte.«

»Nein. Wenn er nicht der ist, nach dem wir suchen, ist es nicht nötig, sie zu stören.«

Tyen gefror das Blut in den Adern. Die zweite Stimme war allzu vertraut.

Hofkrazner!

Er trat zur Tür hinaus und schloss sie, dann ging er die Treppe hinunter. Er hatte nur einen Moment Zeit, um zu entscheiden, was er tun sollte, bevor seine Abwesenheit entdeckt werden würde. Mit einem schnellen Atemzug blickte er zu beiden Seiten und begriff, dass er nur sehr wenige Möglichkeiten hatte.

Vielleicht überhaupt keine.

14 Tyen

Durch die Tür hörte Tyen Schritte; sie wurden lauter, dann leiser und schließlich wieder lauter. Als er abermals zur Seite spähte, dachte er darüber nach, ob er genug Übung im Gebrauch von Magie besaß, um sich zu dem benachbarten Pier zu befördern. Jedes Schweben erforderte eine stabile Oberfläche, an der man sich orientieren und von der man sich abstoßen konnte. Er wusste nicht, ob das über Wasser möglich war.

Für einen Moment wünschte er, er hätte schwimmen gelernt, doch dann begriff er, dass ein Bad im Meer all das Geld ruinieren würde, das er hatte, bis auf die Münzen. Außerdem würde das Wasser vielleicht Pergama beschädigen. Und selbst wenn er den nächsten Pier erreichte, würde er immer noch zu sehen sein, sobald Hofkrazner und die Polizei aus der Hoteltür traten.

Etwas bewegte sich unter dem anderen Ende des Piers. Als er genauer hinsah, erkannte er die Umrisse eines Ruderboots. Ein Stich der Hoffnung durchzuckte ihn. Er trat an den Rand des Hotelpiers und schaute hinab. Und tatsächlich war darunter ein kleines Boot vertäut. Eine Leiter führte ins Wasser hinunter. Er schulterte den Riemen seiner Tasche und kletterte vorsichtig hinab. Das Boot war mit einem Seil festgemacht. Er griff danach und zog es heran. Als er in das

Boot trat, gab es unter ihm nach, und er fiel mit der Brust gegen die Sitzbank. Das Boot stieß gegen einen Pfeiler und trieb dann wieder zurück unter den Pier.

Von oben war das Öffnen einer Tür zu hören. Tyen erstarrte und wagte es nicht, sich zu bewegen oder sich auch nur umzudrehen, um nach oben zu blicken.

»Hier kann er nicht rausgegangen sein«, erklang eine Stimme.

»Nein«, pflichtete eine vertrautere Stimme bei.

»Er muss einfach wieder gegangen sein. Ich wusste, dass etwas mit ihm nicht stimmte.«

»Wenn er gegangen ist, kann er nicht weit gekommen sein. Wir sollten uns beeilen«, sagte eine andere, leisere Stimme in dem Gebäude. Die Tür wurde geschlossen.

Tyen gestattete sich, wieder zu atmen, blieb aber sonst ganz still für den Fall, dass jemand draußen geblieben war. Er hörte keine Schritte auf der Treppe oder dem Pier. Schließlich blickte er auf und spähte durch die Lücken zwischen den Bodenbrettern des Piers, konnte aber niemanden dort stehen sehen. Er setzte sich auf und dachte über seinen nächsten Schritt nach.

Er konnte nicht wieder hineingehen, nicht einmal, nachdem die Polizei und Hofkrazner das Hotel verlassen hatten. Die Frauen, der Direktor und der Besitzer der Kleider, die er trug, würden ihn erkennen. Nein, er würde das Boot benutzen müssen, um fortzukommen.

Er erwog abzuwarten für den Fall, dass jemand wieder auf den Pier herauskam, vielleicht um gründlicher zu suchen, und ihn wegrudern sah. Aber wenn sie es taten, würden sie vielleicht auch daran denken, unter den Pier zu schauen. Nein, er sollte am besten sofort aufbrechen.

Tyen richtete sich auf, fand die Ruder und machte das Boot los. Unbeholfen und vergeblich darauf bedacht, jedes

Platschen und Spritzen zu vermeiden, ruderte er los. Jetzt wünschte er sich, er hätte der Bucht und den Hafenanlagen mehr Aufmerksamkeit gewidmet, als er die Sacal-Bucht aus der Luftkutsche betrachtet hatte. Es wäre töricht, in der Nähe des Ufers und der benachbarten Häuser zu bleiben oder dort von Bord zu gehen, da die Polizei immer noch die Gegend absuchte. Daher ruderte er in die Bucht hinaus. Glücklicherweise war die Nacht ruhig und die große Wasserfläche der Bucht nur leicht gekräuselt. Überall lagen Schiffe verankert. Er fragte sich, ob er sich an Bord stehlen könnte, aber als er sich einem näherte, bemerkte er Männer auf dem Schiff. Einige schienen ihn zu beobachten.

Wie verdächtig war es, wenn ein einzelner Mann bei Nacht ein Boot mitten in die Bucht ruderte? Er hatte keine Ahnung. Die Mannschaften konnten Leratianer oder Ausländer sein. Einige waren vielleicht gerade erst angekommen und hatten nichts von dem gefährlichen Zauberer gehört, nach dem die Polizei suchte, aber er konnte unmöglich wissen, welche das waren.

Da ihm die Aufmerksamkeit der Männer unangenehm war, wechselte er die Richtung und hielt wieder aufs Ufer zu, in der Hoffnung, wie jemand zu wirken, der nach einem spätnächtlichen Besuch auf dem Heimweg war. Inzwischen forderte die Anstrengung ihren Tribut: Er war außer Atem und musste schließlich eine Pause einlegen. Er nutzte die Gelegenheit, um sich in Ruhe umzusehen; er konnte den Höhenzug ausmachen, der die Bucht begrenzte. Darüber zeichneten sich blass Wolken ab. In der Luftkutsche hatte er bemerkt, dass es nur eine einzige Straße zur Stadt gab. Und der einzige Wasserweg hinaus war der durch den Ausgang der Bucht, die in die Meeresenge zwischen Leratia und Wendland mündete. Kein guter Ort, um sich mit einem winzigen Boot dorthin zu wagen.

Er saß, wie er mit einem flauen Gefühl im Magen begriff, in der Falle. Die vier Wege in die Sacal-Bucht und wieder hinaus – durch die Luft, übers Wasser, mit den Schienenschlitten und über die Straße – waren jeweils auf eine einzige Route begrenzt. Er würde nicht damit davonkommen, wenn er noch einmal so tat, als sei er ein reicher Luftkutschenreisender, und der Lufthafen würde zu gut bewacht sein, als dass er einen Luftwagen würde stehlen können. Die Hauptstraße und der Hafen würden beobachtet werden, und man würde alle Schienenschlitten und Schiffe durchsuchen.

Die Schiffe waren die zahlreichsten und mannigfaltigsten Transportmittel. Sie reichten vom Frachtschiff bis zum Passagierdampfer, von privaten Booten bis hin zu Schiffen, die großen Reedereien gehörten, von Segelbooten bis zu magiebetriebenen Dampfern. Die Sacal-Bucht war ein umtriebiger Hafen, aber sie galt nicht als ein Haupthafen. Größere, von Magie betriebene Passagierdampfer legten hier für gewöhnlich nicht an. Vielleicht war die Bucht für die neueren Schiffe auch einfach zu flach. Die meisten Schiffe in der Bucht transportierten wahrscheinlich Fracht. Und nach der Anzahl der Lichter zu urteilen, die in der Dunkelheit der Bucht auf und ab hüpften, waren es sehr viele.

Er wusste nicht viel über Schiffe, aber die Tatsache, dass die meisten in der Bucht vor Anker lagen, mochte bedeuten, dass sie nur bei Hochwasser die Hafenanlagen anlaufen konnten. Er hatte aus der Luftkutsche bemerkt, dass es zwei Hafenbecken zu geben schien, eins in der Nähe des Lufthafens und eins weiter vom Stadtzentrum entfernt. Wenn seine Überlegungen zutrafen, würden die Schiffe, die in der Bucht auf Reede lagen, nur sehr begrenzte Zeit zum Löschen ihrer Ladung und zur Neubeladung zur Verfügung haben. Ihre Kapitäne würden sich nicht gern durch polizeiliche Durchsuchungen aufhalten lassen.

Darin lag vielleicht eine Chance. Möglicherweise konnte er während des allgemeinen Chaos an Bord schlüpfen.

Er hielt nach dem anderen Hafenbecken Ausschau. Von seiner Position aus konnte er sehen, dass die Seemauer, auf der das Hotel und die anderen Häuser standen, dort heller war, wo die Flut weniger oft oder überhaupt nicht hinreichte. Vor dem Lufthafen ragte ein langer Pier für Passagierschifffahrt in die Bucht. Weit rechts davon teilte sich die Mauer in einen höheren und einen unteren Bereich. Der untere Teil wurde von Pylonen gestützt, und auf dem höheren standen mehrere große Gebäude. Lagerhäuser? In jedem Hafen mussten irgendwo Waren gelagert werden. Dort war vermutlich der Teil des Hafens, der zum Laden und Löschen von Fracht angelaufen wurde.

Er ruderte weiter. Er konnte nicht die ganze Nacht hier draußen in dem Boot bleiben, und er würde ein Versteck finden müssen, sobald er wieder an Land war. Als er den Kai mit den Lagerhäusern erreichte, zitterte er vor Erschöpfung. Mehrere Reihen von Pylonen trugen hier einen breiten, hölzernen Pier. Er fand eine Leiter, die zu dem Pier hinaufführte, und stieg vom Boot auf die Sprossen. Mit einem magischen Stoß sandte er das Boot in die Dunkelheit unter dem Pier.

Sobald es in der Düsternis verschwunden war, kletterte er auf den Pier. Das Knarren der Planken unter seinen Stiefeln ging im Klatschen des Wassers gegen die Pylonen und den Kai unter. Am Ende des Piers erreichte er die ersten der großen Lagerhäuser. Leider waren deren hohe, breite Doppeltüren zumindest für die Nacht gegen Eindringlinge verschlossen. Nachdem er die restlichen abgeschritten und sie gleichermaßen verschlossen gefunden hatte, befürchtete er schon, dass es vielleicht keinen anderen Zugang zu dem Hafenbecken gab als durch die Gebäude.

Aber am Ende der Reihe von Lagerhäusern fand er zwischen dem letzten und einem kleineren benachbarten Gebäude eine schmale Lücke, die von einem Tor blockiert wurde. Er stieg über das Tor, was ihn seine letzte Energie kostete, und sackte dann gegen eine Mauer, bevor er die Willenskraft aufbringen konnte weiterzutaumeln. Wie lange war es her, seit er irgendetwas gegessen oder getrunken hatte? Nicht mehr seit der Zugfahrt an diesem Morgen. Die Monate zurückzuliegen schien. Konnte er es riskieren, nach etwas Essbarem zu suchen? Nein. Er blieb jetzt besser hier, wenn er versuchen wollte, am Morgen ein Schiff zu finden. Aber war er hier sicher? Er fand eine Nische, in der zerbrochene Kisten und leere Säcke lagen, und setzte sich hin, um sich auszuruhen und nachzudenken …

Jemand rüttelte an seiner Schulter.

Er öffnete die Augen und blinzelte überrascht, als er sah, dass die schmale Passage in helles Tageslicht getaucht war. Ein Mann mit gebräunter, ledriger Haut von einem Leben in der Sonne sah lächelnd auf ihn herab.

»Wach auf, Sohn«, sagte er. »Was machst du hier?«

Tyen fuhr sich mit den Händen übers Gesicht und strich sich das Haar glatt, um sich Zeit zu verschaffen, aufzuwachen und sich eine Antwort auszudenken.

»Ich … hoffe, eine Passage kaufen zu können.«

»Bist wohl früh angekommen, wie?«

»Äh …« Tyen sah sich um. »Ja.«

»Der Passagierhafen ist in der Stadt.« Der alte Mann drehte sich um und gestikulierte, während er eine Wegbeschreibung gab.

»Moment … man hat mir gesagt, wenn ich eine billige Passage wolle, könne ich mein Glück hier versuchen.«

»Dann musst du mit dem Hafenmeister sprechen. Stell dich dort an.«

Der alte Mann führte Tyen aus der Nische und durch einen

schmalen Gang. Tyen leistete keinen Widerstand. Wenn die einzige Möglichkeit, wie er auf ein Schiff kommen konnte, ein Gespräch mit dem Hafenmeister war, dann würde er es riskieren müssen. Es hatte sich eine Schlange von Menschen gebildet, die vermutlich alle in den Handelshafen wollten. Größtenteils Männer – Seeleute, vermutete er –, aber auch eine Frau und zwei kleine Kinder, die für eine Reise gekleidet waren. Fast am Ende der Schlange standen zwei Frauen. Waren es …? Gewiss konnte er nicht solches Pech haben, dass er …

Sie blickten auf, als er und der alte Mann näher kamen, und ihre Augen weiteten sich, als sie ihn erkannten. Tyen zwang seinen Mund zu einem Lächeln und verbeugte sich vor ihnen.

»Guten Morgen, die Damen.«

»Auch Euch einen guten Morgen«, erwiderte Sezee.

»Warte hier«, instruierte ihn der alte Mann, bevor er auf dem Absatz kehrtmachte und davonschritt.

»Ich dachte, wir würden Euch nicht wiedersehen«, fügte Sezee mit leiserer Stimme hinzu. Tyen wandte sich wieder zu ihr um. Er würde gehen müssen, aber nicht so schnell, dass irgendjemand Verdacht schöpfte.

»Es ist mir nicht gelungen zu schlafen«, erklärte er ihnen. »Also habe ich ein freundlicheres Quartier gesucht.«

»Nachdem Ihr eine weniger verdächtige Gewandung erworben habt?« Ihr Blick fiel auf seine Kleidung, und sie zog die Augenbrauen hoch.

»Ich schäme mich, es zuzugeben.« Er schaute an sich hinab. »Ich hatte gehofft, dass der Tausch sich als vorteilhaft für beide Parteien erweisen würde.«

Als er ihrem Blick begegnete, wurden ihre Augen schmal, und er las aus ihrem Gesichtsausdruck sowohl Argwohn als auch Erheiterung. *Sie hat überlegt, wer ich sein könnte,* vermutete er. *Ihnen kann nicht entgangen sein, dass die Polizei das Hotel durchsucht hat.*

Wenn sie ihn bloßstellen wollte, hätte sie das sofort tun können. Aber sie hatte es nicht getan. Warum nicht? War es Dankbarkeit für seine Hilfe in der Nacht zuvor? War sie der Meinung, dass leratianische Probleme sie nichts angingen? Konnte sie überwältigt sein von dem Mysterium eines kühnen und missverstandenen Abtrünnigen wie die Frauen in törichten Liebesromanen? Letzteres bezweifelte er: Er hatte es noch nie geschafft, eine Frau vor ein Rätsel zu stellen, geschweige denn eine zu betören.

»Nun, ich sollte besser …«, begann er.

»Gehen? Ihr wollt keine Passage buchen?«, unterbrach Veroo.

Tyen zuckte die Achseln. »Ich …«

»Ihr werdet Papiere brauchen.« Sie hob ihre Tasche und schaute hinein. »Habt Ihr Papiere?«

»Ja«, antwortete er, und seine Schultern sackten herunter. Er hatte tatsächlich Papiere, aber sie waren auf seinen Namen ausgestellt. Als er sich umblickte, sah er, dass das Chaos, von dem er gehofft hatte, es ausnutzen zu können, offensichtlich nicht existierte. Er konnte sich nicht vorstellen, unbemerkt auf ein Schiff zu schlüpfen. Jetzt erschien ihm die ganze Idee verrückt. Er unterdrückte einen Fluch. Sein Fluchtplan würde niemals funktionieren.

»Aber Ihr könnt sie nicht benutzen«, vermutete Veroo. »Wie wäre es mit diesen hier?«

Sie zog eine lederne Brieftasche aus ihrer Handtasche, von der Art, wie Reisende sie benutzten, um ihre Papiere und Fahrscheine darin aufzubewahren, und reichte sie ihm. Verwirrt öffnete er sie und untersuchte das einzige Dokument darin. Es war ein Ausweispapier.

»Aren Kobel«, las er laut vor. »Träger.« Die Beschreibung

galt einem größeren, jüngeren Mann, der in einem nördlichen Bezirk geboren worden war, aber zumindest hatte sein Teint die richtige Schattierung.

»Bist du dir sicher?«, fragte Sezee leise. Als Tyen aufblickte, sah er, dass sie Veroo stirnrunzelnd betrachtete.

Die ältere Frau zuckte die Achseln. »Wie du gesagt hast: eine kleine Rache.«

Sezee schnaubte leise. »Jetzt bist du es, die ein Risiko eingeht. Wozu macht mich das dann?«

»Zu der weniger Mitfühlenden?«

»Niemals.«

»Nun, wir können immer noch sagen, dass er uns überlistet hat, falls sie ihn erkennen.« Veroo sah Tyen an und lächelte, aber ihr Blick war herausfordernd.

»Das könntet Ihr«, räumte er ein. »Ich bin Euch vollkommen ausgeliefert. Und ich werde in Eurer Schuld stehen.«

»Nur wenn es funktioniert«, fügte Sezee murmelnd hinzu. »Als Gegenleistung müsst Ihr zwei Bedingungen zustimmen.«

»Drei«, warf Veroo ein.

»Ihr werdet für Eure Reise bezahlen – das könnt Ihr doch, oder?«, fragte Sezee.

Er nickte. »Und?«

»Ihr werdet niemandem Schaden zufügen.«

»Natürlich nicht.«

»Und Ihr werdet uns die Wahrheit sagen«, beendete Veroo, was ihre Gefährtin begonnen hatte. »Wer Ihr seid und was Ihr getan habt.«

»Das ist fair. Ich stimme Euren Bedingungen zu.«

Sezee lächelte. »Also, Aren. Ihr seid, wie Ihr bemerkt haben werdet, unser Träger. Nehmt unsere Taschen und sprecht uns nicht an, es sei denn, wir richten das Wort an Euch.« Sie warf ihm einen arroganten Blick zu, dann ging sie davon.

Veroo folgte ihr und überließ ihm ihre Taschen. Das Tor hatte sich geöffnet, wie er bemerkte, und die Schlange der Wartenden hatte sich in Bewegung gesetzt. Schnell hob er das Gepäck vom Boden auf und eilte hinter den Frauen her.

Ein Mann mit einem Notizbuch hielt sie auf und fragte nach ihren Namen und ihrem Vorhaben.

»Wir sind Sezee und Veroo Anoil von den Westinseln. Wir haben auf der *Nachtstern* eine Passage nach Darsh gebucht.«

Der Mann winkte sie durch und würdigte Tyen kaum eines Blickes, als er vorbeiging. Sie traten durch die Tore auf den Kai, wo jetzt reger Betrieb herrschte. Die Türen zu den Lagerhäusern standen offen, und Waren wurden auf Schiffe verladen und gelöscht. Tyen und die Frauen mussten auf ihrem Weg Männern mit schweren Lasten ausweichen. Sezee hielt sich selbstbewusst, und Veroo blieb schützend in ihrer Nähe, während Tyen hinter ihnen lief und gegen die Rückkehr der Erschöpfung der vergangenen Nacht ankämpfte, die seine Beine zittrig machte und seinen Kopf schwummerig.

Ohne den Hafenmeister zu beachten, ging Sezee direkt zu ihrem Schiff und dann das Fallreep hinauf an Bord. Die Mannschaft beäugte sie, aber keiner der Matrosen wirkte überrascht. Alle setzten ihre Arbeiten fort – sie brachten Fässer an Bord und eine Leiter hinunter in den Rumpf des Schiffes. Der Mann, der sie beaufsichtigte, lächelte und kam, um die Frauen zu begrüßen.

»Kapitän Taga«, erwiderte Veroo seinen Gruß.

Das Gespräch, das folgte, wurde in einer Sprache geführt, die Tyen nicht kannte. Daher versuchte er, aufgrund der Gesichtsausdrücke und Gesten zu erraten, worum es ging. Sezee übernahm den größten Teil des Redens, obwohl die Bemerkungen, die Veroo einwarf, den Eindruck vermittelten, dass sie letzten Endes das Sagen hatte. Kapitän Taga kannte sie offensichtlich bereits, aber obwohl seine Haut ebenfalls dunkler war als die des typischen Leratianers, hatte er das hagere Aussehen eines Mannes vom Großen Archipel, nicht von den Westinseln.

Als er den Namen Aren aufschnappte, sah Tyen Sezee erwartungsvoll an, aber sie setzte ihr Gespräch mit dem Kapitän fort. Der Mann unterzog Tyen einer schnellen Musterung, dann zuckte er die Achseln und streckte ihm die Hand hin.

»Gib ihm deine Papiere, Aren«, sagte sie, ohne sich umzudrehen.

»Ja, Frau Sezee.« Tyen nahm die Brieftasche, die er sich unter den Arm geklemmt hatte, und überreichte sie. Taga überflog das Dokument, dann nickte er und zuckte erneut die Achseln. Sezee schenkte ihm daraufhin ihr strahlendstes Lächeln und stellte eine Frage. Der Kapitän schüttelte den Kopf. Ein wenig Schmeicheln folgte, dann seufzte sie, holte ihren Münzenbeutel hervor und zählte ab, wovon Tyen vermutete, dass es sein Fahrgeld war. Als das geklärt war, gab sie ihm ein Zeichen und machte sich auf den Weg zum Deckhaus. Er griff schnell nach den Taschen und folgte ihr. Als er vorbeiging, kicherte der Kapitän.

»Du bist ein mutiger Mann, dass du dich diesen beiden Frauen anschließt.«

Tyen fragte sich, wie der Kapitän das wohl meinte, folgte aber den Frauen über das sich sanft wiegende Deck, durch eine schmale Tür und einen Flur mit niedriger Decke in ein winziges Zimmer mit einer zweischläfrigen Koje. Bei dieser letzten Anstrengung, vielleicht aber auch aus Erleichterung darüber, endlich einen Weg aus der Sacal-Bucht gefunden zu haben, wurde ihm erneut etwas schwindlig.

»Lass die Taschen hier«, befahl Sezee. Sie warf ihm einen Blick zu, wobei Tyen sich nicht entscheiden konnte, ob es sich um ein Lächeln oder eine Grimasse handelte. »Es tut mir leid, aber du wirst bei der Mannschaft schlafen müssen.«

Er öffnete den Mund, um zu sagen, dass ihm das recht sei. Aber die Welt hatte begonnen, sich erschreckend zu neigen.

»Aren?«, fragte Veroo. »Bist du krank?«

Er schüttelte den Kopf, aber dadurch wurde es nur noch schlimmer. Eine betäubende Dunkelheit hüllte ihn ein. Jemand packte ihn an den Armen und führte ihn … irgendwohin.

15 Tyen

Zumindest bist du nicht vor aller Augen in Ohnmacht gefallen.

Tyen zuckte zusammen, als die Worte auf der Seite erschienen. Er blickte hinaus aufs Meer, und seine frühere Melancholie kehrte zurück. Hinter dem Horizont lag sein Land, inzwischen eine Segelreise von einem Tag und einer Nacht entfernt. Jede Stunde, die verstrich, brachte ihn weiter fort von seiner Heimat. Die Ungewissheit seiner Zukunft nagte an ihm.

Er war früh aufgestanden, damit er ein wenig Zeit fand, um allein mit Pergama zu reden. Obwohl sie alles über seine Martyrien seit der Luftkutschenfahrt erfahren haben musste, sobald er sie berührt hatte, hatte er das Verlangen verspürt, ihr das ganze Abenteuer Stück für Stück zu berichten, um sich selbst Klarheit darüber zu verschaffen. Er schaute wieder auf die Seite hinab.

Ich bin nicht »in Ohnmacht gefallen«. Ich habe »das Bewusstsein verloren«, protestierte er. *Aber trotzdem war es sehr unmännlich von mir.* Was hatte Sezee noch gesagt? »In Euren Romanen sind es immer die Frauen, die beim geringsten Schrecken umkippen.« Mit »Euren« hatte sie die Leratianer gemeint. Aber sie hatte sich dafür entschuldigt, ihn geneckt zu haben, nachdem sie erfahren hatte, wie lange er nichts mehr gegessen und getrunken hatte. »Solche Dinge machen den Helden aus der Literatur nicht zu schaffen«, hatte sie hinzugefügt, und das ohne eine Spur von Hohn. »Die reale Welt ist nicht so bequem.«

Sein kurzer Bewusstseinsverlust – es war nur ein Augenblick gewesen – hatte das Verhalten der Frauen ihm gegenüber sofort verändert. Veroo war verschwunden, um etwas zu essen und Wasser zu holen, und sie war so schnell zurückgekehrt, dass er sich vorstellte, dass sie einfach beides der ersten Person entrissen hatte, die sie mit Wasser und Essen angetroffen hatte. Sezee hatte ihn nach seinen Symptomen ausgefragt und nach deren Dauer. Glücklicherweise hatten ihn ein einfaches Stück Brot und eine Tasse Wasser wiederhergestellt. Sezee und Veroo hatten darauf bestanden, dass er in ihrem Zimmer blieb und ein wenig schlief, und da es klug war, außer Sicht zu bleiben, bis das Schiff die Sacal-Bucht verlassen hatte, hatte er keine Einwände erhoben. Er hatte wach gelegen, mit Magenkrämpfen vor Angst, bis das Schiff sich schließlich in der Dünung des Meeres wiegte. Dann war er in der Hoffnung auf Deck gegangen, dass sich dort seine Seekrankheit auf ein erträgliches Maß reduzieren würde. Abgesehen von einer Nacht, die er in einer Hängematte im Mannschaftsquartier geschlafen hatte, was die Übelkeit erregende Wirkung der Schiffsbewegungen zu verringern schien, hatte er seither den größten Teil seiner Zeit an Deck zugebracht.

Wie viel sollte ich Sezee und Veroo erzählen?, fragte er Pergama.

Du hast versprochen, ihnen die Wahrheit zu sagen.

Ja, aber ich habe nicht versprochen, ihnen die ganze Wahrheit zu sagen.

Ein geringerer Mann würde einfach lügen.

Ich bin bereit, ein geringerer Mann zu werden, wenn das bedeu-

tet, dass wir nicht sterben. Aber ich würde lieber nicht lügen. Man vergisst zu leicht, was man jemandem bereits erzählt hat.

Sie werden erraten haben, dass du vor der Polizei und der Akademie davonläufst. Vielleicht haben sie den Artikel im *Leratianischen Tagesanzeiger* gesehen, der vor einem gefährlichen Zauberer warnt. In dem Artikel steht jedoch nicht, dass du etwas gestohlen hast.

Also brauche ich ihnen das nicht zu erzählen. Aber sie werden erwarten, dass es einen Grund gibt, warum die Akademie Jagd auf mich macht. Diebstahl ist besser als einige andere Verbrechen, von denen sie vielleicht fürchten werden, ich hätte sie begangen.

Wenn du es vermeiden willst zu lügen, dann brauchen sie dir nur weiter Fragen zu stellen, und sie werden all deine Geheimnisse von dir erfahren.

Dieses Problem kannte Pergama nur allzu gut. Glücklicherweise hatten die Frauen bisher keine Gelegenheit gehabt, Fragen zu stellen. Der kleine Raum, den sie sich teilten, war zu winzig für drei Personen, um sich zu einem privaten Gespräch hineinzuzwängen, und es würde seltsam, womöglich skandalös aussehen, wenn zwei Frauen ein solches privates Gespräch mit ihrem Träger führten. Außerdem war er sich nicht sicher, wie dick die Wände waren. Auf Deck waren immer Seeleute. Bisher hatte er es geschafft, zwei von Sezees und Veroos Bedingungen zu erfüllen: Er hatte niemandem Schaden zugefügt, und er hatte für seine Passage bezahlt. Genauer gesagt, für die kurze Überfahrt nach Wendland, wie sich herausgestellt hatte.

»Aren.«

Sezees Stimme übertönte das ständige Heulen des Windes. Als er sich umdrehte, sah er sie an einigen Matrosen und verschiedenen Hindernissen vorbei auf sich zukommen. Er klappte Pergama zu und schob sie in die Innentasche seiner Jacke.

»Frau Sezee.«

Sie lächelte über den Ehrentitel, der benutzt wurde, wenn man eine Frau von höherem Rang ansprach.

»Wie fühlst du dich? Hast du gut geschlafen?«

Er zuckte die Achseln. »Der Vorteil, wenn man im Laufe von zwei Tagen nur wenige Stunden Schlaf bekommen hat, ist der, dass sich eine Nacht in einer Hängematte wie Luxus anfühlt.«

»Eine Hängematte, hm?«

»Ja. Es schien auch gegen die Seekrankheit zu helfen.«

Sie verzog das Gesicht. »Denkst du, dass man uns erlauben würde, das ebenfalls zu probieren?«

»Schlimme Nacht gehabt?«

Ihrem Nicken folgte ein Schaudern. »Aber wir werden bald in Darsh eintreffen, und dann wird alles besser werden. Nun, jede Reise hat ihre Unannehmlichkeiten, aber ich ziehe es vor, auf etwas anderes als endloses Wasser zu blicken, während ich diese Unannehmlichkeiten ertrage.«

»Seid Ihr jemals durch die Luft gereist?«

Sie seufzte. »Noch nicht. Ich hatte eigentlich gehofft, dass wir diese Gelegenheit in Leratia bekommen würden. Ich schätze, wir können das unserer Liste der Enttäuschungen hinzufügen.«

»Steht es Euch frei, Euren Grund für den Besuch in Leratia mit einem bloßen Träger zu erörtern?«

»Ich nehme es an.« Ihre Lippen verzogen sich zu einem schiefen Lächeln. »Ich denke, du wirst es amüsant finden. Veroo wollte der Akademie beitreten. Ich bin um des Abenteuers willen mitgekommen.«

Er runzelte die Stirn. »Ich nehme an, sie haben sie nicht aufgenommen.«

»Nein. Sie haben ihre Existenz kaum registriert.« Sie zog die Brauen zusammen. »Anscheinend meinen sie keine Ausländerinnen, wenn sie sagen, Frauen von Vermögen und Status seien in der Akademie willkommen. Oder überhaupt keine Frauen, wenn sie Zauberei erlernen wollen. Offenbar kann man uns Magie nicht anvertrauen, da unsere Köpfe voller Aberglauben sind und unsere Körper die Anstrengung nicht aushalten können.«

Tyen zuckte zusammen. Er hatte solche Ansichten von einigen der konservativeren Professoren gehört, aber da es Frauen in der Akademie gab, hatte er angenommen, dass diese Männer keinen ungebührlichen Einfluss auf den Zulassungsprozess hatten.

Aber andererseits kenne ich keine weiblichen Zaubereistudenten. Ich habe angenommen, dass es keine gegeben hat, die sich qualifizieren konnten.

»Es … tut mir leid, das zu hören«, sagte er.

»Wofür entschuldigst du dich?«, fragte sie. Ihre Brauen zuckten in die Höhe, und ihre Augen wurden schmal. »Hattest du irgendetwas mit dieser Politik zu tun?«

»Ähm … nein, aber …« Er hielt stammelnd inne, als ein Matrose an ihnen vorbeiging.

Sezee lächelte. »Du hast das Gefühl, dich für deine Landsleute entschuldigen zu müssen«, beendete sie seine Erklärung für ihn. Dann wandte sie den Blick ab und zuckte die Achseln. »Mach dir nichts draus. Es ist ihr Verlust. Ich habe nie erlebt, dass ein Rückschlag Veroos Entschlossenheit und Neugier eingedämmt hätte. Sie wird andere Wege finden, ihr Wissen und ihre Fähigkeiten zu mehren. Und wir *hatten* ein ziemliches Abenteuer.« Sie wandte sich zu ihm um. »Während deines gerade erst beginnt, vermute ich.«

Er nickte. »Reist Ihr auf direktem Weg nach Hause?«

»Ja, es sei denn, wir hören von einer anderen Quelle magischer Gelehrsamkeit. Ich nehme nicht an, dass du irgendeine kennst?«

»Nein.« Tyen runzelte die Stirn, als ihm einfiel, wie Gowel die Länder des Fernen Südens und einen Ort namens Helmburg beschrieben hatte. Die Zauberer dort kannten einige an der Akademie unbekannte Techniken. »Obwohl ich vor kurzem von einem Entdecker eine Geschichte über die Länder südlich des Äquatorialgebirges gehört habe. Er sagte, es gebe dort eine kleine Schule von Zauberern.«

Sezees Augen leuchteten auf. »Bilden sie Frauen aus?«

»Das weiß ich nicht.« Ihre Aufregung erstarb genauso schnell, wie sie gekommen war, aber ihr Gesichtsausdruck wurde nachdenklich. »Trotzdem, wir könnten Erkundigungen einziehen.«

»Es ist schwierig, dort hinzugelangen. Die Berge sind auf dem Landweg unpassierbar und auch nur schwer zu überfliegen. Die Länder dort sollen aber allen Schätzungen nach von gewaltiger Ausdehnung sein.«

Sie grinste. »Es gefällt mir wirklich sehr, wenn du wie ein Akademiker klingst.«

Er hörte ein ersticktes Glucksen, und als er sich umdrehte, sah er ein anderes Mitglied der Schiffsmannschaft vorbeieilen.

»Nun, ein Träger neigt dazu, einige Einblicke von seinen Arbeitgebern aufzufangen«, erwiderte Tyen in der Hoffnung, dass der Matrose nicht bemerkt hatte, dass einer der Passagiere nicht war, wer er zu sein vorgab, obwohl der Mann inzwischen wahrscheinlich zu weit entfernt war, um es zu hören.

»Ich freue mich auf die Einblicke, die du bieten kannst« – Sezee zog vielsagend die Augenbrauen hoch –, »wenn Veroo und ich einen Moment Zeit haben, dich nach deinen Gründen auszuforschen, deinen früheren Arbeitgeber zu verlassen.« Sie trat ein wenig näher. »Denkst du, du könntest ihr ein paar Dinge beibringen?«, fragte sie mit leiser Stimme.

Er runzelte die Stirn. Wenn es um Zauberei ging, hatte die Akademie strenge Regeln, was das Lehren betraf. Nur Mitglieder der Akademie durften in Magie ausgebildet werden, und Studenten sollten überhaupt nicht lehren. Wenn er noch eine weitere Regel brach, würde das seine Chancen nicht verbessern, wieder als Student aufgenommen zu werden... Aber andererseits erinnerte er sich an die Schlussfolgerung, zu der er in der Luftkutsche gekommen war, was sein wahrscheinliches Schicksal betraf, sollte er der Akademie in die Hände fallen.

»Das kommt darauf an...« Er beendete den Satz nicht, da ein weiterer Seemann nahe genug gekommen war, um sie zu hören.

Sezee verzog den Mund zu einem Lächeln. »Natürlich tut es das. Nun, wir werden feststellen müssen, ob wir es uns leisten können, dich zu behalten, nachdem wir unser Ziel erreicht haben.«

Er öffnete den Mund, um zu protestieren, dann besann er sich eines Besseren. Hofkrazners Geld – das er ihnen hatte anvertrauen müssen, damit sie in ihrem Zimmer darauf aufpassten, während er bei der Mannschaft schlief – würde nicht ewig reichen. Und die Aussicht, in ihrer Gesellschaft weiterzureisen, sei es als Lehrer oder als Träger, war nicht unattraktiv.

»Erzählt mir mehr über Euer Heimatland«, sagte er.

Sie blinzelte überrascht, dann sah er Verstehen in ihrem Gesichtsausdruck. Sie drehte sich zu der Reling um und starrte an der Takelage des Schiffes vorbei in die Ferne.

»Wir kommen von Bleze, der größten der Westinseln«, antwortete sie. »Aus Loire, einem der bedeutenderen Forts, bevor die Leratianer uns vor fünfzig Jahren erobert haben. Jetzt ist es unsere Hauptstadt.«

»Erobert? Mich hat man gelehrt, dass die Westinsulaner

die Verwaltung ihrer Länder friedlich an Leratia übergeben hätten.«

»Für Eure Historiker ist Besitzergreifung durch Besetzung keine Form der Eroberung, aber für uns schon. Ich bin mir sicher, dass du nicht über die bösen Dinge in der leratianischen Vergangenheit sprechen willst, daher werde ich mich an die Gegenwart halten. Die Westinseln leben hauptsächlich vom Landbau. Mein Großvater – ein leratianischer Siedler namens Tomel Brandwehr – hat sein Vermögen mit dem Anbau von Lall gemacht, und wir erzeugen immer noch mit den besten Lall auf der Welt.«

»Dann werde ich welchen probieren müssen.«

»Unbedingt. Er ist exzellent. Du wirst dich wahrscheinlich fragen, wie die Enkeltochter eines leratianischen Siedlers zu meiner Hautfarbe gekommen ist. Nun, der gute alte Tomel Brandwehr hat die Hälfte seines Landes erworben, indem er die Tochter der Königin der Westinseln geheiratet hat. Tante Veroo ist das elfte und jüngste seiner Kinder und die Tochter der abgesetzten Thronerbin von Bleze.«

»Aber… abgesetzt? Die königliche Familie wird auf den Westinseln immer noch anerkannt.«

»Eine Linie der königlichen Familie wird tatsächlich anerkannt, aber nicht die legitime. Die Siedler erkannten den ersten *Sohn* der Königin als ihren Herrscher an, aber bis dahin war die Thronfolge immer in der weiblichen Linie erfolgt.«

Tyen schüttelte den Kopf, sowohl über die Behandlung ihres Volkes – obwohl es ihn nach seinen Erlebnissen im Maienland nicht überraschte zu erfahren, dass ein weiteres Land unglücklich war mit der Oberherrschaft des Reiches – als auch über die Erkenntnis, dass Veroo für ihr Volk zum Königshaus gehörte. Und Sezee als ihre Nichte ebenfalls. Er verstand jetzt, woher sie ihre Kühnheit und ihr Selbstbewusstsein hatte. Obwohl sie niemals die Autorität ihrer

Vorfahrinnen besitzen würde, war ihre Familie immer noch sehr mächtig.

Plötzlich erschien ihm die leratianische Gesellschaft, die Frauen nicht erlaubte, irgendetwas anderes als ihre Kleidung und ihren Schmuck zu besitzen, viel primitiver und unzivilisierter. *Vielleicht ist das der Grund, warum leratianische Frauen sich mit solch kunstvollen Regeln des Benehmens und des Protokolls umgeben. Es verschafft ihnen ein Gefühl von Kontrolle und Respekt. Interessant, dass ich die leratianischen Frauen verwirrend finde, mit diesen Prinzessinnen der Westinseln aber gut zurechtkomme.*

Waren alle Frauen ihres Landes wie sie? Oder war Sezee einfach eine selbstbewusste und freimütige Persönlichkeit? Ganz ähnlich wie Pergama, begriff er. Ein interessanter Gedanke …

»Also, wie kommt es, dass man Euch als königliche Hoheiten erlaubt hat, das Land zu verlassen und allein zu reisen?«

Sezee antwortete nicht. Sie schaute stirnrunzelnd zu etwas hinter ihm hinüber. »Der fliegt aber tief.«

Er warf einen Blick über die Schulter und sah einen Luftwagen überholen – nahe genug, um erkennen zu können, dass das Gesicht des Fahrers ihnen zugewandt war. Luftwagen und Luftkutschen waren seit ihrem Aufbruch aus Leratia ein gewöhnlicher Anblick gewesen, aber dieser war ihnen untypisch nahe gekommen. Furcht durchflutete ihn, und er wandte dem Luftwagen den Rücken zu.

Das Schiff war der Nordküste von Wendland gefolgt, seit er an diesem Morgen auf Deck gekommen war. Sie würden bald in Darsh ankommen, der Hauptstadt. Dort würden sie möglicherweise – nein, wahrscheinlich – auf Zauberer der Akademie und örtliche Polizei treffen, die genau registrierten, wer von Bord ging.

Sein Magen krampfte sich zusammen. Er hatte auf dem

Schiff eine kurze Gnadenfrist gehabt. Eine Chance zu essen und zu schlafen. Aber die würde bald vorüber sein.

»Was wirst du tun, wenn wir ankommen?«, fragte Sezee.

»Ich weiß es nicht«, gestand er.

»Für den Moment solltest du besser unten bleiben. Wo man dich nicht sehen kann.« Sie stieß sich von der Reling ab. »Lass uns Veroo holen und zusehen, dass wir etwas zu essen bekommen.«

Während der nächsten Stunden tat er so, als unternähmen sie nichts als eine interessante Reise. Sie aßen, dann bestand Sezee darauf, dass er in dem kleinen Zimmer blieb, um sich auszuruhen und ihre Besitztümer zu bewachen, während sie und Veroo vom Deck aus beobachteten, wie das Schiff sich Darsh näherte. Seine Gedanken kreisten nutzlos um das Problem, wie er von Bord gehen sollte, ohne gesehen zu werden. Würde seine Tarnung als Träger der Frauen funktionieren? Gab es eine andere Möglichkeit, wie er unbemerkt an Land schlüpfen konnte? Könnte er einen der Matrosen bestechen, mit ihm die Kleidung zu tauschen, und die anderen dazu bringen, so zu tun, als helfe er, die Waren abzuladen?

Wenn Hofkrazner im Hafen wartete oder sonst jemand von der Akademie, der Tyen kannte, würde keine Verkleidung funktionieren. Sollte er Magie benutzen, um sich freizukämpfen? Er war Hofkrazner schon früher entkommen. Vielleicht schaffte er es ein zweites Mal. Aber selbst dann würde kein Luftwagen in der Nähe sein, den er stehlen konnte. Nur Schiffe. Und ein Schiff brauchte mehr als eine Person, um es zu segeln.

Schließlich wurde die Tür zum Flur geöffnet, und man konnte leichte, schnelle Schritte näher kommen hören.

»Aren!« Sezees Stimme war leise und drängend.

Er stand auf und trat in den Flur. »Ja?«

Sie legte ihm eine Hand auf den Arm. »Wir laufen in den

Hafen ein. Es wimmelt dort von Polizisten aus Darsh und Männern, von denen wir denken, dass sie von der Akademie sind. Wie viel Geld hast du?«

Er griff nach seiner Tasche und öffnete sie, wobei er die Tasche so gedreht hielt, dass sie Käfer nicht sah. »Ich weiß es nicht. Ein paar hundert Levees, denke ich.«

»Bist du bereit, dem Kapitän hundert zu geben, wenn er dich versteckt?«

Tyen stockte der Atem. Es war keine kleine Summe, und der Verlust würde bedeuten, dass das Überleben bald härter werden würde, aber wenn er geschnappt wurde, konnte es überhaupt kein Überleben geben. Er nickte.

»Bleib hier.«

Sie eilte davon. Als die Tür des Deckhauses sich hinter ihr schloss, sackte Tyen gegen die Wand, und Übelkeit überkam ihn. *Was, wenn es nicht funktioniert?*, dachte er. *Wenn der Kapitän das Geld nimmt und mich trotzdem ausliefert?*

Die Tür wurde geöffnet, und diesmal trat ein Matrose ein. Er lächelte Tyen dünn an. »Komm mit.«

Bedeutete das, dass der Kapitän zugestimmt hatte? Als der Mann ihm voraus durch den Flur ging, zögerte Tyen. Dann zuckte er die Achseln und schloss sich ihm an. Welche andere Wahl hatte er, als ihm zu vertrauen?

Am Ende des Flurs lag hinter einer Tür die Bordtoilette. Der Mann öffnete die Tür und zog dann den Sitz der Toilette hoch. Das ganze Ding sprang wie ein Korken aus dem Boden. Er trat zurück und deutete mit einer ruckartigen Kopfbewegung auf das Loch.

»Da sind Handgriffe. Stoß nicht gegen das Auslassrohr, sonst könnte draußen jemand sehen, dass es sich bewegt.«

Tyen hatte in Geschichtsbüchern gelesen, dass früher auf Schiffen meuternde Matrosen bestraft worden waren, indem man sie in der Rutsche unter der Latrine einschloss – mit berechenbar unangenehmen Resultaten. Er versuchte, sich sein Entsetzen nicht anmerken zu lassen, trat auf das Loch zu und spähte hinein. Ein emailliertes Kupferrohr bildete den Auslass; es war nach unten und dann nach links gebogen. In dem Loch war nicht viel Platz, aber es war groß genug, dass ein Mann sich hineinhocken konnte, und es war sauber. Die Wände bestanden aus rauem Holz, an das einfache Hand- und Fußrasten genagelt waren, damit man etwas Halt hatte, wenn die Toilette repariert werden musste.

Er warf seine Tasche hinein, dann trat er zu dem ersten Handgriff vor, zwängte sich um das Rohr herum und kletterte so schnell wie möglich hinunter. Sobald sein Kopf unter dem Boden war, schob der Matrose den Toilettensitz ohne ein weiteres Wort an seinen Platz zurück. Tyen hockte in der dunklen, winzigen Kammer und hörte, wie die Schritte des Mannes sich entfernten und verklangen.

Die Luft wurde wärmer und schwerer. Statt sich an den Geruch der Latrine zu gewöhnen, stellte er fest, dass der Gestank sich in dem kleinen Raum verstärkte. Er hörte das gedämpfte Stampfen vieler Füße und gelegentlich einen schweren Aufprall – vielleicht von Fracht. Dann wurde alles still. Als die Lebenszeichen zurückkehrten, hatte sich die Natur der Geräusche verändert, und während sich Schritte über seinem Versteck näherten, war der Unterschied plötzlich erschreckend offensichtlich. Statt des Aufpralls der weichen Schuhe der Matrosen hörte er das Knallen schwerer Stiefel auf Deck.

Die Polizei von Wendland war an Bord, und zweifellos waren Männer der Akademie dabei. Suchten nach ihm. Die Schritte kamen näher. Die Tür über ihm wurde geöffnet. Er atmete langsam und leise. Der Boden über seinem Kopf knarrte. Er wartete darauf, dass die Tür wieder geschlossen wurde, aber das geschah nicht. Gewiss brauchte ein ahnungsloser Sucher nur einen einzigen Blick, um sich davon zu überzeugen, dass die Toilette nicht besetzt war. Bedeutete das, dass der Mann vermutete, dass es hier ein Versteck gab? Sah er genauer hin, auf der Suche nach Falltüren? Hatte er wie Tyen von der alten Strafe für rebellische Matrosen gehört?

16 Tyen

Ein schwaches Plätschern drang aus dem Rohr. Von oben hörte er einen Mann sprechen, und er brauchte einen Moment, um sich an genug Wendlandisch zu erinnern, um die Worte zu verstehen.

»Was machst du da?«

»Überprüfen, ob es funktioniert.«

»Es ist verboten, die Bordtoilette im Hafen zu benutzen.«

»Wirst du mich verhaften?«

»Nun ... dann beeil dich.«

Tyen stieß den Atem aus, als das Plätschern verebbte und die Schritte sich von der Toilette entfernten. Dann wieder Schritte und wieder das Plätschern, als der zweite Mann sich erleichterte. Als die beiden endlich abgezogen waren, gab es auch keine Stiefeltritte mehr auf Deck. Für eine Weile war es vollkommen still, dann setzten die früheren Geräusche wieder ein – Matrosen, die Ladung löschten oder übernahmen.

Er konnte nichts anderes tun, als abzuwarten, bis jemand kam, um ihn zu befreien. Als niemand erschien, vermutete er, dass sie planten, ihn dort zu lassen, bis das Schiff wieder beladen war und den Hafen verließ. Er hoffte, dass sie nicht beabsichtigten, über Nacht zu bleiben.

An irgendeinem Punkt glaubte Tyen, vom Kai her eine vertraute Frauenstimme zu hören. Er begriff, dass Sezee und

Veroo das Schiff verlassen haben würden, um ihre Heimreise fortzusetzen. Er würde niemals eine Gelegenheit bekommen, ihnen zu danken. Vielleicht konnte er einen Brief schicken. Er hatte keine konkrete Adresse, aber wenn Sezees Familie so bekannt war, wie sie es beschrieben hatte, würde der Brief sie wahrscheinlich trotzdem erreichen.

Der Gedanke daran, Sezee niemals wiederzusehen, machte ihn traurig. Er hatte nie die Möglichkeit erhalten, ihre letzte Bedingung für ihre Hilfe zu erfüllen: ihnen die Wahrheit über seine Gründe für seine Flucht aus Leratia zu erzählen. Es wäre schön gewesen zu wissen, dass jemand auf der Welt die ganze Geschichte kannte. Abgesehen von Hofkrazner. Oder jedenfalls den größten Teil der Geschichte. Wie Pergama ihm geraten hatte, hätte er ihnen nicht erzählt, was er gestohlen hatte. Das alles bestärkte ihn nur in seiner Entschlossenheit, irgendwie einen Brief an seinen Vater zu schicken.

Er wünschte, er hätte genau gewusst, was Sezee mit Kapitän Taga abgemacht hatte. Welchen Hafen würde das Schiff als Nächstes anlaufen? Keinen in Leratia, hoffte Tyen. Hatte Taga die hundert Levees als Bestechung akzeptiert oder mehr verlangt? Ohne Sezee, die die Summe bestätigen könnte, konnte er Tyen alles erzählen, und er würde keine Möglichkeit haben zu wissen, ob der Mann log. Tyen mochte der Akademie noch einen weiteren Tag ausweichen, aber ohne Geld würde er nicht mehr weit kommen.

Das Gespräch der Polizisten auf Wendlandisch hatte ihn außerdem daran erinnert, dass er sein Geld, falls überhaupt welches übrig war, vielleicht gegen einheimische Währung würde eintauschen müssen. Leratianische Levees wurden im ganzen Reich benutzt, aber er vermutete, dass es einfacher sein würde, sich vor den Behörden zu verstecken, wenn er sich unter die bescheidenen Einheimischen mischte. Doch das Wechseln von Geld bedeutete Unterlagen, die die Akademie eventuell nachverfolgen konnte, vor allem, wenn man von ihm verlangte, Ausweispapiere vorzulegen. Dank Sezee und Veroo hatte er alternative Identifikationspapiere (und sie hatten niemals erklärt, warum, erinnerte er sich), aber wenn die Akademie dahinterkam, dass er sich als Aren Kobel ausgab, würden diese Papiere für ihn genauso nutzlos sein wie seine eigenen.

Während die Zeit sich hinzog, begann er sich zu langweilen. Er ließ von einem Versuch ab, seine Tasche vom Boden aufzuheben, als er feststellte, dass es mit einer Menge Kratzgeräusche einherging. Aber da er Pergama in seiner Jackentasche hatte, konnte er zumindest sie hervorholen. Er nahm sie in die Hand und zog genug Magie in sich hinein, um ein sanftes Licht zu erzeugen, dann verlor er sich in ihren Geschichten über andere Welten und mächtige Zauberer und wurde erst ruckartig in die Realität zurückgeholt, als das Schiff sich wieder in Bewegung setzte.

Sie legten ab. Er wollte Pergama zurück in seine Jackentasche stecken, dann besann er sich eines Besseren und schob sie stattdessen unter sein Hemd. Was immer als Nächstes geschah, zumindest würde sie in der Lage sein, es zu sehen und zu hören.

Er brauchte nicht lange zu warten. Wieder hörte er Schritte in dem Flur über sich. Er hörte, wie die Toilettentür geöffnet wurde, dann das Kratzen der Kloschüssel, die sich hob. Als sie ganz heraus war, hatte er einen Blick auf die Decke des Wasserklosetts. Dann spähte ein vertrautes Gesicht zu ihm herunter.

»Ah, das ist ja gar nicht so schlimm, wie es sich angehört hat«, erklärte Sezee.

Er lächelte, überrascht und erleichtert. »Ihr seid an Bord geblieben!«

Sie zuckte die Achseln. »Ja und nein. Wir haben uns schnell

in der Stadt umgesehen, wie die Touristinnen, die wir angeblich sind, es tun würden, und sind dann zurückgekommen.«

»Ich danke Euch. Ich hoffe, ich habe Eure Reisepläne nicht über Gebühr verdorben.«

»Ganz und gar nicht. Außerdem hast du uns noch nicht erzählt, warum du vor der Akademie davonläufst. Kommst du jetzt heraus, oder gefällt es dir dort unten so gut, dass du lieber bleiben willst?«

Mit einiger Mühe schaffte er es, die Tasche mit der Spitze eines Stiefels an die Wand zu bugsieren und so weit in die Knie zu gehen, dass er sie zu fassen bekam. Er reichte sie Sezee und kletterte dann aus dem Loch. Der Matrose stand hinter ihr und hielt die Kloschüssel fest. Sobald sie sich an ihm vorbeigezwängt hatten, schob er den Sitz wieder an Ort und Stelle.

»Bleibt hier unten«, riet er. »Der Kapitän will mit Euch reden, sobald wir ein Stück vom Land entfernt sind.« Damit verschwand er durch die Tür des Deckshauses.

»Nun denn.« Sezee nahm Tyens Arm. »Es wird Zeit, dass du uns erklärst, warum die Akademie hinter dir her ist.«

Tyen leistete keinen Widerstand und ließ sich von ihr zu ihrer Kabine ziehen. Dort wartete Veroo; sie lächelte nicht, sondern sah ihn mit schmalen Augen an. Sezee, die immer noch so wohlgelaunt wirkte wie zuvor, bevor sie ihre Pläne für ihn verändert hatte, zeigte auf eins der Betten.

»Setz dich«, befahl sie wie ein tyrannisches Kind. Oder eine Prinzessin.

Er gehorchte.

»Sprich.«

Er kicherte. »Wie viele Einzelheiten wollt Ihr hören?«

»Nicht so viele, dass wir immer noch nicht klüger sind, wenn Kapitän Taga hier eintrifft.«

»Also schön. Ich bin – ich war – ein Student der Akademie und hatte Geschichte und Zauberei belegt. Vor kurzem habe ich auf einer Forschungsexpedition einen besonderen Fund gemacht. Es war … schwer, seinen Wert zu ermitteln. Wir sollten all unsere Funde aushändigen, aber es war eine Regel, die oft nicht streng beachtet wurde, und ich … ich wusste, dass die Akademie in meinem Fund nicht das gleiche Potenzial erkennen würde wie ich, aber ich dachte, ich könnte einen Weg finden, die Professoren zu überzeugen. Doch bevor ich so weit war, entdeckten sie es und nahmen es in Besitz. Dann wurde es aus der Bibliothek der Akademie gestohlen – aber nicht von mir, sondern von Professor Hofkrazner, einem Mann, den ich früher einmal bewundert und dem ich vertraut habe. Er hat es so arrangiert, dass jeder mich für den Dieb halten musste.«

Sezee beobachtete ihn eindringlich, während er sprach, und fuhr damit fort, als er verstummte. Dann schüttelte sie den Kopf. »Aber wenn du diesen Diebstahl nicht begangen hast, kann dich doch gewiss niemand bezichtigen, es gestohlen zu haben.«

»Sie würden vermuten, dass ich es versteckt hätte. Oder verkauft.«

»Vermutungen sind keine Beweise. Nicht nach lerationischem Gesetz. Und wenn du dir so sicher bist, dass dieser Professor es gestohlen hat, warum erzählst du es den anderen dann nicht?« Sie zog die Augenbrauen hoch. »Ah! Aber der Dieb hat den Gegenstand auch nicht mehr, richtig?«

Er nickte.

»Hast du ihn noch?«

»Ihr habt mich nur gebeten, Euch zu erzählen, warum die Akademie Jagd auf mich macht.«

»Unsere Bedingung dafür, dir zu helfen, war die, dass du uns die Wahrheit sagst.«

»Aber nicht die ganze Wahrheit«, entgegnete er.

»Das ist …«

»Sezee«, unterbrach Veroo. »Lass es gut sein.«

Die junge Frau drehte sich zu der älteren um, die den Kopf schüttelte. Stirnrunzelnd sah Sezee ihn mit schmalen Augen an. Ihr Blick wanderte zu seiner Tasche, die immer noch in ihren Händen war, dann weiteten sich ihre Augen.

»Ist es dieses mechanische Insekt, das dein Geld bewacht?«

Er musterte sie gelassen. »Ihr konntet der Versuchung nicht widerstehen hineinzuspähen, nicht wahr?«

Veroo lächelte, während Sezees Wangen sich röteten. »Vielleicht«, antwortete Sezee. »Uns war durchaus bewusst, dass wir vielleicht einem Mann helfen, der sich gegen uns wenden könnte.«

»Und was hat der Inhalt Euch verraten?«

Sie schob die Unterlippe ein wenig vor. »Nichts, was wir nicht bereits erraten hatten. Du hast Geld. Du kommst von der Akademie.«

»Wie hat der Inhalt meiner Tasche Euch gesagt, dass ich von der Akademie komme?«

»Auf den Rasierutensilien steht das ›A‹.«

»Oh.« Er lächelte und schüttelte den Kopf. Das war ihm nie aufgefallen. Er griff nach der Tasche, und sie gab sie ihm widerstrebend zurück.

»Also.« Sie lächelte. »Habe ich recht?«

Er blickte auf. »Ob es Käfer ist? Nein.«

Beim Klang seines Namens regte Käfer sich. Tyen dachte an ihre Vermutung, dass Käfer dazu da sei, sein Geld zu bewachen. Es war keine schlechte Idee. Wenn er die Zeit fand, würde er einige Veränderungen vornehmen, damit das Insektoid auf diese Weise funktionierte. Die Instruktionen würden denen ähnlich sein müssen, wo er Alarm schlug, wenn Miko sich seinem Zimmer näherte. Obwohl er an seinen Vorderbeinen vielleicht noch einige Nadeln oder Klingen hinzufügen könnte, damit Käfer jeden stechen konnte, der in seine Tasche griff.

»Ich habe dem Kapitän gesagt, du würdest ihm die Hälfte jetzt zahlen und die Hälfte später«, erklärte Veroo.

Er blickte auf und nickte. »Vielen Dank. Ich danke Euch beiden dafür, dass Ihr mir helft.« Er hielt inne. »Was genau habt Ihr arrangiert? Wohin fahren wir?«

»Nach Süden«, antwortete Veroo. »Kapitän Taga treibt überall an der Küste Handel. Er scheint ein durchaus ehrlicher Mann zu sein, so weit irgendein unabhängiger Handelskapitän das sein kann.«

»Was ist mit Euren Plänen, nach Hause zurückzukehren?«, erkundigte sich Tyen.

»Nun«, sagte Sezee wie jemand, der einen anderen für eine Idee gewinnen will, »du gehst in den Fernen Süden, und da …«

Tyens Herz setzte einen Schlag aus. »Moment mal. Was bringt Euch auf den Gedanken, dass ich in den Fernen Süden gehe?«

Sezees Lächeln wurde breiter. »Aber du tust es. Richtig?«

»Vielleicht.«

»Es ist einer der wenigen Teile der Welt, in die der Einfluss Leratias nicht reicht.«

Tyen schüttelte den Kopf. »Dann sollte ich dort nicht hingehen, wenn es so offensichtlich ist.«

»In jedem anderen Land wird man dich der Akademie übergeben, sobald irgendjemand dahinterkommt, wer du bist.«

»*Falls* jemand dahinterkommt, wer ich bin.«

»Je weiter du dich von Leratia entfernst, desto offensichtlicher wird es sein, dass du anders bist als die Menschen um dich herum. Im Fernen Süden wird das keine Rolle spielen. Sie haben keine Abkommen mit dem Reich.«

»Das bedeutet nicht, dass sie die Akademie daran hindern werden, mich zu jagen und nach Hause zu bringen.«

»Das werden sie vielleicht nicht tun. Aber zuerst muss die Akademie dich dort finden. Mir scheint, deine Chancen sind dort besser als überall sonst. Und hast du nicht gesagt, die einzige Möglichkeit, den Fernen Süden zu erreichen, sei ein Luftwagen?«

»Ja.«

»Du kannst einen Luftwagen steuern.«

»Kann ich das?«

»Lernen nicht alle Akademiestudenten, einen zu fahren?«

»Nein.«

Sie hielt inne und runzelte die Stirn. »Kannst du's?«

Er lächelte. »Ja.«

»Und du kannst einen bauen?«

Er nickte.

Sie grinste. »Also, wirst du uns mitnehmen?«

Er blickte zwischen ihr und Veroo hin und her. Die ältere Frau lächelte, aber ihr Blick war scharf und unerschütterlich. *Natürlich,* dachte er. *Sie will die Schule für Zauberei suchen, die Gowel erwähnt hat.* Der Gedanke, dass diese Frau all das lernen würde, was die Akademie ihr verweigert hatte, bescherte ihm ein merkwürdiges Gefühl der Befriedigung.

»Das würde ich mit Freuden tun«, antwortete er.

Sezee verschränkte die Hände und sprach ein seltsames Wort. Dann drehte sie sich zu Veroo um, die das Wort widerstrebend wiederholte. Tyen vermutete, dass es ein Ausdruck der Zufriedenheit oder des Sieges in ihrer Muttersprache war.

Einen Moment später riss Veroo den Kopf herum. »Der Kapitän kommt«, sagte sie.

Und tatsächlich, die Tür zum Deck wurde geöffnet, und Tyen hörte Schritte näher kommen. Er stand auf, als Taga erschien.

»Also«, sagte der Mann. »Jetzt heißt er Tyen Eisenschmelzer.«

»Ja, Kapitän«, erwiderte Tyen.

»Kommt mit in meine Kajüte.« Er gab Tyen ein Zeichen und führte ihn einige Schritte zurück zu einer Tür auf der gegenüberliegenden Seite des Flurs. Nachdem er sie geöffnet hatte, bedeutete er Tyen einzutreten. »Die Frauen haben Euch von unseren Arrangements erzählt?«

»Ja.«

Er folgte Tyen in einen kleinen Raum mit einem Tisch und zwei Stühlen auf einer Seite und einem Bett auf der anderen. Der Kapitän schloss die Tür; Sezee und Veroo blieben draußen zurück.

»Habt Ihr jemanden getötet?«

Tyen sah den Kapitän an, zuerst überrascht und dann ein wenig gekränkt. Aber es war eine vernünftige Frage, vermutete er – obwohl der Kapitän nicht wissen würde, ob Tyens Antwort der Wahrheit entsprach.

»Nein.«

»Irgendetwas gestohlen?«

Tyen seufzte. »Das ist … kompliziert. Wovon sie behaupten, ich hätte es gestohlen … man hat mich hereingelegt, um mir die Schuld an dem Diebstahl zu geben. Aber ich habe tatsächlich einen Luftwagen gestohlen, um zu fliehen, und an Bord befand sich zufällig eine große Summe Geldes.«

Der Kapitän musterte Tyen für eine Weile schweigend, dann nickte er. »Fünfzig Levees.«

Tyen blinzelte, überrascht, dass es keine weiteren Fragen gab. Er öffnete seine Tasche, nahm einige Bündel Geld heraus und zählte dann die Hälfte der Bestechungssumme ab, die die Frauen vereinbart hatten.

»Danke«, sagte er, als er das Geld übergab.

Der Kapitän nahm es entgegen. »Ich will keinen Ärger mit

der Akademie«, warnte er. »Ihr werdet an Bord und außer Sicht bleiben, wenn wir im Hafen sind.«

»Natürlich.«

»Der südlichste Hafen, den wir anlaufen werden, ist Carmel.«

Tyen nickte.

Ein Klopfen an der Tür lenkte den Mann ab. »Herein.«

Einer der Matrosen trat ein. »Luftwagen. Sieht so aus, als würde er uns verfolgen«, berichtete er.

Der Kapitän runzelte die Stirn und drehte sich wieder zu Tyen um. »Bleibt hier.« Er verließ den Raum und ging an den beiden Frauen vorbei auf Deck.

Tyen schaute sich um und sah ein kleines Fenster auf der gegenüberliegenden Seite der Tür. Er näherte sich ihm vorsichtig, konnte aber nichts anderes sehen als Wolken und Vögel und einen kleinen Teil des Decks. Das Schiff änderte leicht die Richtung, und das Schaukeln verstärkte sich und zwang Tyen, sich abzustützen. Nach einigen Minuten gab er es auf und ging zu einem der Stühle.

Vielleicht würde es von jetzt an immer so sein: Er versteckte sich und wartete darauf, dass jemand ihm erzählte, was vor sich ging. Es war ein kleines Ärgernis, das es zu ertragen galt, wenn es verhindern würde, dass er der Akademie in die Hände fiel. Er konnte nur still dasitzen und hoffen, dass er hier vorerst in Sicherheit war.

Vierter Teil

11 Rielle

Rielle schob widerstrebend Izares farbbeschmierte Hände von ihrer Taille und entwand sich seiner Umarmung. »Jetzt reicht's. Mach dich wieder an die Arbeit.«

Er schob die Unterlippe vor. »Aber …«

»Du hast mir gesagt, dass ich das tun soll«, rief sie ihm ins Gedächtnis, während sie zu den Stühlen zurückwich. »Du hast gesagt, ich lenke dich zu sehr ab und soll dich wegscheuchen. Ich will nicht, dass du meinetwegen dein Spiritual zu spät ablieferst. Das heißt, mit noch mehr Verspätung, als du ohnehin schon hast.«

Er kam ihr grinsend nach. »Ich habe es gestern Nacht fertiggestellt.«

Sie schaute zur Staffelei hinüber. Sie stand mit der Rückseite zur Treppe, sodass sie das Bild noch nicht von vorn gesehen hatte. Sie machte einen Bogen um ihn und trat an die richtige Seite der Staffelei.

Die Tafel stellte die Geschichte Sa-Azurls dar, des zweifelnden Priesters, der sich lieber dafür entschieden hatte zu glauben, dass die Engel nicht existierten, statt anzunehmen, dass sie sein Dorf nicht vor der Flut gerettet hatten. Aber schließlich hatte er seinen Irrtum eingesehen und war, als er starb, von den Engeln willkommen geheißen worden. Rielle hatte diese Geschichte für das Spiritual vorgeschlagen, da der

Mann, der es in Auftrag gegeben hatte, ein schwermütiger alter Witwer war, der zur Selbstkritik neigte. Ihre Vermutung, dass er das Thema Vergebung vielleicht zu schätzen wusste, hatte sich als richtig erwiesen.

Wie bei all seinen Spiritualen war Izare in der Darstellung der Landschaft und beim Format traditionell geblieben, hatte aber die Figuren außerordentlich lebensecht gemalt. Rielle erwartete beinahe, sie blinzeln zu sehen.

Izare nutzte ihre Ablenkung aus, um ihr von hinten die Arme um die Taille zu legen und das Kinn auf ihre Schulter zu stützen. »Was meinst du?«

»Es ist wunderschön, wie immer.«

»Wie immer«, wiederholte er. Dann seufzte er. »Und jedes Mal das Gleiche. Ich würde so gern viel mehr verändern. Warum muss immer eine Geschichte dargestellt werden? Warum spielen sie immer im Freien?«

»Wie würdest du denn dein eigenes Spiritual malen?«

Er brummte, und die Schwingung seiner Stimme drang durch ihre Schulterblätter. »Wie ein Porträt. Ein einzelner Mann – oder eine Frau –, aber die Person würde den Zuschauer nicht so ansehen, als wüsste sie, dass sie beobachtet wird. Stattdessen würde sie ganz in sich versunken sein. Vielleicht beten. Vielleicht unwissentlich von einem Engel beobachtet, der sich kaum sichtbar im Schatten hält.«

Rielle fröstelte. »Du solltest es versuchen.«

Er trat zurück. »Und riskieren, dass die Priester irgendeinen Frevel darin finden?« Er zuckte die Achseln. »Wenn ich das tue, kann ich geradeso gut nackte Frauen malen. Zumindest hätte ich dann Spaß *und* würde Geld verdienen.« Er blickte zum Fenster hinüber. »Und was das Einkommen betrifft, sollte ich besser anfangen, meine Runde durch die Tempel zu drehen, und versuchen, ein paar neue Aufträge an Land zu ziehen.«

Etwas krampfte sich in Rielles Magen zusammen. Es war noch nicht wirklich Angst, aber es war nah dran.

Izare drehte sie zu sich um. »Keine Sorge. Du weißt doch, dass Kunden sich ständig umentscheiden. Ich habe immer neue Aufträge gefunden, wenn ich mich darum bemüht habe. Es ist einfach eine Weile her, dass ich es versucht habe. Das ist alles.«

Sie lächelte. »Vielleicht sollte ich mich um eigene Aufträge bemühen.«

»Noch nicht.« Er ging zu einer Schachtel, in der er kleine Muster für Spiritualszenen aufbewahrte. »Ich weiß, dass du deine Arbeiten gerne verkaufen würdest, aber die Leute sind seltsam, wenn es um weibliche Künstler geht. Sie hätten vielleicht das Gefühl, es wäre nicht schicklich, dich zu beauftragen. Du wärst möglicherweise besser beraten, mir bei den Spiritualen zu helfen, ohne dass sie etwas davon wissen, aber du musst vorher noch mehr Übung mit den Ölfarben bekommen.«

Rielle unterdrückte einen Seufzer, nickte und trat an den Tisch. »Dann sollte ich wohl besser weiterüben.«

Er verzog das Gesicht. »Ja … aber vielleicht nicht heute? Ich habe kaum noch Farbe.«

Sie drehte sich wieder um und ging stattdessen zu den Stühlen. Dann ließ sie sich am Fenster nieder und sah zu, wie Izare seine Sachen zusammenstellte. Neben der Schachtel mit Musterstücken zog er etwas billiges Papier und Kreide hervor. Dann band er sich seinen Geldbeutel an den Gürtel und kam auf sie zu, um sie zu küssen.

»Kommst du allein zurecht?« Er stellte ihr die gleiche Frage, wann immer er das Haus verließ.

»Natürlich«, antwortete sie und beobachtete dann, wie er zur Treppe ging. Das war eine Lüge, und er wusste es. Wenn die Priester oder ihre Familie kamen, um sie nach Hause zu schleifen, würde sie sie nicht davon abhalten können. Aber ebenso wenig konnte er das.

Es kränkt mich beinahe, dass sie es noch nicht versucht haben, überlegte sie. *Ich schätze, Mutter und Vater denken, ich sei jetzt verdorbene Ware. Niemand in den Familien wird mich heiraten, also habe ich keinen Wert mehr für sie.*

Sie war zwei Vierteltage lang im Gasthaus geblieben. Izare hatte sich in Greyas und Merems Wohnung versteckt. Er wurde dort zwar von den Priestern gefunden, aber obwohl er ausführlich befragt worden war, hatten sie nicht versucht, ihn dazu zu zwingen, ihnen ihren Aufenthaltsort zu verraten. Als klar war, dass er die Information nicht freiwillig herausrücken würde, hatten sie von ihm abgelassen und er war nach Hause zurückgekehrt.

Izare konnte es sich nicht leisten, länger Miete für sie zu zahlen, also war sie eines Nachts zu ihm gezogen und hatte sein Haus seither nicht mehr zu verlassen gewagt. Er hatte mit einigen der Anwohner, denen er vertraute, vereinbart, dass sie sie warnten, falls Priester ins Viertel kamen. Sie würde dann fortgehen müssen und erst zurückkommen, wenn die Priester das Viertel verlassen hatten.

Nachdem die Tür unten ins Schloss gefallen war, sah sie vom Fenster aus zu, wie Izare die Straße entlangging. Er wirkte unbesorgt und wohlgelaunt. Es war leicht, sich keine Sorgen zu machen, wenn er so entspannt war, und sie wollte die Seifenblase des Glücks, in der sie steckte, noch nicht platzen lassen.

Es war keine makellose Seifenblase. Sie vermisste Narmah sehr und fühlte sich schrecklich, dass sie so viel vor ihrer Tante verborgen hielt. Sie konnte nicht umhin, sich schuldig zu fühlen, weil sie ihre Eltern, ihren Bruder und ihren Cousin enttäuscht hatte. Außerdem hatte sie einen Skandal verursacht, der jetzt ihren Namen befleckte. Und sie war keine

Närrin; sie wusste, dass ein Leben mit Izare wahrscheinlich hart sein würde.

Sie war entschlossen, ihm zu helfen, und sie war sich völlig im Klaren darüber, dass er jetzt zwei Menschen ernähren und kleiden musste. Seit sie hier eingezogen war, rechnete sie im Geiste seine Kosten zusammen, und während der Unterrichtsstunden, auf denen sie nach wie vor bestand, quetschte sie ihn darüber aus, was der übliche Preis für die verschiedenen Farben sei. Sie suchte nach Wegen, sich nützlich zu machen, rieb Farben an und bereitete die Maltafeln vor. Allerdings hatte er im Moment nicht so viel Arbeit, dass ihm die so ersparte Zeit wirklich nützte. Wenn es sicher war, das Haus zu verlassen, dachte sie sich, könnte sie die Malutensilien und Nahrungsmittel besorgen. Vielleicht könnte sie lernen zu kochen. Er schien es vorzuziehen, fertig gekochte Mahlzeiten aus Bäckereien und Wirtshäusern zu holen, aber das war eine kostspielige Art sich zu ernähren. Vielleicht konnte eine von Izares Freundinnen ihr das Kochen beibringen, obwohl das bedeuten würde, dass sie die schmierige Ecke putzen musste, die im Erdgeschoss als Küche diente. Außerdem konnte man nur hoffen, dass es unter den Bergen schmutzigen Geschirrs Kochtöpfe gab.

Sie verzog das Gesicht und sagte sich, dass es wichtiger war, ihre Fertigkeiten im Malen zu verbessern, denn Putzen und Kochen würde ihnen kein Geld einbringen. Wenn sie nicht malen konnte, würde sie eben zeichnen. Sie stand auf, fand ein wenig Kreide, aber kein Papier und begriff dann, dass Izare die letzten Blätter mitgenommen hatte. Mit einem Seufzen setzte sie sich wieder ans Fenster.

Nun, es ist nicht so, als gäbe es hier irgendetwas, das ich nicht bereits gezeichnet hätte.

Dann bekam sie Gewissensbisse. Sie hatte, ohne es zu wissen, den größten Teil seines Papiervorrats aufgebraucht. Izare hatte ihr etwas Papier in das Gasthaus mitgebracht, damit sie sich die Zeit vertreiben konnte, während sie sich dort verstecken musste. Später hatte sie zur Übung ihn, jeden Winkel seines Hauses und die Aussicht aus dem Fenster gezeichnet. Obwohl ihr klar gewesen war, dass gutes Papier seinen Preis hatte, war das, was er benutzte, billige Ware von niederer Qualität, und er hatte nichts zu ihrem Papierverbrauch gesagt. Zu spät hatte sie begriffen, dass er ein Blatt oft mehrmals benutzte, die Kreide abwischte, es übermalte und beide Seiten benutzte.

Ist es möglich, selbst Papier zu machen?, überlegte sie. *Wäre das billiger, als es zu kaufen?* Sie beschloss, es herauszufinden, sobald sie das Haus verlassen konnte.

Eine Bewegung draußen vor dem Fenster erregte ihre Aufmerksamkeit, und ihr Herz tat einen Satz, als sie einen von Jonares Söhnen auf die Tür zulaufen sah. Sie beugte sich dichter zur Scheibe und bemerkte, dass seine Mutter ihm folgte, ihre Tochter und zwei Nichten an ihrer Seite und das Baby in einem Tragetuch vor der Brust. Die Tür unten wurde geöffnet und dann wieder zugeschlagen.

»'zar!«, rief der Junge und kam die Treppe heraufgestampft. Rielle lächelte, als er den oberen Treppenabsatz erreichte, stehen blieb und sich umsah.

»Izare ist ausgegangen, um neue Kunden zu gewinnen«, erklärte sie ihm und wünschte, sie hätte sich den Namen des Jungen gemerkt.

Der Junge starrte sie an, vollkommen überrascht, an einem vertrauten Ort einer fremden Person gegenüberzustehen. Die Tür unten wurde erneut geöffnet.

»Perri!«, schalt Jonare. »Ich habe dir doch gesagt, dass du warten sollst!«

Perri fuhr herum und raste die Treppe wieder hinunter. Rielle erhob sich und ging zum Geländer.

»Hallo, Jonare.«

Die Frau schaute hoch und lächelte. »Wir dachten, du hättest vielleicht gern ein wenig Gesellschaft.«

»Vielen Dank.« Rielle winkte sie herauf. »Kommt doch hoch.«

Zwei der Mädchen trugen gemeinsam einen Korb. Jonare nahm ihnen den Korb ab und trug ihn selbst nach oben. Die Kinder ergriffen sofort Besitz von Izares Atelier. Rielle beobachtete unsicher, als sie herumzutoben begannen, und musste schnell reagieren, um das fertiggestellte Spiritual aufzufangen, als eins der Kinder gegen die Staffelei stieß. Sie stellte das Bild beiseite, in der Hoffnung einen sicheren Ort dafür ausgesucht zu haben.

Jonare ging zu den Stühlen und setzte sich mit einem Seufzen. Rielle, die erriet, dass die Frau an der Reihe war, sich um die Zwillinge ihrer Schwester zu kümmern, ließ sich auf der Kante eines Hockers nieder, bereit, alles andere zu retten, das vielleicht noch umgeworfen wurde. Obwohl sie die Gesellschaft zu schätzen wusste, fand sie, dass nach der Isolation der letzten paar Vierteltage das plötzliche Eindringen von fünf Kindern ein kleiner Schock war.

»Er ist also auf der Jagd nach Aufträgen«, sagte Jonare nickend. »Das hatte er eine ganze Weile nicht mehr nötig. Für gewöhnlich stehen die Leute für seine Arbeiten Schlange.«

»Ach wirklich?«, fragte Rielle. Vielleicht waren die Dinge nicht so schlimm, wie er sie dargestellt hatte.

Jonare runzelte die Stirn. »Ja. Die Menschen sind jedoch nach dem Fest sparsamer. Sie geben dabei immer zu viel aus.«

»Dann war es kein guter Zeitpunkt für mich hierherzukommen.« Rielle seufzte. »Ein zusätzlicher hungriger Mund, wenn Arbeit knapp ist. Ich habe schon nach Möglichkeiten gesucht, wie ich helfen kann.«

Das Baby war aufgewacht und begann unruhig zu werden. Jonare schob ihre Bluse nach oben und stillte es. Rielle wandte den Blick ab und betrachtete stattdessen die Kinder, dann sprang sie auf und zog eine Farbtube aus dem Mund eines der Mädchen. Glücklicherweise war das zugedrehte Ende nicht aufgegangen.

»Du darfst keine Farbe essen«, erklärte sie dem Kind. »Sie ist giftig, und sie könnte dich sehr krank machen.« Als sie sich umdrehte, sah sie, wie überrascht Jonare wirkte.

»Giftig? Das hat Izare nie gesagt.«

Rielle zuckte die Achseln. »Vielleicht weiß er es nicht.« Sie hielt die Hände des Mädchens fest, das nach anderen bunten Sachen auf dem Arbeitstisch griff. »Es wäre vielleicht sicherer, wenn wir nach unten gingen.«

Jonare stand nickend auf, rief die Kinder zu sich, und sie polterten gemeinsam ins Erdgeschoss hinunter. Der Raum unten war geringfügig kleiner als das Atelier, und die einzigen Möbel darin waren ein Bett, ein klappriger Stuhl und ein schmaler Arbeitstisch drüben beim Herd. Obwohl sie einige Versuche unternommen hatte aufzuräumen, war es ihr lediglich gelungen, die vielen Sachen, die herumlagen, etwas zu ordnen und von Staub zu befreien. Während die Kinder auf dem Bett herumsprangen, suchte Rielle vergeblich nach einem besseren Stuhl, den sie Jonare hätte anbieten können. Dies mochte für die Kinder ein sichererer Ort zum Spielen sein, aber alle Sitzplätze für Erwachsene waren oben. Vielleicht könnte sie Izare vorschlagen, einige davon nach unten zu schaffen.

»Ich schätze, ich werde mich aufs Bett setzen müssen«, sagte sie und schob Jonare den Stuhl hin.

Jonare zuckte die Achseln und setzte sich. »Sind die Farben wirklich so gefährlich? Mele hat sich einmal das ganze Gesicht blau eingeschmiert. Wir fanden es komisch und haben sie einen Engel genannt.«

Rielle verzog das Gesicht. »Na ja, es kommt auf die Farbe an. Die Rot- und Grüntöne sind am schlimmsten. Meine Familie hat strenge Regeln zum Umgang mit Farben und Pigmenten. Wir … sie … wollen nicht, dass jemand von den Arbeitern krank wird oder stirbt.«

»Izare hat ständig Farbe an den Händen.«

»Es ist kaum möglich zu malen, ohne sich ein wenig schmutzig zu machen. Ich versuche, ihn dazu zu bringen, sich anschließend zu waschen, aber für die ölige Farbe braucht man Seife, und er sagt, es sei billiger, sich die Hände an alten Lappen abzuwischen.«

Jonare nickte. »Versuch es mal mit Asche. Sie saugt das Öl auf, dann kannst du es abspülen.«

»Wirklich?« Rielle schaute zum Herd hinüber. »Kannst du kochen?«

»Natürlich. Allerdings nichts Extravagantes.«

»Könntest du es mir beibringen?«

Die Frau sah sie amüsiert an. »Du musstest noch nie kochen, oder?«

Rielle schüttelte den Kopf. »Höchstens bei einfachen Vorbereitungen für ein Festmahl mithelfen. Mir kommt es so vor, als wäre es preiswerter, sich selbst etwas zu kochen, als fertige Gerichte zu kaufen.«

Jonare nickte. »Auf jeden Fall – und du musst schließlich bald wissen, wie man ein Baby ernährt, würde ich sagen.«

Als die Frau lächelte, wandte Rielle den Blick ab. Ihr Gesicht wurde heiß, und ihr Herz zog sich zusammen.

»Nicht, bis wir verheiratet sind«, murmelte sie.

»Nein?« Jonare lachte. »Ich denke nicht, dass du da die Wahl haben wirst!« Aber als Rielle nichts erwiderte, beugte sie sich vor. »Keine Sorge. Ich habe ihn noch nie so vernarrt in eine Frau gesehen, und er ist der Typ Mann, der Frauen fair behandelt, aber es ist nicht billig, es offiziell zu machen.«

Rielle runzelte die Stirn. »Aber man braucht doch kein Geld, um zu heiraten.«

»Man braucht einen willigen Priester«, erklärte Jonare. »Und in diesen Vierteln bedeutet willig, mit überzeugenden Mitteln überredet.«

»Was? Wirklich?« Rielle schüttelte den Kopf. »Ich kann nicht glauben, dass die Priester so korrupt sein sollen. Sa-Baro…« Der alte Priester würde gewiss kein Geld von ihr verlangen. Aber er würde sich vielleicht weigern, es zu tun, und ihr sagen, sie solle lieber wieder nach Hause zu ihrer Familie gehen.

Würde er es tun, wenn ich ein Kind erwartete? Er hat immer gesagt, dass Eltern Verantwortung für ihre Kinder übernehmen sollten, selbst für jene, die außerhalb einer Ehe geboren werden. Er würde nicht wollen, dass wir uns trennen, wenn wir eine Familie gründeten.

Aber sie konnte kein Kind haben. Zumindest nicht ohne ungeschehen zu machen, was die Verführerin mit ihr getan hatte. Und das bedeutete, dass sie Magie einsetzen musste.

Sie hörte, wie die Haustür geöffnet und wieder geschlossen wurde und jemand nach oben ging. Rielle stand auf und eilte zur Tür. Sie schaute in den Flur und sah Izare, der schon fast am oberen Ende der Treppe angekommen war.

»Wir sind hier unten«, rief sie.

»'zar!«, brüllte eine junge Stimme, dann wurde Rielle beiseitegestoßen, während vier Kinder sich an ihr vorbeidrängelten und die Treppe hinaufrannten. Izare grinste. Perri erreichte ihn als Erster und wurde damit belohnt, dass Izare ihn hoch in die Luft warf.

»Du wirst immer schwerer, kleiner Mann«, sagte Izare, bevor er Perri abstellte. Dann ließ er sich von dem Jungen an der Hand wieder nach unten führen. Als er Rielle erreichte, küsste er sie entschlossen und betrat dann das Zimmer. »So, so. Zwei Frauen in meinem Schlafzimmer. Daran könnte ich mich gewöhnen.«

Jonare schnaubte leise. »Nicht, wenn du von unseren Plänen wüsstest. Ich werde Rielle das Kochen beibringen.«

Izare zog die Augenbrauen hoch und drehte sich um, um sie nachdenklich zu betrachten. »Nun, geh nicht gleich los, um Töpfe und Pfanne zu kaufen«, erklärte er ihr. »Es dauert ein wenig länger, Aufträge zu bekommen, als ich gehofft habe.«

»Was ist passiert?«, fragte Jonare, deren Stimme plötzlich tief und ernst war. Bei ihrem Tonfall bekam Rielle ein flaues Gefühl im Magen.

»Die Priester der Stadt lassen mich wissen, wie verstimmt sie über mich sind«, sagte er und schaute von Jonare zu ihr herüber. »Sie weigern sich, potenziellen Käufern meinen Namen zu nennen, und raten ihnen ab, mir Aufträge zu geben, und eine gewisse Familie hat darauf bestanden, dass ihr Stadtteiltempel seine Wandbilder übertüncht und durch neue ersetzt.«

Rielle schnappte nach Luft. »Das können sie nicht tun! Es wäre eine große Geldverschwendung und ein Verlust von etwas Wunderschönem und Heiligem. Und … all der Arbeit, die du geleistet hast.«

Er lächelte, kam auf sie zu und fasste sie um die Taille. »Es macht mir nichts aus. Sie haben mich bereits bezahlt, und ich habe etwas noch Schöneres und Heiligeres direkt hier.«

Sie konnte ein Lächeln nicht unterdrücken. Die Seifenblase des Glücks war zurück. Bis ihr wieder einfiel, was Jonare über die Priester gesagt hatte: dass sie eine Bezahlung verlangten, um Ehen zu schließen. Wenn ihre Familie die Priester dazu bringen konnte, die Wandbilder in einem ganzen Tempel zu ersetzen, bezweifelte sie, dass sich irgendeiner von ihnen dazu bestechen lassen würde, sie und Izare zu verheiraten.

Sie konnten nur hoffen, dass die Bereitschaft der Priester, sich den Wünschen ihrer Familie zu beugen, mit der Zeit nachlassen würde. Das Problem war, was sie unterdessen machen sollten, wenn Izare keine Arbeit fand.

»Spirituale sind nicht das Einzige, was ich male«, rief Izare ihr ins Gedächtnis. Zweifellos sah er die Besorgnis in ihren Zügen. »Wir werden schon zurechtkommen.«

Sie nickte, und etwas von der Anspannung fiel von ihr ab. Bei der Erinnerung an sein Porträt von ihr und daran, wie es seine Schwäche offenbart hatte, Stoffe zu malen, lächelte sie. *Wenn er es mir erlaubt, gibt es eine Möglichkeit, ihm zu helfen. Ich muss ihn nur davon überzeugen, dass ich es kann.*

12 Rielle

Beim Anblick der Berge schmutzigen Geschirrs, der mit Farbe bekleckerten Lumpen, besudelten Kleider, längst vertrockneten Blumen und alten Gemüses auf dem Küchentisch überlegte Rielle, wo sie beginnen sollte. Es wäre sicher ein guter Anfang, die Dinge in Gegenstände einzuteilen, die es wert waren, behalten zu werden, und in jene, die weggeworfen werden sollten. Sie erwog ferner, erstere danach zu sortieren, ob der Gegenstand gereinigt werden musste oder nicht, aber dann begriff sie, dass es nichts gab, was nicht gereinigt werden musste.

Sie konnte sich jedoch nicht nach draußen wagen, um Wasser zu holen. Wenn Izare zurückkam, würde sie ihn bitten, es für sie zu tun. Dann würde sie etwas vom Abfall im Herd verbrennen und so Wasser kochen und die Asche, wie Jonare vorgeschlagen hatte, zum Spülen des Geschirrs benutzen.

Doch sie zögerte, weil sie befürchtete, dass, wenn sie ein Stück herauszog, der ganze Geschirrturm umfallen würde. Wäre das wirklich so schlimm? Der größte Teil des Geschirrs war ohnehin angeschlagen und hatte Risse. Das Problem war, dass sie es sich kaum leisten konnten, neues Geschirr zu kaufen.

Am besten, ich fange von oben an, sagte sie sich, machte einen

Schritt nach vorn und hob ein altes Hemd an, das zur Hälfte über diesem Durcheinander lag. Ganz steif von Schmutz und öliger Farbe löste es sich so, dass es die Form der Gegenstände, auf denen es gelegen hatte, beibehielt. Darunter fand sie einen Teller mit verschimmelten Sonnenmelonenscheiben. Sie richtete ein kleines Gebet an die Engel. Kein Wunder, dass es in dieser Ecke so übel roch.

Es klopfte an der Haustür. Rielle seufzte und legte das Hemd wieder auf die blau verkrustete Melone. Sie eilte zur Haustür und hoffte, dass ihr Besucher ihr ein wenig Wasser holen könnte.

Die schwere Haustür schwang nach innen auf und offenbarte ein vertrautes, freundliches Gesicht, auf dem ein Ausdruck von Strenge und Entschlossenheit lag.

»Ais Lazuli«, sagte Sa-Baro. »Darf ich hereinkommen und mit Euch sprechen?«

Für einen Moment konnte sie nicht antworten, zuerst weil sie starr vor Schreck war, dann, weil sie einen Fluch über ihre eigene Dummheit unterdrücken musste, überhaupt die Tür zu öffnen, und schließlich, weil sie sich nicht sicher war, was sie tun sollte. Er hätte sich so leicht mit Magie den Weg herein erzwingen können, aber er hatte es nicht getan. Er hatte darum *gebeten*, hereinkommen zu dürfen.

Würde er weggehen, wenn sie sich weigerte, mit ihm zu sprechen? Sie fühlte sich versucht, es zu tun, nur um herauszufinden, was geschah.

Dann dachte sie an Narmah, und der Drang zu rebellieren verebbte.

»Seid Ihr hier, um mich nach Hause zu bringen?«, fragte sie.

Es war vielleicht nur Einbildung, aber sein Gesichtsausdruck schien um eine Spur weicher zu werden. Er schüttelte den Kopf.

»Warum sollte ich Euch glauben?«

»Ich schwöre, dass es wahr ist«, antwortete er feierlich. »Ich schwöre es bei den Namen der Engel.«

Sie öffnete die Tür ganz und bedeutete ihm, in das Zimmer im Erdgeschoss zu treten. Er sah sich um, und sein Blick wanderte vom Bett zu den Haufen mit Unrat; zweifellos verglich er den Raum mit dem geschmackvoll eingerichteten Empfangszimmer in der Färberei. Sie schob einen Haufen schmutziger Kleider von dem alten Stuhl und deutete darauf, obwohl sie sich nicht vorstellen konnte, dass er in seinem makellosen blauen Gewand nicht deplatziert wirken würde. Er schüttelte den Kopf.

»Ich werde nicht lange bleiben.« Er drehte sich zu ihr um. »Geht es Euch gut?«

»Ja«, entgegnete sie. »Ist meine Familie wohlauf?«

Er nickte. »Sie sorgt sich natürlich um Euer Wohlergehen.«

»Natürlich.« Indem sie an Narmah dachte und nicht an ihre Mutter, schaffte sie es, den Sarkasmus aus ihrer Stimme herauszuhalten.

Er schaute auf den Boden, legte die Stirn in Falten und sah sie dann direkt an.

»Ich entschuldige mich für meine Unverblümtheit, aber … habt Ihr … ist Izare Euer Geliebter?«

Sie hielt seinem Blick stand, überrascht darüber, wie einfach es war. Vielleicht weil ihre Antwort eine andere gewesen wäre, hätte er getan, was er versprochen hatte.

»Ja«, erklärte sie.

Er wandte den Blick ab und schüttelte den Kopf. »Törichtes Mädchen.«

Eine Welle des Ärgers durchflutete sie. »Wenn meine Entscheidung töricht war, dann seid Ihr dafür verantwortlich, weil Ihr mich dazu gezwungen habt, indem Ihr mein Vertrauen missbraucht habt.«

Seine Augen wurden schmal. »Ihr wagt es, mich zu verurteilen, nachdem Ihr so lange gelogen habt?«

Sie schüttelte den Kopf. »Ich habe niemanden belogen.«

»Nein? Aber Ihr habt die Wahrheit verschleiert. Vor Eurer Familie. Vor mir. Wie sollte ich Euch einen guten Rat geben, wenn ich nicht alles wusste, was Euch bekümmerte?«

Sie schloss den Mund. Er hatte recht. Hätte er ihrer Familie von seinem Verdacht sie und Izare betreffend erzählt, wenn sie zugegeben hätte, wie teuer ihr Izare geworden war? Vielleicht hätte er erraten, dass sie sich dafür entscheiden könnte, ihre Familie zu verlassen, wenn sie ihn zu verlieren drohte.

Er musste geglaubt haben, dass ihre Beziehung oberflächlicher Natur gewesen war. Er hatte nicht damit gerechnet, dass die Aussicht, mit einem der verschmähten Söhne der großen Familien vermählt zu werden, genug war, sie zum Weglaufen zu treiben, denn er hatte angenommen, dass sie nirgendwohin konnte.

Oder vielleicht war er auch davon ausgegangen, dass sie den Wohlstand ihrer Umgebung nicht aufgeben würde, um mit einem armen Künstler zusammenzuleben.

Sa-Baro seufzte. »Eure Tante würde Euch gern sehen. Würdet Ihr Euch mit ihr treffen?«

Rielles Herz machte einen Satz. »Ja.«

»Sie hofft darauf, ein freundschaftliches Verhältnis aufbauen zu können«, teilte er ihr mit. »Frieden zwischen Euch und Euren Eltern zu stiften. Seid Ihr empfänglich dafür?«

»Ja … unter gewissen Bedingungen.«

»Ich bin mir sicher, sie wird selbst ein paar Bedingungen stellen.« Er nickte. »Ich werde es sie wissen lassen.«

Er ging zur Tür. Rielle trat beiseite und folgte ihm aus dem Zimmer. Auf der Schwelle des Hauses hielt er kurz inne, um sie mit bekümmerter Miene anzusehen, bevor er auf die Straße trat.

Nachdem die Tür sich geschlossen hatte, holte Rielle tief Luft und stieß den Atem wieder aus, versuchte, den Ärger und das Bedauern zusammen mit der Atemluft entweichen zu lassen. Hoffnung wetteiferte mit Furcht. Es wäre wunderbar, Narmah zu sehen. Solange es sich tatsächlich um ein Treffen mit Narmah handelte und nicht um einen Versuch ihrer Familie, sie einzufangen und nach Hause zu bringen.

Abrupt und aus dem Nichts verdrängte ein Gedanke alle anderen.

Ich habe mit einem Priester gesprochen und kein einziges Mal daran gedacht, dass ich Magie erlernt habe.

Sie schauderte. Alles, woran sie gedacht hatte, war Sa-Baros Verrat. Beim nächsten Mal würde sie vielleicht nicht solches Glück haben. Es würde schwer sein, einem Priester in die Augen zu schauen, während sie daran dachte, was sie getan hatte. Hoffentlich würden ihr die vielen Jahre dabei helfen, in denen sie ihre Fähigkeit, *Schwärze* zu sehen, verborgen gehalten hatte.

Aber im Augenblick hatte sie drängendere Probleme. Sie schob den Gedanken beiseite, drehte sich um, um das Zimmer unten in Augenschein zu nehmen, und sah es jetzt so, wie Sa-Baro es gesehen haben musste. Mit einem Mal schämte sie sich. Izare machte das Chaos nichts aus, und er hatte keine Diener für die Hausarbeit. Hier würde sich nichts ändern, wenn sie es nicht selbst in Angriff nahm.

Da klar war, dass die Priester wussten, dass sie hier war, und sie nicht nach Hause schleifen würden, konnte sie auch selbst Wasser holen. Also drückte sie die Schultern durch und nahm die Blechschüssel, die sie und Izare benutzten, um sich selbst und ihre Kleidung zu waschen. Sie stellte sie auf den Herd, nahm den großen Krug, in dem Izare Wasser vom Brunnen holte, und ging zur Haustür.

Als sie in den Hof hinaustrat, kribbelte es auf ihrer Haut.

Sie war seit zwei Vierteltagen nicht mehr draußen gewesen. Die Nachbarn wussten, dass sie da war. Sie hatte sie zu den Fenstern von Izares Haus hochschauen sehen und gehört, wie sie sich nach ihr erkundigten. Obwohl sie nicht mehr die feinen Kleider trug wie daheim – Jonare hatte ihr einige Röcke und Blusen aus der Zeit vor ihrer ersten Schwangerschaft gebracht –, hatte sie das Gefühl hervorzustechen. Sie erreichte den Brunnen, füllte den Krug und eilte dann zurück ins Haus.

Als sie das zweite Mal zum Brunnen kam, war sie nicht überrascht, dort Monya anzutreffen, die gerade ein paar Glasflaschen mit Wasser füllte.

»Hallo, Rielle«, begrüßte die Frau sie lächelnd. »Geht es dir gut? Ich habe den Priester weggehen sehen. Er ist ungemein raffiniert an unseren Spionen vorbeigekommen.«

Rielle erwiderte ihr Lächeln. »Mir geht es gut, vielen Dank. Er hat mir nichts getan. Wollte nur einige Fragen stellen. Wie geht es dir und Dinni?«

Sie wirkte zufrieden. »Wir kommen zurecht. Dinni arbeitet wieder, dank der Großzügigkeit unserer letzten Kundin. Sie hat gehört, was geschehen ist, und ihre übliche Festspende einbehalten, um für Ersatzmaterialien zu zahlen.«

»Klingt nach einer netten Kundin.«

Monya nickte. »Sie ist auch nett. Eine große Kunstkennerin und eine Kämpferin für die Frauen. Ich sollte euch miteinander bekannt machen.«

»Das wäre schön.« Vielleicht hätte diese Kundin nichts gegen ein Gemälde von einer Frau einzuwenden.

»Machst du ein wenig sauber?«

»Ja, obwohl es wahrscheinlich mehr als nur ein wenig werden wird.«

»Tam, die alte Weberin, die dort drüben lebt« – sie deutete mit dem Kopf auf ein nahe gelegenes Haus –, »hat früher für einige Kopees jeden Vierteltag Izares Wäsche gewaschen.«

»Tut sie das immer noch?«

»Sie vermutet, dass du das jetzt machst. Aber wenn du möchtest, dass sie es übernimmt, würde sie das gewiss mit Freuden tun.«

Rielle nickte und registrierte den veränderten Tonfall, der darauf schließen ließ, dass Monya noch etwas anderes andeuten wollte. Höchstwahrscheinlich war die alte Frau auf das Einkommen angewiesen. Das Problem war, dass sie nicht wusste, ob Izare es sich jetzt noch leisten konnte.

»Ich werde herausfinden, was Izare vorhat«, sagte sie. »Er ist unterwegs, um neue Aufträge einzuholen.«

Monya sah sie nachdenklich an. »Das hatte er eine ganze Weile nicht mehr nötig.«

»Das habe ich gehört.« Rielle verzog das Gesicht und blickte auf ihren Krug hinab. »Ich sollte besser anfangen.«

Sie kehrte zum Haus zurück und musste noch zweimal gehen, bis die Schüssel voll war. Stunden später hatte sie den Küchentisch freigearbeitet, alle noch brauchbaren Dinge zusammengestellt und die Teller mit Asche und einem alten Lappen geschrubbt. Sie warf den Abfall, den sie nicht verbrennen konnte, in eine flache Grube in einer Gasse, die alle Anwohner benutzten. Wenn sie voll war, legten alle Geld zusammen, um Müllmänner zu bezahlen, damit sie die Grube leerten.

Sie kippte gerade den letzten Rest Schmutzwasser in einen Eimer, um ihn im Rinnstein draußen zu leeren, als die Haustür geöffnet wurde und Izare hereinkam. Er hatte ein in Stoff eingeschlagenes rechteckiges Paket und einen Laib Brot dabei. In der Tür zu ihrem Erdgeschosszimmer blieb er stehen, starrte sie überrascht an, legte dann seine Last ab und kam auf sie zu.

»Lass mich helfen.« Er griff nach dem Eimer und trug ihn nach draußen.

»Hattest du Erfolg?«, fragte sie, als er zurückkam.

Er schüttelte den Kopf. »Monya hat gesagt, dass Besuch da war.«

»Sa-Baro.«

Izares Augen weiteten sich. Er machte einen Schritt zu ihr hin und nahm ihre Hände. »Was hat er getan?«

»Nichts. Er hat mich nur gefragt, ob ich mich mit meiner Tante treffen würde.«

Er wirkte nachdenklich. »Was hast du geantwortet?«

»Dass ich es tun würde.«

»Es könnte eine Falle sein. Er ist vielleicht in der Hoffnung hierhergekommen, dich zu überraschen, und hat dir erzählt, deine Tante wolle dich treffen, damit du hierbleibst, während er deine Familie darüber informiert, wo du dich aufhältst. Sie könnten in diesem Moment auf dem Weg hierher sein.«

Sie zuckte die Achseln. »Das war schon vor Stunden. Wenn sie das hätten tun wollen, hätten sie es mittlerweile getan. Nein, ich bin beschädigte Ware. Niemand aus den Familien wird mich jetzt noch heiraten wollen. Es ist besser für sie, wenn ich wegbleibe, statt ihnen zur Last zu fallen und sie ständig an den Skandal zu erinnern, den ich verursacht habe.«

»Nein!« Er führte ihre Hände an den Mund und küsste erst die eine, dann die andere. »Du bist nicht *beschädigt*, noch warst du jemals eine Ware, die eingetauscht werden konnte.«

Sie holte tief Luft, wappnete sich und sah ihn direkt an. »Willst *du* mich heiraten?«

Er lächelte. »Ob ich will? Ja! Ob ich es mir leisten kann? Noch nicht.«

Sie entzog ihm die Hände. »Jonare hat mir von der Bestechlichkeit der Priester erzählt. Wenn ich meine Eltern dazu bringen könnte, eine Ehe zu billigen, würden sie es nicht wagen, Geld zu verlangen.«

»Aber deine Eltern werden das nicht tun.«

»Vielleicht doch, wenn es dem Namen meiner Familie etwas weniger Schande machen würde.«

Sein Mundwinkel zuckte in die Höhe. »Kleine Schande gegen große Schande.«

Sie lächelte über seinen Scherz. »Es würde besser aussehen, wenn ihre einzige Tochter nicht in Armut lebte.«

Er runzelte finster die Stirn. »Ich brauche ihre Almosen nicht.«

»Du *willst* ihre Almosen nicht«, korrigierte sie ihn. »Und ich auch nicht. Aber ich will genauso wenig, dass du meinetwegen hungern musst.« Sie schaute auf das Paket, das er aufs Bett geworfen hatte. »Was hast du gekauft?«

Er verzog das Gesicht. Dann wickelte er das Paket aus und offenbarte mehrere Bögen billigen Papiers, eine Flasche Öl und einige Fläschchen Pigment.

»Das muss eine hübsche Stange Geld gekostet haben.«

»Ja – aber mach dir keine Sorgen. Es gibt eine Sorte von Kunstwerken, die immer für ein verlässliches Einkommen sorgt, aber ohne Farbe kann ich sie nicht malen.« Er lächelte. »Ich werde morgen anfangen. Für den Moment … sieht es so aus, als hättest du für heute genug gearbeitet. Deine Hände sind ganz rot. Komm, ich kümmere mich um die Wäsche.«

Er griff nach dem Bündel schmutziger Wäsche, das sie aufs Bett geworfen hatte, und ging zur Haustür. »Ich bin gleich wieder da.«

Rielle öffnete den Mund, um Einwände zu erheben, schloss ihn dann aber wieder, ohne etwas gesagt zu haben. *Die alte Tam braucht auch Geld,* rief sie sich ins Gedächtnis. *Vielleicht sind wir eines Tages darauf angewiesen, dass sie uns einen Gefallen tut.*

13 Rielle

Als Rielle erwachte, bemerkte sie, dass sie die Bettdecke abgeworfen hatte und vollkommen nackt dalag. Nicht, dass es eine Rolle gespielt hätte. Izare hatte sie inzwischen viele Male unbekleidet gesehen, und in der warmen Luft des Zimmers im Erdgeschoss fühlte sie sich vollkommen wohl. Für den Moment war sie zu schläfrig, um sich die Mühe zu machen, nach einer Decke zu greifen. Es waren Körperteile von ihr müde, von denen sie bis zu jener ersten Nacht mit Izare nicht einmal gewusst hatte, dass sie es sein konnten.

Sie musste lächeln, als sie an dieses und die vielen Male danach dachte.

Und dann wollte sie doch richtig aufwachen. Sie öffnete ein Auge und schaute zum Küchentisch hinüber, der jetzt sauber war und auf dem ein ordentlicher, verkleinerter Stapel des am wenigsten angeschlagenen Geschirrs stand. Obwohl es Izare offensichtlich nicht gestört hatte, wie es früher gewesen war, schien ihm das, was sie bewirkt hatte, doch zu gefallen. Oder vielleicht gefiel ihm die Idee, selbstgekochte Mahlzeiten zu essen.

Sie hatten einige Stunden damit verbracht, das Zimmer aufzuräumen und den Boden zu wischen. Anschließend hatte er versehentlich einen Krug sauberes Wasser über ihr ausgegossen, und das hatte dazu geführt, dass sie ihre nassen Kleider ausziehen musste, was wiederum zu Dingen geführt hatte, die sie bis spät in die Nacht hinein beschäftigt hatten.

War er wach? Sie lauschte auf seinen Atem. Stattdessen hörte sie das leise, vertraute Geräusch von Kratzen und Tupfen. Als sie sich umdrehte, sah sie, dass sie recht hatte: Er stand hinter seiner Staffelei, mit dem Gesicht zu ihr. Und malte.

»Nicht …«, sagte er. »Leg dich wieder so hin, wie du …«

»Was machst du da?« Sie langte nach einer Decke und zog sie um sich.

»Ich male.«

»Wie man sieht.« Sie stand mit der Decke um den Leib auf und trat zu ihm. Er bemalte eine kleine Tafel, kaum größer als ihre beiden Hände nebeneinander. Das Bett war lediglich flüchtig skizziert, aber die Frau darauf hatte bereits die auf magische Weise lebensechte Qualität all seiner Figuren.

»Narmah hat mich gewarnt, dass das passieren würde«, murmelte sie.

»Dass du weglaufen würdest, um mit mir zusammenzuleben, und dass ich gezwungen sein würde, nackte Frauen zu malen, um die Miete zu bezahlen?«, fragte er und zog herausfordernd die Augenbrauen hoch.

Sie sah ihn mit zusammengekniffenen Augen an. »Du hast vor, Bilder von mir zu *verkaufen*, auf denen ich *nackt* bin?«

Er wurde ernst. »Natürlich nicht. Niemand kann erkennen, dass du es bist. Dein Gesicht ist nicht zu sehen, und …« Er grinste. »Und es ist nicht so, als könnte irgendjemand den Rest von dir wiedererkennen.«

Sie drehte sich um, um das Gemälde noch einmal zu betrachten, und stellte fest, dass der Kopf der Frau abgewandt war. *Ihr* Kopf. Nur die Linie einer Brust war zu sehen. Es war größtenteils eine Ansicht von hinten. Was bedeutete, dass ihr

Hintern deutlich zu sehen war. Sie runzelte die Stirn. *Es gefällt mir nicht.* Aber sie brauchten das Geld.

»Das würde jemand kaufen?«, fragte sie.

»Ja. Sofort. Obwohl die Leute es noch bereitwilliger kaufen würden, wenn man mehr sehen könnte.«

»Ein Bild von vorn.«

»Ja. Ich könnte dein Gesicht verbergen. Oder ein anderes Gesicht aus dem Gedächtnis hineinmalen.«

Sie stellte sich vor, nackt zu posieren, und die Idee, so lange entblößt dazustehen, stieß sie ab. »Warum kannst du nicht alles aus dem Gedächtnis malen?«

Er lachte leise. »Im Gegensatz zu dem, was du vielleicht denkst, habe ich in meinem kurzen Leben nicht *so* viel Zeit damit verbracht, nackte Frauenkörper zu betrachten. Und gewiss keine Körper, die so schön waren wie deiner.«

Sie zog die Augenbrauen hoch. »Schmeichler. Glaub nicht, ich hätte das Geständnis überhört, dass du *einige* Zeit damit verbracht hast, nackte Frauenkörper zu betrachten.«

»Das ist ein Berufsrisiko. Wie kann ich Schönheit übermitteln, wenn ich sie nicht gesehen habe?« Er legte Pinsel und Palette beiseite. »Und wie kann ich sie tagtäglich sehen und dem Drang des Künstlers widerstehen, sie in Farbe einzufangen?« Er streckte die Arme aus, und bevor sie zurückweichen konnte, bekam er die Decke an den Seiten zu fassen und zog sie ihr weg. »Es ist doch bestimmt egoistisch, diesen Anblick ganz für mich zu behalten, oder?«

Sie bedeckte ihre Brüste. »Aber was ist, wenn ich nicht geteilt werden will wie eine … wie eine …?«

»Eine Hure?« Er schüttelte den Kopf. »Nein. Das hier ist etwas vollkommen anderes. Wenn eine Sängerin singt, setzt sie das herab? Wenn ein Geschichtenerzähler seine Märchen erzählt, macht ihn das billig? Ganz gleich, wie oft ich dich male, du würdest vom Pinsel immer unberührt bleiben. Immer noch du.« Er zog sie näher zu sich heran und wickelte sie beide in die Decke ein. »Das körperliche Du.« Dann beugte er sich zu ihr, um sie auf den Hals zu küssen. »In Fleisch und Blut.« Die Küsse waren sanfte Überraschungen und arbeiteten sich in die Schatten vor, die die Decke warf, ließen ihren Puls rasen. »Das ist für mich allein.«

Sie biss sich auf die Unterlippe, hin- und hergerissen zwischen dem Wunsch zu widersprechen und dem Wunsch, gar nichts mehr zu sagen, bis sie beinahe blutete, als von der Haupttür ein lautes Hämmern kam.

Izare stutzte, dann fluchte er und tauchte unter der Decke hervor. »Der Mistkerl ist früh dran.« Er stand auf, und Rielle zog die Decke hastig wieder um sich.

»Von wem sprichst du?«

»Errek. Er möchte mich mit ein paar Kunden bekannt machen, für die er nicht arbeiten will. Kunden, gegen die er einen Groll hegt. Oder denen er nicht traut.« Er ging zur Staffelei und schob sie hinter die Tür, sodass sie nicht zu sehen sein würde, wenn jemand die Tür öffnete.

»Wenn er ihnen nicht vertraut, solltest du es dann?«

Er kam wieder zu ihr. »Ich werde auf einer Teilzahlung im Voraus bestehen. Wenn sie den Rest dann nicht zahlen, habe ich zumindest einen gewissen Lohn.« Er gab ihr einen festen Kuss, lächelte und wandte sich zum Gehen. »Falls ich Jonare über den Weg laufe, werde ich sie wissen lassen, dass du für Kochstunden bereit bist.«

Rielle lachte auf. »Sie wird die Töpfe mitbringen müssen. Und die Zutaten.«

Er schaute sich um und schenkte ihr ein Lächeln, bevor er die Tür hinter sich schloss. Sie hörte erst, wie die Haustür geöffnet wurde, dann Erreks gedämpfte Stimme. Einen Moment später hallte das Geräusch der sich schließenden Tür im Flur wider, und dann war es still.

Seufzend drehte sie sich um und zog sich an, damit sie frisches Wasser holen und sich waschen konnte. Sobald sie fertig war, trat sie vor die Staffelei und betrachtete das Gemälde.

Er konnte sie noch nicht lange gemalt haben, und doch hatte er sie so gut eingefangen. Die nackte Figur schien derart zu leuchten, dass das Auge kaum registrierte, dass der Rest der Szene nur flüchtig skizziert war. *Es ist vollkommen, so wie es ist. Ich wünschte, ich könnte es behalten.*

Aber sie brauchten Geld. Um es zu verkaufen, musste das Bild fertiggemalt werden.

Nun, was das betrifft, kann ich etwas tun. Izare kann sich kaum beklagen, wenn ich daran arbeite. Es ist ja nicht so, dass er sich als Maler unanständiger Kunst einen Namen machen will.

Sie nahm die Staffelei, stellte sie wieder an ihren Platz und machte sich an die Arbeit.

Da das Gemälde klein war und sie nur den Hintergrund und die Vorhänge fertigmalen musste, war bereits genug Farbe gemischt, dass sie nicht erst welche vorzubereiten brauchte. Eine seltsame Mischung aus Zufriedenheit und Erregung erfüllte sie. Sie war mit dem neuen Medium nicht vertraut genug, um wirklich selbstbewusst damit umzugehen, doch es war wunderbar, sich einmal mehr einer Herausforderung zu stellen, und jeder Erfolg war wie ein Sieg. Nach ein paar Stunden hörte sie auf und entschied, dass das Bild, obwohl nicht vollkommen zu ihrer Zufriedenheit ausgefallen, doch hinreichende Fortschritte gemacht hatte, um es Izare mit Freuden zeigen zu können.

Als sie sich die Hände sauberwischte, ertönte von der Haustür ein sachtes, aber drängendes Klopfen. Sie öffnete, und ein kleiner schmutziger Junge stand draußen.

»Priester kommen«, flüsterte er laut, dann lief er davon.

Ihr Herzschlag stockte für einen Moment. Sa-Baro hatte

gesagt, dass er mit Informationen über Zeit und Ort für ihr Treffen mit Narmah zurückkehren werde. Sie schaute wieder zu dem Zimmer, erfreut, dass er sehen würde, wie sauber es jetzt war. Die Staffelei versperrte ihr die Sicht.

Das Bild! Sie würde vor Scham sterben, sollte er es sehen. Also lief sie schnell hin, packte das Bild, die Staffelei und die Farben und trug alles nach oben. Nachdem sie die Staffelei auf dem Boden abgestellt hatte, nahm sie den Akt herunter und schaute sich nach einem Versteck dafür um. Die Stapel mit Gemälden, die an den Wänden lehnten, waren jetzt viel kleiner als in der Zeit, bevor sie zu Izare gezogen war, und sein Porträt von ihr war verschwunden. Er hatte ihr erzählt, dass er dieses Bild und viele andere an einen sicheren Ort geschafft habe. Bei der Erinnerung daran, wie er früher Gemälde im Rahmen größerer Bilder versteckt hatte, lief sie rasch zum nächstgelegenen Stapel und drehte die Bilder um, bis sie eines fand, dessen Rückseite etwas eingerissen war. Sie hielt den Riss vorsichtig auf, damit die frische Farbe nicht verschmierte, und schob den Akt hinein.

Kaum hatte sie sich aufgerichtet, ertönte schon ein Hämmern von unten. Sie holte tief Luft, dann zwang sie sich, zur Tür hinunterzugehen. Wie sie befürchtet hatte, füllten die Erinnerung an die Verführerin und das Wissen, das sie erlernt hatte, ihr ganzes Denken aus. Sie schluckte Scham und Angst herunter und öffnete die Tür.

Der Mann, der hereinkam, war in Blau gekleidet, aber es war nicht Sa-Baro. Sie brauchte einen Moment, um zu begreifen, wo sie sein Gesicht schon einmal gesehen hatte. Es war Sa-Elem, der Priester, der den Befleckten, der sie entführt hatte, gefasst und bestraft hatte. Ein anderer Mann drängte in den Raum, und seine Schulter streifte ihren Oberkörper auf eine Weise, die weder ruppig noch schicklich war. Sie trat zurück und funkelte ihn wütend an. Sa-Gest, der junge Priester, den die Tempelmädchen so sehr verabscheuten, lächelte. In seinen Augen glänzte eine seltsame Befriedigung.

Der ältere Priester sah seinen Begleiter stirnrunzelnd an, sagte jedoch nichts. Er wandte sich ihr zu.

»Ais Lazuli, ist Aos Saffre zu Hause?«

»Nein, Sa-Elem.«

Er nickte. »Wäre dies also Eure erste Inspektion?«

Inspektion. Also keine Botschaft von Sa-Baro.

»Nein, die Färberei ist einige Male durchsucht worden, allerdings jetzt schon seit vielen Jahren nicht mehr, wie ich glaube.«

Er wandte sich zum unteren Zimmer um. »Ich gehe davon aus, dass Eure Eltern Euch damals davon ferngehalten haben.«

»Ja.« Sie folgte den beiden Männern in den Raum. »Kann ich irgendwie helfen?«

Er sah sich um, dann gab er Sa-Gest ein Zeichen. »Geht Ihr nach oben.«

Sie machte einen Schritt zurück, als der jüngere Mann vorbeiging, weil sie befürchtete, er würde wieder versuchen sie zu streifen.

»Habt Ihr hier irgendetwas Verdächtiges gesehen?«, fragte Sa-Elem.

Rielle hielt den Atem an, als sie begriff, was sie mit verdächtig meinten. »*Noch* ein Befleckter?«

»Ja.« Er schien beinahe zu lächeln. »Wenn Ihr hier auch nicht so sicher seid wie in der Färberei, ist es genauso wahrscheinlich, dass er oder sie sich in diesem Teil der Stadt versteckt wie in irgendeinem der anderen niederen Stadtteile.«

»Das ist beruhigend«, erwiderte Rielle und stieß ein trockenes Lachen aus. »Nein, ich habe nichts Verdächtiges gesehen, obwohl ich nicht draußen war, außer um Wasser vom Brunnen zu holen und den Abfall hinauszubringen.«

Er nickte. »Nun, lasst es uns wissen, wenn Euch etwas auffällt.« Er ging zurück in den Flur. »Fertig?«, rief er.

Ein Moment verging, bevor Sa-Gest antwortete. »Ja.«

Rielle hörte Schritte, die sich auf die Treppe zubewegten. Sie schienen aus der Ecke mit dem Gemäldestapel zu kommen. Sie zwang sich, langsam zu atmen und ihren Gesichtsausdruck nicht zu verändern – ein wenig besorgt, aber nicht *zu* besorgt. Der junge Priester erschien und kam die Treppe herunter, die Hände in den Ärmeln seines Gewandes. Sa-Elem drehte sich um und ging zur Tür. In diesem Augenblick sah Sa-Gest sie an und grinste.

Ihr Magen machte einen Purzelbaum. Sie gestattete sich ein Stirnrunzeln, dann trat sie zurück, sodass sie Abstand halten konnte, als er an ihr vorbeiging. Sa-Elem hielt die Tür für seinen Begleiter auf, folgte ihm hinaus und schloss die Tür, ohne noch ein weiteres Wort zu verlieren.

Sie wartete mit rasendem Herzen, bis sie bis hundert gezählt hatte, bevor sie nach oben lief. Als sie sich im Raum umschaute, sah sie, dass sich nichts verändert hatte. Sie trat zum Fenster und suchte mit den Augen die Straße unten ab. Die Priester waren fort.

Rielle lief schnell zu den Bildern hinüber und fand dasjenige, in das sie den Akt geschoben hatte. Sie öffnete vorsichtig den Riss im Stoff und blickte hinein.

Das Gemälde war weg.

Sie setzte sich auf den Boden und presste die Hände auf den Mund. Woher hatte er gewusst, wo er suchen musste? Was würde er damit machen? Einige Zeit später, als Izare zurückkehrte, saß sie immer noch dort. Er kam nach oben, als sie seinen Gruß nicht beantwortete, und eilte an ihre Seite. Sie stieß die schrecklichen Neuigkeiten hervor.

»Keine Sorge«, sagte er und nahm sie in die Arme. »Niemand kann erkennen, dass du es bist.«

»Aber er wird es erraten haben.«

»Na und? Er kann es nicht beweisen. Wenn er das Bild irgendjemandem zeigt, wird der denken, er habe es für sich selbst gekauft. Was ein guter Priester nicht tun sollte. Da du den größten Teil der Arbeit daran gemacht hast, kann ich leugnen, es gemalt zu haben. Ein guter Künstler kann den Unterschied zwischen unseren Arbeiten erkennen.« Er streichelte ihre Schultern. »Zumindest hat er weder etwas zerstört noch etwas Wertvolleres mitgenommen.«

Sie blickte zu ihm hoch. »Ich glaube nicht, dass ich noch einmal für dich Modell sitzen kann.«

Er lächelte. »Das brauchst du auch nicht. Ich habe einen Auftrag.«

Hoffnung durchflutete sie und hob sie nach oben wie ein Stoß kühler Luft. »Was für einen?«

»Ein Porträt.« Er grinste. »Das erste Mal, dass jemand mich auf der Straße angesprochen und mir ausschließlich aufgrund meines Rufes einen Auftrag erteilt hat.«

»Kann der Kunde zahlen?«

»Ja.«

»Wer ist es?«

»Eine junge Frau aus einer der Familien. Ungefähr in deinem Alter.«

Die Leichtigkeit verschwand, und Rielles Magen sackte nach unten.

»Wer?«

»Ihr Name ist Famire, und sie wird am nächsten Vierteltag nachmittags herkommen, um zum ersten Mal Modell zu sitzen.«

14 Rielle

Das geliehene Kopftuch, das Rielle trug, roch schwach nach billigem Parfum und dem Schweiß einer anderen Person. Izare hatte es von Greya, da Rielle nur das Kopftuch besaß, das sie am Tag ihrer Flucht aus der Färberei getragen hatte, und das hatte die falsche Farbe.

Die richtige Farbe war ein dunkles Rot, der dezenteste Ton, den Famire besaß. Sollte jemand Izares Haus beobachten und Rielle weggehen sehen, so würde dieser Jemand hoffentlich, wenn später eine ähnlich gekleidete junge Frau dort eintraf, annehmen, dass es sich ebenfalls um Rielle handelte. Es war besser, wenn niemand bemerkte, dass Famire Izare besuchte.

Es kam Rielle entgegen, dass dieses Arrangement bedeutete, dass sie Famire nicht treffen würde. Famire war selbst gut gelaunt immer eine unangenehme Gesellschaft gewesen, und sie hatte Rielle gegenüber nichts als Abneigung bekundet. Es war schwer zu glauben, dass sie nur ihr Porträt gemalt haben wollte. Vermutlich kam sie, um sich daran zu weiden, wie tief Rielle gefallen war.

Zu Rielles Erleichterung war Izare der Gedanke gekommen, dass Famire ihren Porträtwunsch vielleicht bloß vorschob. Deshalb hatte er die Hälfte des Preises für das Bild im Voraus verlangt. Wenn Famire wirklich nur daran interessiert war, mit eigenen Augen Rielles Unglück zu sehen, würde sie eine Ausrede finden, wieder zu gehen, sobald sie sich umgeschaut hatte, und würde nicht bleiben, um die erste Abschlagszahlung zu leisten.

Wie sich herausstellte, hatte Rielle einen guten Grund für ihre Abwesenheit. Sa-Baro war am Abend zuvor gekommen, um Rielle wissen zu lassen, dass ihre Tante sie am nächsten Nachmittag im Laden eines Saftverkäufers erwartete, falls sie sie immer noch treffen wolle.

Der Laden war nicht weit von Izares Haus entfernt und lag in derselben Geschäftszeile, wo Izare oft Brot kaufte. Rielle blieb in einiger Entfernung davon stehen und ließ den Blick über die Tische und Stühle vor dem Laden schweifen. Sie entdeckte ihre Tante auf einer Bank, die in die Hausmauer der Ladenfront eingelassen war. Ihr Inneres krampfte sich schuldbewusst zusammen, dann lockerte es sich wieder, als sie sah, dass ihre Tante nicht allein war.

Mutter. Sa-Baro hat nichts davon gesagt, dass sie ebenfalls da sein würde.

Vielleicht hatte ihre Mutter von Narmahs Plan erfahren, sich mit Rielle zu treffen, und darauf bestanden mitzukommen. Vielleicht war aber auch etwas anderes im Gange. Wie Izare vorgeschlagen hatte, schlüpfte Rielle davon und näherte sich dann dem Laden aus einer anderen Richtung. Sie hielt die Augen offen, ob weitere Leute der Färberei in der Nähe waren, und spähte in Ladenfenster, sah aber niemanden, den sie kannte.

Mit kribbelnder Haut holte sie schließlich tief Luft, wappnete sich und trat auf den Platz. Narmahs gerunzelte Stirn glättete sich, als sie Rielle kommen sah. Sie sprang auf und trat mit offenen Armen auf sie zu.

»Ah! Meine kleine Nichte! Bist du wohlauf?« Sie ergriff Rielles Hände und musterte sie rasch von oben bis unten. »Du siehst anders aus.«

»Das liegt am Kopftuch«, sagte Rielle. »Es gehört nicht mir. Wie geht es dir, Tante?«

Narmah verzog das Gesicht. »Ich mache mir Sorgen um dich.« Sie beugte sich vor und senkte die Stimme. »Alle sorgen sich um dich. Selbst deine Mutter, obwohl sie es sich nicht gern anmerken lässt.«

Rielle schaute über Narmahs Schulter und sah, dass ihre Mutter steif dasaß und sie mit missbilligender Miene beobachtete.

Lediglich ein kleiner Gewissensbiss durchzuckte sie bei dem anklagenden Blick, den ihre Mutter ihr zuwarf. *Was für eine schreckliche Tochter ich doch bin,* dachte sie. *Ich sollte mich mehr wegen des Ärgers grämen, den ich verursacht habe, aber ich tue es nicht.* Die Färberei war die beste in der Stadt und würde immer Geld abwerfen, doch indem sie versucht hatte, Rielle in eine der großen Familien Fyres einheiraten zu lassen, hatte ihre Mutter ihre gesellschaftliche Stellung wohl überschätzt.

»Komm und setz dich«, ordnete Narmah an. Sie hielt eine von Rielles Händen fest und führte sie zu einem Stuhl, der der Bank gegenüberstand.

»Mutter«, sagte Rielle um des guten Benehmens willen.

Ihre Mutter starrte sie an, dann wandte sie den Blick ab. »Es ging also um mehr als um Unterricht.«

Rielle runzelte die Stirn und erinnerte sich dann an ihren Widerspruch, als sie sie wegen ihrer Besuche bei Izare zur Rede gestellt hatten.

»Das war es vor allem«, antwortete sie. »Ich kann jetzt erkennen, dass ich bereits in Izare verliebt war, aber ich hatte nicht vor … wegzulaufen.«

Mutter musterte sie. »Warum hast du es dann getan?«

»Weil die Alternative schlimmer war.«

»Wer hat das gesagt? Die Mädchen im Tempelunterricht?« Mutter schüttelte den Kopf. »Noch ein Grund, warum ich dich nicht hätte hinschicken sollen. Sie haben dir törichte Ideen in den Kopf gesetzt, zweifellos, um dich daran zu hindern, jemanden in Betracht zu ziehen, den sie selbst ins Auge gefasst haben.«

»Es waren nicht nur die Tempelmädchen«, erwiderte Rielle. »Bei den Festen und Zusammenkünften, die ich besucht habe, war offensichtlich, dass ich nicht dorthin gehöre. Und Sa-Baro hat mir recht gegeben.«

»Sa-Baro würde niemals …«

»Es spielt keine Rolle«, unterbrach Narmah, ihr Ton strenger und entschlossener, als Rielle ihn je zuvor gehört hatte. »Was geschehen ist, ist geschehen. Was jetzt zählt, ist das, was wir als Nächstes tun.« Ihre Mutter schloss den Mund und nickte. Narmah drehte sich zu Rielle um. »Du hast eine mutige Entscheidung getroffen, aber es muss nicht bedeuten, dass du mit deiner Familie brichst. Wenn deine Eltern dir zusichern würden, dass du niemanden heiraten musst, den du nicht magst, würdest du dann nach Hause zurückkommen?«

»Vielleicht. Was ist, wenn ich Izare heiraten will?«

Mutter schüttelte den Kopf, und Narmah runzelte die Stirn. »Du siehst bestimmt ein, dass du arm sein wirst, wenn du das tust. Was ist mit deinen Kindern? Wie willst du es dir leisten können, sie zu ernähren und zu kleiden?«

»Wir werden schon zurechtkommen. Er mag nicht wohlhabend sein, aber er ist auch nicht so arm, wie ihr befürchtet. Er ist gesund, klug und fleißig.« Rielle zuckte die Achseln. »Wie die meisten Menschen in dieser Stadt, die Dinge herstellen und verkaufen. Außerdem, selbst wenn ich bereit wäre, ihn zu verlassen, glaubt ihr, dass irgendein Mann aus den Familien mich noch in Betracht ziehen würde?«

»Ich bezweifle es«, antwortete ihre Mutter finster.

»Dann kann ich genauso gut Izare heiraten.«

Narmahs Schultern sackten herunter, doch sie nickte. »Nun,

wenn du entschlossen bist … vielleicht kann ich deine Eltern dazu überreden. Würdest du bis zur Hochzeit nach Hause kommen? Wenn er dich so sehr liebt wie du ihn, sollte er bereit sein, auf dich zu warten.«

»Welchen Sinn hätte das?«, murmelte ihre Mutter. »Ihren Ruf wird es nicht retten.« Sie sah Rielle mit zusammengekniffenen Augen an. »Bist du schon schwanger?«

Rielle funkelte ihre Mutter böse an. Der Hitze der Verlegenheit folgte Ärger, dann Entsetzen, als sie an die Verführerin dachte. »Nein.«

»Es ist zu früh, um das sicher zu wissen«, sagte Narmah mit gedämpfter Stimme und schaute sich um, um sicherzugehen, dass niemand zuhörte, bevor sie sich zu ihrer Schwester vorbeugte. »Und was wäre, wenn sie tatsächlich schwanger wäre? Würdest du wollen, dass das Kind namen- und vaterlos bleibt?«

Die Miene ihrer Mutter verdüsterte sich, aber sie schüttelte den Kopf.

Narmah wandte sich wieder an Rielle. »Wirst du es dir überlegen, nach Hause zu kommen?«

Rielle blickte auf ihre Hände, die rissig und rot vom Putzen waren. Die Arbeit hatte ihr nichts ausgemacht, aber damit verdiente sie kein Geld. Es gab nur wenige Möglichkeiten, wie sie Izare helfen konnte, und zu viele Umstände, unter denen sie eine Belastung war. Ihren alten Tagtraum, Izare ihrer Familie vorzustellen, woraufhin er sie für sich gewinnen und sie ihm eine Stellung in der Färberei anbieten würden, hatte sie längst aufgegeben. Vielleicht ließ er sich jetzt doch noch retten.

»Ich werde es mir überlegen.«

Narmah ließ ein strahlendes Lächeln sehen, das jedoch verschwand, als Rielles Mutter abrupt aufstand.

»Nun, das hat uns nicht sehr weit gebracht«, sagte sie, und

mit einem letzten missbilligenden Blick auf Rielle ging sie davon.

»Warte, wir haben noch nicht bezahlt, und …« Narmah seufzte und schüttelte den Kopf. »Sie ist zornig, aber sie wird darüber hinwegkommen. Im Gegensatz zu deinem Vater kann sie nicht gleichzeitig zornig und pragmatisch sein.«

Rielle verspürte eine Welle der Zuneigung angesichts der Entschlossenheit in den Zügen ihrer Tante. »Ich danke dir, Narmah.«

Wieder lächelte ihre Tante. »Ich gehe jetzt lieber. Pass auf dich auf.« Sie berührte kurz Rielles Wange, dann beeilte sie sich, ihre Zeche zu bezahlen und Rielles Mutter zu folgen.

Das Treffen war früher zu Ende gegangen, als Rielle erwartet hatte. Sie dachte darüber nach, was sie jetzt tun sollte. Izare wollte nicht, dass sie zurückkehrte, bis Famire gegangen war. Zwei Frauen mit roten Kopftüchern, die in sein Haus hineingingen, würden offensichtlich werden lassen, dass eine davon nicht Rielle sein konnte. Sie beschloss, sich wieder zu setzen, einen Becher Saft zu bestellen und über Narmahs Vorschlag nachzudenken.

Würden ihre Eltern sie nach Hause kommen lassen und ihr dann immer noch erlauben, Izare zu heiraten? Was, wenn sie ihre Meinung änderten, wenn sie zurückgekehrt war?

Es wäre schwieriger für sie, wenn ich schwanger wäre. Ein uneheliches Kind zu haben galt als viel schlimmer, als nur einen Geliebten zu haben. Was töricht war, denn Letzteres führte häufig zu Ersterem. Väter wurden vom Gesetz nicht dazu gezwungen, für ihren illegitimen Nachwuchs zu sorgen, was sowohl für das Kind als auch für die Mutter schwer sein konnte. Sie dachte an Jonare und ihre Schwester, die sich darin abwechselten, auf die Kinder aufzupassen, damit beide arbeiten konnten. Wie würden sie zurechtkommen, wenn sie einander nicht hätten?

Sie nahm einen Schluck Saft. Er war viel zu süß, und sie bedauerte, ihn bestellt zu haben, aber sie zwang sich, ihn trotzdem zu trinken. *Wenn ich in die Färberei zurückkehre, wäre es besser, wenn ich bereits schwanger wäre. Wenn ich bei Izare bleibe, wird er sich irgendwann fragen, warum ich noch nicht schwanger geworden bin.* So oder so, sie musste rückgängig machen, was die Verführerin ihr angetan hatte. Das bedeutete, dass sie Magie einsetzen musste.

»Engel, verzeiht mir«, flüsterte sie. Als sie das letzte und einzige Mal Magie verwendet hatte, hatte sie derart unter Schmerzen und Schock gestanden und solche Angst vor der Verführerin gehabt, dass sie den Anweisungen der Frau ohne Widerstand gefolgt war. Was sie jetzt vorhatte, würde sie mit Vorsatz tun.

Doch sie würde lediglich den Schaden beheben, den die Verführerin verursacht hatte. Die Dinge wieder in den Zustand zurückführen, in den sie gehörten. Das Böse aufheben.

Würden die Engel ihr recht geben? Die Alternative war, für den Rest ihres Lebens kinderlos zu bleiben. Obwohl der Gedanke, so bald ein Kind zu bekommen, ein wenig beängstigend war, wollte sie lieber jetzt eins haben als überhaupt keins.

Würden die Engel ihr das verwehren? Gewiss würden sie erkennen, dass sie beabsichtigt hatte, den Priestern zu helfen, die Verführerin zu finden, und dass sie für ihr Scheitern einen schrecklich hohen Preis bezahlt hatte?

Wenn sie das taten, würden sie auch erkennen, dass ich den Priestern nichts von meiner Entdeckung erzählt habe. Dass ich nicht bereit war, mich zu opfern, um die Stadt vom Bösen zu befreien.

Plötzlich war ihr zu übel, um den Saft auszutrinken. Sie stand auf, bezahlte den Saft und machte sich dann auf den Weg. Da sie noch reichlich Zeit herumzubringen hatte, schlenderte sie durch die Straßen der Stadt. Zeit zu haben war eine Situation, in der sie sich selten befand. Obwohl ihre Familie wohlhabend war, hatte sie immer lernen oder malen oder im Laden helfen müssen. Sie kam zu dem Schluss, dass Müßiggang ihr nicht zusagte. Er ließ ihr zu viel Zeit, sich Sorgen zu machen. Es war vergeudete Zeit, in der sie Geld verdienen könnte.

Sie bog um eine Ecke, blickte auf und erstarrte, als sie die Straßen wiedererkannte, in die sie geraten war. Ein Mann lehnte an einer Mauer und spielte auf einer Baamn. Kopftücher, die vor einem Ladengeschäft hingen, flatterten in der Brise. Sie hatte nicht vorgehabt, hierher zurückzukehren. Tatsächlich war sie jetzt aus einer anderen Richtung gekommen und hatte daher erst gemerkt, wo sie sich befand, als sie schon auf dem kleinen Platz stand. Und das hieß, dass …

Das Blut gefror ihr in den Adern. Langsam wandte sie sich nach rechts.

Die Gasse, in der der Planwagen der Verführerin gestanden hatte, war leer.

Erleichtert, aber mit hämmerndem Herzen machte Rielle kehrt und bog in die nächstbeste Seitenstraße ein. Je mehr Abstand sie zwischen sich und den Schauplatz ihrer Befleckung legte, desto leichter fiel ihr das Atmen.

Natürlich ist sie nicht mehr dort. Sie zieht wahrscheinlich ständig umher, für den Fall, dass ihre Kunden die Priester informieren.

Rielle schüttelte den Kopf. Noch ein Grund, warum es eine Dummheit war zu versuchen, die Verführerin zu finden. Die Frau hatte gesagt, ein Befleckter solle nicht an den Ort zurückkehren, wo *Schwärze* erzeugt worden sei. Man solle Magie an einem unangenehmen Ort verwenden, an dem die Menschen nicht so genau hinschauten und wo sie nicht lange blieben. Irgendwo, wo es dunkel war, denn *Schwärze* erschien jenen, die sie sehen konnten, als schwarze Stelle, auch wenn sie sie zudem auf andere Weisen wahrnehmen konnten. Irgendwo, wo es nicht merkwürdig war, dass die befleckte Person sich aufhielt.

Der einzige dunkle und unangenehme Ort, an den Rielle gehen konnte, war die Abfallgrube in der Seitengasse des Hofs. Sie stank, daher hielten die Nachbarn sich so kurz wie möglich dort auf. Müllmänner verbrachten noch die längste Zeit dort, wenn sie den Dreck in einen Karren schaufelten, um ihn aus der Stadt zu bringen. Wenn Rielle dort Magie benutzte, unmittelbar nachdem sie da gewesen waren, würde die *Schwärze* verblasst sein, bis sie wiederkamen.

Die Abfallgrube lag jedoch dicht bei Izares Haus, und sie würde dorthin zurückkehren müssen, wann immer sie den Abfall hinausbrachte. Sollte die *Schwärze* entdeckt werden, würde den dort lebenden Künstlern noch stärker zugesetzt werden – man würde es als die Bestätigung vieler Vorurteile gegen sie ansehen.

Aber sie war jetzt Teil dieser Gemeinschaft. Wenn sie irgendwo anders hinging und ihr Einsatz von Magie entdeckt wurde, würde es immer noch ein schlechtes Licht auf die Künstler werfen. Wenn sie einen Ort weit weg von ihrem Haus suchte, bedeutete das, dass sie durch die Stadt musste, in Viertel, wo sie fremd war und mehr Aufmerksamkeit erregte. Besser, sie blieb, wo ihre Anwesenheit so vertraut war, dass man sie übersehen würde.

Ihre Füße trugen sie jetzt zu Izares Haus. Sie sah an den Gebäuden hoch und schätzte anhand des Einstrahlwinkels des Sonnenlichts ab, dass sie, wenn sie langsam ging, nicht zu früh ankommen sollte. Als sie sich den Straßen näherte, die zum Hof führten, erkannte sie eins der Kinder aus dem Viertel. Der Junge war gern bereit, Izare eine Nachricht zu übermitteln und ihr seine Antwort zurückzubringen. Sie trug ihm ein einziges Wort auf: »Jetzt?«

Der Junge rief ihr atemlos das Wort »Ja!« zu, als er zurückgerannt kam. Er nahm grinsend die Münze, die sie ihm anbot, und lief davon. Erleichtert ging Rielle nach Hause. Sie fragte sich, wie schon so oft an diesem Nachmittag, ob die Wartezeit überhaupt notwendig gewesen war. Sie rechnete damit zu erfahren, dass Famire, nachdem sie sich Rielles neues Leben genau angesehen hatte, um den anderen Tempelmädchen davon zu berichten, beschlossen hatte, dass sie doch kein Porträt von sich haben wollte.

Als Rielle durch die Eingangstür trat, roch sie den vertrauten Geruch von Öl, intensiv genug, um anzudeuten, dass Izare an etwas gearbeitet oder zumindest Farbe hergestellt hatte. Ein Blick in das Zimmer unten offenbarte, dass er nicht dort war, also ging sie die Treppe hinauf.

Als sie ins Atelier kam, stand Izare vor einem neuen Bild. Er drehte sich zu ihr um, aber sie sah seinen Gesichtsausdruck nicht, da das Bild vor ihm ihre ganze Aufmerksamkeit fesselte.

Von der Leinwand schaute Famire sie an, ein durchtriebenes Lächeln auf den Lippen. Sie trug kein Kopftuch, und obwohl ihre Kleider flüchtig skizziert waren, offenbarte die viele Haut, die an ihrem Hals und ihrer Schulter zu sehen war, dass ihre Tunika ein Stück weit geöffnet war. Izare wartete schweigend, während sie das Bild betrachtete.

»Es ist grässlich, nicht wahr?«, fragte er schließlich.

Sie riss den Blick von dem Bild los und sah ihn an. Sein Lächeln war kleinlaut, aber frei von Selbstzweifeln. *Er wirkt beschämt. Ich nehme an, ich sollte dankbar sein, dass er nicht versucht, sich zu verstellen.*

»Sie ist also geblieben«, war alles, was ihr einfiel. Sie stellte das Offensichtliche fest.

Er nickte. »Und hat die Hälfte im Voraus bezahlt.«

Sie drehte sich wieder zu dem Bild um, merkte aber, dass

sie es nicht länger ansehen konnte. Während sie den Blick abwandte, schreckte sie vor dem Gedanken zurück, wie Famire wohl in diesen Zustand geraten war und warum sie so selbstgefällig dreinblickte.

Es bedeutet nicht, dass irgendetwas passiert ist. Es ist nur ein Bild. Und wir brauchen das Geld.

Sie fühlte sich deswegen nicht besser. Was, wenn eine von Famires Bedingungen gewesen war, dass er mehr für sie tat, als sie nur zu malen? War das der Grund, warum er Rielle vorgeschlagen hatte, für den Nachmittag wegzugehen?

»Wie ist das Treffen gelaufen?«, fragte er.

Sie zuckte die Achseln. »Ganz gut. Ich … ich hole mir etwas zu trinken.«

Er sagte nichts, als sie wieder nach unten ging. Sie hörte über sich seine Schritte, während sie unten ins Zimmer trat. Der Krug, den sie am Morgen am Brunnen gefüllt hatte, war leer. Sie griff danach, drehte sich zur Tür um und erstarrte dann, als sie den Eimer sah, in dem sie ihren Abfall sammelten. Er war zur Hälfte gefüllt.

Wenn ich schwanger wäre, würde er niemals eine andere Frau anrühren, aus Furcht, dass ich zu meinen Eltern zurückgehe und er sein Kind niemals zu sehen bekommt.

Der Gedanke war bitter. War das alles, was sie war? War sie einzig als Gefäß zum Produzieren von Kindern von Wert? Sie war für kurze Zeit eine Heldin gewesen, als sie den Priestern geholfen hatte, den letzten Befleckten zu fassen, aber diese Zeit war jetzt vorbei, und sie war kurz gewesen. Sie war eine Quelle der Inspiration und Leidenschaft für Izare gewesen, aber jetzt war sie nur ein weiterer Mund, der gefüttert werden wollte. Sie hatte davon geträumt, an seiner Seite zu malen, doch niemand würde jemals ein Kunstwerk bei ihr bestellen. Niemand wusste auch nur, dass sie gut malte, oder scherte sich darum.

Oh, hör auf, dich selbst zu bemitleiden. Du bist freiwillig hergekommen. Es muss harte Arbeit für Izare gewesen sein, seine Fertigkeiten und seinen Ruf zu erwerben, und er musste auf dem Weg dorthin offensichtlich Arbeit tun, an der ihm nichts liegt. Ich werde das Gleiche tun müssen, selbst wenn diese Arbeit bedeutet, Kinder großzuziehen.

Wenn alles gut ging, würde sie außerdem die Unterstützung ihrer Familie haben. Bei dem Gedanken hätte sie beinahe gelächelt. Narmah würde sich nur zu gern um die Kleinen kümmern, während Rielle arbeitete.

Aber das wird niemals passieren, wenn ich die Dinge nicht in Ordnung bringe.

Rielle richtete sich auf, stellte den Krug beiseite, griff nach dem Eimer und ging nach draußen.

Als sie sich der Gasse mit der Abfallgrube näherte, stieg Angst in ihr hoch. Sie klammerte sich an ihre Entschlossenheit. Sie war froh, dass niemand sonst da war und dass die Grube vor ein oder zwei Tagen geleert worden war. Die meisten Leute warfen ihren Abfall gleich vorne hinein, sodass sie nicht so weit in die Gasse gehen mussten, obwohl das dazu führte, dass ein Müllberg anwuchs, der irgendwann auf die Straße quoll. Rielle verzog bei dem Geruch das Gesicht, schlüpfte an der Seite entlang und warf den Inhalt des Eimers in den hinteren Teil des Loches.

Sie sah sich um. Es gab nichts, worauf sie sich hätte setzen können. Es war nicht so dunkel, wie sie erwartet hatte, und sie begann daran zu zweifeln, dass *Schwärze* hier so schwer zu bemerken wäre. Aber wahrscheinlich hatten sich ihre Augen nur an das schwache Licht gewöhnt, während jemand, der von der Straße hereinkam, vom Sonnenlicht draußen geblendet sein würde.

»Engel, verzeiht mir«, hauchte sie. »Ich versuche doch nur, etwas wieder in Ordnung zu bringen.«

Sie ging ganz nach hinten in die Gasse, in der Hoffnung, dass niemand kommen würde, dann schloss sie die Augen und dachte an das, was die Verführerin ihr gesagt hatte. In manchen Nächten hatte sie wach gelegen und sich Sorgen gemacht, dass sie die Anweisungen vergessen könnte, und im Stillen wiederholt, was sie nicht wissen durfte.

»Wenn Ihr Schwärze seht, seht Ihr sie nicht mit den Augen«, hatte die Frau gesagt. *»Ihr spürt sie mit dem Geist. Was Ihr spürt, ist nichts. Eine Abwesenheit. Es ist die Stelle, wo Magie entfernt worden ist. Und das bedeutet …?«*

Es bedeutete, dass Magie sonst überall war. Um sie herum. In ihr. Es hatte einer winzigen Verschiebung der Wahrnehmung bedurft, um das *Etwas* zu spüren anstelle des *Nichts.* Selbst die Erinnerung an diese Offenbarung war genug, um Rielle auf die Magie aufmerksam zu machen, die jetzt um sie herum war. Es war, als sei sie sich des Sonnenlichts bewusst, nur dass sie das Gefühl nicht mittels der Haut erspürte, sondern mit dem Geist.

Sie brauchte die Magie nur zu ergreifen.

Die Magie, die sonst gleichmäßig verteilt war, wurde verdichtete Macht, gebändigt durch ihren Willen. Sie merkte, dass sie zitterte, aber das lag nicht daran, dass sie Macht in Händen hielt. Es lag an ihrer panischen Angst.

Mach es endlich, bevor jemand vorbeikommt und sich fragt, was du da tust, redete sie sich zu.

»Euer Körper wird wissen, was er braucht«, hatte die Verführerin ihr erklärt. *»Füttert ihn, und er wird sich selbst heilen.«*

Nachdem sie ihr Bewusstsein auf ihren Körper gerichtet hatte, lenkte sie die Magie in ihren Bauch und ließ sie los. Ein kribbelndes Gefühl erfüllte ihren Unterleib und weckte in ihr das Bedürfnis, sich tief im Innern zu kratzen. Es hielt für ein paar Atemzüge an, bevor es nachließ.

Dann … nichts. Sie fühlte sich nicht anders als zuvor. Wenn

sich etwas verändert hatte, dann war es so subtil, dass sie es nicht wahrnehmen konnte.

»Rielle?«

Sie fuhr zusammen und riss die Augen auf. Ein junger Mann stand im Eingang der Gasse und musterte sie.

»Du warst so lange weg. Bist du verärgert?«, fragte er.

Izare. Als sie die Besorgnis in seiner Stimme hörte, wurde ihr ganz warm ums Herz. Eine verräterische Erleichterung folgte. Er dachte wahrscheinlich, dass sie hierhergekommen war, um wegen des Bildes von Famire vor Wut zu schäumen oder zu weinen. *Nun, es ist nicht weit von der Wahrheit entfernt,* dachte sie.

»Nein«, antwortete sie, wohl wissend, dass er die Lüge hören und falsch deuten würde. Sie ging um die Grube herum auf ihn zu und bemerkte, dass er den Krug in der Hand hielt. »Ich habe nur nachgedacht.«

Er legte einen Arm um sie. »Mach dir wegen Famire keine Sorgen. Sie ist gemein und hässlich. Sie hat die ganze Zeit bei uns damit zugebracht, böse Dinge über andere Menschen zu sagen. Ich musste mir vorstellen, wie ihr Mund aussehen würde, wenn er nicht vollkommen verzerrt ist.«

»Während sie halb ausgezogen war«, rief Rielle ihm ins Gedächtnis. Sie widerstand der Versuchung, zurück in die Gasse zu blicken und nach Hinweisen auf *Schwärze* zu suchen.

Er führte sie davon, auf den Brunnen zu. »Nicht halb ausgezogen. Ein bisschen Haut, das ist alles. Sie wollte es so. Ich vermute, sie denkt, dass dein Porträt so aussieht.«

»Hast du es ihr gezeigt?«

»Nein.«

»Warum nicht?«

Er lächelte. Sie hatten den Brunnen erreicht, und Izare tauchte den Krug hinein. »Weil es so ein größeres Geheimnis darum gibt. Anscheinend ist es sehr romantisch von dir, alles zu opfern, um mit mir zusammen zu sein, was es zum letzten Schrei gemacht hat, ein heimliches Porträt von sich anfertigen zu lassen.«

»Heimlich?« Rielle runzelte die Stirn. »Du hast doch gesagt, sie hätte die Erlaubnis ihrer Eltern.«

Er lachte leise. »Ich bezweifle es.« Er griff nach ihrer Hand und zog sie zur Tür seines Hauses.

»Was ist, wenn sie es herausfinden und Einwände dagegen erheben? Wir haben Spirituale als Einkommensquelle verloren, weil wir meine Familie verärgert haben, aber sie ist nicht so mächtig wie Famires Familie. Die könnte dich aus der Stadt vertreiben lassen.«

Er drückte die Tür auf, und sie traten in das kühle Haus. »Es gibt immer Risiken, wenn man Künstler ist. Es war ein großes Risiko, Spirituale auf eine andere Weise zu malen. Vielleicht ein größeres Risiko als ein privates Porträt, das einer jungen Frau helfen könnte, die Aufmerksamkeit des Mannes zu erregen, den sie heiraten will. Ein Risiko, das erheblich besser bezahlt wird, muss ich sagen.« Er griff unter dem Hemd nach seinem Gürtel, und nachdem er die Schnüre seines Geldbeutels gelöst hatte, zog er ihn heraus und drückte ihn ihr in die Hand. Er war schwer und zum Bersten gefüllt. Sie öffnete den Beutel, und ihr Herz setzte einen Schlag aus. Sanft schimmerndes Gold und Silber.

Wenn das hier die *Hälfte* des vereinbarten Preises war, lohnte es sich vielleicht, das Risiko einzugehen. *Noch ein Risiko, das sich lohnt,* fügte sie im Stillen hinzu und dachte an die Heilung, die sie bewirkt hatte.

»Dann musst du mir erlauben hierzubleiben, wann immer du sie malst«, sagte sie. »Du brauchst jemanden, der die Eltern, wenn sie schließlich erwischt werden, überzeugt, dass nichts Skandalöses mit ihren Töchtern geschieht, während sie hier sind.«

Er lächelte. »Das wird Famire nicht gefallen, aber sie wird sich damit abfinden müssen. Du dagegen… kannst du es ertragen, in ihrer Nähe zu sein?«

Rielle seufzte. »Es wäre mir lieber, als wegen eines dummen reichen Mädchens aus der Stadt vertrieben zu werden.«

15 Rielle

Izare schaute stirnrunzelnd zur Decke. Rielle wartete darauf, dass er etwas sagte, aber er blieb stumm, lag mit hinter dem Kopf verschränkten Armen auf dem Bett, den Blick starr auf die staubige Unterseite der Dielen über ihnen gerichtet. Sie zwang sich, nicht seine schlanke, braune Brust zu betrachten, und sah stattdessen in sein Gesicht, entschlossen, sich nicht ablenken zu lassen oder klein beizugeben. Er hatte mehrere Tage Zeit gehabt, über Narmahs Vorschlag nachzudenken. Es hatte ihn anscheinend gefreut, dass ihre Familie sich ein gutes Verhältnis wünschte.

Sie war der Meinung gewesen, sein Entschluss, für eine Weile darüber nachzudenken, sei vernünftig, aber wenn sie ihrer Familie nicht bald eine Antwort gab, würde diese vermuten, dass sie das Angebot ablehnte. Jetzt, während die Zeit sich in die Länge zog und Izare weiter schwieg, hatte sie das Gefühl, als schrumpfe etwas tief in ihren Eingeweiden und ziehe sich vor Zweifel und Angst zusammen. Dann schien eine Grenze erreicht, und sie explodierte in rauchender Wut.

»Du hast gesagt, dass du heiraten willst«, rief sie ihm ins Gedächtnis.

Er drehte sich zu ihr herum. »Das will ich auch«, sagte er sanft. »Aber ich will nicht, dass du ausziehst. Es gefällt mir, dich hier zu haben.«

Ihr Herz vollführte einen Purzelbaum, und sie wandte schnell den Blick ab, weil sie nicht wollte, dass er dachte, er könne sie mit ein paar – zugegebenermaßen wunderbaren – Worten überzeugen.

»Es gefällt mir, hier zu sein, aber ich möchte auch ein gutes Verhältnis zu meiner Familie haben. Es wäre ja nicht für sehr lange. Meine Eltern werden wahrscheinlich wollen, dass wir schnell heiraten. Je früher wir verheiratet sind, desto früher wird die Ehrbarkeit der Familie wieder… nun, nicht so sehr wiederhergestellt als geflickt. Das Letzte, was sie wollen werden, ist, dass ihre Tochter ein uneheliches Kind bekommt.« Sie sah ihn an. »Und ihre Tochter wäre darüber ebenfalls nicht besonders glücklich.«

Er lächelte und legte ihr eine Hand auf den Bauch. »Es ist schon vorgekommen, dass die Priester das Bestechungsgeld verringert haben, wenn die Braut ein Kind erwartete.«

Sie drehte sich weg, schwang die Beine über die Bettkante und setzte sich auf. »Es scheint, dass wir, was wir auch tun, nicht sehr viel Zeit zusammen haben werden«, beklagte sie sich. »Es ist ein Jammer, dass das, was Famire dir bezahlt hat, nicht genug für beides ist, für die Bestechung und für die Miete.«

»Wir können verheiratet und obdachlos sein oder unverheiratet mit einem Haus, in dem wir leben und arbeiten«, bestätigte Izare. »So ist das Leben eines Künstlers.«

Sie schüttelte den Kopf. »Ich kann immer noch nicht glauben, dass die Priester so korrupt sind.« Sie seufzte, stand auf und ging zu den mit Läden verschlossenen Fenstern, um durch die Ritzen zu spähen. Nach dem Winkel der Schatten draußen vermutete sie, dass es mitten am Vormittag war.

»Es ist später, als ich dachte. Ich sollte lieber aufräumen und losgehen. Jonare hat gesagt, dass ich vor Mittag kommen soll.«

»Ich auch. Ich treffe mich mit Errek bei Dorr.«

Izare reckte sich, dass die Muskeln unter seiner Haut sich auf äußerst interessante Weise bewegten, dann warf er die Decke ab und stand mit einer einzigen fließenden Bewegung auf. Sie wandte den Blick ab, immer noch nicht daran gewöhnt, wie locker er mit seiner Nacktheit umging.

»Habt ihr irgendetwas Bestimmtes geplant?«

Er zuckte die Achseln und schlüpfte in sein Hemd vom Vortag. »Wir sitzen wahrscheinlich zusammen und reden. Du und Jonare, ihr könnt ja später die Ergebnisse eurer Kochstunde rüberbringen.«

Rielle verdrehte die Augen und reichte ihm den leeren Wasserkrug, während er seine Hose fertig schnürte. »Ich nehme an, das könnten wir. Falls etwas Essbares dabei herauskommt.«

Er nahm den Krug entgegen und grinste. »Ich bin mir sicher, es wird ein Festmahl sein, das der Engel würdig wäre.«

Nachdem er mit Wasser für das Waschbecken zurückgekehrt war, wuschen sie sich, zogen sich komplett an und machten sich zusammen auf den Weg. Als sie an der Gasse mit der Abfallgrube vorbeikamen, widerstand Rielle der Versuchung, in die Schatten zu starren, um festzustellen, ob die *Schwärze*, die sie hinterlassen haben musste, zu sehen war. Sie war sich sicher, dass sie etwas Seltsames dort unten spürte, aber sie tat es als von ihrer Fantasie entfachte Besorgnis ab.

Es ist erledigt, sagte sie sich. *Hoffentlich hat es funktioniert, und ich werde nie wieder über Magie und* Schwärze *nachdenken müssen.*

Ein paar Straßen vom Hof der Künstler entfernt trennten sie sich, und Izare nutzte die stillen, engen Straßen, die sie genommen hatten, um ihr einen kurzen, aber festen Kuss zu geben. Sie lächelte und genoss das Gefühl seiner Lippen auf ihren, dann machte sie sich auf den Weg zu Jonares Haus.

Ihre Gedanken wanderten sofort zu dem Gespräch, das sie an diesem Morgen geführt hatten. Es war wundervoll, ihn sagen zu hören, dass er sich nicht von ihr trennen wolle, und sie wollte es ja auch nicht, aber bestimmt würde er einsehen, dass es langfristig gesehen besser wäre, wenn sie mit ihrer Familie auf gutem Fuß standen. Es könnte Vorteile für ihn haben, nicht nur finanzieller Natur.

Sie fing an, darüber nachzudenken, wie sie ihn vielleicht überzeugen konnte, aber ihre Gedanken zerstoben, und ihr gerann das Blut in den Adern, als ein bekannter, in graue Gewänder gekleideter Mann aus einem Hauseingang trat und ihr den Weg verstellte.

»Ais Lazuli«, sagte er und verfiel in seine Gewohnheit, auf eine Stelle irgendwo zwischen ihrem Kinn und ihrer Taille zu starren.

»Sa-Gest«, antwortete sie. Üble Vorahnungen erfüllten sie, während gleichzeitig Gedanken an Magie in ihr aufstiegen, aber sie schob sie beiseite. »Was führt Euch in diesen Teil der Stadt?«

»Nun«, entgegnete er, dann machte er eine Pause. »Ich habe … nach Euch gesucht.«

»Nach mir?« Das Unbehagen wurde stärker. Wusste er Bescheid? Hatte er die *Schwärze* gefunden? Aber er war nicht mehr im Hof gewesen, seit … Ihr Magen verkrampfte sich bei der schrecklichen Erinnerung an seinen Besuch. *Seit er das Gemälde gestohlen hat. Das Aktbild.*

»Ihr seid … Ihr seid sehr schön, Rielle«, fuhr er fort und kam näher. Er streckte die Hand nach ihrem Gesicht aus.

»Danke«, erwiderte sie steif. Sie lehnte sich nach hinten, um seiner Hand zu entgehen, aber die Hand fuhr schlangenhaft nach unten und packte ihren Arm.

»Geht nicht«, sagte er. Er zog sie näher zu sich heran. »Ich könnte Euch helfen, Rielle. Ein Wort hier, ein Wort da, und ich könnte Euch das Leben erheblich leichter machen, wenn Ihr ein wenig für mich tun würdet.« Sein Blick wanderte höher und verharrte auf ihrem Mund. Seine Finger bewegten sich erneut auf ihr Gesicht zu, und sie zuckte zurück.

»Was tut Ihr da?«, fragte sie laut und schlug einen Ton zwischen Verwirrung und Entrüstung an.

Er stutzte und sah sich um, ließ sie aber nicht los. Die enge Straße war immer noch verlassen. *Sie wird es nicht lange bleiben,* sagte sie sich. *Wenn ich es hinauszögere oder mich befreien kann …* Sa-Gest war dünn, aber sein Griff war stark. Er würde vielleicht in der Lage sein, sie festzuhalten, wenn sie sich zur Wehr setzte, allerdings würde er sie wahrscheinlich loslassen, wenn sie ihn schlug. *Aber ich kann doch keinen Priester schlagen!*

»Es ist nur eine Anregung«, sagte er, und sein Blick kehrte zu ihrem Mund zurück. Dann ergriff er ihr Kinn. »Ich mache nur ein Angebot. Ihr könnt es natürlich ablehnen, aber ich an Eurer Stelle würde das nicht tun. Ich könnte auch sehr *wenig* hilfreich sein.«

Er beugte sich zu ihr vor, und sie begriff, dass er beabsichtigte, sie zu küssen. Abscheu stieg in ihr auf, und sie entriss ihm ihren Arm. Er verlor das Gleichgewicht und machte einen Schritt auf sie zu. Rielle wich seinen ausgestreckten Armen aus, drehte sich um und rannte davon.

Er verfolgte sie nicht, aber sie hörte sein freudloses Lachen.

»Ich lasse Euch ein wenig Zeit, darüber nachzudenken«, rief er ihr nach.

Einige Biegungen und Querstraßen später kam sie auf eine breitere Durchgangsstraße. Mit eher vor Schreck als vor Anstrengung rasendem Herzen blieb sie stehen und schaute zurück. Sie hörte nichts, was auf eine Verfolgung schließen ließ. Das überraschte sie nicht. Ein rennender Priester war ein ungewöhnlicher und alarmierender Anblick. Die Leute würden bestimmt tuscheln, wenn sie einen Priester hinter einer jungen Frau herjagen sahen. Und sie konnte sich auch nicht vorstellen, dass er diese Anstrengung auf sich nahm.

Nein, er erwartet, dass seine Drohungen mich zu ihm treiben.

Ihr wurde flau im Magen. Was würde er tun, wenn sie nicht kam? Wie viel Ärger konnte er ihr und Izare machen? Sie holte tief Luft und ließ den Atem langsam wieder entweichen. Was immer er plante, sie würden es ertragen müssen. Die Vorstellung, ihm zu erlauben, sie zu küssen oder zu berühren … oder Schlimmeres … war eigentlich undenkbar.

Sie schauderte und setzte ihren Weg fort. Ihr Herz schlug immer noch schnell, als sie bei Jonare ankam. Das Geschrei der Kinder drang aus dem Haus, als die Tür geöffnet wurde. Jonare hatte Ringe unter den Augen, aber sie lächelte.

»Komm herein. Ich war die halbe Nacht auf und habe mich um Perri gekümmert. Wie geht es dir?«

»Gut.«

Jonare runzelte die Stirn. »Du siehst aber nicht gut aus. Was ist passiert?«

»Wir … ich … Sa-Gest hat mich auf dem Weg hierher angehalten und …« Rielle brach ab und schüttelte den Kopf, nicht sicher, ob sie wollte, dass irgendjemand etwas von der Begegnung wusste. Es war nichts geschehen, und vielleicht passierten dergleichen Dinge ständig. Schließlich hatte sie auch nichts über die Durchsuchungen und die Bestechungsgelder gewusst. »Es ist wahrscheinlich gar nichts. Ist Perri krank?«

Jonare führte sie zu ihrer kleinen Küche. »Oh, es geht ihm bestimmt bald wieder gut. Seit heute Morgen sinkt das Fieber, und wie du sehen kannst, ist er schon wieder ganz der Alte.« Sie schaute zu Rielle herüber und runzelte die Stirn. »Aber es ist offensichtlich nicht nichts.« Sie deutete auf einen Stuhl, dann setzte sie sich auf einen Hocker. »Erzähl es mir.«

Rielle nahm Platz und seufzte. »Ich weiß nicht, ob es

schlimm oder normal ist. Sa-Gest hat versucht … er hat versucht, mich zu küssen, und gedroht, uns das Leben schwer zu machen, wenn ich … wenn ich nicht *ein wenig* für ihn tue.« Ihr stieg das Blut ins Gesicht, und sie hoffte, dass sie nicht näher darauf würde eingehen müssen.

»Ah«, sagte Jonare und wandte den Blick ab, weil ihre Nichte hereinkam, um nach etwas zu fragen. Sie antwortete dem Mädchen mit leiser Stimme, dann drehte sie sich wieder zu Rielle. »Wenn das der Priester ist, von dem ich gehört habe, hat er den Ruf, Frauen zu belästigen. Vor allem Huren. Er denkt, das Gewand, das er trägt, gibt ihm das Recht, sich zu nehmen, was er will, ohne dafür zu bezahlen.« Sie verzog den Mund zu einem freudlosen Lächeln. »Diesmal zielt er ein wenig höher. Genau genommen eine ganze Ecke höher. Aber ich schätze, er denkt, deine Familie wird oder kann nichts tun oder dass niemand dir glauben wird oder du weiteren Ärger vermeiden wollen wirst.«

»Was soll ich tun?«

Jonare zuckte die Achseln. »Geh nach Hause. Oder tu, was er verlangt.«

Ärger und Entrüstung stiegen in Rielle auf, aber sie schob die Gefühle beiseite. Jonare war zumindest ehrlich.

»Es muss doch noch irgendetwas anderes geben, was ich tun kann.«

Jonare schüttelte den Kopf. »Die Priester haben die Macht in dieser Stadt. Du glaubst vielleicht, die Macht liege bei den Familien, aber ohne die Unterstützung der Priester hätten sie gar nichts.« Sie wirkte nachdenklich. »Es könnte sein, dass der Priester das für deine Familie tut, um dir Angst zu machen, damit du Izare verlässt.«

Rielles Herz verkrampfte sich. »Es ist also ein Bluff?«

»Möglich wär's. Kannst du das Risiko eingehen, dass es kein Bluff ist?«

»Wenn es so ist, ist es reichlich merkwürdig. Ich habe mich vor nicht allzu langer Zeit mit meiner Mutter und meiner Tante getroffen. Sie sagten, wenn ich nach Hause käme, würden sie mir vielleicht erlauben, Izare zu heiraten. Warum sollten sie das sagen, wenn sie die Absicht hätten, mir Angst zu machen, damit ich ihn verlasse?«

»Was hat Izare gesagt?«

»Er will nicht, dass ich weggehe, nicht einmal vorübergehend.«

»Und du?«

»Wenn es einen Weg gibt, wie wir ein gutes Verhältnis zu meiner Familie herstellen können, wäre das besser für alle Beteiligten. Vor allem langfristig gesehen.« Rielle schlug auf die Sitzfläche ihres Stuhls. »Vielleicht sollte ich meiner Familie mitteilen, dass die Priester versuchen, mich einzuschüchtern, um mich dazu zu bringen, nach Hause zu kommen, und sehen, was sie sagen.«

Jonare schürzte die Lippen, während sie nachdachte. »Auch das ist ein Risiko. Wenn die Motive des Priesters rein egoistisch sind, wird er seine Drohung wahr machen, und wenn deine Eltern nicht glauben wollen, dass ein Priester so etwas tun könnte, werden sie schlechter von dir denken, weil du dir so etwas zusammenfantasiert hast.«

»Sie werden mir wahrscheinlich nicht glauben. Ich könnte es Sa-Baro erzählen.« Rielle entschied sich dagegen, noch während sie es aussprach. »Nein, er würde mir wohl genauso wenig glauben.«

»Nun, wie immer du dich entscheidest, es gibt etwas, das du auf keinen Fall tun kannst«, erklärte Jonare.

»Und was ist das?«

»Es Izare erzählen.« Der Blick der Frau war direkt, und in ihm lag eine dringende Warnung. »Er würde etwas Törichtes tun, das ihm Ärger mit den Priestern eintragen wird, und das würde alles nur noch schlimmer machen. Für ihn, für dich *und* für deine Familie.«

Es Izare nicht erzählen?! Wie konnte sie so etwas vor ihm verheimlichen? Und ob sie zu ihrer Familie zurückkehrte oder Sa-Gest trotzte und die Konsequenzen trug, er würde den Grund dafür erfahren müssen. Rielle starrte Jonare an, aber obwohl sie den Mund öffnete, um zu protestieren, kamen keine Worte heraus, denn sie begriff, dass sie, wenn sie die dritte Alternative wählte – so unvorstellbar sie war –, es Izare definitiv nicht sagen konnte.

Dazu wird es nicht kommen, sagte sie sich. Sie stand auf und sah zum Küchentisch mit dem Gemüse, dem Getreide und den anderen Lebensmitteln darauf.

»Also, was kochen wir?«

16 Rielle

Ein vertrauter Schmerz riss Rielle aus dem Schlaf. Sie seufzte. Manchmal dachte sie, dass die Engel einen grausamen Sinn für Humor haben mussten, weil sie Frauen regelmäßig Unbehagen und Schwäche bescherten. Ihre Tante hatte immer erklärt, es sei ihre Art, einer Frau zu sagen, dass sie nicht schwanger war.

Nicht schwanger.

Bei dem Gedanken wurde sie vollends wach. Sie öffnete die Augen und starrte zur Decke. In wenigen Tagen wollte sie sich mit Narmah und ihren Eltern treffen. Izare würde sie begleiten. Sie hatte gehofft, sie alle davon zu überzeugen, dass sie und Izare so bald wie möglich heiraten sollten. Die Neuigkeit, dass sie ein Kind erwartete, hätte die Zustimmung aller Beteiligten garantiert.

Sie verzog das Gesicht. Hätte. Vielleicht würden sie trotzdem zustimmen. Vielleicht durfte sie trotzdem hoffen, mit dem Mann zusammen sein zu können, den sie liebte, sich gut mit ihrer Familie zu verstehen und etwas von ihrer Rechtschaffenheit zu retten, ohne so bald Kinder zur Welt zu bringen.

Aber werde ich jemals in der Lage sein, welche zu bekommen? Die Frage machte ihr Angst. Wenn sie nur in sich selbst hineinschauen und wissen könnte, ob die Verbindungen, die

die Verführerin durchtrennt hatte, repariert worden waren. Die Frau hatte gesagt, es würde von selbst passieren.

Es sei denn … es sei denn, sie wusste, dass ich nicht dazu in der Lage sein würde. Es sei denn, sie hatte vor, mich dazu zu zwingen, zu ihr zurückzukommen und sie dafür zu bezahlen, es wieder in Ordnung zu bringen.

Sie schauderte. Es kam nicht infrage, noch einmal zu der Verführerin zu gehen. Sie hatte schon beim ersten Mal zu viel riskiert. Wenn die einzige Möglichkeit darin bestand, die Hilfe dieser Frau zu suchen, dann würde sie wohl akzeptieren müssen, dass Kinderlosigkeit ihre Strafe dafür war, Magie benutzt zu haben.

Aber Izare …

Er wollte Kinder. Viele Kinder. Wie konnte sie ihm das verwehren? Es schnürte ihr das Herz zusammen. Warum sollte er für ihren Fehler bestraft werden?

Gerate nicht gleich in Panik, sagte sie sich. *Es könnte ganz normal sein. Nicht jede Frau empfängt im ersten Zyklus.*

Rückblickend erinnerte sich Rielle daran, wie die Verführerin sie dazu gebracht hatte, die Veränderung, die sie vorgenommen hatte, zu *sehen.* Wenn ihr wieder einfiel, wie es ging, würde sie zumindest wissen, ob die Heilung eingetreten war. Dafür hatte sie keine Magie benutzen müssen.

Also schloss sie die Augen, legte die Hände unten auf den Bauch, ließ ihren Atem langsamer werden und konzentrierte sich auf den Bereich unter ihren Händen. Ein Hoffnungsblitz durchzuckte sie, als sie feststellte, dass sie spüren konnte … aber was war es? Pulsierende Dinge, die sie nicht einordnen konnte. Ein Durcheinander von etwas, das zu ihr gehörte, und etwas anderem, das nicht zu ihr gehörte. Die Krämpfe lenkten sie ab und verlangten ihre ganze Aufmerksamkeit. Die Konzentration darauf linderte den Schmerz tatsächlich. Dann verspürte sie etwas noch viel Vertrauteres.

Einen Moment später war sie aufgestanden und versuchte, den Fluss mit ihrem Vorrat sauberer Lappen aufzuhalten. Izare schlief zu ihrer Erleichterung weiter. Sie war es nicht gewohnt, dass ein Mann in der Nähe war, wenn sie sich damit herumplagte, und er zog es vor, in diesen Momenten abwesend zu sein. Sie schaute zum Bett, und als sie den roten Fleck auf dem Bettlaken sah, fluchte sie im Stillen. Dann wurde ihr eiskalt.

Über dem Fleck schwebte eine *Störung*.

Schwärze. Sie musste Magie benutzt haben, als sie in sich hineingeblickt hatte. Und dabei hatte es ihr gar nichts genutzt. Sie stand da wie gelähmt. »*Die schlimmsten Orte, an denen Ihr Magie benutzen könnt, sind jene, die sowohl von Euch als auch von anderen besucht werden*«, hatte die Verführerin gesagt. Es war allerdings nur ein winziger Fleck *Schwärze*. Er würde bald verschwinden. Aber was sollte sie in der Zwischenzeit tun? Er war gut zu sehen, zu hoch über dem Bett, als dass das Bettzeug ihn verdecken würde.

Ein lautes Klopfen an der Haustür ließ ihr das Herz beinahe aus der Brust springen. Izare schreckte aus dem Schlaf auf. Er schaute sich im Raum um, blinzelte sie an und blickte dann zur Zimmertür. Er fluchte.

»Famire. Sie ist früh dran. Oder wir haben verschlafen.«

Irgendwie fand Rielle ihre Stimme wieder. »Wahrscheinlich ein wenig von beidem. Du solltest dich besser anziehen und die Tür öffnen.«

Er drehte sich zum Bett um, und ihr Herz krampfte sich zusammen, als sein Blick auf den Blutfleck fiel. Aber er verzog nur mitfühlend das Gesicht und machte sich daran, in seine Hose vom vergangenen Abend zu steigen.

»Lass die alte Tam sich darum kümmern. Ich werde Wasser holen und Famire nach oben schicken.« Er griff nach dem Krug und schlüpfte mit freiem Oberkörper aus dem

Raum. Rielle zuckte zusammen, als sie die Stimme einer jungen Frau hörte. Auch wenn sie erleichtert war, dass es nur Famire war, wusste sie, dass das Mädchen entweder empört sein oder den Anblick seiner nackten Brust ein wenig zu sehr genießen würde.

Als sie wieder zu der *Schwärze* und dem roten Fleck darunter schaute, kam ihr eine Erleuchtung. Wenn Waschtag war, dann hatte sie eine Möglichkeit, beides zu verdecken. Sie griff alles, was gewaschen werden musste, und häufte es aufs Bett. Sie konnte die *Schwärze* immer noch sehen, wenn sie danach suchte, aber wenn sie nicht gewusst hätte, dass sie da war, hätte sie sie nie bemerkt. Hoffentlich würde sie in einigen Stunden verschwunden sein, wenn sie die Wäsche zu Tam brachte.

Izare kehrte mit dem Krug zurück, zog ein Hemd an und ging dann nach oben. Rielle ließ sich Zeit mit dem Waschen und Ankleiden, dann bereitete sie ein einfaches Mahl aus Brot, Eingesalzenem und Melonenscheiben. Sie mussten beide etwas essen, aber es wäre unhöflich, das im Beisein eines Gastes zu tun, ohne ihn ebenfalls zu der Mahlzeit einzuladen. Sie aß die Brotkanten und die Randstücke der Melone, während sie arbeitete. Als alles fertig war, hatte sie sich schon fast wieder beruhigt. Nur wenn sie den Haufen mit der Schmutzwäsche sah, stieg Angst in ihr auf, weshalb sie es vermied, in diese Richtung zu schauen.

Sie benutzte eine unfertige, vor langer Zeit zurückgewiesene Bildtafel als Tablett und trug die Speisen nach oben. Famire war bereits in Position, ihre Kleider kunstvoll in Unordnung. Das Mädchen schaute schnell zu Rielle herüber.

»Oh, da ist die Frau selbst. Ais Lazuli. Das Gesprächsthema des Tempels.«

»Ais Famire«, erwiderte Rielle. »Wie geht es dir? Wie geht es den anderen?«

Famire zuckte die Achseln, und an der Schulter rutschte ihr die Tunika noch tiefer herunter. Izare stieß einen leisen Laut der Verärgerung aus, und sie zog das Kleidungsstück wieder hoch.

»Es geht ihnen genau wie immer. Du hast ihnen für eine Weile ein wahrhaft aufregendes Gesprächsthema verschafft. Oh, ist das für mich? Ich bin halb verhungert!« Sie beäugte das Brot und die anderen Speisen.

Izare seufzte und legte seinen Pinsel beiseite, aber als er Rielle ansah, war seine Miene dankbar. Er deutete auf die Stühle. »Ich fürchte, Ihr habt uns vor dem Frühstück angetroffen«, sagte er. »Aber Ihr seid herzlich eingeladen, Euch uns anzuschließen.«

Famire zog ihre Tunika über die Schultern, schnürte sie aber nicht wieder zu. Als Rielle und Izare Platz nahmen, ließ sie sich ebenfalls auf einen Stuhl fallen.

»Dieses Modellsitzen ist anstrengender, als es aussieht«, bemerkte sie. Ohne auf eine Antwort zu warten, beugte sie sich vor, nahm etwas Brot vom Teller und begann Eingesalzenes darauf zu türmen. »Ich hatte zwar bereits ein Frühstück, aber ich habe schon wieder Hunger.«

Nachdem sie sich bedient hatte, war nur noch die Hälfte des Frühstücks da. Izare nickte Rielle zu und lud sie ein, sich als Nächste zu bedienen. Sie schüttelte den Kopf. »Ich bin nicht so hungrig«, log sie, weil sie sich dachte, dass sie während der Zubereitung der Speisen immerhin etwas gegessen hatte, während er nichts gehabt hatte. Er nahm sich gerade von allem ein wenig, da war Famire bereits mit ihrer ersten Portion fertig und tat sich am Rest gütlich, sodass nur wenig für ihn übrig blieb. Ein Mahl, das für zwei Personen hätte reichen sollen, war von einer Person verschlungen worden, die das gute Benehmen hätte besitzen sollen zu teilen, selbst wenn sie nicht begreifen konnte, dass ihre Gastgeber mit dem wenigen Geld, das sie hatten, bis zum nächsten Auftrag auskommen mussten.

Oder begriff sie es vielleicht durchaus? Famire hatte sich seit Rielles Eintreffen kaum herzlich oder freundlich gezeigt. Sie war schon immer feindselig und herablassend gewesen, und Rielle konnte jetzt keinen Unterschied in ihrem Benehmen erkennen.

Ich dachte, dem wäre ich entronnen, und jetzt ist sie wieder in mein Leben zurückgekehrt. Bei dem Gedanken blitzte Ärger in ihr auf.

»Du bist aber wirklich hungrig«, bemerkte Rielle. »Dein Frühstück muss *sehr* mager gewesen sein.«

Famire zuckte die Achseln. »Ach, ich kann morgens nicht viel essen.«

»Hast du einen empfindlichen Magen?«

»Nein, ich bin es gewohnt, zu jeder Zeit des Tages so viel oder so wenig zu essen, wie es mir gefällt.« Famire breitete die Hände aus. »Ich schätze, so bin ich aufgewachsen. Ich kann mir nicht vorstellen, wie es ist, sich an eine andere Lebensweise zu gewöhnen, so wie du es getan hast.«

Rielle nickte mit gespieltem Mitgefühl. »Nein, ich glaube auch nicht, dass deine Fantasie dafür ausreicht.«

Izare klatschte in die Hände. »Ich denke, es wird Zeit, dass wir uns wieder an die Arbeit machen.«

»Oh, ja!«, stimmte Famire zu. »Ich kann mich jetzt, da ich nicht mehr so vom Hunger abgelenkt werde, bestimmt besser konzentrieren.«

Rielle lächelte. »Still sitzen ist eine Fähigkeit, die nicht jeder besitzt. Es gibt gute und schlechte Modelle, sagt Izare. Die guten Modelle bekommen natürlich bessere Porträts.«

Famire blickte zu Izare und lächelte ebenfalls. »Izzie ist so streng. Er mag es wirklich nicht, wenn ich mich bewege. Aber«, sie hielt inne, um ihn unter ihren Wimpern hindurch anzusehen, »es fällt mir schwer, still zu sitzen, wenn jemand mich so anschaut.«

»Weil es dich verlegen macht?«

»Nein, tatsächlich gefällt es mir sogar.«

»Nun, dann werden wir dafür sorgen müssen, dass du nicht zu viel Spaß hast. Natürlich um eines guten Porträts willen.« Rielle griff sich einen Stuhl, rückte ihn näher heran und setzte sich. »Ich bin mir sicher, dein Vater will nicht für ein schlechtes Porträt bezahlen.«

Famire warf den Kopf zurück. »Oh, mein Vater wird es nicht sehen. Er hat mir das Geld für ein Geschenk gegeben, aber es kümmert ihn nicht, was ich kaufe, solange er mich nicht zum Einkaufen begleiten oder mich darüber reden hören muss.«

Ich habe also recht. Rielle sah Izare an. Er drehte sich zu ihr um, dann schüttelte er den Kopf.

»Darin bin ich mit Eurem Vater einig«, sagte er. »Aber nur, weil ich mich nicht konzentrieren kann, wenn ihr beide redet. Ich bedaure, dass ich euer Wiedersehen abkürzen muss, und«, er drehte sich zu Rielle um, »ich brauche meine liebe Rielle auch, damit sie mir etwas besorgt.«

Rielle öffnete den Mund, um Einwände zu erheben, dann schloss sie ihn wieder. *Ich nehme an, ich habe mir das selbst zuzuschreiben. Er kann ja kaum Famire bitten zu gehen.*

»Etwas von unten?«, fragte sie.

Er schüttelte den Kopf, legte seinen Pinsel beiseite und kam auf sie zu. »Du musst etwas zu essen und etwas Iquo kaufen, weil Errek und die anderen heute Abend herkommen.« Er holte ein paar Münzen aus seinem Geldbeutel. »Kauf auch etwas für dich«, flüsterte er. »Ich weiß, dass du gelogen hast, als du behauptet hast, du hättest keinen Hunger.«

Sie nickte, obwohl ihr das Blut in den Adern gerann. Er

wollte, dass sie ging. Allein. Sie hatte es vermieden, sich unbegleitet in die Stadt zu wagen, seit Sa-Gest sie belästigt hatte. Einmal hatte sie den Priester im Schatten einer Seitengasse lauern und sie beobachten sehen. Ein andermal, als sie und Izare mit seinen Freunden auswärts gegessen hatten, war Sa-Gest vorbeigeschlendert und hatte ihr kurz in die Augen gesehen, bevor sie den Blick abgewandt hatte.

Er drückte ihr die Münzen in die Hand, führte sie zur Treppe, griff unterwegs nach etwas Papier und Kreide und reichte ihr auch dies.

»Ich habe dich seit langer Zeit nicht mehr zeichnen sehen«, murmelte er, seinen Kopf dicht an ihrem. »Hör bitte nicht meinetwegen damit auf.«

In diesem Moment liebte sie ihn inniger als je zuvor. Als er sie küsste, drückte sie die Lippen fest auf seine und trat dann zurück. Sie hielt dieses Gefühl fest, während sie die Treppe hinab in das Zimmer unten ging. Sie bemühte sich, nicht zu dem Haufen Schmutzwäsche auf dem Bett zu sehen, schob die Münzen in ihren Geldbeutel und band ihn sich unter ihrer Tunika um. Dann schloss sie energisch die Zimmertür und trat in den Hof hinaus.

Der Mut, an den sie sich geklammert hatte, verließ sie jetzt. Während sie im Schatten des Hauseingangs stand, schaute sie sich sorgfältig nach einer dünnen, in graue Gewänder gekleideten Gestalt um. Obwohl sie keine entdeckte, hatte sie immer noch Angst, als sie ihre Beine zwang, sie von der Sicherheit ihres Zuhauses wegzutragen.

Als Sa-Baro sie besucht hatte, um ein zweites Treffen zu arrangieren, diesmal mit ihren Eltern, hatte sie daran gedacht, ihm von Sa-Gest zu erzählen, aber Izare war zugegen gewesen, und sie hatte sich an Jonares Warnung erinnert, dass er etwas Törichtes tun könnte. Sie war sich ohnehin nicht sicher, ob es eine gute Idee wäre, es Sa-Baro zu sagen.

Oder ihrer Familie. Wenn sie erst wieder bei ihnen wohnte, würde Sa-Gest es ohnehin nicht wagen, ihr weiter aufzulauern.

Doch sobald sie mit Izare verheiratet war, würde sie wieder verletzbar sein. Sa-Gest konnte ihnen das Leben immer noch schwer machen.

Engel, rettet mich, dachte sie. Es war reine Gewohnheit, denn gewiss würden sie nur einen Blick auf ihre befleckte Seele werfen und sie dann dem Schicksal überlassen, das sie verdiente.

All dieses Grübeln kostete zu viel Energie. Es war besser, überhaupt nicht zu denken. Sie konzentrierte sich darauf, schnell durch die Stadt zu gehen, und hielt Ausschau nach einem graugewandeten Priester, wenn sie gezwungen war, die kleineren, weniger belebten Straßen zu benutzen. Sie fand Orte, an denen sie die Stunden abwarten konnte, bis Famire ging, aber sie traute sich nicht, sich aufs Zeichnen zu konzentrieren, für den Fall, dass Sa-Gest sich an sie heranschlich. Schließlich kaufte sie, was sie für den Abend brauchte, aber nichts sonst, da sie zu nervös war, um zu essen. Dann ging sie nach Hause.

Als sie die Tür zu Izares Haus erreichte, zwang sie ein Schwindelanfall, sich ihre Einkäufe unter den Arm zu klemmen und sich am Türrahmen festzuhalten. Obwohl ihr Kopf schnell wieder klar war, blieb eine gewisse Schwäche. Und Übelkeit.

Wenn ich es nicht besser wüsste, würde ich denken, dass ich schwanger bin, ging es ihr durch den Kopf. Dieser Gedanke ließ sie den Mund zu einem bitteren Lächeln verziehen. Würde Sa-Gest sie noch so attraktiv finden, wenn ihr Leib von einem Kind angeschwollen war?

Würde Izare sie attraktiv finden? *Nein, er liebt mich.* Sie musste lächeln, als sie sich an seine Worte erinnerte. »*Hör bitte nicht meinetwegen damit auf.*« Er wollte nicht, dass sie diesen Teil von sich aufgab, aber was würde sie für ihn nicht aufgeben?

Würde ich Sa-Gest nachgeben?

Würde er bei Famire liegen, um den Auftrag zu behalten, den sie so verzweifelt brauchten?

Diese Gedanken machen nichts besser, sagte sie sich und trat durch die Tür.

Drei Männer standen im Flur. Sie erstarrte vor Angst, als sie den Mann erkannte, vor dem ihr den ganzen Tag lang gegraut hatte. Dann sah sie Izare, und die Angst ließ ein wenig nach.

Und dann wurde ihr ganz schwach zumute, als sie den dritten Mann erkannte.

Sa-Elem. Das konnte nur eins bedeuten: eine Inspektion. Sie hatten das Haus durchsucht, während sie fort gewesen war.

War die *Schwärze* verschwunden? Die Tür zum unteren Zimmer stand offen. Es kostete sie ihre ganze Willenskraft, nicht zum Bett hinüberzuschauen. Sie sah wieder die drei Männer an und bemerkte, dass Izare seinen üblichen Ausdruck gezwungener Duldsamkeit zeigte, den er bei Inspektionen zur Schau trug. Sa-Elem musterte sie kühl. Sa-Gest grinste.

»Ah …«, begann sie. »Verzeiht mir, dass ich störe, Sa-Elem, Sa-Gest. Seid … seid Ihr gerade erst angekommen, oder seid Ihr im Begriff zu gehen?« Sie trat vor und reichte ihre Einkäufe an Izare weiter, der sie lächelnd entgegennahm.

Das ist ein gutes Zeichen, dachte sie. *Er würde nicht lächeln, wenn die Priester entdeckt hätten …*

»Wir sind gerade gekommen, Ais Lazuli«, antwortete ihr Sa-Elem. Er drehte sich zur Zimmertür, und ihr blieb das Herz stehen. »Es wurden verdächtige Aktivitäten in diesem Gebiet gemeldet.«

»Aktivitäten?«, wiederholte sie.

»Die Benutzung von Magie«, erwiderte er. »*Schwärze* wurde in der Nähe der Abfallgrube gefunden, deshalb durchsuchen wir die umliegenden Häuser.«

Sie schwankte und hielt sich am Türrahmen hinter ihr fest. »Droht uns Gefahr?«

Engel, bitte, macht, dass die Schwärze verschwunden ist. Ich werde alles tun. Ich werde meine Unfruchtbarkeit akzeptieren …

Der Priester trat in das untere Zimmer. Izare folgte ihm. Da sie nicht mit Sa-Gest allein bleiben wollte, ging Rielle ebenfalls hinterher. Der jüngere Priester blieb im Flur, höchstwahrscheinlich in der Erwartung, dass ihm befohlen wurde, die oberen Räumlichkeiten zu durchsuchen.

Wie zuvor ließ Sa-Elem den Blick schnell durch den Raum wandern. Sie entspannte sich angesichts der flüchtigen Untersuchung. Er schaute nach oben, sah sich erst die Decke an und dann den Boden. Und dann erstarrte er. Er drehte langsam den Kopf und richtete seine Aufmerksamkeit wieder auf das Bett. Abrupt setzte er sich in Bewegung. Ihr Mund wurde trocken, als er zum Bett ging und mit einer raschen Handbewegung den Haufen Schmutzwäsche herunterfegte.

Die *Schwärze* war immer noch da, ein winziger Klecks, der über einem inzwischen getrockneten Blutfleck schwebte. Sa-Elem schaute von den Laken auf und starrte Rielle an. *Nicht anklagend,* begriff sie. *Wissend.*

Ein weiterer Schwindelanfall erfasste sie. Jemand hielt sie an den Armen fest.

Oh, wie peinlich, dachte sie. *Ich werde bestimmt ohnmächtig.*

Aber sie wurde nicht ohnmächtig. Izare und Sa-Gest, der inzwischen ebenfalls ins Zimmer gekommen war, führten sie zu dem alten Stuhl. Sie lachte beinahe über die Ironie, dass der Priester Izare dabei unterstützte, ihr behilflich zu sein. Dann legte Sa-Gest ihr energisch eine Hand auf die Schulter, und sie begriff, dass er es nur getan hatte, um sie an einem eventuellen Fluchtversuch zu hindern. Izare funkelte den Mann böse an, dann hockte er sich neben sie.

»Hast du etwas gegessen?«, fragte er.

Sie konnte ihm nicht in die Augen sehen. Sie konnte nichts sagen, also schüttelte sie den Kopf.

»Dann iss jetzt etwas.« Er stand auf und ging zum Bett, auf das er ihre Einkäufe gelegt hatte.

»Ich denke, das kann noch ein Weilchen warten«, sagte Sa-Elem, wenn auch ohne Bosheit. Er sah Rielle an. Mit großer Anstrengung zwang sie sich, ihm in die Augen zu blicken.

»Ihr könnt sie sehen, nicht wahr?«, fragte Sa-Elem.

Rielle runzelte die Stirn, als sei sie verwirrt oder besorgt, während ihre Gedanken sich überschlugen. Konnte sie es leugnen? Sie könnte behaupten, sie sei beinahe in Ohnmacht gefallen, weil sie den ganzen Tag nichts gegessen hatte, nicht weil sie die *Schwärze* gesehen oder begriffen hatte, dass ihr Verbrechen entdeckt worden war. Aber sobald er ihr sagte, was dort war, wie sollte sie erklären, wie es dahin gekommen war? Wenn weder sie noch Izare die *Schwärze* verursacht hatten, wer sonst hätte es tun können? Es wäre vielleicht einfacher gewesen, den Verdacht anderswo hinzulenken, wenn die *Schwärze* oben im Atelier gewesen wäre statt über dem Bett.

Aber stimmte das überhaupt? Famire war hier gewesen. Das Porträt oben würde scheinbar bestätigen, dass hier etwas Skandalöses stattgefunden hatte, während Rielle weg gewesen war.

Ihr scheinbares Misstrauen würde Izare verletzen, wenn sie eine entsprechende Andeutung machte, und wenn Famire das Zimmer unten wirklich nicht betreten hatte, dann würde er *wissen*, dass sie nicht die Verursacherin sein konnte.

»Was seht Ihr?«, fragte Izare Sa-Elem.

Der Priester musterte Izare. »*Schwärze.*« Er beugte sich vor und zeichnete den Umriss mit den Fingern nach. »Hier.«

Izare riss die Augen vor Entsetzen weit auf. »Da. So nah bei…« Er sah Rielle an, seine Stirn gefurcht. »Du kannst es sehen«, sagte er und hockte sich wieder vor sie hin. »Ich kann es an deinem Gesicht ablesen, Rielle. Das ist kein Verbrechen.« Er berührte ihre Wange und fuhr mit den Fingern an ihrer Kinnlinie entlang. »Ich habe Menschen gekannt, die es konnten. Ich kann dich verstehen. Es ist schwer, mit der Gewohnheit zu brechen, wenn du es dein ganzes Leben lang versteckt hast. Wie immer sie dahingekommen ist…«

»Sie kann nicht älter sein als von heute Morgen.«

Izares Blinzeln war eher ein Zusammenzucken. Sein Blick verfinsterte sich, als er begriff, und sie wusste in dem Moment, dass niemand das Zimmer unten betreten hatte, seit sie es verlassen hatte. Izare war klar, dass die *Schwärze* nur von ihr stammen konnte. Als Nächstes folgte Entsetzen, und da wusste sie, dass er niemals in der Lage sein würde hinzunehmen, was sie getan hatte. Sie umklammerte seine Arme, als würde das verhindern, dass die Wahrheit ihn vertrieb, aber er bewegte sich nicht von ihr weg. Stattdessen packte er sie seinerseits fest an den Armen.

»Was… was hast du getan?«, fragte er. »Hast du… hast du…?«

»Der häufigste Grund, warum Frauen danach trachten, Magie zu erlernen, ist die Notwendigkeit, ein Kind loszuwerden«, bemerkte Sa-Gest, dessen Stimme voller geheucheltem Mitgefühl war.

»Nein!«, protestierte Rielle. Sie konnte es nicht ertragen, dass Izare so etwas glaubte. »Es gab kein Kind. Ich will ein Kind. Ich hatte nicht einmal *vor*, Magie einzusetzen.«

»Ihr habt versucht, Euch fruchtbar zu machen?«, fragte Sa-Elem.

»Nein. Ich wollte sehen, ob der Schaden, den sie angerichtet hatte, verheilt war.« Sie sah zu Sa-Elem hoch. »Sie hat mich verletzt, damit ich mich selbst würde heilen müssen. Ich wurde überlistet.«

Izare ließ sie los, erhob sich und taumelte rückwärts, aber sie bemerkte es kaum, als eine Erinnerung in ihr aufstieg. *»Ich bin hereingelegt worden«,* hatte ihr Entführer gesagt. Doch er war trotzdem durch die Stadt geführt und dorthin geschickt worden, wohin auch immer man die Befleckten schickte. Sie sah, dass Sa-Elems Miene sich entspannte, und Traurigkeit und Mitgefühl traten in seine Züge. *Er weiß, dass die Verführerin es so macht. Er weiß es.*

»Warum habt Ihr uns das nicht erzählt?«, fragte er.

Sie wandte den Blick ab. »Das wollte ich, aber ich sah keine Möglichkeit, wie ich das tun konnte, ohne …« Sie seufzte. »Das Ergebnis wäre dasselbe gewesen.«

Darauf erwiderte er nichts. Er trat vom Bett weg und stellte sich vor sie hin. Mit ihm vor und Sa-Gest hinter sich fühlte sie sich umzingelt – gefangen – von priesterlichen Gewändern. Das von den Engeln abgesegnete Potenzial ihrer Magie war nicht länger ehrfurchtgebietend oder tröstlich.

»Ais Rielle Lazuli«, sagte Sa-Gest. »Ihr müsst mit uns zum Tempel kommen.«

Fünfter Teil

17 Tyen

Tyen lehnte sich auf die Reling des Schiffes und starrte hinaus in die Dunkelheit. Finstere Wolken verdeckten die Sterne, und die Lichter des Ufers waren schon lange hinter dem Horizont zurückgeblieben. Nur die gelegentliche Gischt eines Wellenkamms durchbrach die Schwärze jenseits der Lichter des Schiffes.

»Was für ein wunderschöner, ruhiger Abend für eine Feier«, erklang eine leise Stimme.

Er drehte sich um und schenkte Sezee ein Lächeln, als sie sich zu ihm an die Reling gesellte. »In der Tat.«

»Natürlich ist heute nicht wirklich Veroos Geburtstag«, fügte sie hinzu.

Er runzelte die Stirn, überrascht über die Lüge.

»Sieh mich nicht so an«, sagte sie, dann hob sie ihr Glas an die Lippen und nippte daran. Ihre dunklen Augen glitzerten schelmisch. »Sie hatte Geburtstag, als wir noch in Leratia waren und nicht in der Stimmung zu feiern. Aber jetzt ist die Feier hier an Bord ein willkommener Zeitvertreib. Außerdem ist es immer viel schöner, einen Geburtstag mit Freunden zu begehen.«

»Kapitän Taga hat eine Flasche seines besten Weins mit uns geteilt«, rief er ihr ins Gedächtnis.

Sie zuckte die Achseln. »Das hätte er nicht zu tun brauchen. Wir haben selbst an Land eine gekauft. Und ich bezweifle, dass es sein bester Wein war.«

Tyen wandte den Blick ab und seufzte. Er hatte seit mehreren Wochen keinen Fuß mehr auf festen Boden gesetzt. Obwohl die Frauen glücklich waren, alles für ihn zu kaufen, was er brauchte, wann immer das Schiff einen Hafen anlief, und einen Brief an seinen Vater für ihn abgeschickt hatten, beneidete er sie um ihre Freiheit. Er wagte es auch nicht, mehr Geld als unbedingt notwendig auszugeben, da er wusste, dass es ihm sonst allzu früh ausgehen würde.

Sezee und Veroo, die zweifellos den Grund für seine Knauserigkeit errieten, machten ihm immer wieder Geschenke. Er hatte es sich nach Aufnahme seines Studiums abgewöhnt, Romane zu lesen, weil ihm keine Zeit mehr dafür geblieben war. Aber jetzt hatte er aus lauter Langeweile wieder angefangen und zuerst die Romane gelesen, die die beiden Frauen gekauft hatten. Inzwischen kannten sie seinen Geschmack und brachten Passendes für ihn mit. Sie besprachen jedes Buch ausführlich, und wann immer das Schiff in einem Hafen lag, suchten sie eine Buchhandlung auf, in der sie weitere Romane kaufen und diejenigen wieder verkaufen konnten, die sie bereits gelesen hatten.

»Taga sagte, wir seien nur noch wenige Tage von Carmel entfernt«, rief Sezee ihm ins Gedächtnis. »Was sollen wir dann tun? Ein anderes Schiff finden oder verweilen, um einen Luftwagen zu bauen?«

Tyen hatte über diese Frage viele, viele Male nachgedacht, seit ihre Seereise begonnen hatte. »Wenn ich einen Luftwagen bauen soll, werde ich die richtigen Materialien brauchen. Je weiter wir von Städten entfernt sind, desto schwerer werden sie zu finden sein.«

»Was brauchst du, das wir in einer kleinen Stadt oder einem Dorf nicht finden werden?«

»Propeller.«

»Sie sind aus Holz gemacht, nicht wahr? Kleine Städte haben Zimmerleute.«

Er sah sie an und lächelte über ihr entschiedenes Stirnrunzeln. »Ich bezweifle, dass sie sehr oft gebeten werden, Propeller für Luftwagen zu machen.«

»Kannst du sie instruieren?«

»Ja, aber das ist nicht das Thema.«

Sie schürzte die Lippen. »Du machst dir Sorgen, dass ein solches Vorkommnis ungewöhnlich genug wäre, um die Aufmerksamkeit der Akademie zu erregen?«

»Ja.«

»Kannst du die Propeller mit Hilfe von Magie selbst herstellen?«

»Vielleicht, wenn ich hochwertige Materialien hätte. Aber der Kauf dieser Materialien könnte ebenfalls Beachtung finden.«

»Können wir etwas kaufen, das aus der richtigen Art von Holz gemacht ist, und daraus Propeller herstellen?« Ihre Augen wurden schmal, als er lächelte. »Daran hast du bereits gedacht, nicht wahr?«

»Natürlich. Es überrascht mich, dass es Euch nicht früher eingefallen ist.«

Sie warf ihm einen koketten Seitenblick zu. »Wer sagt, dass es mir nicht eingefallen ist?«

Er lachte leise. »Ich habe bemerkt, dass es nicht Eure Gewohnheit ist, Fragen ungestellt zu lassen.«

Sie sah ihn hochmütig an. »Oh, dazu bin ich durchaus in der Lage, wenn ich einen Vorteil darin finde.«

»Also, welchen Vorteil habt Ihr in diesem Fall darin gesehen?«

»Dass du nicht in noch größere Versuchung kommst, an Land zu gehen. Obwohl ich vielleicht trotzdem gefragt hätte.

Du bist in den letzten Wochen so unerträglich reizbar gewesen …« Sie beschattete die Augen, als eine der Schiffslampen plötzlich aufflammte.

Er verschränkte die Arme vor der Brust. »Ich war nicht …!«

»Tyen«, unterbrach sie ihn und blinzelte zu etwas hinter ihm hinüber.

Verspätet kam ihm der Gedanke, dass keine Schiffslampe so hell leuchtete wie das Licht, das sie jetzt überflutete. Sein Herz machte einen Satz. Er drehte sich um und zuckte angesichts der grellweißen Flamme zusammen, die über dem Deck des Schiffes schwebte, so intensiv, dass sie verdeckte, was immer dahinter lag. *Was immer dahinter* schwebt, korrigierte er sich, als eine donnernde Stimme erklang.

»KAPITÄN TAGA. EUER PASSAGIER TYEN EISENSCHMELZER IST FLÜCHTIG UND WIRD VON DER AKADEMIE GESUCHT.« Die Stimme war auf eine Weise verzerrt, die vermuten ließ, dass der Sprecher einen Trichter als Schallverstärker benutzte. »IHR MÜSST LAND ANLAUFEN.«

Dann war auch das Summen von Flugwagenpropellern zu hören. Es schnitt sich durch Tyens Eingeweide und brachte sie in Aufruhr. Er holte tief Luft und zwang sein rasendes Herz, langsamer zu schlagen. *Also hat mich jemand gefunden. Aber noch haben sie mich nicht gefangen genommen.*

»Aber …? Wo kommt er her?«, rief Sezee.

»Er hat vermutlich die Propeller angehalten und sich dann vom Wind zu uns zurücktreiben lassen.« Tyen streckte seine Sinne aus und bemerkte sofort den *Ruß*, der den Flugwagen umgab. Aber er hatte keine Spur von *Ruß* hinterlassen. Der Fahrer hatte auch keine Magie genommen, damit Tyen es nicht bemerken konnte.

Schritte kamen näher, und als sie sich umdrehten, sahen sie Veroo.

»Er ist gerissen«, stellte sie fest. »Uns so aufzulauern …«

Tyen nickte. »Gerissen schon. Aber ich an seiner Stelle hätte versucht, um das Schiff herum alle Magie abzuziehen, und mich erst dann gezeigt, damit man mich nicht würde angreifen können. Ich vermute fast, dass er nicht weit über seinen Luftwagen ausgreifen kann, um Magie zu ziehen.« Was den Fremden erheblich weniger bedrohlich erscheinen ließ. Es sei denn… Er beschattete die Augen und schaffte es, einen Blick auf den Flugwagen zu werfen. »Ich denke außerdem, dass er allein ist.« Er lächelte, als er begriff, dass die Situation nicht so schlimm war, wie es zuerst den Anschein gehabt hatte.

Sezee kam ein wenig näher. »Was denkst du?«

»Dass ich den Luftwagen funktionsunfähig machen könnte. Ihn dazu zwingen, an Land zurückzukehren.«

Ein Mann räusperte sich hinter ihnen. »Ich fürchte, wir werden ihm folgen müssen.«

Sie drehten sich zu Kapitän Taga um.

»Aber…«, begann Sezee.

»Ich will keinen Ärger mit der Akademie«, sagte der Kapitän und sah Tyen an. Dann wurden seine Stimme und sein Gesichtsausdruck weicher. »Es tut mir leid. Sie würden das Schiff beschlagnahmen und mir verbieten, im Lerationischen Reich Handel zu treiben.«

»Ihr wollt einfach so nachgeben? Ihr verräterischer Bas…«, sagte Sezee.

»Sezee«, unterbrach Tyen sie und warf ihr einen Blick zu, der sie zu seinem Erstaunen tatsächlich zum Schweigen brachte. »Wollt Ihr, dass er seinen Lebensunterhalt verliert?«

Sie runzelte die Stirn. »Wirst du ihm erlauben, Land anzulaufen?«

»Ja.« Er nickte dem Kapitän zu. »Ihr müsst uns im Beiboot an einen geeigneten Landeplatz bringen lassen.«

Der Kapitän nickte.

»Geeignet braucht nicht bevölkert zu sein. Eine einsame Bucht würde den Zweck erfüllen.«

Ein Funke des Verstehens trat in den Blick des anderen Mannes. »Davon gibt es hier im Süden jede Menge«, erklärte er. Er begann, seiner Mannschaft Befehle zuzublaffen.

Tyen zog die Schultern hoch und setzte sich auf ein Fass in der Nähe. »Habt Ihr etwas dagegen, mir meine Tasche zu holen?«, bat er Sezee. »Ich fürchte, wenn ich unter Deck verschwinde, wird unser Verfolger es mit der Angst zu tun bekommen und eine Torheit begehen.«

Sezee starrte ihn ungläubig an. Veroo legte ihr eine Hand auf den Arm.

»Er weiß, was er tut«, sagte die ältere Frau. Mit einem Schnauben wandte Sezee sich um und stolzierte zum Deckshaus. Veroo folgte ihr. Während Tyen auf ihre Rückkehr wartete, beobachtete er die Mannschaft bei der Arbeit. Der Luftwagen umkreiste das Schiff, dann folgte er ihm in sicherem Abstand, als es Richtung Küste segelte. Tyen ignorierte den Luftwagen weitgehend, um sich seine Nachtsicht zu erhalten. Er fragte sich, wer der Fahrer war. Vielleicht bildete er es sich nur ein, aber er hatte mit leichtem Akzent gesprochen. Vielleicht wendländisch. Hatte der Luftwagenfahrer sie den ganzen Weg die Küste entlang verfolgt? War es der Mann, der das Schiff umkreist hatte, bevor sie aus Darsh ausgelaufen waren?

Sezee und Veroo tauchten mit ihren Taschen und seinem Ranzen auf. Er lächelte, als sie sie neben das Boot warfen, das die Mannschaft zu Wasser lassen würde, sobald sie eine ruhige Bucht erreicht hatten.

»Ihr bleibt nicht an Bord?«, fragte er.

»Nein«, antwortete Sezee. »Wir kommen mit dir.«

»Den ganzen Weg bis zurück zur Akademie?« Er zog die Augenbrauen hoch. »Ich dachte, Ihr wolltet in den Fernen Süden?«

»Nun, ohne Luftwagen können wir nicht dorthin, oder? Also können wir uns genauso gut auf den Heimweg machen.«

Tyen sah Veroo an. Die ältere Frau lächelte schwach und sagte nichts. Er zuckte die Achseln, griff nach seiner Tasche und dachte über seine Besitztümer nach. Die Frauen hatten ihm zwei Garnituren Kleidung gekauft, die für einen Träger angemessen waren. Er hatte keine Ahnung, was aus den Kleidern geworden war, die er gestohlen hatte.

Er schlang sich den Riemen seiner Tasche über die Schulter und schob Pergama und sein Portemonnaie hinein. Auf seinen Befehl hin wechselte Käfer die Position, um sich zwischen den neuen Dingen und der Öffnung der Tasche zu platzieren. Tyen hatte sich auf dem Schiff die Zeit zum Teil damit vertrieben, das Insektoid so umzubauen, dass es dem Befehl gehorchte, einen Gegenstand zu bewachen. Es würde eine Drohhaltung einnehmen, laut summen und alles, was in seine Nähe kam, mit seinen neuen Kneifern zwicken.

Während des restlichen Weges zum Ufer blieben sie still und beobachteten den Kapitän, die Mannschaft und, sobald sie in Sicht kamen, die Lichter der Küste. Ein Leuchtturm warf seinen Lichtstrahl nach Norden – ein Zeichen, wie gefährlich es sein konnte, sich bei Nacht der Küste zu nähern. Zugunsten des Luftwagenfahrers sei gesagt, dass er begann, vor dem Schiff herzufliegen, und sein Licht beleuchtete das vor ihnen liegende Wasser. Aber nach der Art zu urteilen, wie der Kapitän die Stirn runzelte und die Augen beschattete, vermutete Tyen, dass das grelle Leuchten des Lichts ebenso Hindernis wie Hilfe war.

Schließlich befahl Taga, das Schiff vor Anker zu legen. Das Beiboot des Schiffes wurde zu Wasser gelassen, nachdem die Taschen der Frauen sicher darin befestigt worden waren. Eine Strickleiter wurde in einer Lücke der Reling ausgebracht, sodass Mannschaft und Passagiere des Bootes am Schiffsrumpf hinabsteigen konnten.

»Ich entschuldige mich noch einmal«, sagte Taga zu Tyen. Dann drehte er sich zu Sezee und Veroo um. »Seid Ihr sicher, dass Ihr nicht mit uns weiterfahren wollt, zumindest bis zum nächsten Hafen, wo Ihr leichter von Bord gehen könntet?«

»Ich bin mir sicher«, antwortete Sezee, obwohl in ihrer Stimme ein Hauch von Zweifel mitschwang, als sie über die Reling spähte.

»Wir sind uns sicher«, wiederholte Veroo entschieden. »Vielen Dank, Kapitän Taga. Ich hoffe, die Akademie glaubt Euch, wenn Ihr sagt, dass Ihr keine Ahnung hattet, wer Aren Kobel wirklich war.«

Drei Matrosen kletterten mühelos die Strickleiter hinunter. Vielleicht beruhigt von ihrer Behändigkeit, trat auch Sezee mit plötzlicher Entschlossenheit an die Leiter. Sie drehte dem Meer den Rücken zu, hielt sich an der Reling fest und streckte einen Fuß zur ersten Sprosse aus, wobei sie ihren Rock wegtreten musste, als er ihr in die Quere kam. Besorgt, dass sie, solchermaßen behindert von ihren Kleidern, ausrutschen würde, zog Tyen ein wenig Magie in sich hinein, um sie aufzufangen, falls sie fiel. Aber sie erreichte sicher das Ende der Leiter, und die Matrosen unten halfen ihr in das schaukelnde Boot.

Veroo bestand darauf, als Nächste hinunterzuklettern, nachdem sie zuvor ihre Röcke bis zu den Knien gerafft und festgebunden hatte. Tyen war sich nicht sicher, was das richtige Benehmen in dieser Situation wäre – ging der Mann als Erster oder Letzter, wenn es notwendig war, ein Schiff über eine Strickleiter zu verlassen? Als Veroo an Bord des Ruderbootes war, trat Tyen an die Leiter. Jemand griff nach seinem Arm, und als er aufsah, bemerkte er Taga, der ihn stirnrunzelnd musterte.

»Viel Glück«, sagte der Kapitän. Er deutete mit dem Kopf auf den Luftwagen. »Und seid nicht so hart zu dem Fahrer. Er denkt, er tut das Richtige. Es ist eine hohe Belohnung auf Euren Kopf gesetzt.«

Die Frauen hatten das nicht erwähnt. Tyen lächelte. »Danke, dass Ihr nicht auf diese Belohnung aus wart.«

Der Kapitän ließ ihn los und trat zurück. »Das ist meinen Ruf nicht wert.«

Tyen fand die erste Sprosse und stieg die Leiter langsam hinab. Es war nicht so einfach, wie es aussah, und er verspürte noch mehr Bewunderung für Sezee und Veroo, dass sie es ohne Klage oder Missgeschick bewältigt hatten. Es war eine noch größere Herausforderung, in das Ruderboot zu steigen, da die Dünung stärker war, als es von oben den Eindruck erweckt hatte. Allzu bald zog er an einem Ruder, und bei der unerwarteten Anstrengung brach ihm am ganzen Körper der Schweiß aus. Sezee und Veroo hielten sich am Dollbord des Bootes und ihrem Sitz fest, die Augen weit aufgerissen, während das Boot in den Wellen abwechselnd aufstieg und eintauchte. Von Zeit zu Zeit schlug eine Welle gegen die Bordwand und ließ einen Regen von Salzwasser über sie niedergehen. Das Gepäck der Frauen sah nicht besonders wasserdicht aus, bemerkte er.

Über ihnen summte der Luftwagen und beleuchtete ihnen den Weg.

Nach der noch nasseren und raueren Fahrt durch einige brechende Wellen schrammte das Boot plötzlich über eine härtere Oberfläche. Tyen drehte sich um, um hinter sich zu schauen. Sie hatten einen kleinen Kiesstrand erreicht. Die Seeleute sprangen aus dem Boot und zogen es so weit aus dem Wasser, wie sie es in der Brandung konnten. Als das Boot still lag, erhob sich Tyen, um Sezee beim Aussteigen zu helfen, und gab ihr Halt, als sie auf den rutschigen, glatten

Steinen stolperte. Sie stieß einen spitzen Schrei aus, als eine Welle heranrauschte und sie bis zu den Knien durchnässte. Das Wasser war erstaunlich kalt.

Veroos Rock war immer noch hochgebunden. Als Tyen ihr aus dem Boot half, hoben die Matrosen das Gepäck heraus und trugen es so weit auf den Strand, dass die Wellen es nicht mehr erreichen konnten. Veroo eilte über die rutschigen Kiesel und lief einer hereinkommenden Welle davon, um nicht nass zu werden.

Die Matrosen machten sich anschließend daran, das Boot wieder ins Wasser zu schieben. Tyen zog ein wenig Magie in sich hinein und bewegte es für sie. Sie liefen hinterher, sprangen hinein und kämpften dann gegen die hereinkommenden Wellen. Nachdem er noch ein wenig mehr in sich hineingezogen hatte, schob er das Boot noch weiter weg, weil er wollte, dass die Mannschaft fort war, bevor der Luftwagen landete und er sich dem Fahrer stellen musste.

Der Luftwagen blieb jedoch in der Luft. Als die Seeleute sicher jenseits der Brecher waren, beschattete Tyen die Augen gegen das Licht und versuchte, den Fahrer auszumachen. Das Geräusch der Propeller veränderte sich, und das Licht stieg auf.

Entweder sind ihm Bedenken gekommen, oder er lässt uns hier, damit uns jemand anders abholt, überlegte Tyen. *So oder so, er hätte sich früher davonmachen sollen.*

»Geht«, sagte er zu Sezee und Veroo. »Beschirmt euch mit Magie oder geht hinter ein paar Felsen in Deckung.«

»Wa…«, begann Sezee, aber Veroo murmelte etwas und zog sie weg.

Tyen streckte seine Sinne aus und beraubte die Luft um den Wagen herum aller Magie. Einen Teil davon benutzte er, um die Luft um sich herum still werden zu lassen und einen Schild zu formen. Einen anderen Teil benutzte er, um nach der Gondel des Wagens zu greifen und ihn herabzuziehen.

Das Licht erlosch. Tyen wappnete sich gegen einen Angriff, aber stattdessen spürte er, dass der Auftrieb des Luftwagens stärker wurde. Der Fahrer benutzte Magie, um den Wagen aufsteigen zu lassen. Narr, dachte er. Wenn wir um den Wagen kämpfen, werden wir ihn in Stücke reißen. Der Luftwagen war dem Boden nahe genug, dass der Fahrer einen Sturz vielleicht überlebte, wenn er nicht gerade unter den Wagen geriet. Am besten holte er ihn erst herunter und dann den Wagen, überlegte Tyen. Er sandte dem Fahrer eine Kugel verdichteter Luft und beobachtete überrascht, wie der Mann aus der Gondel rollte und auf den Strand stürzte. Der Mann hatte sich nicht einmal mit einem Schild geschützt.

Die Propeller blieben stehen, und in der folgenden Stille war das Fluchen des Fahrers zu hören. Zwei Gestalten tauchten aus der Dunkelheit auf und eilten auf den Fahrer zu. Tyen öffnete den Mund, um sie zu warnen, dann schloss er ihn wieder. Veroo sollte sie beide immer noch beschirmen. Er konnte spüren, wie der Auftrieb des Luftwagens nachließ, während sich die Luft in der Kapsel abkühlte. Er richtete seine Aufmerksamkeit darauf und zog ihn herunter, bis er mehrere Schritte über dem Fahrer schwebte, direkt neben dem Gepäck. Die beiden Frauen hatten den abgestürzten Fahrer inzwischen erreicht. Veroo hockte sich neben ihn, untersuchte ihn und scheuchte Sezee dann zu Tyen hinüber.

»Er lebt«, sagte sie. »Veroo denkt, dass er sich den Arm gebrochen hat, und er wird einige beeindruckende Prellungen haben. Hinter uns kommen Lichter über den Kamm eines Hügels. Also wird, wer immer ihn finden wird, bald genug hier sein. Nun … steigen wir jetzt in den Luftwagen?«

Tyen lachte über ihren Eifer. Erleichterung spülte seine Furcht weg, dass der Fahrer schwer verletzt sein könnte, obwohl er nicht umhinkonnte, Gewissensbisse über seine Tat zu empfinden. »Ja, und zwar schnell.«

Sezee half ihm, das Gepäck an die Gondel zu binden. Eine Tasche war bereits vorn festgemacht worden. Tyen nahm sie heraus und inspizierte den Inhalt – einige kleine Beutel mit Nahrungsmitteln, die Papiere des Mannes und Kleidung. Er steckte die Nahrungsmittel ein und legte die Tasche auf den Boden.

»Veroo!«, rief Sezee. »Komm!«

Als er sich umdrehte, sah er, dass Veroo den Fahrer den Strand hinaufführte. Der Mann humpelte, aber nicht schwer. Er war einige Jahre älter als Tyen und definitiv Wendländer. Sie erreichten einen Felsen; Veroo half dem Mann, sich hinzusetzen. Dann trat sie zurück und kam eilig zu Tyen und Sezee an den Luftwagen. »Er wird uns wohl keinen Ärger mehr machen. Er hat Angst vor dir.« Sie wirkte erheitert. »Ist alles fertig?«

Tyen nickte. »Geht an Bord.«

Sie duckten sich unter der Seilreling hindurch und stiegen in die Gondel. Tyen ließ den Luftwagen los, sodass er wieder aufstieg. Die Frauen hielten sich unsicher an den Trageleinen der Gondel fest, während der Wagen aufzusteigen begann.

»Setzt Euch«, riet er ihnen, während er nach vorn durchging. Er stieg auf den Fahrersitz, dann blickte er zurück, um sich davon zu überzeugen, dass sie ebenfalls Platz genommen hatten. Sie saßen zu beiden Seiten der vorderen Stützstrebe der Kapsel und ließen die Beine links und rechts von der kanuförmigen Gondel baumeln. »Und haltet Euch fest.«

Nachdem er ein Rinnsal Magie zu der Kapsel gesandt hatte, erhitzte er Luft und schickte sie schnell aufwärts. Von unten sah der unglückliche Fahrer des Luftwagens ihnen mit bleichem Gesicht zu. Tyen verspürte einen Stich des Mitgefühls.

Der Verlust eines Luftwagens ist schlimm genug, aber ihn durch eine solche Fehleinschätzung zu verlieren muss übel sein. Der Fahrer hätte verlangen sollen, dass das Schiff sie in den nächsten Hafen brachte. Oder er hätte zumindest einen weiteren Zauberer mitnehmen müssen. Er hatte wahrscheinlich allein gehandelt, in der Hoffnung darauf, die Belohnung zu bekommen, und nicht bedacht, was er tun würde, wenn Tyen sich als ein starker Zauberer entpuppte.

Was hätte ich getan, wenn er nicht so töricht und so schwach gewesen wäre? Wäre ich bereit gewesen, ihn zu töten? Er war sich nicht sicher. Soweit er wusste, galt die Belohnung der Akademie seiner Gefangennahme, nicht seinem Tod. Wenn das Schlimmste, was ihm drohte, ein Leben im Gefängnis war, rechtfertigte das dann, dass er das Leben eines anderen Menschen beendete, um das zu vermeiden? Ein Leben in Gefangenschaft war ein vergeudetes Leben, aber es war kein Tod.

Er seufzte. Diesmal hatte er Glück gehabt. Dem letzten Glücksfall war ein Rückschlag gefolgt. *Ich bin noch nicht in Sicherheit,* rief er sich ins Gedächtnis. Er ließ die Propeller sirren und wandte den Luftwagen zum Meer hin.

»Tyen.«

Als er sich umdrehte, sah er, dass Veroo sich durch die Gondel geschoben hatte, um zu ihm zu kommen und sich über das Sirren des Propellers hinweg Gehör zu verschaffen.

»Ja?«

»Du fährst doch jetzt nicht über das ganze Meer, oder?«

»Nein, ich bringe nur etwas Entfernung zwischen uns und den Fahrer. Wir müssen weiter nach Süden, wo das Festland im Osten und Süden näher zusammenkommen.«

»Wie lange wird es dauern, bis wir dort sind?«

»Einige Tage.«

»Wie lange wird die Überfahrt dauern?«

»Drei Tage, falls das Wetter gut und der Wind uns günstig ist.«

Veroo runzelte die Stirn. »Dann werden wir irgendwo haltmachen müssen, um Nahrungsmittel und wärmere Kleider für dich zu kaufen.«

Tyens Schultern sackten herab. »Ja. Wir werden vorsichtig sein müssen. Bei Nacht landen, um zu schlafen, und Essen in kleinen Dörfern kaufen.«

»Und du wirst mir beibringen müssen, wie man fliegt, damit wir uns abwechseln können.«

Er schüttelte den Kopf. »Frauen fliegen nicht.«

»Sie lernen auch keine Zauberei«, entgegnete sie. »Denkst du, ich sei zu schwach und zu emotional dafür?«

Er lachte. »Ganz und gar nicht. Aber der Anblick einer Frau, die einen Luftwagen fährt, wird von hier bis Belton Gesprächsthema sein.«

»Dann kannst du es mir beibringen, wenn wir auf dem Weg übers Meer sind. Du kannst den Luftwagen nicht drei Tage ohne Pause fahren.«

Sie hatte recht. Er konnte drei Tage lang wach bleiben, aber bis er wieder Land erreichte, würde er erschöpft sein. Kein guter Zustand, wenn man eine schwierige Landung hinbekommen musste. Doch es wäre auch gefährlich, ihr das Fahren beizubringen, wenn sie weit vom Ufer entfernt waren. Ein ausreichend großer Fehler könnte sie dazu zwingen, im Wasser zu landen, weit entfernt von aller Hilfe.

Aber es war eine kleine Gefahr im Vergleich zu dem, was ihnen drohen würde, wenn sie bei schlechtem Wetter in der Luft waren. Er brauchte ihr nur beizubringen, wie man in gleichbleibender Höhe den Kurs hielt. Starten, Landen und andere Manöver waren heikler, da man den richtigen Zeitpunkt abpassen und Hindernisse meiden musste, aber für eine Fahrt übers Meer auch nicht nötig.

»Ihr macht es Euch besser bequem, aber nicht so bequem, dass Ihr einschlaft und herunterfallt.« Er drehte sich um und sah, dass sie ihn beide mit ängstlicher Miene beobachteten. »Ich werde tief fliegen, damit Euch nicht zu kalt wird. Davon abgesehen … wird es wohl eine lange Nacht werden.«

18 Tyen

Veroo hat das Fliegen so schnell gelernt, berichtete Tyen Pergama. *Die Akademie war töricht, sie abzuweisen.*

Das Horten von magischem Wissen ist eine verbreitete Form der Verteidigung.

Aber ihr Land ist Teil des Reiches, kein Feind.

Es ist ein erobertes Land. Rebellion ist immer eine Möglichkeit.

Gewiss ist sie umso wahrscheinlicher, je weniger das Land von der Zugehörigkeit zum Reich profitieren kann. Und selbst wenn auf den Westinseln alle, die dazu fähig wären, den Gebrauch von Magie erlernten, hätten sie dort nicht genug Zauberer, um das Leratianische Reich zu stürzen.

Wenn alle Länder, die von Leratia kolonisiert wurden, das täten, wäre das genug?

Tyen runzelte die Stirn. *Vielleicht. Aber … Veroo ist für sich allein genommen keine Bedrohung. Nur eine einzelne Frau …*

Die andere unterrichten kann. Ihr Geschlecht ist kein Hindernis in ihrem Land.

Ja, ich verstehe, was du meinst. Es scheint jedoch eine Verschwendung zu sein, sie nicht zu unterrichten. Sie und jeden anderen mit magischer Fähigkeit.

Das ist es. Es mag vernünftig für die Verteidigung des Reiches sein, aber es ist eine Einschränkung für die Akademie. Die Be-

schränkung des Wissens verlangsamt das Tempo der Entwicklung. Je weniger Zauberern es freisteht, zu lernen und zu lehren, umso weniger Zeit wird damit verbracht, zu experimentieren und neue Entdeckungen zu machen.

Und doch war dieses letzte Jahrhundert eine Zeit großen Fortschritts.

Für das Reich. Wann immer es neue Länder erobert hat, hat es neues Wissen absorbiert. Selbst kleine Entdeckungen wie eine effizientere Weise, Informationen aufzuzeichnen, können zu großen Veränderungen führen.

Wie Druckpressen. Ihre früheste Form war ein System, das die äquatorialen Stämme benutzt haben. Ihr Erfinder sagte immer, die Erfindung sei nicht ihm allein zu verdanken. Tyen lächelte. *Ich schätze, du hättest die gleiche Wirkung gehabt, wenn er von dir von diesem System erfahren hätte statt von den Stämmen selbst.*

Ja. Das war Roporiens Absicht. Das meiste von dem, was er wusste, hatte er in den ersten Jahrhunderten seines Lebens gelernt. Je älter er wurde, desto länger dauerte es, neue Informationen zu entdecken, bis es profitabler für ihn wurde, auf die Geburt von Genies zu warten, darauf zu warten, dass sie erwachsen wurden und Entdeckungen machten, als sich selbst auf die Suche danach zu begeben.

Warum hat er weiter nach neuem Wissen gesucht?

Es war sein Stolz, mehr zu wissen als irgendjemand sonst, vielleicht mehr als irgendjemand, der jemals existiert hatte. Auf diese Weise konnte ihn niemand besiegen, einfach weil er besser informiert war.

Und doch hat ihn das nicht geschützt. Er ist trotzdem gestorben. Also … wie ist er denn gestorben?

Das weiß ich nicht. Niemand, dem ich begegnet bin, wusste es. Es gab ein Gerücht, dass es ein mächtigerer Zauberer war. Ein Mann, den sie den Nachfolger nannten.

Nachfolger? Roporiens Sohn?

Nein. Seine Ablösung. Man glaubt in vielen Welten, dass ein Zauberer, der so mächtig ist wie Roporien, einmal alle tausend Zyklen geboren wird – wobei ein Zyklus eine Einheit von Zeit ist, die ein wenig länger dauert als ein Jahr dieser Welt. Wenn dieser Nachfolger zu seiner vollen Stärke gelangt, wird er den alten töten. Es ist bekannt als Jahrtausendregel.

Glaubst du, dass das wahr ist?

Ich glaube gar nichts. Ich lagere lediglich Informationen, und ich enthalte nicht genug, um zu beweisen, ob die Regel zutrifft.

Gab es einen mächtigen Zauberer vor Roporien, den er in jungen Jahren getötet hat?

Ja. Ein Zauberer hat versucht, ihn zu töten, der stärker war als jeder, dem er zuvor begegnet war. Er hat den Mann besiegt, obwohl er im magischen Duell erheblich weniger erfahren war.

Dann ist Roporiens Nachfolger immer noch da draußen?

Wenn meine Berechnungen korrekt sind, sind seit Roporiens Tod etwas über tausend Zyklen vergangen. Sein Nachfolger wird bereits von seinem eigenen Nachfolger besiegt worden sein, wenn die Regel zutrifft.

Scheitern Nachfolger jemals?

Ich habe keine Unterlagen darüber, dass einer gescheitert wäre. Es ist möglich, dass einer getötet worden sein könnte, bevor er das Wissen um die Alterslosigkeit erworben hat, oder aus Unerfahrenheit oder einfach, weil er Pech hatte.

Tyen schaute von den Seiten auf und registrierte kaum das Meer, das sich unter ihm erstreckte, als eine plötzliche Sehnsucht ihn erfüllte, diese anderen Welten zu sehen und zu erfahren, ob Roporiens Nachfolger noch lebte. Obwohl es, wenn der Mann so mächtig war, sicherer wäre, es herauszufinden, ohne ihm tatsächlich zu begegnen. Roporien war ein grausamer Mensch gewesen. Wer wusste, wie sein Nachfolger war? Oder der Mann, der diesen wiederum vielleicht bereits besiegt hatte? So oder so, ein Nachfolger musste mindestens einen Mann getötet haben.

»Tyen.«

Als er aufblickte, kam Sezee durch den Luftwagen auf ihn zu. Im Gegensatz zu Veroo hatte sie sich nicht daran gewöhnt, in der Gondel zu fahren. Ihr drehte sich der Kopf, wenn sie aufstand und das Meer tief unter sich sah, daher kroch sie in der Gondel auf allen vieren. Vor ihrem Aufbruch übers Meer hatte sie sich umgezogen und trug jetzt ein Mieder und eine Jacke, die sie sich bis zum Hals zugeknöpft hatte, um warm zu bleiben. Obwohl das zur Folge hatte, dass ihr Anblick, wenn sie auf ihn zukroch, nicht mehr sinnverwirrend unanständig war, trug sie dazu ein Paar Pluderhosen, die dafür sorgten, dass die Dinge ganz anders lagen, wenn sie von ihm wegkroch.

Sie hatte außerdem darauf bestanden, ein starkes Netz zwischen der Seilreling und dem Rumpf der Gondel zu spannen, um der Gefahr zu begegnen, dass sie aus der Gondel rutschte. Die Verzögerung hatte ihn geärgert, aber er hatte den Wert des Netzes zu schätzen gelernt. Es war eine komfortablere Sicherheitsmaßnahme als die gewohnten Riemen, die einen Passagier festhielten, wenn er schlief.

Er klappte Pergama zu und schob sie in seine Manteltasche. »Bin ich an der Reihe zu fahren?«, fragte er.

»Ja, aber deswegen bin ich nicht gekommen.« Sie richtete sich seitlich auf und lächelte. »Sind dir die Wellengleiter aufgefallen?«

Er sah sich um. Tatsächlich erkannte er mehrere Arten der geflügelten Kreaturen; sie flogen mehr oder weniger dicht über der Meeresoberfläche dahin. Manche unternahmen lange Wanderungen oder verbrachten den größten Teil ihres Lebens über dem Meer. Andere waren Küstenbewohner und suchten das Meer nur zum Nahrungserwerb auf, was bedeutete …

»Land«, sagte er, beschattete die Augen und spähte nach Westen. »Wir müssen in der Nähe von Land sein.«

»Ja.« Sie grinste. »Wir sind fast da.«

Er stand auf und hielt sich an einer Stützstrebe der Kapsel fest. »Oh, wir haben immer noch einen weiten Weg vor uns. Wir müssen noch ein ganzes Gebirge überqueren.«

Nachdem er sich vorsichtig an ihr vorbeigeschoben hatte, ging er zum vorderen Ende des Luftwagens, wo Veroo mit ihren gerafften Röcken saß und ihre bestrumpften Beine über den Rand des Sitzes baumeln ließ.

»Tyen«, sagte sie. »Kriegskunst gehörte doch zu deiner Luftwagenausbildung, nicht wahr? Hast du irgendwelche Erfahrung im Luftkampf?«

Er lachte. »Ja auf die erste Frage, nein auf die zweite. Warum wollt Ihr das wissen?«

Sie nahm eine Hand vom Lenkrad und zeigte nach Norden. »Ist das das, wofür ich es halte?«

Sein Herz setzte einen Schlag aus, als er sich nach Norden wandte. Er brauchte eine Weile, um die winzige Form zu entdecken, und wäre sie nicht so tief geflogen, hätte er sie auch vor dem Hintergrund des Meeres nicht leicht gesehen. Sie befand sich höchstens einige hundert Schritt über dem Wasser. Die Kapsel war vorn spitz und wirkte größer als die des durchschnittlichen Luftwagens, wenn auch nicht so groß wie die Kapsel einer Luftkutsche. Obwohl er sie fast von vorn sah, kam ihm etwas an der Form der Propellerarme bekannt vor. Ihm wurde flau im Magen, als er den Grund dafür begriff.

»Das«, sagte er, »ist ein Dart, einer der großen Kampfwagen des Reiches. Auf Geschwindigkeit optimiert. Es werden zwei Zauberer an Bord sein – einer, um zu fliegen und den Wagen zu beschirmen, damit der andere frei ist zu kämpfen.«

»Haben sie uns gesehen?«

»Definitiv.«

»Machen sie Jagd auf uns?«

»Es wäre klug, davon auszugehen.«

»Werden wir das Ufer erreichen, bevor sie hierherkommen?«

»Das weiß ich nicht. Wir haben keine andere Wahl, als es zu versuchen. Lasst die Propeller schneller drehen.«

Sie schaute über die Schulter zu ihm herüber. »Du willst, dass ich weiterfliege?«

»Habt *Ihr* irgendeine Ausbildung im Luftkampf oder Erfahrung darin?«

Sie lächelte grimmig und wandte sich wieder um, um das Lenkrad mit beiden Händen zu umfassen.

Tyen kehrte zu Sezee zurück. »Habt Ihr das gehört?«, fragte er.

Sie nickte mit großen Augen. »Das meiste davon. Sollte ich mich festbinden?«

Er schüttelte den Kopf. »Wenn der Wagen abstürzt, springt nach Möglichkeit ab, bevor wir aufschlagen, sonst erwischt er Euch vielleicht und drückt Euch unter Wasser. Könnt Ihr schwimmen?«

»Natürlich.« Sie warf ihm einen hochmütigen Blick zu. »Jeder auf den Inseln lernt schwimmen. Kannst du es?«

Er verzog das Gesicht. »Nein. Wenn wir die Verbindung zur Kapsel kappen, bevor sie sinkt, sollte die Gondel auf dem Wasser treiben. Sie besteht größtenteils aus Holz.«

»Aber die Kapsel ist voller Luft.«

»Wenn wir auf dem Wasser aufschlagen, wird sie es vermutlich nicht mehr sein.« Das Summen der Propeller hatte stetig zugenommen, und die Vibration erschütterte die Gondel bereits merklich. Tyen hörte die Stützstreben der Kapsel ächzen und knarren. »Genug, Veroo«, rief er. »Sonst wird der Wagen auseinandergerissen.«

Nach Norden blickend, bemerkte er, wie viel näher der andere Wagen gekommen war. Er konnte genug Einzelheiten erkennen, um zu bestätigen, dass sein Verdacht gerechtfertigt war. Es war ein Dart, und er flog mit voller Geschwindigkeit direkt auf sie zu. Als er über Veroos Schulter schaute, sah er eine gezackte blaue Linie über dem Horizont, und sein Herz machte einen Satz. Berge.

Sie hatten den auflandigen Wind immer noch im Rücken. Er blickte immer wieder von den Bergen zu dem Dart und versuchte einzuschätzen, ob sie Land erreichen konnten, bevor der Dart sie einholte. Die Zeit kroch dahin, und die Gipfel wuchsen langsam und schlossen sich an ihrer Basis zu einer Küstenlinie zusammen, während der Dart immer größer wurde. Tyen schüttelte den Kopf. Es würde knapp werden. Selbst wenn sie es rechtzeitig an Land schafften, würden sie es immer noch mit zwei im Luftkampf erfahrenen Zauberern zu tun haben. Alles, was sie gewinnen würden, war eine Chance, auf festem Grund zu landen, falls der Luftwagen beschädigt wurde.

Glücklicherweise hatten sie ein wenig Zeit, sich bereit zu machen. Tyen ging nach hinten und band seinen Ranzen los, legte Pergama hinein und schlang ihn sich über den Kopf und um eine Schulter. Es würde Pergama oder Käfer nicht vor einem Bad im Meer retten, aber die Wahrscheinlichkeit sie zu verlieren war so geringer, als wenn er sie sich in die Taschen seiner Kleider steckte. Falls sie die bevorstehende Begegnung überstanden, würde er Käfer so umbauen, dass das Insektoid schwimmen konnte.

Dann steckte er den größten Teil von Hofkrazners verbliebenem Geld in Sezees Tasche. Die Papierscheine würden vom Wasser ruiniert werden, und die Münzen würden ihn beschweren. Die Münzen des Reiches würden im Fernen Süden wahrscheinlich ohnehin wertlos sein, denn das Land hatte gewiss sein eigenes Geldsystem. Für eine Sekunde war er ein wenig atemlos und fragte sich, wie er ohne Geld in einem fremden Land überleben sollte.

Ich hätte etwas Gold und Edelsteine zum Tauschen kaufen sollen. Doch dazu war weder Zeit noch Gelegenheit gewesen. Zumindest würde er Hofkrazners verbliebenes Geld benutzen können, um die Zauberer dazu zu bestechen, ihn gehen zu lassen.

Sezee hatte ihre Stiefel aufgeschnürt, band sie zusammen und befestigte sie an ihrem Gürtel. Da sie Erfahrung im Schwimmen hatte, beschloss er, ihrem Beispiel zu folgen. Veroo hatte nichts dergleichen getan, aber ihre gesamte Aufmerksamkeit beanspruchte zweifellos die Steuerung des Luftwagens.

Ein weiterer Blick nach Norden ließ sein Herz einen Satz machen. Der Dart näherte sich schneller, als er vermutet hatte. Während er ihn beobachtete, versuchte er das Flattern in seinem Magen zu ignorieren.

Was werden sie tun? Die Akademie wollte ihre Geheimnisse sicher bewahrt wissen. Dazu musste sie Pergama zerstören und Tyen zum Schweigen bringen. Die Zauberer im Dart hatten wahrscheinlich von dem Luftwagenfahrer gehört, der Tyen an Land befohlen hatte, nur um sich dafür einen gebrochenen Arm einzuhandeln und seinen Luftwagen zu verlieren. Daher wussten sie, dass ihre Beute sich wehren würde. Die Akademie könnte sogar zu dem Schluss gekommen sein, dass sie, falls Tyen nicht einzufangen war, keine andere Wahl hatte, als ihren Zauberern zu befehlen, ihn zu töten.

Aber was war mit Sezee und Veroo? Gewiss würde die Akademie nicht das Leben der beiden Frauen aufs Spiel setzen, selbst wenn man dort nicht wissen sollte, dass die beiden Angehörige der Königsfamilie der Westinseln waren. Aber die Akademie würde die Frauen möglicherweise als

Komplizinnen und daher als Verbrecherinnen einstufen oder sogar als Rebellinnen. Tyen hätte ihnen die Geheimnisse der Akademie verraten können. Und von ihrem Tod würde niemand erfahren, falls er unbeobachtet und ohne Beweise zu hinterlassen auf See herbeigeführt wurde.

Er schauderte. Es war besser, auf das Schlimmste gefasst zu sein, befand er. Bei diesem Gedanken legte sich die Last der Verantwortung wie ein schwerer Mantel auf seine Schultern. Sezee und Veroo waren seinetwegen hier. Sie würden nicht auf dem Weg in den Fernen Süden in einem gestohlenen Luftwagen sitzen, hätten sie ihm nicht geholfen. Sie hätten, wären sie ihm nicht begegnet, von dem fernen Land vielleicht trotzdem auf die eine oder andere Weise erfahren und versucht, dorthin zu gelangen, aber sie wären in sicherer Gesellschaft gereist.

Ich muss dafür sorgen, dass sie zumindest sicher an Land gelangen, ging es ihm durch den Kopf. *Selbst wenn es bedeutet, dass ich gefangen genommen werde. Selbst wenn es bedeutet, dass ich getötet werde.* Aber was war mit Pergama? Er runzelte die Stirn, dann nickte er, als ihm die offensichtliche Antwort einfiel. Er musste einen Weg finden, sie unter Veroos Besitztümer zu schmuggeln.

Nachdem er dies beschlossen hatte, richtete er seine Gedanken wieder auf die bevorstehende Schlacht und überlegte, was er über magische Kämpfe wusste.

Es lief alles darauf hinaus, so wenig Magie wie möglich mit der größten Wirkung zu benutzen. In Bewegung setzen und zum Stillstand bringen waren die sparsamsten Methoden, im Kampf Magie einzusetzen. Wenn man beides intensivierte, wurden daraus Erhitzen und Abkühlen. Je größere Temperaturunterschiede man bewirken wollte, desto mehr Magie musste man einsetzen. Ein Angriff, bei dem man zuerst die Luft zu einem Feuerball erhitzte und diesen dann warf, verbrauchte viel mehr Magie, als den Gegner nur mit einem gewöhnlichen Wurfgeschoss anzugreifen.

Meist wurde in einem Kampfluftwagen als Bewaffnung ein Vorrat an Pfeilen mitgeführt. Sie waren klein, scharf und leicht. Kanonen und ihre Munition waren zu schwer. Ein tüchtiger Zauberer konnte Hunderte von Pfeilen gleichzeitig losschicken. Normalerweise hatte man auch einen oder zwei Bögen an Bord für den Fall, dass dem kämpfenden Zauberer die Magie ausging. Natürlich war der Nutzen eines solchen Bogens sehr begrenzt, da damit immer nur ein Pfeil nach dem anderen verschossen werden konnte.

Bedauerlicherweise hatte er keinen Vorrat an Wurfgeschossen an Bord. Zumindest nichts, was einem Feind irgendwelche Schwierigkeiten bereiten würde. Wenn er seine, Sezees und Veroos Schuhe warf, würde er damit vielleicht leichten Schaden anrichten können, aber auch davon hatten sie keinen großen Vorrat.

Er war wahrscheinlich ohnehin besser beraten, sich seine Magie für die Verteidigung aufzuheben. Als Erstes würde ein Angreifer versuchen, den feindlichen Luftwagen zu fassen zu bekommen, so wie Tyen es mit dem getan hatte, den sie gerade benutzten. Um das zu verhindern, konnte er selbst mit Magie nach dem Wagen greifen, aber das erforderte mehr Macht, als einfach einen Schild von ruhiggestellter Luft zu formen, den der Gegner mit seinem Griff nicht durchdringen konnte. Und der Schild hatte den zusätzlichen Zweck, Wurfgeschosse abzuwehren.

Tyen griff zu beiden Seiten aus, nahm Magie in sich auf und benutzte einen kleinen Teil davon, um eine dünne Schicht Luft vor und über dem Luftwagen zum Stillstand zu bringen, ungefähr zwanzig Schritte entfernt von der Seite, die dem Dart zugewandt war. Er machte diesen Schild stark genug, um einen Pfeil zu verlangsamen, aber nicht so stark, dass ein Pfeil davon abprallte, und band ihn an den Luftwagen, sodass er dessen Bewegungen immer folgte. Der andere Wagen war jetzt nah genug, dass er die Gestalten der beiden Menschen darin ausmachen und die Spur von *Ruß* spüren konnte, die das Gefährt hinterließ. Er konnte zusehen, wie sich zu beiden Seiten des Darts schwarze Leere blähte, als die Zauberer sich zum Angriff bereit machten.

Er blickte zur Küste hinüber und sah, dass sie jetzt eine grüne Linie unterhalb der Berge war, die dunkler und ferner wirkten, mit bleicheren Gipfeln in ihren hinteren Reihen.

Wir werden es nicht schaffen.

Er spürte einen Stoß, als etwas seine Barriere durchdrang. Ein Pfeil taumelte aufs Meer hinunter. Er murmelte einen Fluch.

»Was ist?«, fragte Sezee. »Du hast ihn doch aufgehalten.«

»Ja«, stimmte er zu. »Aber ich hätte ihn auffangen sollen. Wir haben nichts, was wir ihnen entgegenschleudern könnten.«

»Wie wäre es damit?« Sie hielt ein kleines Messer mit einer gekrümmten, eingekerbten Klinge in der Hand. Die Waffe machte einen überraschend gemeinen Eindruck.

»Das tragt Ihr schon die ganze Zeit?«

»Es ist nützlich. Vor allem wenn Veroo und ich getrennt werden.«

»Wisst Ihr, wie man es benutzt?«

»Wenn du meinst, in einem Kampf, dann ja.«

Er schüttelte den Kopf. »Dann behaltet es. Wenn schon nichts anderes, werdet Ihr es vielleicht brauchen, um Seile durchzuschneiden oder irgendetwas …«

Ein weiterer Stoß verlangte seine Aufmerksamkeit. Der nächste Pfeil trudelte aufs Wasser zu. Diesmal griff Tyen aus, fing ihn mit Magie auf und lenkte ihn in seine Hände. Doch bevor er ihn zu dem Dart zurückschicken konnte, füllte sich die Luft zwischen den Luftwagen mit dünnen, dunklen Linien. Der Versuch, mehrere davon gleichzeitig zu fangen, war wie der Versuch, eine Handvoll Zweige zu ergreifen. Tyen begnügte sich damit, immer nur einen zu nehmen, und er hatte erst drei erwischt, als Veroo rief:

»Wir sinken!«

Es war subtil, aber jetzt, da Veroo darauf aufmerksam gemacht hatte, konnte er es spüren. Mit einem flauen Gefühl im Magen blickte er zu der Kapsel auf. Deren vorderer Teil schien unversehrt, obwohl er nur die untere Hälfte sehen konnte. Als er sich umdrehte, um den hinteren Teil zu untersuchen, gab Sezee einen kleinen Laut der Überraschung von sich. Sie starrte nach oben und kroch rückwärts von ihm weg.

Als er ihrem Blick folgte, erstarrte er, erschrocken, eine lange Klinge eine bloße Handbreit von seiner Nase entfernt hängen zu sehen. Sie war am Ende eines Speers befestigt, der aus dem Bauch der Kapsel ragte.

Er fluchte, als er seinen Irrtum erkannte. Man hatte ihn gelehrt, dass es besser war, Stärke zu sparen, indem man nur die Seite eines Wagens schützte, die dem Feind zugewandt war. Um ein Wurfgeschoss auf einer Bahn zu bewegen, wie sie auch ein von einem Bogen abgeschossener Pfeil beschrieb, bedurfte es nur beim Abschuss oder Abwurf etwas Magie. Wollte man das Geschoss indessen eine kompliziertere Bahn nehmen lassen, sodass es einen Gegner von hinten traf, so galt es, dieses Geschoss mit viel Magie und Konzentration von Anfang bis Ende zu kontrollieren.

Die Anstrengung lohnte sich, wenn man damit mit einem Schlag den Feind zu Boden oder aufs Meer zwang. Die Zauberer in dem Dart hatten den Speer hinter Tyens Luftwagen gelenkt und ihn dann durch die Kapsel getrieben. Da die Kapsel den Blick nach oben versperrte, hatte Tyen den Speer nicht kommen sehen.

Er fluchte erneut, dann entschuldigte er sich bei Sezee.

»Oh, auf gute Manieren kommt es jetzt nicht an«, sagte sie. »Wirst du das Ding herausziehen?«

Er schüttelte den Kopf. »Da es die Kapsel nicht ganz durchschlagen hat, wird es wohl Widerhaken besitzen.« Er zog mehr Magie in sich hinein und vergrößerte den Schild, bis er wie eine in die Länge gezogene Blase den ganzen Luftwagen umgab.

»Also hat die Kapsel oben ein noch größeres Loch?«

»Wahrscheinlich.« Ihm war übel vor Enttäuschung. Es war ein dummer Fehler gewesen, nicht den gesamten Luftwagen zu schützen. *Aber es ist das, was man mich zu tun gelehrt hat. Und eigene Erfahrungen im Luftkampf fehlen mir ja,* rief er sich ins Gedächtnis, fühlte sich deswegen aber nicht besser.

»Tyen«, warnte Veroo ihn.

Er wirbelte herum und sah, dass der Dart in Richtung der Küste abgeschwenkt hatte – offenkundig, um ihnen den Weg abzuschneiden. Dann sah er, dass das Land voraus näher war, als er zu hoffen gewagt hatte. Es war von Bäumen bedeckt – ein Wald, der größer war als jeder, den er zuvor gesehen hatte, erstreckte sich bis zu den Bergen. Er reichte direkt ans Meer, wo das Land in einem niedrigen Kliff steil ins Wasser abfiel.

»Da ist nirgendwo ein Platz zum Landen«, bemerkte Veroo.

»Wir werden eine Lichtung finden. Öffnet alle unteren Ventile der Kapsel, lasst Luft einströmen und erhitzt sie dabei.«

»Das tue ich bereits«, antwortete sie.

Das war das Einzige, was sie vor einem raschen Sturz ins Meer bewahrte. Tyen richtete seine Aufmerksamkeit wieder auf den Dart, der ihnen stetig näher kam und sich langsam vor sie schob. *Ruß* erblühte überall um den feindlichen Wagen herum, als die Zauberer die Magie nahmen, die er und Veroo benötigten, um ihren Wagen in der Luft zu halten und zu verteidigen.

Jetzt erkannte er den Plan der beiden Zauberer. Sie würden vor ihnen her fliegen und längs ihrer Flugbahn alle Magie nehmen. Und erwarten, dass sie mit ihrem Luftwagen versuchen würden, dem *Ruß* auszuweichen. Der Dart würde dann ihre Kursänderung ebenfalls mitmachen und langsam vor ihnen herfliegen, bis ihr Luftwagen in einen Ring von *Ruß* gelangen würde. Ihrer beider Kreise würden enger werden, bis schließlich Tyen und Veroo alle Magie darin verbraucht hatten.

Tyen könnte versuchen zu bluffen und zu Beginn eine Richtung antäuschen, dann jedoch die andere einschlagen. Aber auch darauf würde der schnellere Dart sich rasch einstellen können.

Sie könnten natürlich versuchen, ständig hin und her zu wenden und im Zickzack zu fliegen, aber mit der beschädigten Kapsel würden sie dabei früher oder später im Meer landen. Sie mussten direkt zum Ufer fliegen.

Dann werden wir in der Ruß*spur des Darts fliegen müssen.* Das war für eine Weile möglich, falls Veroo und er, bevor sie den *Ruß* erreichten, genug Magie sammelten, um den Wagen zu fahren und den Schild aufrechtzuerhalten. Er betrachtete den *Ruß* genauer. Wenn die Breite der Spur ein Hinweis war, war seine Reichweite vielleicht ein wenig größer als die der beiden Zauberer.

Er drängte sich wieder an Sezee vorbei, um dicht neben Veroo zu treten, während der Dart sich zwischen den Luftwagen und die Küste schob. Der Zauberer, der nicht am Steuer saß, ging zum hinteren Ende der Gondel, einen großen Köcher mit Pfeilen unter dem Arm. Er schleuderte sie paarweise und versuchte, Tyens Schild von den Seiten und von hinten zu durchdringen.

»Was soll ich tun?«, fragte Veroo.

»Fliegt weiter geradeaus.«

»In den *Ruß*?«

»Ja. Nehmt so viel Magie von überall her, wie Ihr könnt, bevor wir den *Ruß* erreichen.«

»Das bedeutet, dass nichts für dich da sein wird ...«

»Macht Euch um mich keine Gedanken.«

Veroo zog so viel Magie in sich hinein, wie sie konnte. Dann fuhren sie in den *Ruß*.

Es schien Tyen immer so, dass die Luft im *Ruß* kühler und Geräusche gedämpft waren. Er hatte noch genug Magie übrig, um den Schild aufrechtzuerhalten, während er in alle Richtungen ausgriff, jenseits der Ränder der Leere. Er spürte Magie in Reichweite. Fühlte, wie sie auf ihn zutrieb und natürlich hereinfloss, um die Lücke zu füllen, die die Zauberer hinterlassen hatten. Er ergriff sie.

Veroo schnappte nach Luft und sah ihn an. Er richtete seine Aufmerksamkeit weiter auf den Dart. Als er genauer hinschaute, sah er, dass er es sogar geschafft hatte, die Magie um den anderen Luftwagen herum zu nehmen.

Überrascht richtete er sich auf. »Nun ... das hat besser funktioniert, als ich erwartet hatte.«

»Sind alle Akademiezauberer wie du?«, fragte Veroo.

Er schüttelte den Kopf. »Ich habe keine Ahnung. In Belton ist so wenig Magie, dass wir sie nur auf dem Gelände der Akademie benutzen dürfen, und niemand benutzt mehr als unbedingt notwendig.« Er zuckte die Achseln. »Ich habe langsam den Verdacht, dass ich vielleicht ein wenig stärker bin als der Durchschnitt.«

»Es war eine Verschwendung, dass du dort warst«, erklärte sie ihm.

Er blinzelte und erinnerte sich an seine eigenen Gedanken über die Zurückweisung Veroos durch die Akademie. Bevor ihm eine Möglichkeit einfiel, ihr das zu sagen, schaute sie nach vorn und gluckste hämisch.

»Ihre Propeller stehen! Sie sinken.«

Sein Herz schlug schneller, als er feststellte, dass sie recht hatte. Aber der Dart war jetzt genauso hoch wie sie selbst, und das bedeutete… er senkte den Blick. Sie waren dem Meer erheblich näher gekommen, seit ihre Kapsel Schaden genommen hatte. Beunruhigend nahe.

»Wir auch«, murmelte er.

»Wir werden es ans Ufer schaffen«, versicherte sie ihm.

Er schaute nach vorn und schüttelte angesichts ihres Optimismus den Kopf. Wahrscheinlicher war, dass sie in die Bäume stürzen oder gegen das niedrige Kliff prallen würden. Er könnte versuchen, den Luftwagen mit Magie höher zu drücken, aber er brauchte festen Grund, gegen den er sich stemmen konnte, und die Stützstreben der Kapsel waren für solche Belastungen nicht ausgelegt. Wenn sie die Kapsel reparieren wollten, um damit die Berge zu überqueren, war es besser, jetzt so wenig Schaden wie möglich anzurichten.

Die Angriffe vom Dart hatten aufgehört. Der Fahrer hatte seinen Sitz verlassen und war zu seinem Gefährten geeilt. Was immer sie taten, taten sie mit fieberhafter Hast.

»Wir holen sie ein«, sagte Sezee dicht hinter Tyen. Sie umklammerte die Seilreling mit Händen, deren Knöchel weiß hervortraten. »Werden sie auf uns schießen, wenn wir vorbeifliegen?«

Tyen nickte. »Wahrscheinlich. Wie viel Magie habt Ihr noch, Veroo?«

»Ich denke, ich werde uns an ihnen vorbeibringen.«

Er war erleichtert, das zu hören. Obwohl er gleichzeitig den Wagen fahren und einen Schild aufrechterhalten konnte, war es ihm lieber, wenn er das nicht tun musste, solange die Zauberer seine Aufmerksamkeit erforderten. Veroo änderte ihren Kurs in der offensichtlichen Absicht, einen großen Bogen um den Dart zu machen.

»Nein, passiert sie so dicht, wie Ihr könnt«, trug er ihr auf. »Je eher wir Land erreichen, desto besser.«

Die Vorderseite des Luftwagens kam auf gleiche Höhe mit der Rückseite des Darts. Die beiden Zauberer waren nicht mehr als zwanzig Schritt entfernt. Sie wandten sich ihnen zu und schossen gleichzeitig Pfeile von großen Armbrüsten ab, die sie an den Streben ihrer Kapsel abstützten. Als die Pfeile die zum Stillstand gebrachte Luft seines Schildes erreichten, glitten sie zwar hindurch, wurden aber so stark abgebremst, dass sie sofort abstürzten. Tyen fing sie mit Magie auf.

Die Zauberer legten zwei weitere Pfeile ein und spannten die Armbrüste. Tyen konnte nicht genau erkennen, ob sie einen Schild aufrechterhielten, aber es war wahrscheinlich, dass sie ihre verbliebene Magie dafür verwendeten. Er richtete die Pfeile auf den Dart. Doch er zögerte. Die Zauberer stellten im Moment keine Gefahr für ihn dar. Er wollte niemanden unnötig töten.

Aber was wird geschehen, wenn wir Land erreichen? Werde ich es bereuen, diese Gelegenheit nicht genutzt zu haben?

Sie mussten gespürt haben, wie leicht er Magie genommen hatte. Sie wussten, dass er stark war. Wenn er an ihrer Stelle gewesen wäre, würde er sich zurückziehen und mit Verstärkung wiederkommen.

Er konnte dafür sorgen, dass sie länger brauchen würden, um das zu tun.

Nachdem er die Pfeile durch seinen eigenen Schild zu dem Dart geschleudert hatte, versetzte er ihnen einen zusätzlichen Stoß, als sie sich dessen Kapsel näherten. Sie trafen auf einen schwachen Schild, durchbrachen ihn und durchbohrten die Kapsel des Darts. Die Zauberer schossen weitere Pfeile ab, und er sandte sie ihnen wieder zurück, aber diesmal hielt ihr Schild dem Angriff stand. Trotzdem schossen sie nun keine neuen Pfeile mehr ab. Als der Luftwagen den Dart längsseits hatte, warf Tyen die Pfeile, die er früher gesammelt hatte, gegen die Kapsel des Darts. Sie trafen jetzt auf keinerlei Schild mehr, durchschlugen beide Seiten der Kapsel und klatschten dann ins Meer.

»Ihnen ist die Magie ausgegangen«, sagte er.

Er lächelte, als Veroo und Sezee ihm zujubelten. Die zahlreichen Löcher in der Kapsel würden den Dart langsam sinken lassen. Sie würden es an Land schaffen, aber dann standen den Zauberern umfangreiche Reparaturarbeiten bevor, ehe sie Verstärkung holen konnten. Tyen beobachtete, wie einer von ihnen seine Armbrust weglegte und zurück auf den Fahrersitz eilte. Der auflandige Wind würde dem Dart helfen, Land zu erreichen. Damit die Zauberer noch ein Weilchen länger kampfunfähig blieben, zog er noch mehr Magie in Lee des Darts ab und stellte so sicher, dass sie nicht in der Lage sein würden, ihnen mühelos zu folgen und sie von hinten anzugreifen.

»Ich bin verausgabt«, erklärte Veroo.

Tyen hörte, wie die Propeller langsamer wurden und dann ganz stehen blieben. »Bleibt auf Eurem Platz und lenkt«, sagte er, als sie Anstalten machte, aus dem Sitz zu klettern. Er konzentrierte sich darauf, die Luft innerhalb der Kapsel zu erwärmen und die Propeller dazu zu bringen, sich wieder zu drehen.

»Wir haben es geschafft!«, rief Sezee aus. Als Tyen hinunterschaute, sah er, dass sie endlich Land unter sich hatten. Er stieß einen Seufzer der Erleichterung aus und blickte zu dem Dart zurück. Er schien ihnen immer noch zu folgen und steuerte mit seinem Ruder.

»Ah … Tyen«, warnte Veroo.

Er drehte sich um und sah, dass eine grüne Wand aus Blättern ihnen den Weg versperrte.

»Ich kann keine Lichtungen entdecken«, sagte Veroo.

»Dann sucht Euch die breiteste Lücke zwischen den Bäumen.« Tyen zog mehr Magie in sich hinein und drückte die Gondel des Luftwagens sanft nach oben. Die Stützstreben knarrten, als sie gegen die Kapsel drückten, die sich etwas einbeulte und verzog.

Der Wagen stieg ein wenig, aber zu langsam. Ein langer Ast kratzte über den Schild, wo er die Propeller schützte, und riss den Luftwagen zur Seite. Als das Hindernis überwunden war, drehte Veroo das Lenkrad, um den Wagen wieder auf eine zu schmale Lücke zwischen den Bäumen zu richten. Sie scheuerten an Blattwerk vorbei, bevor der Luftwagen in einen zweigfreien Raum eintauchte.

Nur um sich vor einem hohen, bewaldeten Kamm wiederzufinden. Tyen fiel auf, dass er quer zum Gebirge verlief.

»Folgt dem Tal«, wies er Veroo an.

»Wir werden nicht weit kommen«, entgegnete Veroo. »Wir müssen einen Landeplatz finden.«

»Ich weiß, ich weiß.« Er blickte hinab, entdeckte aber keinen offenen Raum. Ein schmaler Faden Wasser glänzte im Sonnenlicht. Ein Fluss ... aber die Bäume standen bis ans Ufer.

Der Wagen legte sich schräg, als Veroo den Kurs änderte. Jetzt, mit dem Wind von der Seite, wurde die Fahrt rauer und langsamer. Tyens Magen schlingerte, als sie schnell sanken. Vielleicht weitete der Wind den Riss in der Kapsel.

»Tyen«, sagte Veroo.

»Fliegt einfach weiter, solange es geht.«

Sezee packte ihn am Arm. »Sie folgen uns immer noch.«

Er drehte sich um. Der Dart erschien gerade über dem Kamm. *Warum blieben sie nicht zurück? Wollen sie feststellen, wo wir landen?*

»Tyen!«, rief Veroo.

Er drehte sich um und fand sich einer Wand aus Zweigen und Blättern gegenüber.

»Festhalten!«, schrie er und verstärkte die Barriere um den Luftwagen. Sie brachen in das Blätterwerk, Zweige kratzten über seine Barriere, dann waren sie wieder heraus. Und fuhren geradewegs in die Krone des nächsten Baumes.

19 Tyen

Der Aufprall riss Tyen von der Reling los. Er hörte ein Keuchen von Veroo, aber nichts von Sezee. Er wurde nach vorn geschleudert und rutschte mit dem Kopf voran über die Gondel. Es gelang ihm, die Arme auszubreiten, eine der Streben zu fassen zu bekommen und ein Bein um eine Stütze der Reling zu schlingen. Die Schuhe, die an seinen Gürtel gebunden waren, schwangen hoch und schlugen ihm gegen die Brust. Der Riemen seiner Tasche zerkratzte ihm die Nase, als sie ihm über den Kopf glitt. Er griff mit seiner freien Hand danach, bekam aber nur leere Luft zu fassen.

»Käfer!«, rief er. »Flieg!«

Die Lasche ging auf, und das Insektoid kam mit schwirrenden Flügeln zum Vorschein.

»Tasche bewachen«, befahl er. Käfer zischte hinab. Tyen wartete nicht darauf, ihn landen zu sehen. Die Vorwärtsbewegung des Luftwagens war inzwischen ganz abgebremst. Seine Nase – oder besser die Front von Tyens Schild – hatte sich in die Baumkrone gebohrt. Aber da nichts das hintere Ende des Wagens stützte, neigte es sich bereits nach unten. Tyen verstärkte den Schild unter dem Wagen, aber als er fast wieder waagrecht lag, verfing er sich an irgendetwas, wippte noch ein paarmal und blieb dann in dieser Stellung.

Tyen zog sich hoch – der Wagen quittierte das mit erneutem Schwanken – und sah sich um. Sezee hatte sich im Netz der Reling gesichert und blickte ihn mit einem grimmigen Lächeln an. Das bedeutete wohl, dass sie unverletzt war. Veroo murmelte düster etwas vor sich hin, während sie aus dem Fahrersitz kletterte. Er seufzte vor Erleichterung. Der Fahrersitz im vorderen Teil des Luftwagens hätte den größten Schaden davontragen können, aber sein Schild hatte sie geschützt.

Das hintere Ende der Luftwagenkapsel lag auf dem Ast eines anderen Baumes auf. Jedoch hielt nur sein Schild sie fest.

»Bewegt Euch langsam«, sagte er. »Der Wagen könnte immer noch abstürzen.«

Sezee schaute über den Rand. »Wie werden wir dort hinunterkommen?«

Tyen folgte ihrem Blick. Sie waren zu hoch über dem Boden, um einen Sprung zu riskieren. Es war unter der dichten Vegetation auch nicht zu erkennen, wie eben oder felsig der Grund war. Er dachte an die Strickleiter, die zur Ausrüstung aller Luftwagen gehörte und die an Bord verankert war. Doch er bezweifelte, dass sie bis zum Boden reichen würde. Dann untersuchte er den Baum, in dessen Krone sie sich gebohrt hatten. Die Äste standen zu weit auseinander, um daran hinunterzuklettern. Aber wenn sie beides kombinierten …

»Wir werden in Etappen nach unten gehen«, beschloss er.

»Wartet. Hört Ihr das?«, fragte Veroo.

Sie verstummten. Ein fernes Pochen war über dem Rauschen der Blätter im Wind gerade noch auszumachen.

»Der Dart?«, überlegte Sezee laut.

»Wahrscheinlich. Wenn er es ist, werden wir auf dem Boden sicherer sein«, erklärte Tyen. Mit Hilfe von Magie holte er die Strickleiter zu sich heran, statt das Risiko einzugehen, den Wagen durch unnötige Bewegung aus dem Gleichgewicht zu bringen. Er schuf ein Loch in seiner Barriere und trat hinaus in das Nest aus Zweigen und Ästen, in dem die Nase des Wagens steckte. Dann suchte er weiter unten am Stamm einen weiteren Astquirl, der von ihnen aus über die Strickleiter sicher zu erreichen sein würde. Er sicherte die Strickleiter an einem Ast und stieg die Leiter hinunter.

»Heißt es nicht immer: die Frauen zuerst?«, fragte Sezee und schaute durch das Netz zu ihm herab.

»Wollt Ihr meine Knoten auf die Probe stellen?«

Sie schüttelte den Kopf. »Nein.«

»Und wenn Ihr fallt, werde ich Euch leichter auffangen können, wenn ich selbst auf etwas Festem stehe.« Nachdem er sicher den unteren Astquirl erreicht hatte, schaute er zu Veroo auf. »Ihr seid an der Reihe.«

»Sezee sollte als Nächste gehen«, widersprach die Frau.

Tyen nickte. »Gut. Aber stellt Euch trotzdem vorher auf einen Ast. Ich will Euch nicht beide auffangen müssen, falls der Wagen abrutscht.«

Er brachte den Wagen zum Stillstand, während Sezee über die Gondel und in die Baumkrone kroch. Schon bald kletterte sie die Leiter herab, während Tyen sie mit seinem Gewicht auf der untersten Sprosse stabilisierte. Veroo folgte, dann band Tyen die Leiter oben mit Magie los und sicherte sie in ihrem Astquirl erneut, damit sie von dort weiter zum Waldboden absteigen konnten.

Fester Grund unter den Füßen war ihnen noch nie so willkommen gewesen. Während die Frauen ebenfalls die Leiter herunterkamen, schaute er zu dem Wagen auf. Ohne Luft, die in sie hineingesandt und erhitzt wurde, sackte die Kapsel in sich zusammen.

»Kannst du ihn runterbringen, ohne ihn weiter zu beschädigen?«, fragte Veroo, als sie sich zu ihm und Sezee gesellte.

»Ich hoffe es.« Sezee hatte ihre Schuhe bereits angezogen, bemerkte er. Er setzte sich auf eine große, freie Baumwurzel und tat es ihr nach.

»Kannst du den Wagen reparieren?«, erkundigte sich Sezee.

»Diese Frage werde ich beantworten, wenn ich den Schaden gesehen habe.«

Tyen holte tief Luft und zog weitere Magie in sich hinein. Dann benutzte er den Schild um den Wagen wie eine gewölbte Handfläche und löste das Gefährt vorsichtig aus seiner prekären Verankerung. Es glitt abrupt von dem Ast; danach musste Tyen den Wagen nach hinten neigen, damit er vorn aus dem Baum freikam, in dem sie gelandet waren. Von diesem Augenblick an hatte er das ganze Gewicht des Luftwagens zu tragen, sodass er gezwungen war, noch mehr Magie in sich hineinzuziehen. Die Stützen knackten und ächzten, als er den Wagen absetzte, und die Kapsel fiel mit einem pfeifenden Geräusch in sich zusammen. Vorsichtig traten sie näher an den Wagen heran. Sezee blieb plötzlich stehen, dann teilte sie die breiten Blätter einer Pflanze.

»Hier ist deine Tasche.« Sie bückte sich und wich dann zurück. »Und Käfer.«

Tyen war sofort bei ihr. »Käfer«, rief er.

Ein vertrautes Summen erklang, als das Insektoid aus dem Unterholz auftauchte. Es flog zu ihm herüber, und der Druck winziger Metallbeine legte sich auf seine Schulter.

Sezee starrte es fasziniert an. »Ich habe nie danach gefragt – ist es ein Er oder eine Sie?«

Tyen blinzelte überrascht. »Es ist einfach … Käfer. Es hat keine männlichen oder weiblichen, ähm, Teile.«

Sie streckte die Hand aus und streichelte Käfers Kopf. »Ich schätze, nach den hübschen Flügeln zu urteilen, ist es eine Sie. Du hättest sie nicht so dekorativ und bunt gemacht, wenn es deine Absicht gewesen wäre, ein männliches Insektoid zu erschaffen.«

»Einige Männer lieben es, sich zu schmücken«, bemerkte Veroo. »Und sie tragen leuchtende Farben.«

»Nicht in Leratia, und Tyen ist Leratianer.«

Tyen schüttelte den Kopf. »Warum muss es männlich oder weiblich sein?«

Sezee zuckte die Achseln.

»Ich höre keine Propeller mehr«, warf Veroo ein.

Sie verstummten und lauschten angespannt. Die einzigen Geräusche, die Tyen hörte, waren die des Waldes. Er stieß einen Seufzer aus. »Sie haben sich die Stelle gemerkt, wo wir gelandet sind, und suchen jetzt wahrscheinlich nach einem sichereren Platz, um selbst zu landen und ihre Kapsel zu reparieren.« Er schaute unter die Pflanzen, fand seine Tasche und hob sie auf. Aber als er die Lasche aufzog, blieb ihm fast das Herz stehen. Pergama war nicht in dem Ranzen. Sofort fing er an, den Fundort abzusuchen.

»Hast du etwas verloren?«, fragte Sezee.

Er brummte zur Antwort.

Sie begann die Vegetation zu teilen. »Was ist es?«

»Ein Buch.«

»Das, in dem du gelesen hast, während … ah! Hier ist es.«

Sie ging in die Hocke, und ihre Hände verschwanden unter den Blättern einer weiteren Pflanze. Als sie sich wieder aufrichtete, hielt sie Pergama in Händen. Sie betrachtete den abgenutzten alten Einband und drehte das Buch hin und her. Tyen sorgte dafür, dass seine Miene unbesorgt blieb, als er auf sie zuging und die Hand ausstreckte. Zu seiner Erleichterung schlug sie das Buch nicht auf, sondern überreichte es ungeöffnet.

»Danke«, sagte er und verstaute es wieder in der Tasche. »Also, lasst uns sehen, wie schlimm der Wagen beschädigt ist. Wenn wir Glück haben, hatte der Besitzer eine Reparaturausrüstung an Bord.«

»Wo wird sie sein?«, fragte Veroo.

»In der Gondel.«

Sie folgten ihm hinüber zu dem Luftwagen. Ein Teil der Kapsel hatte sich über die Stützstrebe gelegt. Tyen ließ die Schultern hängen, als er unter dem dicken Stoff auch abgebrochene Holzstücke entdeckte.

»Es ist schlimmer, als ich dachte«, sagte er. Das Loch auf der Oberseite der Kapsel war nicht so groß, wie er befürchtet hatte, aber die beschädigten Streben waren übel. Er würde neue anfertigen und sie irgendwie befestigen müssen. Er hielt die Ränder des Loches hoch, schaute in die eingesunkene Kapsel und fand den Speer, der den Schaden verursacht hatte. Wie er vermutet hatte, war sein Schaft mit Widerhaken versehen. Er zog ihn heraus und warf ihn auf den Boden.

»Ein abscheulich aussehendes Ding«, bemerkte Sezee, die den Speer kritisch beäugte. »Und sich vorzustellen, dass er so nah daran war, dir ein Loch in den Kopf zu bohren …«

Tyen schauderte. »Darüber will ich lieber nicht nachdenken.«

»Ist das die Reparaturausrüstung?« Veroo hielt eine kleine, vertraute Tasche hoch – die Standardausrüstung des wichtigsten Luftwagenausstatters, Lorson & Söhne, die sich die meisten Luftwagenfahrer zulegten.

»Ja.« Er schüttelte den Kopf und seufzte. »Es wird länger dauern, diesen Wagen zu reparieren als den Dart. Sie werden zurück sein, bevor wir fertig sind.«

»Tyen«, sagte Veroo in dem gleichen warnenden Ton, den sie benutzt hatte, als sie auf die Bäume zugerast waren. Als er sich umdrehte, sah er, dass sie zu dem nahen Fluss hinüberblickte. »Wir haben Gesellschaft«, murmelte sie.

Gewiss waren die Zauberer des Darts nicht bereits angekommen? Er brauchte einen Moment, die beiden Gestalten auszumachen, die in dem Schatten der Bäume standen, und er sah zu seiner Erleichterung, dass es nicht seine Verfolger waren. Ein Mann, der vielleicht zehn Jahre älter war als er selbst, stand mit vor der Brust verschränkten Armen da und runzelte die Stirn. Neben ihm blickte ein Junge mit großen Augen ängstlich zwischen dem Luftwagen und seinem Begleiter hin und her.

»Wer sind die?«, flüsterte Sezee.

»Ich habe keine Ahnung«, antwortete Tyen. Die beiden trugen feste, aber abgenutzte Kleidung, und der Mann hielt eine Axt in der Hand. Es waren wahrscheinlich Eingeborene, möglicherweise Waldarbeiter. Ob sie bereit waren, ihnen zu helfen? Obwohl es ein Risiko war, Fremden zu vertrauen, brauchten er und die Frauen, ob Tyen den Luftwagen nun reparierte oder stehen ließ, etwas zu essen und ein Dach über dem Kopf. Also holte er tief Luft und trat den beiden einige Schritte entgegen.

»Guten Tag«, grüßte er. »Bitte, könntet Ihr uns sagen, wo wir sind?«

Die Stirnfalte des Mannes vertiefte sich. »Im Grünwald«, sagte er. »Am südlichen Rand von Rymuah.« Er kniff die Augen zusammen. »Ihr seid Leratianer.«

Tyen nickte.

»Aber die Frauen sind es nicht.«

»Sie kommen von den Westinseln.« Tyen drehte sich zu beiden Frauen um und stellte sie vor. »Ich bin Tyen. Wir sind …« Flüchtlinge? Entlaufende Gefangene? Das konnte er ihnen nicht erzählen. »Wir sind Abenteurer.«

Der Mann neigte kurz den Kopf in Richtung der Küste. »Euresgleichen habe ich schon früher gesehen. Aber ich habe nicht gesehen, dass das Reich versucht hätte, einen von Euch vom Himmel zu schießen.« Er trottete auf ihn zu und streckte die Hand aus. Als Tyen die Geste erwiderte, ergriff der Mann seine Hand, drückte sie fest und ließ sie dann los. »Willkommen in Rymuah. Orn Lorgen«, stellte er sich vor. »Das ist Ozel, mein Sohn.«

Die Frauen traten vor und wurden mit leichten Verbeugungen begrüßt. Beide Männer beäugten unbehaglich Sezees Hose. Tyen lächelte mitfühlend.

»Also«, sagte Orn. »Diese Männer aus dem Reich jagen Euch. Haben einigen Schaden angerichtet.« Er deutete mit dem Kopf auf den Luftwagen.

Es hatte keinen Sinn, es zu leugnen. Tyen nickte.

»Ihr Wagen wurde ebenfalls beschädigt. Was denkt Ihr, wie viel Zeit wir haben, bevor sie ihn reparieren und hierher zurückkehren?«, fragte Veroo.

»Nicht genug«, erwiderte der Fremde. »Es gibt nicht weit entfernt nordwestlich von hier ein Dorf. Die Männer des Reiches werden dort landen. Ihr habt zwei Stunden, nicht mehr.«

»Gibt es hier weitere Zauberer?«, erkundigte Tyen sich.

Orn nickte. »Es hat schon immer Streitigkeiten darüber gegeben, wem das Land hier gehört und wer das Recht hat, die Bäume zu fällen und das Holz zu verkaufen. Die Zauberer des Reiches regeln diese Konflikte für uns. Natürlich immer zu ihren Gunsten.«

Sezee wandte sich an Tyen. »Könntest du sie abwehren?«

Tyen verzog das Gesicht. »Ich weiß es nicht. Es hängt davon ab, wie viele es sind.« Und was dann? Er wollte niemanden töten. »Wir sollten gehen. Wir können einen anderen Luftwagen bauen.«

»Das wird Zeit kosten«, protestierte sie. »Sie werden der Akademie sagen, wo du bist, und weitere Zauberer und Darts hierherschicken, um auf dich Jagd zu machen. Bis wir wieder einen Luftwagen haben, wird es der feindlichen Übermacht wegen nicht mehr sicher sein zu fliegen.«

»Ich an Eurer Stelle würde zu Fuß weitergehen und zusehen, dass ich ein gutes Stück weit von hier wegkomme«, sagte Orn. »Ich werde Euch beraten, was die Route angeht.«

»Danke.« Tyen seufzte. »Das Problem ist, dass wir unser Ziel nicht zu Fuß erreichen können.«

Der Mann zog die Augenbrauen hoch. »Über die Berge?« Er schlenderte auf den Luftwagen zu, den jungen Mann dicht hinter sich. »Wie groß ist der Schaden?«

»Einige Streben müssen ersetzt werden und die Kapsel geflickt.«

»Könnt Ihr uns helfen?«, fragte Sezee. »Wir können Euch bezahlen.«

Der Mann schürzte die Lippen, dann blies er die Wangen auf. Schließlich stieß er einen leisen Atemzug aus und nickte. »Ich denke, das können wir. Wenn ich einigen Freunden, die hier in der Nähe leben, eine Nachricht zukommen lasse, werden sie den Wagen auseinandernehmen und fortschaffen. Die Leute vom Reich werden denken, dass sie ihn ausschlachten und die Teile stehlen. Ihr könnt zurückkommen, wenn sie fort sind, und ihn wieder zusammensetzen.«

Tyen sah den Mann voller Staunen an. Dass er bereit war, eine solche Anstrengung für sie auf sich zu nehmen, beschämte ihn. Er schaute Orn in die Augen. »Seid Ihr sicher, dass Ihr es riskieren wollt, Feinden des Reiches zu helfen?«

Orn nickte. »Ich weiß nicht, warum Ihr vor ihnen davonlauft, aber mir reicht die bloße Tatsache, um nicht zu wollen, dass sie Euch finden. Ein Feind des Reiches ist ein Freund der Rymuan.«

Tyen lächelte. »Ich denke langsam, dass ich mir diesen Standpunkt ebenfalls zu eigen machen sollte.«

»Wohin sollen wir in der Zwischenzeit gehen?«, schaltete sich Veroo ein.

Orn dachte kurz nach. »Ihr könnt gern bei mir bleiben. Wir

haben einen Weg von einigen Stunden dorthin, aber mein Heim ist gut verborgen.«

Als der Mann davonging, um den Luftwagen zu untersuchen, berührte Sezee Tyen am Arm.

»Bist du sicher, dass wir uns darauf einlassen sollen?«, murmelte sie.

Er zuckte die Achseln. »Nein. Aber selbst wenn er es irgendwie schaffen sollte, den Luftwagen rechtzeitig zu reparieren, werden sie uns entdecken, sobald wir über die Bäume fliegen, und die Jagd wird von neuem beginnen. Sie werden uns einfangen, bevor wir die Berge überqueren können.«

»Nein, ich meine, ob es richtig ist, ihm zu vertrauen.«

»Wir haben keine andere Wahl.«

Sie wandte sich an Veroo, die nickte. »Er hat recht. Wir sollten unsere Taschen holen.«

Mit einem tiefen Seufzen ging Sezee zum Wagen hinüber und lud ihre Taschen aus der Gondel.

»Ich hoffe, Ihr habt nicht vor, die alle zu tragen«, sagte Tyen.

Sie warf ihm einen düsteren Blick zu. »Nein. Das wirst du tun. Schließlich haben wir dich als Träger eingestellt.«

»Dann wird es wohl Zeit, dass ich kündige.«

Sezee schaute auf die Taschen hinab. »Aber … kannst du nicht Magie benutzen, um sie zu transportieren?«

Veroo kicherte. »Und eine klare Spur von *Ruß* erzeugen, anhand derer man uns aufspüren kann?«

»Dann werden wir nur die kleinste Tasche mitnehmen«, beschloss Sezee. »Lasst uns umpacken.«

»Und zwar schnell«, fügte Veroo hinzu.

In wenigen Minuten hatten die Frauen einige Dinge in die kleinste ihrer Taschen gestopft. Sie reichten sie ihm, dann packten sie die größeren Taschen wieder in die Gondel. Der Mann sprach leise mit dem Jungen, der nickte und davoneilte.

»Folgt mir«, sagte Orn und setzte sich in Bewegung.

Tyen sah Sezee und Veroo an. Sie erwiderten seinen Blick stirnrunzelnd, erhoben aber keine Einwände. Also straffte er die Schultern, umfasste ihre Tasche fester und ging hinter dem Rymuan her.

Orn gab ein stetiges Tempo vor, nicht hastig, aber mit nur wenigen Pausen. Er wählte einen Pfad, der an manchen Stellen kaum breiter war als ein Fuß. Andere Wege querten den Pfad, so oft, dass Tyen sich fragte, ob der Waldboden ein einziges gewaltiges Labyrinth war. Mehrmals sah er die Spur von Tieren. Gefallene Bäume lagen gelegentlich quer über dem Pfad. Zuerst blieb Tyen stehen, um den Frauen darüber hinwegzuhelfen, aber Sezee – unbehindert von Röcken – hatte keine Mühe, die meisten Hindernisse zu überwinden, und sie blieb nah bei Veroo und bot der älteren Frau stets eine Hand, wenn diese sie brauchte. Tyen begnügte sich damit, hinter ihnen herzugehen, die Nachhut, bereit zu helfen, falls sie darum baten.

Je weiter sie kamen, umso häufiger ging es bergan und umso steiler wurde der Pfad. Sie überquerten grobe Holzbrücken, die sich zuerst über schmale Bäche spannten, dann aber auch an den Seiten tiefer Schluchten entlangführten. Wann immer sie eine Anhöhe überwanden, verlangsamte Orn das Tempo und schaute suchend zum Himmel empor.

Lange Zeit sprach keiner von ihnen, bis Sezee Orn fragte, ob sie bald haltmachen könnten, um etwas zu trinken. Er nickte und blieb schließlich vor einer Felswand stehen, über die Wasser tröpfelte, frisch und kalt. Er bot ihnen einige Streifen gesalzenen Fleisches an, und Veroo förderte ihrerseits einige gehaltvolle Kuchen aus Nüssen, Getreide und getrockneten Früchten zutage, die sie vor Antritt der Seereise gekauft hatte. Orn schmeckten diese Kuchen besser als den Frauen das harte Fleisch.

Der Wald wurde langsam dunkler, während die letzten Sonnenstrahlen sich von den Baumwipfeln über ihnen zurückzogen. Als die Luft sich abkühlte, knöpften sie ihre Jacken zu und zogen Handschuhe aus den Taschen. Da die Bäume das Sternenlicht verdeckten, stolperten sie schon bald in der Dunkelheit über Wurzeln und Steine.

Orn hielt abermals inne. »Ich kenne den Weg gut genug«, sagte er. »Aber ihr könnt nicht ohne ein Licht gehen.« Er sah Tyen an. »Wir sind zwischen zwei Bergketten; sie können das Licht also nur entdecken, wenn sie genau über uns sind, und dann würden wir rechtzeitig ihre Propeller hören.«

Tyen nickte. Er schuf eine winzige Flamme und ließ sie über den Boden schweben. Eine weitere Flamme erschien daneben, und er schaute zu Veroo auf. Sie schüttelte den Kopf, dann sah sie Orn vielsagend an.

Er kann also Magie benutzen, dachte Tyen. Der Mann musterte Veroo mit dem gleichen abschätzenden Blick, mit dem Tyen zuvor ihn gemustert hatte, zweifellos weil Tyen offensichtlich angenommen hatte, die Flamme sei ihre. Sie zuckte die Achseln, und eine dritte Flamme erschien. Orn lächelte und marschierte weiter durch den Wald.

Obwohl Tyen den Verdacht hatte, dass der Rest des Weges kürzer war, fühlte es sich nicht so an. Die kühle Dunkelheit bedrängte sie von allen Seiten. Das stetige Rascheln der Blätter im Wind weit über ihnen war eine ständige Erinnerung an die Bäume, die zu einer hoch aufragenden Präsenz geworden waren, jetzt, da man sie nicht mehr sehen konnte. Der Wald wirkte auch lauter; sie hörten alles Mögliche, von tiefem, kehligem Grollen bis hin zu schrillem Kreischen. Und fast ständig begleitete sie ein hohes Piepen.

Der Pfad beschrieb immer engere Kurven und wurde immer steiler. Trotz seines eigenen Keuchens hörte Tyen, wie angestrengt die Frauen atmeten, bis alles im Rauschen von dahinströmendem Wasser unterging. Vorn hob sich Orns Flamme in die Luft, während er eine Flucht grober steinerner Treppen hinaufstieg. Sezee und Veroo blieben stehen und atmeten schwer. Als Tyen sie erreichte, lächelten sie und bedeuteten ihm voranzugehen.

Als die Treppe endete, war Tyen restlos außer Atem, und seine Beine zitterten. Er blieb stolpernd stehen, als er sah, dass Orn auf ihn wartete. Die Luft bildete eine Wolke vor seinem Gesicht, der einzige Hinweis darauf, dass er schneller atmete als gewöhnlich.

Dann begriff Tyen, dass Orn auf der Veranda eines Hauses stand, das in den Spalt einer Felswand gebaut war. Unterhalb der Veranda sprudelte ein Bach, der sich dort in einen Riss im Boden ergoss. Das war die Quelle des starken Rauschens.

Eine Frau und zwei jüngere Männer waren zu Orn getreten. Tyen hörte sie sprechen, verstand aber nur einen Teil ihrer Worte. Als jemand ihn leicht von hinten berührte, wusste er, dass Veroo und Sezee den Aufstieg ebenfalls bewältigt hatten. Er drehte sich um und bot beiden Frauen einen Arm, auf den sie sich stützen konnten, während sie sich erholten. Der Nebel von ihrem Atem vermischte sich zu einer einzigen Wolke, während sie stumm ihre Fassung wiedergewannen.

Sezee war die Erste, die – noch etwas unsicher – vortrat. Veroo folgte ihr sofort. Tyen schloss sich ihnen an. Der Rymuan und seine Familie kamen ihnen von ihrer Veranda entgegen.

»Willkommen in meinem Heim«, sagte Orn. »Das sind meine Frau, Ael, und meine älteren Söhne, Onel und Onit.« Dann stellte er Tyen, Veroo und Sezee seiner Familie vor.

Die Frau lächelte. »Kommt herein. Ihr werdet hier sicher sein. Wir werden dafür sorgen, dass Ihr Euch ausruhen und essen könnt.«

Von diesem Augenblick an wurden sie rasch und effizient versorgt. Ael und einer der Söhne bereiteten ihnen ein Mahl zu. Ein kleines Mädchen erschien kurz und musterte Sezee scheu, bevor sie ins Bett zurückgescheucht wurde. Danach gefragt, warum sie von den Zauberern des Reiches gejagt wurden, erzählte Tyen ihnen, dass einer der Professoren der Akademie es so eingefädelt hatte, dass man ihm die Schuld an einem Diebstahl gab. Sezee warf ein, dass er geschnappt worden wäre, wenn sie und Veroo ihm nicht bei der Flucht geholfen hätten.

»Warum seid Ihr nach Süden gekommen?«, fragte Onel weiter.

»Sie sind natürlich auf dem Weg über die Berge«, erwiderte Onit. »Der einzige Ort, den das Reich noch nicht erobert hat.«

»Was der Grund ist, warum Ihr den Luftwagen repariert haben wollt«, beendete Orn die Erklärung lächelnd.

Tyen nickte. »Sonst könnten wir einen neuen bauen.«

»Wenn alles gut geht, wird das nicht notwendig sein«, sagte Orn. »Ich habe Ozel zu Kel geschickt«, erklärte er seiner Familie. »Er und die Jungen sollten imstande sein, den Wagen irgendwo hinzubringen, wo er sicher ist und nicht entdeckt wird.«

Sezee lächelte. »Wir sind Euch sehr, sehr dankbar für Eure Hilfe.«

Tyen nickte. »Ich stehe doppelt in Eurer Schuld«, stellte er fest, schier überwältigt von der Großzügigkeit dieser Menschen. »Wie Sezee zuvor sagte, können wir Euch bezahlen. Wir haben noch etwas Geld übrig, und ich glaube nicht, dass wir damit im Süden viel anfangen können.«

»Es ist nicht notwendig, uns …« Orn sah seine Frau an, die ihm sanft den Ellbogen in die Rippen gestoßen hatte. Er seufzte und wandte sich wieder zu Tyen um. »Wenn Ihr wollt, werden wir alle Münzen, die Ihr nicht braucht, gut verwenden, um den Menschen hier zu helfen, die das Reich um ihre Arbeit oder um ihr Land gebracht hat.«

Tyen lächelte. »Ich kann mir keinen besseren Verwendungszweck für das Geld vorstellen.«

»Nun, für mich sieht es so aus, als könntet Ihr alle etwas Schlaf gebrauchen«, befand Ael. Sie erhob sich und arrangierte, dass die anderen Bettzeug in den vorderen Raum des Hauses brachten. Schon bald war die Familie in einem Zimmer tiefer in ihrem seltsamen Heim verschwunden und überließ es ihren Gästen, sich auf Matratzen auf dem Boden auszustrecken.

Die bequemer waren als die Gondel des Luftwagens, überlegte Tyen. Aber obwohl er müde war, lag er noch lange wach und hörte, wie Sezees Atmung sich zu dem langsamen Rhythmus des Schlafs vertiefte, bevor Veroos folgte. Es war ein weiterer Glücksfall gewesen, dass sie Orn begegnet waren. Aber würde dem, wie es die letzten beiden Male der Fall gewesen war, ein weiterer Rückschlag folgen?

Während er dem Schlaf entgegentrieb, kam ihm der Gedanke, dass sein Glück in letzter Zeit immer darin bestanden hatte, Menschen zu treffen, die das Reich genug verabscheuten, um ihm zu helfen. Vielleicht war Glück dafür auch nicht die passende Bezeichnung.

Aber wenn dem so war – wie würde es dann werden, sobald er den Fernen Süden erreichte, wo kaum jemand je vom Reich gehört und auch keinen Grund hatte, es zu hassen?

Sechster Teil

17 Rielle

Nachdem sie ihr Verbrechen eingestanden hatte, fühlte sich Rielle für ungefähr eine Stunde leichter und, was das Seltsamste war, *freier.*

Sie hatte etwas versteckt gehalten, seit sie sich erinnern konnte, und jetzt brauchte sie das nicht länger zu tun. Seit dem Tag, an dem Narmah entdeckt hatte, dass ihre Nichte *Schwärze* sehen konnte – und Rielles Erinnerungen an die Zeit davor waren spärlich –, hatte sie vorsichtig sein müssen. Jetzt, da das nicht mehr notwendig war, schien es ihr, als bewegten sich ihre Glieder leichter oder als böte die Luft weniger Widerstand oder als hätte sie Zugang zu Energie, die sie zuvor darauf verwandt hatte, ihr Geheimnis zu hüten.

Sie wusste, dass es nicht von langer Dauer sein würde, aber das Gefühl verschwand nicht, als sie den Tempel betrat oder als Sa-Elem den anderen Priestern von ihrem Verbrechen berichtete. Noch ging es weg, als er sie in die Gänge unter dem Gebäude führte, die von einem jungen Priester bewacht wurden. Es erstarb erst, als die Zellentür hinter ihr mit einem dumpfen Scheppern ins Schloss fiel.

Nachdem sie auf das einzige Möbelstück der Zelle – eine schlichte Holzbank – gesunken war, hatte sie sich von der Angst und den Schuldgefühlen überfluten lassen und sie als verdient und unausweichlich hingenommen.

Alles, was sie von ihrer voraussichtlichen Zukunft erahnen konnte, gründete sich auf das, was sie andere hatte erleiden sehen. Doch sie war nicht mit Magie gequält worden, wie es ihrem Entführer widerfahren war, wahrscheinlich weil sie sich weder ihrer Gefangennahme widersetzt noch versucht hatte, Magie einzusetzen. Wenn sie sich weiter kooperativ zeigte, würden sie ihr dann die Parade der Schande durch die Straßen der Stadt ersparen, bevor sie sie wer weiß wohin brachten?

Sicherlich würden die Priester für die Tochter einer wohlhabenden Kaufmannsfamilie einen diskreteren Abgang arrangieren. Die großen Familien würden keine Aufmerksamkeit auf die Möglichkeit lenken wollen, dass reichere Mitglieder der Gesellschaft ebenfalls befleckt sein konnten.

Aber sie würden diese Gelegenheit vielleicht auch nutzen, um sich von der Familie Lazuli zu distanzieren und darauf hinzuweisen, dass Färber Künstler seien und die Wahrscheinlichkeit daher größer sei, dass sie von Magie angezogen wurden. War nicht schon der Umgang mit Färbemitteln etwas Befleckendes?

Es würde ihre Familie ruinieren.

Aber war das wirklich so? Ihre Eltern hatten ihr Leben lang gegen das Stigma angekämpft, Besitzer einer Färberei zu sein. Ihr Vater duldete unter den Arbeitern nur das ehrbarste Benehmen. Ihre Mutter konnte, wie sie nur allzu gut wusste, skrupellos sein, wenn es darum ging das Geschäft zu fördern. Sie würden alles in ihre Macht Stehende tun, um ihren Ruf zu retten, und wenn das bedeutete, Rielle zu verstoßen, würden sie auch das tun.

Obwohl es wehtat, hoffte Rielle, dass sie sich dafür entscheiden würden. Sie wollte nicht, dass ihre eigenen Fehler ihnen oder den Menschen schadeten, die für sie arbeiteten. Und wenn sie ihr Vorwürfe machten, würden sie Izare keine Vorwürfe machen. Oder doch?

Das Geräusch einer Tür, die geöffnet wurde, ersparte ihr weiteres Nachdenken darüber. Der wachhabende Priester klappte sein Buch zu und stand auf, als Sa-Gest mit einer Laterne in der Hand erschien. Rielle wurde flau im Magen.

»Ich soll Euch ablösen«, erklärte Sa-Gest.

Der Wachposten nickte. Er griff nach seiner eigenen Laterne und verließ den Raum, ohne Rielle eines Blickes zu würdigen. Sa-Gests Gesicht war ausdruckslos, bis die Tür geschlossen wurde, doch dann verzogen sich seine Lippen zu einem trägen Lächeln.

Obwohl ihr Herz zu hämmern begann, als er auf die Zellentür zuging, hielt sie ihr Gesicht so reglos wie möglich und hoffte, dass sich keine Furcht darauf zeigte. Sie war dankbar dafür, dass die Zelle groß genug war, dass er nicht durch die Gitterstäbe fassen konnte, um sie zu berühren.

»So, so«, murmelte er. »Es ist mir noch nie passiert, dass eine Frau zu solch extremen Maßnahmen greift, um sich mir zu entziehen. Das ist tatsächlich ziemlich schmeichelhaft.«

Sie starrte ihn an und sagte nichts. Über seinen eigenen Scherz kichernd, umklammerte er die Gitterstäbe. Die Erinnerung daran, wie überraschend stark diese Finger waren, ließ sie schaudern. Er grinste und rüttelte an der Zellentür. Das Klirren ließ sie zusammenfahren. Er hatte Magie. Er konnte sich seinen Weg zu ihr erzwingen. Vielleicht hatte er sogar den Schlüssel.

Aber das würde er nicht tun. Die anderen Priester würden nicht erlauben, dass einer Gefangenen Schaden zugefügt wurde, nicht einmal einer Befleckten.

Sa-Gest grinste. »Ich überprüfe nur, ob Ihr sicher eingesperrt seid. Würde doch nicht wollen, dass Ihr während meiner Wache entkommt.« Er beugte sich näher vor. »Obwohl ich, wenn sich eine Gelegenheit bietet, vielleicht überredet werden könnte, Euch zu helfen«, flüsterte er. »Als Gegenleistung für ein paar Gefälligkeiten.«

Sie hielt ihren Blick gelassen und kühl. Er würde einen solchen Austausch nicht vorschlagen, wenn er die Möglichkeit hätte, sie anzugreifen.

»Wenn Ihr andererseits«, fuhr er fort, »irgendjemandem erzählt, dass ich Euch angesprochen habe, und die Gefälligkeit erwähnt, um die ich Euch gebeten habe, kann ich Euch versichern, dass Eure Familie und Euer Geliebter all die Demütigungen erleiden werden …«

Ein dumpfer Schlag und eine Stimme, die seinen Namen rief, übertönten seine letzten Worte. Er ließ die Gitterstäbe los und trat einen Schritt zurück. Kurz sah er erschrocken aus, dann fasste er sich und drehte sich langsam zu der Person um, die ihn gestört hatte, wer immer es war. Es handelte sich um den jungen Priester, der sie zuvor bewacht hatte. Er blickte verdrießlich drein.

»Sa-Elem möchte sofort mit Euch sprechen.«

Sa-Gest nickte. »Danke.«

Ohne Hast schritt er davon. Als Rielle hörte, wie die Tür geschlossen wurde, holte sie tief Luft und atmete langsam wieder aus.

Der Wachposten musterte sie, die Augen argwöhnisch oder nachdenklich zusammengekniffen, dann zog er das Buch, in dem er zuvor gelesen hatte, aus seinem Gewand und überließ sie wieder sich selbst.

Sie dachte an Sa-Gests Angebot und seine Drohung. *Nun, das bestätigt es. Er hat allein gearbeitet und nicht versucht, mir solche Angst einzujagen, dass ich zu meiner Familie zurückkehre.* Sie überlegte, ob dies die Sache besser oder schlechter machte. Sie entschied sich für Letzteres. Niemand würde ihr glauben, wenn sie von seiner Drohung erzählte. Zumindest gab ihr ihre Gefangenschaft einen gewissen Schutz vor ihm, und sobald sie aus Fyre fort war, würde es keinen Sinn mehr für ihn haben, Izare das Leben schwer zu machen.

Izare. Allein der Gedanke an seinen Namen war wie ein Stich in die Brust und hinterließ einen schrecklichen Schmerz. Was dachte er jetzt von ihr? Hatte er ihr geglaubt, oder dachte er immer noch, sie habe versucht, ein Kind abzutreiben? Sie sehnte sich danach, ihm alles zu erzählen, damit er verstand, warum sie getan hatte, was sie getan hatte, und ihm zu sagen, dass es ihr leidtat.

Oh, Engel. Werde ich ihn nie wiedersehen? Der Aufruhr und der Schmerz in ihr waren zu groß. Sie schloss die Augen und zwang sich, das Denken und Fühlen einzustellen. Nach einer Weile merkte sie, dass sie, wenn sie sich vorstellte zu malen, ihre Gedanken daran hindern konnte, sich im Kreis zu drehen, und eine Art zerbrechlicher Ruhe fand.

Wieder riss sie jedoch eine Tür, die geöffnet wurde, aus ihrer Gelassenheit heraus. Sie fluchte im Stillen und fragte sich, wer jetzt wieder hereingekommen war, um sie zu quälen oder sich an ihrem Leid zu ergötzen. Als Sa-Elem vor ihre Zelle trat, setzte ihr Herzschlag aus. Der Priester sah sie an, und sein Mund wurde zu einem schmalen, missbilligenden Strich. Ein älterer Priester begleitete ihn.

»Wartet draußen«, sagte er zu dem Wachposten, ohne den Blick auch nur für einen Moment von Rielle abzuwenden. Der junge Priester klappte sein Buch zu und ging.

Sa-Elem nahm sich einen Stuhl, trug ihn zur Zellentür und stellte ihn ab, dann bedeutete er seinem Begleiter, sich zu setzen. Der ältere Mann hielt ein Buch, eine Schreibfeder und ein kleines Tintenfass mit einer abgeflachten Tülle an der Seite in Händen. Nachdem er auf dem Stuhl Platz genommen hatte, schlug er das Buch auf und schob die Halterung des Tintenfasses in den Buchrücken.

Rielle war unwillkürlich fasziniert. *Wie erfinderisch. Ich könnte eine solche Vorrichtung gebrauchen, um draußen zu malen …*

»Ais Rielle Lazuli«, begann Sa-Elem.

Das Geräusch einer kratzenden Feder folgte – der andere Mann schrieb das Gespräch mit. Dies sollte also ihr Verhör werden.

»Ja, Sa-Elem«, antwortete sie.

»Ihr habt früher am heutigen Tag zugegeben, Magie benutzt zu haben.«

Bei diesen Worten lief es ihr kalt über den Rücken. Eine tiefe Furcht erfasste sie, und ihr Mund wurde trocken. Es hatte keinen Sinn, es zu leugnen. Sa-Gest und Izare hatten es bezeugt. Einer würde vielleicht lügen, um sie zu retten, der andere, um sie zu ruinieren.

»Ja«, antwortete sie mit heiserer Stimme.

»Wie habt Ihr gelernt, wie man Magie benutzt? Sprecht langsam.«

Es tat gut, endlich die ganze Geschichte erzählen zu können. Alle sollten erfahren, dass ihre Absichten, wenn auch töricht, gut gewesen waren. Also beschrieb sie die alte Frau, von der sie geködert worden war, nachdem die Alte entdeckt hatte, dass Rielle *Schwärze* wahrnehmen konnte. Dann berichtete sie, wie die Inspektionen sie dazu getrieben hatten zurückzukehren, in der Hoffnung, dass die Priester, wenn sie ihnen nur half, die Verführerin zu finden, die Künstler vielleicht in Ruhe lassen würden. Sa-Elem hörte schweigend zu, während sie die Begegnung mit der alten Frau beschrieb, die Anweisungen, die Kopftuchverkäuferin, die nicht zu wissen schien, woran sie Anteil hatte, und dann, dass sie so weit gewesen war, die Sache aufzugeben.

»Aber dann war sie da, hinter mir. Ich hatte Euch nichts Nützliches mitzuteilen, und ich habe befürchtet, dass sie, wenn ich fortlief, wissen würde, dass ich versucht hatte, sie zu finden, und sie Magie gegen mich einsetzen würde. Also habe ich mitgespielt und bin in ihren Wagen gestiegen.«

»Ein Wagen?«, unterbrach Sa-Elem sie. »Erzählt mir von diesem Wagen.«

Rielle beschrieb ihn, und der Schreiberpriester machte sich hastig Notizen. »Ich kann ihn zeichnen, wenn Ihr es wünscht. Ich kann auch die Verführerin zeichnen.«

Sa-Elem sah seinen Begleiter an, dann schaute er auf das Buch. Der Schreiber zog die Augenbrauen hoch und schüttelte kaum merklich den Kopf.

»Wir werden Euch später Papier bringen«, beschloss Sa-Elem. »Erzählt uns, was sich in dem Wagen zugetragen hat.«

»Ich habe so getan, als suche ich eine Möglichkeit, eine Empfängnis zu verhindern, weil ich dachte, sie würde mir erzählen, was ich tun müsse, bevor oder nachdem … es notwendig würde. Sie fragte, ob ich bereits schwanger sei, und fasste an meinen Bauch, und ich … es ging so schnell. Ich spürte einen Schmerz, und sie sagte mir, dass sie etwas in mir durchschnitten habe.« Bei der Erinnerung daran zuckte Rielle zusammen. »Ich würde Magie erlernen müssen, um es zu reparieren. Also habe ich …« Ihre Kehle war wie zugeschnürt, und sie konnte nicht weitersprechen.

»Es getan«, beendete Sa-Elem ihren Satz. »Weil Ihr ungeschehen machen wolltet, was sie Euch angetan hatte.«

»Ja.« Rielle runzelte die Stirn. »Ehrlich gesagt, nein. Zu diesem Zeitpunkt hatte ich einfach zu große Angst vor ihr, um mich zu weigern.«

»Doch später habt Ihr versucht, den Schaden zu beheben.«

Rielle senkte den Blick. »Ja.«

»Warum?«

Sie seufzte. »Es gab … so viele Gründe. Es hätte Izare und meine Familie zusammengebracht und sie veranlasst, miteinander auszukommen.«

»Und Ihr wolltet ein Kind.«

Sie sah ihn überrascht an. »Nein.«

»Also *wolltet* Ihr eine Möglichkeit, eine Empfängnis zu verhindern?«

Sie runzelte die Stirn. »Wenn es einen Weg gegeben hätte, das zu bewirken, ohne Magie zu benutzen oder mich krank zu machen, hätte ich es versucht. Es schien vernünftiger, mit Kindern zu warten, bis Izare und ich mehr Geld hätten und auf gutem Fuß mit meiner Familie stünden.«

Der andere Priester blickte von seinem Buch auf. »Ist es Euch gelungen zu beheben, was sie Euch angetan hat?«

Überrascht von seinem plötzlichen Interesse wandte sie sich zu ihm um. »Ich weiß es nicht. Ich habe heute Morgen versucht, es herauszufinden. Sie sagte, dass es keiner Magie bedürfe, in mich hineinzuschauen.«

»Also ist es versehentlich geschehen?«, fragte er, nachdem er ihre Antwort aufgezeichnet hatte.

»Ja.«

»Heute Morgen war das dritte Mal, dass Ihr Magie benutzt habt«, bemerkte Sa-Elem.

Sie drehte sich wieder zu ihm und nickte.

»Bei der Abfallgrube war das zweite Mal, als Ihr versucht habt, Euch selbst zu heilen«, riet er.

Sie nickte erneut.

Er holte tief Luft, stieß den Atem aus, und seine Lippen wurden schmal, als er einen Blick mit dem Schreiber tauschte. Es kribbelte in ihrem Rücken. Ihre Blicke legten die Vermutung nahe, dass dies von Bedeutung war, und das war nicht gut.

»Sonst noch etwas?«, fragte er den Mann.

Der Schreiber nickte und wandte sich wieder an Rielle. »Seit wann seid Ihr in der Lage, *Schwärze* zu sehen?«

Ein kalter Schauer überlief sie. Würde ihre Antwort ihrer

Familie schaden? Obwohl es kein Verbrechen war, *Schwärze* zu sehen, sollten Familien einen Angehörigen melden, der die Fähigkeit dazu besaß. Es war ein Gesetz, das viele allerdings ignorierten.

»Seit meiner Kindheit«, erzählte sie ihnen.

»Könnt Ihr Euch genauer ausdrücken?«

Sie senkte den Kopf. »Es war nach der Beerdigungsprozession für Sa-Imnu.«

Der Schreiber schnappte nach Luft, und die beiden Männer tauschten einen weiteren Blick. Diesmal wirkten sie eher überrascht als grimmig. Der Schreiber sah wieder auf sein Schreibbuch und fuhr fort, sich rasch Notizen zu machen, während Sa-Elem seine Aufmerksamkeit erneut auf sie richtete.

»Habt Ihr Magie zu anderen Gelegenheiten als bei diesen drei Malen benutzt?«

»Nein.«

»Habt Ihr die Verführerin seitdem gesehen?«

»Nein.«

»Wusste außer der Verführerin und Euch selbst irgendjemand davon, dass Ihr Magie erlernt hattet?«

»Nein.«

»Habt Ihr Kenntnis von einer anderen Person, die Magie benutzt hat, abgesehen von der Verführerin?«

»Nein.«

»Hat außer Euch selbst jemand gewusst, dass Ihr *Schwärze* sehen könnt?«

Sie zuckte zusammen. »Meine Tante.« *Tut mir leid, Narmah, aber irgendjemand muss mich gelehrt haben, nicht darauf zu reagieren. Engel, bitte, macht, dass sie nicht zu streng bestraft wird.*

»Eure Eltern nicht?«, hakte Sa-Elem nach.

»Nein.«

Er zog ungläubig die Augenbrauen hoch.

»Narmah fand, je weniger Personen davon wüssten, desto besser.«

»Gibt es sonst noch irgendetwas, das Ihr uns erzählen wollt?«

Sie hielt inne, um nachzudenken. Nur Sa-Gests Drohungen waren unausgesprochen geblieben.

»Was wird mit mir geschehen?«, fragte sie.

»Darüber ist noch nicht entschieden worden.«

»Aber es ist wahrscheinlich, dass man mich fortschicken wird.«

»Das ist es.«

»Wohin?«

»Das können wir Euch nicht sagen.«

Sie nickte, dann senkte sie den Kopf.

»Aber nicht in den nächsten Tagen«, erklärte Sa-Elem. »Falls es irgendetwas … grundsätzlich für eine Frau Nötiges gibt, das Ihr braucht, könnt Ihr Eure Wache darum bitten.«

Rielle spürte, wie ihr das Blut ins Gesicht stieg. Einen Mann – einen Priester – um solche Dinge zu bitten würde demütigend sein. Aber sie brauchte etwas, und sie würde lieber den Wachposten oder irgendjemanden sonst darum bitten als Sa-Gest.

Auf ein Zeichen von Sa-Elem hin packte der Schreiber sein Buch und seine Schreibutensilien zusammen und stand auf. Sa-Elem stellte den Stuhl wieder an seinen früheren Platz. Rielle blickte ihnen nach, als sie gingen, und sagte sich, dass sie ihr nicht glauben würden, wenn sie ihnen von Sa-Gests Drohungen erzählte. Wenn dazu aber keine Chance bestand, warum hielt er es dann für nötig, ihr zu drohen?

Und wenn sie ihr doch glaubten? Sie bezweifelte, dass man Priestern harte Strafen auferlegte. Er würde trotzdem einen Weg finden, Izare und ihrer Familie zu schaden.

Sie ließ den Kopf hängen. Wenn sie nicht mehr da war,

würde Sa-Gest keinen Grund haben, ihnen Ärger zu machen. Das Beste, was sie jetzt für Izare tun konnte, schien zu sein, weit, weit wegzugehen.

18 Rielle

Nicht all das Nötige, um das Rielle bat, wurde ihr auch gebracht. Zuerst dachte sie, die Liste sei zu lang gewesen, als dass der junge Priester sich an alle Punkte erinnert hätte, aber als wiederholte Bitten um Bettzeug, Seife und Kleider zum Wechseln ignoriert wurden, verstand sie, dass das, was man für notwendig erachtete, nicht mit ihren eigenen Ansichten übereinstimmte.

Sie erhielt jedoch Lappen, Wasser und einen Eimer, der immer noch leicht nach den Hinterlassenschaften eines früheren Benutzers roch. Sie kam langsam dahinter, wie sie sich sauber halten und erleichtern konnte, ohne sich zu entkleiden, wobei sie dem jungen Wachposten und dem älteren Priester, der die Tagesschicht übernahm, den Rücken zuwandte – Sa-Gest kehrte nicht zurück. Die schmale Bank war ihr Bett. Die Mahlzeiten bestanden aus einer bescheidenen Schale Brühe, Brot oder gekochtem Getreide – wahrscheinlich die gleiche Kost, die die Priester während ihrer Zeit der Abgeschiedenheit und des Gebets aßen. Sie zählte die Tage anhand der Mahlzeiten, da sie vermutete, dass der Kreislauf von Wachliegen und dem darauf folgenden, erschöpften Schlaf nicht mit dem Auf- und Untergang der Sonne übereinstimmte.

Sa-Elem kehrte noch einmal mit seinem Schreiber und

Papier und Kreide für sie zurück. Sie sollte die Verführerin zeichnen, und Sa-Elem wollte ihr noch einige Fragen stellen.

»Wann habt Ihr die Verführerin getroffen?«

»An dem Tag, an dem Sa-Baro meiner Familie sagte, dass ich mich mit Izare treffe«, antwortete sie.

»An dem Tag, an dem Ihr sie verlassen habt«, bemerkte er und nickte. »Vorher oder nachher?«

»Vorher.«

Sie beobachtete, wie er sich zum Gehen wandte, ihre Zeichnung in den Händen. Tausend Fragen lagen ihr auf der Zunge. Von denen er keine beantworten würde oder konnte. Aber versuchen musste sie es.

»Könnt Ihr mir irgendetwas sagen?«, platzte sie heraus.

Er blickte sich um. »Noch ein paar Tage.«

Zwei weitere Vierteltage vergingen, bevor er zurückkam. Ein anderer Priester begleitete ihn. An der Art ihrer Bewegungen, voller Effizienz und Anspannung, erahnte sie, dass etwas geschehen würde. Ihr Herz begann zu rasen.

»Es wird Zeit für die Inquisition«, erklärte Sa-Elem und bestätigte, was ihr Gefühl ihr schon gesagt hatte. »Dazu werden diejenigen, die Euch am nächsten stehen, befragt werden, aber aufgrund des Ansehens und der Kooperationsbereitschaft Eurer Familie sind wir übereingekommen, die Untersuchung nicht öffentlich abzuhalten.«

Der Gedanke, dem prüfenden Blick von vielen fremden Menschen ausgesetzt zu sein, hatte ihr auf dem Magen gelegen. Dankbarkeit und Erleichterung trugen jedoch wenig dazu bei, ihre Übelkeit zu lindern. Sie wollte, dass ihre Geschichte und die Gründe dafür bekannt wurden, und sie wollte ihre Familie und Izare wiedersehen, aber der Preis dafür bestand darin, ihre Enttäuschung und ihren Zorn zu spüren zu bekommen. *Allerdings würde ich den Preis zehnmal bezahlen, wenn das hieße, Izare wiederzusehen.*

Sa-Elem schloss die Tür auf und bedeutete ihr, ihm zu folgen. Ihr Wärter und der andere Priester waren dicht hinter ihr, während sie durch die Gänge unter dem Tempel gingen. Ihr war nur allzu bewusst, dass sie sich weder gekämmt noch ihre Kleider seit mehreren Tagen gewechselt hatte und dass man es wahrscheinlich roch. Der Weg war nicht weit. Sa-Elem blieb vor einer Tür stehen und öffnete sie, dann führte er sie hinein.

Ihrem ersten Eindruck nach befand sie sich in einer weiteren Zelle. Ein einfaches Metallgitter, das vom Boden bis zur Decke reichte, sperrte sie in die Ecke eines großen Raums, der in Schnitt und Ausstattung an einen öffentlichen Saal in einem kleinen Tempel erinnerte. Reihen aus Holzstühlen füllten den Hauptraum, mit einem Gang zwischen ihnen. Anstelle von Fenstern gab es eine Reihe von Öllampen, und wo für gewöhnlich die Priester standen, um das Wort an die Versammlung zu richten, hatte man einen langen Tisch und fünf Stühle aufgestellt.

An dem Tisch saßen drei Priester: der oberste Priester von Fyre, Sa-Koml, Sa-Baro und ein Priester, den sie noch nie zuvor gesehen hatte. Der Rest des Saals war leer. Noch.

Sie hatte bis dahin nicht gewusst, dass man sich gleichzeitig ausgesetzt und gefangen fühlen konnte.

»Haltet Euch von den Gitterstäben fern und schweigt, es sei denn, man richtet das Wort an Euch«, instruierte sie Sa-Elem, dann schloss er die Tür.

Sie sah wieder zu den Priestern hinüber. Sa-Baro hatte sie beobachtet, aber er wandte den Blick ab, als sie sich zu dem Tisch umdrehte. Sa-Komls Aufmerksamkeit galt den Papieren vor ihm. Der Fremde hatte sie ebenfalls beobachtet, aber auch er wandte sich ab, als Sa-Baro etwas murmelte.

In dem Moment sah sie, dass sein Gesicht auf der linken Seite von einer Narbe gezeichnet war, und sie schauderte, als ihr klar wurde, dass sie ihn *doch* schon einmal gesehen hatte. Er war bei Sa-Elem und Sa-Gest gewesen, als ihr Entführer durch die Straßen der Stadt und zu den Toren hinaus geführt worden war.

Er wird derjenige sein, der mich wegbringt, dachte sie. Er war der Jüngste von den dreien, wenn auch viele Jahre älter als Sa-Gest. Sie konnte nicht umhin zu versuchen, aus seinem Gesicht und seinem Benehmen irgendwelche Schlüsse zu ziehen. Würde er schroff sein, freundlich oder gleichgültig? Seine Haltung hatte nichts von der Anspannung der beiden anderen Priester, aber andererseits war es auch keine Bürgerin seiner Stadt und keine ehemalige Schülerin seines Tempels, die verurteilt wurde. Wenn es seine Aufgabe war, sich um die Befleckten zu kümmern, würde er es gewohnt sein, solchen Untersuchungen beizuwohnen. Sie schöpfte Trost aus seinem Benehmen, das weder bedrohlich noch abweisend war. Sie würde sich aber dessen nicht würdig fühlen, sollte er Mitleid zeigen. Gleichgültigkeit wäre für sie am leichtesten zu ertragen.

Das Geräusch einer sich öffnenden Tür ließ ihr Herz einen Sprung machen, aber es waren nicht die Haupttüren. Sa-Elem und der Schreiberpriester traten durch eine Tür in der anderen Ecke des Raums. Sie gesellten sich zu den Übrigen an den Tisch, und nachdem Sa-Elem leise einige Worte gesprochen hatte, griff er nach einer Glocke und läutete. Alle blickten zur gegenüberliegenden Seite des Raums.

Eine der großen Eingangstüren wurde geöffnet, und drei Menschen kamen herein. Rielle wurde es schwer ums Herz, während ihre Eltern und Narmah den Raum, die fünf Priester und den Käfig auf sich wirken ließen. Es war schwierig, auf die Entfernung den Ausdruck auf ihren Gesichtern zu sehen; bis sie endlich nahe genug waren, dass sie ihre Mienen erkennen konnte, hatten sie sich gefasst. Sie blieben vor den Priestern stehen. Nur Narmahs Blick glitt zu Rielle herüber, auch wenn sie den Kopf dem Tisch zugewandt hielt.

»Ens Lazuli, Ers Lazuli und Ers Gabela«, begann Sa-Elem. »Ihr seid hierhergerufen worden, um uns bei unserer Untersuchung der Umstände rund um die Befleckung von Ais Rielle Lazuli zu unterstützen. Wir sind nicht hier, um über sie zu richten. Sie hat bereits das Verbrechen, Magie erlernt und benutzt zu haben, gestanden. Habt Ihr alle die Mitschrift unseres Gesprächs gelesen?«

»Ja«, antworteten sie wie aus einem Munde. Die Feder des Priesters erzeugte ein einzelnes Kratzgeräusch auf der Seite seines Buches.

»Gab es irgendetwas darin, das Ihr für falsch haltet?«

Rielles Vater sah ihre Mutter und Tante an, die beide den Kopf schüttelten.

»Nein.«

»Also, Ers Gabela, Ihr gebt zu, gewusst zu haben, dass Rielle von jungen Jahren an *Schwärze* sehen konnte, und diese Tatsache verschwiegen zu haben?«

Narmah senkte den Kopf. »Ja.«

»Warum habt Ihr das getan?«

»Ich … ich wusste, dass ihre Mutter Pläne hatte, sie gut zu verheiraten. Ihre Fähigkeit hätte das unmöglich gemacht.«

»Nicht unmöglich«, korrigierte Sa-Elem sie. »Nur wenn öffentlich bekannt geworden wäre, dass sie die Fähigkeit besitzt, hätte das ihre Aussichten beeinflusst. Das ist der Grund, warum wir die Identität jener, die die Fähigkeit besitzen, verborgen halten.«

Narmah schaute mit vor Überraschung und Entsetzen aufgerissenen Augen hoch. »Das habe ich nicht gewusst.«

»Euer Misstrauen und Eure Unwissenheit sind bedauerlich«, entgegnete er, aber sein Tonfall war mild. »Eure Furcht vor den Vorurteilen der Gesellschaft ist verständlich, und da

Eure Familie dem Tempel keinen Sohn geopfert hat, habt Ihr nicht den Nutzen seiner Leitung. Wir haben dies erörtert und sind zu dem Schluss gekommen, dass keine böse Absicht zugrunde lag. Der Verlust einer Nichte, die Ihr gern hattet, ist Strafe genug.«

Rielle zuckte zusammen. Die Opferung eines Sohnes an den Tempel war eine verklärte Art zu sagen, dass ein Familienmitglied sich dafür entschieden hatte, Priester zu werden, und da die meisten Priester mit den großen Familien der Stadt verwandt waren, hatte Sa-Elem damit vor allem auf den geringeren Status ihrer Familie hingewiesen.

»Sie verlässt Fyre und wird bei ihrem Sohn leben.«

Rielle schnappte nach Luft und trat ein wenig näher an die Gitterstäbe heran. Die Stimme ihrer Mutter war hart und kalt gewesen. Narmah wirkte bedrückt und hatte ihren Blick auf den Boden gerichtet. Ärger regte sich in Rielle. Indem sie Narmah bestraften, zeigten ihre Eltern, dass sie ihr die Schuld an Rielles Fehlverhalten gaben. *Zumindest bekommt sie Cousin Ari zu sehen.* Rielles Herz zog sich ein wenig zusammen. *Den ich nie wiedersehen werde. Ebenso wenig wie meinen Bruder. Was werden sie denken, wenn sie hören …*

»Habt Ihr dieser Untersuchung irgendwelche Informationen hinzuzufügen?«, fragte Sa-Elem.

Rielles Eltern tauschten einen Blick, dann schüttelten sie den Kopf, aber Narmahs Brust hob sich, als sie tief Luft holte.

»Wir wollten uns mit ihr treffen«, sagte sie. »Sie wollte nach Hause kommen. Sie wusste, dass wir bereit waren, ihre Entscheidung einen Ehemann betreffend in Erwägung zu ziehen.«

»Das ist mir bekannt«, erwiderte Sa-Elem. »Sa-Baro hat Euch darin unterstützt«, erinnerte er sie.

Sie schüttelte den Kopf. »Irgendetwas muss sie dazu

gezwungen haben, das zu tun. Warum sonst sollte sie das alles aufs Spiel setzen?«

Ein kurzes Schweigen folgte, in dem Sa-Elem sie wortlos musterte, vielleicht nur, damit sie das Gefühl hatte, dass man ihr aufmerksam zugehört hatte. Dann sah er seine Mitpriester an, die den Kopf schüttelten.

»Das wäre dann alles«, stellte er fest und drehte sich wieder um.

Als ihre Familie sich zum Gehen wandte, wurde Rielle flau im Magen.

Narmah zögerte und blickte zu ihrer Nichte herüber, ihr Gesichtsausdruck offen und ängstlich. Dann wurde sie weggezerrt. Rielle sah die Hand ihrer Mutter auf Narmahs Arm. Ihre Mutter zog ihre Tante hinter sich her. Rielle beobachtete, wie ihre Familie davonging und irgendwo jenseits der Haupttüren des Saals verschwand.

Wieder ertönte die Glocke. Rielle beobachtete mit angehaltenem Atem das Geschehen, aber die drei Personen, die als Nächstes eintraten, waren Arbeiter der Färberei. Menschen, die sie schon ihr ganzes Leben lang kannte. Menschen, mit deren Kindern sie in jungen Jahren gespielt hatte. Im Gegensatz zu ihrer Familie starrten sie sie an und ließen dabei Neugier, Abscheu und sogar Angst erkennen. Sa-Elem fragte, ob sie irgendeinen Verdacht geschöpft hätten. Sie verneinten dies.

Ihr Herz schlug schneller, als sie zusah, wie sie den Raum verließen. Drei weitere Personen folgten dem nächsten Läuten der Glocke. Ein Schock durchfuhr sie, als sie sie erkannte.

Als Tareme, Bayla und Famire in den vorderen Teil des Saales kamen, starrten sie Rielle unverhohlen an, aber ihre Mienen zeigten nicht den Ausdruck, den sie erwartet hatte. Tareme öffnete vor Schreck den Mund, als sie Rielle sah, und Baylas Augen weiteten sich. Famire zeigte ein hochmütiges Lächeln, aber als Rielle ihren Blick erwiderte, sah das Grinsen des Mädchens gezwungen und wenig überzeugend aus.

Sa-Elems Einleitung und Fragen waren die gleichen. Tareme und Bayla antworteten aufrichtig. Famire stimmte ihnen zu, dass sie ebenfalls nie auf die Idee gekommen wäre, Rielle sei in der Lage, *Schwärze* wahrzunehmen, sagte aber, später habe sie sich gefragt, ob es nicht der Fall sein könne. Als Sa-Elem sie darum bat, dies genauer auszuführen, sah sie demonstrativ zu den anderen Mädchen herüber. Der Priester schickte die Zwillinge weg.

Sobald sie allein war, seufzte Famire. »Mir war zu Ohren gekommen, dass man in der Nähe des Hofes, wo Aos Saffre lebt, *Schwärze* entdeckt hatte. Ich war neugierig. Es war Jahre her, seit ich welche gesehen hatte, und ich wollte wissen, ob ich dazu immer noch in der Lage war. Natürlich wäre es unhöflich gewesen, nicht nach meiner alten Freundin Rielle zu sehen. Wie Ihr wisst, war es während meines Aufenthalts dort, dass ich die *Schwärze* in ihrem Haus gespürt habe.«

Rielle durchlief es eiskalt. *Sie kann* Schwärze *sehen!* Aber dem Schock folgte gleich darauf Ärger. Nicht über Famires Eingeständnis, dass sie die *Schwärze* in Izares Haus gemeldet hatte. Es war die Lüge, dass sie sie aus gesellschaftlicher Verpflichtung und Freundschaft besucht habe. *Sie hat ihnen nicht erzählt, dass sie wegen eines Porträts dort war.*

Rielle öffnete den Mund. Das Verlangen, die Wahrheit zu sagen, stieg mit fast unwiderstehlicher Macht in ihr auf.

Aber wenn ich es ihnen erzähle, was wird dann mit Izare geschehen? Er würde den Auftrag verlieren. Sie schloss den Mund. *Ich bezweifle, dass Famire zu ihm zurückgeht, um ihr Porträt fertig malen zu lassen. Sie kann es sich nicht leisten, mit jemandem gesehen zu werden, von dem bekannt ist, dass er einer Befleckten so nahe war, vor allem, wenn sie Schwärze sehen kann.* Sie holte

Luft, um zu sprechen, dann hielt sie abermals inne. *Doch solange niemand von dem Porträt erfährt, wird sie es nicht wagen, Izare zu bitten, ihr die erste Hälfte des Lohns zurückzugeben.*

Sie stieß einen Seufzer aus. Famires Lüge würde zumindest Izare schützen. *Und die Wahrheit wird mir nichts nutzen.*

Rielle hörte kaum den Rest von Sa-Elems Fragen oder Famires Antworten. Zuerst Sa-Gests Drohung, dann Famires wahrer Grund, zu Izare zu kommen: Wie viele Fakten würde sie noch verbergen müssen, von denen es ihr lieber gewesen wäre, sie würden bekannt? So viel dazu, frei von der Last von Geheimnissen zu sein.

Eine Glocke ertönte, und sie fuhr zusammen. Durch die Gitterstäbe ihres Käfigs sah sie, dass Famire gegangen war und weitere drei Personen den Raum betraten. Sofort heftete sich ihr Blick auf die Gestalt in der Mitte. Selbst aus einiger Entfernung und bei schlechter Beleuchtung erkannte sie ihn. Sein Gang, wenn auch nicht entspannt wie sonst, war so vertraut.

Er hatte den Kopf in ihre Richtung gewandt und drehte ihn nicht wieder weg. Sie sah, dass sich seine Lippen bewegten. Die Person zu seiner Linken fasste ihn am Arm. Die zu seiner Rechten legte ihm eine Hand auf die Schulter. Irgendwie registrierte sie, dass erstere Jonare war und letztere Errek, aber sie konnte den Blick nicht von Izare losreißen.

Sehnsucht durchflutete sie. *Ich muss wahnsinnig sein. Ich stehe kurz davor, ins Gefängnis geschickt zu werden, aber ich kann nur daran denken, wie es wäre, ihn noch einmal zu berühren.* Die Wärme seiner Haut auf ihrer zu spüren. Seine Stimme zu hören. Sein Lächeln zu sehen.

Izare starrte sie weiter an, bis er vor den Priestern stand, dann wandte er sich ihnen zu. Sie wartete darauf, dass Sa-Elem seine Einleitung wiederholte, aber andere Worte hallten durch den Saal.

»Tretet von den Gitterstäben zurück, Ais Lazuli.«

Sie blinzelte und registrierte kaltes Metall unter ihren Handflächen. Als sie den Blick senkte, begriff sie, dass sie die Gitterstäbe umklammert hatte und das Gesicht in eine Lücke dazwischen presste. Mit großer Überwindung ließ sie sie los und trat zurück.

Vielleicht wäre es besser, Izare nicht anzusehen. Sie wich bis an die Wand zurück und richtete den Blick auf den Boden.

Sa-Elem kehrte wieder zu seinem Programm zurück. Izare antworten zu hören, dass er die Mitschrift ihres Gesprächs mit Sa-Elem gelesen habe, erfüllte sie mit einer Woge von Dankbarkeit. *Er weiß, warum ich es getan habe. Er weiß, dass ich nicht versucht habe, ein Kind von ihm zu töten.* Ihn sagen zu hören, dass er nicht glaube, irgendetwas von dem, was sie gesagt habe, sei falsch, war wie Nahrung nach einem langen Fasten oder eine kühle Brise im Sommer. Sie lächelte und hörte kaum, wie Sa-Elem fortfuhr, bis eine andere Frage die frühere Abfolge unterbrach.

»Aos Saffre, habt Ihr Rielle überredet, Magie zu benutzen, um den Schaden zu beheben, den die Verführerin angerichtet hatte, damit sie ein Kind bekommen konnte?«

Rielle stockte der Atem. Sie blickte zu Izare. Er funkelte Sa-Elem böse an. Jonare und Errek wirkten gleichermaßen schockiert.

Hat Izare nicht bestätigt, dass alles, was ich gesagt habe, der Wahrheit entspricht?

Sie erwartete, dass er es wütend abstritt, aber Izares Miene wurde plötzlich weich, und er antwortete mit leiser Stimme.

»Nein. Und ich hätte ihr gesagt, dass sie es nicht tun soll, wenn ich davon gewusst hätte. Wenn sie es mir nur …«

Ein Schauer durchlief sie. Sie konnte seine Stimme im Geiste hören, als sie den Satz für ihn beendete.

»Wenn sie es mir nur gesagt hätte.«

Warum hatte sie es nicht getan? Sie liebte ihn. Warum hatte sie ihm nicht vertraut?

Es war zu schrecklich. Was ich getan hatte. Was es für unsere Zukunft bedeutete. Er hätte mich verstoßen. Und sie hätte es verdient. Sie hatte nie das Verlangen gehabt, die Last ihres Fehlverhaltens mit ihm zu teilen. Gewiss wäre gerade er derjenige gewesen, dem sie es hätte erzählen müssen, aber das war ihr nie in den Sinn gekommen. Warum nicht?

Weil ich ihn nicht genug liebe, um alles für ihn zu riskieren.

Dann fiel ein Name, der sie aus ihren Gedanken riss. Als sie wieder aufblickte, sah sie, dass Izare den Mund verächtlich verzog.

»Famire hat gelogen«, erklärte er. »Sie war bei uns, um ihr Porträt malen zu lassen. Ich kann es Euch zeigen, wenn Ihr einen Beweis wollt.«

Rielle wurde übel. Glaubte er, Famire zu bestrafen sei den Verlust des Auftrags wert? *Ich bin es nicht wert,* hätte sie ihm am liebsten zugerufen. *Opfere dich nicht für mich.*

»Den will ich«, erwiderte Sa-Elem. Er sah Sa-Baro an, der die Stirn runzelte. »Bringt es bei der ersten sich bietenden Gelegenheit in den Tempel.«

Rielle begriff: Natürlich würden sie es wissen wollen, wenn Famire sie belogen hatte. Lügen war eine besorgniserregende Angewohnheit bei jemandem, der imstande war, *Schwärze* zu sehen.

Sa-Elem stieß einen tiefen Seufzer aus. »Hat irgendjemand von Euch Informationen, die er hinzufügen möchte?«

Errek schüttelte den Kopf. Izare schaute zu Rielle herüber, und ihr blieb fast das Herz stehen. *Wenn ich ihn nicht liebe, warum empfinde ich dann so?*

»Nein«, antwortete er.

»Ich …«, begann Jonare. Izare sah sie an und runzelte die Stirn.

»Ja?«, sagte Sa-Elem.

Die Frau verzog das Gesicht. »Rielle hat mir vor einigen Vierteltagen etwas erzählt. Sie sagte, dass sie von jemandem erpresst werde.«

Rielle schnappte nach Luft. Es war ihr gar nicht in den Sinn gekommen, dass Jonare ihnen von Sa-Gests Drohung erzählen könnte. Schließlich hatte sie selbst Rielle geraten, Izare nichts davon zu erzählen, für den Fall, dass er eine Torheit beging. Gewiss würde sie nicht noch mehr Ärger für ihren Freund riskieren, nur um seiner befleckten Ex-Geliebten willen?

»Hat sie gesagt, von wem?«, fragte Sa-Elem weiter.

Jonare runzelte die Stirn. Sie sah Rielle an, dann schaute sie wieder zu den Priestern hinüber. Rielle bekam keine Luft. Wenn Sa-Gest benannt und bestraft wurde, würde er denken, dass Rielle es ihnen erzählt hatte.

»Nein«, log Jonare. »Sie hat nie gesagt, wer es war.«

»Die Verführerin?«

»Nein, es war ein Mann. Jemand mit Macht.«

»Jemand aus ihrer Familie vielleicht?«

Jonare zuckte die Achseln. »Wir haben erwogen, dass es ein Versuch ihrer Familie sein könnte, sie so zu erschrecken, dass sie Izare verlässt und zu ihren Eltern zurückkehrt.« Sie zog eine Grimasse. »Ich habe ihr geraten, es niemandem zu erzählen. Jetzt wünschte ich, ich hätte das nicht getan.«

Izare sah Jonare finster an. Sie erwiderte seinen Blick, und ihre Miene war schuldbewusst. »Es tut mir leid. Zu der Zeit erschien es mir klüger, es dich nicht wissen zu lassen.«

Sa-Elem trommelte mit den Fingern auf dem Tisch und nickte dann. »Wenn es sonst nichts gibt, dürft Ihr gehen.«

Sie hätte erleichtert sein sollen, aber Rielle fühlte sich leer, als sie den dreien nachschaute. Jeder Schritt, den Izare auf die ferne Tür zu machte, war ein Schritt näher zu ihrem letzten Blick auf ihn. Etwas in ihrer Brust schnürte sich schmerzhaft zusammen, und sie wusste, dass sie sich diese letzte Gelegenheit nicht entgehen lassen durfte. Die Priester würden ihr befehlen zu schweigen, also musste sie schnell sein.

»Izare!«, rief sie. Er erstarrte mitten im Schritt. »Izare, es tut mir leid! Ich …«

»RUHE!«, übertönte Sa-Koml ihre letzten Worte, aber Izare hatte es gehört. Er drehte sich um und sah sie an, aber es war zu dunkel im hinteren Teil des Saals, als dass sie seinen Gesichtsausdruck hätte erkennen können. Sie nahm aus dem Augenwinkel eine Bewegung aus Richtung der Priester wahr. Errek ergriff Izares Arm. Izare drehte sich abrupt um und ging mit langen Schritten auf die Türen zu und verschwand aus ihrem Blickfeld.

Als die Türen sich schlossen, erfüllte Stille den Raum. Sie wandte sich den Priestern zu und sah, dass Sa-Elem sie beobachtete. Sa-Koml runzelte finster die Stirn, aber der Priester mit der Narbe wirkte, wenn überhaupt, ein wenig gelangweilt.

Sa-Elem sah den Schreiber an, dann wandte er sich an die übrigen Priester. »Ich wünsche meine Überzeugung festgehalten zu sehen, dass Izares Erschrecken über die Entdeckung, dass Rielle Magie benutzt hat, aufrichtig war. Ich gehe davon aus, dass ihre Geschichte der Wahrheit entspricht, auch wenn ich den Verdacht habe, dass sie einiges ausgelassen hat.«

Der Priester mit der Narbe brummte. »Es macht oft den Anschein, dass mehr dahintersteckt. Manchmal gibt es auch einen vorsätzlichen Versuch, in die Irre zu führen oder abzulenken.«

Sa-Koml zuckte die Achseln. »Es spielt keine Rolle. Ais Lazuli hat zugegeben, die Engel dreimal bestohlen zu haben. Zuerst widerwillig und später unbeabsichtigt, aber einmal vorsätzlich.«

»Die Bestrafung für alle drei Fälle ist Einkerkerung im Bergtempel, aber der letzte macht es erforderlich, dass man ein Exempel an ihr statuiert und sie öffentlich aus der Stadt verstößt«, rief Sa-Elem ihm ins Gedächtnis.

Sa-Koml nickte mit grimmiger Miene. »Wir haben der Familie eine nicht öffentliche Befragung gewährt, aber noch weiter können wir das Gesetz nicht zu ihren Gunsten strapazieren.«

Ein Schock durchfuhr Rielle. Er ließ sie schwach und zitternd zurück. Sie umfasste die Gitterstäbe, um sich aufrecht zu halten, als eine Erinnerung an den in Lumpen gekleideten Befleckten in ihr aufstieg und alles andere um sie herum auslöschte. Sie hörte den Lärm der Menge, sah die Wurfgeschosse fliegen …

Hände ergriffen ihre Oberarme. Ihre Knie gaben unter ihr nach, und sie hörte ein Ächzen hinter sich, als jemand sie auffing. Sie rang nach Luft und schaffte es, ihre Beine dazu zu bringen, sie wieder zu tragen, dann ließ sie sich von der Person, die sie hielt, aus dem Käfig führen.

Im Gang sackte sie abermals zusammen. Sa-Elems Stimme dröhnte von den Wänden, aber sie konnte nicht verstehen, was er sagte. Sie hatte zu beiden Seiten irgendwelche Leute, die sie stützten und durch die dunklen, kalten Gänge leiteten. Türen wurden geöffnet und geschlossen. Angeln knarrten. Man ließ sie auf einen harten Untergrund herunter. Ein Schloss schnappte zu. Schritte entfernten sich.

Schließlich erholte sie sich so weit, dass sich ein einzelnes Wort in ihre Gedanken schleichen konnte.

Wann?

Wie lange würde es dauern, bis man sie vor aller Augen durch die Stadt führte? Wie lange, bevor man sie von allem fortriss, was sie je gekannt hatte? Die Frage ging ihr wieder und wieder durch den Kopf, bis sie hörte, dass die Tür geöffnet wurde. Als sie aufschaute, sah sie, dass der Wachposten die ganze Zeit über da gewesen war. Jetzt stand Sa-Baro neben ihm. Der Wachposten ging, und der alte Priester wandte sich zu ihr um.

Beim Näherkommen rang er die Hände, und seine Augenbrauen zogen sich zusammen.

»Rielle«, sagte er. »Ais Lazuli. Es tut mir so leid. Ich weiß jetzt, was für einen fürchterlichen Zeitpunkt ich für mein Handeln gewählt habe. Wenn ich nicht gerade dann mit Euren Eltern gesprochen hätte, als ich es tat, hättet Ihr mir vielleicht genug vertraut, um zu offenbaren, was Euch zugestoßen war. Ihr wärt vielleicht nicht vor Eurer Familie davongelaufen.«

Bei seiner Entschuldigung stieg bitterer Ärger in ihr auf. Sie erhob sich, ging dicht an die Zellentür, aber nicht so nah, dass er denken würde, sie versuche zu fliehen. »Also könnt Ihr um Vergebung bitten, aber ich nicht.«

Er verzog das Gesicht. »Es ist immer besser, seinen Freunden und seiner Familie nicht zuzumuten …«

»Sagt mir eines«, unterbrach sie ihn. »Wann verlasse ich die Stadt?«

Er zuckte zusammen. »Das … weiß ich nicht genau.«

Es war eine Lüge. Sie konnte es an der Art erkennen, wie er ihrem Blick auswich. Vielleicht hatte man ihn angewiesen, es ihr nicht zu verraten. Vielleicht befürchteten sie, dass sie versuchen würde zu fliehen, wenn sie Bescheid wüsste. Dass sie versuchen würde, Magie zu benutzen. Was hatte sie schließlich jetzt noch zu verlieren? Ihre Seele? Die war bereits verdammt.

»Sa-Baro?«, ertönte eine andere Stimme.

Der Priester drehte sich um, und sie sah, dass der mit der Narbe den Raum betreten hatte. Sa-Baro nickte und zog sich von der Zellentür zurück. Er ging auf den Ausgang zu, aber als er an dem Priester mit der Narbe vorbeikam, blieb er stehen.

»Sa-Mica«, sagte er leise. »Behaltet Sa-Gest gut im Auge.«

Der Priester mit der Narbe nickte. »Das werde ich.«

»Ihr wisst …?«

»Ja. Seid beruhigt, der Bergtempel ist der einzige passende Ort für Männer wie ihn, abgesondert von den Unschuldigen, denen er hier Schaden zufügen würde.«

Rielle taumelte und prallte zurück, als hätten die Worte sie körperlich getroffen. *Sa-Gest kommt mit uns. Sa-Gest wird im Gefängnis arbeiten.* Sie konnte nicht atmen. Sie fiel wieder auf die Bank.

Dann begriff sie, was das bedeutete. Sa-Gest würde nicht in Fyre sein. Sicherlich konnte er Izare und ihrer Familie aus der Ferne keine Schwierigkeiten bereiten. Eine wahnwitzige Hoffnung erfüllte sie. Sobald er Fyre verlassen hatte, konnte sie ungehindert von Sa-Gests Drohungen sprechen.

Nur, dass er immer noch nach Fyre zurückkehren oder aus der Ferne Maßnahmen treffen könnte. Er war eine Gefahr, solange er lebte. Zumindest konnte sie sicherstellen, dass er nur eine Gefahr für sie darstellte.

»Alles in Ordnung?«

Sie blickte auf. Sa-Mica stand an der Zellentür, die dunklen Augen argwöhnisch zusammengekniffen.

Rielle holte tief Luft, nahm zusammen, was sie an Selbstbeherrschung noch hatte, und lachte bitter.

»Ist irgendetwas in Ordnung?«

»Es hat damit zu tun, was Sa-Baro gesagt hat, nicht wahr? Er ist jetzt weg. Ihr könnt sprechen.«

Sie wandte den Blick ab, damit er ihren Zorn nicht sah. *Jetzt kann ich also sprechen, ja? Tja, Pech. Aus mir werdet Ihr nichts herausbekommen. Schließlich hat man mir gesagt, ich solle still sein, mich nicht beklagen oder Kritik üben, mein Leben lang den Mund halten. Ich habe jede Menge Übung darin.* Es war eine jämmerliche Art von Widerstand, aber es war alles, was sie hatte.

Als ihre Weigerung zu antworten seine Geduld über Gebühr strapazierte, seufzte er. »Es steckt mehr dahinter. Denkt nicht, dass ich es nicht herausfinden werde.«

Sie beachtete ihn nicht weiter und blieb reglos sitzen, bis er gegangen war.

19 Rielle

Mehr als ein unruhiges Dösen brachte Rielle in dieser Nacht nicht zustande. Wann immer sie den Kopf hob, um nachzuschauen, las der junge Priester immer noch in seinem Buch. Es war ihr einziges Hilfsmittel, um das Verstreichen der Zeit abzuschätzen. Es handelte sich um ein dickes Buch, aber sie hatte keine Ahnung, wie schnell er las oder ob er Absätze ausließ, wenn sie nicht hinsah. Er war fast am Anfang gewesen, als sie sich schlafen gelegt hatte. Als sie wach wurde und bemerkte, dass er langsam das Ende des Buches erreichte, stellte sie sich darauf ein, dass es Tag wurde. Dann wünschte sie, ihr wäre nicht in den Sinn gekommen, seine Fortschritte zu verfolgen, da sie die nächste unbekannte Zeitspanne hellwach war und damit rechnete, dass die Tür sich jeden Moment öffnete.

Als sie dann aufging, wünschte Rielle, sie hätte es nicht getan.

Der Wachposten klappte sein Buch zu und stand auf, bevor er sich dem Besucher zuwandte. Rielles Herz begann zu rasen, als Sa-Elem eintrat. Sie schwang die Beine von der Bank und setzte sich auf. Der Priester mit der Narbe vom Tag zuvor folgte Sa-Elem. Er näherte sich ihr, das Gesicht entschlossen und grimmig, und schob ein Stoffbündel durch die Gitterstäbe der Zellentür.

»Zieht Eure Kleider und Schuhe aus und legt dies an.«

Sie nahm es entgegen. Als sie es auseinanderfaltete, überkam sie eine Welle der Übelkeit. Es war eine lange Stoffröhre – kaum mehr als ein Sack –, mit Löchern in den Seiten und oben. Die Kanten waren ungesäumt. Eine Erinnerung stieg in ihr auf: ihr Entführer, bekleidet mit einer zerlumpten, schmutzigen Hose, besudelt von verfaultem Essen und dem Mist, mit dem man ihn beworfen hatte. Ihr drehte sich der Magen um.

Das Warten hatte ein Ende. Sie brachten sie heute aus Fyre fort.

Zumindest werde ich von den Schultern abwärts bedeckt sein, dachte sie. Sie sah nervös zu den Priestern. Sie würden doch wohl nicht zuschauen, wenn sie sich umzog? Sie tauschten einen Blick, dann drehten sie ihr den Rücken zu. Rielle stieß einen Seufzer der Erleichterung aus.

Sie zog sich schnell um und hoffte, sie würden nicht merken, dass sie ihre Unterwäsche anbehielt. Das grobe Sackleinen reichte ihr nur bis zu den Knien, und ihre Arme waren nackt. Sie hatte sich angezogen noch nie so entblößt gefühlt. Bebend legte sie ihr Kopftuch um und drehte sich um.

»Ich bin fertig«, murmelte sie.

Sie wandten sich ihr zu. Sa-Elem schloss das Tor auf und reichte ihr ein Paar Sandalen. Sie bestanden lediglich aus Ledersohlen mit Tauen als Riemen. Sie schlüpfte hinein und band sie zu. Sa-Elem gab ihr ein Zeichen, und als sie aus der Zelle trat, zog er ihr das Kopftuch herunter. Sie öffnete den Mund, um Einwände zu erheben, schwieg aber erschrocken, als er ein Messer hob. Bevor sie zurückweichen konnte, trat er hinter sie, packte mit einer Hand ihr Haar und zog fest daran. Sie spürte den Ruck und hörte das Zischen der Klinge, die ihr Haar durchschnitt, dann konnte sie ihren Kopf wieder ungehindert bewegen.

Ein vertrautes Gewicht war fort. Sie sah es in Sa-Elems Händen, glänzend, schwarz und glatt, bevor er es in eine Holzschale warf, die der Wachposten in der Hand hielt. Der Verlust ihres Haares schnürte ihr die Kehle zu. Dann hörte sie ein metallisches Rasseln, und ein Schauer überlief sie.

Sa-Mica trat mit schweren Ketten vor.

Sie schluckte hörbar. »Ich leiste keinen Widerstand«, stieß sie hervor. »Ich werde nicht versuchen wegzulaufen. Sind die wirklich notwendig?«

»Sie dienen dazu, andere davon zu überzeugen, dass Ihr keine Gefahr für sie darstellt«, erklärte er ihr.

Mit einem Gefühl der Übelkeit starrte sie auf die Ketten. Die Priester hielten kurz inne, dann ergriff Sa-Elem ihren Arm und hob ihn hoch. Eine Kettenschlaufe wurde um ihr linkes Handgelenk gelegt und mit einem Schloss befestigt. Eine weitere schloss sich um ihr rechtes, dann bückte sich Sa-Mica, um das Gleiche mit ihren Knöcheln zu machen. Die beiden Ketten wurden durch eine dritte miteinander verbunden. Schließlich legte sich das kalte Gewicht von Metall um ihren Hals, während die lange »Leine« entlang ihres Rückgrats verlief. Sie erbebte heftig.

»Hebt die Fußkette vom Boden an, damit Ihr nicht so leicht stolpert«, empfahl der Priester mit der Narbe in neutralem Ton, als unterrichte er sie in nichts Erschreckenderem als darin, wie man in einem langen Rock tanzt.

Sie schaute an sich hinunter und stellte fest, dass es keine Schwierigkeiten bereitete, sich vorzustellen, wie jämmerlich sie aussah. Wie der Entführer … aber nicht genauso. Ihm hatte man die Hände hinter dem Rücken gefesselt. War dies eine merkwürdige Art von Freundlichkeit, oder hatten sie das aus Versehen gemacht?

Was für eine Rolle spielte es? Das Endergebnis war so oder so demütigend.

Die beiden Priester tauschten einen Blick. Sa-Mica nickte, dann ging er zur Tür. Sa-Elem legte ihr eine Hand auf die Schulter und stieß sie sanft an, um ihr zu bedeuten, dass sie ihm folgen sollte. Rielle hob die Hände, sodass die Verbindungskette zu ihren Beinen vom Boden hochkam, dann machte sie einen Schritt nach vorn.

Das Gehen war leichter als erwartet. Der Entführer war unbeholfen mit verkürzten Schritten einhergeschlurft. Sie hätte keine großen Schritte machen und gewiss nicht rennen können, aber sie konnte problemlos gehen. Sa-Mica führte sie durch die Tür und einen unterirdischen Gang entlang. Nur zu bald erreichten sie die Treppe zu dem Gebäude darüber. Hinaufzugehen erforderte ein wenig Koordination der Ketten. Die Priester trieben sie nicht zur Eile.

Oben angelangt, trat sie in die Pracht des Tempels. Ein frischer, vertrauter Duft stieg ihr in die Nase. Zuerst kamen sie in einen kurzen Gang, dann gingen sie durch eine mit Schnitzereien versehene Tür in die Haupthalle. Die Halle war glücklicherweise leer bis auf einige Priester mit Wischlappen und Eimern. Ein Platschen hinter ihr sagte ihr, dass sie das Bodenwischen wiederaufgenommen hatten. Sie sangen bei der Arbeit. Etwas über das Reinwaschen des Tempels von der Befleckung. *Wie passend,* dachte sie bei sich.

Sa-Mica legte ein würdevolles Tempo vor, als er sie den Weg hinunter zu den Haupttüren führte. Der Gesang wurde nicht leiser, während sie gingen. Folgten die Priester ihnen? Sie widerstand dem Drang, sich umzudrehen, bis Sa-Mica langsamer wurde, um andere Priester zu begrüßen, die an den Haupttüren standen. Als sie sich daraufhin umwandte, war es wie ein Schlag in die Magengrube. Sie folgten ihr tatsächlich. Sie wischten mit ihren Lappen dort über den Boden, wo sie gegangen war. Es war *ihre* Befleckung, die sie wegwuschen.

Bevor sie es verhindern konnte, schaute sie zu dem riesigen Gemälde auf, das den hinteren Teil der Halle einnahm. Ihr Blick wanderte zu dem Engel, der den Befleckten bestrafte, und etwas in ihr schnürte sich zusammen, aber sie schaute nicht weg. Wie würde es sich anfühlen, wenn ihre Seele zerfetzt wurde?

Das Geräusch der sich öffnenden Tür veranlasste sie ruckartig, sich wieder zu bewegen. Sie riss den Blick los und zwang sich, sich umzuwenden und sich dem zu stellen, was immer sie draußen erwartete. Dabei sagte sie sich, dass es nicht so schlimm sein konnte wie es ihr allerletzter Augenblick im Angesicht des Engels sein würde. Sonnenlicht strömte in die Halle und blendete sie. Wie es das so oft getan hatte, wenn sie und die Tempelmädchen nach dem Unterricht nach Hause gegangen waren. Wie an dem Tag, an dem der Befleckte sie entführt hatte …

Sa-Komls Stimme dröhnte von irgendwo in der Nähe, als er ihr Verbrechen verkündete und den Engeln und den Bürgern Fyres zurief, dass sie sie verstoßen sollten. Als ihre Augen sich an das Licht gewöhnt hatten, sah sie sich einer Menschenmenge gegenüber, die sie beobachtete. Das überraschte sie nicht, aber es war eine kleinere Menge, als sie erwartet hatte, wenn man bedachte, wie groß diejenige gewesen war, die dem Entführer gefolgt war. Wann hatten sie erfahren, dass ein Befleckter aus der Stadt vertrieben wurde? Es war bestimmt noch nicht lange her. Aber Neuigkeiten verbreiteten sich schnell und würden gewiss bald noch mehr Schaulustige herbeilocken.

Die Menschen, die sie anstarrten, wirkten eher neugierig als zornig, aber als sie ihr Äußeres bemerkten, sah sie, wie sich missmutige Gesichtsausdrücke und eine hässliche Art von Häme ausbreiteten. Sie sah sich selbst durch ihre Augen: in Ketten, geschoren, unzureichend in Lumpen gekleidet. Reduziert auf einen schändlichen Anblick, sodass sie sich selbst sicher wähnten. Eine Mahnung, was mit ihnen geschehen würde, sollten sie sich versucht fühlen, die Engel zu bestehlen.

Auf einer Seite stand ein kleiner Karren, und als sie sah, wer dahinterstand, schauderte sie. Sa-Gests Gesichtsausdruck war ernst, aber seine Augen glänzten erwartungsvoll. Sie schaute weg und rief sich ins Gedächtnis, dass ihre Familie und Izare sicher waren, solange er weit weg von Fyre war.

Von irgendwo förderte Sa-Elem eine Glocke zutage und schwang sie. Der Klang hallte in dem Raum hinter ihr wider und erfüllte den Platz.

»Los«, sagte er.

Rielle sah ihn an und stellte fest, dass er sie abwartend beobachtete. Der Entführer war vor den Priestern hergegangen, erinnerte sie sich. Das Gleiche musste sie tun.

Das bedeutet, dass ich das Tempo vorgeben kann, begriff sie. *Nun denn. Bringen wir es hinter uns.*

Sie nahm die Kette hoch und bewegte sich die Treppe hinunter. Wie sie gehofft hatte, wich die Menge zurück und ließ sie durch. Ohne zu zögern, schritt sie aus. Menschen stolperten über ihre eigenen Füße in ihrer Hast, von ihr fortzukommen. Sie sah boshafte Häme sich in Furcht verwandeln.

Etwas flog an ihrem Kopf vorbei. Sie zuckte davor zurück, zu spät, als dass sie noch hätte ausweichen können, wenn die Treffsicherheit des Werfenden besser gewesen wäre. Als sie einen durch die Luft fliegenden Gegenstand aus dem Augenwinkel bemerkte, riss sie die Hände hoch, um ihn abzublocken. Aber die Ketten ließen es nicht zu, die Arme hoch genug zu bekommen, und etwas Weiches und Nasses klatschte ihr gegen die Stirn. Der Geruch von verfaulten Früchten drehte ihr den Magen um, während Flüssigkeit ihr Gesicht herunterrann. Sie schüttelte die Tropfen ab, bevor sie ihr in die Augen geraten konnten.

Jubel brach aus der Menge hervor, dann folgten weitere Wurfgeschosse. Sie blieb stehen, duckte sich mit schützend erhobenen Armen und spürte das Prasseln auf Rücken und Schultern, manche Treffer härter als andere. Als die Angriffe etwas nachließen, richtete sie sich wieder auf und zwang sich weiterzugehen. Ein sich bewegendes Ziel war schwerer zu treffen. Sie konnte unmöglich allen Wurfgeschossen ausweichen, aber wenn sie im Auge behielt, was direkt auf sie zukam, konnte sie vielleicht ihr Gesicht rechtzeitig schützen.

Die Menge schien sie vollkommen zu umgeben, und sie merkte, dass sie die Orientierung verloren hatte. Als sie zurückschaute, sah sie die Priester hinter sich, Sa-Elem, der das Ende der Kette hielt, und Sa-Gest, der den Karren schob. Eine schnelle, vorsichtige Prüfung der Gebäude vor ihr sagte ihr, wo die Tempelstraße begann, und sie ging darauf zu.

Jetzt begriff sie, dass sie keineswegs das Tempo vorgeben konnte. Wenn sie zu schnell ging, wurde mehr nach ihr geworfen. Die Menschenmenge wurde größer und gemeiner. Nicht lange nachdem sie in die Tempelstraße eingebogen war, traf sie etwas Hartes an der Schulter, und sie schrie vor Schmerz auf.

Eine Stimme dröhnte hinter ihr.

»KEINE STEINE!«, befahl Sa-Elem.

Sie machte ein paar Schritte, bevor weitere Wurfgeschosse in ihre Richtung flogen. Sie fielen eine Handspanne von ihrem Körper entfernt auseinander, als träfen sie auf eine unsichtbare Mauer. *Magie!* Sie schauderte und widerstand dem Drang, hinter sich zu blicken. *Schwärze* würde von einem der Priester ausströmen wie der Strahlenkranz eines Engels. Nach mehreren Schritten trafen die Wurfgeschosse sie wieder, und die Menge antwortete darauf mit Jubel.

Das Gleiche war geschehen, als man den Entführer aus der Stadt vertrieben hatte. Sie erinnerte sich an ein Gespräch:

»Warum beschützen sie ihn nicht die ganze Zeit?«, hatte sie Izare gefragt.

»Sie müssen die Menge bei Laune halten.«

Sie blickte zu den Gebäuden, konnte aber nicht erkennen, ob sie in der Nähe der Stelle war, von der aus sie mit Izare zugesehen hatte. Die Menge säumte die Straßen: Menschen standen in Hauseingängen, um besser sehen zu können, andere lehnten sich aus Fenstern. War Izare unter ihnen? Sie betrachtete forschend die Gesichter, und ihr ging auf, dass sie nach ihm Ausschau gehalten hatte, seit sie den Tempel verlassen hatten.

Würde er herauskommen, um zuzusehen? Oder würde er sich verstecken, voller Angst, dass die Menschen sich gegen ihn wendeten, weil er ihr Obdach gewährt hatte? Etwas sickerte aus ihrem Haar in ihre Augen, und sie wischte es weg. Zuerst hatte sie gehofft, dass er kam, um sie ein letztes Mal zu sehen, aber jetzt hoffte sie, dass er es nicht tat. Sie schreckte vor dem Gedanken zurück, dass er sie mit abgeschnittenem Haar und in Ketten sah.

Würde er sie im Gefängnis besuchen? Würden ihre Eltern kommen? War es überhaupt erlaubt? Sie hatte keine Ahnung, wie weit der Bergtempel entfernt war. Vor der Anhörung hatte sie noch nie davon gehört. Niemand wusste, wohin man die Befleckten brachte. Das hieß, niemand außer den Priestern.

Vier weitere Male wurde sie von harten Gegenständen getroffen. Sie lernte, die kurzen Atempausen zu nutzen, die danach kamen, um längere Schritte zu machen und weiter voranzukommen, obwohl die harten Riemen der Sandalen an ihren Füßen scheuerten und das Gewicht der Ketten ihre Schultern schmerzen ließ.

Während einem dieser seltenen geschützten Momente geschah es, dass sie einen Teil der Tempelstraße erreichte, wo die Menschenmenge auf der linken Seite lichter wurde. Einige Schritte später stand niemand mehr auf dieser Seite der Straße, und dann sah sie, warum.

Vor ihr erstreckte sich die Mauer der Färberei. Worte waren darauf gemalt. Sie erstarrte vor Entsetzen.

BEFLECKTER ABSCHAUM.

Etwas Hartes traf sie an der Stirn, und ihr wurde schwarz vor Augen. Sie griff sich an den Kopf und taumelte, schaffte es aber, sich auf den Beinen zu halten. Sie würde später dort eine Beule haben. Der Schmerz trieb ihr Tränen in die Augen.

»Sie können doch nichts dafür«, sagte sie laut, obwohl niemand es hören konnte. *Nein, es ist meine Schuld.* Nach all den Jahren harter Arbeit, die ihre Familie geleistet hatte, um die Färberei zu der besten in Fyre zu machen, hatte sie sie mit einem einzigen dummen, törichten Fehler ruiniert.

Es kamen keine Wurfgeschosse mehr. Sie zwang sich, die Augen zu öffnen und sich umzusehen. Niemand war aus der Färberei herausgekommen. Die Eingangstür, die gewöhnlich offen stand, um Kunden willkommen zu heißen, war fest verschlossen. Sie holte tief Luft, stieß den Atem dann wieder aus und zwang sich weiterzugehen.

Sie werden sich davon erholen, sagte sie sich. Sie würden warten, bis es sicher war, und die Worte dann übermalen. Wenn nötig, würden sie es wieder und wieder tun. Schließlich stellten sie Farbe her. Sie hatten jede Menge davon. Sie würden sich außerdem öffentlich von ihr lossagen. Wahrscheinlich hatten sie das bereits getan. Sie mussten es tun, wenn sie das hier überleben wollten.

Ihre Eltern würden sie nicht im Gefängnis besuchen.

Ihr Kopf und ihre Füße schmerzten, nebst allem, was dazwischenlag. Zumindest würde es bald vorüber sein. Von der Färberei war es nicht weit bis zum Stadtrand. Sie beschleunigte ihre Schritte und ignorierte die Wurfgeschosse, die sie mit weiterem Dreck bedeckten. Die Tempelstraße beschrieb eine scharfe Linkskurve und begann anzusteigen. Vor ihr konnte sie die Nordbrücke sehen und dahinter den rosa und bläulich überhauchten Sand der Wüste. Die Menge war plötzlich entschlossen, noch jedes letzte verfaulte Stück Gemüse oder Obst und jede zusammengeklaubte Faust voll Schlamm loszuwerden, aber als ihre Füße endlich auf die Holzbrücke traten, brach der Hagel von Wurfgeschossen abrupt ab. Sie blieb stehen und drehte sich um. Die Priester runzelten die Stirn, aber Rielle ignorierte sie.

Fyre, ihre Heimat, lag vor ihr. Sie hatte immer fortgehen wollen, wenn auch nur, um ihren Bruder oder ihren Cousin auf einer ihrer Geschäftsreisen zu begleiten, und nicht für immer. Jetzt würde sie Fyre nie wiedersehen. Die Menge beobachtete sie johlend und machte unanständige Handzeichen. Sie wandte sich ab, um über die Brücke zu gehen.

Hier gab es keinen Verkehr. Vor ihrem Herannahen gewarnt, warteten die Menschen auf der anderen Seite. Sie konnte die Schritte der Priester und das Knarren und Rollen des Karrens hinter sich hören. Niemand wies sie an, stehen zu bleiben, als sie die Brücke überquert hatte, also ging sie weiter die Wüstenstraße entlang. Sie erstreckte sich direkt bis zum Horizont und verschwand im grellen Licht und Staub, lange bevor sie ihn erreichte. Auch sie war verlassen. Der meiste Verkehr über die Brücke kam von den Häusern, die die andere Seite des Flusses säumten, oder von Städten stromauf- und stromabwärts.

Die Straßenränder wurden von zwei Steinreihen markiert. Die Straße war gepflastert, aber weit vor ihnen war sie an manchen Stellen vom Sand verdeckt.

Der Lärm der Stadt verhallte, und Stille breitete sich um

Rielle aus. Die Hitze der Sonne strahlte vom Sand ab und trocknete den Dreck auf ihrem Körper. Sie fühlte sich klebrig und wund und hatte bereits jetzt Durst, blieb aber nicht stehen. Sie lauschte auf die Atmung der Priester und das Quietschen des Karrens, nur um sich zu vergewissern, dass sie noch hinter ihr waren. Schließlich, nach mehreren langen Minuten, ertönte eine Stimme.

»Halt, Rielle.«

Sie gehorchte, drehte sich um und sah, dass die Stadt jetzt nur noch ein niedriger Schatten hinter den Priestern war. Sa-Mica hatte ihren Namen ausgesprochen. Die Priester kamen näher. Sa-Gests Gesicht war von der Anstrengung, den Karren zu schieben, schweißnass, bemerkte sie. Priester missbrauchten nicht das Recht, Magie zu benutzen, das die Engel ihnen gegeben hatten. Dies erfüllte Rielle mit einer gewissen Befriedigung.

Sa-Elem trat vor und nahm ihr alle Ketten ab bis auf die Schelle um ihren Hals. Er sagte nichts. Sa-Mica lud eine Metallwanne aus dem Karren, stellte sie auf den Boden und schüttete dann aus einem großen, runden Gefäß Wasser in die Wanne. Sie fing den gleichen schwachen Duft auf, den die Priester benutzten, wenn sie den Tempel reinigten. Sa-Mica legte ein Bündel neben die Wanne.

»Wascht Euch und zieht Euch um«, befahl er.

Einmal mehr drehten er und Sa-Elem ihr den Rücken zu. Sa-Gest folgte ihrem Beispiel. Rielle sah sich um, um sicherzugehen, dass tatsächlich niemand sonst auf der Straße oder in den Sanddünen zu beiden Seiten war. So schnell sie konnte, riss sie sich das Lumpenhemd herunter, kniete sich hin und wusch sich. Das Bündel bestand aus einer einfachen Tunika, einem Rock und einem Kopftuch, die allesamt aus ungefärbtem Tuch gemacht waren. Sie kleidete sich an, zog die Kette durch den Halsausschnitt der Tunika, beugte sich dann vor und goss sich den Rest des Wassers übers Haar. Es war nicht genug Wasser, um all den Dreck wegzuwaschen, aber es würde genügen müssen. Vielleicht konnte sie später Sand benutzen, um den letzten Rest Schmutz abzureiben. Zumindest verbarg das Kopftuch ihr ungekämmtes, fettiges Haar.

Sa-Mica schien zu wissen, wann sie fertig war. Er drehte sich um und reichte ihr einen Ranzen. Hinter ihm streifte sich Sa-Gest ebenfalls einen über. Das Gewicht, das sich auf ihre Schultern legte, schien nicht allzu groß zu sein, obwohl sie bereits von den Ketten schmerzten. Rielle spürte, dass Wasser in einem Behälter in dem Ranzen herumschwappte.

Sa-Mica hatte die Wanne zurück auf den Karren gestellt, ließ jedoch das Lumpenhemd liegen. Er nickte Sa-Elem zu.

»Fertig.«

Sa-Elem nickte ebenfalls. »Eine sichere Reise, Sa-Mica.« Er wandte sich an Sa-Gest. »Ich hoffe, Ihr werdet den Bergtempel nach Eurem Geschmack finden, Sa-Gest.« Dann drehte er sich um, ohne Rielle auch nur eines Blickes zu würdigen, und schritt zurück in Richtung Fyre.

Der Priester mit der Narbe trat vor Rielle hin. »Wir haben jeder eine Tagesration Wasser. Wenn Ihr flieht, werdet Ihr uns möglicherweise entkommen, da es sehr leicht ist, jemanden in den Dünen zu verlieren. Solltet Ihr nach Fyre zurückkehren, werden sie Euch an der Kette erkennen. Wenn Ihr in irgendeine andere Richtung lauft, werdet Ihr bald verdursten. Ohne Wasser rettet Euch in der Wüste kein noch so großes Maß an Magie.« Dann deutete er auf die Straße. »Geht«, befahl er.

Sie wusste aus den zahllosen Geschichten ihres Bruders über das Überleben in der Wüste, dass er die Wahrheit sagte. Also wandte sie sich der Wüste zu, richtete den Blick auf den von Staub verhüllten Horizont und setzte sich in Bewegung.

Siebter Teil

20 Tyen

Tyen umfasste das Steuerrad des Luftwagens mit festem Griff. Für lange Zeit hatten weder Veroo noch Sezee gesprochen – seit die Kapsel zum ersten Mal beinahe gegen einen der verschneiten Gipfel geprallt wäre. Wie viele Male es danach zwischen den hohen, eisbedeckten Bergen erneut fast zu fatalen Unfällen gekommen wäre, konnte er schon nicht mehr zählen.

Für jeden, der niemals versucht hatte, einen Luftwagen zu steuern, musste es so aussehen, als seien seine Fahrkünste mangelhaft. Das Steuern war keine präzise Kunst, nicht einmal an einem ruhigen Tag. Propeller und Ruder lieferten ein begrenztes Maß an Kontrolle, aber ihre Effizienz hing vom Wind ab. Die Fahrt mit dem Wind war am einfachsten. Gegen den Wind hingen der Erfolg und das Vorankommen davon ab, dass die Wirkung der Propeller den Winddruck übertraf. Und Seitenwind – der in der einen oder anderen Weise am häufigsten war – machte das Erreichen des angestrebten Ziels zu einer Frage von Gefühl und Erfahrung.

Bei sehr wechselhaftem Wind war es, als führe man einen Betrunkenen durch dichten Wald. Es war fast ständig Magie vonnöten, um den Wagen von Hindernissen wegzudrücken. Bedauerlicherweise reichte Veroos Erfahrung noch nicht aus, um zu wissen, wo und wann eine solche Hilfe vielleicht notwendig war. Tyen dagegen spürte die Wirkungen eines Windwechsels und wusste, ob er ihn allein mit Propeller und Ruder würde kompensieren können.

Natürlich war er in Versuchung, die Luft in der Kapsel so stark zu erwärmen, dass sie über die höchsten Gipfel des Gebirges aufstiegen, aber er durfte ihr nicht nachgeben. Denn in der dünneren Luft größerer Höhe könnten sie durchaus das Bewusstsein verlieren; dann würde die Kapsel rasch abkühlen und der Wagen sinken oder sogar unkontrolliert abstürzen.

Jetzt versperrte ihnen ein steiler, gezackter Bergkamm wie eine Schranke den Weg. Tyen steuerte auf den niedrigsten Punkt zu, dann drehte er, als die Nase des Wagens nach links schwenkte, das Steuer zum Ausgleich nach rechts.

»Mehr Hitze«, sagte er.

Das zumindest war eine Aufgabe, die Veroo für ihn übernehmen konnte. Sein Magen wurde ein wenig unruhig, als der Wagen in einen Steigflug überging. Er beobachtete, wie der Bergkamm näher kam, und versuchte einzuschätzen, ob er zu schnell darauf zuflog, um noch rechtzeitig die benötigte Höhe zu erreichen.

Sie näherten sich dem Grat, und es schien eine knappe Sache zu werden. Für alle Fälle schützte Tyen die Unterseite des Wagens mit einem eng anliegenden Schild. Der Wind drehte wieder und kam jetzt von hinten, beschleunigte sie und machte es unmöglich, noch beizudrehen, wenn sie die nötige Höhe nicht erreichen sollten.

Eine plötzliche Bö schob sie nach rechts, und Tyen fluchte. Der Wagen schlingerte, als Tyen das Rad nach links drehte. Eine Vibration durchlief den Flugwagen, als er über die scharfkantigen Felsen hinwegglitt. Er hielt den Atem an.

Und dann waren sie über den Kamm. Tyen stieß einen Seufzer der Erleichterung aus und hörte, wie hinter ihm

Sezee und Veroo das Gleiche taten. Er drehte sich breit grinsend zu den beiden um, und die Frauen erwiderten sein Lächeln.

Als er sich wieder nach vorn wandte, begriff er, dass zum ersten Mal, seit sie in den frühen Morgenstunden aufgebrochen waren, keine hohen Gipfel im Weg waren.

»Wir haben es geschafft«, sagte er. »Wir sind auf der anderen Seite des Hauptkamms.«

Bald glitten sie über ein breites Tal, und die Berge zu beiden Seiten wurden immer sanfter und glatter, bis sie sich schließlich in einer flachen Ebene verloren. Das Licht spiegelte sich in einem Fluss, der sich unter ihnen durchs Land schlängelte. Sie waren in Versuchung, einfach dem Tal zu folgen, aber nach Gowels Karte des Südens – in Pergamas Wiedergabe – lag die Helmburg auf einem Felsen irgendwo westlich von der Stelle, wo der Abenteurer das Gebirge überquert hatte. Wenn sie den Hauptkamm des Gebirges an gleicher Stelle oder doch in der Nähe davon erreicht und überflogen hatten, brauchten sie nur dem Gebirgszug nach Westen zu folgen, um dorthin zu gelangen. Tyen hoffte wirklich, dass Veroo in Tyeszal mit ihrer magischen Ausbildung mehr Glück haben würde als in Leratia.

»Du bist seit Stunden gefahren. Möchtest du, dass ich übernehme?«

Er drehte sich um, sah Veroo hinter sich stehen und nickte. Das Fahren von hier aus sollte einfach sein, und es würde guttun, sich wieder mit Pergama zu beraten, bevor sie auf die ersten Südländer trafen. Er hatte seit Tagen keine Chance mehr gehabt, mit ihr zu reden. Orns jüngere Kinder waren gnadenlos neugierig auf alles gewesen, was er und die Frauen besaßen. Er hatte sie dabei ertappt, dass sie versucht hatten, in seine Tasche zu schauen, nachdem er, vielleicht unklugerweise, Käfer herausgenommen hatte, um ihn ihnen zu zeigen. Obwohl sie das Insektoid in Ruhe gelassen hatten, nachdem es einen von ihnen gestochen hatte, war Tyen zu dem Schluss gekommen, dass es besser war, Pergama erst gar nicht hervorzuholen.

Sobald er den Sitz frei gemacht hatte, half er Veroo, seinen Platz zu übernehmen, und befreite ihren Rock, als er sich an einem hervorstehenden Bolzen verfing. Sie schaute hinab, ungerührt über die Aussicht unter ihren Stiefeln.

»Wohin soll ich fahren?«, fragte sie.

»Folgt den Bergen.«

»In dieser Höhe?«

»Ein wenig niedriger, wenn Ihr wollt, aber sicher außer Reichweite von Pfeilen«, sagte er. »Ich weiß nicht, ob alle Einheimischen freundlich gesinnt sind.«

Auch das war ein Grund, gezielt die Helmburg anzusteuern. Denn dort würden, wie Tyen aus Gowels Bericht wusste, Bewohner des Nordens freundlich aufgenommen werden.

Tyen machte sich auf den Weg zu seinem Lieblingsleseplatz an der unteren Stützstrebe. Sezee saß dort, wo sie das Netz zu ihrer Sicherheit links und rechts von sich hatte; sie lächelte, als er über sie hinwegstieg, sagte jedoch nichts.

Nachdem er Pergama aus seiner Tasche genommen hatte, setzte er sich rittlings hin, lehnte sich zurück und schlug das Buch auf.

Hallo, Tyen. Ich sehe, es ist viel geschehen, seit wir das letzte Mal gesprochen haben.

Ja. Er dachte an sein letztes Gespräch mit ihr. *Zauberer der Akademie haben uns gejagt und angegriffen, aber wir haben es ans Ufer geschafft.*

Wo ihr den Flugwagen in einem Baum gelandet habt. Du weißt doch, Sezee hat mich im Unterholz gefunden.

Ah, das ist richtig. Er war neugierig. *Hast du viel von ihrem Geist gelesen?*

Ja.

Ich sollte nicht fragen, aber … gibt es irgendetwas Wichtiges, das ich über die beiden wissen muss? Irgendein Geheimnis, das verhindern könnte, dass ich den Süden zu meinem Zuhause mache? Wie zum Beispiel … Veroo ist eine Spionin der Akademie, oder Sezee plant, mich auszurauben?

Veroo ist keine Spionin, zumindest nicht, soweit Sezee weiß. Die Frauen stellen keine Gefahr für dich dar. Sezee ist jedoch in dich verliebt.

Er starrte auf die Worte, las sie abermals und dann noch einmal. Bevor er sich daran hindern konnte, schaute er zu Sezee auf. Sie spürte seinen Blick und wollte ihn erwidern, aber er sah hastig wieder auf das Buch hinab, bevor ihre Blicke sich trafen.

Seit wann?

Es ist schwer, den Beginn einer Zuneigung genau zu bestimmen. Sie hat es selbst begriffen, als du den Luftwagen heruntergeholt und gekapert hast, aber du hast ihr gefallen, seit sie dich das erste Mal gesehen hat.

Eine seltsame Mischung aus Befriedigung und Ungläubigkeit trat an die Stelle seiner Überraschung. *Er* gefiel dieser selbstsicheren, gutaussehenden Frau? Und mehr. Sie war in ihn *verliebt*? Gewiss konnte das nicht der Fall sein.

Aber wenn Pergama es sagt, dachte er, *muss es wahr sein.*

Ein Drang, wieder zu Sezee hochzuschauen, stieg in ihm auf, aber er widerstand ihm. Er hielt seine Miene nichtssagend für den Fall, dass sie ihn beobachtete, schloss Pergama, schob sie in seine Tasche und sah zu den Bergen hinüber, in der Hoffnung, dass er den Eindruck machte, als denke er über praktische Probleme nach.

Sezee liebt mich also. Es war keine unangenehme Überraschung. Sie war eine kühne, bewunderungswürdige Frau. Und noch dazu attraktiv. Früher einmal hätte er nur eine Leratianerin für eine passende Gefährtin gehalten, aber jetzt kam ihm das lächerlich vor – eine weitere spießige leratianische Einstellung, die er bis vor kurzem nicht hinterfragt hatte. Verglichen mit all den Frauen, die er in seinem kurzen Leben kennengelernt hatte, war Sezee warmherzig und zugänglich, klug und interessant. Aber andererseits hatte er nie die Chance gehabt, eine leratianische Frau so gut kennenzulernen wie Sezee. Vielleicht hätte er auch daheim jemanden finden können, der eine so gute Gefährtin war. Aber diese Möglichkeit bestand jetzt nicht mehr – und es kümmerte ihn nicht. Er würde stolz sein, Sezee als seine Frau zu haben.

Und doch wusste er, noch während er dies dachte, dass etwas fehlte.

Eine gute Gefährtin war nicht alles, was einem eine Ehefrau sein sollte. Obwohl er Sezee sehr mochte und bewunderte, waren seine Gefühle für sie nicht stark genug, um als wahre, leidenschaftliche Liebe zu gelten.

Er dachte an Pergama in seiner Tasche. Er hatte sie dort hineingesteckt, zum Teil, um allein mit seinen Gedanken zu sein, zum Teil um sie vor ihnen zu beschirmen – als befürchte er, dass sie eifersüchtig sein würde, obwohl er wusste, dass sie ein solches Gefühl nicht empfinden konnte.

Ich habe versprochen, nach einer Möglichkeit zu suchen, um sie zu befreien, erinnerte er sich. *Wie kann ich all meine Anstrengungen in die Erfüllung dieses Versprechens fließen lassen und gleichzeitig einer Ehefrau die Aufmerksamkeit schenken, die sie verdient?* Er würde sich ein wenig so fühlen, als sei er untreu. Ihnen beiden.

Abrupt blitzten Mikos Worte in seinem Gedächtnis auf. *»Es ist, als sei sie dein Mädchen. Als seist du in sie verliebt. In ein Buch. Verrückt.«*

War er in Pergama verliebt? Er hielt inne und suchte nach den Gefühlen, die fehlten, wenn er an Sezee dachte. Etwas regte sich. Nicht Leidenschaft. Eher so etwas wie Loyalität. Und das Bedürfnis, sie zu beschützen. Sie bedeutete ihm etwas. Er wollte ihr helfen.

Und so seltsam das sein mag, dachte er, *ich will sie wirklich kennenlernen. Ich denke nicht, dass ich in sie verliebt bin, aber… ich will die Möglichkeit, dass es geschehen könnte.*

Er holte tief Luft, stieß den Atem wieder aus und spürte, wie er mit sich ins Reine kam. Er liebte Sezee nicht. Noch liebte er Pergama. Zumindest nicht im gewöhnlichen Sinne, aber er hatte sich dem Wunsch verschrieben, sie zu beschützen und nach einem Weg zu suchen, um sie zu befreien. In dem Wissen, dass sie dies sehen würde, wenn er sie berührte, nahm er sie aus der Tasche und schlug sie wieder auf.

Bist du dir sicher, Tyen? Liebe könnte aus dem erwachsen, was du für sie empfindest. Du vertust vielleicht eine Chance auf Glück, um eines uralten Gegenstandes willen, der von einer unvollständigen Person bewohnt wird.

Ich bin mir sicher.

Wenn du deine Meinung änderst, wird es mich nicht verletzen. Was du zu tun versuchst, ist vielleicht unmöglich.

Ich weiß. Aber ich muss mein Möglichstes tun. Dir ist klar, dass du mich nicht von etwas anderem überzeugen kannst. Vielleicht werden wir die Antwort hier im Fernen Süden finden. Und obwohl ich weiß, dass du nicht viele Informationen über diesen Ort hast, gibt es andere Fragen, die du beantworten kannst. Wie zum Beispiel: Was könnte der beste Weg sein, um freundschaftliche Bande mit einem Volk zu knüpfen, das unsere Sprache nicht spricht?

Während der nächsten Stunden zog Tyen Pergama zu Rate und hielt nur inne, um das Land zu betrachten, über das sie flogen. Sezee brachte ihm und Veroo etwas zu essen und Wasser, dann kehrte sie in die Sicherheit des Netzes zurück.

Sie hat größere Höhenangst, als sie zugeben will, erklärte ihm Pergama. Sezee lächelte, als er zu ihr aufschaute, aber als er einen weiteren verstohlenen Blick in ihre Richtung warf, sah er, dass sie nach unten schaute, schauderte und dann die Augen schloss.

»Seht!«, rief Veroo und streckte den Arm aus, um auf die Berge zu zeigen.

Tyen spähte in die Richtung, in die sie gewiesen hatte. Die untergehende Sonne tauchte die Wand eines Kliffs in ein warmes Licht. Das Kliff zog sich wellenförmig dahin wie ein Band, und sie erkannten immer mehr Einzelheiten, während sie näher kamen und schließlich das Kliff entlangfuhren. An manchen Stellen hatten vor dem Kliff isolierte Fragmente der Erosion getrotzt und waren als Zeichen dafür zurückgeblieben, dass das Felsmassiv früher weiter in die Ebene hineingereicht haben musste.

»Ich sehe sie«, sagte Sezee und grinste Tyen an. »Die Helmburg!«

Er runzelte die Stirn, während er nach der Burg Ausschau hielt. Es musste einer der kleineren Felstürme sein, befand er. Sein Blick wurde aber zunächst durch die unnatürlich geraden Linien abgelenkt, die jetzt unter ihnen sichtbar wurden: Straßen und rechteckige Felder statt des bisher vorherrschenden Waldes.

Die größeren Straßen führten alle zu einer Vielzahl von Gebäuden rund um eine Felsspitze, die in Vorzeiten wohl Teil des Kliffs gewesen war, jetzt aber allein stand. Große Vögel umkreisten den Felsturm. Zwischen den Steinen des Turms gab es zahlreiche Spalten, und einige Vögel tauchten in diese ein. Eine Bewegung an einer der Öffnungen ließ ihn zweimal hinschauen, und schließlich sah er, was Sezee und Veroo bereits aufgefallen war.

Die Öffnungen waren Fenster oder Türen, die auf Balkone führten. Dort standen Menschen, die den Luftwagen beobachteten.

Diese riesige Felszinne war die Helmburg.

Gowel hatte zwar gesagt, dass sie aus einem Fels gehauen sei, aber dennoch war Tyen davon ausgegangen, dass sie wie eine der Burgen aussehen würde, die er kannte. Als sie näher kamen, sah er, dass zwischen der Helmburg und dem Kliff zahlreiche Seile gespannt waren. Er stand auf, schob sich Pergama unters Hemd, damit auch sie Zeuge ihrer Ankunft wurde, und ging dann an Sezee vorbei nach vorn.

»Fahrt nicht in die Seile«, riet er Veroo.

Veroo nickte, aber ihre Aufmerksamkeit galt etwas anderem. »Diese Menschen«, sagte sie. »Sie fliegen.«

Er schaute genauer hin und schnappte nach Luft, als er begriff, dass sie recht hatte. Was er für Vögel gehalten hatte, waren tatsächlich Menschen, die von einer dunklen Öffnung zur nächsten flogen. Er sah einen von einem Balkon springen, aber statt dass sein Sprung ihn hinabführte, schwebte er empor und umkreiste den Turm. Eine schwache Spur *Ruß* folgte – erstaunlich wenig für die Menge an Magie, die der Springer benutzen musste.

»Es sind Kinder«, sagte Sezee hinter ihm. Sie klang schockiert. »Warum Kinder?«

»Weil sie kleiner und leichter sind und daher nicht so viel Magie verbrauchen?«, überlegte Tyen.

»Es scheint mir ein sehr gefährlicher Zeitvertreib zu sein.«

»Kannst du sie spüren, Tyen?«, fragte Veroo. Sie sah zu ihm auf. »Die Magie …«

Sobald sie es ausgesprochen hatte, fühlte er es. Die Magie in dem Turm war auf subtile Weise andersartig. Sie war *dichter* dort als irgendwo sonst. Sie strahlte vom Turm aus und strömte leicht auf das Kliff zu.

»Was hast du vor?«, fragte Sezee.

Tyen betrachtete die vielen Menschen, die sich auf den Balkons versammelten. Es war unmöglich zu beurteilen, ob sie ihnen freundlich gesinnt waren oder nicht. Falls die fliegenden Kinder in der Lage waren, sich mit Waffen vom Turm zu entfernen, könnten sie den Flugwagen leicht beschädigen. Aber Gowel hatte gesagt, die Menschen hier seien freundlich.

»Fahrt im Kreis und steigt dabei auf, bis wir höher als der Turm sind, damit wir die Seile zum Kliff meiden können.«

»Du meinst die Brücken?«

Er schaute noch einmal hin. Aus der Ferne hatten sie nur wie Seile gewirkt, aber jetzt sah er, dass es zum Teil tatsächlich Hängebrücken waren. Andere Seile schienen zu einem System von Flaschenzügen und Laufkatzen zu gehören, vielleicht zum Transport großer Objekte. Auf der Wand des Kliffs konnte er jetzt eingemeißelte Pfade ausmachen und eine große Höhlenöffnung, zu der drei Brücken führten. Er drehte sich wieder zu Veroo um.

»Wir werden landen, wenn sie uns dazu einladen, obwohl ich bezweifle, dass wir eine genügend große Fläche dafür finden werden. Vielleicht können wir ihn einfach außen an dem Turm festmachen – aber bei einem Wetterumschwung könnte das zur Folge haben, dass er an der Helmburg zerschellt.«

»Willst du die Kontrolle übernehmen?«

Er schüttelte den Kopf. »Nein. Es wird sicherer sein, wenn Ihr uns nahe genug heranbringt und es dann mir überlasst, den Wagen mit Magie zu landen. Überlasst das Erhitzen der Kapselluft mir.«

Fast alle Fenster und Balkone im oberen Teil des Turms waren jetzt von Menschen besetzt. Niemand von ihnen schien Waffen zu tragen, bemerkte Tyen. Er erhitzte die Kapsel noch weiter und sandte sie empor. Als sie sich über Turmhöhe geschraubt hatten, sahen sie, dass sich oben auf der Helmburg ein flacher, auf drei Seiten von Wänden beschirmter Bereich befand.

Die Männer, die dort standen, trugen Rüstungen, und in ihren Gürtelscheiden steckten entweder lange Messer oder kurze Schwerter. Sie hatten in zwei Reihen links und rechts von zwei weiteren Männern Aufstellung genommen. Einer der beiden in der Mitte hatte die Statur eines kleinen, aber durchtrainierten Mannes, der etwas älter als Tyen sein mochte. Er trug einen luxuriösen dunkelgrünen Mantel mit Pelz um Kragen und Manschetten. Der andere Mann war grauhaarig, etwas beleibt und bekleidet mit einem einfachen dunkelgrauen Mantel ohne Schmuck. Beide starrten zu dem Luftwagen empor. Der jüngere Mann hob einen Arm und winkte ihnen zu.

»Ooh, das ist bestimmt der König«, rief Sezee.

»Woher wisst Ihr das?«, fragte Tyen.

»Du hast gesagt, sie hätten einen König. Wer sonst sollte oben auf dem Turm stehen und darauf warten, uns zu begrüßen, wenn nicht die Person, die das Kommando führt?«

»Er scheint uns einzuladen zu landen«, fügte Veroo hinzu.

Der Mann, den Sezee für den König hielt, hatte den Arm in einer weit ausholenden Gebärde gesenkt, um auf den Raum zwischen den Wachen zu deuten.

Tyen sah wieder zu Sezee hinüber. »Sollen wir landen? Wir müssen darauf vertrauen, dass Gowel die Wahrheit darüber gesagt hat, dass sie freundlich sind.«

»Oder dass sie, als er aufbrach, nicht gelernt hatten, Nordländern gegenüber weniger freundlich zu sein«, meinte sie. »Er klingt nicht nach einem besonders aufrichtigen Mann.«

»Ich kann mir nicht vorstellen, warum er sie mit Absicht verärgert haben sollte. Er war doch hier, um zu versuchen, einen Handel aufzuziehen.«

Sezee nickte. »Ich denke, es ist das Risiko wert. Wenn sie keine Nordländer mögen, wird es keine Rolle spielen, wo wir landen, oder? Es ist besser, sich mit den Leuten ganz oben anzufreunden und zu hoffen, dass alle anderen ihrem Beispiel folgen werden.«

Der Mann in dem grünen Mantel wiederholte die Geste.

»Landet den Wagen, Veroo«, sagte Tyen, dann eilte er wieder nach hinten, um die Landeseile auszurollen.

Veroo machte ihre Sache gut und hätte den Luftwagen direkt in die abgeschirmte Nische im Zentrum gelenkt, wenn nicht ein Windstoß den Wagen im letzten Moment von der Seite getroffen hätte. Tyen gab ihm mit Magie Halt. Die Wachen eilten vor, um nach den Seilen zu greifen. Offensichtlich hatten sie dies schon früher getan. Tyen ließ die Luft aus der Kapsel, aber nicht vollständig, für den Fall, dass sie die wohlmeinenden Absichten der Südländer falsch eingeschätzt hatten und schnell wieder starten mussten. Obwohl sie, wenn die Wachen sich gegen sie wandten und die Kapsel aufschlitzten, festsitzen würden.

Der Mann, der vielleicht der König war, und sein Begleiter lächelten breit, als die Gondel sich auf festen Boden senkte. Tyen stieg als Erster aus, und wie Pergama es ihm geraten hatte, verbeugte er sich, wie er es getan hätte, hätte er den Kaiser besucht. Dann drehte er sich um, um Sezee und Veroo beim Aussteigen zu helfen. Sie folgten seinem Beispiel und machten einen Knicks.

Der alte Mann trat einen Schritt vor.

»Ffillkommen in Tyeszal, Besucher aus dem Norden«, sagte er. Dann deutete er auf den jüngeren Mann. »Ich stelle Euch vor Mzelssa Cryll, den Führer der Sseltee.«

Gowel und seine Mannschaft müssen diesen Mann etwas Leratianisch gelehrt haben, dachte Tyen. *Oder zumindest einige förmliche Phrasen.* Er verbeugte sich abermals.

»Vielen Dank für Euer warmes Willkommen«, antwortete er und sprach bewusst langsam. »Es ist uns eine Ehre, Euch kennenzulernen, Mzelssa Cryll, Führer der Sseltee. Ich bin

Aren Kobel aus Leratia.« Sie waren übereingekommen, dass er den Namen benutzen sollte, den Sezee ihm gegeben hatte, nur für den Fall, dass die Akademie doch erriet, dass er die Berge überquert hatte. »Dies sind Veroo Anoil und Sezee Anoil von den Westinseln.«

Der alte Mann übersetzte für den König. Als er fertig war, trat der junge Herrscher vor. Er streckte Tyen die Hände hin, die Handflächen nach oben gedreht. Wie Pergama es ihm geraten hatte, ahmte Tyen die Geste zaghaft nach, zum Zeichen, dass er bereit war, ihnen entgegenzukommen, ebenso wie als Entschuldigung für seine Unkenntnis der Sitte. Der König lächelte und drückte die Handflächen leicht gegen Tyens, dann wandte er sich an Veroo und Sezee.

Nachdem sie an der Begrüßung teilgenommen hatten, trat er zurück und sprach, wobei er zu dem alten Mann hinüberschaute, als er zum Ende kam.

»Cryll ffünscht su wissen, was Ihr in Sseltee sucht«, erklärte ihnen der alte Mann.

»Wir suchen Wissen«, antwortete Tyen. »Veroo sucht eine Ausbildung in Magie, und Sezee ist als ihre Gefährtin mit ihr gereist.« Er hielt inne, immer noch unsicher, wie er übermitteln sollte, was er wollte.

»Und Ihr?«, drängte der alte Mann.

»Ich suche das Gleiche und noch mehr. Ich möchte etwas über den Fernen – die Sseltee lernen.«

Der alte Mann nickte. »Genau wie die Leratianer, die das letzte Mal hierherkamen.«

»Ja. Sie wollten mit Euch Handel treiben. Ich möchte nur … lernen.«

Das Gesicht des Mannes hellte sich auf. »Ein wahrer Erafhei«, sagte er. »Menschen, die suchen um des Suchens willen …« Er tippte sich an die Stirn, dann deutete er um sie herum.

»Jene, die lernen um des Lernens willen«, pflichtete Tyen ihm bei. »Wahre Gelehrte.«

Der alte Mann drehte sich zum König um, und ein Wortwechsel folgte, bei dem der jüngere zu Tyens Erleichterung recht erfreut wirkte.

»Cryll bittet Euch, dass Ihr drei Tage oder länger hierbleibt, damit er mehr über Euch und Eure Länder lernen kann.«

Tyen nickte. »Es wäre uns eine Ehre.«

Der alte Mann übermittelte dies dem König, der sie alle der Reihe nach anlächelte und dann davonging. Tyen sah den Übersetzer an, der die Hände ausstreckte zum Zeichen, dass sie bleiben sollten, wo sie waren.

»Cryll ffird später mit Euch sprechen. Ich zeige Euch Ort sum Ruhen und Schlafen und ersähle Euch vom Gesetz der Stadt.« Er legte sich eine Hand auf die Brust. »Ich bin Ysser. Sauberer von Cryll.« Er sah den Luftwagen an. »Der ffird brauchen…« Er machte Gesten, die bemerkenswert gut das Zusammenlegen und Vertäuen der Kapsel ausdrückten.

»Ja.«

»Wir fferden helfen.«

Der alte Zauberer hatte offensichtlich schon früher beobachtet, wie ein Luftwagen eingepackt wurde, oder dabei sogar geholfen. Als Tyen die Taschen der Frauen losband, traten zwei Wachen vor, um sie zu tragen. Schon bald war die Kapsel entleert, und der Wagen war zu einer Wand geschafft worden, wo er an Metallringen befestigt werden konnte, die in den Fels gerammt waren. Zufrieden damit, dass er in dem Wind nicht wegwehen würde, nickte Tyen dem Zauberer zu – um ihm zu zeigen, dass er zufrieden war und sie bereit waren hineinzugehen. Der alte Mann lächelte und führte sie in die Helmburg.

21 Tyen

Das Problem beim Leben in einem Turm war, dass es damit verbunden war, viele Treppen zu steigen. Ysser schien entschlossen zu sein, Tyen alles zu zeigen, was bedeutete, dass Tyen im Laufe des letzten Tages viel auf und ab gelaufen war.

»Tyeszal hat viele Ffege hinein und Ffege hinaus«, sagte Ysser, als er Tyen eine weitere Treppe hinunterführte. »Die …« Er deutete auf die Stufen und sah Tyen an.

»… Treppe?«, sagte Tyen.

»Treppe! Ja.« Der Zauberer war alt, aber er lernte Worte so schnell wie jeder junge Sprachenstudent. »Treppen sind …« Er zeichnete mit einem Finger Kreise in die Luft und bewegte dabei langsam den Arm nach unten.

»Der langsame Weg«, ergänzte Tyen.

Ysser nickte, dann beschleunigte er seine Schritte. Am Ende des Korridors war ein Geländer, hinter dem sich eine Art Halle befand, beleuchtet von einem warmen Schein, der auf Lampenlicht schließen ließ. Als Tyen dem Zauberer zu dem Geländer folgte, setzte sein Herz einen Schlag aus, als er die wahre Größe und Dimension der Halle sah.

Sie war gewaltig. Ein glattes Kuppeldach erstreckte sich über ihren Köpfen, aber der Boden befand sich weit, weit unter ihnen. Die Helmburg war hohl.

Die Wände der Halle waren gesäumt von Balkons und Treppen. Große Balken zogen sich kreuz und quer einige Stockwerke unter ihnen durch den Raum. Von diesen hingen riesige Flaschenzüge, durch die Seile, so dick wie seine Arme, geschlungen waren. Vor seinen Augen wurde eine hölzerne Plattform von einem der Geräte langsam nach oben gezogen. Als sie auf gleicher Höhe mit einem der Balkons war, traten zwei Männer darauf. Tyen konnte nicht erkennen, ob das Gerät durch Magie angetrieben wurde. Es war kein *Ruß* in Tyeszal, da von Gesetzes wegen jeder, der Magie benutzte, sie von außerhalb des Gebäudes holen musste.

»Auf diese Ffeise schneller als Treppen.«

Tyen versuchte, die Stockwerke zu zählen, aber sie reichten so tief hinunter, dass er weit unter sich keine Details erkennen konnte. »Wie viele Menschen leben im Tyeszal?«

Der alte Mann streckte beide Hände aus, dann zeigte er mit einem Finger auf die andere Hand und hielt schließlich beide Hände wieder ausgestreckt.

»Zehn mal zehn … hundert?«

Ysser streckte erneut eine Hand aus.

»Zehn mal zehn mal fünf«, riet Tyen. »Fünfhundert.«

»Viele weitere unten.«

»Die Stadt am Fuß von Tyeszal.«

»Stadt?«

»Ort, wo viele Menschen leben.«

»Stadt«, wiederholte Ysser und prägte sich das Wort ein.

Die beiden Männer auf der Plattform stiegen im obersten Stockwerk aus. Sie starrten Tyen – nicht unfreundlich – an, während sie ihnen entgegenkamen. Obwohl beide kleiner waren als er, wie es die meisten Sselts zu sein schienen, waren ihre Gesichter ganz unterschiedlich geformt. Er hatte Menschen gesehen, die im Aussehen den beiden ähnelten, und andere, die wieder anders aussahen, und er hatte geschlussfolgert, dass es bei den Völkern des Fernen Südens regionale Unterschiede geben musste.

Wie es viele Male mit anderen geschehen war, hielten die Männer ihm und Ysser im Vorbeigehen die Hand hin. Nur eine und ohne jede Bemühung, es zu einer Berührung kommen zu lassen. Dies war vielleicht eine weniger förmliche Begrüßung.

Der alte Mann erwiderte die Geste, daher folgte Tyen seinem Beispiel. Einer trug mehrere Ballen fein aussehenden Tuchs unterm Arm.

»Was tun die Menschen, die im Tyeszal leben?«, erkundigte sich Tyen.

»Einige helfen Cryll führen. Vielen machen. Viele, viele Macher.«

»Machen? Diese Männer … sie sind Schneider. Sie machen Kleider.« Tyen klopfte auf die weiche Hose und das lange, üppig bestickte Hemd, das die Sselts ihm an diesem Morgen gegeben hatten.

Ysser nickte. »Viel gemacht. Nur Gutes gemacht.«

»Also ist die Burg voller Handwerker und Künstler, aber nur die Besten leben hier«, schlussfolgerte Tyen.

»Und sie machen Magie. Machen Tyeszal sum magischsten Platz in Sseltee«, sagte der alte Mann mit offensichtlichem Stolz. Ein Schauer überlief Tyen. *Da ist es schon wieder. Dieser Glaube, dass das Machen von etwas Magie erzeuge.* Die Idee stieß ihn nicht so ab, wie sie das einst getan hatte. Aber höchstwahrscheinlich hatte Gowel recht, und Magie hatte eher damit zu tun, dass es hier viele Menschen gab, und nicht mit deren spezifischen Aktivitäten.

»Gibt es in der Stadt unten weniger Magie?«, fragte Tyen.

Ysser zuckte die Achseln. »Ffeniger Magie für so viele Menschen. Viele sehnhundert Menschen.«

Etwas weniger Magie, aber eine erheblich größere Bevölkerung, übersetzte Tyen für sich. Aufregung stieg in ihm empor, als er begriff, dass dies genau die Art von Arrangement war, die die Theorie beweisen oder widerlegen würde. Wenn es keine Verbindung zwischen Magie und Kreativität gab, dann würde die Isolierung einer Gruppe, die größtenteils aus Handwerkern und Künstlern bestand, vom Rest der Bevölkerung dazu führen, dass ihre Umgebung ärmer an Magie war als der Ort, wo die Masse der Menschen sich aufhielt. Stattdessen war Tyeszal aber reicher an Magie. *Könnte Pergama recht haben und die Akademie falschliegen …?*

»Ich seige es Euch.«

Der alte Zauberer führte Tyen zurück zur Treppe. »Alles über den Treppen ist Crylls Ort«, sagte er.

»Der Palast.«

»Palast«, wiederholte Ysser und prägte sich das Wort ein.

Ich bin hier in einem Palast, überlegte Tyen. *Miko würde es niemals glauben. Neel würde eifersüchtig sein.* Und sein Vater wäre stolz auf ihn. Bei dem Gedanken an seinen Vater durchzuckte Tyen ein Stich sowohl der Traurigkeit als auch des schlechten Gewissens. *Ich hoffe, er hat meinen Brief bekommen. Eines Tages werde ich zurückkehren und ihn sehen,* sagte er sich. *Wenn die Akademie aufgegeben hat, nach mir zu suchen. Wie sehr ich mir doch wünschte, ich könnte ihm dies alles hier zeigen.*

Der Raum, den man ihm zugewiesen hatte, war kostbar eingerichtet. Sezees und Veroos Beschreibung nach – die sie am vergangenen Abend beim Essen gegeben hatten – waren ihre Quartiere gleichermaßen luxuriös. Sie hatten mit dem König, dessen Familie und mehreren Personen gegessen, die alle aussahen und so klangen, als seien sie wichtig. Alle waren sehr neugierig, aber ihre Unfähigkeit, Leratianisch zu sprechen, und die Tatsache, dass ihre Besucher kein Sselt sprachen, hatten dazu geführt, dass Ysser ständig hatte dolmetschen müssen. Am Ende des Abends hatte der alte Mann angespannt und müde gewirkt. Am nächsten Morgen, als Ysser in Tyens Zimmer gekommen war, war er wieder munter und energiegeladen gewesen und entschlossen, seinen Gast durch die Burg zu führen. Sezee und Veroo waren nicht bei ihm gewesen. Zweifellos hatten sie das Angebot abgelehnt, hatten ein besseres gehabt oder wurden von anderen herumgeführt, und er würde an diesem Abend beim Essen alles darüber hören.

Yssers Tempo verlangsamte sich auf der Treppe, aber er verlängerte seinen Schritt, als sie das Stockwerk über dem mit Tyens Zimmer erreichten. Er führte Tyen einen Flur entlang zu einer großen Tür und trat als Erster ein. Tyen folgte ihm und gelangte in einen großen Raum, gesäumt von Schränken, die sowohl vertraute als auch fremdartige Dinge enthielten. In einem befanden sich Skelette und Knochen von Menschen und Tieren, und auf den Regalen eines anderen reihten sich ausgestopfte Tiere aneinander. Instrumente und Gefäße verschiedener Formen erinnerten Tyen an die Versuchsräume der Akademie. Papierrollen und Bücher beanspruchten zumindest die Hälfte des Platzes in den Schränken oder waren auf dem Boden aufgestapelt.

In der Mitte stand ein Tisch, auf den jemand eine Art Plan gelegt hatte; die Ecken waren mit einem Tintenfass, einem Stein, einem Kelch und einem Schuh beschwert worden. Tyen hätte innegehalten, um sich den Plan genauer anzusehen, wenn nicht ein viel größeres und seltsameres Objekt seine Aufmerksamkeit erregt hätte. Wie der Flugwagen hatte es eine Gondel aus Holz, die größtenteils mit Stoff bedeckt war, und eine Art Ruder an einem Ende. Aber die Gondel hatte Räder, und das ganze Gefährt ruhte auf einer hölzernen Plattform, die sich zu zwei großen Türen hin neigte. Über der Gondel befand sich keine Kapsel, sondern – senkrecht zu der Gondel – ein mit Stoff bespannter hölzerner Aufbau.

Dieser war höher als breit, an der Vorderkante wie in weitem Bogen ausgeschnitten und am hinteren Ende zu einer Spitze verjüngt. Wenn Tyen nicht hoch oben auf dieser aus einem Felsturm gehauenen Burg und weit vom Meer entfernt gewesen wäre, hätte er das Ganze für eine seltsame Art von Segelschiff gehalten.

»Mig«, rief Ysser, dann sprach er einige schnelle Worte auf Sselt.

Ein Kopf erschien hinter der Gondel des Gefährts. Tyen sah große Augen, dann verschwand der Kopf wieder. Nach einem Moment trat ein Junge, der nicht mehr weit vom Erwachsenenalter entfernt war, scheu hervor.

»Ich stelle Euch Mig vor«, sagte Ysser. Er wandte sich zu dem Jungen um, und Tyen hörte seinen falschen Namen. »Aren Kobel.« Der Zauberer drehte sich wieder um. »Mig ist…« Er hielt inne, dann tippte er sich an die Stirn. »Gut hier.«

»Schlau«, meinte Tyen. »Klug. Euer Lehrling?«

Ysser runzelte die Stirn.

»Ihr lehrt ihn Magie?«

Der alte Mann richtete sich auf und schüttelte den Kopf. »Nein. Er hat keine Magie. Also ist er… schlau.« Ysser berührte das Gefährt. »Er hat dies gemacht.«

»Was tut es?«

»Es fliegt. Keine Magie. Es…« Er sagte ein Wort auf Sselt und bewegte die Hand wie ein gleitender Vogel. »Er machen viele für Menschen in Tyeszal, sodass sie ffeiter fliegen können.« Er lächelte und bewegte sich zu den Türen hinüber. Mig eilte herbei, um zu helfen. Sie entriegelten die Türen, schwangen sie nach innen auf und ließen helles Sonnenlicht ein. Dann klemmten sie die Türflügel an den Wänden fest, damit der Wind, der jetzt in den Raum rauschte und die Papierrollen in ihren Schränken rascheln ließ, sie nicht wieder zuschlug.

Ysser winkte und trat dann durch die offene Tür. Tyen folgte ihm und blieb jäh stehen, als er sich auf einem Balkon ohne Geländer wiederfand – in schwindelerregender Höhe. Obwohl ihm Höhen für gewöhnlich nichts ausmachten, weckte der Mangel an Schutz zusammen mit dem stürmischen Wind eine instinktive Furcht in ihm.

Wie in der Absicht, ihn noch mehr zu verunsichern, glitt eine Fliegerin mit ausgestreckten Armen vorbei. Der *Ruß*, der ihren Pfad markierte, verging bereits, wenn sie ihn hinter sich ließ. Tyen hatte *Ruß* nie so schnell verblassen sehen. Bis zum Ende des Tages, so schätzte Tyen, würde er verschwunden sein.

Er ging zurück in den Raum und untersuchte das Fluggerät. Man würde einen sehr präzisen Anflug beherrschen müssen, um es wieder durch die Doppeltür in den Raum zurückzubringen. Und ohne Kapsel, um es anzuheben … »Wie bekommt Ihr es wieder hier hinauf?«, fragte Tyen und deutete mit der Hand die Bewegung von oben nach unten und wieder nach oben an.

»Zumachen und …« Der Zauberer gestikulierte und tat so, als trage er etwas unterm Arm.

Tyen nickte zum Zeichen, dass er verstand. Es war ein Einwegflug und keiner, den der Fahrer aus einer Laune heraus antreten würde, wenn es so viel Anstrengung kostete, nach Hause zurückzukehren. Aber es konnte auf die Plattform gebracht werden, nahm er an, wenn man es in hinreichend kleine Stücke auseinanderzunehmen vermochte.

Er trat näher heran und sah, dass der Fahrer tatsächlich auf einem simplen Sitz in der Gondel saß, vor dem eine Reihe von Hebeln angebracht war. Tyen fragte sich, wie viel Geschick es erfordern würde, das Gefährt in der Luft zu halten und die Richtung zu kontrollieren, in die es flog. Es würde kein Schweben geben. Es schien ein in seiner Verwendung viel eingeschränkteres Gefährt zu sein als ein Luftwagen.

Der Junge sah stumm zu, während Tyen seine Erfindung untersuchte. Er schien schüchtern und stolz zugleich zu sein. Als Tyen versuchte, ihm eine Frage zu stellen, wirkte der Junge unbehaglich. Tyen überlegte, wie er Mig für sich gewinnen konnte, und erinnerte sich an Käfer. Als er sein Zimmer verlassen hatte, hatte er seine Tasche über die Schulter gehängt, ebenso aus Gewohnheit wie deshalb, weil er seine kostbarsten Besitztümer nicht zurücklassen wollte. Er öffnete die Lasche und blickte lächelnd zu Mig auf.

»Käfer«, befahl er. »Flieg.«

Sofort erwachte das Insektoid sirrend zum Leben, und seine Flügel summten, als es sich in die Luft erhob. Die Augen des Jungen weiteten sich, und er sprang zurück. Dann riss er fasziniert den Mund auf, als Käfer um Tyens Kopf sirrte.

»Ruh dich aus«, sagte Tyen, und das Insektoid landete auf seiner Schulter. Er griff danach und hielt es dem Jungen hin. Ysser und Mig kamen neugierig herbei, um es sich anzusehen.

Tyen hatte erst kurz erklärt, wie Käfer funktionierte, als ein Pfeifen ihre Aufmerksamkeit auf den Balkon lenkte. Ein Mädchen ungefähr in Migs Alter stand zwischen den geöffneten Türen, mit etwas zwischen den Zähnen, wovon Tyen glaubte, dass es eine Pfeife war. Ihre gut sitzende Kleidung war eine Fliegeruniform, und er vermutete, dass ihre grüne Farbe bedeutete, dass sie eine Botin des Königs war. Sie sah Tyen mit einer kühnen Neugier an, an die er sich als Fremder in diesem Land wohl würde gewöhnen müssen, dann spuckte sie die Pfeife aus, hielt Ysser die Hand hin und sagte etwas. Tyen erkannte das Wort »Cryll«.

Der alte Mann drehte sich zu Tyen um und lächelte entschuldigend. »Ich muss gehen. Ihr geht in Euer Simmer ohne Führer?«

Tyen nickte. »Ich werde den Weg finden.«

Der Junge wirkte enttäuscht, als Tyen Käfer wieder in die Tasche packte.

»Käfer, schlaf«, befahl Tyen. Sofort rollte das Insektoid die Beine zusammen und blieb still liegen.

Tyen folgte Ysser hinaus, dann kehrte er allein zu seinem Zimmer zurück. Dort fand er ein üppiges Mahl auf einem Tisch vor. Sein Magen knurrte, als er es sah, obwohl seine Morgenmahlzeit auch keine Kleinigkeit gewesen war. Die Führung musste länger gedauert haben, als ihm bewusst gewesen war.

Nachdem er seinen Hunger gestillt hatte, erhob er sich und ging zu einem der kleinen Fenster. Er schätzte, dass es Nachmittag sein musste. Für eine Weile betrachtete er die Welt so tief unter ihm und kehrte dann zu dem Stuhl zurück.

Was sollte er jetzt tun? Obwohl niemand ihm gesagt hatte, dass er in seinem Zimmer bleiben müsse, weckte das Wissen, dass er im Palast lebte, in ihm Widerstreben, ohne einen Führer oder die Beteuerung, dass seine Erkundung willkommen sein würde, umherzustreifen. Er könnte Veroo und Sezee aufsuchen, aber sie befanden sich wahrscheinlich mitten in ihrer eigenen Führung durch die Burg. Er würde sie sehen, wenn sie fertig waren.

Also zog er Pergama aus der Tasche und setzte sie über das, was er gesehen und gelernt hatte, ins Bild.

Der König sagte, wir könnten für einige Tage bleiben. Was sollen wir danach tun?, fragte Tyen.

Wenn ihr länger bleibt, wärt ihr hier nicht mehr willkommen, und du solltest in Bewegung bleiben für den Fall, dass die Akademie doch Leute über die Berge schickt, um dich zu fangen, antwortete sie.

Wenn irgendwelche Zauberer Jagd auf ihn machten, würden sie einige Tage brauchen, um sich auf eine solche Reise vorzubereiten. Ein Dart war zu groß und zu schwer für den Flug über die Berge, daher würden sie ein oder zwei kleinere Luftwagen vorbereiten und mit Proviant versehen müssen.

Der König und Ysser beraten dich vielleicht gern, wo man dich in Sselt gut aufnehmen würde, sagte Pergama. **Und helfen dir möglicherweise, das Geldproblem zu lösen. Du hast den Luftwagen, daher ist Transport kein Thema, aber du wirst immer noch Nahrung brauchen und Mittel, um eine Unterkunft zu bezahlen.**

Ja, ich werde fragen müssen, ob sie mein Geld – was davon noch übrig ist – gegen ihre Währung eintauschen. Er hatte den Waldbewohnern, die ihm geholfen hatten, den Flugwagen zu reparieren, sämtliche schweren Münzen und den größten Teil des Papiergeldes aus Hofkrazners Taschen gegeben.

Jemand könnte das Geld als Kuriosität kaufen.

Ich frage mich, wie Sezee und Veroo vorhaben, dieses Problem zu überwinden. Wenn Veroo für eine Ausbildung in Magie zugelassen wird, wird sie dafür etwas bezahlen müssen.

Nach dem, was ich in ihrem Geist aufgefangen habe, hat Sezee ein wenig Schmuck zu verkaufen und ist zuversichtlich, als Sängerin etwas Geld verdienen zu können.

Sängerin? Sie singt?

Ja.

Tyen runzelte die Stirn. Er hatte Sezee kein einziges Mal singen hören. Eine plötzliche Neugier erfüllte ihn. Vielleicht würde er sie später danach fragen. Er richtete seine Aufmerksamkeit wieder auf die Frage, was als Nächstes zu tun sei.

Ich werde Ysser um Karten bitten und um Vorschläge, welche Orte wir erkunden sollten, sagte er. *Vielleicht … vielleicht sollte ich dich Ysser zeigen, bevor wir aufbrechen. Du könntest eine Menge von ihm lernen. Aber sollte ich darauf vertrauen, dass er dich zurückgeben wird? Ich habe ihn gerade erst kennengelernt. Er scheint durchaus nett zu sein – aber auch Hofkrazner schien durchaus nett zu sein, bis er mich hereingelegt hat. Was, wenn Ysser versucht, dich zu stehlen, oder dem König von dir erzählt und der König beschließt, dass er dich besitzen sollte?*

Du musst die Vorteile gegen die Risiken abwägen.

Tyen schüttelte den Kopf. Es wäre töricht, dem alten Mann so schnell zu vertrauen. Er würde seinen eigenen Weg finden müssen. Er könnte mit Veroo auf die Magierschule gehen. Gowel dachte nicht, dass die Zauberer so weit fortgeschritten waren wie jene der Akademie, aber wenn er einen Weg finden wollte, Pergama wiederherzustellen, sollte er besser jede Gelegenheit zur magischen Weiterbildung nutzen.

Wäre das die beste Methode, um meine Fähigkeiten und mein Wissen zu vergrößern?, überlegte er.

Die beste Methode wäre, wenn du diese Welt und ihre Einschränkungen verlassen und nach den besten Lehrern aller Welten suchen würdest.

Er kicherte. *Das ist kein sehr hilfreicher Rat.*

Ich kann dich lehren, zwischen den Welten zu reisen. Alles, was du dazu brauchst, ist genug Magie.

Aber es gibt nicht genug in dieser Welt, nicht wahr?

Vielleicht doch. Hier in Tyeszal gibt es mehr Magie als an allen anderen Orten, an denen ich zu dieser Zeit in dieser Welt gewesen bin.

Bei dem Gedanken kribbelte Tyens Haut. Die Welten bereisen? War das wirklich möglich?

Die Einheimischen könnten jedoch etwas dagegen haben, dass du so viel von dem verbrauchst, was sie erzeugt haben. Du findest vielleicht andere Orte im Süden, wo Magie erzeugt, aber nicht benutzt wird.

Du sagst also, dass ich nicht zu der Schule gehen, sondern einen dieser Orte aufsuchen soll, damit ich diese Welt verlassen kann?

Das wäre die beste Möglichkeit, um deine Fähigkeiten zu schärfen und …

Ein Klopfen an der Tür erforderte seine Aufmerksamkeit. Er holte tief Luft, schob sich Pergama unters Hemd und ging zur Tür, um zu öffnen.

Kaum war das Schloss aufgeklickt, da wurde die Tür auch schon nach innen aufgedrückt. Sezee kam hereingewuselt und musterte die Umgebung mit kritischem Blick. Sie hatte ihre Kleider gegen die Gewänder der Einheimischen eingetauscht, trug aber ihre warme Jacke, ihren Schal und dazu Handschuhe.

»Hübsches Zimmer. Unseres ist größer und hat zwei Betten. Wo bist du den ganzen Tag gewesen?«

»Ysser hat mir die Burg gezeigt. Nun, bis er zum Kö…«

Sezee wirbelte zu ihm herum. »Eine Führung? Und du bist nicht gekommen und hast uns geholt?«

Er starrte sie an. »Ähm. Nein. Nun, ich habe angenommen, dass Ihr Euch uns anschließen würdet, aber als Ihr nicht erschienen seid, dachte ich, sie müssten Euch separat herumgeführt haben.«

Sie schürzte die Lippen, dann lächelte sie und zuckte die Achseln. »Ja, das haben sie getan. Aber es wäre schöner gewesen, wenn wir uns zusammen hätten umschauen können, nicht wahr? Als wir gefragt haben, ob du mitkommen würdest, wollten sie dich holen gehen, aber du warst bereits fort. Hast du nicht gefragt, ob wir dich und Ysser begleiten könnten?«

»Ich… äh…«

Sie schnalzte mit der Zunge und ging zum Fenster hinüber. »Nun, jetzt spielt es keine Rolle mehr. Ich bin gekommen, um auf Wiedersehen zu sagen.«

Er sah sie überrascht an. »Auf Wiedersehen?«, wiederholte er.

Sie drehte sich zu ihm um. »Ja. Veroo und ich gehen fort. Eine Gruppe junger Sselts ist vor zwei Tagen zur Schule aufgebrochen, wie sie es anscheinend zweimal im Jahr tun, aber sie reisen langsam, und wir sollten sie bis Mitternacht eingeholt haben.«

»Ihr brecht *jetzt* auf?«

»Sobald unser Gespräch beendet ist.« Sie kam auf ihn zu. Ihr Blick wanderte überallhin, nur nicht zu seinem Gesicht. »Es dauert einige Monate, die Schule zu erreichen, was uns Zeit geben wird, die Sprache zu erlernen.«

»Aber …«

Sie sah ihm in die Augen. »Aber?«

»So bald schon. Wir sind doch gerade erst hier angekommen, und ich …«

Sie lächelte – oder vielmehr wurden ihre Lippen breiter, aber ihre Augen zeigten keine Erheiterung. »Du?«

»Ich habe noch nicht entschieden, was ich als Nächstes tun will.«

Ihr schwaches Lächeln verblasste, und eine Falte erschien zwischen ihren Brauen. Sie kam einen Schritt näher und streckte die Hand nach seinem Gesicht aus. Das weiche Leder ihrer Handschuhe streifte seine Wange.

»Lieber Tyen«, sagte sie leise. »Das bestätigt meine Befürchtung. Wenn du für mich so empfinden würdest, wie ich für dich empfinde, gäbe es keine Entscheidung zu treffen.«

Er senkte den Blick, und sein Herz krampfte sich von Schuldgefühlen und Traurigkeit zusammen. »Es tut mir leid«, war alles, was ihm zu sagen einfiel.

Sie seufzte. »Es gibt nichts, wofür du dich entschuldigen müsstest. Es macht mir nichts aus. Wie könnte es auch? Aber es ist kein Spaß, mit jemandem zusammen zu sein, den man liebt, wenn das Gefühl nicht erwidert wird.« Ihre Stimme brach, und als er aufblickte, sah er sie hastig blinzeln. Sie trat zurück. »Wir gehen zu der Schule. Du kannst das nicht. Wenn die Akademie dir hierher folgt, ist die Schule der erste Ort, an dem sie suchen werden. Also stand schon immer fest, dass wir uns trennen würden. Es war ein großartiges Abenteuer, Tyen. Dafür sind Veroo und ich dir dankbar. Du hast uns über unbezwingbare Berge gebracht. Du hast Veroo das Fliegen beigebracht.«

Er folgte ihr und fing eine ihrer Hände auf. »Ich schulde Euch größeren Dank dafür, dass Ihr mir geholfen habt, Leratia zu verlassen und der Akademie zu entfliehen. Bitte, sagt Veroo auch, wie dankbar ich ihr bin, dass sie mir geholfen hat, den Luftwagen zu fliegen. Sie hat ihre Sache sehr gut gemacht. Ich denke, sie hat ein natürliches Talent dafür.«

Sie lächelte, drückte seine Hand und zog ihre dann weg. »Ich werde es ihr ausrichten. Sie wird geschmeichelt sein, das zu hören. Und es bedauern, dass sie keine Chance hatte, dir selbst Lebewohl zu sagen.«

Er runzelte die Stirn. »Wo ist sie?«

»Sie packt. Wir müssen wirklich schnell aufbrechen, wenn wir die Rekruten einholen wollen.« Sie drehte sich zur Tür um, dann hielt sie inne und schaute zurück. »Übrigens, der König hat uns einen ziemlich großzügigen Wechselkurs eingeräumt. Er will etwas Geld zur Hand haben, wenn die nächste Gruppe Nordländer auftaucht. Was, denke ich, ein guter Hinweis darauf ist, dass auch du schon bald wirst aufbrechen müssen, Tyen. Und erzähle niemandem, wo du hingehst.«

Er nickte. »Das werde ich nicht.«

Sie sah ihn noch einen Moment länger an, ihre Miene bekümmert, dann brachte sie ein Lächeln zustande. Ohne ein weiteres Wort ging sie zur Tür. Einige Schritte, und sie war fort.

Er starrte die Tür an. *Bin ich verrückt, dass ich sie gehen lasse?*, fragte er sich. Er wäre ihr beinahe nachgelaufen, um sie zu bitten, auf ihn zu warten, damit er packen und sich ihnen anschließen konnte. Aber ihre Warnung hielt ihn zurück.

»... erzähle niemandem, wo du hingehst.«

Heute Abend würde er von Ysser so viel wie möglich über den Fernen Süden in Erfahrung bringen und den Mann wissen lassen, dass er erpicht war, seine Entdeckungsreise so bald wie möglich zu beginnen – wenn nicht morgen, dann übermorgen. Er würde es entweder vermeiden müssen zu sagen, wo er hinging, oder lügen, was sein beabsichtigtes Ziel betraf.

Aber für den Moment konnte er nichts anderes tun, als abzuwarten, bis Ysser zurückkam. Der alte Mann war die einzige Person, die genug Leratianisch verstand, um ihm zu sagen, was er wissen musste, aber derzeit wurde er vom König in Anspruch genommen. Frustriert lenkte Tyen sich damit ab, kleine Dinge aufs Bett zu werfen und Käfer beizubringen, hinterherzufliegen und sie aufzufangen. Er malte sich aus, wie Sezee und Veroo endlose Treppen hinuntergingen, bis sie unten in der Stadt waren – obwohl er wusste, dass sie wahrscheinlich eine der hölzernen Plattformen in der Mitte des Turms benutzt hatten. Auch wenn Sezee das wohl nicht gefallen hatte. Ganz und gar nicht. *Hmm, ich frage mich, ob ihre Abneigung gegen Höhen ein Teil des Grundes war, warum sie so erpicht darauf war, Tyeszal zu verlassen.*

Schließlich klopfte es an der Tür. Er griff sich Pergama und befahl Käfer in die Tasche, dann ging er durch den Raum, um zu öffnen. Ein Bote begrüßte ihn mit offener Hand. Während die Flieger allesamt Mädchen waren, handelte es sich bei den Boten, die im Innern arbeiteten, stets um Jungen. Dieser hielt ein Stück Papier hoch.

»Der Cryll bittet Euch, mit ihm zu Abend zu essen«, sagte er langsam und mit großer Bedächtigkeit. »Bringt Käfer mit. Folgt mir.«

Tyen warf sich seine Tasche über die Schulter, trat in den Flur hinaus und schloss die Tür hinter sich. Sofort drehte der Junge sich um und ging voran.

Während er seinem jungen Führer folgte, dachte Tyen darüber nach, wie er bei der Befragung Yssers zu Werke gehen sollte. Wenn er dafür sorgen wollte, dass niemand wusste, wohin er ging, durfte er kein allzu großes Interesse an irgendwelchen Orten zeigen, die der alte Mann ihm zu besuchen vorschlug. Oder aber er sollte Interesse an Zielen zeigen, die er nicht besuchen wollte, und einen Mangel an Interesse an jenen, die ihm gefielen. Obwohl der alte Mann beim nächsten Besuch der Akademie erfahren würde, dass Aren Kobel in Wirklichkeit Tyen Eisenschmelzer war, und vielleicht erriet, dass er sein Desinteresse nur geheuchelt hatte.

Der Junge flitzte mit der Gedankenlosigkeit der Jugend die letzte Treppenflucht mit beneidenswerter Geschwindigkeit hinauf. Tyen folgte ihm, musste aber oben innehalten, um wieder zu Atem zu kommen. Weitere Wachen standen entlang des Flurs, der zu den Räumen führte, in denen der König Gäste empfing. Sie musterten ihn mit argwöhnischen Blicken, daher zwang er sich weiterzugehen.

Der Junge führte ihn nicht in den Speisesaal, sondern auf große, kunstvolle Doppeltüren zu. Eine davon öffnete ein Wachposten für Tyen. Der Junge deutete auf die Öffnung, dann eilte er davon zu seiner nächsten Aufgabe. Immer noch schnell atmend, trat Tyen ein.

Der Raum, in den er kam, war nicht groß, aber dennoch prachtvoll. Hohe Fenster ließen das Nachmittagslicht ein, das gegenwärtig von einem dunklen Rot von der untergehenden Sonne war. Die Farbe, die von der Vergoldung der Gemälde und des Stuckwerks widergespiegelt wurde, ließ es aussehen, als stünde der Raum in Flammen. Das Licht tauchte außerdem die Menschen im Raum in rostkantige

Schatten, daher musste Tyen blinzeln, um ihre Gesichter zu erkennen.

Was er sah, ließ ihm das Blut in den Adern gefrieren.

»Tyen Eisenschmelzer«, sagte Professor Hofkrazner. »Wir haben überall nach Euch gesucht.«

Achter Teil

20 Rielle

Die Kaufleute hatten ihr Lager rund um den Brunnen aufgeschlagen. Das Licht ihrer Feuer warf die verzerrten, langgezogenen Schatten der Männer auf den Sand und ließ sie mit denen der langbeinigen Kapo verschmelzen, deren Lasten noch immer auf ihren schmalen Rücken befestigt waren. Selbst der aus den Kochtöpfen aufsteigende Dampf warf Schatten.

Sa-Mica wandte sich ab und ging voraus, wieder hinunter auf die Straße. In der Ferne ragte die Düne, über die sie geklettert waren, als bleicher Halbmond auf. Es war nicht zu verhindern, dass der Sand vom Wind verweht wurde, aber die Straße war gerade, sodass man, wenn sie unter einer Düne verschwand, nur geradeaus weiterzugehen brauchte, um den Weg auf der anderen Seite mühelos wiederzufinden.

»Gesellen wir uns nicht zu ihnen?«, fragte Sa-Gest.

»Sie würden keine Ruhe finden, wenn sie wüssten, dass eine Befleckte in ihrer Nähe ist«, erwiderte Sa-Mica.

»Was ist mit dem Auffüllen unserer Flaschen?«

»Das kann bis zum Morgen warten.«

»Meine ist leer.«

»Ihr müsst langsamer trinken.«

»Das hätte ich auch getan, wenn ich gewusst hätte, dass …«

Sa-Mica beachtete ihn nicht weiter, verließ die Straße und

erklomm eine Düne. Rielle folgte ihm. Sa-Gest zögerte, dann eilte er ihnen nach. Der Priester mit der Narbe erreichte den oberen Rand der Düne und hielt inne, um sich umzusehen. Unter dem Sternenlicht lag die Wüste in einem tiefen, kühlen Blau. Es ließ alle Umrisse weicher und die körnige Struktur der Dünen zu glatten Skulpturen werden. Sa-Mica wartete, bis Sa-Gest sie keuchend eingeholt hatte, dann ging er weiter, jetzt die Rückseite der Düne hinab. Weicher Sand verwandelte sich in festen Untergrund, als sie unten ankamen.

»Wir werden heute Nacht hier schlafen«, erklärte Sa-Mica.

Er schüttelte seinen Ranzen ab. Stechender Schmerz schoss Rielle durch die Schultern, als sie versuchte, es ihm nachzutun. Sie hielt still, bis der Schmerz verebbte, dann überlegte sie, wie sie ihr Bündel sonst ablegen könnte. Sie setzte sich hin und spürte, wie ihre Schultern entlastet wurden, als das Bündel auf dem Boden aufkam. Dann wand sie sich aus den Schulterriemen. Nachdem sie sich gestreckt und die Steifheit aus ihren Gliedern massiert hatte, zog sie die Schlafmatte aus dem Bündel und rollte sie einige Schritte von Sa-Micas Matte entfernt auf dem Boden aus.

Sie waren jetzt seit drei Tagen zu Fuß unterwegs. Jede Nacht hatten sie bei einem Brunnen ihr Lager aufgeschlagen und auf Matten geschlafen, mit nicht mehr als ihren Kleidern zwischen sich und den Sternen. Sobald die Sonne aufging, nahmen sie eine schnelle Mahlzeit zu sich, dann brachen sie wieder auf. Sa-Mica legte nur Pausen ein, um zu essen, und sie blieben auch nicht stehen, wenn die Sonne unterging. Der Marsch des Tages endete erst, wenn sie den Brunnen erreichten, den Sa-Mica für ihre Rast ausgewählt hatte – was kurz nach Sonnenuntergang oder fast um Mitternacht sein konnte.

Die Sandalen mit den Tauen als Riemen hatten Rielle die Füße aufgescheuert, bis sie bluteten, daher war sie barfuß durch den heißen Sand gegangen. Die schwere Kette um ihren Hals scheuerte ebenfalls, und von dem Gewicht bekam sie Kopfschmerzen, aber daran konnte sie nichts ändern. Ihr Kopftuch schützte ihr Gesicht einigermaßen vor der Sonne, aber wo auch immer ihre Haut entblößt war – Hände, Füße und über dem Halsausschnitt ihrer Bluse –, verbrannte sie.

Sa-Mica trat zu ihr und öffnete ihr Bündel. Zwar trug jeder von ihnen seine eigene Schlafmatte und sein eigenes Wasser, doch der Rest ihrer Vorräte war unter ihnen aufgeteilt. Rielle war aufgefallen, dass Sa-Mica Nahrungsmittel häufiger aus ihrem und Sa-Gests Ranzen nahm als aus seinem eigenen. Vielleicht hatte er bei seinen Sachen andere Dinge verstaut. Vielleicht dachte er, dass sie das Essen in ihrem Ranzen als Erstes aufbrauchen sollten, damit sie weniger versucht wäre wegzulaufen.

Sie berührte die Kette an ihrer Kehle. Dank der Geschichten und Ratschläge ihres Bruders wusste sie es besser, als sich mit weniger als einem Tagesvorrat an Wasser in die Wüste zu wagen. Wie sollte sie außerdem von den Priestern wegkommen? Sie wechselten sich während der Nacht mit ihrer Bewachung ab. Selbst wenn Sa-Gest während seiner Wache einschlief, bezweifelte sie, dass sie wach genug sein würde, um es zu merken. Wenn sie sich hinlegte, fiel sie sofort in einen erschöpften Schlummer, den nur die aufgehende Sonne durchdringen konnte.

Vielleicht befürchteten sie, dass sie Magie benutzen würde, um zu entkommen, aber welche Chance hatte sie, unwissend und ungeschickt, gegen zwei Priester? Nicht die geringste.

Doch auch wenn Flucht unmöglich war, zog das Nachdenken darüber sie aus der Traurigkeit und Verzweiflung, die sie seit ihrer Gefangennahme im Griff gehabt hatte. Sie wusste, dass sie in der Wüste nicht überleben konnte, aber sie erstreckte sich ja nicht bis ins Unendliche. Die Karten ihrer Familie zeigten, dass sich auf der anderen Seite der Wüste eine lange Bergkette befand. Man brachte sie zu einem Ort namens Bergtempel, nicht zum Wüstentempel. Vielleicht, wenn sie Glück hatte, würde Sa-Gest bei seiner Wache einschlafen, und sie konnte sich davonstehlen, bevor der Priester es bemerkte.

Würde ich Magie benutzen, wenn ich müsste?

Ihre Seele war bereits befleckt. Was spielte es für eine Rolle, wenn sie noch ein wenig befleckter würde? Die Engel würden ihre Seele ohnehin in Stücke reißen, wenn sie starb.

Ich habe nichts mehr zu verlieren außer den verbleibenden Jahren meines Lebens. Dieser Gedanke war ihr vor einigen Tagen gekommen und seither viele Male zurückgekehrt. Sie hatte ihre Familie verloren, ihren Geliebten, ihre Zukunft und die Gunst der Engel. Selbst wenn sie es schaffte wegzulaufen, würde sie trotzdem das schreckliche Gewicht der Schuld spüren. Ein Teil von ihr wollte bestraft werden, falls das die Dinge irgendwie wieder in Ordnung brachte. *Und ich liebe die Engel immer noch und will nicht stehlen, was von Rechts wegen ihnen gehört.*

Sa-Mica unterbrach ihre Gedanken und reichte ihr ein Stück altbackenes Brot, einen Streifen getrocknetes Fleisch und eine Handvoll gesalzene Bohnen.

»Das morgige Nachtmahl wird frischer sein«, versprach er, als er Sa-Gest das Gleiche gab, mit einer zusätzlichen Portion süßer, getrockneter Früchte.

Rielles Herz machte einen Satz. Bedeutete das, dass sie sich dem Ende der Wüste näherten? Sie wagte nicht zu fragen.

Bei einer solch trockenen Mahlzeit war sie froh, dass sie sich die Hälfte ihres Wassers aufgespart hatte. Nach dem Essen war ihre Flasche immer noch zu einem Viertel gefüllt. Als sie sie wieder in die Außentasche ihres Ranzens schieben wollte, streckte Sa-Mica die Hand danach aus.

»Gebt sie mir.«

Sie gehorchte. Er reichte die Flasche Sa-Gest, der sofort den Rest herunterkippte. Als sie sie zurückbekam, wischte sie die Öffnung gründlich an ihrem Rock ab. Er kniff die Augen zusammen, sagte aber nichts.

In der ersten Nacht war sie sich nur allzu bewusst gewesen, dass er sie beobachtete. Wann immer sie in seine Richtung geschaut hatte, hatte er gegrinst, weshalb sie es vermied, ihn überhaupt anzusehen. Am nächsten Morgen war sie von Stimmen geweckt worden. Sie hatte erkannt, dass die beiden Priester miteinander redeten, und war vollends wach geworden, als sie ihren Namen hörte.

»… in irgendeiner Weise geschadet. Ihr werdet feststellen, dass Euer neuer Vorgesetzter nicht so nachsichtig sein wird wie Eure früheren.«

»Ich habe nie einer Frau Gewalt angetan«, widersprach Sa-Gest.

»Ihr zieht es vor, sie Euch auf andere Weise gefügig zu machen. Ja, ich weiß, warum sie so erpicht darauf waren, Euch mit mir fortzuschicken.«

Es folgte eine Pause. »Sie sagten, ich sei besser für ein Leben dort geeignet.«

»Das mag sein, aber Ihr müsst Euch trotzdem an die Regeln halten.«

»Ich verstehe.«

»Und gesunder Menschenverstand sollte Euch sagen, dass es einfacher ist, mit einer gutwilligen Befleckten umzugehen. Es ist offensichtlich, dass sie Angst vor Euch hat. Haltet Euch von ihr fern, es sei denn, ich sage Euch etwas anderes.«

Es hatte Sa-Gest nicht daran gehindert, sie anzugrinsen, wann immer Sa-Micas Aufmerksamkeit anderswo war, aber er hielt sich tatsächlich von ihr fern. Das Gespräch der beiden Priester hatte jedoch Fragen und Zweifel in ihr geweckt. Es legte die Vermutung nahe, dass Sa-Gest noch auf andere

Weise Ärger gemacht hatte, als sie zu bedrohen, und einige der Priester in Fyre hatten davon gewusst und es vielleicht sogar toleriert. Aber es klang auch so, als würde ein derartiges Verhalten in dem Gefängnis nicht hingenommen werden. Warum also war dann Sa-Gest nicht bestürzt, dass er dorthin geschickt wurde? Und warum war er besser für das Leben dort geeignet? Die Fragen beunruhigten sie, wenn nichts anderes sie ablenkte.

Dachte sie vielleicht deshalb so häufig an Flucht, weil sie wusste, dass er auch in dem Gefängnis sein würde?

Jetzt, als sie Sa-Mica eine kleine Laterne und ein Buch hervorholen sah, verspürte sie eine widerstreitende Mischung aus Vorfreude und Grauen. Jede Nacht hatte Sa-Mica eine Geschichte aus seinem kleinen Buch mit dem Titel *Begegnungen mit Engeln* vorgelesen. Sie hatte noch nie zuvor von diesem Buch gehört und kannte die Geschichten, die er vorgelesen hatte, nicht. Obwohl jede Ablenkung von ihren Gedanken willkommen war, vermutete sie, dass diese Lesungen sie daran erinnern sollten, was am Ende ihr Schicksal sein würde, da sie oft von den Befleckten handelten. Trotzdem, er hatte eine wunderschöne, tiefe Stimme, der sie stundenlang hätte zuhören können, und nicht alle Geschichten endeten schlimm.

Die Laterne flammte auf. Hinter sich hörte sie Sa-Gest seufzen.

»Der Schreiber«, begann Sa-Mica.

»Vor vielen Jahren lebte ein Mann namens Lem. Er war Schreiber von Dokumenten und führte Geschäftsbücher, unterrichtet von seinem Vater, der seinerseits von seinem Vater unterrichtet worden war und der wiederum von seinem Vater. Aber Lems Hand war ruhiger und seine Geschicklichkeit größer als die seiner Vorfahren. Geschmeichelt von den Komplimenten und dem Lob der Kunden, entwickelte er

Ehrgeiz. Er schwor, alles zu lernen, was es über die Kunst des Schönschreibens zu wissen gab. Er verließ seinen Vater und seine junge Ehefrau und machte sich auf den Weg, um der größte Kalligraf der Erde zu werden.

Er reiste weit und viele Jahre lang. Er besuchte viele Länder und lernte Menschen kennen, die ganz anders waren als er selbst. Wo immer er hinging, suchte er jene auf, die die Arbeit mit der Feder zu einer Kunst erhoben hatten, und alle teilten ihr Wissen mit ihm.

Er lernte, Schreibfedern aus Binsen und Holz, Stacheln und Vogelfedern zu schneiden. Er fand sogar einen Goldschmied, der ihm zeigte, wie man Schreibfedern aus Gold und Silber fertigte oder sie aus Glas oder Edelsteinen schnitt. Jede dieser Schreibfedern brachte eine Schrift von anderer Qualität hervor, ihre Form und Gestalt veränderte die Buchstaben auf subtile und einzigartige Weise, und er wusste mit allen meisterhaft umzugehen.

Er lernte, wie man Papier aus Gräsern und Blättern machte, aus Tierhaut und Haar, aus Schlamm und Tuch. Er lernte sogar, auf lebendige Haut zu schreiben, Worte auf die Arme und Beine und den Rücken jener zu zeichnen, die diesen Schmuck wollten. Jede dieser Papierarten war unterschiedlich empfänglich für die Tinte, manche sogen sie bereitwillig auf, andere eher nicht, und er verstand sie alle.

Er lernte, wie man Tinte aus Rinde und Baumsaft gewann, aus Früchten und Blumen, aus Insekten und Meeresbewohnern, aus den Drüsen von Tieren und von der bescheidenen Erde. Er lernte sogar Worte zu schreiben, die verschwanden und unter den richtigen Bedingungen wieder erschienen. Jede dieser Tinten musste in einem sorgsamen Prozess mit genau abgemessenen Zutaten hergestellt werden, verdünnt oder eingedickt bis zur richtigen Konsistenz für Feder und Papier, und er mischte sie alle.«

Sa-Mica hielt mit Lesen inne. Die Wüste schien still, obwohl sie niemals ganz still war. Das schwache Rauschen des Windes war immer gegenwärtig, ebenso wie das Zirpen von Insekten. Rielles Interesse war angesichts der Liste von Zutaten für Tinte erwacht, aber in die Gegenwart zurückgeholt, sackten ihre Schultern herunter. Würde es ihr im Gefängnis überhaupt gestattet sein zu zeichnen? Kreide war leicht genug zu beschaffen, aber Papier war teuer. Und was sollte sie da zeichnen? Würde sie jemals mehr sehen als ihre Zelle?

Sa-Mica nahm einen Schluck aus seiner Wasserflasche, räusperte sich und kam zu der Geschichte zurück.

»Zwanzig Jahre vergingen, und er sehnte sich danach, in seine Heimat und zu seiner Familie zurückzukehren. Aber er wusste, dass er noch nicht alles gelernt hatte, was es über seine Kunst zu wissen gab, so wie er es geschworen hatte. Er hatte von einer Art des Schreibens erzählen hören, die vor langer Zeit, vor der *Erneuerung*, ausgeübt worden war. Eine Art des Schreibens, die jetzt verboten war, denn sie erforderte Magie.

Wenn er nach Hause zurückkehrte, müsste er eingestehen, dass er nicht getan hatte, was er zu tun gelobt hatte, oder er würde lügen müssen. Er war fromm, aber er war auch stolz. Ein Mann von seiner Lauterkeit versteckte sich nicht hinter Täuschungen. Er konnte sich nicht entscheiden, was schlimmer war: Niederlage oder Unaufrichtigkeit. Dann, sei es von allein oder durch den Vorschlag einer anderen Person, kam er auf die Idee, dass er die verbotene Art des Schreibens nur zu *lernen*, sie aber nicht tatsächlich auszuüben brauchte.«

Sa-Mica sah Rielle direkt in die Augen, dann wandte er den Blick ab und griff nach seiner Wasserflasche. Sie beobachtete, wie er einen einzigen Schluck trank und den Stöpsel dann sorgfältig wieder hineindrückte, bevor er die Flasche beiseitelegte.

»Er kehrte an jene Orte zurück, wo er von der Fertigkeit gehört oder gelesen hatte, und suchte nach weiteren Informationen. Er dachte sich, dass er, wenn er nichts herausfand, nach Hause zurückkehren könnte, zufrieden, dass er alles verfügbare Wissen über seine Kunst erlernt hatte. Aber das verbotene Geheimnis war nicht verloren und ließ das Wissen, das er in den vergangenen zwanzig Jahren angesammelt hatte, klein und unbedeutend erscheinen. Denn mit dieser Fertigkeit würde keine Tinte verblassen, kein Papier verfaulen oder verbrennen, kein Wissen würde zerstört, nichts aus der Geschichte vergessen werden.«

Sa-Mica lachte leise. »Das ist, so weiß ich aus verlässlicher Quelle, eine Übertreibung. Höchstwahrscheinlich hat Lem die Geschichte ausgeschmückt, um seine Entscheidung hehrer erscheinen zu lassen.« Er nahm noch einen Schluck, dann las er weiter.

»Fasziniert von einer solchen Erfindung, lernte er begierig, wie das ging. Zufriedengestellt, dass er seinen Schwur gehalten hatte, kehrte er nach Hause zurück. Dort fand er seinen Vater altersschwach und bereit, seine Geschäfte abzugeben. Seine Kinder waren erwachsen geworden und verheiratet. Er machte sich an die Arbeit und erwarb großen Wohlstand, indem er fast alles, was er gelernt hatte, weise anzuwenden wusste, und er sicherte den Wohlstand seiner Familie, indem er seine Söhne unterrichtete.

Aber im Laufe der Zeit wurde er der verblassenden Tinten und des vergilbenden Briefpapiers müde. Das Wissen, dass sein Geschick und seine Mühen für immer erhalten werden könnten, statt mit der Zeit verloren zu gehen, war wie eine scheuernde Naht in seiner Kleidung, die er nicht finden konnte. Vor allem beklagte er den Verfall seines größten Werks, einer illustrierten Ausgabe des Buchs der Engel. Wie konnten die Engel etwas dagegen haben, wenn Magie eingesetzt wurde, um ihre Taten und ihre Weisheit für die Unterrichtung unzähliger künftiger Seelen zu nutzen?

Und so ersann er ein Werk von solcher Schönheit und Pracht, dass es das Herz eines Engels vielleicht zur Vergebung bringen würde – vielleicht sogar zu Dankbarkeit. Er machte sich daran, das verbotene Wissen zu nutzen, um eine Ausgabe des Buchs der Engel zu erschaffen, die für immer existieren würde.

Er mühte sich bei jeder Seite ab, vernachlässigte seine Familie, sein Geschäft und sogar seine äußere Erscheinung. Er suchte Orte auf, wo die *Schwärze*, die durch seine Schöpfung entstanden war, nicht bemerkt werden würde. Als er keine solchen Orte mehr fand und Gefahr lief, entdeckt zu werden, brach er auf, um einen sicheren Ort zu finden. Er zog sich in ein abgelegenes Haus auf einem Berg zurück, wohin sich nur wenige Reisende verirrten. Dort arbeitete er Jahr um Jahr und lebte nur von Bergkräutern und Magie. Er vergaß, wie man mit anderen sprach, und vertrieb die wenigen Besucher, die zu ihm kamen. Je schöner das Buch wurde, desto hässlicher und kränker wurde er selbst.

Eines Tages kam ein großer Priester diesen gefährlichen, zugewachsenen Weg entlang. Träume hatten ihn von seinem Haus dorthin geschickt und über diesen Pfad geleitet. Als er ankam, wusste er, warum die Engel ihn geschickt hatten. Das Haus befand sich in einer großen Leere, alle Magie gestohlen von Lem, um sein Buch zu erschaffen. Er bereitete sich auf einen großen Kampf vor und erwartete, auf einen schrecklichen Zauberer zu treffen. Stattdessen fand er einen kranken alten Mann und das schönste Buch der Engel, das er je gesehen hatte.

Also pflegte er den Alten wieder gesund. Als er erfuhr, was es gekostet hatte, das Buch zu erschaffen, graute es ihm davor. Lem hörte von den Träumen, die den Priester zu ihm geführt hatten, und frohlockte, denn er glaubte, die Engel hätten ihn geschickt, um das Buch zu empfangen. Aber der Priester weigerte sich, es zu berühren oder mitzunehmen. Verstört von dem, was er entdeckt hatte, und unsicher, was er deswegen tun sollte, ging der Priester fort, um sich mit seinesgleichen zu beraten.

Lem band sich das Buch auf den Rücken und folgte ihm, zwang seinen greisen Körper zur Eile. Als er den Priester einholte, betrachtete dieser das Buch mit neu erwachtem Grauen. Lem schaute über seine Schulter und sah, dass er eine Spur der *Schwärze* hinter sich her zog. Das Buch sog Magie in sich hinein.

Schließlich erkannte Lem, dass er ein Zerrbild erschaffen hatte. Er benutzte ein letztes Mal Magie und zerstörte das Buch, warf die Seiten in den Wind. Dann brach er zusammen, davon überzeugt, dass seine Seele bald von den Engeln zerrissen würde.

Der Priester, der sah, dass Lem tief im Herzen ein guter und frommer Mann war, war bekümmert. Er trug ihn zurück zum Berghaus und half ihm dann, das Gebäude zu einem Kloster zu machen. Dort verlebte Lem seine letzten Tage und unterrichtete Priester in der Kunst des Schreibens, damit sie die Weisheit der Engel auf bescheidenere Weise verbreiten würden. Und es heißt, dass die Engel ihm, als er starb, verziehen, denn sein Werk und das seiner Schüler schuf mehr Magie, als er gestohlen hatte, und seine Kunst hatte viele tausend Seelen inspiriert. Aber nur jene, die in ihren Herrschaftsbereich übergehen, wissen, ob das wahr ist.«

Sa-Mica ließ das Buch sinken, schloss die Augen und schwieg. Dann blies er die Laterne aus, klappte das Buch zu und legte es weg.

»Habt Ihr irgendwelche Fragen?«, erkundigte er sich leise.

Rielle blinzelte. Er sah sie an, nicht Sa-Gest. Sie dachte über die Geschichte nach und schüttelte schon den Kopf, dann überlegte sie noch einmal. Eine Frage hatte ihr Sorgen gemacht, seit sie Fyre verlassen hatten, und jetzt war vielleicht die Zeit gekommen, sie zu stellen.

»Wie viele Tagereisen liegen noch vor uns?«

Auf der nicht vernarbten Seite seines Gesichts zuckte Sa-Micas Mundwinkel nach oben. »Viele Vierteltage, aber nicht alle durch die Wüste.« Er legte sich auf seine Schlafmatte. »Ich habe Euch nicht beten hören, Rielle. Ihr werdet eines Tages einem der Engel begegnen. Es macht den Ausgang der Sache nicht besser, wenn Ihr sie außer Acht lasst.«

Rielle schluckte. Ihr Mund war trocken, und Sa-Gest hatte ihr ganzes Wasser ausgetrunken. Sie legte sich hin und dachte über Sa-Micas Beobachtung nach. Sie hatte in der Zelle im Tempel versucht zu beten, aber die Worte waren ihr in der Kehle stecken geblieben. Es fühlte sich anmaßend an, die Engel um irgendetwas zu bitten nach dem, was sie getan hatte. Ihr Verbrechen war unverzeihlich. Welchen Sinn hatte es also, um Gnade zu bitten?

Aber vielleicht gab es doch Hoffnung für sie. Schließlich hatte sie erheblich weniger Magie von den Engeln gestohlen als Lem. Und ihm hatten sie verziehen.

Er hatte durch seine Kunst Magie vermehrt. Obwohl man sie gelehrt hatte, dass Magie durch Akte der Schöpfung erzeugt würde, hatte sie immer angenommen, dass nur die größten menschlichen Anstrengungen eine bedeutende Menge davon hervorbrachten. Hatte sie durch ihr Malen und Zeichnen Magie erzeugt? Wenn man ihr im Gefängnis erlaubte zu zeichnen, könnte sie damit ersetzen, was sie gestohlen hatte?

Ob es sinnlos war zu beten oder nicht, es würde nichts schaden. Aber als sie den Mund öffnete, ließ der Gedanke daran, dass Sa-Gest zuhörte, ihr die Stimme im Halse stecken bleiben. Also sprach sie stattdessen ein einfaches Gebet, das man Kindern beibrachte, mit dem die Engel gepriesen wurden und man Glück für die Familie erbat.

Das würde für den Moment genügen müssen.

21 Rielle

Acht – oder waren es neun? – Tage später ließen sie die Dünen hinter sich. Einige Tage zuvor hatte sich eine Kette von Gipfeln am Horizont gezeigt, die beim Näherkommen immer größer wurden. Vor ihnen schlängelte sich die Straße zwischen krallenartigen Ausläufern der Berge hindurch und stieg dann empor, bevor sie in einer Falte der steilen Hänge verschwand.

Diesen Marsch würden sie glücklicherweise erst am nächsten Tag in Angriff nehmen. Die Sonne stand tief am Himmel. Eine dunkle Gruppe von Gebäuden beschattete nicht weit voraus den Wüstenrand, und es ließen sich deutlich die Strahlen auf einer Tempelspitze erkennen, die deren höchste Dächer noch überragte. Es war die Stunde, zu der die Menschen in ihre Häuser zurückkehrten, und als Rielle und ihre Bewacher in das Dorf hineinkamen, blieben die Dorfbewohner stehen, starrten sie an, und ihre Blicke verweilten auf der Kette um ihren Hals, bevor sie hastig weitergingen.

Das Gleiche war in den wenigen anderen Dörfern geschehen, die sie passiert hatten. Rielle konnte nicht abschätzen, wie alltäglich es war, dass Priester einen Befleckten auf diesem Weg zum Gefängnis brachten, aber offensichtlich geschah es oft genug, dass die Einheimischen genau wussten, was für eine Gefangene sie war. In einem Dorf folgten ihnen johlend drei Jungen. In anderen kamen die Bewohner aus ihren Häusern, um ihr Beschimpfungen entgegenzuzischen. Sa-Mica hatte sie angehalten, zwischen ihm und Sa-Gest zu gehen. Zuerst hatte sie angenommen, der Sinn dieser Regelung sei zu verhindern, dass sie weglief und vielleicht einen Dorfbewohner als Geisel nahm, aber schon bald begriff sie, dass es ihrem eigenen Schutz diente.

In diesem Dorf schienen lediglich zornige Blicke zu drohen, die ihr aus Türen und Fenstern zugeworfen wurden. Die Hauptstraße war auch die einzige Straße, und der Tempel lag ganz am anderen Ende. Wenn auch dank des Turms höher als die übrigen Gebäude, war der Tempel selbst unverhältnismäßig klein, was ihm etwas Kopflastiges, Bedrohliches verlieh. Sa-Mica führte sie darum herum zu zwei niedrigen Backsteingebäuden: eins mit zwei Flügeln zu beiden Seiten, das andere von ihnen eingerahmt im Hof dazwischen und kaum größer als ihre Zelle in Fyre.

Als sie die Tür sah, die in die Vorderseite des kleinen Gebäudes eingelassen war, begriff Rielle, dass es mehr als nur Ähnlichkeit war. Alle Tempel, bei denen sie bisher haltgemacht hatten, verfügten über eine Zelle, aber dies war die erste, die separat von den anderen Gebäuden stand.

Ein Priester erschien aus dem mittleren Teil des größeren Gebäudes und kam auf sie zu. Sein Gesichtsausdruck war herzlich, als er Sa-Mica sah, aber sein Lächeln verschwand sofort, als er sie und Sa-Gest in Augenschein nahm.

»Willkommen zurück, Sa-Mica«, sagte er. »Ich sehe, ich werde heute erst spät zu Bett gehen.«

»Nur ein wenig später als gewöhnlich, Sa-Jeim. Das hier ist Sa-Gest, der eine Stellung auf dem Berg antreten wird. Er wird sich mit mir bei der Bewachung abwechseln.«

Sa-Jeim nickte dem jungen Priester zu. Es mochte Einbildung sein, die durch das schwindende Licht der Abenddämmerung entstand, aber da war etwas an der berechnenden Art, mit der er Sa-Gest ansah, das Rielle frösteln machte. Sie konnte nicht sagen, ob es Abneigung oder Neid war oder beides.

»Dann sollten wir am besten zusehen, dass Ihr alle untergebracht werdet«, sagte er, holte einen Schlüsselbund aus seinem Gewand und deutete auf die Zelle.

Rielle nahm ihren Ranzen ab und gab ihn Sa-Mica. Der Dorfpriester öffnete die Zellentür, und sie trat gehorsam ein. Die anderen Priester ließen Sa-Gest als Wache zurück und gingen ins Haus.

Es war dunkel in der Zelle, aber die Wände strahlten Wärme ab, die sie während des Tages aufgenommen hatten. Der einzige Einrichtungsgegenstand war eine in die hintere Mauer eingelassene Bank aus den gleichen Backsteinen, aus denen die Wände bestanden. Der Boden war aus Stein und mit Sand bedeckt, der durch die Zellentür hereingeweht war. Es roch nach Urin, und da sie nicht gut genug sehen konnte, um sich sicher zu sein, dass die Bank sauber war, nahm sie händeweise Sand und warf ihn auf die Bank, in der Hoffnung, dass er alles, was hier noch zurückgeblieben sein mochte, aufsaugen würde.

Sa-Gest wartete neben der Zellentür, sein Bündel zu seinen Füßen. Es dauerte nicht lange, bis Sa-Mica auftauchte und Speisen und Getränke für sie beide brachte. Ihre Mahlzeit bestand aus gekochtem Getreide und einem Becher Wasser. Sie wagte es nicht, zu Sa-Gest hinüberzuschauen, aber es roch nach Fleisch und Agil, dem mit Kräutern und Gewürzen versetzten Alkohol, den Priester zu ihrem eigenen Bedarf produzierten und der angeblich heilende Eigenschaften besaß. Obwohl ihr Mahl fade schmeckte, war es zumindest nicht die harte und trockene Kost, die sie während vieler Vierteltage gegessen hatten.

Schon bald kehrte Sa-Mica mit einem Eimer zurück, einer Schlafmatte und einem Stuhl. Nachdem er die Zellentür kurz geöffnet hatte, um ihr die beiden ersten Dinge zu geben, schickte er Sa-Gest zum Schlafen ins Haus. Er drehte sich um, während sie sich erleichterte, dann setzte er sich auf den Stuhl und zog sein kleines Buch hervor. Es war jetzt vollkommen dunkel, daher entzündete er seine Leselaterne und hielt sie über die Seiten.

Rielle breitete die Schlafmatte über der Bank aus, setzte sich und lauschte seiner tiefen Stimme.

»Vor über hundert Jahren lebte eine wohlhabende Witwe namens Deraia, die fünf Kinder hatte. Obwohl sie es sich leisten konnte, Dienstboten für alle häuslichen Pflichten einzustellen, liebte sie es zu kochen, und man rühmte sie für ihre Kochkunst.

Eines Tages kam eine schreckliche Seuche über ihr Land. Als das erste von Deraias Kindern erkrankte, suchte sie Hilfe bei der Heilkunde, die in ihrer Familie von Mutter zu Tochter weitergegeben wurde, aber sie erwies sich als unwirksam, und das Kind starb.

Als das zweite Kind krank wurde, wandte sie sich an die Ärzte der Stadt, gerühmt für ihr im Laufe von Jahrhunderten erworbenes Wissen und ihre Geschicklichkeit, aber sie waren dieser Krankheit noch nie zuvor begegnet, und das Kind starb.

Als das dritte Kind erkrankte, wandte sie sich an die Priester, aber inzwischen war der Tempel überfüllt von Opfern der Seuche, und da es zu wenige Priester gab, um sie alle zu behandeln, und sie weder Reiche noch Arme bevorzugen wollten, wählten sie per Los, wen sie heilten. Ihr Kind wurde nicht gewählt und starb.

Als das vierte Kind krank wurde, betete sie drei Tage und Nächte zu den Engeln, brachte Opfergaben dar und vollführte alle Rituale, aber trotz ihrer Frömmigkeit starb das Kind.

Als ihr letztes noch lebendes Kind krank wurde, wandte sie sich den ältesten Büchern zu, die ihr vererbt worden waren. Dort fand sie seit langem verborgenes Wissen um Magie, brachte sich selbst bei, wie man sie benutzte, und das Kind überlebte.

Anschließend wurde sie von schweren Schuldgefühlen verzehrt, dass ihre Tochter leben sollte, während andere Kinder starben. Sie wusste, dass ihre Seele bereits verloren war, was konnte sie also verlieren, wenn sie noch andere rettete? Also behandelte sie die Kinder von Verwandten und Freunden, hielt ihre Methode verborgen und überzeugte sie davon, dass sie geheim hielten, was sie getan hatte.

Doch je mehr Kinder gerettet wurden, desto größer und stärker wurden ihre Schuldgefühle. Warum sollten die weniger Wohlhabenden leiden und ihre reichen Freunde nicht? Daher wagte sie sich allein in die ärmeren Viertel, und schon bald war die Stadt voller Geschichten über die Dame, die mit einer Berührung heilte, obwohl keiner sagen konnte, wie.

Aber als die Priester davon hörten, errieten sie die Wahrheit und stellten ihr eine Falle. Sobald sie gefasst worden war, gestand sie ihr Verbrechen und unterwarf sich willig ihrem Urteil. Sie hatte jedoch so viel Gutes getan, dass die Menschen, statt sich zu versammeln, um sie aus der Stadt zu vertreiben, herbeikamen, um zu protestieren und den Weg zu versperren.

Aus Angst vor einer Rebellion gegen die Weisheit der Engel suchten die Priester Rat bei den zehn angesehensten Priestern der Welt. Diese Männer kamen zusammen und wogen das Gute, das die Witwe getan hatte, gegen den Diebstahl von Magie ab. Sie wussten, dass die Frau weiterhin gut bewacht werden musste, damit sie nicht fortfuhr, Magie zu benutzen. Sie wussten, dass sie bestraft werden musste, damit andere nicht versuchten, ihr nachzueifern. Sie wussten, dass ihre Strafe eine sein musste, die die Menschen akzeptieren würden.

Sie beschlossen, dass sie – und ihre Tochter nach ihr – die gestohlene Magie ersetzen müsste. Als man ihr dies sagte und sie fragte, auf welche Weise sie diese Aufgabe zu erfüllen wünsche, dachte sie lange und gründlich nach. Sie konnte nichts anderes als Heilen und Kochen. Wenn sie Menschen mit dem einen nicht helfen konnte, dann würde sie es mit dem anderen tun.

Also bereiteten Deraia und ihre Tochter für den Rest ihres Lebens Mahlzeiten für die Armen zu und sammelten Geld für den Tempel. Es hieß, diese Mahlzeiten seien erstaunlich gewesen, denn um Magie zu erzeugen, musste man mehr tun, als einfach eine auswendig gelernte Liste von Zutaten zusammenzufügen. Menschen kamen von weit her, um das zu erleben.

Und jene, die über sie wachten, glaubten daran, dass sie und ihre Tochter ihre Schuld bei den Engeln mehr als beglichen hatten, bevor sie starben, und erwarteten, sie im Geisterreich zu sehen.«

Sa-Mica klappte das Buch zu und schloss wie immer für eine Weile die Augen. Rielle blieb stumm, aber in ihrem Kopf überschlugen sich Fragen.

Was hat er vor? Die meisten seiner Geschichten handelten von Menschen, die Magie benutzten hatten und denen vergeben worden war. Versuchte er, ihr zu sagen, dass sie Vergebung finden konnte? Und was dann? Würde sie freigelassen werden, wenn ihre Schuld beglichen war?

Doch wann immer sie nach dem Gefängnis fragte, weigerte er sich, ihr Einzelheiten zu erzählen. Vor einigen Tagen war ihr des Nachts der Gedanke gekommen, dass er vielleicht außerstande war, in Sa-Gests Anwesenheit darüber zu sprechen, obwohl sie sich nicht denken konnte, warum.

»Habt Ihr irgendwelche Fragen?«, erkundigte er sich.

»Keine, die zu beantworten Ihr nicht bereits abgelehnt hättet«, sagte sie, und sie konnte die Hoffnung aus ihrer Stimme nicht heraushalten.

»Dann mögen die Engel heute Nacht über Euch wachen«, erwiderte er und stand auf.

Sie seufzte und schüttelte den Kopf. Warum fragte er, wenn er nicht bereit war zu antworten? *Vielleicht stelle ich nicht die richtigen Fragen.*

Er lachte leise. »Nur noch wenige Tage, Rielle.« Er blies die Laterne aus. »Schlaft jetzt.«

Trotz des harten Bettes nahm sie nichts mehr wahr, nachdem ihr Kopf die Schlafmatte berührt hatte, bis Geräusche und Licht sie weckten.

Ihr ganzer Körper schmerzte. *Wie kann es Morgen sein, wenn ich noch so müde bin?* Sie öffnete die Augen und runzelte die Stirn, als sie sah, dass es in der Zelle immer noch dunkel war. Doch sie konnte ihren Schatten an der Wand über der Bank sehen, der von einem schwachen Licht außerhalb der Zelle erzeugt wurde. Das Licht bewegte sich, nicht aber Rielle. Also musste die Lichtquelle selbst sich bewegen.

Dann hörte sie Atemzüge. Schnell, etwas heiser kamen sie von der Zellentür. Sie drehten den Kopf und bedauerte es sofort.

Sa-Gest presste sich gegen die Gitterstäbe. Sein Blick war eindringlich, aber als sie ihn sah, blitzten seine Zähne auf, beleuchtet von einem Funken Licht, der zwischen ihnen schwebte. In der linken Hand hielt er etwas Kleines, Viereckiges. Sein anderer Arm bewegte sich in kurzen, krampfhaften Stößen. Als sie an ihm hinabschaute, sah sie, was er in der rechten Hand hielt, und erstarrte vor Schreck. Er lachte leise.

»Kommt herüber und helft mir«, lud er sie ein. »Und wenn wir ankommen, werde ich dafür sorgen, dass man Euch … nun ja … besser behandelt …« Er stöhnte heftig. »Ah … zu spät.«

Weil sie bereits im Aufstehen war, schaffte sie es, sich rechtzeitig zu ducken. Er hatte auf ihr Gesicht gezielt. Wenn er weiter nach unten gezielt hätte, wäre es ihr vielleicht nicht rechtzeitig gelungen auszuweichen. Dafür spritzte sein Samen über ihre Schlafmatte.

Sie keuchte angewidert auf und wünschte dann, sie hätte es nicht getan. Es bewies ihm, dass es ihm gelungen war, Ekel bei ihr hervorzurufen. Rielle schluckte Galle herunter, stieß die Matte auf den Boden und hoffte, der trockene Sand würde die Feuchtigkeit aufsaugen.

Abscheulicher, widerwärtiger Mann.

»Was soll's?«, sagte er. Sie hielt den Blick abgewandt, während er mit seinem Gewand zu tun hatte. Sich bedeckte. »Ich bin mir sicher, es wird noch andere Gelegenheiten geben. Es würde Euch nicht schaden, eine gewisse Geschicklichkeit darin zu erwerben, bevor wir ankommen. Sie werden auf dem Berg das und viel mehr von Euch erwarten.«

Sie riss den Kopf hoch und sah ihm in die Augen, bevor sie sich zügeln konnte.

Er lächelte und nickte. »Ja, das stimmt. Ich versuche, Euch einen Gefallen zu tun. Ihr wollt doch nicht unvorbereitet dort ankommen. Unvorbereitet und ohne Freunde.« Er schnaubte. »Und glaubt nicht, dass Sa-Mica Euch helfen wird. Er wird sich wieder auf den Weg machen, um andere Befleckte abzuholen.«

Beachte ihn nicht, sagte sie sich. *Er versucht, dir Angst zu machen.* Doch was war, wenn … *Nein. Es kann nicht wahr sein.* Ihr fiel auf, dass er immer noch das viereckige Ding hielt. Als er sah, dass sie es bemerkt hatte, grinste er und drehte es zu ihr hin. Magisches Licht reflektierte von der Oberfläche, die mit einer Art glänzender Paste bedeckt war. Als der Gegenstand sich weiter drehte und sie die Farben und Formen erkannte, die darauf gemalt waren, erstarrte sie vor Entsetzen.

Es war das Aktbild, das Izare begonnen hatte. Das, das sie beendet hatte. Das Bild, das verschwunden war, nachdem Sa-Gest und Sa-Elem Izares Haus durchsucht hatten. Verschmiert an den Rändern, wo er es, noch nicht getrocknet, festgehalten haben musste, als er es gestohlen hatte. Zorn erfüllte sie, und sie versuchte, ihm das Bild zu entreißen, aber er zog es zu schnell zurück und lachte.

»Nein, Ihr könnt es nicht haben. Ich brauche es noch. Es hat mir in so mancher Nacht Gesellschaft geleistet«, sagte er. »Nicht so hübsch wie das von Eurem Gesicht natürlich, aber das war zu groß, um in meinen Ranzen zu passen.«

Rielle stockte der Atem. *Das Porträt!* Sie hatte es seit dem Tag, an dem sie von ihrer Familie weggelaufen war, nicht mehr gesehen. Hatte Sa-Gest es gestohlen, als die Priester sie in Izares Haus gesucht hatten? *So muss es sein. Ich habe es danach nie mehr gesehen. Warum hat Izare mir das nicht erzählt?* Sie ballte die Fäuste. *Wenn ich ihn töten müsste, um zu fliehen, würde ich es ohne Reue tun,* sagte sie sich.

Ein Schauer durchlief sie. Plötzlich war Flucht nicht länger bloße Fantasie, sondern etwas, das sie ersehnte. Alles, was man ihr angetan und ihr genommen hatte, war gerechtfertigt gewesen, aber wenn sie den Rest ihres Lebens unter der Aufsicht dieses Mannes verbringen musste … *das* verdiente sie nicht. Das verdiente niemand.

Warum dann nicht jetzt? Warum nicht Magie nutzen und versuchen, sich zu befreien? Sa-Mica war im Haus. Es war besser, gegen einen Priester zu kämpfen als gegen zwei …

»Was ist hier los?«

Sa-Gest sprang von der Tür weg, und die Zelle war plötzlich dunkel. Beleuchtet von hinten durch das Licht im Haus kam eine Gestalt mit langen Schritten auf sie zu. Obwohl sein Gesicht im Dunkeln lag, erkannte sie Sa-Mica sofort an seinem Gang. Sa-Gest drehte sich um und zuckte die Achseln.

»Nichts.«

»Was habt Ihr da?«, fragte Sa-Mica scharf. »Nein, ich habe gesehen, was Ihr in der Hand hattet, und das ist es *nicht*. Gebt es mir.«

Etwas wurde zwischen den beiden Priestern ausgetauscht. Ein neuer Funke erschien, und Rielle erblickte das Gemälde in Sa-Micas Händen, bevor das Licht wieder verschwand. Dann erschienen an seiner Stelle Flammen, und das brennende Viereck fiel aus seinen Händen zu Boden. Sie starrte es an. Das einzige Gemälde, an dem sie und Izare zusammen gearbeitet hatten, war zerstört, doch sie verspürte nur Erleichterung.

»Narr«, blaffte Sa-Mica. »Sagt mir, warum ich Euch nicht nach Fyre zurückschicken sollte?«

»Ich habe sie nicht angerührt«, protestierte Sa-Gest. »Ich habe nur … mit ihr geredet.«

»Ging es um Erpressung oder Verhöhnung?«

»Keins von beidem! Ich habe nur …«

»Geht zu Bett. Weckt Sa-Jeim und sagt ihm, dass wir ihn früher für seine Wache brauchen. Morgen werdet Ihr neben Eurem eigenen auch Rielles Bündel tragen.«

Sa-Gest zog den Kopf ein und verschwand. Kurze Zeit später tauchte gähnend der Priester des Ortes auf. Sa-Mica ging ein Stück weg und senkte die Stimme, als sie sich zu unterhalten begannen. Rielle spitzte die Ohren, um die Worte zu verstehen.

»Entschuldigt … das«, sagte Sa-Mica.

»Ist sie …?«

»Nein. Ich denke, er weiß es. Ich habe keine Ahnung, woher.« Die Stimme des Priesters mit der Narbe wurde leiser.

Sa-Jeim schüttelte den Kopf und murmelte etwas. Rielle rückte näher an die Zellentür heran, schloss die Augen und lauschte.

»… macht Ihr das?«

»Weil ich muss.« Sa-Micas Stimme klang jetzt nachdrücklich. Er war plötzlich ganz ruhig und blickte in ihre Richtung.

»Es macht mir Hoffnung, dass Ihr, geboren und aufgewachsen an diesem schrecklichen Ort, ein besserer Mann geworden seid als die meisten«, sagte Sa-Jeim entschieden, und dann stellte er eine Frage, die Rielle nicht verstehen konnte.

Sa-Mica schüttelte den Kopf.

Sa-Jeim seufzte und ging auf die Zelle zu. »Irgendwann werde ich die Wahrheit aus Euch herausbekommen, Sa-Mica«, rief er über die Schulter, die Mahnung gemildert durch die Zuneigung in seiner Stimme. Als der alte Priester sich ihrer Zelle näherte, konnte Rielle im Licht der Sterne seinen Gesichtsausdruck erkennen, und sie erbebte angesichts dessen, was sie in seinem Gesicht las.

Mitleid.

Neunter Teil

22 Tyen

Tyen rieb sich das Gesicht, gähnte und lehnte sich an die Verstrebungen des Flugwagens. Es war eine stürmische Nacht gewesen, und wegen des Windes, der die Kapsel hüpfen und zucken ließ, hatte er nicht gut geschlafen.

Er blickte hinab und beobachtete Kinder, die um den Turm flogen, und dachte an das, was Ysser ihm über sie erzählt hatte. Der erste Flieger war vor einigen hundert Jahren nach Tyeszal gekommen, ein Kind von Akrobaten, die das Land durchreisten und für Geld auftraten. Der damalige König hatte das Mädchen fliegen sehen und der Familie ein Zimmer im Turm gegeben und sie dafür bezahlt zu bleiben und andere Kinder zu unterweisen. Schon bald konnten sie sich als Boten nützlich machen.

Gleichermaßen faszinierend zu beobachten war der *Ruß*, der sich im Kielwasser der Flieger formte. Wann immer sie vorbeizischten, staunte er darüber, wie schnell Magie die Leere auffüllte.

So muss es in anderen Welten sein, dachte er zum hundertsten Mal. Er wünschte, er könnte Pergama fragen, ob das wahr war, und er überlegte, ob er sie wohl für immer verloren hatte. *Zumindest haben Hofkrazner und Gowel sie auch nicht,* sagte er sich. Er schaute hinab auf die beiden Luftwagen, die sicher an beide Seiten der Plattform gebunden waren, dachte über die Konfrontation im Audienzsaal des Königs von Sseltee nach und fragte sich einmal mehr, ob er irgendetwas hätte anders machen können.

Hofkrazner, Gowel und zwei weitere Leratianer hatten sich Tyen genähert, als er in den Raum getreten war, aber ihr Plan, ihn zu umzingeln, war vereitelt worden. Ysser war zwischen sie getreten und hatte Tyen weggeführt, zum König hinüber. Der Herrscher hatte auf einer breiten, tiefen Couch gesessen, die Platz für vier oder fünf Personen hätte bieten können – eine Art Thron, auf den bevorzugte Besucher eingeladen werden konnte. Tyen hatte die Handflächen ausgestreckt, aber der König hatte die Geste nicht erwidert.

»Diese Männer Ihr kennt?«, fragte Ysser.

Tyen nickte.

»Euer Name ist Tyen Eisenschmelzer? Nicht Aren Kobel?«

»Ja.«

»Sie sagen, Ihr hättet ein Ding gestohlen. Ist das wahr?«

»Nein«, hatte Tyen geantwortet, dann: »Ja.« Bei Yssers verwirrtem Blick hatte er erklärt: »Professor Hofkrazner hat etwas aus der Akademie gestohlen.« Er drehte sich um, um mit dem Kopf auf seinen früheren Lehrer zu deuten. »Er hat es so aussehen lassen, als hätte ich es gestohlen. Ich habe es ihm weggenommen, aber ich konnte es nicht in die Akademie zurückbringen. Es war zu wertvoll, und sie wollten es zerstören.« Er wollte hinzufügen, dass er den Luftwagen gestohlen hatte – zwei Luftwagen –, aber Ysser unterbrach ihn.

»Serstören?«

»Zerbrechen. Töten.«

Ysser nickte. Er drehte sich um und übersetzte für den König, der die Stirn runzelte und zwischen Tyen und den Professoren hin- und herblickte, bevor er etwas sagte.

»Ffas ist das für ein Ding?«, übersetzte der Zauberer.

Hofkrazner zog die Brauen zusammen. »Tyen …«

»Haben sie es Euch nicht gesagt?«, fragte Tyen Ysser.

»Nein.«

Zweifellos hatte Hofkrazner gehofft, nicht offenbaren zu müssen, was Pergama war, für den Fall, dass die Sselts beschlossen, sie zu untersuchen, und die Geheimnisse entdeckten, die sie enthielt. Tyen war sich der Tasche an seiner Seite deutlich bewusst, während er seine Chancen abwog, Pergama zu verteidigen. Er hatte vermutet, dass alle vier Leratianer Zauberer waren. Hofkrazner und Gowel würden ihre Luftwagen nicht mit jemandem beschwert haben, der kein Zauberer war. Tyen bezweifelte, dass er eine Auseinandersetzung für sich entscheiden könnte. Aber sie hatten ihn nicht angegriffen. Er schätzte, dass ein solches Vorgehen ohne die Zustimmung des Königs das Risiko barg, den Handel zwischen dem Reich und den Sselts in der Zukunft unmöglich zu machen.

»Der König ffill, dass Ihr gerecht behandelt werdet«, hatte Ysser ihm erklärt. »Aber er ffird nicht den Gesetzen eines anderen Landes trotzen, ffenn er keinen guten Grund dafür kennt. Die Behauptung dieser Männer muss sich als richtig erweisen. Vorher werden wir das Ding, das Ihr gestohlen habt, sicher aufbewahren.«

Also hatte er Pergama Ysser gegeben und ihm gesagt, was sie war: ein Buch, das Wissen von jenen, die es berührten, sammelte und lagerte.

Hofkrazner und Gowel waren nicht sehr glücklich darüber gewesen.

Ysser hatte das Buch in ein Stück Stoff gewickelt, bevor er es Tyen abgenommen und dem König überreicht hatte. Aus einer Tasche seiner Jacke hatte der König einen Zugbeutel aus einem durchscheinenden Material zutage befördert. Er hielt ihn offen, sodass Ysser Pergama hineinwerfen konnte, dann zog er die Kordel fest zu. Anschließend hatte er die Tüte an die Rückseite des Throns gehängt.

»Dort ffird es bleiben, bis wir entscheiden, wie es weitergeht«, hatte Ysser übersetzt.

Dann hatte er umrissen, wie die Verhandlung, bei der darüber entschieden werden sollte, ob Tyen und das Buch den Professoren ausgeliefert werden würden, ablaufen sollte. Hofkrazner hatte den König gewarnt, dass Tyen mächtig sei und dass es schwierig werde, ihn an einer Flucht zu hindern, und er hatte ihre Hilfe angeboten, ihn gefangen zu setzen. Der König nahm das Angebot nicht an. Die Diskussion, die folgte, führte dazu, dass Ysser erklärte, dass Tyen in seinem Luftwagen verbleiben solle, mit abmontiertem Propeller und Ruder, festgemacht an dem Turm.

Es war eine seltsame Form der Gefangenschaft, aber sie war effektiv. Tyen könnte das Seil durchtrennen und hinfliegen, wo immer der Wind ihn hinwehte, aber Hofkrazner würde bald folgen und ihn einholen. Wachen, die jede Bewegung Tyens beobachteten, stellten sicher, dass er keinen Versuch unternehmen konnte, Pergama erneut zu stehlen. Ysser hatte wahrscheinlich erraten, dass Tyen nicht fortgehen würde, wenn eine Chance bestand, auch Pergama wiederzubekommen. Als der Zauberer Tyen zum Flugwagen hinausgeführt hatte, hatte er ihn von der Seite angesehen.

»Ffarum nennt Ihr das Buch eine ›sie‹?«, hatte er gefragt.

»Sie war einst eine Frau, verwandelt gegen ihren Willen. Ein Teil von ihr verbleibt in diesem Buch. Ich habe versprochen, einen Weg zu finden, ihr wieder ihre menschliche Gestalt zu geben.«

»Das ist eine… ich denke, Ihr nennt es eine noble Aufgabe.«

Tyen hatte genickt. »Wisst Ihr, wie man es machen könnte?«

»Es bekümmert mich zu sagen, dass ich es nicht ffeiß.«

Sie hatten ihm warme Kleider und zusätzliche Decken gegeben, und jeden Tag brachte Ysser oder ein anderer Zauberer der Sselts Körbe mit Nahrung per Magie zu ihm hinauf. Tyen musste die Luft in der Luftwagenkapsel dennoch erhitzt halten, sogar nachts.

Zweimal hatten sie ihn in den Turm heruntergeholt, damit er Fragen beantwortete. Beide Male war er beruhigt gewesen zu sehen, dass die Tasche über dem seltsamen Thron des Königs hing, Pergama sichtbar darin. Ysser hatte ihm versichert, dass bald eine Entscheidung getroffen werden würde; als daher die Tür zum Palast geöffnet wurde und der alte Zauberer mit zwei Wachen herauskam, stieg Hoffnung in Tyen auf. Er ließ etwas Luft aus der Kapsel, und sie sank langsam hinab. Die beiden Wachen zogen an den Seilen und leiteten den Wagen auf die Plattform.

Als Tyen ausstieg, lächelte Ysser ihn an.

»Seid Ihr ffohlauf?«, fragte er.

»Ja, obwohl die letzte Nacht ein wenig kalt war.«

Der Zauberer nickte. »Ich sorge um Euch.« Er winkte und drehte sich wieder zur Tür um.

Die Luft im Innern war wärmer, daher schlüpfte Tyen aus dem pelzgefütterten Mantel, den man ihm gegeben hatte, nahm den Hut ab und wickelte sich den Schal vom Hals. Ysser blieb nicht an der Tür zum Audienzsaal stehen, sondern ging zu einer anderen Tür weiter. Der Raum dahinter war kleiner als die anderen, die Tyen auf diesem Stockwerk gesehen hatte, aber nicht minder luxuriös eingerichtet. Zwei große Sofas ähnlich dem Thron des Königs standen einander gegenüber, zwischen ihnen ein langer, niedriger Tisch.

Auf einem der Sofas saß Gowel.

Der Abenteurer lächelte. Tyen runzelte die Stirn und drehte sich wieder zu Ysser um.

»Was ist los?«

»Goffel ffollen mit Euch reden«, sagte er. »Ich werde in der Nähe sein, reden aber nicht hören. Sprecht, ffenn Ihr mich braucht«, fügte er hinzu und warf Tyen einen vielsagenden Blick zu. Er verließ den Raum und schloss die Tür hinter sich.

Tyen drehte sich zu Gowel um, der auf das andere Sofa deutete.

»Setzt Euch, Tyen«, forderte Gowel ihn auf.

»Warum sollte ich Euch zuhören?«

Der Abenteurer lächelte. »Weil ich Euch eine Chance geben werde, Eure Freiheit zu erkaufen.«

»Ich werde Pergama nicht aufgeben.«

»Ich bitte Euch nicht darum.«

Tyen sah den Mann mit schmalen Augen an, ging dann zu dem Sofa und nahm Platz. »Warum sollte ich Euch trauen?«

Gowel kicherte. »Ja, warum? Vielleicht weil der Handel, den ich anbiete, das Risiko wert ist.«

Tyen schnaubte. »Handel mit so großem Risiko ist Glücksspiel.«

»Ich nehme an, das ist es.« Gowel grinste. »Ihr seid sehr erwachsen geworden seit unserer letzten Begegnung, Eisenschmelzer. Nicht mehr so naiv.« Er rieb sich die Hände und beugte sich vor, und sein Blick war fest. »Die Sache ist die: Wir sind nicht nach Süden gekommen, um Euch zu finden. Wir hatten ein anderes Ziel im Auge. Die Suche nach Euch war nur eine gute Tarnung für unser wahres Vorhaben.«

Tyen sagte nichts, doch seine Gedanken begannen zu rasen. Wenn Gowel nicht log, was könnte ihn dann hierhergeführt haben? Hatte er im fernen Süden etwas entdeckt, das er für sich behalten hatte, bis er mit Hofkrazner und Freunden zurückkehren konnte? Schließlich war Hofkrazner bereit gewesen, seine Verbindungen und seine sichere Anstellung in der Akademie aufzugeben, um sich dem Abenteurer anzuschließen, bevor er etwas von Pergamas Existenz wusste. Und er war auch bereit gewesen, Tyen den Diebstahl Pergamas in die Schuhe zu schieben.

»Ihr wisst von dem Buch, dass es andere Welten gibt«, sagte Gowel. »Welten mit mehr Magie, als in unserer zu finden ist. Ihr wisst, dass es möglich ist, mit Hilfe von Magie zwischen ihnen zu reisen, und dass es für mehrere Personen nicht mehr Magie kostet als für eine.«

Ein Schauer der Erregung überlief Tyen. Das letzte hatte er gewusst.

»Wir dachten, es müsse daher so sein wie das Graben eines Tunnels«, fuhr Gowel fort. »Man braucht nur die Energie aufzuwenden, um eine Passage zu schaffen, die eine Person benutzen kann, und die anderen können folgen, immer schön der Reihe nach. Vor mehreren Tagen haben wir versucht, einen kleinen Tunnel zu erschaffen, in der Annahme, dass er weniger Magie verbrauchen würde, um Gegenstände und kleine Tiere hindurchzuschicken. Wollt Ihr wissen, was passiert ist?«

Ohne es wirklich zu wollen, beugte Tyen sich vor. »Was?«

Gowel lachte leise. »Es hat nicht funktioniert. Ein Zauberer kann andere Dinge nicht durch die Barriere in die nächste Welt *schicken*, vielmehr muss *er mit den Dingen hindurchgehen.* Hofkrazner hat etwas Derartiges vermutet. Es ist ihm dann gelungen, ein Stück aus dieser Welt hinauszugehen. Er ist vor unseren Augen verblasst. Aber indem er sich von dieser Welt gelöst hat und dann zurückgekehrt ist, hat er alle Magie verbraucht, die er hatte sammeln können. Wir brauchen eine reichere Quelle von Magie.«

»Also seid Ihr hierhergekommen«, vermutete Tyen.

»Ja.« Gowel schaute sich im Raum um. »Vielleicht war der Aberglaube unserer Vorfahren über die Quelle von Magie korrekt, vielleicht liegt es daran, dass diese Menschen keine Maschinen haben, die ihre Magie auffressen. Es spielt keine Rolle – oder wird bald keine Rolle mehr spielen –, denn was wir zu tun hoffen, ist dies: Wir wollen die Magie einer anderen Welt anzapfen. Wir denken, wenn ein Zauberer auf halbem Weg zwischen dieser Welt und der nächsten innehält, wird er in der Lage sein, Magie von einer Welt zur anderen zu schicken. Falls das aber nicht funktionieren sollte, kann man immer noch in die nächste Welt hinübergehen, Magie sammeln und sie in diese zurückbringen. Da die anderen Welten so viel reicher an Magie sind, sollte man in der Lage sein, dort mehr als das aufzunehmen, was notwendig ist, um hierher zurückzukehren, und es hier freizusetzen.«

Ein Frösteln überlief Tyen. »Mit ›man‹ meint Ihr mich, nicht wahr?«

Gowel lächelte und schüttelte den Kopf. »Hofkrazner *könnte* in der Lage sein, hier genug Magie zu sammeln, um es zu tun, aber durch Euren Kampf mit ihm in der Akademie wissen wir, dass Ihr eine größere Reichweite habt als er und mehr Magie aufnehmen könnt. Ihr hättet größere Erfolgschancen als er. Und wir werden vielleicht keine zweite Chance haben, dies zu tun. Es wird den größten Teil der Magie rund um den Turm erfordern.«

Ein Kribbeln wuchs in Tyens Magen, aber es hörte abrupt wieder auf. »Ihr wollt es *hier* tun? Habt Ihr den König gefragt, ob er etwas dagegen hat, wenn Ihr alle Magie um sein Heim herum aufbraucht?«

»Natürlich«, antwortete Gowel. »Er ist damit einverstanden. Es wird die Helmburg zu einem unglaublich mächtigen Ort machen. Die Magie, die Ihr zurückbringt, wird von hier aus fließen, um unsere Welt zu erfüllen, und diesen Ort zu dem machen, der immer am reichsten an Magie ist.« Er schlug sich auf die Knie und beugte sich zu Tyen vor. »Denkt nach! Wir werden Helden sein, die Männer, die diese Welt davor gerettet haben, dass ihr die Magie ausgeht. Denkt an all die Maschinen, die uns in die Lage versetzen, mehr Menschen zu kleiden und zu ernähren, und die Zauberer, die die Kranken heilen. Denkt daran, wie verletzbar Leratias Städte werden. Wie bald werden unzivilisierte, aber magisch weniger entleerte fremde Nationen danach trachten, diese Schwäche auszunutzen? Alles, was das Leratianische Reich gewonnen hat, wäre verloren – und vielleicht sogar das Reich selbst!«

Tyens Puls raste, aber er hielt seine Aufregung in Schach. Vielleicht wäre es besser für diese fremden Nationen, wenn sie von der Kontrolle des Reiches befreit wären. Er dachte an Sezees und Veroos Volk, dazu gezwungen, sich zu verändern, um sich leratianischen Vorstellungen anzupassen. Er dachte an Orn und das Volk der Darsh, ihre Wälder niedergemäht und ihr Land erobert. Er erinnerte sich an die Maienländer, deren Traditionen ignoriert wurden, deren Gräber Archäologen und Studenten aus Leratia plünderten.

Aber eine solche Veränderung würde nicht ohne Krieg und Tod kommen. Die Maschinen taten viel Gutes, und es wäre ein Jammer, wenn die Leistungen eines Zeitalters verloren gingen. Wenn man dafür sorgen konnte, dass Veränderungen sich langsam vollzogen und die Menschen Zeit hatten, sich daran zu gewöhnen, würde es dann ohne Konflikte gehen?

Wenn er Magie in kontrolliertem Fluss in diese Welt brachte, würde es vielleicht so kommen. Aber vielleicht würde es überhaupt nicht funktionieren. Möglicherweise würden sie die ganze Magie rund um Tyeszal verbrauchen und feststellen, dass sie sie nicht ersetzen konnten. Verstand der König dieses Risiko wirklich?

Ich werde dafür sorgen müssen, dass er es tut, wenn ich dem hier zustimme.

Wenn er zustimmte, würde er sicherstellen müssen, dass dies alles war, was Gowel wollte – und was war mit Pergama?

»Was ist für mich drin?«, fragte Tyen.

Eine Falte erschien zwischen Gowels Brauen. Er lehnte sich zurück. »Wir werden Euch Euer Buch geben und Euch ziehen lassen. Ihr werdet versprechen, nie wieder nach Norden zurückzukehren. Wir werden der Akademie nicht mitteilen, dass Ihr im Fernen Süden seid.«

So viel dazu, ein Held zu sein. Gowel und Hofkrazner hatten offensichtlich nie vorgehabt, den Ruhm mit ihm zu teilen. Damit konnte er leben, wenn er frei war, nach einer Lösung für Pergama zu suchen.

»Ich werde es tun, aber ich will Pergama zurückhaben, bevor ich irgendetwas versuche«, erklärte Tyen.

»Hofkrazner wird dem vielleicht nicht zustimmen.«

»Nun, nicht Ihr seid derjenige, den die Akademie eines Verbrechens beschuldigt, das er nicht begangen hat. Ich habe nicht vergessen, was geschehen ist, als Ihr mir das letzte Mal Hilfe angeboten habt.«

Gowel schürzte die Lippen, dann nickte er. »In Ordnung. Ich werde versuchen, ihn zu überreden.« Er erhob sich und ging zur Tür, blieb dann noch einmal stehen und sah Tyen mit ernster Miene an. »Ich wollte immer, dass wir Verbündete sind, nicht Feinde. Obwohl ich bedaure, was Euch widerfahren ist, war es vielleicht zu Eurem Besten. Es wäre eine furchtbare Verschwendung gewesen, wenn jemand mit Eurer Macht in der Akademie festsäße, immer eingeschränkt durch den Mangel an Magie und die Regeln.«

»Stattdessen bin ich eingeschränkt durch einen Mangel an Ausbildung«, bemerkte Tyen.

Gowel zuckte die Achseln und drehte sich wieder zur Tür um. »Es gibt nichts, was Ihr nicht allein lernen könntet«, sagte er und verschwand im Flur.

Tyen seufzte. *Bin ich ein Narr, dass ich dem zustimme?*, fragte er sich. Sobald er Pergama zurückhatte, würde er sich mit ihr beraten, und sie beide würden nach Tricks und Mängeln in dem Plan von Gowel und Hofkrazner Ausschau halten.

Nach einer langen Wartezeit wurde die Tür wieder geöffnet, und Ysser trat ein. Der alte Mann lächelte. »Sie vergeben Euch«, sagte er.

Tyen schüttelte den Kopf. »Ich denke nicht, dass Vergebung irgendetwas damit zu tun hat. Wenn Hofkrazner zustimmt, werden sie mir im Austausch dafür, dass ich ihnen helfe, Pergama und meine Freiheit geben. Haben sie erklärt, was ich für sie tun soll?«, fragte er.

Der Zauberer lächelte. »Ja. Ihr fferdet Magie von außerhalb des Turms nehmen, in eine andere Ffelt gehen und mit viel mehr Magie zurückkehren.«

»Ja, aber wir werden zunächst sehr viel Magie verbrauchen. Wahrscheinlich sämtliche Magie. Und wir haben so etwas noch nie zuvor getan. Wenn es nicht funktioniert, wird Tyeszal viel, viel weniger Magie haben. Das ist ein großes Risiko.«

Ysser nickte mit ernster Miene. »Ohne Risiko finden ffir keine neuen Dinge. Tyeszal wird mehr Magie machen.« Er klopfte Tyen auf die Schulter. »Ihr guter Mann, an uns zu denken. Ich bin glücklich, dass Ihr frei seid. Ich gehe in Zimmer, um neue Kleider und Essen zu holen. Morgen bringe ich Euer Buch.«

23 Tyen

Ein Klopfen an der Tür weckte Tyen. Er schoss aus dem Bett hoch und stolperte durch den Raum, um zu öffnen, und der Nebel des Schlafs zerstreute sich schnell, als er sich an Hofkrazners Pläne für den Tag erinnerte.

Ich werde versuchen, eine andere Welt zu erreichen, dachte er. *Oder zumindest ein Stück des Weges zurückzulegen.*

Er öffnete die Tür einen Spaltbreit. Es war Yssers Schützling Mig, der geklopft hatte. Der junge Mann lächelte, dann eilte er davon, ohne irgendetwas zu sagen.

Ein Weckruf?, vermutete Tyen. Er betrachtete das Licht, das durchs Fenster fiel. Die Helligkeit verursachte ihm Kopfschmerzen. Er war lange aufgeblieben und hatte mit Ysser gesprochen, der einen süßen Schnaps aus seinem Heimatdorf mit ihm geteilt hatte. Als Tyen ins Bett gekrochen war, hatte er den alten Mann als Großvater adoptieren oder sein Lehrling werden wollen. Oder beides.

Er blickte sich um und ignorierte die feinen Kleider, die die Sselts ihm dagelassen hatten, und wählte stattdessen die zweite Garnitur der schlichten Trägergewandung, die Veroo und Sezee für ihn gekauft hatten – es kam ihm so vor, als sei inzwischen ein ganzes Leben vergangen. Die Kleider lagen frisch gereinigt und gefaltet auf einer Truhe. Sie schienen ihm praktischer für das Reisen zwischen den Welten.

Ein weiteres Klopfen an der Tür signalisierte das Eintreffen eines Dieners mit dem Frühstück. Tyen begann herzhaft zu essen, aber als seine Gedanken zu der Aufgabe zurückkehrten, die er übernommen hatte, krampfte sich sein Magen zusammen, und er stellte fest, dass er in dem Rest der Mahlzeit nur noch herumstochern konnte.

Sein dritter Besucher war Ysser.

Der alte Mann grinste Tyen an, als er in den Raum schlüpfte. »Ein großer Tag für Euch!«, verkündete er. »Hofkrazner sagte, ich solle Euch dies geben, ffenn Ihr Euch ihm anschließt.« Er zog einen vertrauten Beutel aus seiner Jacke. »Ich gebe es Euch jetzt. Ihr könnt es fragen, wie man in andere Ffelten reist. Wenn schlecht … großes Risiko …« Seine Miene wurde ernst. »Ich helfe Euch, aus Tyeszal fortzukommen und frei zu sein.«

Tyen schaute den alten Mann erstaunt an. »Das würdet Ihr tun?«

Ysser nickte, dann hielt er ihm den Beutel hin. »Eure Geschichte ffahr.«

»Ihr habt mit ihr gesprochen?«

»Mig sprechen mit ihr. Er sagen, Hofkrazner Euch übel mitgespielt.«

Tyen nahm den Beutel entgegen und runzelte die Stirn. »Wollt Ihr ihnen immer noch erlauben, hier zu experimentieren und so viel von Eurer Magie zu benutzen?«

»Ja. Ihr nehmen Magie von draußen, daher Magie in Turm bleiben für uns. Und die Magie, die Ihr zurückbringt, bleibt auch außerhalb des Turms.« Ysser tippte auf das Buch in dem Beutel. »Sie sagt, sie Euch lehrt, ffie, bevor Ihr mit Hofkrazner versuchen.« Er trat einen Schritt auf die Tür zu. »Ich gehe jetzt, mein Zimmer für Euch alle bereit machen.«

»Ich danke Euch«, sagte Tyen. Er öffnete den Beutel und ließ Pergama in seine Hand gleiten. Das vertraute Gewicht und die Weichheit des Ledereinbands brachten eine Welle der Erleichterung mit sich. Sie war unversehrt. Sie war wieder sein.

Er öffnete den Einband.

Geht es dir gut, Pergama?

Worte bildeten sich. **Ja. Du hast also einen Handel mit Hofkrazner und Gowel geschlossen.**

Ja. Werde ich in der Lage sein, zu einer anderen Welt zu reisen?

Vielleicht. Du bist stark, und es gibt eine Menge Magie hier.

Werde ich in der Lage sein, mittendrin innezuhalten und Magie von einer anderen Welt in diese hinüberzubringen?

Ich bezweifle es. Ich habe keine Aufzeichnungen darüber, dass irgendjemand es getan hätte.

Was ist mit der Idee, in eine andere Welt zu gehen, Magie in mich aufzunehmen und sie zurückzubringen?

Das ist definitiv möglich, wenn die andere Welt reich an Magie ist und dein Fassungsvermögen groß genug.

Und wenn eins oder beides nicht zutrifft?

Du musst etwas von dem benutzen, was du aus der anderen Welt herausziehst, um zurückzureisen. Was du an diese Welt lieferst, muss mehr sein als das, was du genommen hast, oder du wirst die Anstrengung umsonst auf dich genommen haben.

Wenn ich weniger mitbringe, wird diese Welt ärmer sein.

Und wenn die andere Welt arm an Magie ist, wirst du vielleicht nicht in der Lage sein zurückzukommen.

Ein kalter Schauer überlief Tyen. Er würde dort festsitzen.

Weißt du irgendetwas über die Welten, die dieser am nächsten sind?

Ja, aber mein Wissen ist über tausend Jahre alt.

Eine Menge könnte sich in dieser Zeit geändert haben. Seine eigene Welt hatte sich verändert.

Ich schätze, ich werde es erst wissen, wenn ich dort ankomme. Es ist ein Risiko, das ich eingehen muss.

Es ist nicht deine einzige Alternative. Ysser wird dir helfen, Hofkrazner und der Akademie zu entkommen, wenn du ihn darum bittest.

Nein. Wenn es eine Chance gibt, wie wir die Verknappung der Magie dieser Welt bremsen können, dann muss ich es versuchen. Um der Bewohner dieser Welt willen – und auch um deinetwillen. Wenn dieser Welt die Magie ausgeht, wirst du umkommen. Er ging zu einem Stuhl hinüber und setzte sich. *Erklär mir, wie man zwischen Welten reist, Pergama.*

Zuerst musst du ein Bewusstsein der Welt entwickeln, in der du bist. Nimm Magie auf und schiebe diese Welt von dir. Du wirst es spüren, wenn es geschieht.

Tyen trat in die Mitte des Raums, konzentrierte sich auf die Magie ringsum und zog sorgfältig etwas von jenseits der Außenmauer in sich hinein.

In welche Richtung soll ich sie wegschieben? Nach oben? Nach unten? Vorwärts?

Nichts davon. Du denkst dabei an räumliche Koordinaten in dieser Welt. Du musst dich von der Welt selbst abstoßen. Aber zuerst musst du lernen, sie zu spüren. Schließe die Augen. Es hilft zu verhindern, dass die körperliche Welt dich ablenkt.

Er tat wie geheißen. Sofort war er sich des Drucks des Bodens unter seinen Füßen deutlicher bewusst und schwacher Geräusche innerhalb und außerhalb des Raums. Doch diese waren körperlicher Natur. Er suchte nach etwas anderem. Alles, was er fand, war Magie. War das etwas Körperliches? Er öffnete die Augen, damit er die Seite lesen konnte.

Magie ist nichts Körperliches. Sie kann nicht von körperlichen Kräften beeinflusst werden.

Wenn ich Magie loslasse, wird sie nach außen fließen. Ist das eine Art von Stoßen?

Nicht die Art, die du willst.

Das dachte ich mir.

Die Welt zu spüren ist nicht anders, als Magie zu spüren. Sie hat eine Präsenz, die dein Leben lang da war, wie ein Geräusch, an das du dich gewöhnt hast, sodass du lernen musst, es wahrzunehmen.

Er lachte und schüttelte den Kopf. *Das ist so vage!*, beschwerte er sich. *Kannst du mir nicht etwas Spezifischeres sagen?*

Dies sind die Grenzen meiner Form, antwortete sie. **Ich kann etwas nur in Worten erklären, die du bereits verstehst. Du kannst sie nur lesen. Außerhalb dieser Welt ist es eine gewöhnliche Praxis für einen erfahrenen Zauberer, dies zu unterrichten, indem er seinem Schüler erlaubt, seinen Geist dabei zu beobachten.**

Ihm kam eine Erleuchtung. *Aber sie haben doch darüber geschrieben. Wie haben sie die Reisen durch Welten beschrieben?*

So, als mache der Magier einen Schritt zurück von der Welt. Oder ziehe sich hinter einen Vorhang zurück.

Was nicht hilfreicher klang. Trotzdem, er musste es versuchen. Tyen schloss erneut die Augen und stellte sich vor, sich rückwärtszubewegen. Er trat tatsächlich zurück in der Hoffnung, dass ihm das eine Eingebung bescheren würde, aber nichts dergleichen geschah. Er bemühte sich darum, Magie zu benutzen, um die Luft vor sich zum Stillstand zu bringen, und stieß sich dann davon ab, erreichte aber nicht mehr, als dass er zurücktaumelte. Seufzend blickte er auf die offene Seite hinab.

Du wirst keinen Erfolg haben, bis du lernst, die Welt zu spüren, erklärte ihm Pergama. **Halt still. Hab Geduld. Ignoriere, was körperlich ist und nicht relevant.**

Tyen tat, was sie ihm befahl. Er spürte den Boden unter den Füßen und die Temperatur der Luft, die sich in seine Lunge hinein- und wieder herausbewegte. Er befragte andere Sinne und bemerkte den Geruch von Speisen und den

Geschmack in seinem Mund. Seine Ohren fingen schwache Geräusche auf: Wind außerhalb seines Fensters, Schritte im Flur. Er stand mit geschlossenen Augen da, bis er sich sicher war, dass es nichts anderes zu spüren gab, dann ließ er von seinem Versuch ab und beriet sich wieder mit Pergama.

Welche anderen Worte haben Zauberer benutzt, um es zu beschreiben?

Wie ein sich Abstoßen von einem Felsen, wenn man schwimmt, antwortete sie. Er schnaubte. Da er nicht schwimmen konnte, half ihm diese Analogie nicht weiter. Es sei denn, er stellte sich vor, sich vom Rand einer Badewanne abzustoßen …

Das ist nicht so anders, als würdest du dich an einem Hindernis abstoßen, um zu vermeiden, dass der Luftwagen damit zusammenstößt, begriff er.

Er hielt die Augen offen und fokussierte sein Bewusstsein auf die Grenzen seines Körpers. Dies war vertrauter. Es war eine grundlegende Kampfstrategie. Im Kampf musste man in der Lage sein, die Luft um sich herum zum Stillstand zu bringen, um einen körperlichen Angriff abzuwehren, und man musste es ohne Nachdenken oder Zögern tun, daher brachte man allen Schülern Übungen bei, die räumliches Bewusstsein schärften, und man ermutigte sie, diese Übungen regelmäßig zu machen.

Diesmal wehrte er jedoch keinen körperlichen Angriff ab. Diesmal war es die Welt, die still wurde, und sein Leib, der davon abgestoßen werden musste. Also musste er sich dessen bewusst werden, als sei es sein Körper.

Als er seinen Geist aussandte, spürte er Magie. Wie in Leratia war sie nicht ortsfest, sondern trieb um ihn herum wie ein durchscheinender Nebel. In Leratia kam sie von oben herab und ersetzte die Leere, die durch die Maschinen geschaffen wurde. Hier bewegte sie sich horizontal. Ysser hatte am vergangenen Abend etwas darüber gesagt. *Er hat gesagt, Magie gehe nach Norden. Ich dachte, er meine, dass das Reich in Magie fortgeschrittener sei, aber er hat es wörtlich gemeint.*

Die Magie floss hier nach Norden, weil sie von Natur aus ein gleiches Niveau anstrebte wie Wasser, das überall gleich hoch zu stehen strebt. Und im Norden wurde sehr viel mehr Magie verbraucht als hier. Kein Wunder, dass der König dachte, ihr Versuch sei das Risiko wert, die Magie rund um den Helmberg aufzubrauchen. Der Norden zog all ihre Magie ohnehin weg. Wenn Tyens Vorhaben gelang, würde er sowohl dem Reich als auch dem Fernen Süden helfen.

Tyen holte tief Luft, während neue Entschlossenheit ihn erfüllte. Er betrachtete die Magie, die um ihn herum floss. Wenn er sie in sich hineinziehen konnte, konnte er dann noch andere Dinge tun? Konnte er sie zum Stillstand bringen?

Er zog an der Magie, die er aufgenommen hatte, und zwang ihr seinen Willen auf. Ein Ruck durchfuhr ihn. Die Magie hörte nicht auf, sich zu bewegen, aber ihr Fluss versuchte ihn nun mit sich zu ziehen, und es bedurfte eines höheren Einsatzes von Magie, um sich dem zu widersetzen. Er grinste. Das bedeutete, dass es etwas *war*, woran er sich orientieren konnte. Etwas, woran er sich orientieren konnte, obwohl es nicht solide oder still war.

Der Raum war heller geworden, bemerkte er. Er schaute hinab. Seine Füße glitten langsam über den Boden, aber da war kein Gefühl von Bewegung.

Sollte das passieren?, fragte er sich.

»Ja, das sollte es«, erklang eine Stimme. Eine Frauenstimme.

Erschrocken ließ er los. Sofort hörte der Raum auf zu glühen. Er spürte genau, wann er vollständig zurückkehrte. Es war, als wäre sein Kopf gerade durch die Oberfläche eines Teichs gebrochen. Er blickte auf Pergama hinab. Worte formten sich auf der Seite.

Herzlichen Glückwunsch. Du hast dich zum ersten Mal von dieser Welt gelöst.

Er grinste. *Ich habe es geschafft! Aber wer hat mit mir gesprochen?*

Das war ich. Zwischen den Welten ist meine Verbindung zu dem Geist der Person, die mich berührt, eine andere.

Du hättest mich warnen können.

Es war keine Information, die relevant für das war, was du tun wolltest.

Und ich habe nicht gefragt.

Du konntest nicht wissen, dass du danach hättest fragen sollen.

Wird das immer passieren, wenn wir zwischen Welten sind?

Ja.

Ist es wie Gedankenlesen?

Nein. Der einzige Vorteil ist, dass du meine Stimme hörst. Und dies wird ein Nachteil sein, wenn es dazu führt, dass du die Konzentration verlierst. Die Welten werden dich zu sich hinziehen, wenn du dich ihnen nicht widersetzt. Aber je weiter du von einer Welt entfernt bist, desto schwächer ist der Sog. Du atmest nicht, wenn du reist, obwohl du dir dessen nicht bewusst bist. Wenn du zu lange brauchst, wirst du ersticken.

Ersticken? Das hast du mir vorhin nicht gesagt!

Du hättest dir zu große Sorgen deswegen gemacht, um dich zu konzentrieren. Wenn du nur ein kleines Stück von dieser Welt entfernt bist, wird eine Konzentrationsschwäche dich schnell zu ihr zurückbringen, daher bestand keine Gefahr.

Also sollte ich tief Luft holen, bevor ich zu einer anderen Welt aufbreche?

Ja.

Was passiert mit Menschen, die zwischen den Welten ersticken?

Ihr Körper wird schließlich in die nächstgelegene Welt hinausgestoßen.

Tote Menschen, die aus dem Nichts auftauchten? Er schauderte, als er sich an unheimliche Geschichten erinnerte, die er als Kind gehört hatte. Vielleicht enthielten sie ein Körnchen Wahrheit. Je mehr er über das Reisen zwischen Welten erfuhr, desto gefährlicher erschien es ihm.

Ein Klopfen unterbrach Tyens Gedanken.

Das könnte Ysser sein, der zurückkommt, um mich zu Hofkrazner zu bringen. Gibt es sonst noch etwas, das ich wissen muss?

Nichts Relevantes.

Er schloss sie und schob sie sich unters Hemd, dann zog er seine Jacke an und knöpfte sie zu. Als er sich der Tür zuwandte, erregte seine Tasche seine Aufmerksamkeit. Sollte er sie mitnehmen? Was war mit Käfer? Vielleicht sollte er das Insektoid zurücklassen für den Fall, dass etwas schiefging. Er war sich sicher, dass Mig es gern haben würde. Aber es war nur dazu ausgebildet, seinen Anweisungen zu folgen, und er hatte keine Zeit, das zu beheben. Und Hofkrazner könnte beschließen, es als Beweis zur Akademie zurückzubringen, dass Tyen gestellt worden war, damit er auch die Belohnung einheimsen konnte.

Die Professoren würden ohnehin vielleicht argwöhnen, dass er plante, nicht aus der anderen Welt zurückzukehren, wenn er reisefertig antrat. Also öffnete er seinen Ranzen, steckte Käfer in eine Innentasche seiner Jacke und eilte zur Tür hinüber.

Mig wartete wieder im Flur. Der junge Mann machte ihm ein Zeichen und lief voran. Tyen schloss die Tür hinter sich und folgte ihm.

Er fragte sich kurz, ob der König zugegen sein würde, und kam zu dem Schluss, dass es unwahrscheinlich war. Niemand wusste bisher, ob die Sache funktionieren würde. Experimente mit Magie hatten immer das Potenzial, gefährlich zu sein. Es überraschte ihn nicht, Ysser, Hofkrazner, Gowel und ihre beiden Freunde, aber niemanden sonst im Zimmer des alten Mannes warten zu sehen.

Ysser trat vor, um ihn zu begrüßen. »Bereit?«

Tyen nickte. »Ich denke, ich weiß, was zu tun ist.«

»Gut«, sagte der Zauberer und tätschelte Tyen den Rücken. »Passt auf Euch auf. Nehmt nur Magie außerhalb der Mauern von Tyeszal. Und lasst sie nur dort frei.«

Tyen drehte sich zu Hofkrazner um. Die Augen des Professors wurden schmal. Er hielt ein Stück Seil in der Hand.

»Eisenschmelzer«, sagte er.

»Professor«, erwiderte Tyen. »Oder ist das nicht länger korrekt?«

»Ich bin noch nicht offiziell von meinem Amt zurückgetreten«, erwiderte der Mann.

Tyen zwang sich zu einem Lächeln. »Nun, vielleicht sollte ich Euch ›Hofkrazner‹ nennen, damit Ihr Euch schon einmal daran gewöhnt.« Die Knöchel des Mannes spannten sich um das Seil. »Ich hoffe, Ihr habt nicht vor, mich damit zu fesseln«, fügte Tyen hinzu.

»So verführerisch das sein mag, es ist nicht unsere Absicht. Wir waren neugierig zu sehen, ob Ihr ein Ende mit Euch in eine andere Welt nehmen könnt.«

Tyen zuckte die Achseln. »Ich kann keinen Schaden darin sehen, es zu versuchen.«

Er ging zu Hofkrazner hinüber. Als er dem Mann ins Gesicht schaute, suchte er nach Beweisen für seine Gedanken. Keine Schuldgefühle, weil er Tyens Leben in der Akademie ruiniert hatte? Kein Anflug einer Entschuldigung? Hofkrazner starrte kalt zurück. Zumindest war in seiner Miene auch nichts offensichtlich Hinterhältiges. Im Wesentlichen wirkte er ungeduldig und vorsichtig, als sei Tyen derjenige, der dazu neigte, anderer Menschen Vertrauen zu missbrauchen.

Hofkrazner reichte Tyen das Ende des Seils. Tyen schloss die Finger darum und machte einige Schritte rückwärts.

»Also«, sagte er. »Ihr wollt, dass ich in eine andere Welt reise, um Magie zu sammeln und sie hierher zurückzubringen. Soll ich sonst noch irgendetwas versuchen?«

»Nein«, erwiderte Hofkrazner. »Konzentriert Euch auf Eure Aufgabe.«

Tyen sah Gowel und die anderen an. Sie schüttelten den Kopf. Dann schaute er zu Ysser hinüber.

»Die Flieger sind alle in Sicherheit?«

Der alte Mann lächelte und nickte. Mig stand aufgeregt einen Schritt hinter ihm.

Na dann. Wollen wir sehen, ob ich eine neue Welt erreiche.

Mit einem tiefen Atemzug griff Tyen über den Turm hinaus. Er griff aus, so weit er konnte, und zog dann Magie in sich hinein, ließ aber die Magie innerhalb der Mauern Tyeszals unberührt. Obwohl er sich bewusst war, dass er mehr Magie sammelte als jemals zuvor, war es nicht anstrengend, sie festzuhalten.

Er holte tief Luft und konzentrierte sich auf die Magie im Turm. Jetzt, da sie von einer Leere umgeben war, begann sie langsam in alle Richtungen auszuströmen. Das machte es ihm noch leichter, sich daran zu orientieren. Er schob sich davon weg.

Einmal mehr wurde seine Umgebung heller. Der Raum wurde langsam undeutlicher, als hätte sich ein spontaner Nebel gebildet, um ihn auszufüllen, oder als hätten Tyens Augen die Fähigkeit verloren, Farbe zu sehen. Wie in einem Nebel wurden auch Geräusche gedämpft. Als er auf seine Hände hinabschaute, bemerkte er, dass sie ebenfalls verblassten. Genau wie das Seil.

Als er wieder aufblickte, konnte er Hofkrazners Hände sehen, die sich um das andere Ende des Seils krallten. Die

Finger des Mannes glitten dabei durch das Seil. Er erinnerte sich daran, was Gowel gesagt hatte: »*Ein Zauberer kann nichts in eine andere Welt schicken, er kann es nur mitnehmen.*« Offensichtlich kam, was immer der Zauberer hielt, mit ihm. Was ein glücklicher Umstand war, sonst würde Tyen ohne Kleider – und ohne Pergama – in einer anderen Welt ankommen.

Aber es musste eine Einschränkung geben. Hofkrazner wurde nicht mitgezogen, nur das Seil. Der Professor runzelte finster die Stirn. Er sprach, aber seine Stimme war zu schwach, als dass Tyen die Worte hätte verstehen können. Die anderen zuckten die Achseln. Hofkrazners Gesichtsausdruck verhärtete sich. Ysser riss die Augen auf und machte einen Schritt vorwärts. Er legte Hofkrazner eine Hand auf den Arm und sagte etwas.

Was führt Hofkrazner im Schilde?, fragte sich Tyen und ließ in seinem Bemühen, sich abzustoßen, etwas nach.

Hofkrazner schüttelte Yssers Hand grob ab und brachte den alten Mann aus dem Gleichgewicht. Mig hielt den Zauberer an den Schultern fest, um ihm Halt zu geben. Yssers Schock verwandelte sich in Zorn. Er trat wieder vorwärts, seine Stimme laut genug, um zu Tyen durchzudringen.

»Nein! Nehmt nichts von innen! Ihr brecht unser Gesetz!«

»Jetzt heißt es alles oder nichts«, blaffte Hofkrazner zur Antwort. Ein schwaches Klingeln erreichte Tyen. Yssers Augen weiteten sich, und er schaute zur Decke empor. Der alte Zauberer drehte sich zu Hofkrazner um. Sein Gesichtsausdruck war jetzt flehend, aber Tyen konnte nicht hören, was er sprach. Ysser griff nach Hofkrazners Schulter, aber seine Hand glitt durch den Mann hindurch.

Tyen stieß sich jetzt nicht mehr ab und spürte, dass er zurücktrieb. Hofkrazner war aus der Welt gegangen. Warum? Folgte er Tyen? Warum war Ysser so zornig und ängstlich?

Sollte ich zurückgehen? Pergama?

»Wenn du es tust, wird es vielleicht lange dauern, bis die Magie, die du benutzt hast, wieder ersetzt wird«, antwortete sie. Der Klang ihrer Stimme, so klar und menschlich, ließ sein Herz singen.

Hofkrazner muss Magie aus dem Inneren des Turms genommen haben. Es kann ihnen kaum noch Magie verblieben sein, wenn überhaupt. Ich muss ihnen rasch Magie aus einer anderen Welt verschaffen.

Er musste weitergehen. Als er sich erneut abstieß, sah er Hofkrazner plötzlich stolpern, die Hand ausstrecken und Gowel packen. Da seine Hand nicht durch den Abenteurer hindurchglitt, musste er in ihre Welt zurückgekehrt sein. War ihm die Magie ausgegangen?

Der verblassende Raum wurde abrupt noch heller, als ein Quadrat aus Weiß auf einer Seite erschien. Die Türen des Balkons waren aufgegangen. Mig rannte von der Öffnung zu dem Flugapparat und kletterte hinein. Seine Hand klatschte gegen die Seite, und sein Mund öffnete sich zu einem gedämpften Schrei. Ysser machte einige Schritte auf Mig zu, hielt dann aber inne, um sich umzudrehen. Er funkelte Hofkrazner an, hob die Hand, um auf den Mann zu deuten, und sein Mund formte Worte, die Tyen nicht hören konnte, obwohl der Ton offensichtlich anklagend war. Dann wandte Ysser sich um und lief zu dem Wagen. Sobald er hineingeklettert war, glitt der Wagen vorwärts und verschwand in dem Quadrat aus Licht.

Tyen hielt abermals inne, davon überzeugt, dass Ysser die Maschine nicht ohne guten Grund benutzt haben würde. Als er zu Hofkrazner und den anderen zurückschaute, sah er, dass sie taumelten, die Gesichter voller Entsetzen. Gegenstände im Raum bewegten sich – schwankten oder kippten um. Die ganze Umgebung zitterte.

Was geschieht da?

»Vielleicht ein Angriff auf den Turm?«, sagte Pergama. »Sselt hat keine mächtigen Feinde, aber jemand könnte Tyeszals plötzlichen Mangel an Magie ausnutzen.«

Woher sollte er es wissen? Vielleicht durch einen Verräter. *Wir sollten zurückkehren und ihnen die Magie wiedergeben, damit sie den Turm verteidigen können.* Er wehrte sich nicht länger gegen den Sog seiner Welt und trieb langsam zurück. *Kann ich die Rückkehr beschleunigen?*

»Ja, du musst einfach …«

Ein tiefes Grollen umfing Tyen, laut genug, um in den Raum zwischen den Welten einzudringen. Irgendetwas nahm ihm die Sicht und machte alles grau. Er spürte, dass er sich seiner Welt näherte.

Dann verschwand das Grau, und eine vertraute Aussicht auf tief unter ihm liegendes Land trat an seine Stelle.

Diesmal nicht umrahmt von einem Fenster oder einer Tür.

Stille folgte. Er blickte hinab. Eine dunkle, brodelnde Wolke blähte sich unter ihm. Instinktiv versuchte er, auf der Stelle zu verharren.

Tyeszal war fort. Da war nichts mehr, wo die Helmburg noch Momente zuvor gestanden hatte, außer Luft. Darunter lag die dichte Staubwolke. Er starrte darauf hinab, zu schockiert, um zu denken. Dann schlug eine Woge des Entsetzens über ihm zusammen.

Sie sind weg. All die Menschen … Warum? Was ist passiert?

»Ich weiß es nicht.«

Er dachte an das Klingeln, das Ysser so sehr erschreckt hatte. War es eine Warnung gewesen? Wenn ja, dann hatten die Bewohner von Tyeszal vielleicht gewusst, dass etwas Schlimmes geschehen würde, wenn dieses Geräusch erklang. Aber was?

Irgendetwas, das Hofkrazner getan hatte. Er erinnerte sich an Yssers Worte: *»Nein! Nehmt nichts von innen! Ihr brecht un-*

ser Gesetz!« Hofkrazner musste Magie aus dem Innern des Turms genommen haben, um zu versuchen, Tyen zu folgen.

Hofkrazner war jetzt tot. Ebenso wie Gowel und jeder andere, der es nicht geschafft hatte, rechtzeitig den Turm zu verlassen. Er konnte sich nicht vorstellen, dass irgendjemand Zeit gehabt hatte zu fliehen. Bis auf Ysser und Mig. Und jeden anderen, der einen der gleitenden Flugwagen besaß. Als er sich umschaute, wurde ihm leichter ums Herz, als er sie um die Staubwolke kreisen sah, während sie hinabstiegen. Aber viel zu wenige, als dass es alle fünfhundert Bewohner des Turms hätten sein können.

Die Staubwolke klärte sich unter ihm und offenbarte einen Stumpf, der vielleicht halb so hoch war wie der frühere Turm. Hohl, mit den verbogenen Fragmenten von Treppen darin. Er konnte Seile an der Außenseite erkennen. *Die Brücken!* Tyen blickte zu dem Kliff empor. Er konnte die Seile herabhängen sehen, wo einst die Brücken die Lücke zwischen Kliff und Turm überspannt hatten. Winzige Bewegungen lenkten seine Aufmerksamkeit auf lange Reihen von Menschen, die die schmalen Pfade an der Wand des Kliffs füllten. Menschen, die hinabstarrten, Menschen, die sich zusammenkauerten, Menschen, die das Gesicht bedeckten, als seien sie außerstande, den Anblick unter ihnen zu ertragen …

Tyens Brust schnürte sich zu. Wenn er nur nicht hierhergekommen wäre … Aber wie hätte er wissen können, was Hofkrazner tun würde? Es ließ sich nicht ungeschehen machen. Aber vielleicht, wenn er zurückging …

»Du wirst fallen.«

Ich könnte versuchen, Magie zu benutzen, um das zu verhindern. Aber all die Lektionen über Luftwagensicherheit sagten ihm etwas anderes. Er würde sich am Boden orientieren müssen, und der war zu weit entfernt.

Was kann ich tun?

»Bewege dich so schnell wie möglich zur nächsten Welt, bevor du erstickst«, sagte Pergama. »Dir geht die Magie aus. Je länger du hierbleibst, desto unwahrscheinlicher ist es, dass du genug Magie haben wirst, um eine andere Welt zu erreichen.«

Aber all diese Menschen … ich sollte ihnen helfen.

»Du kannst nicht hierbleiben, du kannst nicht zurückkehren, du kannst nur versuchen, die nächste Welt zu erreichen.«

Sie hatte recht. Er musste weg von diesem Ort zwischen den Welten, bevor er erstickte. Er musste hoffen, dass er noch genug Magie hatte, um die nächste Welt zu erreichen, und dass die Welt, in die er kam, reich an Magie war, sodass er in der Lage sein würde, genug zu sammeln, um zurückzukehren.

Tyen schloss die Augen und stieß sich weg von dem Schauplatz der Verwüstung und hin zum Unbekannten.

ZEHNTER TEIL

22 Rielle

Rielle hatte gemeint, die langen Tage in der Wüste seien anstrengend gewesen, aber sie waren leicht im Vergleich zum gnadenlosen Aufstieg in die Berge. Ihr war aufgefallen, dass Sa-Mica langsamer geworden war und längere Schritte machte, und sie ahmte ihn nach und konzentrierte sich auf einen bewussten Schritt nach dem anderen, was den Aufstieg ein wenig erleichterte. Sa-Gest musste immer wieder Pausen einlegen, um Atem zu schöpfen, und eilte dann hinter ihnen her. Manchmal war er so abgelenkt von der Umgebung, dass er über Steine stolperte, die von den oberen Hängen auf den Weg gefallen waren.

Wann immer sie Rast machten, blickte Rielle voller Ehrfurcht auf die Wüste hinunter. Sie hatte die Welt noch nie so von oben gesehen. Die Straße schlängelte sich als bleiches Band zurück zu dem Dorf, dann verschwand sie im Sand. Die Dünen waren nicht unregelmäßig in der Wüste verteilt, sondern bildeten halbmondförmige Wölbungen, die alle in dieselbe Richtung zeigten. Es juckte sie in den Fingern, das in Farbe festzuhalten. Vor ihrem inneren Auge sah sie die Farbtöne, die sie mischen würde, um die richtigen Schattierungen hinzubekommen.

Am Ende des ersten Tages waren sie auf Höhe der Hügel geklettert. Ein steiler Abgrund fiel jetzt zu ihrer Rechten in die Tiefe, und auf ihrer linken Seite erhob sich eine Felswand. Als sie bei Anbruch der Abenddämmerung immer noch unterwegs waren, fragte sich Rielle, ob sie auf der Straße lagern oder die ganze Nacht durchmarschieren würden.

Gerade als die letzten Sonnenstrahlen verschwunden waren, kamen sie um eine Biegung und gelangten an ein kleines Haus, das in die Felswand hineingebaut war. Es schien zu schmal, um mehr Raum zu bieten als einen Gang, aber als Sa-Mica seine Laterne entzündete und sie hineinführte, stellten sie fest, dass es drinnen mehr Tiefe bot, die aus dem Gestein gehauen worden war. Der Raum war groß genug für zwei schmale Betten mit etwas Platz dazwischen. Im hinteren Teil tröpfelte aus einer kleinen Quelle an der Wand Wasser in ein Becken und floss dann über dessen Rand in ein Loch im Boden.

Die Priester hatten in den Betten geschlafen. Sa-Mica hatte ihr alle drei Schlafmatten gegeben, um darauf zu liegen, daher war der Boden nicht so ungemütlich wie die Steinbank in der vergangenen Nacht. Trotzdem war sie am nächsten Morgen genauso steif und schmerzgeplagt wie an ihrem ersten Morgen nach dem Aufbruch aus Fyre. Ihre Beine waren es nicht gewohnt, bergauf zu gehen.

Sie waren früh aufgestanden, hatten sich aber nur langsam vorwärtsbewegt. Schließlich hatten Rielles Muskeln sich gelockert, und sie begann leichter auszuschreiten, aber eine düstere Stimmung legte sich auf ihr Gemüt und wollte nicht verschwinden. Aus der Wüste waren sie heraus, aber falls ihr die Flucht gelang, würde es hier nicht einfacher sein zu überleben als draußen im Sand.

Der Gedanke daran zu entkommen war jetzt wie ein ständiges Summen in ihrem Hinterkopf. Mit Sa-Gest immer in ihrer Nähe verstärkte sich ihre Überzeugung, dass, obwohl sie zu Recht bestraft wurde, niemand es verdiente, für den

Rest seines Lebens Sa-Gests verkommenen Machenschaften ausgeliefert zu sein. Mehr und mehr war ihre Überzeugung gewachsen, dass die Engel es niemals so gewollt haben konnten. Wenn doch, dann wollte sie ihnen im Jenseits nicht begegnen. Dann wollte sie lieber gar nicht existieren.

Während der Morgen sich hinzog, führte die Straße sie an der linken Seite eines steilen Tales zwischen den Ausläufern zweier Gipfel hindurch. Rielle erhaschte Blicke auf Gebäude am Ende des Tals. Bei dem Anblick durchlief sie ein Frösteln, und wachsende Panik befiel sie. War das hier das Ende ihrer Reise? Würde sie niemals eine Chance auf einen Befreiungsversuch bekommen? Was sollte sie dann tun? Hoffen, dass das, was Sa-Gest angedeutet hatte, eine Lüge war, ersonnen, um sie so zu verängstigen, dass sie ihm gehorchte? *Warum will mir Sa-Mica dann nichts erzählen?*

Erst als sie die Gebäude fast erreicht hatten, begriff Rielle, dass sie nicht ihr Ziel sein konnten. Es waren Häuser mit offenen Türen und Fenstern, und Menschen bewegten sich frei darin und davor. Keiner dieser Menschen war Priester. Es war nur ein weiteres Dorf.

Sie wappnete sich, als die Ersten der Einheimischen sie kommen sahen, aber statt sie anzustarren und zu beschimpfen, fuhren sie einfach in ihrer Tätigkeit fort. Einige nickten Sa-Mica im Vorbeigehen zu. Ihr mangelndes Interesse hätte eine Erleichterung sein sollen, aber Rielle hatte den Verdacht, dass das bedeutete, dass sie sich dem Gefängnis näherten. Warum sonst sollten die Einheimischen so vertraut mit dem Anblick einer Befleckten sein, dass sie sie gar nicht beachteten?

Es war eher ein Weiler als ein Dorf. Neun Häuser standen an der dem Hang zugewandten Seite der Straße. Das größte von ihnen befand sich in der Mitte, mit einer niedrigen Mauer, die vor dem Haus stehende hölzerne Bänke und

Tische umschloss. Schwere Holzbalken stützten ein schützendes Dach. An den Tischen saß niemand. Zu Rielles Überraschung führte Sa-Mica sie durch die Öffnung in der Mauer und nahm an einem von ihnen Platz.

Ein untersetzter Mann kam sofort aus dem Gebäude. Bekleidet mit warmen Sachen unter einer Lederschürze wirkte er wie ein Metallarbeiter. Er sah sie an und bedachte Sa-Gest mit einem längeren Blick, bevor er Sa-Mica mit einem Lächeln begrüßte.

»Willkommen zurück, Sa-Mica«, sagte er zu dem Priester. »Auf dem Weg zum Berg?«

»Ja, Breca«, antwortete der Priester mit der Narbe. »Wir nehmen das Übliche.«

Der Mann kicherte. »Als gäbe es da eine Wahl.«

Er verschwand im Haus. Die Aussicht auf das Tal, die auf der anderen Seite der Straße durch nichts versperrt wurde, nahm sie gefangen. Sie versuchte, sich alles einzuprägen. Wenn sie sich durch Arbeit reinwaschen sollte, würde ihr vielleicht der Versuch, dies einzufangen, etwas anderes zu malen geben als ihr Gefängnis. Oder sie könnte versuchen, es im Geiste zu zeichnen, wenn die Situation unerträglich wurde.

Die Luft war hier kälter, und jetzt, da sie sich ausruhten, begann sie ein wenig zu zittern. Breca erschien mit drei Tellern. Auf jedem lagen eine großzügige Portion Brot, gebackenes Fleisch und Wurzelgemüse, das noch dampfte. Sa-Gest runzelte die Stirn, als er sah, dass Rielle die gleiche Kost bekam wie er und Sa-Mica, aber der Priester mit der Narbe sagte nichts, sondern fing an zu essen, und er stutzte nicht einmal, als Breca mit drei Bechern Iquo zurückkehrte.

Niemand sprach, während sie aßen. Das Fleisch schmeckte wunderbar, wenn das auch vielleicht daran lag, dass sie es so lange entbehrt hatte. Narmah … Als ihr der Name in den

Sinn kam, spürte Rielle Schuldgefühle und Kummer … Narmah hatte ihr, als sie ihre erste Blutung gehabt hatte, erzählt, dass der regelmäßige Verzehr von Fleisch helfen würde, die Schwäche zu lindern, die damit einherging. Dies rief einen Anflug von Beunruhigung bei ihr hervor, die sich schnell in Furcht verwandelte, als sie die Tage zählte, die sie schon auf der Straße waren. Sie waren lange gereist, und sie war überfällig. Mangel an gutem Essen und ungewohnte Anstrengung konnten eine solche Verzögerung bewirken. Rielle trank hastig ihren Iquo und versuchte, die andere Möglichkeit aus ihren Gedanken zu vertreiben.

Allzu bald hieß Sa-Mica sie den Weiler verlassen. Eine andere Wirkung des langen Reisens ohne nahrhafte Speisen war die, dass der Iquo sie mehr als gewöhnlich beeinträchtigt hatte. Vielleicht war das die Absicht dahinter. Vielleicht sollte er sie entspannen und ein bisschen ins Schwanken bringen, damit sie nicht im letzten Moment zu fliehen versuchte. Aber als die Wirkung sich langsam legte, begriff sie, dass das nicht der Fall war. Selbst in ihrem erschöpften Zustand würde sie längst nüchtern sein, bevor sie ankamen.

Die Straße wand sich bei ihrem Anstieg am Talende hin und her, dann verschwand sie jäh hinter einer Felsspalte auf der linken Seite, um in einem noch tieferen Tal wieder aufzutauchen. Rielle konnte sehen, dass sie dort weiterlief, gehauen in die zerklüftete Steilwand zur Rechten, und sich in Gebirgsfalten verlor und dann erneut auftauchte. Weiter entfernt konnte sie sehen, dass die Wand steil nach oben ragte und sich weit in das Tal vorschob. Die Zacken an ihrem Ende waren zu regelmäßig, um natürlich zu sein.

Der Bergtempel, dachte sie und schauderte bei dem Anblick. Die Schwermut überwältigte sie immer mehr, bis ihr regelrecht übel war. *Wo ich den Rest meines Lebens verbringen werde.*

Etwas in ihr bäumte sich dagegen auf, und sie musste dem

wahnwitzigen Drang widerstehen, sich umzudrehen und die Straße wieder zurückzurennen. *Es hat keinen Sinn,* sagte sie sich. *Ich würde keine zwei Schritte weit kommen, bevor Sa-Mica mich stoppen würde.* Die Kette um ihren Hals fühlte sich schwer an. Sie zwang sich, nach unten zu schauen und ihre Schritte zu zählen. Dann zwang sie sich, an nichts zu denken. Als ihr das misslang, versuchte sie, sich an die Geschichten zu erinnern, die Sa-Mica ihr erzählt hatte. Sie stellte sich vor, das Tal vom Weiler aus zu malen, Farben zu wählen, Pigment zu mahlen, es nach Izares Rezept zu mischen, Farben zu kombinieren, das Brett vorzubereiten, Farbe aufzutragen …

Ein Ruf riss sie aus ihrer Konzentration. Sa-Mica blieb stehen und blickte zurück. Als Rielle sich umdrehte, sah sie einen jungen Mann auf sie zulaufen und verspürte einen irrationalen Stich der Hoffnung. Ein Retter? *Mach dich nicht lächerlich.* Sie kannte ihn nicht, aber er trug ähnliche Kleidung wie der Mann, der ihnen ihre Mahlzeit serviert hatte. Schweigend beobachteten sie, wie er sie einholte.

»Sa-Mica«, stieß er atemlos hervor. »Ein Mann namens Dorth ist kurz nach Eurem Aufbruch angekommen und hat nach Euch gefragt. Er sagt, er habe eine Nachricht für Euch. Er wartet bei Breca auf Euch.«

Sa-Mica runzelte die Stirn. Er sah Rielle an, dann Sa-Gest, dann den Boten. Schließlich seufzte er und nickte. »Ich gehe zurück.« Er gestikulierte in Richtung des Weilers. »Bitte kehrt zurück und sagt ihm, dass ich komme, um mich mit ihm zu treffen, dass ich aber nicht viel Zeit habe.«

Der Mann eilte davon.

Sa-Mica sah Sa-Gest an. »Wartet hier. Ich komme wieder, sobald ich die Nachricht erhalten habe.« Er fügte noch etwas in leiserem Ton hinzu.

»Das werde ich.« Sa-Gest hielt dem Blick des Priesters mit der Narbe stand, seine Miene voller Respekt und Gehorsam.

Zufriedengestellt folgte Sa-Mica dem Boten, sein Schritt schneller als zuvor, weil es jetzt bergab ging. Rielle blickte ihm nach, bis er um eine Ecke bog und verschwand. Am Rand ihres Gesichtsfeldes konnte sie sehen, dass Sa-Gest sie beobachtete, aber sie ignorierte ihn. Ihr Herz raste. War dies die Gelegenheit, auf die sie gehofft hatte?

Vor ihnen lag das Gefängnis. Zu ihrer Linken ein schroffer Abhang und zu ihrer Rechten eine steile Wand. Der einzige andere Weg, der ihr offen stand, war die Straße zurück zum Weiler, auf der sie Sa-Mica begegnen würde.

»Unsinnig, in der Sonne herumzustehen, wenn's nicht sein muss«, sagte Sa-Gest, nahm sein Bündel ab, ging zu der Felswand hinüber und setzte sich auf einen natürlichen, schmalen Vorsprung, der von einem Gesteinsüberhang beschattet wurde. Der Vorsprung war breit genug für zwei Personen. Er klopfte auf den Platz an seiner Seite.

Rielle legte ihren Ranzen ab, ging zu der Wand einige Schritte von ihm entfernt und fand einen relativ glatten Bereich, an den sie sich anlehnen konnte. Sie schaute über das Tal. Da er sich dafür umdrehen musste, wenn er sie betrachten wollte, sparte der Priester sich irgendwann sein Starren und tat das Gleiche.

Die gegenüberliegende Wand des Tals war ebenso steil, aber ohne eine Straße, die den Fels durchschnitt. Rielle wünschte sich, Sa-Mica hätte eine hübschere Aussicht gewählt, um sie zurückzulassen. Vögel stiegen in den Himmel auf und zogen ihre Kreise über ihnen und drüben im Tal. Sie hatte keine Ahnung, was es für Vögel waren. Ein großer kreiste über ihr, dann stieß er herab und pflückte sich einen kleineren Vogel aus einem Schwarm heraus. Danach schwebte er über das Tal und landete, geschrumpft zu einem winzigen Punkt, in der gegenüberliegenden Wand. Als sie genauer hinschaute, begriff sie, dass er dort sein Nest gebaut hatte.

»Es ist jetzt nicht mehr weit«, sagte Sa-Gest. Er trommelte in einem schnellen, ungeduldigen Rhythmus mit den Fingern auf die Knie.

Ihr wurde flau im Magen. Er war gelangweilt, und was immer er sich zu seiner Unterhaltung suchte, würde wahrscheinlich unangenehm für sie sein, selbst wenn er auf Sa-Micas Warnung hörte, sie nicht anzurühren.

»Es dauert jetzt nicht mehr lange, bis Ihr die Wahrheit erfahrt«, fuhr Sa-Gest fort. »Dann werdet Ihr es bedauern, dass Ihr meinen Rat nicht angenommen habt.«

Sie ignorierte ihn. Es würde ihn nicht davon abhalten, sie zu verhöhnen, aber wenn er sie ködern wollte, würde sie es ihm so schwer wie möglich machen.

»Ihr glaubt mir nicht, oder?« Er kicherte. »Oh, Euch steht eine ziemliche Überraschung bevor.«

Er schaute für eine Weile über das Tal. Gerade als sie dachte, dass er etwas anderes gefunden hatte, um sich abzulenken, stand er auf und wandte sich ihr zu.

»Es ist noch nicht zu spät, wisst Ihr. Sa-Mica wird eine Weile brauchen, um ins Dorf und wieder hierher zurückzukommen. Wenn Ihr meinen Anweisungen folgt, sind wir fertig, bevor er zurück ist.«

Sie wandte den Blick ab. Sa-Gest stieß ein leises Lachen aus. Er ging ein kleines Stück an ihr vorbei und dann wieder zurück. Sein Blick ruhte auf dem Gefängnis. »Wir sind schon so nah dran«, sagte er leise, als spräche er mit sich selbst. Dann drehte er sich um und schlenderte wieder ein Stückchen bergab. »Es gibt für Euch jetzt wirklich keinen Ausweg mehr. Die Straße endet am Bergtempel. Ich bezweifle, dass Ihr die Wand hinter Euch erklimmen könnt, und die einzige andere Möglichkeit ist, Euch vom Abhang zu stürzen. Was ich Euch nicht tun lassen werde – und ich werde es genießen, einen Grund zu haben, Euch festzuhalten.«

Er hielt in seinem Auf und Ab inne und verschränkte die Arme vor der Brust. »Also, ich sehe keine Veranlassung, die Wahrheit vor Euch verborgen zu halten. Schließlich solltet Ihr eine Chance haben, Euch für Euer neues Leben bereit zu machen.«

Er kam einen Schritt näher. Rielle hielt den Blick abgewandt und wappnete sich gegen weitere Lügen.

»Ihr wollt wissen, was mit den Befleckten geschieht?«, fragte er. »Es hängt von Eurem Geschlecht ab. Wenn Ihr ein Mann seid, könnt Ihr Euer Leben den Engeln widmen und Priester werden. Es ist natürlich mit einem langen und unangenehmen Reinigungsritual verbunden, und sie behalten einen im Auge. Aber sie *wollen*, dass befleckte Männer Priester werden. Es führt der Priesterschaft magisch starken Nachwuchs zu.« Er machte noch einen Schritt auf sie zu. »Aber natürlich können Frauen keine Priester werden.« Ein weiterer Schritt. »Sie können jedoch auf andere Art für magisch starken Nachwuchs sorgen.«

Rielle wurde kalt, trotz ihrer Entschlossenheit, ihm nicht zu glauben. Sie bewahrte die Fassung. Mit zusammengebissenen Zähnen.

Sa-Gest kam noch ein wenig näher und senkte die Stimme. »Seht Ihr, der Grund, warum wir die Befleckten nicht töten, der Grund, warum wir Euch weit fortbringen und Euren Aufenthaltsort geheim halten, ist der, dass der Bergtempel ein großes Hurenhaus zur Züchtung von Priestern ist.«

Übelkeit erfasste sie. Das konnte unmöglich wahr sein. Er verhöhnte sie wieder. Versuchte, sie so zu ängstigen, dass sie tat, was er wollte.

»Ganz und gar nicht besorgt, wie? Sa-Mica hat seine Sache gut gemacht mit seinen Geschichten und seiner scheinbaren Güte. Ich muss ihn dafür bewundern.«

Zu ihrer Erleichterung trat er weiter von ihr zurück. Die

Anspannung in ihr löste sich ein wenig. Wenn er versuchte, sie zu berühren, würde sie sich wehren. Er hockte sich neben seinen Ranzen, öffnete ihn und nahm ein zusammengefaltetes Stück Papier oder Pergament heraus, das vom Alter vergilbt war. Dann richtete er sich auf und drehte sich zu ihr um.

»Ich kann es Euch beweisen. Dies ist ein Brief von dem Vorsteher des Bergtempels, der zusammen mit mir zum Tempel in Fyre geschickt wurde, als ich ein Junge war. Da steht, dass meine Mutter von meinem Vater wegen ihrer starken magischen Fähigkeit ausgewählt worden sei. Mein Vater war einer der ranghohen Priester, meine Mutter eine der Gefangenen. Er lässt darin wissen, ihr Nachwuchs solle ein mächtiger Priester werden.«

Er faltete das Papier auseinander und hielt es ihr hin. Mit vor Angst verkrampftem Magen las sie das Schreiben, dann las sie es noch einmal. Danach untersuchte sie es genau. War es eine Fälschung? Das Papier war von guter Qualität. Die Tinte war so verblasst, wie es Tinte von guter Qualität in dieser Zeit tun würde, aber die Worte, die sie festhielt, erfüllten sie mit Entsetzen … *Die Frau namens Derina, die Befleckte, die vor fünf Jahren aus Fyre hergeschickt wurde … gab ihm den Namen Gest … erlaubte ihr, ihn zu versorgen, aber da dies kein Ort ist, um ein Kind großzuziehen …*

»Was denkt Ihr, warum ich so erpicht darauf war, in den Bergtempel zurückzukehren?«, sagte Sa-Gest. »Ich bin hier geboren und aufgewachsen.«

Rielle schüttelte den Kopf. Es konnte nicht sein. Es war zu unglaublich. Zu schrecklich.

»Warum, glaubt Ihr, hat Sa-Mica Euch nichts erzählt? Ihr hättet nicht kooperiert. Diese Geschichten sind dazu gedacht, dafür zu sorgen, dass Ihr ihm vertraut und denkt, ihm sei an Euch gelegen. Es ist einfacher, mit einem gutwilligen Gefangenen umzugehen, als mit einem, der das nicht ist.«

Genau das hatte Sa-Mica Sa-Gest am zweiten Tag ihrer Reise gesagt.

Sa-Gest lachte. »Denkt darüber nach. Warum sollte *ich* in ein abgeschiedenes Gefängnis oben in den kalten Bergen zurückkehren wollen, wenn es nichts zu gewinnen gäbe?«

Eine Erinnerung an Sa-Micas Reaktion auf Sa-Baros Warnung Sa-Gest betreffend regte sich in ihr. *»Seid beruhigt, der Bergtempel ist der einzige passende Ort für Männer wie ihn, abgesondert von den Unschuldigen, denen er hier Schaden zufügen würde.«*

Sa-Gest faltete den Brief zusammen und steckte ihn weg. »Sie haben mir dies gegeben, um sicherzugehen, dass ich weiß, welche meine eigene Mutter ist. Nicht einmal ich bin so verkommen.«

Seine Worte waren kaum zu verstehen über dem Geräusch des Blutes, das in ihren Ohren rauschte. Die Bestechlichkeit der Priester, von der sie in ihrer Zeit mit Izare erfahren hatte, war schockierend gewesen. Aber dies war sowohl grausam als auch unmoralisch. Sie konnte sich nicht vorstellen, dass Männer wie Sa-Baro es guthießen. Es sei denn, er wusste nichts davon …

Aber der Brief bewies, dass die Priester in Fyre es sehr wohl wussten. Und Sa-Mica *musste* es wissen. Was hatte der Priester aus dem Dorf unten am Fuß des Berges gesagt? *»Es macht mir Hoffnung, dass Ihr, geboren und aufgewachsen an diesem schrecklichen Ort, ein besserer Mann geworden seid als die meisten.«* Dann hatte er etwas darüber gesagt, die Wahrheit aus Sa-Mica herausholen zu wollen. Die Wahrheit. Dass das Gefängnis ein Ort war, an dem man Frauen zwang, die Kinder von Priestern zu gebären. Ein Schicksal, das ihr …

»Aber ich kann keine Kinder bekommen …«, begann sie. Ihre Entschlossenheit, nicht zu sprechen, war dahin.

»Ach nein? Habt Ihr Euer Leben und das aller, an denen

Euch liegt, zerstört, indem Ihr Magie benutzt habt, und seid *gescheitert*, als es darum ging, Euch selbst zu heilen?« Er schüttelte den Kopf und kam näher. »Die Priester werden versuchen, das in Ordnung zu bringen. Wenn es nicht klappt«, er zuckte die Achseln, »dann werdet Ihr als Lückenfüller dienen, wenn andere Frauen in ihrer Schwangerschaft fett und hässlich werden. Das wird gewöhnlich mit den Unfruchtbaren gemacht.«

Rielle schüttelte den Kopf. »Das kann nicht wahr sein.« *Das kann nicht wahr sein.*

»Oh, doch, es ist wahr.« Er grinste. »Ich kann es gar nicht erwarten, Euer Gesicht zu sehen, wenn Ihr dort ankommt und alles mit eigenen Augen seht.« Er fasste sich in den Schritt. »Und Sa-Mica wird wahrscheinlich jeden Moment zurück sein. Ich fürchte, Ihr habt Eure Chance vertan, Euch gut mit mir zu stellen.«

Ihr Herz hörte auf zu schlagen. Sie schaute die Straße entlang. Wenn sie Sa-Mica zur Rede stellte, würde er eine andere Erklärung für den Brief haben, den Sa-Gest ihr gezeigt hatte? Und wenn er keine hatte? Wenn er gelogen hatte und sie dort ankam, um festzustellen, dass Sa-Gest recht hatte? Dann wäre es zu spät. Es war jetzt schon zu spät. Sie konnte nirgendwohin fliehen. Die Straße führte in einer Richtung zum Gefängnis und in der anderen zu Sa-Mica. Sie konnte die Wand nicht erklimmen. Die einzige Alternative war ein Sprung in den Abgrund. Sie dachte an die Zukunft, die ihrer harrte.

Ich habe keine Zukunft. Überhaupt keine. Ich hätte lieber das Nichts, als mit Engeln zu leben, die dies erlauben.

Sie schloss die Augen und streckte die Arme aus, wie die Verführerin es sie gelehrt hatte. Diesmal ergriff sie Magie nicht aus der Nähe, sondern reckte sich ungehemmt in die Luft und um das Gestein, das sie umgab. Sie würde viel

Magie brauchen, um an Sa-Gest vorbeizukommen, und sie brauchte die *Schwärze* nicht zu verbergen. Ihr Bewusstsein dehnte sich aus, bis ihr schwindlig wurde. Dann öffnete sie die Augen und zog alle Magie in sich hinein.

Die Welt wurde schwarz.

Ihre Sinne verschoben sich und passten sich schneller an, als ihre Augen sich an einen dunklen Raum anpassen konnten. Sa-Gest stand vor ihr, und sein Gesichtsausdruck wandelte sich von Häme zu Überraschung. Er streckte beide Hände in ihre Richtung. Sie hatte keine Ahnung, wie sie die Energie, die sich in ihr ballte, formen sollte, also stellte sie sich einen starken Wind vor wie jenen, der manchmal durch Fyre peitschte, und warf ihn dem Priester entgegen.

Die Luft zerriss und machte so einen Lärm, dass es ihr in den Ohren schmerzte. Sa-Gests Kopf knickte ruckartig herunter, und seine Arme und Beine schnellten vor. Sie blinzelte, und er war verschwunden.

Dann folgte Stille. Eine Stille so vollständig, dass sie befürchtete, taub geworden zu sein. Nicht, dass es eine Rolle spielen würde, da sie beabsichtigte zu sterben. Sie stieß sich von der Wand ab, machte einen unsicheren Schritt vorwärts und dann noch einen, und so näherte sie sich langsam dem Abgrund. Sie sah sich nach Sa-Gest um, aber er war nicht auf der Straße.

Die Leere der *Schwärze* war überall. Sie konnte kein Ende davon sehen.

Ich habe ihn gestoßen. Habe ich ihn über den Rand gestoßen?

Als sie den Abgrund erreichte, blickte sie hinab. Es war ein langer Weg bis nach unten. Sie suchte nach Sa-Gests Leichnam, aber er konnte jeder einzelne der dunklen Punkte sein, die über dem Talboden verstreut waren.

Wenn ich es getan habe, dann habe ich jemanden getötet. Schlimmer noch: Ich habe einen Priester getötet. Mit Magie. Ein Verbrechen, für das man sie hinrichten würde. Nicht, dass es eine Rolle spielte. Sie trat an den Rand und versuchte, den Mut und die Willenskraft aufzubringen, um sich vorzubeugen und fallen zu lassen.

»Rielle.«

Sie schreckte so heftig zusammen, dass sie das Gleichgewicht verlor. Entsetzen erfüllte sie, als sie ausglitt, aber etwas stieß sie vom Abgrund weg und auf die Straße zurück. Taumelnd mühte sie sich um ihr Gleichgewicht und fuhr dann herum, um sich Sa-Mica gegenüberzusehen.

Er war mehrere Schritte entfernt, vornübergebeugt, die Hände auf die Knie gestützt, um Luft ringend. Er war gerannt, begriff sie.

»Wo … ist … Sa … Gest?«, keuchte er.

Sie öffnete den Mund, um zu antworten, dann schloss sie ihn wieder. Ein kleiner Schritt zur Seite, und sie würde frei sein. Aber bevor sie es tat, würde sie ihn endlich dazu bringen, eine Frage zu beantworten.

»Ist es wahr, dass die Priester im Bergtempel Frauen zwingen, ihre Kinder zu gebären?«

Er zuckte zusammen, und ein Ausdruck von Schmerz und Schuldgefühl verzerrte sein Gesicht. Ihr wurde schlecht. Sa-Gest hatte nicht gelogen.

»Es war einst so«, antwortete er und richtete sich dann auf. »So ist es nicht länger.«

Was? Was für ein Trick ist das? »Sa-Gest sagte …«

»Sa-Gest weiß es nicht. Ich habe ihn in dem Glauben gelassen, damit er willig mitkam. Ich kann nicht zwei Gefangene gleichzeitig bewachen.«

»Gefangene? Er war auf dem Weg in die Gefangenschaft?«

Er nickte. »Dafür, dass er Frauen bedroht hat, damit sie ihm sexuelle Gefälligkeiten erweisen.« Er zögerte. »Er hat versucht, Euch zu erpressen, nicht wahr?«

»Ja. Er sagte, er würde Izare und meiner Familie Schwierigkeiten machen, wenn ich … mich nicht fügen würde.«

Er sah sich um. »Wo ist er?«

Rielle schluckte, dann schaute sie zum Abgrund hinüber. Seine Augen weiteten sich, und er ging an den Rand. Nachdem er für eine Weile gesucht hatte, schüttelte er den Kopf, aber als er den Blick hob, wurde er plötzlich stocksteif und starrte über das Tal.

»Oh, Engel. Es wart wirklich Ihr, die die Magie benutzt hat«, sagte er und drehte sich um, um sie anzustarren.

»Ja. Schon wieder«, gestand sie mit zitternder Stimme. Viel, viel mehr Magie, als sie jemals ersetzen konnte. »Ich musste ihn daran hindern, mich davon abzuhalten, zu …« Sie schauderte. Selbst wenn Sa-Mica log, war sie immer noch verdammt. *Ich habe jemanden mit Magie getötet.* Aber ein trügerischer Hoffnungsschimmer durchzuckte sie. Was, wenn er nicht log?

»Ihr habt diese Seite der Berge völlig leer gemacht«, stellte er fest. »Es ist keine Magie mehr übrig, die man nehmen könnte. Als ich am Rand der *Schwärze* ankam, habe ich so viel Macht in mich hineingezogen, wie ich konnte.«

Sie nickte, als zu ihr durchdrang, was er ihr sagte. Er konnte sie daran hindern, in den Abgrund zu springen. Er konnte sie dazu zwingen, mit ihm zum Bergtempel zu gehen. Grauen packte sie und schnürte ihr die Kehle zu. Als er auf sie zukam, legte sich abermals Schwermut über sie.

»Warum habt Ihr Sa-Gest geglaubt, wenn Ihr wusstet, er würde versuchen, Euch zu nötigen?«, fragte er.

»Er hatte einen Brief, in dem die Hintergründe seiner Herkunft festgehalten waren.« Sie zeigte auf Sa-Gests Ranzen.

Er verzog das Gesicht. »Ah. Den. Den Brief hätte er zurücklassen sollen.« Er seufzte. »Wie kann ich Euch davon überzeugen, dass der Bergtempel nicht länger der Ort ist, den er beschrieben hat? Etwas derartig Böses kann nicht von Dauer sein. Die Engel würden es nicht gutheißen.«

»Warum habt Ihr es mir dann nicht erzählt?«

»Warum sollte ich? Entscheidend war, dass sich Sa-Gest kooperativ verhielt.«

»Hättet Ihr es mir erzählt, wenn er nicht dabei gewesen wäre?«

»Nur wenn Ihr von der Vergangenheit des Gefängnisses gehört hättet.« Seine Lippen verzogen sich zu einem grimmigen Lächeln. »Eines ist immer noch wahr: Die Befleckten müssen hierhergebracht werden, und es hat keinen Sinn, sie mit Geschichten über das Schicksal ihrer Vorgänger in Angst und Schrecken zu versetzen.« Er blickte an ihr vorbei. »Ihr müsst mir vertrauen, Rielle. Oder dürft zumindest nicht die Hoffnung verlieren.«

Als sie ein Geräusch hörte, schaute sie über ihre Schulter. Vier Priester kamen vom Tempel die Straße herunter, Sorgenfalten auf dem Gesicht.

»Welche Hoffnung gibt es jetzt noch für mich?«, fragte sie, drehte sich wieder zu Sa-Mica um und deutete auf die Umgebung. »Ich bin befleckter denn je, und ich … ich habe gerade einen Priester getötet. Mit Magie. Man wird mich hinrichten.«

Die unvernarbte Seite seiner Lippen zuckte empor. »Ihr habt Euch gegen einen Verbrecher verteidigt, von dem wir bereits beschlossen hatten, ihn aus unseren Reihen zu entfernen. Und die Magie … das lässt sich wieder in Ordnung bringen. Obwohl es jetzt viel länger dauern wird. Wie auch immer, das zu entscheiden liegt beim Oberhaupt des Tempels.« Er kam zu ihr herüber. »Der Person, die das Böse unterbunden hat. Ihr werdet gerichtet werden, Rielle, aber ich verspreche, dass man Euch gerecht und mit Gnade richten wird.«

Rielle suchte in seinem Gesicht nach irgendeinem Zeichen von Verrat und fand keines. *Welche Wahl habe ich schon? Keine, wie gewöhnlich.* Sie hatte alle Magie verwendet, die sie gestohlen hatte, und mehr war nicht da. Sie konnte nicht gegen fünf Priester kämpfen. Er deutete auf die Straße, und sie setzte sich in Bewegung. Ihr war übel vor Grauen und Verzweiflung.

23 Rielle

Die Leere – die *Schwärze* – dehnte sich fast den ganzen Weg bis zum Tempel aus. Bei den letzten etwa hundert Schritten passierten sie den Rand davon. Alles wurde heller, und Rielle schämte sich, dass sie so viel Hässlichkeit und Dunkelheit geschaffen hatte.

Dann kam ihr in den Sinn, dass sie wieder zu Magie greifen konnte, wenn sie musste. Dieser Gedanke verhalf ihr zu neuer Entschlossenheit. Sie würde es tun, wenn es sein musste. Wenn Sa-Mica sie belogen hatte, gab es für sie nichts zu verlieren.

Der Bergtempel war aus der Nähe genauso furchteinflößend wie von ferne. Die Wände waren eine Verlängerung der steilen Felswand, durchbrochen von winzigen Fenstern, die in ungleichmäßigen Abständen über die Wände verteilt waren. Der Eingang war eine große, quadratische Öffnung, und herausgebrochene Angeln deuteten an, wo einst Türen gehangen hatten. Die Straße führte nicht direkt bis zu diesem Durchgang. Eine Holzbrücke spannte sich über eine tiefe Felsspalte dazwischen.

Als sie nach oben blickte, bemerkte Rielle Gesichter in einigen der Fenster. Überwiegend Männer. Bei den wenigen Frauen spiegelte sich der gleiche Ausdruck wie bei den Männern: Neugier. Kinder sah sie keine. Nachdem sie, Sa-Mica und ihre Begleitung den Durchgang durchschritten hatten, kamen sie in einen Innenhof. Hier sah man weitere Männer und Frauen, und sie waren mit gewöhnlichen häuslichen Arbeiten beschäftigt, zogen Wasser aus einem Brunnen hoch und brachten es zum Kochen, um Wäsche zu waschen. Ein Priester schien Möbel zu machen, und eine der Frauen spann. Alle hatten innegehalten, um sie anzusehen. Sie bemerkte spekulative Blicke, lächelnde Mienen, und es wurden auch wissende Blicke getauscht.

Es sah nicht aus wie ein Gefängnis. Doch ein so entlegener Ort würde Diener brauchen, die sich um die häuslichen Pflichten kümmerten, damit die Priester ihre volle Aufmerksamkeit den Gefangenen widmen konnten.

Sie schauderte, als sie daran dachte, was das laut Sa-Gest bedeutete.

Dem Eingang gegenüber war eine weitere Mauer. Sie näherten sich zwei kunstvoll beschnitzten Türen, die vergleichsweise neu aussahen. Ein weiterer Priester stand davor. Er lächelte erst sie, dann Sa-Mica an.

»Willkommen zurück, Sa-Mica. Ich fürchte, er will euch beide sofort sehen.«

Sa-Mica nickte. »Das habe ich erwartet.«

Er trat beiseite und öffnete die Tür. »Ist alles …?«

»Fragt mich noch einmal, wenn ich wieder herauskomme.«

»Sehr wohl.«

Sie betraten eine großzügige Eingangshalle. Auf der rechten Seite befanden sich mehrere geschlossene, auf der linken zwei prächtige, über und über verzierte Türen. Vor diesen blieb Sa-Mica stehen. Rielle trat neben ihn und als sie sich umschaute, sah sie, dass sie allein waren. Der Priester mit der Narbe legte eine Hand auf die Tür, dann zögerte er, holte einmal tief Luft und atmete langsam wieder aus. Bestürzt begriff sie, dass er gerade all seinen Mut zusammennahm.

»Sein Name ist Valhan. Habt keine Angst«, sagte er zu ihr. »Denkt an die Geschichten, die ich Euch vorgelesen habe.«

Er stieß die Tür auf. Rielle folgte ihm in einen Tempelsaal. Er war kleiner als der Tempel, den ihre Familie besuchte. Reihen mit jeweils fünf Sitzplätzen füllten beide Seiten eines schmalen Gangs. Vier Fenster zu beiden Seiten ließen das kalte Berglicht ein. Im hinteren Teil befand sich ein ausgebleichtes Spiritual.

Ein Stuhl war dorthin gestellt worden, von wo der Priester für gewöhnlich das Wort an die Gläubigen richtete. Als Rielles Blick auf den Mann auf dem Stuhl fiel, erstarrte sie. Irgendwie nahm sie wahr, dass Sa-Mica neben ihr stehen geblieben war, und sie hörte, wie die Tür hinter ihr leise geschlossen wurde, aber ihre ganze Aufmerksamkeit galt dem, was sie sah. Und spürte.

Feinste Strahlen von *Schwärze* erschienen und verschwanden um ihn herum. Die Zwischenräume dagegen schienen weiß zu sein. Sein Haar war schwarz, aber wo das Licht es berührte, schimmerten die Strähnen in einem tiefen, unmöglichen Blau. Sein Kinn, seine Wangenknochen und seine Stirn waren sowohl fein geformt als auch unverkennbar männlich. Seine Haut war heller, als selbst die von Greya es gewesen war, und ohne eine Falte oder einen Makel. Doch er vermittelte nicht den Eindruck von Jugend. Seine Augen waren schwarz und *uralt*, und sie blickten in ihre. Offenbarten nichts. Sahen alles.

Sie hörte sich aufkeuchen. Ungläubigkeit kollidierte mit allem, was man sie gelehrt hatte. Und warf es über den Haufen. Schließlich hatte sie ihn und seinesgleichen so viele Male gemalt. Wie könnte sie nicht erkennen und akzeptieren, was er war?

Angst erfüllte sie, aber zu ihrer Überraschung verschwand sie rasch, und an ihre Stelle traten Gelassenheit, Akzeptanz und Faszination. *Dem hier* konnte man sich nicht entziehen. Und sie war vor weniger als einer Stunde bereit gewesen, vor seinesgleichen zu treten.

Er hob eine Hand und winkte sie heran. Sie gehorchte, aber als sie näher kam, wurde sie immer unsicherer. Sollte sie sich beeilen oder langsam näher treten? Sich verbeugen oder knien oder noch mehr? Niemand hatte sie je in das Protokoll einer Begegnung mit einem Engel eingeführt.

»Verneigt Euch«, flüsterte Sa-Mica, der jetzt an ihre Seite trat. »Aber senkt nicht den Blick. Es gefällt ihm nicht, wenn Ihr Euer Gesicht verbergt.«

Als sie vor dem Engel stehen blieben, tat sie, wie sie instruiert worden war, und Sa-Mica folgte ihrem Beispiel. Der Blick des Engels wanderte zum Priester.

»Fürst Valhan«, sagte Sa-Mica. »Dies ist Rielle Lazuli, ehemals aus Fyre.«

Der Engel richtete seinen rätselhaften Blick wieder auf sie. »Die, die den Berg der Magie beraubt hat.« Seine Stimme war nicht so tief wie die Sa-Micas, aber sie war melodisch und hatte einen seltsamen Akzent, außerdem sprach er mit langsamer Bedächtigkeit. Es lag kein fragender Unterton in seinen Worten. Er war ein Engel. Er musste alles wissen.

»Ja«, erwiderte Sa-Mica. »Ich habe einen anderen – einen Priester – eskortiert, der seines Ranges entkleidet werden sollte, den ich jedoch über sein Schicksal im Unklaren gelassen habe, damit er willig mitkam. Er wurde hier geboren und glaubte, wir seien immer noch so, wie wir waren. Als ich zurück zu der Versorgungsstation gerufen wurde, habe ich ihn törichterweise mit Rielle allein gelassen. Er erzählte ihr, was er für die Wahrheit hielt, und sie … ich glaube, sie hat in Notwehr gehandelt.«

Rielle senkte den Blick. Warum erzählte Sa-Mica dem Engel das? Gewiss wusste der Engel es bereits.

»Wo ist dieser Priester?«

»Tot. Sie hat ihn in den Abgrund gestoßen.«

»Absichtlich?« Der Engel sah sie an.

Rielles Herz setzte einen Schlag aus. »Nein. Ich … schätze, er hat nicht erwartet, dass ich etwas … versuchen würde.«

»Oder du kanntest deine eigene Stärke nicht.« Er lächelte. Obwohl sie gewarnt worden war, bekam sie plötzlich keine Luft mehr und musste den Blick abwenden. *Oh, die Gelegenheit zu bekommen, dieses Lächeln zu malen …*

»Aber du hast schon vorher Magie benutzt«, sagte er. »Erzähl mir, warum. Erzähl mir alles, Rielle Lazuli. Von Anfang an.«

Also tat sie es. Sie erklärte, dass ihre Tante sie gelehrt hatte, ihre Fähigkeit, *Schwärze* zu sehen, verborgen zu halten. Sie sprang vor zu dem Tag, an dem der Befleckte sie entführt hatte. Sie erzählte von ihrer Zuneigung zu Izare und vom Ehrgeiz ihrer Eltern. Von Zeit zu Zeit sprach er von etwas in ihren Gedanken – etwas, das sie auslassen oder umgehen wollte –, und sie begriff, dass er ihre Gedanken lesen konnte. Wann immer er das tat, intensivierten sich die feinen Strahlen der *Schwärze* so weit, dass sie sie spüren konnte, um dann langsam wieder zu verschwinden.

Schließlich gab es nichts mehr zu erzählen.

»Es tut mir leid«, sagte sie und ließ beschämt den Kopf hängen. »Ich hätte niemals versuchen dürfen, die Verführerin zu finden oder rückgängig zu machen, was sie mir angetan hatte.«

»Es hat Mut erfordert, sie anzusprechen«, sagte er. »Und deine Absichten waren selbstlos. Dein Fehler war, die Priester nicht zu informieren. Trotzdem, dein Widerstreben ist verständlich. Wenn Gesetze unflexibel sind, können sie verursachen, was sie verhindern sollen. Die Gesetze dieses Landes würden für die Ermordung Sa-Gests mit Magie deine

Hinrichtung fordern. Das wäre ungerecht und ein großer Verlust.«

Er beugte sich leicht vor, und sie widerstand dem Drang, seinem dunklen Blick auszuweichen. Sie konnte in seinen Augen kaum die Grenze zwischen Iris und Pupille ausmachen.

»Dir ist vergeben, Rielle Lazuli. Und ich biete dir Folgendes an: Wenn du schwörst, nie wieder Magie zu benutzen, es sei denn, aus Notwehr, werde ich dir ein zweites Leben schenken. Du kannst nicht in deine Heimat zurückkehren. Du darfst keinen Kontakt zu jenen aufnehmen, die du verlassen hast. Du musst in ein fernes Land ziehen, wo du eine Fremde und Außenstehende sein wirst. Du musst arbeiten, um die Magie zu ersetzen, die du gestohlen hast. Und du darfst niemals mit irgendjemandem über mich sprechen. Kannst du das tun?«

Überwältigt konnte sie nur nicken. Es war mehr, als sie verdiente. Mehr als sie jemals auch nur für möglich gehalten hätte.

»Du hast heute eine mächtige Fähigkeit entdeckt«, warnte er. »Die Erinnerung daran wird eine schwer zu widerstehende Versuchung sein.«

Sie schauderte. »Alles, was es mir eingetragen hat, war Ärger. Ich werde nicht in Versuchung geraten, sie noch einmal zu benutzen.«

»Ich gebe dir die Erlaubnis dazu, sollte dein Leben in Gefahr sein und solltest du keine andere Wahl haben.« Er straffte sich und sah Sa-Mica an. »Schpetza wird ihren Talenten entgegenkommen. Du wirst sie dort hinbringen.«

Der Priester mit der Narbe nickte. Rielle musste an seine Worte denken, als sie die Halle betreten hatten: *»Denkt an die Geschichten, die ich Euch vorgelesen habe.«* Ein fester Wille erfüllte sie. Sie würde jeden Tag für den Rest ihres Lebens malen, beschloss sie. Vor allem, um die Magie zu ersetzen, die sie verbraucht hatte, und aus Dankbarkeit gegenüber den Engeln. Sie neigte den Kopf.

»Ich danke Euch, Fürst Valhan.«

»Geht«, sagte der Engel. »Ruht euch aus. Esst. Ihr habt eine lange Reise vor euch.«

Sa-Mica verbeugte sich. Rielle tat das Gleiche, dann folgte sie ihm aus der Halle, und den ganzen Weg über widerstand sie der Versuchung, über die Schulter zurück zu dem Engel zu blicken. Erst als der Priester stehen blieb, um die Tür zu öffnen, warf sie doch einen Blick zurück. Der Engel – Valhan – beobachtete sie, die Ellbogen auf die Knie gestützt. Obwohl seine Augen verschattet waren, konnte sie sehen, dass seine Lippen ein schwaches Lächeln umspielte.

Sie riss sich von seinem Anblick los und wusste, dass das Unglaublichste, was ihr je widerfahren war, gleich Erinnerung sein würde. Sie folgte Sa-Mica aus dem Saal. Er schloss die Tür und sah Rielle an.

»Wie fühlt Ihr Euch?«

»Erstaunt.« Sie holte tief Luft und stieß sie wieder aus. »Und unendlich dankbar.«

Er nickte. »Es wird nicht leicht sein, ein neues Leben an einem fremden Ort zu beginnen.«

Sie dachte an Greya, die ständig mit der Neugier und der Feindseligkeit anderer zu tun hatte, weil sie eine Fremdländerin war und anders aussah, und sie nickte. »Ich weiß. Aber es ist besser, als eingesperrt zu sein oder tot. Und ich habe die Chance, meine Fehler wiedergutzumachen. Auf die richtige Weise. Hat er wirklich gesagt, ich dürfe Magie benutzen, um mein Leben zu retten?«

»Ja. Nur in der größten Not.«

»Das verstößt gegen alles, was man uns gelehrt hat.«

»Was man *Euch* gelehrt hat«, betonte er. »Fyre ist besonders streng. Andere Länder weniger.«

»Und dieses … Schpetza?«

»Es wäre auch dort besser, Eure Fähigkeit geheim zu halten.«

Sie nickte. »Nun, ich habe einen so großen Teil meines Lebens damit verbracht, Dinge geheim zu halten, und glaube ohnehin nicht, dass ich diese Gewohnheit so leicht abschütteln könnte.«

Er lächelte. »Wir sollten Euch ein Zimmer besorgen und ein Bad und frische Kleider organisieren. Es wird nicht lange dauern, bevor wir solchen Luxus wieder hinter uns lassen müssen.«

Elfter
Teil

24 Tyen

Der erste Eindruck, den Tyen von der nächsten Welt hatte, war der von etwas Weißem, das über etwas Grauem schwebte, mit unregelmäßigen dunklen senkrechten Linien zwischen beiden. Als das Bild deutlicher wurde, lösten die Linien sich in Stämme und Äste eines Baums auf, und das Grau wurde als Himmel erkennbar. Eine hübsche Szene, auch wenn sie auf dem Kopf stand.

Bedauerlicherweise kam er auch ein gutes Stück vom Boden entfernt an.

Und es gab kein Halten auf dem Weg in diese neue Welt. Tyen hatte nicht genug Magie übrig, um dem Sog zu widerstehen. Als er aufschaute, versuchte er einzuschätzen, wie weit es bis zum Boden war. Vielleicht konnte er …

Er spürte grimmig kalte Luft auf der Haut. Instinktiv wappnete er sich, drückte den Kopf an die Brust und schlang die Arme darum.

Dann wurde ihm alle Luft aus der Lunge gepresst, als er mit den Schultern voran auf den Boden krachte.

Daraufhin verlor er jedes Zeitgefühl, als sein plötzliches Verlangen, viel Luft in seinen Körper zu ziehen, ihn packte. Stechender Schmerz durchzuckte seinen Kopf.

Was geht mit mir vor?

Pergama antwortete nicht. Jetzt, da sie nicht länger zwischen den Welten waren, konnte er ihre Stimme nicht mehr hören. Der Schmerz im Kopf ließ etwas nach, und er konnte wieder denken. *Du kannst zwischen den Welten nicht atmen*, erinnerte er sich. *Und ich war eine ganze Weile dort.*

Eine andere Art von Schmerz ersetzte den in seinem Kopf. Er breitete sich über seinen Rücken aus. Kälte.

Mit Mühe, da sich sein Oberkörper ein Stück weit in den Schnee gebohrt hatte, rappelte er sich hoch. Er klopfte sich Schneeflocken von Schultern und Rücken und sah sich um. Ringsum Berge. Er befand sich auf dem Gipfel eines Hügels in einem breiten Tal. Lockerer Bestand von Bäumen erstreckte sich in alle Richtungen. Sie waren kahl bis auf eine weiße Schicht.

Er begann zu zittern. Er ignorierte die Kälte, knöpfte seine Jacke und sein Hemd auf und zog Pergama heraus.

Erkennst du irgendwas?

Er beobachtete, wie sich die Worte formten.

Noch nicht. Die Landschaft ist wenig bemerkenswert. Diese Art von Bäumen wächst in vielen Welten. Am besten kann ich eine Welt an den Bauwerken der Menschen wiedererkennen, obwohl sich in tausend Jahren auch vieles geändert haben mag.

Tyen zuckte die Achseln. *Ich nehme an, es spielt keine Rolle. Ich muss nur viel Magie sammeln und wieder zurückkehren.* Er hatte immer noch Bruchstücke dessen, was er gesehen hatte, vor Augen. Die Erinnerungen hatten etwas Traumhaftes, als hätte er alles durch einen weißen Nebel beobachtet. Was er in gewisser Weise auch hatte. Er schüttelte den Kopf und begann sich die Arme zu reiben, um warm zu bleiben. *Was ich nicht verstehe, ist, warum Ysser uns nicht gewarnt hat, was geschehen würde, wenn wir Magie aus dem Inneren von Tyeszal nehmen würden. Warum sollte er das nicht tun?*

Wenn er das getan hätte, hätte er eine Schwäche der Burg offenbart, die von einem Feind leicht ausgenutzt werden könnte.

Also musste er es geheim halten. Warum hat der König dann zugestimmt, dass wir es im Turm versuchen?

Wie Ysser sagte, es war das stärkste magische Gebiet in Sseltee. Er sagte auch, es sei das Risiko wert.

Tyen seufzte. Angesichts all der Magie, die vom Turm aus nach Norden abfloss, abgezogen durch ihren übermäßigen Verbrauch im Reich, musste es ein verführerischer Gedanke gewesen sein, Leratia als Verursacher des Problems auch für seine Lösung sorgen zu lassen. Vor allem, da nicht nur die Lösung des Problems in Aussicht gestanden hatte, sondern Tyeszal darüber hinaus zu dem Ort in dieser Welt gemacht worden wäre, von dem die Magie ausging. Das hätte Sseltee die Kontrolle dieses ebenso wichtigen wie knappen Gutes verschafft, eine Grundlage für Reichtum und Macht.

Aber es ging doch bestimmt nicht nur um Geld und Macht? Ysser und der König haben beide nicht diesen Eindruck gemacht. Ich vermute, sie haben das Risiko zum Nutzen ihres Volkes auf sich genommen. Aber sie hatten von Pergama gewusst, dass Hofkrazner ihn betrogen hatte. *Warum haben sie darauf vertraut, dass Hofkrazner sich an ihre Regeln zur Magie im Turm halten würde?*

Weil *du* es ebenfalls hast.

Die Worte trafen ihn wie ein Schlag in die Magengrube. *Dann ist es also meine Schuld?*

Nein. Du wusstest ja nicht, was Hofkrazner vorhatte. Du hast die Magie im Turm auch nicht angerührt. Wenn es jemandes Schuld ist, dann Hofkrazners, weil er die Bedingungen der Sselts ignoriert und Magie aus dem Turm selbst genommen hat.

Dann dachte Tyen über das Seil nach, an das Hofkrazner sich so entschlossen geklammert hatte, und schüttelte den Kopf. *Was wollte er damit erreichen?*

Dich unter Kontrolle halten vielleicht. Oder sich mit dir ziehen lassen.

Und warum ist er nicht mitgezogen worden?

Nur unbelebte Dinge kommen ohne Weiteres mit dir in eine andere Welt. Was lebt, muss von dir bewusst mitgenommen werden. Die kurze Strecke, die er selbst zurückgelegt hat, konnte er nur mit der Magie aus dem Turm bewältigen.

So eine Dummheit. Ihm stand wieder das Bild der dunklen Staubwolke und des Stumpfes, der von dem Turm übrig geblieben war, vor Augen, und wieder wurde ihm schlecht. So viele Menschen waren getötet worden. *Wenigstens sind Ysser und Mig davongekommen und alle anderen, die so einen Luftgleiter besitzen. Und diejenigen, die noch über die Brücken geflüchtet sind. Warum haben überhaupt Menschen im Turm gelebt, wenn er so verwundbar war?*

Die Menschen gewöhnen sich an eine beständige, aber nicht allzu offensichtliche Gefahr. Sie verdrängen diese Gefahr einfach. Sonst könnten sie nicht am Fuß von Vulkanen leben oder in der Nähe anderer natürlicher Gefahren, ohne ständig die unvermeidlichen Katastrophen zu fürchten.

Irgendjemand musste die Helmburg so verwundbar gemacht haben. Vielleicht hatte man den Fehler auch einfach nicht erkannt, bis es zu spät war. Und ein König, der einen Sitz von so offensichtlicher symbolischer Macht aufgab, würde in den Augen seines Volkes schwach erscheinen.

So viele Jahrhunderte stand der stolze Turm, und nun hat mein Besuch zu seiner Zerstörung geführt. Ich sollte zurückgehen. Sie werden meine Hilfe brauchen. Es muss doch einen Weg geben, wie ich ihnen helfen kann. Ich könnte sie beim Wiederaufbau unterstützen. Und die Verwundeten behandeln.

Aber er war kein Arzt. Nicht einmal ein Medizinstudent. Würde es überhaupt Verwundete zu behandeln geben? Jene, die mit dem Turm gefallen waren, würden gewiss tot sein. Und die Übrigen zornig. Sie würden die Schuld dem Reich geben und den leratianischen Besuchern, die den Sturz des

Turms verursacht hatten. Ysser würde ihnen sagen, dass es nicht Tyens Werk gewesen war. Aber würden sie ihm glauben? Würden sie nicht sogar die Schuld bei Ysser suchen? Und zwar besonders, wenn Tyen zurückkehrte und sich dem Zauberer anschloss. Außerdem blieb das Problem, vielleicht genau dorthin zurückzukommen, wo einst der Palast gewesen war, hoch über dem gefallenen Turm.

Ist es möglich zu kontrollieren, wo man in einer Welt ankommt?

Ja, aber es wird Zeit brauchen, es dir beizubringen. Und mehr Magie. Besser, du lernst die Methode in magisch reichen Welten als in schwachen.

War dies eine starke Welt? Er konzentrierte sich darauf, Magie zu spüren. Sie war da, aber er konnte keine Bewegung darin sehen. Er griff ein wenig aus und zog etwas Magie in sich hinein, dann benutzte er sie, um eine Flamme zu erzeugen.

Ein Blitz von Helligkeit und Hitze blendete ihn. Er bedeckte das Gesicht und zuckte zurück, verringerte den Magiefluss zu dem denkbar dünnsten Rinnsal. Selbst dann war die Flamme unerträglich hell. Er löschte sie und musste darauf warten, dass seine Augen sich erholten, bevor er Pergamas Seiten wieder sehen konnte.

Ich schätze, das bedeutet, dass wir in einer magisch reichen Welt sind.

Ja. Deine Welt war einst auch so stark.

Könnte sie es wieder werden, wenn ich Magie von hier dorthin zurückbrächte?

Nicht ausschließlich durch diese Methode.

Wie sonst … Ah, auf die übliche Art und Weise. Menschen erzeugen Magie durch Kreativität. Wozu sie zurückkehren würden, sobald die Magie aufgebraucht war und die Maschinen nicht mehr funktionierten. Seine Welt war nicht für ewig zu magischer Erschöpfung verurteilt.

Ja. Ich sehe, dass du mir jetzt glaubst.

Tyen lächelte. *Ja, ich denke, das tue ich. Ich …*

Eine Bewegung erregte seine Aufmerksamkeit. Zwischen den Baumstämmen bewegten sich dunkle Gestalten. Sie kamen auf ihn zu. Sofort erkannte er sie als Menschen, und ein Kribbeln der Erwartung überlief ihn.

Was soll ich tun? Zurück zwischen die Welten gehen?

Das könntest du. Oder du könntest sehen, was sie wollen. Du bist ein mächtiger Zauberer. Selbst so unerfahren und unausgebildet, wie du bist, solltest du keine Probleme haben, dich gegen die meisten anderen Menschen zu verteidigen – selbst gegen Zauberer.

Er zog ein wenig Magie in sich hinein und hielt sie fest. Etwas ließ ihn innehalten und warten, bevor er sie in die Welt hinausdrückte. Er beobachtete, wie die Menschen näher kamen und stehen blieben, um ihn furchtsam zu mustern, und begriff, dass er neugierig auf sie war. Er erinnerte sich daran, was Pergamas Antwort gewesen war, als er gefragt hatte, welches der beste Weg sei, seine Fähigkeiten zu verbessern und sein Wissen zu mehren.

Die beste Methode wäre, wenn du diese Welt und ihre Einschränkungen verlassen und nach den besten Lehrern aller Welten suchen würdest.

Wenn sie Zauberer in einer Welt waren, die so reich an Magie war, mussten sie viel über Magie wissen. Vielleicht konnten sie es ihn lehren. Vielleicht würden sie wissen, wie er Pergama ihre menschliche Gestalt zurückgeben konnte.

Er wog die Gründe, die dafür sprachen, in seine Welt zurückzukehren. Er konnte den Sselts helfen. *Die mir wahrscheinlich die Schuld an all dem geben werden, was geschehen ist.* Um die Magie wiederherzustellen. *Die das Reich ohnehin so schnell verschlingen wird, wie ich sie hereinbringen kann.* Um seine Familie und seine Freunde wiederzusehen. *Ich kann*

Vater nicht besuchen. Neel war niemals ein richtiger Freund, und Miko hat mich verraten. Sezee will nicht in meiner Nähe sein. Ysser hat auch ohne mich schon genug Sorgen.

Er holte tief Luft und stieß sie wieder aus. Sie bildete eine Nebelwolke vor ihm.

Ich werde zurückkehren, beschloss er. *Aber nicht sofort. Es gibt so vieles, was ich außerhalb meiner Welt tun könnte. Vielleicht Dinge entdecken, die ich eines Tages mit zurück in meine Welt nehmen kann.*

Die Fremden waren hundert Schritte entfernt. Ihre Kleidung war schwarz mit hellem Besatz, und als er mehr Details ausmachen konnte, begriff er, dass es Tierhaut war, das Fell nach innen gedreht. Doch es war nicht aus unregelmäßigen Stücken gearbeitet, sondern maßgeschneidert und mit buntem Garn mit kunstvollen Mustern bestickt. Es waren sowohl Männer als auch Frauen, aber alle trugen Waffen. Auch wenn es nur Speere, Bögen und Kurzschwerter waren, wirkten sie durchaus gefährlich. Tyen nahm ein wenig Magie in sich auf und brachte die Luft um sich herum zum Stillstand, um einen Schild zu formen. Er schob Pergama wieder unter sein Hemd.

Die Männer bildeten etwa zwanzig Schritt von ihm entfernt eine Reihe. Einer sprach, unkenntliche Worte, gemischt mit Klicklauten.

Obwohl Tyen keine Ahnung hatte, ob die Geste diesen Menschen irgendetwas bedeutete, verneigte er sich.

»Guten Tag«, sagte er. »Könntet ihr mir verraten, wo ich bin?«

Die anderen Männer wirkten verwundert, aber das Gesicht ihres Anführers blieb leidenschaftslos. Als er genauer hinschaute, spürte Tyen, wie etwas am Rand seiner Sinne vibrierte. Er konzentrierte sich darauf.

Dann, als der Anführer erneut sprach, verstand Tyen, dass

der Mann Angst hatte, aber entschlossen war, seine Leute vor diesem Fremden zu beschützen, der irgendwie unbemerkt in ihr Land gekommen war. Er verlangte Tyens Namen und Vorhaben zu erfahren.

Verblüfft starrte Tyen den Mann an.

Irgendwie las er dessen Gedanken.

24 Rielle

Die Hafenstadt Llura war ebenso nass, wie Fyre trocken war. Sa-Mica behauptete, es sei nicht heißer, aber ihr fiel es schwer, das zu glauben. Hier schwitzte sie ständig, und es ging kaum eine Brise, um sie zu trocknen und abzukühlen. Alles war feucht. Schimmel entstand überall – auf Gebäuden, Kleidern und sogar auf den Menschen –, und Teiche stehenden Wassers brachten stechende Insekten hervor, die des Nachts ausschwärmten und sie zwangen, unter stickigen Zelten aus billigem, lose gewebtem Tuch zu schlafen.

Rielle hätte sich nie vorstellen können, wie anders die Welt auf der anderen Seite der Berge war. Zuerst war sie fasziniert gewesen, wie *lebendig* der Dschungel war. Überall wucherten Pflanzen und ragten hoch empor. Die Farben blendeten sie, aber die Hitze und der ständige Lärm waren ihr bald zu viel geworden. Nach einem zwei Vierteltage andauernden Marsch hatten sie ein winziges Dorf mit Menschen erreicht, deren Haut so dunkel war, dass sie und Sa-Mica unter ihnen hervorstachen wie Greya in Fyre, aber die Menschen waren Fremden gegenüber viel freundlicher als Fyrianer. Sie setzten ihre Reise zusammengekauert im Bug eines Flussschiffes fort, aber ohne den Schutz von Bäumen verbrannten sie unter einer gnadenlosen Sonne. Vier Vierteltage später kamen sie schließlich nach Llura. Rielle war erpicht darauf gewesen, die Stadt und die Küste zu erreichen, davon überzeugt, dass es dort trockener und ruhiger sein würde. Sie wurde gründlich enttäuscht.

Obwohl Sa-Mica sich sofort darangemacht hatte, ein Schiff zu suchen, hatte es einen ganzen Vierteltag gedauert, eins zu finden, das in die Richtung fuhr, in die sie wollten. Jetzt, viele Vierteltage nach ihrem Zusammentreffen mit dem Engel, stand sie endlich kurz davor, die erste Seereise ihres Lebens anzutreten.

Sie warteten unter der breiten Markise eines Ladens, der einheimische Meeresdelikatessen verkaufte, auf die Erlaubnis, an Bord zu gehen. Die kugelförmigen Geschöpfe aus dem Laden wurden in ihren Schalen gekocht und schmeckten überraschend süß, wenn auch mit einem etwas irritierenden Schlammaroma. Die Einheimischen bestreuten sie mit Gewürzen, die Rielle zu stark fand, aber Sa-Mica genoss die Schärfe, obwohl er davon noch mehr schwitzte.

Das Meer war sowohl eine Offenbarung als auch eine Enttäuschung gewesen. Seine Ungeheuerlichkeit machte ihr gleichzeitig Angst und erfüllte sie mit Ehrfurcht. Jetzt, da sie im Begriff stand, ein Schiff zu besteigen, fielen ihr all die Geschichten, die sie über sinkende oder an Felsen zerschellende Schiffe gehört hatte, wieder ein und mehrten die Angst vor einem neuen Leben in einem Land, wo sie niemanden kannte und die Sprache nicht beherrschte. Gleichzeitig sehnte sie sich danach aufzubrechen – egal wohin, solange es sie nur aus dieser feuchten Hitze wegbrachte.

Sie seufzte und wischte sich die Stirn. »Je eher wir fortkommen, desto besser. Ich glaube nicht, dass ich diese Hitze auch nur noch einen Moment ertragen kann.«

Sa-Mica brummte zustimmend. »Ihr werdet sie dort, wo wir hinfahren, vielleicht vermissen. Habt Ihr schon mal Schnee gesehen?«

»Nein.«

»Es ist zu Anfang ganz zauberhaft, aber die Kälte ist unangenehm. Und Schnee kann auch gefährlich sein. Beherzigt, was die Einheimischen Euch sagen.«

Rielle dachte an die fremdländischen Reisenden, die ihr Bruder einmal nur ein paar hundert Schritt von einem Brunnen entfernt verdurstet gefunden hatte. Sie hatten die Insekten nicht gesehen, die hinunterstießen, um das Wasser zu trinken. Jeder Ort hatte seine versteckten Gefahren, hatte er ihr erklärt. Es war immer klug, auf die Einheimischen zu hören, selbst wenn ihr Rat seltsam oder töricht klang.

Sie drehte sich um, um Sa-Mica die Geschichte zu erzählen. Als ihr Begleiter war sein Benehmen anders geworden – rücksichtsvoller –, aber seine Gewohnheit zu schweigen hatte er nicht abgeschüttelt. Er war es gewohnt, allein oder nur in Begleitung der Befleckten zu reisen, die er zum Bergtempel brachte. Ihr war langweilig geworden, und so hatte sie versucht, ihn zu einem Gespräch zu verleiten, indem sie ihn nach der Reise und ihrem Ziel gefragt hatte. Aber manchmal konnte sie ihn nicht aus seinen Gedanken aufstören, und die Stirnfalte, die er jetzt zur Schau trug, war ihr mittlerweile vertraut.

Rückblickend erinnerte sie sich an eine Unterhaltung an einem Tag, an dem er in zugänglicherer Stimmung gewesen war.

»Haben alle Künstler magische Fähigkeiten als Gegengewicht zu ihrem Talent?«, hatte sie ihn gefragt.

»Nein.«

»Warum habe ich dann diese Fähigkeit?«

»Ich weiß es nicht. Valhan hat mir einmal erklärt, dass diese Welt nicht für immer so arm an Magie sein wird. Eines Tages, in vielen Generationen, wird es Sterblichen wieder freistehen, sie zu benutzen.«

Aber erst lange nachdem sie tot war. Und wahrscheinlich auch ihre Nachkommen, falls sie jemals welche haben sollte. Ihre Blutung hatte während der Fahrt auf dem Flussschiff eingesetzt und bestätigt, dass es die schlechte Kost und die Anstrengung gewesen waren, die ihren Zyklus durcheinandergebracht hatten. Wenn auch erleichtert darüber, dass nicht ein Kind alles viel komplizierter machte, wenn sie sich gerade in einem neuen Land niederließ, hatte es ihr trotzdem wehgetan, und sie hatte um die Zukunft, die sie verloren hatte, getrauert. Sie war wegen Izare und Narmah traurig gewesen, die niemals wissen würden, dass sie einem Engel begegnet war, der ihr ihre Fehler und falschen Entscheidungen verziehen hatte.

Sollte ich meine Schuld begleichen, werde ich sie eines Tages im Reich der Engel wiedersehen und ihnen Geschichten erzählen, die sie kaum glauben werden.

»Rielle«, sagte Sa-Mica und stand auf. »Wartet hier.« Er trat einen Schritt auf die Ladenzeile zu, dann hielt er inne und fügte hinzu, ohne den Blick von dem, was seine Aufmerksamkeit erregt hatte, abzuwenden: »Wenn ich nicht zurückkehre, nehmt mein Bündel und geht an Bord. Macht Euch keine Sorgen, wenn das Schiff ablegt. Ich kann im Tempel hier neue Vorräte kaufen.«

Wenn er nicht zurückkehrt …? Mit rasendem Herzen beobachtete sie, wie er schnell davonging. Als er sich einer Gasse näherte, verlangsamte er sein Tempo und spähte erst um die Ecke, bevor er dahinter verschwand. Sie saß stocksteif da, außerstande, sich zu entspannen. Er war so lange eine ständige, beruhigende Präsenz gewesen, dass die Aussicht darauf, allein zu sein, beängstigend war. Vor allem an einem fremden Ort.

»Seid Ihr fertig?«, ertönte eine Stimme hinter ihr.

Sie fuhr zusammen und blickte dann hoch. Die mürrische

Frau, die sie bedient hatte, stand hinter ihr und beäugte die leeren Schalen der Meeresfrüchte.

»Ja.«

»Kunden warten.«

Rielle schaute sich um und sah, dass alle anderen Tische besetzt waren und eine kleine Gruppe von Männern sie ärgerlich musterte. Sie blickte wieder zur Gasse hinüber. Sa-Mica war nirgends zu sehen.

Die Frau stieß ein ungeduldiges Schnauben aus.

Seufzend griff Rielle nach ihrem und Sa-Micas Bündel und ging davon. Damit verlor sie jedoch den Schatten der Markise, daher eilte sie an der Ladenzeile entlang auf die Gasse zu. Eine andere Markise überschattete den Laden neben der Gasse, fiel ihr auf. War das, was immer Sa-Micas Aufmerksamkeit erregt hatte, gefährlich? Sein Benehmen deutete das an. Aber wahrscheinlich hatte es ihn weiter weggeführt. Ihre Haut brannte. Sie ging in den Schatten und stellte das Gepäck ab.

»… war ich«, sagte eine Frau von irgendwo nicht weit die Gasse hinein.

»*Ihr* habt mir die Nachricht zu Breca geschickt?«, fragte Sa-Mica.

Rielle erstarrte. Der Priester war die Gasse nicht bis zum Ende gegangen. Er war gleich um die Ecke.

»Ja. Hat sich Eure Vermutung bestätigt?«

Als Rielle bewusst wurde, dass sie heimlich lauschte, bückte sie sich, um die Bündel aufzuheben.

»Dass die Verführerin in Fyre Yerge ist?«

Und erstarrte wieder.

»Ja«, sagte die Frau. »Das hat sie, oder?«

»Ich wusste es bereits. Eins ihrer Opfer hat ein Bild von ihr gezeichnet. Nicht alle Befleckten machen von ihrer zweiten Chance aufs Leben guten Gebrauch, Mia. Yerge ist nicht die Einzige, die zur Verführerin geworden ist. Und Ihr …«

»Valhan hat sie dorthin geschickt, Dav. Er hat sie darum *gebeten*, es zu tun.«

»Wie könnt Ihr das wissen?« Sa-Mica klang ungläubig.

»Weil sie es mir gesagt hat.«

Sa-Mica antwortete nicht. Rielle richtete sich langsam auf. Wenn sie das Gepäck hochhob und wegging, würden sie sie hören?

»Ihr glaubt mir nicht«, sagte die Frau.

»Nein. Warum sollte er so etwas tun?«

»Ihr kennt meinen Verdacht.«

»Dass er eine Armee von Zauberern aufstellen und die Weltherrschaft übernehmen will?« Sa-Micas Stimme war voller Hohn. Er hatte diesen Vorwurf offensichtlich schon früher gehört.

»Das ist eine Möglichkeit. Ich bin davon überzeugt, Euch fallen auch noch andere ein.«

»Ich glaube, dass er den Befleckten lediglich eine zweite Chance gibt.«

»Oder die Stärke und Zahl der Priester mehrt, denn das ist es, was aus den Befleckten wird.«

»Bis auf die Frauen«, warf Sa-Mica ein. »Warum sprechen die Verführer dann nicht nur Männer an, sondern auch Frauen?«

»Vielleicht wagt er es nicht, sich auf ein Geschlecht zu beschränken, aus Furcht, dass es auffallen könnte. Yerge dachte, er suche jemanden mit außerordentlichen Fähigkeiten.«

»Also, ist es nun eine bestimmte Person oder eine Armee, auf die er aus ist?« Sa-Mica klang amüsiert.

»Verspottet mich nur, Dav. Selbst wenn Ihr nicht glaubt, dass mehr dahintersteckt, wisst Ihr jetzt, dass er nicht unfehlbar ist. Wenn Ihr recht habt, hat er Befleckte freigelassen, die sich sofort darangemacht haben, andere zu verderben.«

Sa-Mica seufzte. »Eine zweite Chance ist nicht mehr als

das. Er mag wissen, was im Kopf einer Person vorgeht, wenn er sie kennenlernt, aber er kann weder ihre Zukunft noch ihre Entscheidungen kontrollieren.«

»Also haben selbst Engel Grenzen?«

»Vielleicht. Vielleicht hat auch nur er Grenzen. Er ist aus Fleisch, Knochen und Blut. Ich glaube, er hat Menschengestalt angenommen, um sich um das Böse im Bergtempel zu kümmern.«

»Und es hat ihm Grenzen aufgezwungen? Nun, das würde erklären, warum er sich versteckt hält. Als er ankam, hatte ich gehofft, er würde mehr ins Lot bringen als nur den Bergtempel.« Die Frau klang verbittert.

»Was wollt Ihr denn noch mehr, Mia? Er hat Euch von dort befreit.«

»Ich erwarte *immer* mehr. Es reicht mir nicht, in Sicherheit zu sein, wenn andere es nicht sind, ob durch Eure Taten oder seine oder die einer anderen Person. Hat Euch die Narbe, die Ihr mir verdankt, das nicht gelehrt?« Sa-Mica antwortete nicht. »Also, wohin seid Ihr jetzt unterwegs? In den Süden, so wie es aussieht. Warum schickt er Euch dorthin?«

»Er … tut das nicht. Ich kehre zum Bergtempel zurück.«

»Und das Mädchen? Fyrianerin, so wie sie aussieht. Der Süden ist ziemlich weit weg für ein zweites Leben.«

»Sie will so weit weg von hier wie möglich. Ich bin mir sicher, Ihr könnt das verstehen.«

»Allerdings. Würdet Ihr uns miteinander bekannt …«

»Nein, Mia.«

»Ich will nur mit ihr reden.«

»Und ihren Geist mit Euren Ideen von Reform und Rebellion verderben? Ich glaube, selbst Ihr könnt nicht so grausam sein. Lasst sie gehen und den Frieden finden, nach dem sie sich sehnt.«

»Also gut. Es ist schön, Euch zu sehen, Dav. Wir sollten uns häufiger treffen.«

Das Geräusch sich entfernender Schritte folgte. Rielle stieß einen Seufzer der Erleichterung aus und griff nach den Bündeln. Sa-Mica kam aus der Gasse geeilt, dann sah er sie und zuckte zusammen.

»Wie lange steht Ihr schon dort?«, fragte er.

»Seit die Bedienung darauf bestanden hat, dass ich gehe.« Sie deutete in Richtung des Ladens. »Die Frau, die mich unterrichtet hat, ist also von Valhan freigelassen worden.«

Er runzelte die Stirn und nahm ihr sein Bündel ab. »Ja. Sie ist nicht die Einzige, die ihn verraten hat.« Er schaute weg und mied ihren Blick. »Ich bin froh, dass er Euch in den Süden schickt.«

»Ich würde niemals irgendjemanden Magie lehren.«

Er drehte sich wieder zu ihr um. »Nein, das glaube ich auch nicht. Aber das ist es nicht, was ich befürchte.« Er blickte zurück zur Gasse.

»Ihr fürchtet sie?«

»Ich fürchte ihre Mission. Sie und andere Frauen wollen, dass er ihnen die Kinder zurückgibt, die sie geboren haben. Ich habe Verständnis für sie, aber ich verstehe auch, warum er es ihnen nicht gewährt hat. Es würde bedeuten zu offenbaren, was auf dem Berg geschehen ist, was enormes Chaos verursachen und vielleicht andere Leben gefährden würde.«

»Sie zweifelt also an seinen Beweggründen. Dann ist es vielleicht nicht so schwer zu glauben, dass er Verführer rekrutiert, damit er eine Armee aufstellen kann.«

Er nickte.

»Das ist natürlich nicht wahr.«

»Nein.« In seiner Stimme schwang Zweifel mit.

Sie runzelte die Stirn. »Aber das ergibt keinen Sinn. Gegen wen sollte er kämpfen? Die Engel haben keine Feinde. Selbst wenn sie welche hätten, sie sind allmächtig. Und … würde das Kämpfen nicht Magie verbrauchen?«

Sa-Mica lächelte. »Alles gute, vernünftige Fragen, Ais Lazuli. Die Vorstellung, dass er nach jemandem mit außerordentlicher magischer Fähigkeit sucht, ergibt ebenfalls keinen Sinn. Ich habe niemals irgendjemanden gesehen, der Magie aus einer solchen Entfernung ziehen konnte, wie Ihr es getan habt. Und doch hat er Euch weggeschickt.«

»Es sei denn, ich bin nicht außergewöhnlich genug.«

Er runzelte die Stirn, und sie konnte erkennen, dass er über ihre Worte nachsann. Sie legte ihm eine Hand auf den Arm.

»Das war nicht ernst gemeint«, sagte sie. »Was ist wahrscheinlicher? Dass ein Engel zum Verführer wurde und Befleckte für einen Krieg gegen einen unbekannten Feind rekrutiert oder dass Menschen immer fantastische und unwahrscheinliche Schlussfolgerungen ziehen, wenn sie etwas nicht verstehen?«

Er seufzte und nickte. »Ihr habt recht. Ich verstehe nicht alles, aber ich weiß mehr als sie, und ich sehe nichts anderes als einen Engel, der sich um etwas Böses und dessen Folgen kümmert. Und …« Er runzelte erneut die Stirn und verstummte.

»Seht Ihr?« Sie drückte seinen Arm und ließ ihn wieder los. »Wir müssen uns nicht um einen korrupten Engel Sorgen machen, sondern um die Frage, ob andere glauben, was diese Frau sagt, und …« Sie hielt inne, als sie einen Mann bemerkte, der auf sie zukam. »Ist er vom Schiff?«

Sa-Mica drehte sich nicht um, um hinzuschauen. Er starrte in die Ferne, die Augen groß, aber blicklos. Dann fluchte er und fuhr zu dem Seemann herum.

»Passagiere an Bord«, sagte der Mann, dann machte er auf dem Absatz kehrt und ging davon.

Sa-Mica ließ sich auf ein Knie nieder und öffnete sein Bündel. Mit raschen Bewegungen durchstöberte er dessen Inhalt und zog eine flache, lederne Mappe heraus.

»Nehmt das. Es enthält Geld und die Namen und Adressen von Menschen, die Euch helfen werden.« Er drückte ihr die Mappe in die Hand.

»Was? Warum gebt Ihr mir das?«

Er nahm ihren Arm und schob sie in Richtung des Schiffes. »Ich werde Euch nicht begleiten.«

»Aber ich dachte … ich dachte, Ihr hättet sie belogen.«

»Das habe ich auch, aber ich sehe jetzt, dass ich so schnell wie möglich zu Valhan zurückkehren muss.«

»Ich kann nicht allein reisen!«

Sie erreichten die Rampe, die zum Schiffsdeck hinaufführte. Sa-Mica drehte sich um, fasste sie an den Schultern und beugte sich vor, um ihr in die Augen zu blicken.

»Es tut mir leid, Rielle. Ich wünschte, ich könnte Euch begleiten, aber ich kann nicht. Ihr habt Geld und gesunden Menschenverstand. Nutzt beides. Und denkt daran, er sagte, es sei Euch gestattet, in Notwehr Magie einzusetzen.«

»Aber … warum?«

»Weil meine Loyalität zuallererst ihm gilt. Ihr seid mehr als imstande, Euren Weg zu machen. Geht. Sucht ein stilles Plätzchen und lebt ein gutes Leben.« Er drückte ihren Arm und lächelte. »Ich wünsche Euch nur das Beste, Rielle Lazuli. Lebt wohl.«

Dann ließ er sie los, warf sich sein Bündel über die Schulter und ging davon. Sie sah ihn rasch die Hindernisse am Kai überwinden. Er drehte sich kein einziges Mal um. Allzu bald war er fort. *Um zu dem Engel zurückzukehren.*

»Lebt wohl, Sa-Mica«, flüsterte sie.

Dann gehorchte sie vor Bangigkeit zitternd seinem letzten Befehl und ging über die Laufplanke an Bord. Trat den Beginn ihres neuen Lebens an.